탕아를
위한
비평

탕아를 위한 비평

황종연 평론집

문학동네

책머리에

김애란은 한국문학에서 유례없이 발랄한 용서의 이야기를 썼다. 「달려라 아비」의 여성 화자는 어머니의 본능적인 용기가 없었더라면 태어나지도 살아남지도 못했을 사생아다. 가족 로맨스의 주인공이 대개 그렇듯이 그녀는 실제의 아버지와는 다른 아버지를 상상한다. 그녀의 상상 속에서 아버지는 가장의 의무를 저버리고 어디론가 달아나 종적을 감추었다기보다는 지구 곳곳을 누비며 달리기를 계속하고 있다. 분홍색 야광 반바지를 입고 여위고 털 많은 다리로 열심히 뜀박질하는 아버지는 우스꽝스럽고, 우스꽝스러운 만큼 사랑스럽다. 아버지가 미국으로 이주해서 누군가와 결혼하여 자식까지 낳았지만 어떤 이유에선가 이혼하여 초라하게 살다가 결국 교통사고로 죽었음이 밝혀진 이후에도 상상 속 아버지는 쉬지 않고 달린다. 이제는 썬글라스까지 끼고. 시시한 아버지를 이해하거나 용서하는 한국문학의 전형적 방식은 아버지의 인생을 보통 역사라고 불리는 장대하고 유의미한 메타서사와 연관시키는 것이다. 역사 속에 놓이면 아버지는 사뭇 다르게 보인다. 무능했던 아버지는 권력의 억울한 희생자로, 궁상스러운 아버지는 양심의 강력한 구현기로 나타나곤 한다. 전통적으로, 국민국가의 자본주의의 메타서사는 아버지를 구제하는 유력한 수단이었다. 물론 「달려라 아비」는 그러한 역사주의적 관용과 무관하다. 아버지의 달리기는 어떤 목적도, 어떤 의미도, 어떤 영광도 없다.

역사의 트랙을 결여한 삶의 질주—이것은 코제브식으로 생각하면 극히 정상적인 사태다. 역사는 이미 끝났기 때문이다. 역사는 인간 특유의 욕망에서 비롯된다. 인간 특유의 욕망이란 타인에게 인정을 받고자 하는 욕망을 말한다. 이 욕망 때문에 인간은 자신에게 주어진 자연을 부정하고 자신을 인간적이게 만들어줄 새로운 현실을 창출하는 행위에 몰입한다. 인간이 진정 인간이려면 마땅히 부정해야 하는 자연적 소여 중에는 자기보존에 대한 동물적 욕망이 있다. 인간은 죽음에 대한 공포를 극복해야 하고 "순수한 위신을 위한 싸움" 속에서 인정을 얻어야 한다. 파괴와 창조, 갈등과 전쟁으로 나타나는 이 싸움이 바로 역사를 움직이게 한다. 그런데 코제브에 의하면 역사의 운동은 인정을 위한 투쟁을 불필요하게 하는 정치체제, 즉 모든 사람이 법 앞에서 동등하게 인정되는 상태가 보편적으로 성립하면서 종결된다. 연대기적으로 보면 역사는 1806년 나폴레옹의 예나 전투에서 끝났고, 그 이후의 모든 전쟁과 혁명은 역사 이후에 잔존한 과거를 청산하는 문제에 불과했다. 역사의 종언과 함께 인간은 세계를 부정할 이유가 없어 동물의 상태로 돌아간다. 인간은 동물이 공작하고 사랑하고 놀이하듯 그렇게 공작하고 사랑하고 놀이한다. 코제브는 20세기 미국의 자본주의 사회가 인간의 동물화 과정을 가장 진전시켰으며 전 지구적으로 모방을 낳고 있다고 생각했다.

그렇다면 「달려라 아비」는 역사 이후의 동물에 관한 이야기인가. 화자가 전하는 바에 따르면 아버지의 인생은 "순수한 위신을 위한 싸움"과 아득한 거리가 있다. 아버지가 화자를 임신한 어머니를 버리고 도망친 행위는 아버지가 자기보존에 대한 욕망의 노예였을지 모른다는 추측을 하게 한다. 아버지는 무능하고 미련하고 비겁한 사내, 즉 동물화한 인간이었을 공산이 크다. 중요한 것은 아버지가 달리기를 하러 집 밖으로 나갔다고 생각하는, 그리고 그를 어디에도 종착시키지 않고 지구를 달리게 하는 화자의 상상이다. 아마도 화자는 아버지에게서 버림받았다는 사실을 승인하기가 너무나도 고통스러워 그렇게 상상하기 시작했을 것이다. 하지만 아버지의 인생을 희극적으로 만듦으로써 화자의 상상은 자기보존 또는 자기위안을 위한 망상의 수준을 넘어선다. 아버지에게 우스꽝스럽고 사랑스러운 달리기를 계속하게 함으로써 화자는 아버지의 패륜을 용서하는, 아버지보다 훨씬 인간적인 존재가 된다. 상상 속의 아버지에게 썬글라스를 씌워주는 장면에서는 화자가 대가 없는 증여의 행위까지 한다. 아버지를 달리게 하는 상상은 화자를 고귀하게 만든다. 그것은 역사 이후라는 상황에도 불구하고 아직 소멸하지 않은 인간적인 욕망의 한 예처럼 보인다.

바타이유는 한때 역사의 종언이라는 코제브의 테제에서 영향을 받아 사유를 전개했다. 하지만 역사가 끝나는 시점에 인간이 총체적 만족 상태에 이르러 동물적 생존으로 회귀한다는 코제브의 주장에 대해서는 동의를 유보했다. 초현실주의 및 마르크스주의와 제휴하고 행위의 가능성에 몰두했던 바타이유는 부정성이라는 인간 특유의 능력이 그렇게 간단하게 소멸한다고 보지 않았다. 역사가 끝나버려 할 일이 없어진 인간이 가지고 있는 부정성, 즉 "쓸데없는 부정성"이 어떻게 되는가를 사유해야 한다고 생각했다. 그리고 탕진, 희생, 축제 등으로 표현되는, 실제적인 필요나 목표와 상관없는 인간 행위에 주목하기 시작했다. 코제브의 주장대로 우리가 역사 이후를 살고 있다면 역사를 만드는 행위라는 관점은 당대 문학의 존재 양식을 사유하는 올바른 방식이 아닐지 모른다. 사실, 정치적, 이데올로기적 실천으로서의 문학은 신작에 흥미를 상실했다. 오늘날의 문학이 뭔가 의미가 있다면 그것은 어쩌면 역사 이후에 남아도는 인간 특유의 욕망, 바타이유가 말한 의미에서 쓸데없는 부정성을 포용하기 시작한 덕분일지 모른다. 「달려라 아비」를 보면 포스트-역사적 혹은 포스트-모던한 상황에서 인간의 가능성은 가장 흥미로운 부류의 한국문학에서 중심 테마가 되어 있다는 느낌이다.

문학이 무슨 의미가 있는가 하는 의문은 비평을 시작한 이후 나의 뇌리를 좀처럼 떠나지 않았다. 평론집 『비루한 것의 카니발』을 상재한 이후에는 더욱 그러했다. 지난 십여 년 동안 문화 생산과 소비에서 문학이 차지하는 지위가 계속 하락하는 가운데 문학의 문제들을 더이상 자명하지 않게 만드는 사태가 문학 제도 안팎에서 벌어졌다. 어느 순간 나는 문학에 대해 발언하는 행위를 스스로 정당화해야 하는 상황에 처해 있음을 발견했다. 무엇이 문학인가, 어째서 문학인가 하는 원론적인 물음이 긴박하게 다가왔다. 그러나 문학개론식의 답변이란 나로서는 가능하지도, 흥미롭지도 않았다. 뭔가 의미 있는 답변은 비평 저널리즘과 학문연구, 한국 강단과 미국 대학 양쪽에 걸쳐진 나의 양서류적 경험을 반성하는 데서, 문학창작, 문학비평, 문학연구, 문학교육, 그 현장의 쟁점들과 대결하는 데서 가능하지 않을까 생각했다. 이 책에 실린 글 중 다수는 실제의, 또는 가상의 논쟁을 염두에 두고 씌어졌다. 그러나 코제브 같은 현자의 눈으로 보면 문학은 그렇게 중대한 문제일 리가 없다. 무엇이 문학인가, 어째서 문학인가는 쓸데없는 물음이 아닐까. 일찍이 인간이 존재한 흔적일 뿐인, 이제는 부질없는 안달이 아닐까. 나의 비평은 멜랑콜릭한 방식으로 역사 이후를 살고 있는지도 모르겠다.

2012년 2월

황종연

차례

IV

V

I

문학의 묵시록 이후

가라타니 고진의 「근대문학의 종언」을 읽고

1. 근대문학 이후의 문학

가라타니 고진(柄谷行人)의 『일본 근대문학의 기원』과 같은 문학 비판의 걸작들이 설득하고 있듯이 문학은 역사적으로 우연한 것이다. 타고난 성질이나 불변의 성분을 가지고 독립적으로 존재하는 것이 아니라 역사상으로 형성되고 변화하는 조건에 의지하여 존재하는 것이라는 의미에서 그렇다. 문학적이라고 간주되는 언어용법은 언어를 사용하는 동물인 인간에게 보편적이고 영구적인 것이라고 할지라도, 그러므로 문자의 발명 이후 어느 시대의 인간문화에서든 발견되는 것이라고 할지라도, 문학이라는 범주는 역사적으로 성립된 인간 생활양식의 일정한 규정하에서 그 의미와 가치를 가진다. 현재 글의 특별한 범주로, 또는 문화생산의 일부를 이루는 글쓰기의 특별한 종류로 인정되고 있는 문학은 누구나 알고 있듯이 근대문화의 몇몇 특성과 병존하여 성립한 것이다. 활자문화의 발달, 민족주의 발흥, 근대적인 자아관념 등은 그 근대적인 의미에서의 문학의 불가결한 조건으로 흔히 거론된다. 문학이라는 존재가 이렇듯 역사적으로 우연한 것임을 고려하면 근대문학이 당초 성립된 모양대로 영속하리라 믿는 것은 어리석은 일이다. 20세기 후반부터 전 지구적으로 일어나고 있는 문화변동은 근대문학을 가능케 했던 역사적 조건들이 사실상 붕괴하고 있음을 알려주고 있다. 인쇄된 서적은 문화 생산과 수용에서의 주도적인 위치를 라디오, 텔레비전, 시네마, 비디오, 인터넷 등 새로운 미디어에 내주었고, 경제, 정치, 기술에서의 전 지구화의 결과 국민국가는 그 독립성, 건재성, 동질성이 약화되는 사태를 맞이했으며, 통일된, 항상적인, 주권적인 자아에 대한 확신은 20세기 문학과 철학에 이룩된 가장 중요한 혁신들 속에서 자아의 파편화에 대한 감각, 자아의 구성물적 성격에 대한 인식으로 대치되었다. 그런 만큼 근대문학은 이미 끝났다거나 머지않아 끝난다고 말해도 결코 사리에 어긋나지 않는다.

근대문학이 끝났다는 생각은 그렇게 언표되지 않았을 뿐이지 실은 지난 십 년여 동안 빈번하게 나온, 한국문학의 위기에 대한 발언들 속에 잠복되어 있다. 근대문학의 곤경이라는 측면에서 한국문학의 현재를 이해하게 해준 최상의 예는 2000년 대산문화재단 주최 서울국제문학포럼에서 김우창이 발표한 글 「문학과 세계시장」에 들어 있다. 이 글에서 김우창은 전 지구적 자본주의가 그 체제하의 지역, 특히 한국과 같은 비서양, 구식민지, 후발경제지역의 문학생산에 미치는 영향을 검토하는 가운데 문학의 자율성 손상, 삶의 전체성에 대한 관심의 소멸, 상상적인 세계 구성능력으로서의 주체성의 위축 등을 거론하고 있다. 이 자율성, 전체성, 주체성 등은 말할 것도 없이 근대문학의 인식론적·미학적 원리에 해당하며, 그런 점에서 김우창이 이해한 한국에서 문학의 약화는 근대문학의 쇠퇴와 본질적으로 동일하다. 또한 김우창은 자율성, 전체성, 주체성이 구현된 근대문학의 대표양식에 해당하는 서양의 리얼리즘이 한국 또는 비서양 세계의 경험에 반드시 들어맞는 것이었는가 하는 의문을 제기하는 한편, 한국문학에서는 전 지구적 자본주의 시장에 편입됨에 따라 리얼리즘에 대한 요청이 약화되고 있는 듯하다고 지적하고 있다. 자본주의 시장경제의 압력을 그 세계체제의 반(半)주변부에서 받고 있다는 한국의 특수한 사정은 근대문학의 이상과 한국문학의 현실 사이의 간격을 잇기 불가능할 정도로 넓혀놓고 있는 것처럼 보인다. 그래서 김우창은 포스트모더니즘에 동의하고 있지 않음에도 불구하고 한국문학에서도 결국 포스트모더니즘의 아이러니가 유일하게 남은 가능성일까 하는 의심을 떨쳐버리지 못한다.[1)]

김우창의 「문학과 세계시장」이 발표되었을 당시 서울 국제문학포럼에는 가라타니 고진도 발표자로 참석하고 있었다. 가라타니가 제출한 논문은 나중에 『트랜스크리틱』으로 출간된 원고의 일부였지만 한국 언론사 기자들과 그가 가진 회견의 주제는 '문학의 종언'이었다. 그는 자신이 생각하는 문학이란 김우창이 주체성이라고 부른 바와 같은 것을 조건으로 하는 문학, 즉 근대문학이며 그러한 의미에서의 문학은 일본에서는 1990년대에 끝났다고 선언했다. 물론 일본에서는 여전히 많은 문학작품이 출판되고 있지만 그것은 아무런 의미도 없으며 그래서 자신은 문학평론을 그만두고 신연합주의운동(New Associationist Movement, 약칭 NAM)을 시작했다고 덧붙였다. 실제로, 1990년의 『종언을 둘러싸고』 이후 간행된 그의 새로운 저작을 보면 그의 관심이 동시대 문학에서 떠났음을 증명하기라도 하듯이 문학비평류의 글이 급격하게 감소하고 있다. 그의 2002년 저서 『일본정신분석』은 아쿠타가와 류노스케(芥川龍之介), 기쿠치 간(菊池寬), 다니자키 준이치로(谷崎潤一郎)의

1) 김우창, 「문학과 세계시장」, 김우창 외, 『경계를 넘어 글쓰기』(민음사, 2001), 308쪽.

단편 한 편씩을 예로 들어 신연합주의 이론의 요점을 설명함으로써 그가 문학비평으로 돌아간 듯한 인상을 주었고, 그는 그렇게 문학평론을 써버린 것이 그로서는 뜻밖이었다며 "나는 뿌리에서부터 비평가인가 하고 생각한 참이다"라고 그 후기에 감회를 적기도 했다.[2] 그러나 그가 비평가적 근성을 자인하는 것과 근대문학의 종언을 선고하는 것은 별개의 문제다. 근대문학은 끝났고 그와 함께 문학의 시대도 끝났다는 그의 지론은 일본에서만이 아니라 한국에서도 화제를 모은 그의 강연록 「근대문학의 종언」에서 매우 단호하게 표명되고 있다.

근대문학은 끝났다는 가라타니의 주장이 타당하고 유용한 가설이라는 데는 의문의 여지가 없다. 그것은 근대문학이 일정한 역사적 조건하에서 획득한 특질들에 대한 정교한 이해와 그것들의 쇠락에 대한 명철한 판단에 근거한 것이다. 그가 소설을 중심으로 언급하고 있는 근대문학의 형식, 역할, 조건의 소멸—즉 '네이션' 형성이라는 정치적, 이데올로기적 역할의 완료, 회화의 기하학적 원근법에 상응하는 소설의 삼인칭 객관묘사의 폐기, 새로운 미디어 기술과 문화가 잇따라 출현함에 따라 일국가적 또는 전 지구적 대중문화에 나타난 소설의 위세 저하, "근대적 자기" 또는 자율적인 주체성을 더이상 구하지 않는 사회심리의 만연 등은 당대적 보편성을 가진 현상이다. 그러나 가라타니의 논의 중에서 나에게 흥미로운 것은 근대문학 종언의 경위와 증상들에 대한 논평이 아니라 근대문학이 그 역할을 다한 오늘날 문학은 오락에 불과하다는 주장이다. 근대문학이 끝났다고 해서 문학적 글쓰기에 의미와 가치를 부여할 모든 이유마저 사라지는 것은 아니다. 영미권의 포스트모던 문학을 굳이 떠올리지 않더라도 근대문학 이후의 문학을 인정하는 것은 이론상으로 가능하다. 실은 가라타니 자신이 한때는 나

---

2) 柄谷行人, 『日本精神分析』(文藝春秋, 2002), p. 212. 가라타니의 저자 후기는 터무니없게 원제를 바꾼 한국어 번역본 『일본정신의 기원』(이매진, 2003)에는 실려 있지 않다.

카가미 겐지(中上健次), 쓰시마 유코(津島佑子), 무라카미 류(村上龍), 무라카미 하루키(村上春樹), 다카하시 겐이치로(高橋源一郞) 등의 소설에서 근대문학과는 다른 문학의 가능성을 느끼고 있었지만 그것은 그에게 근대문학의 임박한 죽음만큼, 그리고 칸트와 마르크스의 재독(再讀)에 기초한 대항적 사회운동의 구상만큼 중대하지는 않았던 것으로 보인다. 그의 「근대문학의 종언」은 문학에 종사하는 것을 한낱 오락시장을 위한 상품생산이나 아니면 사회적으로 무능한 비교(秘敎) 수행처럼 보이게 만들 정도로 문학의 의의에 대해 부정적이다. 근대문학의 종언 이후 문학은 하찮다는 그의 주장은 당대의 일본문학에 대한 그의 절망의 심오함을 느끼게 하는 한편으로 개인적, 국지적 경험의 무리한 일반화가 아닌가 하는 인상을 준다.

근대문학의 종언이라는 가라타니의 명제는 문제의 강연록이 국내의 한 문예지에 번역되어 실린 이후,[3] 그리고 그 수정본이 수록된 책의 한국어판이 간행된 이후 다시 적지 않은 반향을 일으켰다. 근대문학이 끝났다는 판단의 근거 중에 "한국에서 문학이 급격하게 영향력을 잃어가고 있다"는 그의 관측이 포함되어 있기 때문에 문학에 대한 그의 비판적 입장은 한국의 문학종사자들, 특히 비평가들의 특별한 주의를 끌었던 것처럼 보인다.[4] 절박하게 필요한 정치적 실천에 비추어 간혹 멸시하는 듯한 어조로까지 문학에 관여하는 행위의 의의를 부정한 그의 발언에서 반성의 압력을 느낀 비평가는 나 한 사람만이 아닐 것이다. 그의 종언론에 대한 한국측의 공통된 반응은 그가 말한 의미에서의 근대문학은 한국에서는 아직 끝나지 않았다는 것이다. 문학의 정치화가

3) 가라타니 고진, 「근대문학의 종말」, 구인모 옮김(『문학동네』 2004년 겨울호).

4) 柄谷行人, 『近代文學の終り』(インスクリプト, 2005), p. 41; 가라타니 고진, 『근대문학의 종언』, 조영일 옮김(도서출판 b, 2006), 48쪽. 앞으로 이 책에서 인용할 경우에는 괄호 안에 한국어판 쪽수만 표시한다.

끈질긴 관행으로 남아 있는 한국의 실정을 고려하면 그것은 어쩌면 옳은 진단일지 모른다. 그러나 한국문학이 새로운 유행 중에는 미처 예아리지 못했을 뿐이지 근대문학이 끝나버린 증상이나 아니면 끝난다는 징조에 해당하는 뭔가가 있을지도 모른다. 한국에서 문학은 아직 하찮은 짓거리가 아니라고 생각한다면 바람직한 것은 근대문학의 어떤 이상을 고집하며 문학 집단들의 무능과 타락을 고발하거나 아니면 근대문학의 어떤 자질이 한국문학에 살아 있다는 증거를 찾아내려고 부심하는 일이 아니라 근대문학 이후에도 문학이 존재할 이유를 생각하는 일이다. 사실, 근대문학의 종언이라는 사태 앞에서 문학의 잔존하는, 신생하는, 또는 변함없는 의의에 대한 믿음을 표시한 예는 문학의 묵시록 못지않게 많다. 수잔 손택은 2003년 (에른스트 블로흐, 막스 프리쉬, 바츨라프 하벨, 마리오 바르가스 요사 등에게 수여된 적이 있는) '독일도서협회 평화상'을 받으면서 수락 연설을 하는 중에 문학은 예나 지금이나 "더욱 광대한 삶의 영역, 즉 자유구역으로 들어가기 위한 통행증"이라는 말로 문학의 가치에 대한 확신을 표시하고 있다.[5] 또한 김우창은 앞에 언급한 글에서 문학의 종말에도 불구하고 리얼리즘 또는 마술적 리얼리즘에 대한 수요가 남아 있음을 간과하지 않고 있다. 문학의 시대가 끝난 이치를 냉철하게 인식하도록 요구하는 가라타니의 종언론은 문학의 존재이유를 좀더 깊이 생각하라는 도전으로 받아들일 필요가 있다.

5) Susan Sontag, *Literature Is Freedom, The Friedenspreise Acceptance Speech*(Conn., Falls Village: Winterhouse Editions), 2004.

2. 예술의 종언과 그 이중적 의미

근대문학에 대한 아무런 미련도, 추억도 없는 강력한 종말선언이 일본 근대문학의 시작을 가장 심오한 방식으로 확인한 비평가에게서 나왔다는 것을 어떻게 보아야 할까? 『일본 근대문학의 기원』은 어쩌면 일본 근대문학의 종언에 대한 무언의 예고였는지도 모른다. 정신분석에서 원인이 한 증상이라는 결과로부터 사후적으로 발견되는 것이듯이 역사에서 시작이란 한 현상의 종점으로부터 회고함으로써 찾아지는 것이기 때문이다. 일본 근대문학을 가능하게 만든 선험적 의식의 구조를 확인하는 가운데 가라타니는 그것의 가능성의 한계, 즉 종언을 암암리에 의식하고 있지 않았을까? 1980년, 일본의 논단에서 포스트모더니즘 논의가 활기를 띠기 시작할 무렵에 간행된 그 가라타니의 저작은 일본 근대문학의 관행을 자명화한 헤게모니적 서사와 확연하게 결별함으로써 한동안 일본 포스트모던 비평의 수작(秀作)으로 간주되기도 했다. 사실, 가라타니의 일본 근대문학의 역사화 작업은 그 방법상으로 근대 비판의 주요 원천인 구조주의 이후 프랑스 철학과 통하는 면이 적지 않다. 예컨대 그가 일본 근대문학의 망각된 역사성을 두고 사용하는 "기호론적 포치(布置)" 또는 "인식론적 구도"는 미셸 푸코의 "에피스테메"와 상당히 유사하다. 푸코가 진리란 그것에 대한 언표를 구성하는 개념체계 또는 담론 구성체에 의해 결정된다고 주장한 것처럼 가라타니는 근대문학의 진리 주장들—예컨대 주체/객체, 낭만주의/리얼리즘 등—이 그가 '풍경'이라고 명명한 바와 같은 기호론적 또는 인식론적 구조에 의해 성립된다고 지적하고 있다. 이렇게 근대문학의 선험적, 구조적 조건을 확인하는 것은 다른 각도에서 보면 그것에 내재한 규칙성, 유한성, 종지성(終止性)을 이해하는 것이기도 하다. 근대문학이 존속되고 있는가 아니면 종결되었는가는 그것의 시간상의 양태를 어떻게 판단하느냐에 달린 문제일 뿐이다.

그러나 『일본 근대문학의 기원』과 그로부터 이십여 년 떨어진 「근대문학의 종언」은 그 비판방식에서 간과하기 어려운 차이가 있다. 전자가 다분히 푸코적이라면 후자는 상당히 헤겔적이다. 후자는 전자에 제출된 언문일치의 창시적 기능, 근대문학과 국민국가의 관계, 기독교의 금욕주의에서 파생된 근대적 자아 등에 관한 가라타니 자신의 독창적 견해를 개략적으로 활용하고 있지만 그 골조는 푸코류의 반(反)역사주의적 지식이론이 아니라 오히려 헤겔과 코제브의 계보를 잇는 역사철학적 인간학이다. 가라타니의 종언 서사는 코제브가 휴머니즘적이고 실존주의적인 헤겔 읽기를 통해 제시한 역사관에 크게 빚지고 있다. 그래서 근대문학의 종언에 대한 가라타니의 주장을 듣다보면 예술의 종언이라는 헤겔의 유명한 명제를 연상하지 않을 수 없다. 그 명제의 요점은 예술이 진리의 현상이라는 기능을 더이상 충족시키지 못하게 되었다는 것이다. 예술이 그 감성적 형식 속에 진리를 현상시킨 것은 역사상의 한 시대, 즉 고대 그리스에서만 나타난 일이고 그 이후로는 종교(기독교)가, 그 다음에는 철학이 진리의 제시를 담당하게 되었다는 것이다. 기독교 시대와 그 이후에도 예술작품은 물론 계속 만들어지지만 예술은 진리를 현상시키는 최고의 형식이기를 그쳤다는 점에서 끝났다고 헤겔은 간주한다. 가라타니는 진리, 이념, 정신 같은 헤겔 미학의 핵심 단어는 쓰지 않고 있지만 그것에 대응되는, 근대문학의 문화적 주도성을 보증하는 가치를 명확히 하고 있다. 근대미학이 "감성적 오락을 위한 단순한 읽을거리였던 '소설'에서 발견한, 철학이나 종교와는 다르지만 보다 인식적이고 실로 도덕적인 가능성"이 그것이며, 구체적인 역사 맥락 안에서 말하면 "네이션"을 형성하는 기능이 그것이다.(51) 따라서 근대문학은 끝났다는 그의 말은 역사적으로 규정된 인식과 도덕의 가능성이 더이상 문학 속에 실현되지 않게 되었다는 것을 뜻한다.

가라타니가 일본문학의 운명에 대한 헤겔주의적 성찰을 행한 것은 실은 「근대문학의 종언」 강연에서 처음이 아니다. 그가 1980년대 말에 발표한 오에 겐자부로(大江健三郎)에 관한 두 편의 평론은 헤겔적 개념을 적극적으로 활용한 작품 해석과 함께 일본인의 의식(意識) 경험에 대한 현상학적 기술을 시도하고 있다. 오에의 『그리운 해(年)에의 편지』를 다룬 「동일성의 원환(圓環)」은 헤겔이 말한 절대지식, 즉 의식 주체가 그 자신 아닌 것에 의존하거나 상관하는 단계를 모두 거치고 마침내 도달하는 완전한 자기동일성의 상태, 그것이 문학적으로 표현된 양상에 주목한다. 가라타니의 해석에 따르면 오에의 일인칭 화자의 특징을 이루는, "비상하게 조용한 비탄"에 잠긴 "노년(老年)"의 심경은 직관적·감성적 인식의 제약에서 벗어난 의식의 절대적 경지와 동일하며, 그 화자가 기형이라고 부르는 사람과의 대화형식으로 행하는 자기 성찰은 의식의 모든 경험을 일반적인 것과 필연적인 것 속으로 수렴하는 내면화의 움직임과 유사하다. 오에 소설이 상연한 노년의 지혜는 특수한 것과 우연한 것을 소거하는 방식으로 모든 역사적 경험을 전체화한다는 점에서 "역사의 종언"에 대응되는 자기의식의 형태라고 가라타니는 보고 있다.[6] 오에 작품에 암시된 역사관은 그의 「오에 겐자부로의 알레고리」에 좀더 선명한 양상으로 포착되어 있다. 『만엔원년의 풋볼』을 대상으로 논의를 전개한 그 글의 주요 논점 중 하나는 그것이 근대 일본의 모든 가능성을 담은 알레고리적 작품이라는 것이다. 가라타니는 만엔원년 민란의 기억이 유령처럼 남아 두 형제에게 갈등과 공포를 일으키는 한 지방의 골짜기가 "근대 일본의 언설공간"을 의미한다고 보면서 서양/아시아, 국권/민권의 대립을 기본축으로 하는 근대

6) 「同一性の圓環 — 大江健三郎と三島由紀夫」, 『終焉をめぐって』(福武書店, 1990), pp. 117~135.

일본사상의 좌표 속에 그들의 의식과 행동의 복잡한 드라마를 배치하여 분석하고 있다. 그가 『만엔원년의 풋볼』의 이야기에서 발견하고 있는 것은 근대 일본에서 역사적으로 가능하도록 규정된 정치적 의식 형태들의 남김 없는 회복이다. 그래서 "오에는 일본근대사의 '총체'를 환기하고 그것을 '구제'하려 했다고 말해도 좋다. (……) 하지만 그것은 예기치 않게 일본에 있어서 '근대문학'의 종언을 고한 것이었다"고 그는 적고 있다.[7)]

가라타니의 헤겔주의적 문학종언론이 일본문학에 대한 얼마나 정확한 관찰인가는 판단하기가 쉽지 않다. 오에와 함께, 또는 가라타니가 근대문학의 죽음의 한 상징으로 여기고 있는 나카가미 겐지와 함께, 문학의 "인식적, 도덕적 가능성"이 소진되었다는 주장은 반박에 부딪칠 소지가 없지 않다. 일본 포스트모던 문학의 옹호자들은 그것을 당연히 과장이라고 여길 것이다. 그러나 가라타니에게 문학의 인식적, 도덕적 가능성은 처음부터 근대의 종언(end), 즉 목적(end)과 관련하여 성립하는 것인 만큼 근대문학 이후에는 그러한 가능성이 존재하지 않는다는 그의 주장은 논리상 오류가 아니다. 문제는 일본의 포스트모던 문학에 대한 그의 무심함이나 불인정이라기보다 그것을 야기한 근본원인으로 보이는, 역사와 문학에 대한 그의 목적론적 사고방식이다. 한 사회의 역사에 합리성을, 한 사회의 문화에 전체성을 부여한다고 가정되는 어떤 목적의 관점에서, 그리고 그 목적을 실현하는 주체의 자기의식의 전개라는 관점에서 보면 문학은 그 자체의 역사가 어떻든 간에 한시(限時)적인 의의밖에 가지지 못한다. 이것은 실제로 헤겔의 예술

---

7) 「大江健三郎のアレゴリー——『万延元年のフットボール』」, 앞의 책, p. 74. 이 오에론 두 편은 『定本 柄谷行人集 4: 歴史と反復』(岩波書店, 2004)에도 들어 있다. 그 두 편은 『종언을 둘러싸고』에서와 다르게 편집되어 실렸고 위에 인용한 구절을 비롯한 여러 군데 개작의 흔적이 있기에 알려둔다.

장악이 가능하도록 만든 문학관이다. 헤겔 예술철학의 기본가정 중 하나는 진리의 더욱 완전한 장악이라는 요구에 따라 감각적, 구체적 지각으로부터 개념적, 추상적 사고로 나아가는 이행이 필연적으로 일어난다는 것이다. 이것은 의식이 물질적 세계에 대한 의존에서 벗어나 그 자체의 원리에 따라 활동하기에 이르는 순수화와 절대화의 과정이기도 하다. 이 '감각에서 개념으로'라는 가정으로부터 헤겔의 역사적 시퀀스, 즉 문명사의 층위에서는 '예술-종교-철학' 시퀀스, 예술사의 층위에서는 '상징적-고전적-낭만적' 시퀀스가 생겨난다. 헤겔의 철학 체계 내에서는 예술이 진리를 드러내는 형식으로서의 독자성과 영속성을 가질 가망이 없다. 헤겔의 예술이론은 예술을 위한 웅변적인 조사(弔詞)라는 크로체의 논평은 정곡을 찌른 것이다.[8] 가라타니는 오에 소설의 주제를 헤겔적 개념체계에 복속시켜 근대 일본의 자기인식을 통한 자기실현의 표상에 주목하는 가운데 사실상 예술적 진리가 아니라 철학적 진리를 구하고 있다. 그의 비평은 개념적, 추상적 사고의 수월성에 대한 헤겔적 확신을 재연(再演)하고 있는 듯하다.

지금 시점에서 헤겔식으로 예술의 종언을 말하는 것은 직관에 반하는 것일뿐더러 조리가 맞지 않는 것이다. 우리는 헤겔이 예술의 종언을 선언한 이후에 출현한 많은 예술작품이 우리의 문화 속에서 의미를 가지고 있다는 것을 충분히 알고 있다. 헤겔 이후의 시대에는 예술이 종교에 의해 대체되기는커녕 오히려 세속화된 사회 속에서 종교를 대리하고 있으며 예술이 철학에 의해 폐지되기는커녕 오히려 후(後)계몽적 문화 속에서 철학을 보충하고 있다는 말이 불가능한 것은 아니다. 예술은 종교 및 철학과 함께 진리를 향한 인식의 단일한 행로를 간다기보다는 그 고유의 방식으로 진리를 추구한다고 보는 편이 진상에 가

8) Benedetto Croce, *Aesthetics*, trans. Douglas Ainslie(New York: Noonday Press), 1958, p. 302.

깝다. 사실 헤겔은 예술의 독자적 가능성을 전혀 모르고 있지는 않아서 낭만적 예술의 종말을 가져온 변화를 설명하는 중에 이렇게 쓰고 있다. "오늘날의 예술가는 더이상 어떤 특정한 소재나 그 소재에만 적합한 표현방식에 매달리지 않는다. 따라서 예술은 예술가가 자신의 주관적인 능숙한 기술에 따라 어떤 종류든 모든 소재와 관련해 다룰 수 있는 자유로운 도구가 되었다. 그리하여 예술가는 신성시된 특수 형식이나 형상보다 상위에 서게 되었고, 전에는 성스러운 것과 영원한 것을 인간의식에 나타나게 해주던 소재와 구상방식에서 독립되어 마음대로 자유로이 움직이게 되었다."[9] 이 구절에 함축된 바에 따르면 예술의 종언은 어떤 묵시록적 비전과도 무관하다. 그것은 예술이 사회적으로 공인된 특정 소재와 형식의 속박으로부터 벗어나 자유롭게 스스로를 규율하게 되었다는 것을 뜻한다. 그렇다면 예술의 종언이란 예술의 자기해방이기도 하다. 실제로 19세기 이래의 예술에 나타난 발전은 예술이 주권을 획득하지 못했더라면 가능하지 않았을 대담하고 다채로운 탐구와 실험의 결과이다. 예술이나 문학이 역사적으로 규정된 어떤 목적을 달성했다고 해서 그것에 반드시 오락거리로서의 초라한 여생만 남는 것은 아닌 것이다.

예술의 철학적 문제에 대해 헤겔주의적 관점을 견지하고 있는 비평가의 한 사람인 아서 단토는 예술이 그 자체의 역사를 내면화하는 시점, 예술 그 자체의 역사에 대한 예술의 의식이 예술의 본질을 이루는 시점에서 예술은 끝난다고 생각한다. 예술의 종언은 예술이 종교 및 철학과 함께 참여하는 역사 속에서가 아니라 예술 자체의 역사 속에서 도달한 절대지식의 경지인 셈이다. 그러한 경지에서 "예술은 절대적인 자유를 가지고 있어서 예술은 그 고유의 개념을 가지고 벌이는 무한한

---

9) 헤겔, 『헤겔 미학』 2, 두행숙 옮김(나남, 1996), 423쪽. 영어번역본(*Hegel's Aesthetics*, trans. T. M. Knox, Oxford University Press, 1975, p. 605)을 참조하여 번역문을 수정했다.

논의에 대한 명칭에 불과한 것처럼 보인다." 이처럼 근대에 들어 예술의 자유는 서양 모더니즘 예술과 그 이후에서 발견되는 혁신들의 원천이면서 또한 예술을 규범 없는 혼란으로 몰아넣는 요인이기도 하다. 단토는 예술이 그 종언과 함께 확보한 자유의 희화(戲畵)를 그리면서 마르크스를 패러디해 "오전에는 추상미술가, 오후에는 포토리얼리스트, 저녁에는 최소한의 미니멀리스트일 수 있다"고 쓰고 있다.[10] 자율적인 예술은 예술을 정의할 기준을 스스로 만들지만 또한 어떤 정의도 불안정하게 만든다. 모더니즘 이후의 예술에서 예술과 키치의 구분, 아방가르드 예술과 상품미학의 구분은 모호하다. 예술의 이름으로 뭐든 해도 되는 상태는 뭣도 하지 못하는 상태와 동일하다. 자율적인 예술의 아이러니는 그것이 그것으로 온전하게 남아 있기 위해서는 그것 아닌 뭔가와 연결되어야 한다는 것이다. 이것은 현대예술가의 곤경에 대한 지극한 이해를 보여준 토마스 만의 『파우스트 박사』에서 작곡가 레버퀸이 창작의 영감을 얻기 위해 악마와 계약을 맺은 이유이다. 근대문학 이후의 문학은 자신의 자유를 인식하는 한편, 그 자유를 스스로 희생하고 맞아도 좋을 만한 뭔가를 찾아야 한다. 그런 점에서는 문학이 그 근대적인 형식 속에서 가졌던 "특별한 가치", 즉 그 정치적·사상적 역할을 상기시킨 가라타니의 발언은 그리 예사로운 것이 아니다.(43)

3. 행복한 동물 중의 인간

근대문학은 끝났다는 가라타니의 주장은 근대문학의 형식(소설의 삼인칭 리얼리즘)과 역할(내이션 형성의 기반)이 쓸모없게 되었다는 판단

---

10) Arthur C. Danto, *The Philosophical Disenfranchisement of Art*(New York: Columbia University Press), 1986, p. 16, 205, 114.

만이 아니라 근대문학의 존립에 결정적으로 중요한 한 "에토스"가 소멸했다는 관찰에도 근거하고 있다. 그가 근대문학의 정신적 에너지와 거의 같은 것으로 취급하고 있는 듯한 그 에토스는 개인 자신의 이성적 판단에 따라 사회적, 도덕적 삶을 영위하고자 하는 태도를 가리킨다. "내면성" 또는 "주체성"을 가장 중요한 규범으로 삼는 그 태도는 보통 개인주의라고 불리는 것과 일치한다. 가라타니는 메이지시대 일본에서 근대문학과 동시적으로 발생한 개인주의적 도덕의 원형을 기타무라 도코쿠(北村透谷)의 유명한 연애론에서 찾고 있다. 기독교의 영향 아래 남녀의 육체적 관계(호색)와는 다른 정신적 관계(연애)를 발견하고 연애의 완성에 세속을 초월하는 계기가 있다고 믿은 도코쿠는 그렇게 연애의 이상을 설파하는 가운데 사회의 도덕적 관습에 맞서서 자유롭게 자기를 형성하려는 개인의 의지를 표명했다. 가라타니는 그 자율적인 개인 또는 "근대적 자기"를 메이지시대 이후 일본의 청년세대를 휩쓸기 시작한 입신출세주의에 대립시키는 한편, 그것의 특징을 이루는 내면성 또는 "세속적 금욕"을 다시 입신출세주의의 에토스와 연결시킨다.(77, 82) 이렇게 산업자본주의하의 일본사회에 성립된 순응주의(입신출세)와 관련하여 자율적인 개인의 양의성(兩儀性)을 말하고 있는 것은 이데올로기 비판에 능통한 가라타니다운 논평이다. 그러나 개인주의가 어떤 역설을 품고 있든 간에 그보다 중요한 것은 그렇게 근대문학에 불가결한 근대적인 도덕적 기율이 포스트모던 일본사회에서 버블경제 이후 사라졌다는 것이다. 가라타니는 데이비드 리스먼이 1950년대 미국사회 분석에 사용한 용어를 빌려 대량생산, 대량소비에 토대를 두고 있는 현대 일본사회를 "타인지향형", 즉 "주체성이 전혀 없는 부동(浮動)하는 사람들(대중)"의 사회라고 부르고 있다.(70)

현대 일본사회의 특징을 가라타니는 그 순응주의적 대중심리에 역점을 두어 파악하고 나아가 그것을 철학적으로 해석된 인간의 역사적 현실에 비추어 설명한다. 그의 설명에 특히 중요한 골조가 되어주고 있는 것은 역사의 종언 이후에 대한 코제브의 견해이다. 역사란 인간 각자가 동등하게 인정되는 상태를 향한 투쟁이라고 보는 코제브는 역사가 끝나면 그와 동시에 인간은 소멸한다고 주장하고 있다. 여기서 인간이 소멸한다는 것은 순수하게 자연적인 삶의 양식으로 돌아간다는 뜻이다. "역사가 끝난 이후 인간은 새가 둥지를 틀고 거미가 망(網)을 치듯이 대전당(大殿堂)과 예술작품을 지을 것이고, 개구리와 메뚜기 모양으로 음악을 합주할 것이며, 어린 짐승처럼 놀 것이고 어른 짐승처럼 사랑에 몰두할 것이다." 코제브는 그러한 인간의 동물화가 어떤 관점에서 보면 "계급 없는 사회"에 도달한 듯한 1950년대 미국에서 이미 현실이 되었다고 판단하고 있다. 그러나 역사 이후의 인간에게 행복한 동물이 유일무이한 가능성은 아니다. 그는 에도시대 이래 일본의 부귀(富貴) 계층의 문화—노(能), 다도(茶道), 꽃꽂이 등—에 남아 있는 스노비즘에 주목하여, 그것이 "주어진 자연적인 것 또는 동물적인 것을 부정하는 기율을 창조했으며 그 기율은 일본 또는 그밖의 지역에서 '역사적' 행위로부터 생겨난 기율을 사실상 훨씬 능가했다"고 보고 있다. 완전히 형식화한 가치에 따라 인생을 살게 하고, 극단적인 경우 무상(無償)의 자살까지 가능케 하는 그 스노비즘은 인간의 동물성으로의 복귀와 정반대가 된다. 그래서 그는 "역사 이후의 일본화한 모든 시대는 특수하게 인간적일 것"이라고 예견한다.[11] 가라타니는 일본의 경제적 번영이 에도시대의 스노비즘을 부활시켰다고 말하는 중

---

11) Alexandre Kojève, *Introduction à la lecture de Hegel*(Paris: Gallimard, 1947), pp. 436~437. 역사 이후의 인간에 대한 코제브의 단상이 개진되어 있는 이 유명한 제2판 추기(追記)는 독일어판을 저본으로 삼은 한국어판(『역사와 현실 변증법』, 설헌영 옮김, 한벗, 1981)에는 빠져 있고, 영어판(*Introduction to the Reading of Hegel*, ed. by Allen Bloom, trans. by James H. Nichols, Jr., New York: Basic Books, 1969, pp. 159~162)에는 실려 있다. 이 영어판 역시 레이몽 크노(Raymond Queneau)가 편찬한 프랑스어 원판의 발췌본이다.

에 그것을 미국화한 세계의 동물적 상황의 한 결말처럼 취급해서 일본 대중사회의 몰주체적인 풍속과 같은 종류로 만들고 있다.(72~73) 이것은 코제브의 의도에 크게 어긋나는 해석이다. 그럼에도 명백한 것은 역사의 종언과 함께 발생하는 인간의 죽음이라는 우울한 상념을 가라타니가 코제브와 공유하고 있다는 것이다.

역사의 종언이라는 코제브의 명제는 단지 말세적인 것처럼 보이는 현상에 대한 직관의 산물은 아니다. 그것은 인간이라는 보편의 본질적인 요소라고 믿어지는 것에 비추어 인간의 역사적 경험을 해석한 결과이다. 코제브에 따르면 인간의 인간성은 자기의식으로부터, 즉 '나'가 '나' 아닌 것과 구별된다는, 게다가 '나' 아닌 것과 대립되기까지 한다는 의식으로부터 생겨나며, 인간을 그렇게 '나'로 형성시키고 노정시키는 근원적인 동력은 욕망에서 발견된다. 욕망은 인간으로 하여금 자기 안팎에 주어진 바를 그대로 두고 존재하지 못하게 하고 오히려 주어진 바를 파괴하거나 변형시키거나 동화시키는 행위, 즉 부정(否定)의 행위로 나아가게 한다. 코제브가 보기에 진실로 인간적인 부정성(négativité)은 타인의 인정에 대한 욕망에서 나온다. 왜냐하면 "또하나의 욕망을 향한 욕망, 욕망으로 취급되는 욕망은 그 욕망을 만족시키는 부정과 동화의 행위에 의해 동물적인 '나'와 본질적으로 다른 '나'를 창조할 것"이기 때문이다.[12] 인간이 주어진 자연적 상태를 정복하고 사회적인 관계 속에서 스스로를 변형시키는 행위를 가리켜 코제브는 역사적 행위라고 말하고 있다. 자연을 자신의 필요에 맞게 변화시키는 노동으로부터 시작해서 계급에 의한 인간 결정의 철폐로 나아

12) Alexandre Kojève, 앞의 책, p. 5. 가라타니는 인정에 대한 욕망이 진실로 인간적이라는, 다시 말해, 비(非)자연적인 '나' 또는 "자유롭고 역사적인 개인"을 생성시킨다는 코제브의 생각을 무시하고 그것을 몰주체적이고 순응주의적인 대중심리의 특징으로 취급하고 있다. 이렇게 헤겔-코제브의 개념과 리스먼의 개념을 동일시하는 것은, 역사가 끝난 이후 양자는 차이가 없다는 암묵적 가정의 표현인지 몰라도, 납득하기 어렵다.

가는 그 행위는 숱하게 많은 전쟁과 테러와 폭력을 낳으며 진행되고, 그 결과 모든 개인에 대한 보편적인 인정이라는, 근본적으로 기독교적인 이상이 실현된다. 따라서 역사가 끝났다는 말은 욕망이 완벽하게 충족되는 단계에 인간사회가 도달하여 인간이 주어진 세계를 더이상 부정하려 하지 않게 되었다는 것을 뜻한다. 이것은, 정치의 영역에 국한하면, 개인의 절대적 가치를 인정하는 한 보편적이고 동질적인—지구 전체를 그 권역에 포함시키고 있다는 의미에서 보편적이고, 주인과 노예의 계급구조가 사라졌다는 의미에서 동질적인—국가의 성립과 함께 벌어지는 사태이다.

20세기 후반을 거치면서 전 지구적으로 일어난 '미국화'라고 부를 만한 변화, 즉 러시아 및 동구 공산주의의 몰락과 자유민주주의의 승리, 국가와 계급의 경계를 넘어선 소비대중의 출현, 디즈니랜드로 대표되는 대중문화산업의 우세 등은 코제브를 상당히 명철한 예언자로 만들어주고 있는 듯하다. 그의 사상을 니체의 철학과 함께 응용하여 자유민주주의의 제패에 수반된 인간의 비극을 설파한 프랜시스 후쿠야마가 근래에 한동안 엄청난 반향을 일으킨 것을 우리는 기억한다. 그러나 20세기 후반 이후의 시대는 미국적 생활양식의 전 지구화를 보았지만 그와 동시에 모든 국가적, 사회적 관계에서 패권을 향한 싸움의 종식을 보지는 못했다는 너무나도 명백한 사실을 무시하지 않는다면 코제브의 역사관에 동의하기가 불가능하다. 더욱이 20세기 후반 이후 일어난 많은 반(反)헤게모니적 정치투쟁 및 문화투쟁을 감안하면 그것은 그 철학적 토대에서부터 의심스러워 보인다. 코제브는 인간에게 한 가지 성질의 보편적인 욕망(인정에 대한 욕망)이 있고 그 욕망은 원칙적으로 만족될 수 있다는 생각을 전제하고 있지만 그것은 지지하기 어려운 가정이다. 라캉 이후의 정신분석은 코제브의 이론에는 결여되어 있는 인간 욕망의 리비도적, 육체적 근원을 정당하게 회복시키는 한편, 욕망이 인간 언어와 문화 속에서 취하는 끊임없는 치환의 형식들에 주목함으로써 그것의 충족 불가능성을 강조하고 있다. 정신분석의 교훈에 따르면 욕망은 인간의 행위에 합목적적 진로를 부여하는 한 가지 성질의 단일체가 아니라 양립도 불가능하고 화해도 불가능한 정념들의 복합체이다. 그렇다면 인간의 동물화라는 이론은 보편적인 인간의 보편적인 욕망이라는 인식론적 구조 내에서 인간의 다면성, 욕망의 다종성을 타자화하는 기법일지 모르고, 스노비즘의 천국 일본 또한 서양의 경험에서 자라나온 보편주의적 휴머니즘이 비서양의 실재 앞에서 드러내는 자기반조(自己返照)적 환상에 불과할지 모른다.[13)]

가라타니의 코제브적 견해에 의하면 인간의 동물화는 문화에 대해 치명적이다. 문화는 인간을 인간답게 하는 부정성의 발현이기를 그치고 반대로 주어진 상태대로 삶을 수락하고 향락하는 수단이 된다. 가라타니가 소비사회 일본의 소설은 에도시대의 요미혼(讀本)이나 닌죠본(人情本)이 되리라고 말하고 있는 것도 그런 뜻이다. 그러나 욕망이 충족 가능한 것이라는 전제를 받아들이지 않는다면 그러한 인간 실존과 문화에서의 동시적 퇴행은 성립하지 않는다. 사실 코제브는 욕망 이론을 구성하는 가운데 그 이론의 의도와 달리 그것의 충족 불가능성에 대한 암시를 남겨놓고 있다. 가령 "욕망으로서 취급되는 욕망은 충족되기 전에는 노출된 무(無), 비실재적인 공(空)에 불과하다" 같은 구절에서 욕망은 어떤 목적론적 구조를 처음부터 가지고 있지 않은 순전한 부정성의 힘으로 나타난다. 그 무나 공의 개념에 따르면 욕망이 나

13) 프레드릭 제임슨은 리들리 스코트의 〈블레이드 러너〉가 담고 있는 일본에 대한 인유(引喩)에 대해 논평하는 중에 "이제는 의무처럼 통하는 일본에 대한 참조는 우리〔서양〕의 과거가 아니라 어쩌면 우리〔서양〕 자신의 미래일지 모르는 대타자에 대한 집착의 표시"라고 말하고 있다. 그는 코제브의 예를 상기시키면서 "역사의 끝은 그래서 일본"이라는 말도 덧붙이고 있다. Fredric Jameson, *The Seeds of Time*(New York: Columbia University Press, 1994), pp. 155~156.

아가는 행로가 사전에 정해져 있다고 믿을 하등의 이유가 없다.[14] 이렇게 보면 코제브가 1959년 일본 방문 후에 자신의 생각을 근본적으로 바꾸었다고 말하면서 스노비즘이라는 반(反)동물적 인간의 가능성에 대해 이야기하기 시작한 것도 기이한 일은 아니다. 부정성이 결락된 인간이라는 관념은 인간 문화의 실재를 극도로 단순화하지 않는다면 정녕 견지하기 어려운 비관주의이다. 코제브의 헤겔 세미나 참석자 중 한 사람이었던 바타이유는 역사의 종언이라는 명제 앞에서 총체적 만족을 얻은 인간의 동물적 생존을 이야기하는 대신에 부정성이라는 인간 능력의 존속에 주목했다. 그는 코제브에게 보낸 편지에서 "만일 행위(일하기)가—헤겔이 말하고 있듯이—부정성이라면 아무런 할 일이 남아 있지 않은 사람의 부정성은 사라지는가 아니면 쓸데없는 부정성(*négativité sans emploi*)의 상태로 남아 있는가를 알아야 하는 문제가 생긴다"고 적고 있다.[15] 인간의 동물화가 대세라고 해도 주어진 자연과 문화를 부정하려는, 그것들에 의해 규정된 자신을 부정하려는 충동은 인간에게 남아 있다. 그 남아도는 부정성이 그 자체로 '역사적 행위'를 산출하지 못한다고 할지라도 그 부정성의 활동은, 인간적 존엄성이라는 관념을 포기하지 않는다면, 발견되고 촉진되어야 한다. 이것은 문학을 포함한 문화형식이 정치적으로 쇠퇴하거나 사회적으로 고립되는 징후를 드러내고 있더라도 그것에 대한 미련을 쉽사리 버릴 수 없는 이유이기도 하다.

---

14) Alexandre Kojève, 앞의 책, p. 12. 코제브의 욕망개념이 목적론적 구조를 가지고 있지 않다는 것은 주디스 버틀러가 그것이 헤겔의 욕망개념과 어떻게 다른가를 밝히는 가운데 지적한 적이 있다. 그러나 버틀러는 코제브의 이론체계 내에서 욕망의 충족가능성과 비목적성, 인간의 동물화와 스노비즘 사이에 존재하는 모순은 건드리지 않고 있다. Judith Butler, *Subject of Desire: Hegelian Reflections in Twentieth-Century France*(New York: Columbia University Press, 1987), pp. 61~79 참조.

15) Georges Bataille, "Lettre à X., chargé d'un cours sur Hegel…," *Oeuvres complètes* 5, (Paris: Gallimard, 1973), p. 369.

4. 문학의 제도와 반제도

한국의 문학계에는 가라타니가 문학에 대해 가지고 있는 것과 비슷한 정도로 회의나 절망을 품고 있는 사람이 적지 않다고 생각된다. 활자매체가 공공의 의사소통 수단으로서 상대적으로 우위를 점하고 있었던, 그래서 문학이 반헤게모니적 대중교육과 동원에서 주도적 역할을 하던 과거에 문학이 가지고 있었던 위세는 확실히 사라졌다. 작가들에게 고난과 영광이 함께하던 시기에 형성된 문인단체가 존속하고 있지만 그것은 현재 활동중인 시민단체 중의 하나, 그나마도 정치적, 사회적 영향력이 미미한 단체 중의 하나에 불과하다. 지난 십수 년 사이 대중소비를 위한 문화생산은 그 규모면에서 엄청난 성장을 기록했지만 그중에서 문학출판이 차지하는 비중은 초라할 정도로 낮다. 문학계의 인사들 사이에서 가끔 '좋았던 옛날' 소리가 들리곤 하는 것은 전혀 이상한 일이 아니다. 그러나 문학의 세력 저하는 불가피한 사태이다. 조금 깊이 생각하면 문학이 과거에 누린 위세는 문학 본래의 권능에 대한 응분의 보상이라기보다 한국사회의 저발전이 가져다준 행운이다. 대학 학문과 교육의 전반적인 부실함, 대중매체의 문화적 저열성과 기술적 낙후성, 권위주의적 정권의 삼엄한 언론 통제, 글하기에 특권을 부여한 유교 문화의 낡은 유산, 학력귀족이 입신출세를 독점하는 사회체제—이런 요인들을 떠나서 과거 한국문학의 위세를 설명하기란 불가능하다. 그렇게 저발전 사회의 풍토 속에 자라난 문학이 과연 그렇게 훌륭한 것이었는지도 의문이다. 김우창은 정치적 성향이 강한 한국문학의 특징을 염두에 두고 "주변부의 리얼리즘이 참으로 순정한 것이었느냐는 의문으로 남는다"고 말하고 있지만[16] 과거의 작가와

16) 김우창, 「문학과 세계시장」, 앞의 책, 308쪽.

작품에 대한 공상이 정치적이거나 도덕적인 이유에서 허락되지 않고 있는 시대착오일지 모른다는 생각은 해볼 만한 것이다. 시절이 궁색하고 험악한 중에도 기억할 만한 작품을 써서 남긴 작가들의 업적은 기려야 마땅하나 동시대의 문학을 마치 대파국을 앞둔 퇴폐의 준동처럼 여기는 착각은 버려야 한다. 문학보다 긴박하게 중대한 무엇인가가 있다고 믿는다면 가라타니나 김종철처럼 문학을 그만두는 것이 합리적이다. 만일 그렇지 않다면 묵시록의 픽션에서 벗어나 문학을 생각해야 한다. 문학이 워낙 시세가 없는 세상이니 자신을 정치적 무능과 사회적 고립으로 몰아가게 되더라도 말이다.

그러나 불행한 것은 문학의 항존(恒存)만큼 한국의 학계와 평단에서 인기 없는 관념도 없다는 사실이다. 지난 십수년 사이 문학활동이 정치운동과의 긴밀한 연관하에서 가졌던 권위를 잃어버리면서, 그리고 그에 비례하여 문학의 상품적 위상이 명확하게 노출되면서 문학의 관행과 제도에 대한 비판은 두드러진 유행이 되었다. 페미니즘을 비롯한 비판이론의 영향하에 많은 비평가들이 정전급 작가와 작품의 전복적 독해를 시도하기도 했고, 문학과 담론과 권력의 함수관계에 몰두하기도 했다. 가라타니의 『일본 근대문학의 기원』은 뭉뚱그려 문학의 탈신비화라고 부를 수 있는 그러한 작업에 계시와 용기를 제공한 책의 하나이다. 명석함과 도발성이라는 면에서 확실히 롤랑 바르트의 『글쓰기의 영도』에 견줄 만한 그 강력한 문학 비판은 당연한 듯이 여겨지던 한국 근대문학의 개념과 범주들의 역사적 우연성을 인식하게 만들었고 나아가 한국문화의 근대에 대한 본격적인 비판을 모색하게 했다. 『일본 근대문학의 기원』과 그밖의 가라타니 저작이 한국비평에 미친 영향은 전체적으로 유익한 것이었다고 생각한다. 그러나 그것이 근대 비판 담론의 유행을 타며 널리 참조되고 응용되는 가운데 속류 이데올로기 비판을 유발한 책임이 있는 것도 부인하기 어려운 사실이다. 가라타니가 근대문학을 다루는 방식, 폴 리쾨르가 프랑스 구조주의를 두고 고안한 표현을 빌리면, '선험적 주체 없는 칸트주의'를 이데올로기 비판과 결합시킨 방식은 근대 권력체제와 공모하는 담론질서에 의한 전체적 규정하에 문학을 놓고 보도록 만들었다. 고백과 같은 특정한 문학적 관습이 이데올로기 생산의 사회적 양식들과의 관계에서 성립되고 보존되는 사정을 가리켜 그가 즐겨 사용한 '제도'라는 개념은 자유, 해방, 부정, 진리 등의 용어에 집착하는 비평을, 특히 젊은 세대의 비평가와 연구자들 사이에서, 이론적으로 소박하고 정치적으로 우둔한 인습처럼 보이게 만들었다.

문학은 어느 시대에나 그 생산과 수용을 결정하는 일정한 규범을 가지고 있으며 그 규범은 문학이 속해 있는 사회의 지배적인 관념과 가치들의 영향하에 있다. 사회체제 전체의 목적에 따라 자발적으로든 강제적으로든 규제를 당하는 합법칙적 행위라는 관점에서 문학생산과 수용을 말하는 것은 가능하다. 하지만 중요한 것은 문학이 사회의 나머지 하위체제와 동일한 규칙에 따르지 않는다는 점이다. 문학제도의 핵심을 이루는 규범은, 그 제도의 근대적인 형식에 있어서는, 언제나 의심과 비판과 수정을 당하게 되어 있으며 그런 만큼 본질적으로 불확정적이다. 그 불확정성은 과학, 도덕, 예술의 가치영역들의 분화, 픽션의 가치에 대한 승인의 보편화, 민주주의 관념 및 제도의 보급 등과 같은 근대화의 결과 문학 내부에 정착된 중요한 특성이다. 그런 점에서 문학의 제도를 말하는 것은 문학의 반쪽만을 말한 것에 불과하다. 데리다는 한 대담에서 "문학이란 무엇인가"라는 물음에 대해 "관습, 규칙 등등을 가지고 있는 역사적 제도"이면서 동시에 무한정한 발언의 자유를 가진 까닭에 그 자신의 규칙마저 깨뜨리는 "허구의 제도"라고 답하고 있다. 그는 문학의 역설을 이렇게 묘사한다. "제도이자 동시에 황야인 장소. 그 제도 전체를 의문시하는 것, 어느 만큼이든 유예시키는 것이 허용되는 장소, 제도에 대항하는 제도."[17] 가라타니는 근대문학의 가장 중요한 제도로 "언문일치"를 꼽는다. 데리다의 로고스-음성중심주의 비판에 대한 참조를 포함하고 있는 그의 언문일치론은 일본 근대문학에 대한 그의 고고학적 비판에서 가장 빛나는 부분이다. 그러나 근대문학이 언문일치제도를 조건으로 성립한 이후 그것을 계속 정통화하고 그 국민 이데올로기를 추인하거나 강화하는 역할만을 해왔다고 믿기는 어렵다. 근대문학의 어떤 작품은 읽기 여하에 따라 그 자체의 언문일치문체에 대한 불신, 비판, 해체를 수행하고 있는 것으로 드러날지도 모른다. 흥미롭게도 데리다는, 68혁명 이후 프랑스에서의 일이지만, 가라타니와 대조적으로 "로고스중심주의는 오늘날 '문학적' 활동의 어떤 부문, 어떤 규정된 형식 속에서 다른 어디에서보다 명시적으로 전복되고 있다"는 발언을 남기고 있다.[18]

그러나 문학제도의 역설적 성격은 가라타니 역시 누구 못지않게 잘 알고 있다. 그는 근대문학의 인식론적·이데올로기적 피규정성(被規定性)을 석연하게 드러내는 한편, 그러한 성격에 저항하는 문학적 의식의 존재 또한 분명하게 상기시키고 있다. 나쓰메 소세키(夏目漱石)가 거기에 해당한다. 일본과 서양의 문화적 경계에 자신을 위치시킨 그 메이지 일본의 대작가에게서 가라타니는 일본 근대문학에 대해 일종의 낯설게하기를 가능케 하는 의식을 찾아내고 있을 뿐만 아니라 언문일치의 리얼리즘과는 종류가 다른 문학양식을 발견하고 있다. 『일본 근대문학의 기원』 개정판의 제7장 「장르의 소멸」에서 그는 소세키의 서사적 작품들이 근대소설의 우세종인 노블과는 그 종류가 다르다는

---

17) Jacques Derrida, "This Strange Institution Called Literature: An Interview with Jacques Derrida," *Acts of Literature*, ed. by Derek Attridge(New York: Routledge), 1992, p. 37, 58.

18) Jacques Derrida, "Implications: Interview with Henri Rose," *Positions*, trans. by Alan Bass(Chicago: University of Chicago Press), 1981, p. 11.

판단 위에서 "소세키가 근대문학 가운데 있으면서 또한 그것에 이의를 외치고 별개의 가능성을 보았다"고 주장하고 있다. 에도시대 소설의 제반 장르를 계승하고 혁신한 소세키의 소설은, 바흐친의 장르론을 원용한 가라타니의 해석에 따르면, "근대문학의 형식을 넘어서는 계기"를 창작을 통해 수립한 셈이 된다. 그는 또한 근대 사세이분(寫生文)이 하이카이(俳諧)로부터 유래한다고 간주한 소세키의 미학적 사고방식에는 근대문학에 대항하는 "세계감각"이 지속되고 있다는 해석을 제시하고 있다.[19] 그러나 그렇게 문학은 그 제도화에 저항하는 요소를 포함한다는 사실을 통찰하고 있음에도 그는 그러한 요소들이 근대문학 속에서 어떻게 잔존했는지, 그리고 그것들이 예고한 근대문학의 이후가 어떤 양상인지는 논제로 삼지 않는다. 그 자신의 말대로 문학에 대해 "진정으로 낙담했"기 때문일 것이고, 문학비평보다 "시급한 과제들"이 있다고 믿기 때문일 것이다.(10) 가라타니의 문학과의 결별은 일본문학을 위해서도, 그의 비평으로부터 자기인식과 자기비판의 새로운 모델을 얻은 한국문학을 위해서도 애석한 일이다.

(『현대문학』 2006년 8월호)

19) 『定本 柄谷行人集 1: 日本近代文學の起源』(岩波書店, 2004), p. 248, 250, 255.

한국문학의 변증법적 이성

김우창의 한국 현대문학론에 대하여

1

1968년의 기념비적인 평론 「한국시와 형이상」에 이어 김우창이 식민지시대 한국문학에 관한 논고를 잇달아 발표한 1970년대는 한국 현대문학 연구에 새로운 기원이 이룩된 시기이다. 이 시기를 통하여 식민지시대 문학 유산은 해방 후 대학교육을 받은 최초의 문학세대에 의해 진지하게 검토되기 시작했으며 그 유산에 대한 역사적·비판적 이해는 한국문학의 새로운 가능성을 위한 진지한 모색에 불가결한 절차가 되었다. 『창작과비평』의 민족문학 논의가 식민지시대 문학에 대한 역사적 반성을 포함하고 있었던 것, 『문학과지성』의 4·19 세대의 문학적 자의식이 한국문학사 서술의 새로운 실험을 수반하고 있었던 것은 지금도 많은 사람들의 기억에 남아 있는 사실이다. 70년대에는 또한 한편으로는 재래의 실증주의적·역사주의적 연구를 바탕으로, 다른 한편으로는 미국 신비평을 비롯한 외국의 문학이론을 바탕으로 한국 현대문학 연구가 국문학의 하위분야로 대학제도 내에 자리를 잡기 시작했다. 70년대를 거치는 동안 대학에서의 한국 현대문학 연구는 문학사를 중심으로 하는 연구관행을 정착시키면서 당시의 한국학 일반의 민족주의에 상응하는 한국 현대문학의 서사들을 만들어냈다. 70년대에 학계와 문단 양쪽에서 이루어진 한국 현대문학 연구가 어떤 성격을 가지고 있는가는 섣불리 말할 수 없지만 그것이 현재 국문학계에서 종종 보는 바와 같은 직업주의적, 실적주의적 생산과 크게 다르다는 것은 두말할 필요가 없다. 한국 현대문학에 대한 70년대의 주요 논의는 그 두드러진 예 중 하나가 이른바 내재적 발전론에 근거한 한국문학사의 정립이었다는 사실에서 보듯이 한국 현대문학을 총괄하는 역사적 관점을 창시하려는 열정과 함께 한국인의 자주적, 창조적 능력을 확인하려는 열정을 담고 있었다. 작게는 한용운이라는 의사(義士)-시인의 재발견에서부터 크게는 민족해방운동의 일환으로서의 문학운동이라는 가설설정에 이르기까지 70년대를 통하여 한국 현대문학 연구의 새로운 기원을 만든 사건들의 근원에는 한국인의 주체성을 핵심으로 하는 역사의식이 놓여 있었다.

김우창은 물론 통상적인 의미에서의 문학사를 쓰지는 않았다. 한국 현대문학에 대한 그의 논의는 문학적 사실의 연대기적 조직, 시대, 작가, 작품에 대한 논평의 집성, 주의(主義), 유파, 운동에 대한 묘사 등과 같은 문학사의 상투적 방법으로부터 초연하다. 문학작품에 대한 그의 논의에서는 작품의 의미를 규정한다고 믿어지는 사실들의 맥락을 정리하려는 역사가적 본능보다 작품 특유의 진리를 그 미묘함과 복합성을 살려 간파하는 비평가적 감각이 월등히 우세하다. 한용운 김소월 이육사 정지용 김기림 김광균 윤동주 서정주 김현승 등의 시, 이인직 이광수 김동인 염상섭 이상 등의 소설에 대한 그의 언급은 그 분량이 많든 적든, 그 목표가 이론적 가설의 정립이든 작품 자체의 소묘든 관계없이 해당 작품 해석에 표준이 된다. 그러나 그의 한국 현대문학 논의가 단지 비평적 주석과 논평의 집합인 것은 아니다. 오히려 그것은 한국 현대문학에 대한 어떤 전체적, 역사적 관점을 세우려는 범주화, 전형화, 일반화의 움직임을 포함한다. 사실, 한 비평적 천재의 탄생을 알린 에세이 「한국시와 형이상」은 "최남선에서 서정주까지"라는 부제가 말해주듯 한국 현대시의 형성과 전개에 공헌한 몇몇 주요 시인들의 작품을 형이상학적 질서의 탐구라는 문제와 관련하여 일관성 있게 검토함으로써 한국 현대시의 역사를 전체적으로 이해하는 "하나의 관점"을 제시하고 있는 글이다. 게다가 한국 현대시와 현대소설에 대한 그의 역사적 관점은 그 장르들이 표현하고 있는 현대 한국인의 삶—일정한 정치적·사회적 조건의 제약 아래 있으면서 또한 그러한 제약을 넘어 역사의 움직임 가운데 자신을 표현하고 전개함으로써 자신의 주체적 가능성을 보여주는 한국인의 삶을 발견하는 데에 역점을 둔다. 예컨대, 1976년 『세계의문학』 창간호에 발표된 평론 「한국 현대소설의 형성」에서 그가 주목하고 있는 소설의 진화는 현대라는 조건 아래 생겨난 한국인의 정치적, 도덕적 삶의 새로운 가능성에 대한 탐구와 다르지 않다. 이렇게 보면 김우창 비평은 70년대 한국 현대문학 연구의 획기적인 발전과 동떨어져 있는 것이 아니다. 오히려 당시의 연구에 활력과 창의를 불어넣은 역사의식을 김우창 특유의 방식으로 표현하고 있으며 그 역사의식에 입각하여 한국 현대문학을 보는 새롭고도 계시적인 관점 하나를 정립했다고 해야 옳다.

한국 현대문학 연구의 불행 중 하나는 김우창의 역사적, 철학적 관점이 후속 세대에 의해 제대로 이해되지도 계승되지도 못했다는 점이다. 그의 첫 평론집 『궁핍한 시대의 시인』은 1977년 출간 이후 국문학자들 사이에서 오랫동안 참조된 소수의 비(非)국문학과 문학 교수의 저서이고, 그의 강의나 저술로부터 감화를 받은 학도들, 주로 평론을 겸하는 학도들이 국문학계에는 적지 않지만 그의 한국문학론은, 이를테면 백낙청의 민족문학론과 달리, 국문학계 내에 지지와 계승의 지속적인 작업을 보지 못했다. 여기에는 여러 가지 정치적, 사회적 이유, 특히 국문학계의 부족사회적 폐쇄성과 족벌성 같은 이유도 있지만 김우창의 비평 자체가 한국문학의 역사적 설명을 위한 표제, 범주, 개념의 생산에 신중하다는 이유도 있다. 한국 현대문학에 관한 70년대와 그 이후의 연구는 대체로 그 역사적 진화 또는 발전을 설명하게 해줄 작품들의 합성체—즉, 장르, 시대, 전통, 운동 등—를 찾아내고 검토하는 데에 주력했다. 그 두드러진 양상 중 하나가, 김우창이 지적한 대로, "서양문학의 유파적 명칭, 낭만주의, 상징주의, 심미주의, 자연주의 등"과 같은, "어떤 특정한 문학사상의 유파에 해당되었던 어떤 특정한 표제를 중심으로 하여 문학을 보려고 하는 경향"이다.[1] 반면에 그의 논의는 개개의 문학작품에 표현된 구체적인 지각과 경험에 대한 이해를 무엇보다 중시하며 그것을 바탕으로 그 지각과 경험이 의미의 확산을 얻는 보다 넓은 문학적, 사회적, 역사적 세계를 포착하려고 한다. 김우창 비평의 걸작 중 하나인 「시와 정치」는 좋은 예가 된다. 그 에세이는 시의 정치적 성격이라는 문제를 다루고 있지만 시적 진술을 추상화하여 역사상의 특정한 정치 이념이나 운동의 표현으로 만드는 대신에 시의 주요 원천인 감각적 충동이 "절대적 행동주의"와 "자학적 관능주의"라는 두 가지 역설적인 경험으로 전화(轉化)하는 계기들을 찾아내고 시의 정치화가 현대 한국인의 삶에 특유한 "자아실현" 충동의 변증법적 과정에 통합되어 있음을 보여준다.(3: 53, 63, 65)

김우창 비평은 워낙 지적 원천이 풍부하고 관련 영역이 광대해서 그

---

1) 『김우창 전집』 4, 민음사, 1993, 377쪽. 앞으로 『김우창 전집』 전5권에서 인용할 경우에는 본문에서 괄호 안에 해당 권수와 쪽수만 밝힌다.

성격을 일률적으로 말하기가 어렵지만 한국 현대문학과 관련해서는 다분히 역사주의적이다. 문학작품의 지각과 인식을 한국인의 삶 전체의 역사적 전개에 합치시켜 이해하려 한다는 점에서 그러하다. 그러나 그의 역사주의는 70년대 이후 현대문학 연구 관행에 비추어보면 독자적인 것이다. 그것은, 앞으로 조금 자세히 언급하겠지만, 문학적 지각과 인식이 그것을 포함한 인간의 모든 주체적 활동에서 생겨나는 역사의 발전과 일치할 가능성에 관심을 기울인다. "역사적 이성에 대한 모색"(1: 348)이 긴요하다는 믿음은 그의 역사주의를 학계 일부에 만연한 실증주의적 형태의 역사주의와 구별되게 한다. 그는 일찍이 70년대 중반에 김윤식의 문학사를 비판하면서 역사의 재현에 있어서 이성적 법칙의 발견을 사실의 집성보다 우위에 두는 그의 입장을 명확히 했다.(1: 324~337) 또한 그는 역사의 법칙을 전제하고 그로부터 한국문학의 발전을 추론하는 연역적 사고를 경계한다. 그래서 그의 역사주의는 실증주의와 함께 학계를 풍미한 좌파 민족문학론—역사변증법에 기초하여 한국문학의 "진보적" 전통을 발명한 민족문학론과도 다르다. 현대문학에 대한 김우창의 역사적 관점의 특징은 그가 즐겨 쓰는 어휘를 빌려 간단하게 말하건대 현대 한국인의 "내면"의 형성과 전개에 중점을 둔다는 데에 있다. 여기서 내면은 인간의 육체적, 감각적 존재에 근원을 두고 있는 마음의 영역이면서 또한 인간으로 하여금 자신을 형성하게 하는 능력의 출처이다. 인간은 내면적인 체험을 통해 역사적으로 규정된 자신을 인식하는 동시에 자신을 넘어설 가능성, 자신을 보다 온전한 인간으로 창조할 가능성을 발견한다. 인간이 그렇게 역사적 규정 속에서 자신을 발견하고 창조하는 행위로부터, 자신을 주체적 존재로 형성하는 행위로부터 역사의 이성적 질서는 태동한다. 김우창은 한국 현대문학을 고찰하면서 현대화라는 조건 속에서 일어난 한국인의 내면적인 체험과 그 체험으로부터 생성되는 주체적 인간화의 노력에 초점을 맞춘다. 한국 현대문학의 주요 작품, 장르, 경향 속에서 한국인의 "내면의 현대화"[2]를, 한국인이 보편적인 의미에서 현대적 삶의 주체로 자신을 형성하는 과정을 파악하고자 한다. 이것이 현대 한국인의 생활과 문화에서 현대문학이 가지고 있는 의의를 심오하게 드러내는 방식임은 의심할 나위가 없다. 김우창의 비평은 한마디로 한국인의 현대 경험의 철학적 핵심에 현대문학을 위치시키는 것이다.

2

김우창은 한국 현대문학이 특수한 역사적·문화적 사정 속에서 형성되었음을 잊지 않는다. 그것이 일본의 식민통치 아래서 그 최초의 모양을 갖춤으로써 입어야 했던 손상은 그가 반복해서 지적하고 있는 사항의 하나이다. 그러나 한국문학에서 현대성의 실현이 한국의 특수한 사정으로 인하여 지체와 굴절을 겪었다고 하더라도 현대성 자체는 인간 역사의 보편적인 사실이다. 김우창은 한국의 현대를 연구하는 사람들이 일반적으로 그렇듯이 서양의 경험을 준거로 현대를 이해하는 보편적 모델을 가정한다. 인간생활의 합리화, 자본주의 시장경제의 성립, 민족국가 건설 등은 김우창 역시 명시적으로든 묵시적으로든 지시하는 현대의 조건들이다. 그러나 한국의 현대에 대한 그의 논의에서 가장 중요하게 참조되고 있는 현대 이해의 모델은 한국의 다른 역사가, 비평가들의 논의에서는 그리 널리 활용되지 못했을 뿐더러 온전하

2) 김우창, 「모더니즘과 근대 세계」, 『21세기 문학이란 무엇인가』(민음사, 1999), 616쪽. 국문학자와 국사학자의 다수가 근대라는 말로 표시하는 역사상의 시기, 상태, 정세를 김우창은 대개의 경우 현대라고 지칭한다. 이 글에서는 김우창의 어휘를 존중하여 현대라는 말을 가급적 일률적으로 사용한다.

게 활용되지도 못한 모델이다. 그것은 인간생활이 문화적, 사회적, 정치적 과정에 출현한 변화들보다 그러한 변화들의 근본에 자리잡은 변화, 말하자면, 인간과 인간, 인간과 세계의 관계에서의 변화를 강조하는 것이다. 이 현대에 대한 철학적 이해의 모델은 그가 「한국시와 형이상」에서 "단일적인 세계관의 붕괴와 이에 따른 전통적인 가치체계의 상실이 현대 서구 지성사의 핵심적인 사실을 이룬다는 사실"(1: 36)을 들어 논의를 시작하는 데서 이미 명백하다. 그의 현대 이해는 기독교에 기초한 문화적 통일성의 붕괴에서 현대의 발단을 구하는 전통적인 유럽사상사나 문화사의 서사를 준거로 삼고 있을 뿐만 아니라 그리스의 조화로운 인륜성의 세계의 몰락을 서술한 헤겔에서부터 현대의 '형이상학적 고향 상실'을 진단한 청년 루카치에 이르기까지 유럽 사상가들이 발전시킨 현대에 대한 철학적, 비판적 사고양식을 일정하게 따르고 있다. 그래서 조화, 통일, 충만, 일체성이 갈등, 분열, 소외, 파편화로 대치된 상황은 현대 한국이 유럽과 "공유"하고 있는 현대의 문제적인 현실의 핵심이 된다.

현대에 대한 철학적 이해의 모델에 따라 김우창이 상정하고 있는 현대 한국의 문제적 현실을 한국사의 맥락 안에서 특수하게 말하면 그것은 바로 유교문화의 붕괴가 가져온 혼란이다. 유교문화는 오랜 세월 동안 사회의 모든 부문에 기강과 조화를 성립시킨 관행이었기 때문에 그것의 몰락은 생활 전체에 걸쳐 중대한 위기가 일어났다는 신호가 된다. 김우창은 그 위기의 본질을 설명하여 "전체적인 질서의 관점에서 사물을 파악하는 본능을 상실"한 것이라고 말하고 있다.(1: 69) 유교문화가 무너짐에 따라 한국인 개인에게나 집단에게나 삶의 경험은 온전한 일체성을 가지지 못하고 분열과 갈등에 빠지게 된다. 현대에 와서 유교의 전통이 완전히 사라진 것은 물론 아니다. 김우창은 유교적 인간관과 윤리관이 현대작가들이 자아와 세계를 인식하는 방식에 남아 있는 양상에 주의하기도 하고, 현대시에 이월된 "선비 전통"에 관한 김종길의 견해를 이어받아 유교적 수양에서 자라나온 시적 성취에 유념하기도 한다. 그러나 김우창은 한편으로는 유교문화를 폐기하는 방식보다는 보존하는 방식으로 발전을 추구하는 것이 바람직했다고 보면서 다른 한편으로는 현대문화의 조건과 양립하기 어려운 유교의 유산에 주목한다. 그가 보기에 유교의 많은 유산 중에서도 현대문화의 성장을 가장 심각하게 제약한 것은 인간과 세계를 도덕적 관점에서 이해하는 관행이다. 유교의 도덕주의는 인간의 구체적인 경험에 근거하는, 그리하여 자유의 원리가 되는 새로운 도덕에 대한 요구를 충족시키지 못하고, 변화하는 도덕적, 사회적 현실 속에서 결국 억압의 기율이 되고 만다. 생각해보면, 유교 도덕이 인간 현실의 윤리적 통합을 담당하지 못하고 추상적인 규범으로 남아 있다는 사실이야말로 한국인의 삶의 파편화 상태를 극명하게 증거하는 것이다. 따라서 현대 한국문화의 과제는 유교가 물려준 "조화의 전통"에서 안정을 구하는 것이 아니라 유교문화를 대체할 새로운 삶의 질서를 탐구하는 것이다. 이것은 현대의 엄연한 현실인 경험의 모순을 인정하면서 동시에 그 모순을 종합함으로써 가능한 삶의 새로운 "전체성"을 추구하는 것이다.

김우창 비평의 핵심어인 전체성은 서양철학, 특히 관념론과 낭만주의와 마르크스주의의 어떤 전통에서 그것이 가지고 있는 의미를 승계하고 있다. 그것은 무엇보다도 인간생활의 모든 성분들이 서로 조화를 이루고 완전에 이르러 일체를 이룬 상태를 지칭한다. 인간생활의 성분들은 각각 전체성을 이루면서 또한 서로 결합하여 보다 광대한 전체성을 형성한다. 인간의 인식과 행동에 내재한 일관성, 통일성, 충만함을 향한 경향은 궁극적으로 이러한 전체성 지향으로 수렴된다. 전체성에 대한 철학적 사고는 종종 인간이 상실한 어떤 조화와 통일의 원초적 상태를 가정한다. 김우창 역시 전체성은 쉴러가 내세운 "'순진성'을 그 궁극적인 이념으로 한다"(1: 170)고 밝힌 구절이나 전체성을 달성하는 것을 성취가 아니라 "회복"(1: 400)이라고 부른 구절 같은 데서 그러한 가정에 따르고 있음을 내비친다. 그러나 전체성을 향한 열망은 낙원을 상실한 인간이 자신을 위문하는 조상(弔喪)의 심리가 아니다. 그것은 개인적, 사회적 삶의 보편적인 사실이며, 그것으로부터 현재적 상태를 넘어서려는 사회의 움직임, 즉 역사의 지속적 발전이 생겨난다. 전체성은 역사의 발전에 의해 상실되지만 또한 역사의 발전에 의해 보다 완전한 형태로 회복된다고 가정된다. 그것은 역사의 "목적telos"(1: 423)을 이루는 것이다. 김우창이 말하는 역사는 인간생활 내부의 분열과 대립을 극복하려는 운동, "전체화"를 향한 운동의 연속이라는 구조를 가지고 있다. 그는 "드러난 전체성"과 "감추어진 전체성"이라는 용어를 사용하면서 그 두 전체성의 대립과 그 지양으로 사회의 변증법적 발전을 말하기도 한다.(1: 32~33) 그가 말하는 "전체의 변증법"은 말할 것도 없이 헤겔에게서 유래한 것이지만 어떤 계열의 헤겔 해석에서와 달리 그 변증법의 종결을 상정하지 않는다. 전체성의 범주를 고정시켜 인간 현실을 이해하는 북한문학이론에 맞서서 "끊임없이 변화하는 전체성"(3: 728)을 역설한 구절이 명백히 알려주듯이 그에게 역사상의 모든 전체는 스스로를 지양하며 따라서 삶의 전체화는 종결 없는 과정이 된다.

김우창이 전체성을 역사적인 것, 가변적인 것으로 이해하고 있는 것은 그것을 지향하는 인간이 본질적으로 자유로운 존재라는 그의 생각과 밀접한 관계가 있다. 그가 말하는 자유는 칸트를 시작으로 현대철학이 발견한 인간의 자기작인(自己作因, self-causality)이라는 의미, 즉 인간을 결정하는 원인은 인간 자신이라는, 인간은 그 자신을 스스로 결정한다는 의미에서의 자유이다.[3] 이러한 자유의 관점에서 보면 인간의 생존을 제약하는 역사와 사회는 인간이 그 자신을 만든 결과이며 거기에는 인간의 노력 여하에 따라 인간 자신을 다시 새롭게 만들 가능성이 잠재되어 있다. 인간 자신을, 그 역사와 사회를 스스로 만드는 인간 보편의 능력에 대한 믿음을 김우창에게서 발견하기란 아주 쉬운 일이다. 그것은 자유와 상황의 변증법을 다분히 사르트르적 어휘로 설명한 70년대의 글(「물음에 대하여」)에서부터 역사적 주체의 가능성을 다분히 헤겔주의적, 마르크스주의적 수사로 논의한 80년대의 글(「구체적 보편성에로」)에 이르기까지 그의 철학 에세이 곳곳에 산재되어 있다. 전체성과 함께 그가 즐겨 쓰는 주체성이라는 개념 또한 자유나 창조의 개념과 불가분의 관계에 있다. 그것은 대체로 인간의 역사적, 사회적 삶의 소산을 조건으로 하여 인간 자신을 창조하는 능력이나 활동을 가리킨다. 김우창 스스로 "주체성은 역사적 업적을 받아들이며 부정하며 다시 생산하며, 끊임없이 변화하는 자기동일성을 형성하는 능력이다. 그것은 없음과 있음을 창조적으로 종합한다"고 풀이하고 있다.(3: 585) 따라서 김우창이 주장하는 전체의 끊임없는 자기운동과 인간 주체의 지속적인 자기창조는 동일한 사태의 양면을 이루는 셈이다. 전체성은 그가 누누이 강조하고 있는 바대로 개인적, 사회적 사실들의 산술적인 총화가 아니라 인간이 자유롭고 전인적인 주체로 자신을 형성하고 표현하려는 노력과 맞물려 있다. 삶의 모든 관계에서 조화로운 통일성을 성립시키려는 노력을 거듭함으로써 인간은 그의 보편적 자유를 실현하는 것이다.[4]

---

3) "우주적인 의미에서의 자유라는 말로 (……) 내가 이해하고 있는 것은 어떤 상태를 그 자체로부터 시작하는 능력이다. 그 상태를 야기한 작인(作因)은 자연의 법칙에 따라 그 작인을 앞서서 결정한 다른 어떤 원인하에 성립하지 않는다." Kant, *Critique of Pure Reason*, trans. and ed. Paul Guyer and Allen W. Wood(Cambridge: Cambridge University Press, 1997), p. 533.

4) 전체성을 인간 주체의 자기표현으로 이해한다는 점에서 김우창이 생각하는 전체성은 헤겔적인 의미의 전체성, 이른바 표현적 전체성(expressive totality)에 가깝다. 그러나 전체성

전체성에 대한 지향은 궁극적으로 자유롭고, 합리적인 질서를 인간 사회에 건설하는 일이라는 점에서 정치적이다. 그러나 김우창에게 전체성의 이상을 예시하는 것은 어떤 정치 제도가 아니라 문학과 예술이다. 그가 생각하는 문학의 본질은 무엇보다도 개인의 경험에 충실한 방식으로 진실을 탐구한다는 데에 있다. 문학은 개인적 경험을 추상화함으로써가 아니라 구체화함으로써, 개념상으로 정리함으로써가 아니라 그 감각적 양상에 주목함으로써 진실에 이르고자 한다. 문학적 관심사의 중심을 이루는 것은 인간의 육체적, 물질적 현실, "인간이 리비도적인 존재"(3: 299)라는 인식과 합치되는 현실이다. 그러나 문학은 리비도적 욕망을 승화시킴으로서 인간문화에 통합시키듯이 개인적 경험을 잠재적 혼돈의 상태로부터 구제하여 그 경험 자체의 "법칙적, 구조적, 형식적 연관"을 드러낸다. 문학작품은 개인의 구체적인 경험에 밀착하는 동시에 미적 형식화의 요구에 따름으로써 그 경험에 내재하는 전체적인 질서를 알아보게 한다. 그래서 문학작품이 재현하는 것은 개별적인 것과 일반적인 것, 구체적인 것과 추상적인 것을 통일하여 가지고 있는 전체성, 즉 "구체적 전체성"(3: 97)이다. 이 구체적 전체성은 어디까지나 미적 가상(假像)이다. 그러나 문학이 전체성에 관여하는 방식은 실제의 삶에서 전체성을 지향하는 인간의 모든 노력에 중요한 비전을 제공한다고 김우창은 보고 있다. 미적 전체화에서 조화롭게 통

에 대한 그의 논의는 역사상의 일정한 단계에서 성립한 일정한 정치적, 사회적 구조에 대한 검토를 수반하고 있지 않으며, 마찬가지로 전체성을 지향하는 주체의 정체, 역사 발전 속에서, 객체와의 일치 속에서 자신을 표현하는 주체의 정체를 명시하지 않는다. 예컨대 마르크스주의자들이 부르주아 계급이나 프롤레타리아 계급을 말하는 방식처럼 역사적으로 명확하게 규정된 진보적인 세력을, 특히 한국사의 맥락에서, 말하지 않는다. 김우창이 주체라고 부르고 있는 것은 서양 휴머니즘에서 연유하는 보편적 인간이라는 의미가 강하다. 휴머니즘적 이상은 그로 하여금 특수한 정체성을 선양하는 주체성 주장(예컨대 민족주의나 민중주의)에 대해 거리를 두게 하는 반면, 그의 전체성 이론을 정치적, 문화적 실천의 현실적 가능성에서 많든 적든 떨어져 겉돌게 만든다고 생각된다.

일된 삶의 가능성을 발견한 쉴러와 비슷하게 그는 문학작품의 구체적 전체성에서 "역사 그것을 사람의 자유에 맞게끔 형성하려는"(2: 160) 의지를 찾아낸다.[5] 구체적 전체성 또는 심미화한 전체성 관념에 따라 그는 인간 사회에 자유롭고 평화로운 질서를 수립하려는 모든 정치적·윤리적 사유에서 심미적 계기가 중요하다고 믿는다. 그래서 "세상과 자아의 구체적이고 총체적인 질서의 원리로서의 '심미적 이성'"(5: 112)이라는 그의 개념이 만들어진다. 김우창식으로 생각하면 문학의 발전은 현대에 있어서 삶의 전체화를 향한 인간의 노력이 얼마나 성숙한가를, 인간이 얼마나 자유롭고 창조적인가를 가늠하는 한 척도이다. 한국에서도 이치는 같다. 한국 현대문학의 형성은 유교문화의 폐허 위에서 한국인이 자신의 자유를 발견하고 식민지라는 제약하에서나마 그 자유에 걸맞은 역사를 만들고자 고심했음을 알려준다.

3

한국 현대문학의 역사에 대한 김우창의 주요 관심은 자유로운 주체성의 획득을 향한 한국인의 의식의 성장을 찾아내는 데에 있다. 그 의식의 성장은 서양 및 일본제국의 위협 아래 한국에서 일어난 자주적 생존을 위한 노력의 근본을 이루는 동시에 현대의 보편적인 요구에 부응하는 한국인의 새로운 자기형성의 핵심에 해당하는 것이다. 한국 현대문학에 나타난 자유로운 주체화의 가능성에 대한 탐색은 한편으로

---

5) 쉴러의 『인간의 미적 교육에 관하여』는 김우창의 전체성 철학의 중요한 전거(典據)의 하나이다. 쉴러의 전체성 개념의 미학적 세련('전체성의 심미화')과 그것이 이후 전체성 개념의 역사에서 가지는 의의에 관한 요령 있는 설명이 Martin Jay, *Marxism and Totality: The Adventures of a Concept from Lukacs to Habermas*(Berkeley: University of California Press, 1984), pp. 49~53에 있다.

는 유교문화의 붕괴에 따른 혼란과 제국주의의 수탈이 가져온 시련의 결과이면서 다른 한편으로는 서양 및 일본문화와의 접촉을 통해 가능했던 각성의 결과이다. 한국 현대문학 초기의 사정에 밝은 비평가라면 누구나 그렇듯이 김우창은 한국 현대문학 형성의 주요 자원이 서양문학 학습에서 얻어졌다는 사실을 중요하게 고려한다. 특히 그는 한국의 작가들에게 영향을 미친 서양의 특정 문학이념이나 운동을 거론하는 대신에 서양문학 학습이 한국인의 정신생활에 일으킨 좀더 근본적인 변화에 주목한다. 그 변화는 인간을 이해하는 방식에 있어서의 전환, 구체적으로는 욕망을 핵심으로 하는 자아의식의 발생이다. 김우창은 아우어바흐의 몽테뉴에 대한 논평을 참조하여 "모든 세간적인 관심과 감각적 쾌락 가운데 일관적으로 있는 자아"에 대한 "집착"이 서양 현대문학의 특징이며, 이것은 한국인이 서양문학에 끌린 가장 중요한 이유일 것이라고 추정한다. 그리고 서양문학의 체험을 통해 습득되었을 "욕망과 자아의 인식"이 한국 현대문학 초기의 주요 주제인 자유연애론 속에 들어 있다는 것을 확인한다.(4: 266~272) 그는 한국작가들이 "서양문학의 유혹"에 사로잡힌 나머지 빠지게 되는 위험을 놓치지 않는다. 한국인이 자신의 현실과 괴리된 채로 자신과 세계를 생각하는 위험, 한마디로 자기소외의 위험은 일찍이 「일제하 작가의 상황」에서 서양문화에 대한 동경과 모방 심리를 비판한 이래 그가 누차 지적하고 있는 바이다. 그러나 그는 변증법적 비평가답게 한국인의 자기소외를 타락이 아니라 발전의 한 계기로 이해한다. 한국인이 스스로를 초월하여 인간의 보편성을 향해 나아가는 "정신적 유동성"의 표현으로 이해한다. 서양문학의 체험과 그에 따른 의식의 전환을 통해 한국인은 인간의 보편적 가능성 속으로 자신을 고양시키는 과정, 즉 "교양"의 과정에 들어서는 것이다.(4: 291~294, 309~311)

서양문학의 현대적 인간관에 접하여 일어난 한국인의 자아의식의 변화는 "우리 사회 내면의 역사에 하나의 결정적인 전기"(4: 271)를 이룬다고 말해질 만큼 김우창의 현대문학사에서 중대한 사건이다. 욕망을 핵심으로 하는 자아의 각성은 70년대 후반의 「일제하 작가의 상황」에서 90년대 전반의 「감각, 이성, 정신」에 이르기까지 현대문학의 특징을 고찰한 그의 글에서 자주 거론되고 있다. 현대 한국의 역사와 변증법적으로 얽혀 있는 현대문학 발전의 주요 원천이 성적, 감각적 욕망, 즉 "에로스적 충동"이라는 것은 그가 70년대부터 줄곧 견지하고 있는 가설이다. 이 에로스적 충동을 그는 "개인이 그 신체에 있어서 또 영혼에 있어서 저 자신일 수 있는 권리를 가져야 한다고 주장"하는 이광수의 "깨우친 자아의 철학"(1: 16)과 그 표현인 자유연애의 이야기에서는 물론, "정지용과 같은 시인에 의한 감각의 실험"(1: 335)처럼 관능의 구가와는 거리가 있으나 육체로써 지각되는 세계의 인상에 주의를 기울인 문학적 사례들에서도 감지하고 있다. 김우창은 에로스적 충동의 표현을 한국인의 실존적 요구와 결부시켜 유교의 세계에서 "오랫동안 무시되어왔던 육체가 인간 생존의 당연한 일부로서 회복되기를 요구한 것"이며 "인간의 전인적 가능성의 실현"을 위한 노력이 출현했음을 나타내는 것이라고 본다.(1: 335~336) "육체의 회복" 또는 욕망의 승인을 계기로 한국인의 자아는 유교적 도덕의 속박으로부터 해방되기 시작할 뿐만 아니라 스스로를 구성하고 지속시키는 새로운 원리를 가지기 시작한다. 자아구성에 있어서의 욕망의 의미에 관한 김우창의 발언을 부연하여 말하건대, 한국문학에서 이루어진 '욕망하는 나'의 발견은 한국에 있어서 현대적 인간의 탄생과 다를 바가 없다. 자신이 욕망하는 존재임을, 욕망이 자신의 욕망임을 깨닫는 내면적 의식을 통해 한국인은 현대적 자아를 보유하기 시작하고 그러한 자아의 관점에서 세계를 인식하고 조직하려는 활동과 함께 한국인의 주체성은 발현되기 시작한다.

김우창의 「감각, 이성, 정신」은 한국문학의 현대적 자아에 대한 탁선을 종합하여 보여준다. 그는 「무정」 중의 유명한 자아각성의 구절과 조선 성리학의 심성론에 대한 검토를 바탕으로 "감각적, 감정적 인간의 정당성을 위한 이광수의 요구"가 가지고 있는 현대성을 확인한 다음, 거기에 포함된 낭만적 저항에 주목하여 찰스 테일러가 말한 서양 현대문화에 있어서의 "표현적 전환에 대응하는 것"으로 간주한다.[6] 이광수가 탐구하기 시작한 현대적 자아의 가능성은 그 반유교적 "현대주의"자의 출현 이후 한국문학에서 반복적으로 등장한 주제이자 또한 그 중요한 업적들에서 빈번하게 발견되는 주제이다. 그것은 과감하게 말해서 현대작가들이 종교적, 정치적 신념 여하를 떠나 공통적으로 희구한 충만하고 창조적인 삶의 중심에 놓여 있다고 해도 지나친 말이 아니다. 김우창의 식민지시대 작가론은 많은 경우 욕망을 원리로 하는 자아구성과 그것을 가능케 하는 동시에 제약하는 자아와 세계의 현실적 관계에 중점을 두어 그 작가의 인간과 문학을 묘사한다. 전형적인 예가 한용운론과 윤동주론이다. 한용운의 시는 그 여성적이고 관능적인 수사라는 면에서 현대문학을 특징짓는 에로스적 충동의 활달한 표현에 해당한다. 김우창은 그 "욕정"의 시를 종교나 정치의 알레고리로 읽어온 관행에 맞서서 "남녀관계는 여기에서 단순한 비유나 탁의가 아니"며 "한용운에게는 존재의 기본 내용은 에로스이"고 "그에게 사랑은 곧 그가 파악한 바 정치적 형이상학적 진리의 움직임이며 진리는 곧 사랑의 움직임"이라는 전제하에 한용운 시의 "부정의 변증법"을 해명한다. 아울러 한용운은 "전인적인 이상을 추구"했으나 그것은 "균형 잡

6) 김우창, 「감각, 이성, 정신—현대문학의 변증법」, 이문열 외 편, 『한국문학이란 무엇인가』(민음사, 1995), 18~28쪽. 김우창이 참조한 찰스 테일러(Charles Taylor)의 표현적 낭만주의 관련 논의는 *Sources of the Self: The Making of the Modern Identity*(Cambridge Mass.: Harvard University Press, 1991)에 있다. 졸고 「문학이라는 역어」(『한국문학과 계몽담론』, 새미, 1999)에서 행한 이광수 문학론에 대한 검토는 이광수의 낭만주의에 관한 김우창의 통찰에 빚지고 있음을 밝혀둔다.

힌 인간의 전면적인 개화를 바라는 인본주의적 이상"이 아니라 "한번의 도약으로 전체에 이르려고" 하는 종교적 충동이었음을 지적한다.(1: 130~131, 144~145) 윤동주론은 훨씬 현대적인 인간의 내면을 묘사한다. 김우창은 윤동주의 삶과 시의 바탕에 키에르케고르에서 보는 바와 같은 "심미적, 윤리적 자기완성"을 기하려는 충동이 자리잡고 있음을 관찰하고 그러한 충동이 주어진 상황과 부딪쳐 일으키는 "행동에의 의지"를 포착한다. 그가 윤동주에게서 읽어내고 있는 것은 삶의 자연스러운 항수 속에서 자기완성을 추구하고자 했으나 그것을 허용하지 않는 사회를 만나 결국 "비장한 수난자"의 행로를 택하기에 이른 한 "자아의 탐구자"의 비극적 좌절이다.(1: 185, 194)

김우창의 한용운론과 윤동주론은 그들의 시의 에로스적, 심미적 충동이 전인적 이상을 수반하고 있었음을 확인하는 동시에 시대의 제약과 요구로 인하여 굴절을 겪을 수밖에 없었던 사정을 강조한다는 점에서 서로 통한다. 한용운과 윤동주만이 아니라 다른 식민지시대 시인들에 대한 논의에서도 김우창은 육체성의 회복을 향한 움직임을 보여주지만 그것을 전인적 가능성의 추구로 전개하지 못하는 특수한 사정에 주목한다. "육체적 사고"의 공전(空轉)이라고 부를 만한 그 한국시의 특징은 다른 어디보다도 그의 「시와 정치」에 역동적으로 그려져 있다. 이 에세이는 「한국시와 형이상」이나 한용운론만큼 널리 알려져 있지 않지만 필자가 보기에 한국 현대시의 운명에 관한 불멸의 발언이며 현대문학에서의 쾌락의 변증법에 대한 통찰이라는 면에서 라이어넬 트릴링의 명문 「쾌락의 운명」에 필적한다.[7] 트릴링이 워즈워드 이후의 현대문학에서 쾌락에 대한 욕망이 자체의 논리에 의해 그 반대를 낳는 사

7) 「시와 정치」는 1993년 『김우창전집』이 나오면서 제3권 『시인의 보석』에 묶였지만 원래는 그보다 훨씬 이전인 1979년 『세계의문학』에 발표되었다. 라이어넬 트릴링(Lionel Trilling)의 「쾌락의 운명 The Fate of Pleasure」은 1963년 『파르티잰 리뷰*Partizan Review*』에 처음 발표되었고 *Beyond Culture*(New York: Viking, 1965)에 실렸다.

징을 간파하고 있듯이 김우창은 식민지 한국의 시인들을 사로잡은 “풍부하고 행복한 삶을 향한 충동”이 스스로를 부정하고 마는 계기를 관찰하고 있다. 김우창이 시의 근원을 이룬다고 보는 감각적 충동은 시인이 감각적인 의미에서 풍부하게 삶을 향유하고자 한다는 것을 의미하면서 또한 자신이 살고 있는 세계에 대한 의식을 발전시키고 자신의 삶을 보다 넓은 세계 속으로 확대하고자 한다는 것을 의미한다. 그것은 욕망의 자각에서 시작하여 그 욕망에 합당한 사회적 세계를 요구하는 “자아실현”의 과정과 일치하며 그리하여 궁극적으로 “정치의식”과 접합된다. 그런데 현대 한국에서 “시의 정치화”가 연출하는 것은 감각적 충동과 정치의식의 조화로운 일체화가 아니라 그것들이 나뉘어 극단으로 뻗어나간 “절대적인 행동주의”와 “퇴폐적 관능주의”이다.(3: 54, 60) 이 두 가지 역설적인 경험 양식은 서로 다른 동기를 가지고 있으나 자아실현의 충동을, 이를테면 도착된 방식으로 표현하고 있다는 점에서 유사하다. 그것들은 모두 “자기소멸의 열광”이라는 방식으로 “자기확인, 자기완성의 극점”에 이르고자 하는 것이다. 김우창의 고찰에 따르면 한국 현대시는 에로스적, 감각적 충동의 합리적 표현에 내재하는 자아구성의 가능성을 결국 온전하게 실현하지 못한 셈이 된다. 그것은 자아의 현대화에서의 차질이라고 해도 좋고, 교양의 미숙이라고 해도 좋을 한국 정신사의 불행이다.

시의 정치화는 시의 근원을 이루는 자아실현 충동이 전개되면서 자연스럽게 출현하는 현상이다. 김우창의 생각으로는 그 충동이 본래 자기확대적인 까닭에, 달리 말하면 전인적 주체화를 지향하는 까닭에 그러하다. 하지만 한국시에서 그것은 자아실현의 요구에 들어맞는 존재 가능한 사회적 세계의 비전을 낳는 대신에 어떤 정치적 신념에 입각한 행동의 절대화로 치닫는다. 이육사의 시에 나타난 바와 같은 행동주의는 분명히 숭고한 데가 있지만 자아실현의 이치로 보면 불합리한 도약이다. 거기에는 보통사람의 생활에 대한 감각이 없고 따라서 합리적인 정치와 괴리되며 풍부한 삶을 향한 당초의 욕망은 수난은 신성하하는 영웅주의에 눌리고 만다. 자아의 주체적 실현이 이처럼 도착증세를 보이는 이유가 무엇인가는 당연히 중요한 문제이다. 「시의 정치」는 이육사의 시에 대한 논평 중에 "선비의 기개 또는 영웅의 용기"에 언급함으로써 그 이유가 유교의 정신적 유산과 관계가 있음을 암시하고 있다. 한용운이나 이육사의 시가 풍기는 열사의 인상은 실은, 그들이 승려나 아나키스트의 이력이 있다는 사실을 떠나, 유교적 교양의 전통에서 형성된 인격의 표현이다. 유교적 교양은, 특히 그 성리학적 형태에서, 자아의 내면적 완성을 강조하지만 욕망에서 발원하는 자유로운 자아의 가능성을 인정하지는 않는다. 유교적 교양의 핵심은 도덕적으로 이해된 자연의 질서와 조화를 이루는 방식으로 인간의 본성을 회복하는 것이며 이것은 도덕적 이상에 비추어 욕망의 난동을 평정하도록 요구하는 것이다. 유교적 인격에게 중요한 것은 욕망을 동력으로 하는 자아의 내면적 형성이 아니라 도덕적 이상에 자신의 생활을 일치시키려는 의지의 함양이다. 그리고 이 도덕적 실천의지는 사회가 타락했다고 여겨지는 시대일수록 더욱 치열해서 순교자적 강직성을 띠게 마련이다. 한용운이나 이육사가 보여주는 굳건한 기상은 물론 그러한 종류의 강직성이다. 유교적 인격의 특성을 김우창은 진작에 헤아려 "선비의 저항은 도덕적 가치에 실천적 충실을 기하려는 데서 온다. 그는 도덕적 관념으로써 세상에 맞서려고 한다 (……) 따라서 유교적 저항은 새로운 질서의 창조, 그 창조를 통한 세상과의 화해로 나아가기보다는 은둔이나 자폭으로 나아가게 된다"고 쓰고 있다.(1: 321)[8]

---

8) 유교적 심성의 문제에 대하여 김우창은 위에 인용한 김종길 평론집 리뷰 「염결성의 시학」과 그 이후의 여러 에세이에서 간헐적이지만 계속해서 관심을 표시하고 있다. 유교적인 마음

유교적 인격은 김종길 이후 많은 논자들이 밝히듯이 한국 현대시에 특색을 부여한 인간적 자질이지만 현대적 자아와는 해소하기 어려운 모순관계에 있음이 확실하다. 그런 점에서 유교적 인간관에서 비교적 자유로운, 정치화 경향을 띠지 않은 현대시가 자아의 주체적 실현 충동을 어떻게 표현하고 있는가는 중요한 문제이다. 여기서 특히 흥미로운 것은 모더니즘 시이다. 김우창은 일찍이 「한국시와 형이상」에서 김기림과 정지용 시가 가지고 있는 지각 양식상의 특징을 명석하게 분석하여 모더니즘 논의를 크게 진전시킨 공적이 있다. 근래의 보다 확장된 논의에서는 이미지의 발견을 중심으로 하는 그들의 시가 삶에 대한 구체적인 감각으로부터 출발하는 주체화의 작용을 보여준다고 인정한다. 정치적·관능적 열광의 시와 달리, 그들의 시는 "구체적인 사실과 체험으로 돌아가" "주체적 인식의 힘을 회복"하려는 노력을 나타낸다. 김우창에 따르면 그들의 시는 하나의 세계가 무너짐에 따라 모든 것이 조각난 정신사적 상황에서 경험적 현실 혹은 현상학적 의미에서의 생활세계에 귀환하여, 발견하고 통일하는 개인 내면의 힘을 발휘함으로써 어떤 가능한 세계를 암시하려던 서양 모더니즘의 작업과 비교할 만하다. 하지만 한국의 모더니스트들에게서 발견되는 개인적 주체성은 그들의 시적 이미지가 현현적(epiphanic)이지 못하다는, 어떤 넓은 세계의 암시에 이르지 못한다는 데서 드러나듯 허약한 것이다. 한국 모더니즘의 "위대한 실패"를 말하면서 김우창이 강조하는 것은 한국인의 구체적, 일상적 현실에 착근하지 못한 시적 의식이다. 정치와 신념의 낭만주의가 유교적 도덕주의에 붙잡혔다면 도시와 문명의 모더니즘은 현대적인 것의 권위에 휘둘렸다. 하지만 근본적인 원인은 시인 개인의

에 대한 그의 비판적인 생각은 「감각, 이성, 정신」에서 가장 풍부하고 독창적이다. 유교는 근자에 올수록 김우창의 사색에서 점점 중요한 주제가 되고 있는 듯하다.

성향이나 능력이 아니라 식민주의라는 것이 김우창의 생각이다. 식민주의는 서양의 현대문명을 서둘러 살아야 하는 "새로운 삶의 총체적인 비전"으로 보이게 만든 동시에 "식민지로서의 한국(을) 총체적으로—그러니까 전통이 구성해놓은 생활세계를 포함하여 총체적으로 부정적으로" 보이게 만들었다. 한국 모더니스트들은 현대문명의 시에 도취한 만큼 식민지 한국의 생활세계로의 선회가 곤란했던 것이다. 한국인의 지각과 경험양식을 결국 추상적, 관념적이게 만드는 식민주의의 효과에 관한 이러한 고찰은 한국에서 현대적 주체성의 문학이 출생과 함께 짊어진 장애에 대한 많은 상념을 자극하는 진단이다.[9)]

4

서양문학의 학습을 계기로 시작된 한국문학의 현대화에서 현대소설의 형성만큼 중요한 사건도 드물다. 현대소설은 서양문학의 영향 아래 일어난 한국문학의 형식 변화를 다른 어떤 장르보다도 뚜렷하게 보여주기 때문이다. 김우창은 종종 소설이라는 용어를 노블이라는 의미로 사용하면서 그 형식의 수용이라는 관점에서 한국 현대소설의 형성을 이야기한다. 한국에 일어난 "전통적인 소설"에서 현대소설로의 이행

---

9) 김우창, 「모더니즘과 근대 세계」, 앞의 책, 615, 610쪽. 식민주의가 한국인의 내면에 가하는 작용은 김우창이 「일제하 작가의 상황」에서부터 다뤄온 관심사이다. 식민주의를 보는 김우창의 시각은 일본 식민주의의 경제 수탈이나 "민족 말살"을 강조하면서 그것을 암암리에 한국인의 자기동일적 의식의 외부에 존재하는 세력처럼 취급하는 일반의 시각보다 훨씬 명철한 것이다. 하지만 식민주의가 한국인의 의식에 가한 침해에만 초점을 맞춰 식민주의의 효과를 헤아리는 것은 잘못인지 모른다. 식민주의는 어떤 가능성을 말살하는 기능과 함께 창출하는 기능을 했다. 현대 한국의 많은 특징은, 권위주의적 정치 문화, 남성-호주 중심의 가족문화, 배달겨레식의 민족주의에서 보듯이 일본의 식민-제국주의를 내면화한 결과이다. 식민권력은 어느 권력이나 그렇듯이 생산적이지 않은가.

을, 경험을 통합하는 기억의 작용을 중심으로 설명함으로써 한국소설사 이해의 새로운 가설을 세운 「한국소설의 시간」에서 그는 "소설이 서양의 체험으로부터 발전되어 나온 형식임"을 강조하는 한편, 한국작가들에 의한 그 형식의 "발견이 한국 현실에 강요된 현대화 또는 서양화와 동시적 사건"이었음도 지적한다. 그의 소설 이해는 기본적으로 루카치, 아우어바흐, 이언 와트의 선례에 따르고 있다. 그의 「한국 현대소설의 이론을 위한 서설」은 소설이 그것의 발달과 때를 같이하여 진출한 중산계급의 관심과 밀접한 관계가 있다는 사실을 우선 상기시킨다. 소설의 기본을 이루는 "일상적 사실주의"는 일상생활 바로 그것에 가치를 부여한, 일상생활에서의 질서, 평안, 풍요에 가치를 부여한 중산계급의 의식을 반영한다. 하지만 일상생활의 사실적 묘사만으로 소설이 되지는 않는다. 김우창은 소설의 또하나의 요건으로 "새로운 모험에 대한 요구"를 지목한다. 이것은 묘사될 현실의 선택을 결정하고 묘사되는 현실에 일정한 방향을 부여하는 방식으로 현실에 내재하는 어떤 움직임—"삶의 전체적 의미"에 대한 물음을 구성하는 움직임을 보여준다. 소설은 "다시 요약(하)건대, 한편으로는 개체적 인간의 현실을 재현하면서 이것을 (넘어) 어떤 전체적인 목표나 의미 속으로 초월하려는 움직임을 가지고 있다. 이것이 (소설)의 미적 구조를 이루는 것이다."(3: 137) 이러한 소설의 정의는 루카치에서 노스럽 프라이에 이르는 서사이론의 노련한 요약이면서, 아울러 에로스적 충동이든 감각적 지각이든 인간 현실 자체에 스스로를 넘어서는 움직임이 존재한다고 보는 김우창 자신의 확고한 철학적 신념의 산물이다. 그에게 소설은, 한마디로, 내재적 초월성의 이야기이다.

한국 현대소설 연구 일각에는 한국작가들의 서양소설 형식 모방을 대수롭지 않게 여기는 경향이 있지만 한국 현대소설사를 이해하기 위해서는 물론, 그 역사를 중요한 일부로 하는 한국인의 의식사(意識史)

를 이해하기 위해서도 바람직하지 않다. 한국에서 노블형 소설의 형성 또는 현대소설의 형성은 어느 종교운동이나 정치운동 못지않게, 어쩌면 그 이상으로 한국에서 일어난 현대적 의식의 성장을 믿을 만하게 예시한다. 이것은 김우창이 "근대화"의 폭넓은 움직임과 연관하여 이인직에서 염상섭에 이르는 현대소설의 전개를 고찰한 글에서 시사한 바이기도 하다. 그는 현대소설의 형성을 살피기에 앞서서 19세기 말부터 20세기 초에 걸쳐 개화운동과 동학운동으로 나타난 "근대화" 운동을 검토하고 그것이 "하나의 지속적인 흐름을 이루지 못했다"고, 즉 "영웅적인 노력과 추상적인 수사로만 표현되고 일상생활의 맥락 속에 수립되지 못했다"고 주장한다.(1: 83) 그의 논점을 다르게 말하면 그 근대화 운동의 정치강령에 표현된 의식은 그것에 대응되는 물질적, 사회적 변화가 "국민의 생활"에 일어나지 않았기 때문에, 국민의 일상에 확고한 근거를 가지지 못했기 때문에 효력을 잃은 것이다. 근대화운동을 통해 드러난 역사적 과제—영웅적인 삶과 일상적인 삶, 추상적 이념과 구체적 경험의 양분상태를 극복하는 과제는 정치와 함께 소설이 맡은 책무이다. 하지만 "문학의 근대화와 사회의 근대화는 서로 뗄 수 없는 관계에 있으며 다른 한쪽의 동시적 발전 없이는 한쪽의 발전도 완전한 것일 수 없는 것"(1: 72)이기 때문에 현대소설은 한국사회가 전체적으로 진화하지 않으면, 소설 형식의 조건을 이루는 현대적인 의식을 일상의 경험, 도덕, 풍속에 출현시킬 정도로 진화하지 않으면 성립하지 못한다. 이렇게 보면 한국에서 현대소설의 형성은 그 자체로 근대화가 정치 엘리트의 캠페인 속에서가 아니라 한국인의 생활에서 현실이 되어가고 있었다는 증표가 된다. 그것은 적어도 한국인의 현대적 의식이 그들의 생활에 근거하여 발전하고 있었다는 것을 말해준다.

김우창은 한국문학에 서양소설 형식이 수용된 경위를 다루지는 않는다. 한국작가들의 서양소설 발견, 서양소설의 번역과 번안, 일본문하의 중개자 역할, 현대적 소설관의 성립 등의 문제는 일단 젖혀두고 이인직 소설에서부터 일상생활이 재현되는 방식을 검토하기 시작한다. 그는 「치악산」「귀의 성」 등의 작품이 "20세기 초의 한국사회의 모습" 즉 "군소양반과 상민의 접합점에 성립하는 (……) 당대 사회의 전형적인 삶의 모습"을 보여준다고 추정한다. 이인직의 작품은 특히 가족관계를 비롯한 인간관계의 여러 영역에서 일어나고 있는 살벌한 갈등과 도덕적 기초가 붕괴한 생활풍속의 묘사를 통해 "황폐화한 윤리의 세계"를 드러냈다고 판단한다. 하지만 이인직 소설은 그 형식에 있어서 불안정하다. 그의 플롯은 "현실성도 필연성도 없는 멜로드라마의 전략을 많이 사용"하고 있으며, "그의 묘사 자체도 그가 그리고 있는 세계를 초월하지 못했다."(1: 91, 94) 이광수의 『무정』에 오면 소설 형식은 보다 안정된 양상을 보인다. 『무정』에서 일상생활의 묘사는 무엇보다도 "에로스의 자각", 그것도 "삶의 새로운 확인과 우주적인 자연에의 공감과 연결된" 자각을 중심으로 하는 개인의 내면적 성장과 그로부터 생겨나는 "개인들의 자유로운 연합을 통한 공동작업의 가능성"에 대한 이야기를 포함한다. 하지만 그 "소설의 세계는 근본적으로 우연의 어둠 속에 존재하는 멜로드라마의 세계"여서 작중인물의 성적 자각이 "아직 삶의 결단으로 발전되지" 않았고 그 "자연주의 철학" 또한 "구체적인 인간관계 속에 파악되지 아니하고 추상적인 관념의 상태에" 있다.(1: 97, 99, 100) 소설 형식은 염상섭의 『만세전』에 이르러 비로소 달성된 기미를 보인다. 그 소설은 식민화 과정에 따라 복잡하게 변모하고 있던 "당대의 사회 실정을 놀라울 정도로 충실하게 묘사"하고 있을 뿐만 아니라 그것을 "자기의 삶의 일부로 파악"하는 주인공의 의식을 통해 조리 있게 분석하고 종합한다. 그래서 사실주의적 묘사는 당대의 생활을 지배한 도덕의 허위를 드러내고 "주인공 자신의 심령의 깊은 곳"에서 나오는 새로운 윤리의 모색으로 이어진다. 김우창은 『만세전』

의 업적을 평가하여 "신소설 이후의 주요한 주제를 하나로 다져 복잡하면서도 통일된 예술적 구조를 만들어냈"으며 그 "주제들(을) 전체적인 연관 속에 파악"함으로써 삶이 "우연이 아니라 필연적인 연관 속에 있음을 알게" 해주었다고 적고 있다.(1: 111, 119, 123)

김우창은 문학의 근대화와 사회의 근대화의 불가분성을 전제하고 있는 만큼 현대소설의 형성을 고찰하는 가운데 거기에 대응되는 현대사회의 형성을 아울러 암시하려고 한다. 현대사회의 형성에 대한 그의 언급은 역사적 구체성이 부족한 편이다. 소설에 재현된 도덕과 풍속에 대한 관찰을 바탕으로 근대화의 서사를 구성하고 있지, 역사자료 검토에 기초한 사회분석을 거쳐 현대사회의 형성을 말하고 있지 않기 때문이다. 그의 근대화 서사는 소설 형식과 사회현실의 대응관계를 관찰하게 해주는 현대생활 일반에 있어서 "합리성"의 증대를 그 골자로 한다. 이인직 소설의 멜로드라마적 플롯에는 "인간의 운명이 기구할 도리밖에 없는 불합리한 세계"가 대응되고, 『무정』의 훨씬 안정된 일상생활의 묘사에는 개화 신흥세력을 중심으로 "어느 정도 합리화"가 진전된 세계가 대응되며, 『만세전』의 형식적 정합성(整合性)에는 적어도 주인공의 의식으로 미루어 짐작하건대 합리주의가 삶의 한 태도로 존재하는 세계가 대응된다. 김우창이 현대소설의 세계 또는 사회 표상에서 발견한 한국사회의 근대화는 어쩌면 합리화라고 바꾸어 불러도 좋을지 모른다. 여기서 합리화는 막스 베버적인 의미에서의 합리화와 무관하지 않지만 그보다 넓은 의미를 가지고 있는 것으로 보인다. 그것은 삶의 모든 관련들에 일관성과 통일성을 부여하는, 삶의 전체성을 지향하는 과정이다. 김우창의 근대화 서사에서 합리화의 진전은 전체성 의식의 향상과 뚜렷한 평행을 이룬다. 이인직 소설은 "삶에 대한 총체적인 이해를 허락하지 않은" 상태를, 「무정」은 "세계의 합법칙성과 통일성에 대한 의식이" 발생한 상태를, 「만세전」은 "삶에 대한 전체적인 의식"이 고

조된 사태를 보이며 연속됨으로써 전체성 의식의 성장이를 형성하는 것이다. 그리고 이 전체성 의식의 성장은 김우창에게는, 『만세전』의 리얼리즘과 3·1운동의 관계를 강조한 그의 발언이 시사하듯이, 문학적으로는 물론 정치적으로도 중요한 발전이다.

앞에서 김우창의 전체성 이론을 살피는 자리에서 전체성에 대한 지향은 자유로운 주체성 실현의 움직임이라고 말했지만 그것은 소설과 관련해서도 언급할 필요가 있다. 전체성을 의식한다는 것은 개개의 사물, 상황 또는 현실을 그것이 부분을 이룬다고 가정되는 어떤 사물, 상황, 또는 현실의 전체와의 관계 속에서 파악하려고 하는 동시에 그 부분과 전체의 관계에 논리적 정합성을 부여함으로써 그 전체의 통일성 또는 일체성을 이해하려고 하는 것이다. 그것은 본질적으로 이성의 활동이다. 전체성의 추구는 법칙, 목적, 질서, 조화의 관점에서 세계를 인식하고 세계에 관여하는 이성적 태도의 한 극치이며, 그런 이유에서 이성의 능력을 바탕으로 자신의 자유를 발견한 현대적 인간의 의지를 대표한다. 김우창 철학에서 이성은 그 개념이 계몽사상과 그 이후의 철학에서 가지고 있는 자유와의 연관을 유지하고 있다. 김우창이 아마도 친숙할 마르쿠제의 표현을 빌리면 "이성은 자유에서 끝나며 자유는 주체의 실존 바로 그것이다."[10] 이렇게 보면 『만세전』의 리얼리즘에 이르러 한 정점을 이룬 현대소설사는 한국인이 자유의 이상을 추구한, 그 자신을 주체화하고자 노력한 과정을 나타낸다고 해도 좋다. 그러나 현대소설사의 진실은 그러한 주체화의 과정이 결코 평탄하게 진행되지 않았다는 것이다. 「한국 현대소설의 형성」에서 전체성 지향의 역사

10) Herbert Marcuse, *Reason and Revolution: Hegel and the Rise of Social Theory* (Boston: Beacon, 1960), p. 9. 이성과 자유의 불가분한 관계에 대한 생각은 김우창의 글 여기저기서 보인다. 예컨대 「자유, 이성, 정치」에는 "이성은 어떤 형식적인 합리성의 원리라기보다 삶의 일관성과 온전함, 그리고 성장의 가능성을 종합하고 조화시키는 중심으로 생각되는 것이 옳다"는 관점에서 "자유의 원리로서의 이성"이 강조되고 있다.(5: 11~112)

를 서술한 김우창은 그 이후의 논고에서는 그러한 지향의 한국적 형식에 대해 비판적 논평을 가하고 있다. 그 논평의 요점은 "우리의 현대문학(은) 정치와 도덕에 관심을 표하는 것이 아니라도 대체로 추상적 전체성 속에서 움직인다는" 것, 즉 "모든 문학적 사고의 양극을 이루는 부분과 전체, 구체와 추상, 경험과 이념 사이에서 우리 문학은 후자의 부분에 절대적으로 매달려왔다"는 것이다.(3: 140) 이것은 바꿔 말하면 한국작가의 주체성이 실은 건전하지 않다는 것, 한국작가들이 삶의 특수한 경험에 충실하려고 하기보다 어떤 일반적인 개념에 따라서 삶의 현실을 정의하려고 한다는 것을 뜻한다. 한국작가의 불건전한 주체성은 식민지시대의 얼마나 많은 소설이 특정이념의 공식에 따라 씌어졌던가를 상기하더라도 쉽게 짐작할 만하다.

김우창은 「문학연구의 방법에 대한 몇 가지 생각」을 비롯한 몇몇 에세이에서 한국작가의 불건전한 주체성에 보다 깊은 주의를 기울여 그것을 "지나친 솟구침(Verstiegenheit)"이라는 루드비히 빈스방거의 정신병리학적 개념으로 설명하기도 한다. 그 원어의 의미에 따르면 한편으로는 상승을 뜻하지만 다른 한편으로는 협소화를 뜻하는 "지나친 솟구침"은 건전한 삶에 필요한 수직적 높이와 수평적 너비의 균형이 깨어진 상태, 즉 인간 존재가 경험의 특정한 층위나 단계에 매어버려 경험의 지평이 좁아지고 굳어진 상태를 지칭한다. 그것의 특징은 하나의 생각에 고착되는 것, "하나의 결정을 절대화하는 것"이다.(4: 371, 3: 173) 김우창은 이 정신병리의 증후가 20세기 전반의 한국문학에 널리 퍼져 나타난다고 보고 그 두드러진 예를 김동인, 염상섭, 현진건의 단편에서 찾고 있다. 유미주의자, 술꾼, 방탕자 등의 기행을 다룬 그 단편들은 보통 시대적 상황의 암울함과 관련하여 설명되어왔지만 김우창은 그 단편들을 가득 메운 무정형의 에너지가 "경험적 사실의 지평으로 서서히 확산하면서 보다 높은 생존의 차원으로 상승"하는 대신에

“좁은 미학적, 사회적, 정치적 고정관념 속으로 최소의 분출”하고 있다는 데에 주목한다.(4: 373)[11] 아울러 그는 이 경험의 협소화와 관념의 절대화를 낳은 특수한 사회적, 문화적 상황을 고려에 넣고 그것이 “문화의 붕괴의 한 결과”라는 설명을 제시한다. 그에 따르면 20세기 전반의 한국에는 제국주의의 침략 아래 신구(新舊)문화가 첨예한 갈등을 겪게 됨에 따라 재래의 전통이 권위를 상실한 반면 스스로 느끼고 생각할 권리를 주장하는 개인이 탄생한다. 이 문화 분열과 해체의 와중에 출현한 개인은 데카르트의 자아가 그랬듯이 “회복된 개체성을 통하여 보다 높은 문화의 보편원리의 담당자”로 성립할 가능성을 가지고 있으며 동시에 “기존 세계를 대치할 수 있는 전체 세계를 지향”하는 과정에서 “지나친 솟구침” 증세에 빠질 가능성도 가지고 있다.(3: 174~175) 김우창이 지나친 솟구침이라는 개념으로 설명하고 있는 것

11) 김우창의 현대소설론을 발표시기에 따라 나누면 70년대에는 전체성의 의식을, 80년대에는 지나친 솟구침을 강조한다는 특징이 있지만 1984년 발표작 「리얼리즘에의 길」에서 염상섭이 지나친 솟구침을 극복하는 과정, 낭만주의에서 사실주의로 옮겨가는 과정을 추적하고 있다는 사실을 감안하면 『만세전』을 정점으로 하는 전체성 의식의 성장사라는 그의 현대소설사관에는 별로 변화가 없는 듯하다. 그러나 『만세전』 이후의 소설사, 적어도 일제말기에 이르는 소설사까지 염두에 두면, 그리고 한국 현대문학이 대체로 추상적 전체성에 기운다는 김우창의 정확한 관찰에 따르면 구체적 전체성을 향한 의식의 발전사보다는 지나친 솟구침의 반복사가 한국 현대소설사의 진상에 가깝지 않을까 하는 생각이 든다. 『만세전』이 김우창이 70년대에 평가한 것처럼 그렇게 구체적 전체성의 이상에 육박한 작품인지도 실은 의문스럽다. 그 작품은 뛰어난 사실주의적 기율을 가지고 있음에 틀림없지만 그 식민지 한국의 표상이 가지고 있는 구체성의 정도는 다시 가늠해야 한다. 『만세전』에는 식민지 현실의 중요한 표상들, 특히 신구문화의 갈등을 혹심하게 겪고 있었던 식민지 여성현실의 표상이 빠져 있다. 게다가 식민지 한국이 잡귀(魑魅魍魎)가 판치는 묘지라는 유명한 비유는 문명화의 제국주의 담론에 의지한 전체화의 수사라는 혐의가 짙다.(한국의 낙후한 상태를 죽음에 견주는 멸시적 수사법은 일본인 식민주의자에게서 종종 발견된다. 참고로 말하면, 1913년부터 1920년까지 동경제대 법학과 전임교수 재직시기에 식민정책을 강의한 니토베 이나조는 「고사국조선枯死國朝鮮」(1905)에서 “조선민족은 유사전기(有史前紀)에 속한다”는 주장을 펼치면서 “한인생활의 습풍(習風)은 죽음의 습풍이다 (……) 죽음은 이미 한반도를 지배한다”고 쓰고 있다. 『新渡戶稻造全集』 第3卷, 隨想錄(敎文館, 1969), p. 81~82)

이 현대적 개인에게 특유한 정신구조라는 것은 분명하다. 그것은 다른 말로 하면 한편으로는 자신이 속한 사회와 문화 속에서 신뢰할 만한 삶의 질서를 느끼지도 인식하지도 못하고 다른 한편으로는 전체에 대한 어떤 추상적 관념에 끌려 몽상하고 사유하고 결단하는 병든 주체성, 요컨대, 돈키호테적 주체성이다.

한국 현대소설에 존재하는 불건전한 주체성은 현대문학사의 일반적인 용어로 말하면 대체로 낭만주의에 속한다. 한국문학에서 이광수의 등장과 함께 비로소 확연하게 나타난 현대적 의식도 실은 낭만주의적 성격을 띠고 있다. 김우창은 유교적 인간관에 도전하여 감각, 욕망, 감정을 정당화한 이광수의 의식이 서양문화에서 계몽이성에 대항하여 일어난 낭만주의와 비슷한 데가 있다고 본다. 그러나 그는 이광수의 낭만주의가 한국문학의 현대성 형성에서 가지는 의의를 강조하는 한편으로 그것이 안고 있는, 이후 한국문학의 "독특한 성격"을 형성한, 결함을 지적한다. "현대성 안에서의 이성과 비이성의 교묘한 공생"에 대한 의식 부족이 그것이다. 그의 비판은 서양 낭만주의와 그 이후의 현대문학과 예술에 있어서의 "불합리한 인간도 궁극적으로 베버적인 합리화 과정의 한 기능이며, 합리화를 추진해가는 현실적인 힘의 소산"이었다는 인식에 기초한다. 그는 성 해방의 역설에 관한 푸코의 주장까지 원용하여 낭만적 저항이 그 의도와 달리 오히려 합리화의 한 계기임을 강조한다.[12] 비이성에 대한 이성의 이러한 관계는 문학과 예

12) 계몽 이성에 대한 낭만적 저항이 베버적 합리화의 한 계기라는 것은 김우창의 알쏭달쏭한 주장 가운데 하나이다. 김우창의 이성론이 속한 헤겔주의 전통에서 말하는 이성의 자기전개와 베버적인 의미에서의 합리화는 같지 않기 때문이다. (예컨대 쥘리앙 프로인드는 그의 표준적인 베버론에서 "베버의 합리화는 역사의 합리성이라는 관념과 혼동되지 말아야 한다. 역사의 합리성은 참다운 정의, 진정한 덕, 평등, 평화 등의 극치라는 의미에서 일종의 이성의 잔치에서 그 절정에 이르는 보편적 진보의 도정으로 인간 진화의 방향을 정한다고 한다. 합리화는 오히려 서양문화에 특유한 과학적 전문화와 기술적 세분화의 결과이며 베버는 때때로 그것을 지성화라는 관념과 연결시켰다"고 쓰고 있다. Julien Freund, *Sociology of Max*

순이 층위에서는 감각적, 감정적 경험이라는 질료와 그것을 작품으로 만드는 "미적 형성의 원리" 또는 "미적 이성"의 관계로 설명된다. "감각적 현실"이 문학이나 예술 형식의 조건을 갖추어 "정당한 미적 표현에 이르는 것은 (……) 이성의 주재하에서이다." 이광수의 비이성적, 낭만적 의식의 오류는 「무정」의 실패에서 다시 확인된다. 이 작품에서 "감각적, 감정적 충동들은 (……) 인습의 틀로부터 해방"되었을 뿐 "의미의 총체"를 이루지는 못했다고 김우창은 지적한다. 그는 한국작가의 지나친 솟구침의 주요 원인을 제국주의 지배하의 문화에서 구하고 있는 것과 유사하게 한국문학의 비합리성의 중대 원인을 식민지 현실에서 찾고 있다. 식민지 작가에게 "총체적 상상력" 혹은 정치적 상상력은 금기사항이기 때문에 "감각적 현실로부터 출발하여 합리적 전체성"에 이르려는 노력은 쉽게 혼란에 빠지거나 장애를 만날 수밖에 없었다는 것이 그의 생각이다.[13] 그의 진단에 따르면 한국 현대문학에 만연된 불건전한, 비합리적인 주체성은 결국 정치적 자유가 없는 상황에서 한국인의 내면에 자라난 현대적 의식의 변태인 셈이다.

Weber, trans. Mary Ilford(New York, Pantheon, 1968), p. 18. 더욱이 성의 해방이 특정 권력-지식-쾌락 체제에 의한 성의 억압이라는 푸코의 주장을 원용하여 비이성을 조정하고 심지어 산출하는 이성의 힘을 강조한 발언은 김우창 자신의 이성 개념의 일관성을 해치고 있지 않나 하는 의문이 들게 한다. 베버의 합리화와 푸코의 규율권력은 진보, 향상, 조화의 원리로서의 이성과 차이가 있을 뿐더러 그와 같은 이성의 가능성을 의심하거나 부정한다는 점에서 오히려 배치된다. 낭만주의를 베버적 합리화의 이야기 중의 한 삽화로 취급한 김우창의 논법은 실은 낭만주의에 대한 그의 양가적 태도와 관련하여 검토할 필요가 있다. 하지만 논의의 경제성을 고려해 여기서는 생략한다.

13) 김우창, 「감각, 이성, 정신」, 앞의 책, 29, 33~34, 36쪽.

5

한국 현대문학에 대한 김우창의 논고는 삼십 년이 훨씬 넘는 기간에 걸쳐 발표되었고, 동시대의 학계 및 문단 안팎에서 토론된 수많은 논제들에 대한 반응을 포함하고 있으며, 헤겔의 관념론에서 데리다의 해체론에 이르는 다양한 이론과의 대화를 동반하고 있음에도 불구하고 그 관심에 있어서 놀라울 정도로 일관성을 가지고 있다. 그의 많은 해당 논고는, 다소 과장해도 된다면, 「한국시와 형이상」의 확대이자 심화이다. 거기에서 그가 처음 제기한 문제, 즉 전통적인 질서가 붕괴한 사회에서 분열과 모순에 빠진 삶의 경험으로부터 어떻게 새로운 질서를 구축할 것인가 하는 문제는 그 이후의 그의 모든 논의를 관통하고 있는 관심사이다. 그는 한국 현대문학에서 욕망과 도덕, 경험과 이념, 일상과 역사, 예술과 정치, 개인과 사회 등과 같은 많은 대립들을 발견하는 한편, 그 대립을 지양하는 변증법적 통일의 움직임을 포착하려고 한다. 이것은 한국문학에 있어서 현대성의 형성에 대한 고찰이 되는 동시에 한국사회에 있어서 현대성의 성립에 대한 반성이 되며, 한국인의 역사적 주체화에 대한 사색이 되는 동시에 한국인의 보편적 인간화에 대한 명상이 된다. 대립을 지양하는 변증법적 움직임은 물론 순조롭지 않다. 식민지시대 한국문학의 변증법은 시와 소설 각각의 장르와 리얼리즘과 모더니즘 각각의 양식 속에서 정지, 단절, 역전의 많은 순간들에 도달한다. 한국인이 기구한 운명의 세계에서 빠져나와 추구하기 시작한 합리적인 조화의 가능성은 위축되거나 변질된다. 한국인이 황폐한 윤리의 세계에서 탈출하여 발견하기 시작한 전인적 삶의 가능성은 억류되거나 도착된다. 김우창은 식민지시대 문학에서 일관되게 변증법적 이성을 찾으면서 또한 일관되게 그것의 취약성을 찾는다. 그가 관찰한 바에 따르면 식민지시대 문학사 전체는 형식상으로 실패한 김우창의 한국현대문학론은 변증법적 이성에 대한 일관된 관심에서 그 강점과 함께 약점을, 통찰과 함께 맹목을 낳는 것이 아닌가 한다. 그의 변증법적 사고는 한국 현대문학으로부터 한국인의 자기교육에 필요한 어떤 교훈은 발견하지만 어떤 교훈은 간과한다. 그의 변증법적 사고의 중심을 이루는 주체성의 이념—모든 대립을 통일하여 삶의 전체성을 실현하는 주체성이라는 철학적 이념은 의문에서 벗어나 있지 않다. 주체성의 변증법은 그 조건으로 욕망과 도덕, 경험과 이념, 일상과 역사 등과 같은 대립을 상정하지만 그러한 대립이 당초에 어떻게 하여 가능한가는 자명한 것이 아니다. 욕망과 도덕의 대립 하나만 놓고 보자. 김우창은 욕망에 대한 이광수의 옹호를 "자연주의"(1: 99)라고 부른 데서 드러나듯 욕망을 암암리에 자연적인 것이라고 이해한다. 『무정』에서 욕망에 눈뜬 주인공의 체험 속에 "우주에의 공감"이 있음을 지적한 그의 발언에서 욕망의 각성은 자연의 회복과 같은 것이 된다. 여기에 따르면 욕망은 유교문화 이전에 존재한 인간의 자연충동(에로스, 본능)이지만 유교문화에 "억압"을 당했으며 이제 삶의 에너지로 되살아나 새로운 도덕의 원천이 된다. 『무정』이 올바로 드러내지 못했으나 욕망의 해방은 이성의 인도에 따르면(혹은 "승화"되면) 주체적, 전인적 삶을 향한 전진적 계기가 된다. 그러나 그와 같이 욕망을 자연적이라고 간주하는 것은 문화에 따라, 시대에 따라 달라지는 욕망의 실상에 어긋나는 것이다. 문화는 욕망을 억압한다기보다 욕망을 생산한다. 사실, 그의 글에는 욕망이 전(前)문화적 충동이라는 그의 관념을 스스로 뒤집는 관찰이 들어 있다. 한국 현대문학에서 욕망의 발견이 서양문학의 학습으로부터 왔다는 앞에서 언급한 관찰이 그것이다.[14] 욕망

14) 서양문학의 체험에서 욕망의 각성이 이루어졌다는 것은 그 욕망이 제국주의의 문화적 헤게모니와 관련이 있음을 시사한다. 그러나 김우창은 현대문학 형성기에 나타난 욕망의 특수

이 문화의 산물임을, 푸코식으로 말해서, 권력의 효과임을 고려하면 욕망과 도덕의 통일이라는 이상을 기준으로 하는 주체성의 현상학은 주체성의 문제를 다루는 데에 합당한 방식이 아니다. 합당한 방식은 역사상 특정시기의 문화적 헤게모니 혹은 담론권력이 어떻게 욕망을 산출하고 명명하고 통제하는가, 어떻게 사람들을 주체화시키는가, 어떻게 그 주체화에 대한 저항을 유발하는가에 관심을 기울이는 것이다. 변증법적 이성이 아니라 욕망과 권력의 문화적 연계망(連繫網)이 문제다.

김우창은 한국 현대문학이 욕망의 발견에서 출발했으나 삶의 전체성의 탐구로 진전되지 못했음을 지적하고 그 쉴러적인 사업에 성공하지 못한 이유로 "총체적 상상력"이 원천적으로 봉쇄된 식민지 현실을 지목한다. 이것은 변증법적 이성의 관점에서 일본 식민-제국주의가 한국문학의 현대화에 입힌 장애를 설명하는, 아마도 가장 강력한 방식일 것이다. 그러나 전체적 관점이 중요하다는 김우창의 가르침에 따라 일본 제국문화의 판도 안에서 한국 현대문학을 보면 식민-제국 권력은 "총체적 상상력"을 봉쇄한 측면과 함께 개방한 측면이 있음을 알게 된다. 한국 현대문학에 나타난 주체화의 작업은 많은 경우 일본 제국주의 담론, 특히 일본제국의 존재를 합리화하는 역사이론에 의존하고 있다. 예를 들어 이광수가 유교 도덕을 비판하고 개인의 자유를 선언한 근거의 하나는 그가 도쿠토미 소호(德富蘇峰)를 비롯한 일본 민족

한 역사적, 문화적 성격보다 욕망의 모방을 계기로 하는 인간 보편성으로의 깨어남에 역점을 두고 있다. 그가 욕망의 모방을 말한 취지는 "새로운 욕망을 수용함으로써 비로소 보편성에 이르게 된다"는 것을 확인하는 데에 있다.(4: 274) 더욱이 욕망이 모방된다는 사실을 근거로 삼아 욕망은 본능이 아니라는 주장을 세울 법하지만 김우창은 그렇게 하지 않는다. 엠마 보바리는 "그녀 자신의 욕망이 열려" 있었기에 "다른 사람의 욕망에 놀아난"(4: 273) 것이라는 구절에서 보듯이 욕망을 개인의 내면에 애초부터 존재하는 것으로 여긴다. 김우창은 욕망에 관한 논의에서 마르쿠제의 승화와 역승화 이론에 의지하곤 하는데(4: 91) 알다시피 마르쿠제는 욕망을 본능이라고 가정하고 헤겔적인 방식으로 억압과 해방의 종합을 생각한 대표적 인물이다.

주의자들에게서 배운 사회진화론이며, 최재서가 자유주의를 폐기하고 '국민'의 사명을 역설한 근거의 하나는 미키 키요시(三木 淸)를 위시한 쿄토대 철학자들의 아시아주의이다. 아울러 명백한 사실은 이광수와 최재서처럼 제국질서에 타협하는 방식으로 주체화를 추구하지 않는 경우에도, 심지어 저항하는 방식으로 추구하는 경우에도 한국의 식민지화를 역사의 필연으로 만드는 이론들이 중요한 사상적 근거가 되어 있다는 것이다. 임화와 같은 마르크스주의자들이 의지한 역사유물론이 그 하나이고, 김기림과 같은 모더니스트들이 의존한 유럽중심적, 메트로폴리스 중심적 문명사관이 다른 하나이다. 이러한 역사이론들은 물론 서로 다르지만 인간에게 보편적인 역사발전을 말한다는 특징을 공통으로 가지고 있다. 식민지 한국의 지식인들은 그것들로부터 자신의 경험을 인식하는 보편적 인간의 관점을 배웠고 보편적 인간의 이념에 합당하게 욕망하는 방법을 익혔다. 그것들로부터 자신이 속한 어떤 역사적 전체의 형식을 배웠고, 자신의 삶을 그 역사적 전체에 일치시키려는 의지를 익혔다. 식민지시대 한국문학의 문제점은 "총체적 상상력"이 철저하게 금지된 데서보다는 오히려 허황하게 번성한 데서 비롯되었다고 해야 옳을지 모른다.

문학의 변증법적 이성은 본질적으로 형식의 문제이다. 문학작품은 전체성에 대한 지향을 그 형식에서 표현한다. 한 작품이 얼마나 전체적인 의식에 이르렀는가는 그 작품의 형식이 얼마나 전체적인가, 즉 얼마나 복합성과 통일성을 가지고 있는가에 달려 있다. 그런 까닭에 김우창은 「무정」에 표현된 낭만적 의식의 결함을 지적하는 가운데 그 소설 형식의 비합리성을 상기시킨다. 그가 현대문학에 대하여 "미적 형성의 원리" 또는 "미적 이성"을 요구하는 것은 당연하다고 생각될지 모른다. 그것은 베버적인 의미에서의 합리화가 현대의 문학 및 예술에 부과한 조건을 지칭하는 것처럼, 혹은 베버의 합리화 이론을 활용하여

하버마스가 말한 바와 비슷하게, 현대사회에서 이성이 분화된 결과로 성립한 예술영역 고유의 이성을 말하는 것처럼 들리기도 한다. 하지만 김우창의 미적 이성은 엄밀하게 말하면 서양 예술과 미학의 역사에서 특수한 시기에 성립한 관념이다. 미적 이성의 모범은 김우창 자신이 그의 글 여러 군데서 인용하고 있는 쉴러의 미적 교육론에 나오는 "조화"의 원리로서의 이성에 있다.(2: 159~160, 4: 102) 반면에 베버가 『음악사회학』 같은 저작에서 고찰한 예술의 합리화는 어떤 예술영역에서 보다 많은 능률성과 생산성을 얻으려는 목적에서 인력, 도구, 환경에 대한 정밀한 인식을 바탕으로 예술활동을 분화시키고 조정하는 과정을 의미한다. 미적 이성이 조화와 같은 규범을 그 목적으로 가지고 있다는 점에서 "실체적(substantial)"이라면 베버적인 의미에서의 이성은 인간 활동상의 순전히 기술적인 능숙성과 연결된다는 점에서 "형식적(formal)"이다. 따라서 미적 이성을 현대문학의 일반적 조건으로 상정하는 것은 역사적으로 특수한 어떤 형식에 현대문학이 고정되기를 요구하는 것이다. 그것은 이를테면 현대음악은 모름지기 소나타 형식이어야 한다고 말하는 것과 같다.

김우창의 미적 이성을 고루한 관념에 불과하다고 여기는 것은 물론 경솔한 짓이다. 그것은 18세기 유럽의 관념론적 미학이 후대에 남긴 중요한 유산의 하나이며 예술과 인생의 유토피아적 미래에 대한 소중한 기억을 담고 있다. 그럼에도 미적 이성의 규범화가 한국 현대문학에 합당한 입법인가 하는 물음은 유효하다고 생각된다. 사람이 욕망하는 삶과 도덕적인 삶을 함께 살고 있듯이 문학작품은 감각적 경험에 충실하고자 하는 충동과 그 경험에 질서를 부여하고자 하는 충동을 함께 가지고 있고, 욕망과 도덕 사이에 갈등이 존재하듯 감각적 충동과 합리적 충동 사이에는 긴장이 존재한다. 김우창이 미적 형성 또는 조화라는 말로 요구하는 것은 그 감각성과 합리성의 차원보다 높은 어떤 차원에서 그 긴장을 해소하는 것이다. 그러나 그러한 변증법적 해소가 과연 영구적인 미학적 규범일까. 아도르노는 이 감각적 충동, 합리적 충동과 유사한, 서로 반대되는 예술작품 구성의 계기를 미메시스와 합리성이라고 부르면서 예술작품은 그 "긴장된 관계들을 해소하려는 시도인 만큼은 그 관계들의 총화이기도 하다"고 말한다. 그에게 예술작품은 "적대적인 전체성(an antagonistic totality)" 풀어서 말하면 자체 내에 적대 관계를 가지고 있는 전체성이다. 그는 미적 조화의 고전적 이상은 불가능하다는 생각을 바탕으로 예술은 "적대적인 세계 속에서 화해의 이념을 고수해야 하지만 화해의 가상(假像)을 단호히 거부해야 한다"고 주장한다.[15] 그에 따르면 어떤 유기적 통일성을 부여함으로써 적대성의 표현을 억압하는 작품은 진실하지 않으며 적대성의 형식화에 성공하는 정도만큼 진실하다. 아도르노의 적대적인 전체성 관념은 쉴러의 조화로운 전체성 규범 못지않게 역사적으로 특수하다. 하지만 현대사회에서 문학의 역할이 유토피아적 이상에 대한 봉사가 아니라 어떤 환멸도 두려워하지 않는 진실의 추구라면 아도르노의 주장은 모든 쟁점에도 불구하고 경청할 가치가 있다. 세상이 온통 분열과 대립에 빠져 있는 상황에서 문학작품이 홀로 조화로운 일체성을 성취한다면 그것은 정녕 허위가 아닌가. 염상섭의 『만세전』이 진실한 이유도 아도르노가 말한 바와 비슷한 긴장, 즉 "묘지"의 전체적 이미지 속으로 식민지의 경험적 현실을 통일하려는 충동과 그러한 통일에 저항하는 경험적 현실에 밀착하려는 충동(예컨대, 가족윤리의 긍정) 사이의 긴장에 있을지 모른다.

김우창이 사십 년에 달하는 비평 이력 속에서 꾸준히 한국 현대문학을 고찰한 목적은 그것을 당연한 실재로 받아들이고 그것에 관한 통설

---

15) Theodor W. Adorno, *Aesthetic Theory*, trans. C. Lenhardt(London: Routledge and Kegan Paul, 1984), p. 248.

을 가감하는 것이 아니다. 그는 한국 현대문학이 무엇인가를 그 역사적 시작과 철학적 근원으로 돌아가 묻고자 했고, 현대문학이 표현하고 있는 한국인의 내면의 역사를 포착하고자 했다. 그가 찾아낸 내면의 역사는 한국인이 이런저런 특수한 순간에 형성한 사상이나 감정의 연대기가 아니라 한국인의 마음속에서 성장한 보편적 인간성의 드라마이다. 그것은 욕망과 도덕, 감각과 이념, 개인과 사회, 일상과 역사 사이에서 분투하는 현대적 인간의 보편적 경험을 담고 있다. 그 드라마의 중심에 있는 것은 한국인이 자신의 세계를 만들어가는 동시에 자신을 만들어가는 과정이다. 한국인의 주체성은 불우하게도 서사시를 낳지 못했다. 그러나 김우창은 한국인의 주체성이 출생의 조짐을 보이는 순간은 물론이고 장애의 증후를 보이는 순간에도 그것의 가능성을 이야기한다. 인간의 삶을 모든 대립을 넘어서는 역동적인 움직임으로 묘사하는 그의 수사는 한국인의 주체적 인간화에 대한 비판의 언어이자 염원의 언어이다. 그의 변증법적 사고가 어느 경우에나 한국문학의 실재와 행복한 일치를 이루는 것은 아니며 어느 경우에나 한국문학을 위한 최상의 전망을 낳는 것도 아니다. 그러나 그와 동시대의 어떤 학자도 그만큼 한국인의 경험과의 다양한 연관을 고려하는 동시에 그러한 연관을 의미 있게 만들며 한국 현대문학을 이해하지는 못했다. 또한 어떤 비평가도 그만큼 한국인의 인간적 존엄성을 위한 분발과 투쟁의 역사 속에 지고한 자리를 찾아주며 한국 현대문학을 비판하지는 못했다. 김우창의 비평을 통해 한국 현대문학은 계속해서 읽히고 씌어져야 되는 최고의 이유를 얻었다.

(『사유의 공간』, 생각의나무, 2004년)

민주화 이후의 정치와 문학

고은 『만인보』의 민중-민족주의 비판

1. 1987년의 행복

"모든 것이 조각나서 흩어진다. 중심이 버티지 못한다./순전한 무질서가 세상에 풀려나왔다." 2000년대 전반의 한국사회를 관찰한 사람이라면 이 예이츠의 묵시록적 언어에서 유럽의 한 시인이 근대의 소용돌이의 한복판에서 느끼고 있었던 분열과 혼란만 떠올리진 않을 것이다. 그 횡행중인 "무질서(anarchy)"에서 어쩌면 한국사회의 현실에 대한 적실하기 그지없는 비유를 발견할지도 모른다. 1987년 민주화 이후 한국사회는 사회적 통합이 가능한가 하는 의문을 금하기 어려울 만큼 내부적으로 심각한 분열을 겪고 있다. 자기 이익에 몰두한 사회집단 간의 살벌한 세력 경쟁은 시민사회의 모든 부문에 걸쳐 상극(相剋)의 전쟁을 연출하고 있다. 국가와 시민사회 사이에 존재했던 적대적 대립은 확실히 시민사회 내부로 전환되어 증폭되고 있는 듯하다. 시민사회에서의 격렬한 갈등이 정치적 대표체제를 통해 완화될 가망은 그리 높지 않다. 민주화 이후 정치 사회는 그 시민적 기반을 넓히는 방향으로 전개되어왔지만 사회적 갈등을 대표함으로써 관리하는 능력에서는 별로 향상을 보이지 못했다. 노무현 정권 출범 이후 많은 정치 현안을 놓고 여야 정당이 펼치고 있는 극렬한 대립은 한국사회 내부의 갈등과 경쟁 관계를 더욱 확대시키고 있는 형국이다. 한국인은 한국전쟁을 통해 사회의 내분에서 생겨나는 재앙의 극한을 체험한 바 있고 오랜 기간을 권위주의적 통치체제 아래 살아온 만큼 작금의 사회에 만연된 갈등에서 어떤 파국을 예감할지도 모른다. 보수주의자 일각에서 전통적인 공동체 의식이나 국민적 정체성에 호소하며 적대적 대립의 해소를 촉구하는 발언이 나오곤 하는 것도 이상한 일은 아니다. 그러나 현대사회의 타당한 통합 원리는 민주주의뿐이다. 의심, 분열, 갈등 없는 하나의 사회적 전체에 대한 몽상이 인간에 대한 인간의 가장 잔혹한 정벌로 끝났다는 것, 자유와 평등의 가치를 사회의 모든 영역에서 실현하려는 노력만이 사회를 총체적 분열로부터 구제하는 길이라는 것은 현대의 착오로 얼룩진 정치 실험의 역사에 의해 충분히 입증되었다. 민주화 이후 한국사회의 혼란이 요구하는 해법은 더욱 철저한 민주화일 수밖에 없다.

민주화 이후 한국사회에 나타난 중요한 현상의 하나는 널리 알려진 바와 같이 시민운동의 성장이다. 1989년 경제정의실천시민연합, 1993년 환경운동연합, 1994년 참여민주사회시민연대 등이 결성되고 뒤이어 크고 작은 결사체가 잇따라 폭발적으로 출현하면서 시민단체는 시민사회의 활성화를 주도하는 한편 국가의 주요 정책에 영향을 미치는 새로운 정치세력으로 부상했다. 기왕의 연구에 따르면 이러한 시민단체의 출현과 활동은 민주화의 기반이었던 시민사회 자체 내에 일어난 계급적, 계층적, 지역적 차이를 반영한 결과이며, 민주주의의 이념, 주체, 방법을 둘러싸고 사회운동노선이 분화된 결과이다.[1] 시민운동이 십 년 이상의 역사를 기록한 지금, 시민운동이 바로 민주주의의 발전을 의미한다는 식의 경솔한 주장은 사라졌다. "시민 없는 시민운동"이라는 비판에서 보듯 시민운동이 시민들 사이에 과연 광범위한 자발적 참여 기반을 가지고 있는가는 의문으로 남아 있다. 더욱이 시민운동은 다른 사회운동, 예컨대 노동운동과 분리되었을 뿐만 아니라 자체 내에 많은 분파를 낳고 있다. 시민단체들이 국가권력, 자본주의 시장, 지구화 추세 등과의 관계에서 드러내고 있는 차이는 상당히 크다. 민주화 이후 시민운동을 비롯하여 국내외의 새로운 상황에 대응한 사회운동이 활발하게 일어났지만 그와 동시에 과거 민주화운동이 가지고 있었던 통일성은 사라졌다. 현재 한국사회의 지형은 계급, 성, 지역, 세대, 직업 등을 그 기반으로 하는 크고 작은 집합체들의 정치적 자기주장으로 혼란스러울 만큼 복잡하다. 민주주의의 주체이자 객체인 민중을 동질적인 집단으로 취급하는 것, 민중의 권리를 어떤 단성적인 담론으로 말하는 것은 한국에서도 불합리해졌다. 한국 민주주의의 발전은 그러한 시민사회의 다원화 추세에 걸맞은 이념, 법률, 제도, 도덕을 얼마나 개발하느냐에 달려 있다. 결국, 다원적 민주주의의 모색이 과제인 셈이다.

1987년 6월항쟁이 4·19 혁명과 함께 현대 한국의 정치, 사회, 문화에서 획기적 의의를 가지고 있다는 것은 말할 것도 없다. 그것은 사반세기 이상 한국사회에 군림한 군부독재를 종결시키고 정치 사회의 민주적 개혁을 촉진하는 계기였을 뿐만 아니라 한국 민주주의의 역사에

1) 한국 시민사회와 시민운동에 관해서는 정태석·김호기·유팔무, 「한국의 시민사회와 민주주의의 전망」, 유팔무·김호기 엮음, 『시민사회와 시민운동』(한울, 1995); 조희연, 「민중운동과 '시민사회,' '시민운동'」, 같은 책; 김호기, 「민주주의, 시민사회, 시민운동」, 『한국의 현대성과 사회변동』(나남출판, 1999); 유팔무, 「한국 시민사회의 형성과 이데올로기적 분열, 갈등의 역사」, 『한국 시민사회와 새로운 진보』(논형, 2004) 참조.

보기 드문 집합적 희열의 순간, 한나 아렌트가 말한 의미에서 "공적 행복"의 순간이었다.[2] 그 공적 행복은 복수의 달콤함이나 경쟁자를 물리친 만족감과 같은 사적 행복과 달리 자신이 다른 자유로운 사람들 가운데서 자유롭다는 데서 오는, 자신의 공적 희망이 공적 현실이 되었다는 데서 오는 행복이다. 공적 행복의 순간에 역사는 자신을 옭아매고 짓누르는 것이 아니라 자신이 현재 행하고 있는 것이 된다. 80년대 민주화운동에 참여한 시인 고은의 시 「광장 이후」에는 짐작건대 1987년의 행복을 누린 화자가 등장한다. 그는 지금 "가랑비가 내리고" 차들로 막혀 있는 어느 광장을 보며 그곳에서 사라진 과거를 상기한다. "그해 120만 명의 사람"이 모였던 그곳은 인간 생명이 무리를 지어 장려하게 분출한 장소였다. 그래서 화자는 흩어진 사람들이 그곳으로 다시 몰려들기를, "텅 빈 광장에 밀물의 짐승들 차오르"기를 바라는 마음을 감추지 못한다. 그는 눈앞에 "광장의 이데올로기가 끝"난 현실이 있음에도 "옛 친구들이여 기억하라/이 광장이 우리들의 시작이었다 언제나"라고 외친다.[3] 그러나 역사의 비정한 진실은 행복에 대한 인간의 기억에 역사는 관심이 없다는 것이다. 누구나 알다시피 1987년 민주화는 민주주의의 실현을 뜻하지 않는다. 그것은 민주주의 실현에 필요한 형식적 절차를 정치 사회에 도입한 것에 지나지 않는다. 그리고 그렇게 도입한 대표체제가 반드시 민주적인 삶을 보장하는 것도 아니다. 독일의 나치당은 바이마르 공화국의 대의민주주의하에서 합법적으로 집권하지 않았던가? 민주주의가 그 이념에 대한 이해, 그 역사에 대한 반성, 그 제도에 대한 궁리, 그 문화에 대한 성찰이 심화됨으로써 비로소 발전한다는 것은 한국처럼 민주주의의 역사가 일천한 사회에서는 특히 유념해야 마땅한 진실이다. 지성적, 문화적 기반이 허약한 민주주

2) Hannah Arendt, *On Revolution*(New York: Viking, 1963), pp. 111~137 참조.

3) 고은, 『두고 온 시』(창작과비평사, 2002), 28~29쪽.

의는 언제든 그 반동으로 권위주의 혹은 전체주의를 뒤에 남겨놓고 사라질 수 있다. 누군가 말했듯이 민주주의는 인간의 본능이 아닌 것이다.

한국 민주주의의 역사와 문화에서 한국문학이 차지하는 위치는 특별하다. 한국문학은 한국인 개인과 집단의 역사적, 일상적 경험에 대한 탐구를 통해 한국인들로 하여금 자아발전을 소망하도록 가르친 동시에 그것을 억압하는 정치적, 사회적 조건을 깨닫게 했고, 힘없는 개인들 사이에 공감과 연대를 낳는 공동의 기억과 역사를 만나게 했으며, 자신들의 고난과 투쟁을 한국민족 전체의 역사적 진보를 향한 움직임 속에서 이해하고 살아가도록 격려했다. 한국문학은, 한마디로, 한국인의 민주주의 학습에 어떤 매체 못지않게 중대한 역할을 했다. 특히 한국인들 사이에 민중과의 자기동일화를 성립시키고 촉진시키는, 민중이라는 이름의 주체성을 발전시키는 작업을 통해 그렇게 했다. 민중문학 또는 민족문학이 70년대와 80년대에 민주적 변혁을 위한 문학운동을 대표했다는 것, 민중-민족문학 집단이 민주화운동에 참여한 주요 사회세력 중 하나였다는 것은 널리 알려진 바와 같다. 민중-민족문학은 소련과 동구 사회주의 체제의 몰락과 함께 한국사회의 이데올로기적 지형이 급격히 바뀜에 따라 침체와 혼미의 시기에 접어들었지만 그것이 민주주의를 위한 민중 계몽과 동원의 문학에서 능가하기 어려운 기준을 세웠다는 것은 틀림없다. 6월항쟁으로부터 십 년 이상 경과한 시점에도 고은이 "광장을 기억하라"고 자기확신의 어조로 외치는 것도 무리는 아니다. 그러나 현재 한국 민주주의를 둘러싼 상황은 민주화 이전의 그것과 크게 다르며 광장이라는 상투적인 비유로는 느끼기도 사유하기도 어려운 복잡성을 띠고 있다. 최장집은 한국 민주주의의 현황을 다각도로 고찰한 저서에서 한국 민주주의의 기반을 강화하려면 자유주의와 공화주의의 가치들을 신장시켜야 한다는 타당한 주장을 펴는 가운데 한국사회에서 그러한 가치들이 허약한 데는 반공보수세력은 물론 민주세력 역시 책임이 있음을 지적하고 있다. "권위주의에 대항했던 투쟁은 개인의 자율성과 내면적 자유를 중시하는 자유주의적 가치나, 시민적 휴머니즘을 핵심으로 하는 공화주의적 가치들을 발전시킬 여지를 주지 못했"으며, 또한 그러한 과정에서 "총체적 인간(total citizen)," 즉 "총체적 변혁을 추구하면서 이상사회를 구축하고자 삶의 모든 것을 투척하는", 결국 "민주주의하에서 자율적인 자기 정체성을 형성하기가 쉽지 않은" 인간 유형을 낳았다는 것이다.[4] 민주화 이후 문학과 정치의 관계를 다시 생각하는 일이 문학인의 과제의 하나라면, 민주주의의 실현이 문학인의 재능과 성의를 요하는 기획으로 남아 있다면, 문학의 영역에서 민주세력을 대표한 그 민중-민족문학에서 교훈을 구해봐도 좋을 것이다.

2. 민중이라는 공백의 기표

고은의 『만인보萬人譜』는 한국인의 민주적 도덕과 문화에 대하여 시사하는 바가 많은 민중-민족문학의 업적 중 하나이다. 1986년 11월 첫 세 권을 시작으로 꾸준히 출간되어 2004년 1월까지 무려 이십 권을 기록한 『만인보』는 한국사의 모든 시대, 한국사회의 모든 계층에 걸쳐 무수히 많은 한국인의 초상을 제시하고 있다. 개인의 성격과 운명을 날카롭게 포착하는 인간 소묘의 재능, 역사상 인물의 이력과 행적에 대한 풍부한 식견, 한국인의 기억과 역사에 대한 무궁한 애정 등, 고은의 산문 저작에서 흔히 발견되는 인물평전 작가의 능력은 『만인보』에서 그 걸출한 시인의 무진장한 어휘, 호탕방일(浩蕩放逸)한 어법, 다채로

4) 최장집, 『민주화 이후의 민주주의』(후마니타스, 2002), 229~230쪽.

운 수사와 결합하여 개개의 인물 나름의 인상을 종종 강렬하게 심어주는 한편, 흥미로운 인물 유형과 계보를 암암리에 만들어내고 있다. 『만인보』는 시 한 편에 인물 한 명을 다루는 체재에서 보듯이 한국인에 대한 개인별 소묘에 치중한다. 그러나 그 인물들의 이력, 경험, 행적은 한국인이 기억하는 한국인의 집합적 역사와의 관계 속에서 때로는 가깝게 때로는 멀게 배치되어 어떤 장대한 이야기의 일부가 된다. 사실, 『만인보』는 명백하게 서술적인 방식으로 인물들을 다루든, 그렇지 않든 간에 그들이 어떤 이야기에 둘러싸여, 어떤 이야기의 가능성 속에서, 어떤 이야기를 만들며 살고 있다는 것을 느끼게 한다. 『만인보』의 시인은 그들의 삶을 형성한 이야기들에, 그들의 삶이 형성한 이야기들에 자신의 언어를 바친다. 그가 다룬 인물 중에는 흥미롭게도 남에게 이야기책 읽어주며 무욕(無慾)의 삶을 살다 간 전설 속의 할아버지(2: 「이야기 할아범」)나 "쩍쩍 늘어붙는 입담"으로 아이들에게 "온갖 세상 다 보여주고 걷어"간 이웃의 할머니(1: 「삼만이 할머니」)에서부터 "입담 한 번 푸짐하여" "중신에미 노릇도 단단히 하"는 여자 상인(4: 「갈치 장수 아주머니」)이나 "일곱 식구 배불리 먹고 나서" "밥상머리 이야기 꽃을 피워/그 구성진 입담으로" 식구들을 즐겁게 하는 아낙(5: 「아래뜸 달순이네」)에 이르기까지 많은 이야기꾼이 있다.[5] 『만인보』가 하고 있는 일은 그 이야기꾼들이 했던 일과 본질적으로 다르지 않다.

『만인보』 제3권에 실린 발문에서 백낙청은 이야기의 요소가 많은 그 시집의 특성에 주목하여 "『만인보』의 서사적 풍요는 차라리 소설문학의 성취를 떠올린다"고 말하고 있다. 여기에 덧붙이면 그 서사적 풍요는 민주적인 인간 이해와 무관하지 않다. 『만인보』를 서사적으로 풍성하게 만든 요인의 하나인 농민, 노동자, 노비, 빈민, 룸펜 이야기의 포

5) 논의에 사용한 판본은 『만인보』 1~20(창작과비평사, 1986~2004)이다. 본문의 괄호 안에 참조하거나 인용한 권수와 작품 제목만 밝힌다.

용은 그 한국사회 하층계급 사람들의 기쁨과 슬픔에 대한 절절한 공감, 그들의 인간성에 대한 열렬한 애정이 없었더라면 시편에 등재되기 불가능했을 것이다. 『만인보』를 위인전이나 명사록(名士錄)과 구별되게 하는 작품도, 그 시집에서 특별한 감동을 주는 작품도 대개 그 하층민들에 관한 것이다. 한국의 위인이나 명사에 관한 시들이 종종 그들의 약력을 부연하거나 아니면 그들의 인품을 개평(槪評)하는 경향이 있는 반면, 하층민들에 관한 시는 보통 그들의 존재를, 그들이 속한 삶의 세계와 더불어 느끼게 한다. 예컨대, 다음과 같은 구절.

하루 내내 뼈도 없고 뉘도 없는 만경강 갯벌에 가서
그 아득한 따라지 갯벌 나문재 찾아 발목 빠지다가 오니
북두칠성 푹 가라앉은 신새벽이구나 단내 나는구나
곤한 몸 누일 데가 없이 보리쌀 아시방아 찧어야지
도굿대 솟아 캄캄한 허공 치고 내려 찧어 땅 뚫는구나
비오는 땀방울 보리쌀에 뚝뚝 떨어져 간 맞추니
에라 만수 그 밥맛에 어린 것이 쑥 자라나겠구나
여기 말고 어디메 북받치는 목숨 따로 부지하겠는가
이 땅의 한 아낙의 목숨이 어찌 만 목숨 살리지 않겠는가

—1:「어머니」 중에서

여기서 화자는 곤궁한 살림에 가족을 먹여 살리기 위해 고생을 마다하지 않는 어머니의 노동을 그 어머니의 생활세계에 밀착한 언어로 이야기한다. '아시방아'(애벌방아)와 '도굿대'(절굿공이) 같은 방언, 만경강·나문재·북두칠성 같은 특수명사, "곤한 몸" "어린 것" 등 시골 아낙의 구어를 연상시키는 어휘, 어머니의 지각("단내 나는구나")과 화자의 지각("땅을 뚫는구나")에 똑같이 사용된 감탄조의 어미("-ㄴ구나")

등에 의해 화자의 말은 어머니의 말과 혼성을 이룬다. 그래서 어머니가 피곤한 몸을 이끌고 캄캄한 새벽의 하늘 아래 홀로 나와 땀 흘리며 아이 먹일 보리쌀 아시방아를 찧는 행동에 대한 서술은 가난한 시골 어머니의 마음을 그 도덕적, 지역적, 계층적, 성적 특수성이 생생하게 합체된 형태로 압축하여 포착한다. 인용 구절 중 마지막 두 시행은 화자의 말을 두드러지게 느끼게 하지만 앞의 시행에서 성취된 언어적 혼성 덕택에 어머니의 삶에 대한 사실적 관찰로부터 저절로 우러나오는 찬탄과 경배의 언사처럼 들린다.

『만인보』에 그려진 하층민의 세계는 가난, 상실, 피탈(被奪), 소외의 경험으로 가득하다. 저자의 유년기 기억 속에 남아 있는 하층민들만 보더라도 "봄이면/소작인 농투산이 절반이/산으로 들로 헤매어/초목근피 찾아야" 살아남는 형편이고(7: 「화양댁」), 그들 중 많은 가족이 관헌의 탄압이나 그밖의 이유에서 억울하게 부모, 형제, 자식을 잃었거나 그들과 헤어졌으며, 그들의 마을에는 드난살이나 접방살이를 하는 빈민, 음식을 구걸하는 떠돌이, 부자에게 원한 맺힌 도둑, 장애나 질병으로 몸이 성치 못한 사람이 적지 않다. 하층민들의 삶은 "무덤"을 이웃하여 살아가는 그들의 물리적 환경이 암시하는 바와 같이 궁핍, 박탈, 허무의 위협에 항상 노출되어 있다. 그러나 『만인보』는 하층민들의 고난을 증언하는 데에 바친 열성 못지않은, 아니 그보다 훨씬 뜨거운 열성으로 고난을 꿋꿋이 견디며 자신과 가족과 마을을 살려나가는 그들의 생활을 기록한다. 전형적인 것은 앞에 인용한 「어머니」의 인물과 비슷한 여자들의 살림살이이다. 야무지게, 억척스럽게 살림하는 여자들은 "시집 와서/처음 살림하는 날"부터 "복스러이 복스러이 웃음 머금"더니 "밭 늘고 논 늘고/아들 딸 7남매 보"는 경사를 누린, "그 웃음소리 까르르 담 넘"던 당숙모(1: 「당숙모 바그메댁」), "무정한 가난도" "반신불수 남편도/잘 섬기며" "소한 대한 빨래에/그 힘찬 빨랫방망이 소리" 내던 재선이 어머니(5: 「재선이 어머니」), "봄이 왔다 하면" 마을 일대의 산 밑 밭두렁을 "방개처럼 쏘다니며" 나물을 캐다가 완행열차 타고 멀리 행상을 다니며 아들 삼형제 혼자 키우는 성산댁(8: 「나물장수 성산댁」) 등 갖가지 모습으로 『만인보』 전체에 걸쳐 무수히 등장한다. 이 여성의 부덕(婦德)은 특히 시인의 민족지(民族誌)적 상상 속에서 한국인들이 가지고 있는 모든 희망의 원천을 이룬다. 6·25 전란이 남긴 폐허에서 다시 살아나기 시작하는 민족의 생명을 다룬 시편들에서 가장 힘차게 소생을 알리는 활동의 이미지는 다름아닌 젊은 주부, 즉 자기 가족과 이웃집 가족의 배를 채우려고 이웃 아낙과 함께 "가슴 젖 드러내 출렁이며/도굿대 치게 올려 내리며" "강냉이 방아"를 찧는 아낙네의 노동이다(18: 「남신동이 마누라」).

한국사회 하층민의 생활은 가난의 인습에 시달리는 가운데 역사의 재앙까지 입었지만, 그럴수록 더욱 강한 의지로 가족과 이웃의 생명을 돌보는 여성들의 도덕이 원천이 되어 그 척박함과는 판이한 세계를 형성한다. 그것은 간단히 말해서 상호부조의 도덕이 일상생활에 배어 있는 세계이다. 『만인보』에 그려진 인간 초상 중에는 각자 딱한 처지임에도 서로 기대고 도우며 살아가는 하층민들의 얼굴이 곳곳에 박혀 있다. 저자는 그 하층민들의 겉으로 보이는 초라함, 비천함, 난폭함의 이면에 공생을 위한 도덕이 살아 있음을 자주 강조한다. 도선이는 하는 짓이 징그럽고 무서운 땅꾼이지만 "마음씨 하나 하늘이라/남의 집 초상 나면 궂은일 다하고/히잉 울어주기도 하"고(1: 「땅꾼 도선이」), 대복이는 늙은 총각 신세를 면치 못하는 머슴이지만 옥정골 사람들이 도움을 원하면 어디든 달려가고(6: 「전대복이」), 오남이의 아내는 "새앙쥐" 소리를 들을 정도로 볼품이 없지만 "뉘 집 궂은일 도맡아 해"줄뿐더러 너나없이 어려운 시절임에도 항상 남에게 뭔가를 베푼다(5: 「오남이 내외」). 더욱이 이 하층민들의 상호부조의 관행은 단지 궁핍에서 연유하는 생존의 기술이 아니라 도덕상의 선(善)에 대한 그들 나름의 이해와 추구를 나타낸다. 예컨대 대길이라는 머슴은 "사람이 너무 호강하면 저밖에 모른단다/남하고 사는 세상인데"(1: 「머슴 대길이」)라는 발언을 통해 공생의 도리가 물질적 풍요보다 훨씬 중요한 가치임을 말하고 있다. 공생의 원칙에 충실한 도덕적 감정은 독선적인 양반이나 인색한 부자에 대한 혐오, 인정 많은 사람들에 대한 존경, 상가에서 곡(哭) 잘하는 여자들에 대한 호감 같은, 『만인보』의 많은 작품에 다뤄진 풍속을 통해서도 확인된다. 머슴 대길이 말한 그 "남하고 사는 세상"은 정치적 비전은 물론 아니다. 하지만 그것은 인간 사이에 존재하는 억압과 착취의 관계에 대한 원칙적인 거부를 나타낸다는 점에서, 개인의 상호이익을 증진시킬 사회에 대한 요구를 함축한다는 점에서 민주주의의 이상에 닿아 있다. 머슴 대길의 마음속에 들어 있는 도덕적 공동체의 관념은 민주 사회를 향한 열망과 상상을 촉진할 만한 것이다. 『만인보』가 허용하는 역사적 공상에 따르면 머슴 대길은 1970년대 서울에서 전태일이라는 이름으로 환생하게 될지도 모른다.

『만인보』에 그려진 한국사회의 하층민들이 종래에 민중이라고 명명된 인간 집단임은 말할 것도 없다. 앞에서 살펴본 그들의 도덕적 의지와 감정은 7, 80년대에 민중적 생명력, 민중적 건강성, 민중적 연대감 등으로 불리곤 했던 것이다. 어떻게 보면 『만인보』는, 적어도 그 하층민의 형상에 있어서는, 7, 80년대를 통해 고은 자신을 비롯한 많은 문학인, 학자, 예술가, 종교인들의 노력으로 정립된 민중상의 자유로운 종합이라고 해도 무방하다. 『만인보』에는 7, 80년대의 민중관 또는 민중-민족주의적 민중관이 당연히 반영되어 있다. 이것은 그 시편이 하층민들의 애환에 대해 열렬한 공감을 표시하거나 그들의 공동체주의적 도덕을 전면에 세우고 있는 데서 드러나지만 그들과 그들의 이웃의 삶을 민족 수난의 역사와 관련하여 제시하고 있는 데서 더욱 분명하게 드러난다. "황해도 텃골 군역전 부쳐먹는 쌍놈의 집 아낙"은 아들이 "대동강 치아포 나루에서 왜놈 한 놈 때려죽이고" 인천 감옥에 갇힌 이후 옥바라지를 하느라 인천으로 내려와 "식모살이 침모살이"를 하고(1: 「곽낙원」), 외딴 섬마을에서 생선을 가져와 행상을 하던 아저씨는 "일제말기 현해탄 건너/구주탄광 징용으로 끌려가" 내내 소식이 없고(1: 「난산마을 아저씨」), 수많은 유랑민 중에는 "알고 보니/전쟁 나간 아들 죽은 뒤 반 실성하여/식민지 산천 떠도는 사람"이 있다(8: 「행인」). 또한 그들은 피식민의 고통을 가장 처절하게 겪고 있는 사람들일 뿐만 아니라 민족의식을 가장 뜨겁게 품고 있는 사람들이다. 겉으로는 술주정뱅이 같은 할아버지는 "악아 일본은 우리나라가 아니란다/옛날 충무공이 일본놈들 혼내줬단다 기죽지 말어라"고 가르치고(1: 「할아버지」) 동네의 한 젊은이는 "해방 직후 어느 한식날 밤" 남자들을 모아놓고 "우리는 조상을 새로 섬겨야 합니다. 우리 조상밖에는 어느 놈한테도 머리 숙이지 말아야 합니다"라고 설득한다(1: 「한식날 밤」). 『만인보』는 한국의 역대 상층계급 엘리트들에게서 외세를 주인으로 섬긴 노예의 행적을 읽어내는 반면, 하층계급 민중에서는 자주적인 민족의식의 요새와 독립운동가들의 요람을 발견한다. 80년대를 풍미한 민족사의 주체로서의 민중이라는 관념에 투철한 셈이다.

7, 80년대에 산출된 민중-민족주의적 민중상이 민주화운동에 실제로 얼마나 많은 영향을 미쳤는가는 가늠하기 어렵지만 민주세력의 형성과 통합에 상당한 기여를 했음은 의심할 나위가 없다. 노동운동, 농민운동, 도시빈민운동, 여성운동, 종교운동 등 이해를 달리하는 각종 사회운동이 민중의 깃발 아래 연합했고, 무엇보다 노동자도 농민도 룸펜도 아닌 무수히 많은 대학생들이 스스로를 민중과 동일시하며 투쟁의 선봉에 섰다. 80년대 항쟁의 문화에서 민중문학, 민중극, 민중미술, 민중신학이 전방을 차지한 사실은 그 민중상의 구축이 사회 변혁을 위

한 집합적 행위력의 형성에 핵심적이었음을 시사한다. 민중-민족주의적 민중상은 민주주의를 요구하는 현대 한국의 민중 표상이라는 면에서 이론적, 예술적, 실천적 관심을 유례없이 성공적으로 압축한 것이었다. 그러나 민주주의라는 단어가 표시하는, 스스로를 통치하는 민중(people)은 정체가 불확실하다. 그것은 노동자처럼 사회구조상의 위치에 의해 정해지는 정체성도 아니고 여성처럼 생물학적으로 변별되는 정체성도 아니다. 민중은 라클라우나 지젝의 표현을 빌리면 자유, 혁명, 해방 같은 정치적 개념들과 마찬가지로 "공백의 기표(empty signifier)"이다. 공백의 기표는 현대사회에 부재하는 전체성, 통일성, 충만함, 즉 하나의 전체적인 공동체적 질서를 지시하며 그 기표의 개념을 둘러싼 담론상의 경쟁은 사회에 실재하는 서로 다른 특수 집단들 사이의 정치적 싸움의 핵심을 이룬다. 한 특수집단은 공백의 기표의 내용을 채우는 정치담론을 통해 그 자신을 보편화하는 데 성공하는 동시에 다른 집단에 대한 헤게모니적 지배를 획득한다.[6] 이렇게 보면 7, 80년대의 민중-민족주의는 민중에 개념적 내용을 제공하는 데에 다른 무엇보다 우세한 담론이었던 셈이다. 그러나 민중이란 기표는 어쨌든 공백이다. 그 개념적 종지(終止, closure)가 원천적으로 불가능한, 언제나 한 정의를 불확정적이게 하고 다른 정의에 대해 열려 있는 기표이다. 민중-민족주의가 개념화한 민중은 민중이 공백의 기표라는 데서 오는 퇴락의 운명을 90년대 이후 살고 있다. 집권에 성공한 민주세력이 민중이 아니라 국민 또는 시민이라는 말로 한국인의 보편적인 정치 공동체를 지칭하고 있다는 사실이 말해주듯이 그 민중을 활성화함으로써 한국사회의 민주적 통합이 가능하다고 믿는 사람은 현재의 정

6) Ernesto Laclau, *Emancipation(s)*(London: Verso, 1996), pp. 36~46; Slavoj Zizek, *The Ticklish Subject: The Absent Centre of Political Ontology*(London: Verso, 1999), pp.174~182 참조.

치적, 이데올로기적 상황에서 소수다. 그리고 이것은 『만인보』의 저자가 생각하는 것처럼 그렇게 불행한 사태는 아니다.

3. 국민적 민주주의의 마성(魔性)

민중-민족주의적 민중상이 민주화를 위한 교육에 아무리 공헌했다 하더라도 그것을 현대의 민주적 인간의 모범처럼 간주하는 것은 잘못이다. 함께 사는 세상은 민주주의만이 아니라 현대의 모든 정치 이데올로기가 내세우는 이상이다. 인간은 사회적 동물이라는 명제가 민주주의의 원칙이 아니듯이 "오 사람은 사람 속에서만 사람이다 세계이다"(1: 「서시」)라는 선언은 민주주의의 헌장이 아니다. 한국에는 한국 고유의 민주주의가 있다는 망상에 빠진 사람이 아니라면 현대 민주주의의 기초가 자유주의에 있음을 부정하지 않는다. 알다시피 자유주의는 계몽 이전 단계 인간사회의 전통적인 서열제로부터의 해방을 나타낸다. 자유주의는 개인이란 동등하고 합리적이며 자주적인 존재라고 정의하고, 합의에 의한 계약을 기초로 사회적, 정치적 의무를 정하려고 한다. 로크가 봉건적 의무를 비판하고 민중의 합의에 의한 정부라는 이론을 제출한 것, 밀이 개인 각자의 자기실현에 필요한 여건을 안정적으로 제공할 정치사회를 구상한 것은 민주주의에서 중대한 진보의 계기에 해당한다. 물론 자유주의는 민주주의의 약속이 아니다. 로크의 사상에서 그렇듯이 자유주의에서 개인의 자유 옹호와 시장 옹호는 서로 얽혀 있으며, 자유-민주주의는 개인의 자유로운 자기발전을 제약하는, 현대 시장사회 내의 착취와 압제의 관계를 경시하는 경향이 있다. 그러나 자유주의의 권리 개념, 즉 개인은 자기 고유의 소질과 능력을 발전시킬 권리가 있다는 생각은 어떤 형태의 민주주의에도 불가결한 기초이다. 마르크스주의의 세례를 받은 한국의 민중주의자와 민족주의자들은 자유주의적 개인이 자본주의 시장의 악습과 연루되어 있음을 고발하는 데는 부지런하지만 마르크스가 인간 존재는 전적으로 그의 사회적 관계들에 의해 구성된다는, 그리고 인간사회는 합법칙적으로 발전하는 하나의 전체라는 믿음에서 인간 개체로부터 자주성 또는 주체성을 이론적으로 박탈함으로써 공산주의 전제(專制) 정권의 성립에 영감을 주었다는 사실에서 교훈을 얻는 데는 태만하다. 개인을 결정하는 사회적 관계가 본질적으로 다원적이고 불확정적인 사회에서는 개인이 그 자신을 정의하고 발전시킬 권리로부터 정치를 생각하는 것이 민주적인 사고의 시작이다. 라클라우와 무프가 급진적 민주주의론에서 주장한 바대로, 현대의 다원주의 사회에 걸맞은 민주주의의 정립에는 자유주의의 심화와 확대가 필수적인 것이다.[7)]

한국 민주주의가 이념적으로 허약한 원인을 설명하는 가운데 최장집은 자유주의가 깊이 있게 이해되지 않았다는 점에 주목하고 자유주의는 "보수세력에 의해 왜곡되고 민주세력에 의해 버려"졌다고 지적하고 있다. 특히 민주세력을 가리켜 "냉전반공주의와 결착된 자유주의에 대한 부정적 인식" 때문에 "집단주의적 열정을 담는 이념"을 추구했다고 말하고 있다.[8)] 『만인보』에서 선양된 공동체주의적 도덕은 이 집단주의적 열정과 별로 다르지 않다. 머슴 대길이나 그밖의 많은 인물들의 도덕적인 삶은 자기가 태어나 귀속된 집단, 가까이는 가족과 마을, 멀리는 국가와 민족이라는 집단의 보전이 무엇보다 우월한 가치라는

7) 마르크스주의와 권위주의 또는 전제주의의 관계에 대해서는 Ronald Aronson, *After Marxism* (New York: Guilford, 1995), pp. 87~123; Joseph V. Femia, *Marxism and Democracy*, (Oxford: Oxford University Press, 1993), pp. 143~176 참조. 라클라우와 무프의 자유주의 회복에 관해서는 Ernesto Laclau and Chantal Mouffe, *Hegemony and Socialist Strategy*, 2nd ed(London: Verso, 2001), pp.149~194.

8) 최장집, 앞의 책, 223쪽.

신념을 암묵적으로든 명언적으로든 보여주고 있다. 작품상으로 수없이 출현하는 민중의 고난은 혈족의 죽음과 가족의 이산, 가족과 마을에서의 정(情), 즉 상호친화적, 상호부조적 도덕의 소멸, 외세의 침략에 따른 국권 상실과 민족 분열 등과 같이 기본적으로 자기 귀속 집단의 파멸에서 비롯된 불행이라는 성격을 띠고 있으며, 민중의 덕성은 그러한 불행을 자신의 불행으로 체험하는 능력(곡소리 잘하는 인심 후한 여자들), 그러한 불행이 인간사회의 정의가 훼손된 결과임을 이해하는 능력(남하고 사는 세상이라는 관념), 그러한 불행으로부터 자기 집단을 구원하는 능력(억척스러운 살림이나 불굴의 민족해방투쟁)이라는 형태로 표현된다. 『만인보』의 민중세계에는 집단주의적 행위 규범이 워낙 일반적이어서 집단 소속감이 약하거나 집단의 일체감을 손상시키는 개인들은 배척을 당할 수밖에 없다. 『만인보』 시편의 민중파 화자는 마치 인간 별종이라도 되는 듯이 오만하게 구는 한 양반 영감과 그 후손들에게 누구나 땅을 밟고 땅에 묻히는 이치를 들어 야유를 보내기도 하고(「3: 반나절 고개」), 한 사내아이가 자기 가족의 이익밖에 모르는 아버지 때문에 동네의 다른 아이들과 "상종 못 하"는 처지가 되었음을 전하기도 한다(1: 「외톨박이 권오종」). 이 집단주의의 세계 속에 자주적인 개인들이 성장하고 그들의 자유와 권리를 위한 여건이 형성될 가망은 거의 없다. "땅 밟는 주제" "땅에 묻힐 주제"라는 구절이 시사하는, 인간을 결정하는 자연 관념에 기초한 인간의 집단적 일체성에 대한 신념은 개인의 문화에 대해 오히려 적대적일 공산이 크다.

혹자는 『만인보』의 인간세계에 근대적 개인의 관념이 전혀 없진 않다고 말할지 모른다. 사람들이 저마다 자기 이익을 좇기에 급급한 세상에서 공생의 윤리를 지키며 기꺼이 손해를 입는 사람은 독립적이지 않은가? 사람들이 민족을 침탈한 외세와 영합하여 온갖 영화를 누리는 세상에서 민족독립운동의 고난을 택하는 사람은 자주적이지 않은가?

통속적인 처세의 이치에 맞서는 그들의 마음속에는 이를테면 “나는 나를 심판할 내 나름의 법률과 법정을 가지고 있다”는 몽테뉴의 믿음과 비슷한 뭔가가 있지 않을까? 하지만 그들의 윤리적 강직성은 계몽 이전의 것이다. 그들은 집단(가족, 마을, 민족, 국가 등)에 귀속됨으로써 따라오는 정체성을 자기 정체성으로 받아들이고 집단 내에서 자신의 위치에 따라 부과된 역할들(가사, 경제, 정치, 전쟁)을 성실하게 수행하는 사람들이다. 『만인보』의 저자는 살아가기 힘든 형편에도 부모의 제사를 정성껏 받드는 자녀에서부터 일신의 안녕을 돌보지 않고 국권 회복에 투신한 의인(義人)에 이르기까지 그들이 자신에게 주어진 사회적 정체성을 얼마나 강인하게 지켰는가를, 자신에게 부과된 사회적 역할을 얼마나 성실하게 수행했는가를 열렬히 현창(顯彰)함으로써 그들의 명예를 한껏 드높인다. 한편 저자는 『만인보』 대다수의 시편에서 전통적으로 개인의 정체성을 규정한 집단들이 쇠퇴한 반면 자유라는 관념이 사회 전반에 확산된 한국의 20세기를 다루고 있음에도 개인이라는 유형—집단 내에서 맡은 역할이 진정한 자신은 아니라고 느끼는, 집단 내에서의 역할 속에서가 아니라 자신의 진정성 속에서 존엄하다고 느끼는 인간 유형에 대해 무심하다. 오히려 개인의 관점에서 한국인을 탐구하고 이해할 여지를 차단하고 있다. 역사상 고명한 승려들을 평하는 경우에조차 민족, 민중, 국가에 대한 충성이라는 기준을 적용하고 있을 정도다. 결과적으로 『만인보』의 세계에는 근대적인 개인의 문화, 즉 도덕적 관습으로부터의 자유와 진정성에 근거한 자아 발전을 이상으로 삼고 그 이상의 실현에 합당한 정치, 사회, 문화의 형식들을 요구하고 추구하는 개인의 문화가 누락되어 있다.[9] 명예의 세계는 있으나

9) 『만인보』에 개인의 문화가 누락되어 있는 것은 한국문화 자체가 그것을 결하고 있기 때문이라는 주장이 나올 법하다. 하지만 한국인이 개인이라는 관념 없이, 그 관념을 육성하는 문화 없이 살았다고 생각하는 것은 억측이다. 전근대 한국문화만 보더라도 그것을 지배한 성리

존엄의 세계는 없다. 『만인보』의 민중상은 평등한 인간 사회에 대한 희원을 담고 있지만 그것을 아무런 유보 없이 현대 민주주의의 이상이라고 풀이하면 곤란하다. 현대 민주주의는 개인 각자의 명예에 대한 존중으로부터 나오는 것이 아니라 각자의 존엄에 대한 승인으로부터 나오는 것이기 때문이다.[10)]

『만인보』에 나타난 명예의 세계에서 가장 빛나는 역할은 뭐니뭐니 해도 국가와 관련된 것이다. 제1권에 실린 시 「고주몽」의 한 대목 "이 땅의 아들이거든/아들이여/가서 네 나라의 말로 말하라/아버지를 버려라/아버지를 버려라/아버지의 성을 버리고 네 성을 칭하라"는 구

학은 그 심성론과 수양론에서 개인에 대한 깊은 철학적 인식을 보여주고 있다. 범유교권(汎儒敎圈) 사상사의 대가 시어도어 드 배리가 자아수양에 관한 성리학설에서 자유주의를 발견한 것은 동아시아학계에서는 유명한 사실이다(Wm. Theodore de Bary, *The Liberal Tradition in China, New York*: Columbia University, 1983; 윌리엄 시어도어 드 배리, 『중국의 '자유' 전통』, 표정훈 옮김, 이산, 1998). 『만인보』 제2권에 실린 「이황」에서 화자는 "조선 양반의 자랑이거니와/해동 주자이거니와/이는 조선 만백성의 허깨비였느니라"고 일갈하고 있다. 민중주의의 반(反)지성적 경향을 노골적으로 드러낸 구절의 하나다.

10) 명예와 존엄의 차이에 대한 설명은 다음 구절로 대신한다. "명예(honor)의 세계에서 개인은 그의 역할 속에서 그의 정체성을 발견하기에, 그의 역할로부터 이반(離反)하는 것은 그 자신으로부터—마음 내키는 대로 덧붙이자면 "허위의식"에 빠져—이반하는 것이 된다. 존엄(dignity)의 세계에서 개인은 사회적으로 부과된 그의 역할로부터 그 자신을 해방시킴으로써 비로소 그의 진실한 정체성을 발견할 수 있다. 그의 역할이란 그를 착각과 "소외"와 나쁜 믿음에 휘말리게 하는 가면에 불과한 것이다. 그래서 이 두 세계는 역사에 대해 관계를 달리한다. (……) 명예의 세계에서 정체성은 원형을 이룬 행위들의 반복적인 수행을 통해 과거와 단단히 연결되어 있다. 존엄의 세계에서 역사는 신비화의 연속이어서 개인이 '진정성 authenticity'에 도달하려면 그로부터 자신을 해방시켜야 한다." (Peter Berger, Brigitte Berger and Hansfried Kellner, *The Homeless Mind: Modernization and Consciousness*, New York: Random House, 1973, pp. 90~91) 여기에 나와 있는 바와 같은 의미에서의 진정성이 현대 정치의 기초를 이루는 철학적 관념의 하나이며 민주주의와 관련해서도 중요하다는 점을 지적하고 싶다. 예컨대 찰스 테일러는 현대 민주주의의 주요 흐름을 이루는 정체성의 정치 혹은 인정의 정치(politics of recognition)가 진정성의 근대적 이상에 근원을 두고 있다고 본다. 자세한 논의는 Charles Taylor, *Philosophical Arguments*(Cambridge Mass.: Harvard University Press, 1995), pp. 225~233 참조.

절은 상징적이다. 고주몽의 어머니가 한밤중 아들을 떠나보낸 이유를 풀이한 이 구절은 인간은 자기 국가를 가짐으로써 비로소 성(姓), 즉 명예로운 정체성을 가진다는 생각, 다시 말해 인간의 모든 명예는 국가로부터 연유한다는 생각을 전달한다. 이와 비슷한 생각은 제6권에 실린 「백제 유민 부례」에도 나온다. "백제 부흥 전쟁"에 나선 "주류성 부여풍 독립군"이 당군(唐軍)에 패해 모두 달아나고 있는데도 홀로 싸움을 계속하다 죽은 부례라는 인물에 대해 평하면서 화자는 "본디 천속인지라/이때 처음으로 사람 노릇 하였구나"라고 말하고 있다. 개인이 누리는 명예의 고저(高低)는 그의 역할과 국가권력 사이의 거리의 원근(遠近)에 비례한다. 가장 명예로운 인간은 국가의 창건자와 관리자이고 가장 명예롭지 못한 인간은 매국노와 망국민이다. 『만인보』에서 다뤄진 역사상 한국인의 경험 중에서 가장 두드러진 유형은 바로 한반도에 존재한 종족국가와 민족국가의 흥망에서 비롯된 영광이나 치욕의 경험이다. 그것은 멀리 한나라의 지배를 물리치고 나라를 세운 고구려인의 업적(3: 「기마상」)이나 나당연합군의 침략으로 나라를 잃은 백제 유민들의 원한(5: 「계백」), 가까이는 한국전쟁기에 일어난 온갖 참상에 이른다. 그 국가 흥망의 역사 속에서 한국인이 겪어온 최대의 불행은 자기 민족을 내부적으로 통합하고 외세로부터 보호할 국가를 가지고 있지 못하다는 것이다. 물론 『만인보』의 저자는 한국인이 정치적 주권을 가질 자격이 있는 민족임을 증언하는 데에 공력을 기울여 그 다수의 작품을 한국인의 모든 시대, 모든 계층을 망라한 민족운동가 열전처럼 만들어놓고 있으며, 특히 민중주의자답게, 민족에 충성하는 마음의 극치는 민중들에게 있음을 시사한다. 그는 20세기 전반 조선 민중이 항일무장투쟁에 합류한 영웅적인 삶으로부터 조국의 새로운 기원을 만들어간 과정에 장편서사시 『백두산』을 바침으로써 민중이 민족의 주체라는 신념을 장려하게 표현한 바 있지만 그러한 신념은

『만인보』 시편에서도 변함이 없다.

『만인보』에서 민중주의와 민족주의는 불가분한 관계로 결합되어 있다. 민중은 국가 없는 민족이라는 데서 오는 굴욕과 박탈을 다른 어떤 집단보다 혹독하게 겪은 그들의 불행 속에서, 그리고 다른 어떤 집단보다 불리한 생존 여건에도 불구하고 반(反)식민 투쟁의 주력(主力)을 형성한 그들의 이력 속에서 한반도에 국민국가가 건설되어야 하는 가장 순수하고 절실한 이유를 이룬다. 그들의 존재는 외세에 의한 통치를 경험했을지라도 엄연히 살아 있는 한국인의 국민성(nationhood)에 대한, 한국인이 정치적 주권을 누릴 권리에 대한 역사적 증거가 된다. 앞에서 민중-민족주의적 민중상이 80년대 민주세력 형성에 중요한 역할을 했다는 사실을 언급했지만, 그 민중상이 헤게모니적 우세를 달성한 비결의 하나는 그것이 영토 주권국가의 상실이라는 한국인 공통의 현실에서 촉발된 한국인 공통의 소망에 관여하고 있다는 점에 있다. 민중의 정치적 정체성이 특정 사회계급에 한정된 경험과 이익을 표현했다면 민주주의를 위한 계몽과 동원을 그만큼 달성하기 어려웠을 것이다. 사실, 역사적으로 보면, 민족주의는 민주주의와 밀접한 관계가 있다. 근대 서양의 민주주의는 광범위한 영토에 걸쳐 주권적 국민국가를 형성하는 과정에서 창출되었으며, 그 사상과 제도는 자연히 국가주의와 국민의 테두리 속에서 생각되었다. 근대 민주주의는 애초부터 민족주의에 의해 강하게 규제되어 국가적 또는 국민적 민주주의(national democracy)의 성격을 띠고 있었다. 제국주의의 압제하에 있었던 민족집단에서도 민족주의와 민주주의는 긴밀하게 얽혀 있다. 제국주의의 지배로부터의 해방을 위한 정치운동에서 민족적 정체성을 근거로 하는 독립된 민족국가 건설과 민중의 자기통치를 위한 민주적 정치체제 수립은 흔히 동일한 과제의 양면을 이루었다. 민족주의의 기초인 국민의 동질성, 공통성, 연대성이 사람들의 정치의식과 행위상으로 민주주의를 움직이게 하는 동력이기도 하다는 것은 민주화 이후 한국 정치를 보더라도 의심할 나위가 없다.

그러나 민족주의는 민주주의에 반드시 유익한 이데올로기가 아니다. 그것이 비록 민중주의와 결합하여 정치 엘리트의 민중 통치가 아니라 민중의 자기 통치를 내세운다 해도 그러하다. 국민적 민주주의의 기본 관념, 즉 국민 내지 민중이 정치적 주권을 가진다는 관념은 국민 내지 민중 바로 거기에서 민주주의를 사라지게 만들 위험을 내장하고 있다. 국민적 민족주의의 마성(魔性)은 민주주의 혁명의 기원을 이룬 것으로 평가되는 프랑스혁명기에 이미 드러났다. 새로운 절대적 주권을 가지고 있는 국민 내지 민중이라는 관념은 자코뱅 독재에서 폭력주의를 정당화하는 논거가 되었다. 절대군주를 처단하고 주권의 자리를 차지한 국민 내지 민중이 자신들의 적에 대해 절대군주 이상으로 잔인했다는 것은 널리 알려진 바와 같다. 더욱이 한 차례의 순수한 혁명적 폭력에 의해 일체적이고 일의적(一義的)인 새로운 질서를 창조한다는 자코뱅적 폭력주의 구상은 극우와 극좌를 막론하고 총체적 혁명을 꿈꾼 현대의 급진주의적 정치 실험에서 지속적으로 나타났다. 그것은 20세기 유럽의 파시즘 전통에만이 아니라 마르크스-레닌주의 전통에도 뚜렷한 흔적을 남겼다. 『만인보』는 물론 자코뱅적 폭력주의에 지지를 표명한 시집은 아니다. 그러나 국민 또는 민중 속에 존재하는 혁명적 폭력을 향한 충동은 시집 곳곳에, 특히 한국전쟁기의 이야기를 다룬 시편 곳곳에 보이는 원한, 적대, 강간, 테러, 살육의 행위들에 잠재되어 있다. 저자는 그러한 행위에 대한 책임이 조선인의 정치적 주권을 무시한 강대국과 무책임한 정치 엘리트들에게 있는 듯이 이야기하고 있지만 거기에 민족주의 이데올로기가 연루되어 있었다는 것은 부인하기 어려운 사실이다. 김일성과 이승만, 그리고 남북한의 엘리트 집단으로 하여금 동족상잔의 전쟁을 무릅쓰게 만든 것은 통일 민족국가라는 이상이 아니었던가? 한국전쟁기에 "새 세상"이 왔다고 느낀 민중들의 광란에 명분을 제공한 것은 민족의 해방과 통일이라는 관념이 아니었던가?[11] 『만인보』에 담긴 '만인'은 그 인간 중생에 대한 인정의 표시에도 불구하고 안심하고 수긍할 만한 민주사회의 비전이 아니다. 개인의 존엄보다 국민의 명예를 앞세우고 국민국가에 절대적이고 영속적인 권력을 부여하는 민족주의는 민주주의를 촉진할 가능성보다 오히려 전체주의를 부추길 가능성이 크다.

4. 민주사회의 불확실성

『만인보』에 두드러진 시인 고은의 특기 중 하나는 시대적으로, 계층적으로, 지역적으로 차이가 나는 말들을 모방하는 기술이다. 시인은 화자로 하여금 정해진 화법으로 말하게 하지 않을 뿐만 아니라 대상 인물들의 존재를 느끼게 하는 말을 찾아내고 종종 그들의 말과 화자의 말을 섞어 청각적으로 풍부한 말의 교향악을 빚어낸다. 이러한 복화술적 묘기는 시인의 설명에 따르면 근대시의 자아가 당면한 곤경을 타개하기 위한 방법이다. 2004년 초에 간행된 『만인보』 제16권 서문에서 그는 근대적 자아가 한국 근대사 속에서 숱한 상처를 입었으며 자아의 재생은 "타자"와의 만남 속에서 가능하다는 주장을 펴고 있다. 서문의 문장이 워낙 산만해서 이해하기 어렵지만, 자아와 타자의 분별을 넘어서는, 자아와 타자의 순환이 끊임없이 계속되는 어떤 경지를 향한, 궁

11) 김동춘, 『전쟁과 사회』(돌베개, 2000), 289~309쪽. 저자는 통일 민족국가 건설을 위한 폭력이라는 올바른 관점에서 한국전쟁을 해석하고 있지만 그러한 폭력을 낳은 이데올로기를 "국가주의"라고 부르고 있다. 이것은 남북한 주민의 정치적 동원에 엄청난 힘을 발휘한 민족주의 담론을 과소평가한 명명법이라고 생각된다.

극적으로는 "무아"로 나아가는 자아의 움직임을 시인은 『만인보』의 목표라고 내세우고 있다. 그러나 내가 불교의 묘리(妙理)를 깨닫지 못한 까닭인지 몰라도 『만인보』는 그 자재로운 복화술에도 불구하고 자아의 관념을 폐기하고 있다고 보이진 않는다. 오히려, 한국 현대사를 배경으로 하는 인물 배치, 민족 자주의 이념에서 나오는 인물평, 민중의 고통과 울분에 대한 강조 등에서 어떤 일관된 지각과 해석의 관점을 견지하고 있는 통일된 자아를 느끼게 된다. 시인 자신이 아닌 사람들에 대해 말하는 것이 "자아의 새로운 타자"를 추구하는 것을 뜻하진 않는다. 진정한 의미에서의 타자는 만일 자아가 그것과 하나가 된다면 자아로부터 안정된 정체성과 통일성을 탈취하고 마는 어떤 것이다. 『만인보』의 시적 자아를 근대적 자아의 관점에서 말하자면 그는 존재론적 불확실성을 용납하고 멸각(滅却)을 준비하는 자아가 아니라 민족 또는 민중이라는 집합적 실재와의 일치를 통해 확대를 꿈꾸는 자아이다. 민주주의의 시대에 "만인"의 경험을 자기의 자산으로 만듦으로써 그는 정치적으로, 사회적으로 유력한 주체가 된다. 그에게 가장 합당한 호칭은 민족의 대표자 또는 민중의 대표자이다. 『만인보』의 두드러진 특징이 언어적 측면에서 복화술의 묘기라면 정치적 측면에서는 대표제의 환상이다.

『만인보』는 인물 한 명에 시 한 편을 배정하는 체재로 되어 있지만 개중에는 두 편 이상의 시에 등장하는 인물이 있다. 그중 한 명이 신라 경덕왕 재위시기의 승려 월명(月明)이다. 「노래할지어다」의 화자는 『삼국유사』 「감통感通」편에 기록된 월명의 전설을 요약하여 전하며 월명의 시인으로서 비범한 능력을 찬송하고, 「월명과 더불어」에는 고은을 연상시키는 화자가 나와서 월명과 "처음으로 만나 서로 뜻 맞아" 달밤 아래 춤을 추는 환상의 한 토막을 이야기하면서 월명이 노닐던 고대적 세계에 대한 그리움을 피력한다. 월명은 머나먼 세월의 간격을 넘어서 고은에게 동지적 애정을 유발하고 있을 뿐만 아니라 그의 정체성의 모델처럼 보이고 있다는 인상을 주는 거의 유일한 역사 인물이다. 이처럼 월명을 암묵적으로 동일화 또는 자기화하는 고은의 심리가 촉발하는 생각의 하나는 과거의 동아시아에 있어서 제왕과 시인, 권력과 시 사이의 관계이다. 중국에서 시인의 출생은 복잡한 역사를 가지고 있지만 왕권과의 긴밀한 유대 속에서 시인의 권위가 형성되었음은 분명한 사실이다. 중국 고대의 제왕은 천자라는 명칭이 말해주듯 자기 권력이 자연의 질서에서 연유한다고 믿었으며 제장(祭長)과 샤먼의 역할을 통해 자기 권좌의 신성성과 정통성을 공인시켰다. 제왕이 그 중심에 거주하는 우주적 세계는 시인을 발생시키고 육성시킨 모태이다. 제정일치(祭政一致)의 세계에 참여함으로써 공적 권위를 얻는 시인의 내력은 경덕왕의 청을 받들어 도솔가를 지어 부름으로써 일괴(日怪)를 물리쳤다는 월명의 사연에도 흔적을 남기고 있다. 월명의 향가에 대한 일연의 찬사에 나오는 "천지와 귀신을 감동시킨다"는 구절—「모시서毛詩序」의 "천지를 움직이고 귀신을 감동시킨다(動天地 感鬼神)"에서 따온 구절—은 왕권의 종교적 성격에 연속되어 있었던 시인의 권능을 암시한다. 더욱이 당 왕조에 이르러 관료제가 등장한 이후 제왕의 우주적, 정치적 질서 속에서 존재하는 시인의 자리는 더욱 확고해졌다. 제왕의 지배 아래 있는 만물의 동정을 관찰하고 안위를 염려하는 가운데 제국체제의 영구화를 위한 언어를 생산하는 일은 시인의 가장 중요한 의무가 되었다. 중국 시와 시학 연구자들 사이에는 널리 알려져 있는 스티븐 오웬의 주장에 따르면 두보(杜甫)의 시는 제국체제와 공모한 중국 고전시의 특징을 가장 정교하게 보여주는 예이다. 그의 시에 제시된 사물들의 정연한 패턴에서는 문(文)이란 잠재된 모든 질서가 드러나는 방식이라고 간주하는 우주론의 표현과 더불어, 그 우주론에 의존하고 있는 제국의 이데올로기에 대한 수사적 보증과 제국체제 속에

자리를 차지한 시인의 자기인식이 발견된다고 한다.[12)]

현대 한국의 시인은 제정일치의 세계에 살지도, 중국 제국체제 아래 살지도 않는다. 그러나 하나의 보편적, 전체적 세계에 대한 관념 속에서 권력과 공모하는 시의 관성은 월명의 언어적 후예들, 두보의 정신적 방손들 사이에서 사라지지 않았다. 시인을 둘러싼 정치적 환경이 제국체제에서 열국체제로, 전제적 왕권통치에서 대표민주주의로 바뀌었을 따름이다. 시가 민족적 정체성이나 국가적 정통성의 본질을 표현한다는 생각, 시가 민족이나 국가의 삶에 잠재된 어떤 합리적 질서를 드러낸다는 생각, 시가 민족이나 국가의 역사에서 진보적인 운동을 구현한다는 생각은 해방 후 한국 시인들 사이에, 그 극우와 극좌 사이의 정치적 스펙트럼 전체에 걸쳐 나타난다. 비단 우국열사의 포즈를 취한 시인들만 민족이나 국가라는 관리체제 속에서 명예로운 자리를 구한 것이 아니다. 서정주의 경우, 그는 명백하게 정치적인 전언은 시에서 가급적 피했지만 자신의 시가 한국 민족의 역사를 관통하며 한국인들에게 확고하고 떳떳한 집합적 정체성을 선사하는 한국 고유의 의미와 가치를 보존하고 있다고 믿어 의심치 않았다. 그 한국 고유의 의미와 가치가 서정주의 어휘로 "신라정신"이라는 것은 누구나 아는 바와 같다. 고은은 70년대 후반 이후 정치적으로는 서정주와 대극적인 자리에 섰지만 민족을 일체화하는, 민족의 현실을 일의화(一義化)하는 경향을 띠고 있다는 점에서는 서정주와 다르지 않다. 『만인보』는 숱하게 많은 인물들의 개별 이력, 일화, 인상을 진열하고 있어서 거기에서 어떤 전체적 질서를 발견하기란 쉽지 않다. 그러나 일본의 지배, 한국전쟁, 군부독재라는 정치사의 가닥에 꿰어진 그 인물들의 이야기에서 나름대로 일정한 방향이 있는 민족의 집합적 움직임을 놓치게 되진 않는다.

12) Stephen Owen, *Traditional Chinese Poetry and Poetics*(Madison: University of Wisconsin Press, 1985), pp. 12~31

그 움직임의 방향은, 예컨대 "모름지기 땅을 자유케 하라/사람이여 거기 비로소/먼저 네 땅을 자유케 하라/그 어디도 거룩하지 않은 곳이 없는 땅으로부터/사람이여 비로소/네가 자유케 되리라"(6: 「도선」) 같은 민족의 사명을 선언한 예언자적 발언으로 미루어보자면 민족의 거룩함을 발현시키는 민족의 자기해방에 있다. 『만인보』에는 한국사회에 일어난 수많은 대립과 갈등의 이야기가 들어 있지만 그것은 민족의 거룩함이라는 의미의 실현을 향한 움직임을 억류하지는 않는다.

민족사의 의미를 꿰뚫고 있는, 그래서 민족 대표의 명예를 누리는 시인의 자리는 우주와 감통하고 있는, 그래서 왕으로부터 공경을 받는 시인의 자리와 구조상으로 동일하다. 시인을 민족의 정신적 선량처럼 여기는 관행이 워낙 우세하기 때문에 이것은 아무런 문제가 되지 않는 것처럼 보일지도 모른다. 그러나 대표제가 과연 민주주의의 실현에 유효한가 하는 의심에 빠져본 사람이라면 "민족시인"이 과연 민주사회의 현자인가 하는 의문을 가져볼 만하다. 프랑스의 철학자 클로드 르포르는 민주주의란 특정 제도가 아니라 현대사회의 형식이라는 가정하에 민주주의에 관한 결정적으로 중요한 생각을 내놓은 적이 있다. 군주제하에서 권력이 군주의 인격 속에 육화되어 있었고 그래서 사회에 육체를 부여했다는 점에 주목한 그는 민주사회를 육체가 없는 사회, 유기적 전체성의 표상이 사라진 사회라고 이해한다. 육체라는 자연적 결정자를 결여한 만큼 민주사회는 "순수하게 사회적인 사회"이다. 거기에서는 민중, 민족, 국가가 보편적 실재(entity)의 지위를 차지하며 어느 개인, 어느 집단이나 그와 같은 지위를 얻을 수도 있다. 그러나 민중도, 민족도, 국가도 실체적인 실재들을 표상하진 않는다. 그것들의 표상은 그 자체로 항상 이데올로기적 시비에 오르게 되어 있다. 이것은 민주사회가 "확실성의 표지(標識)들의 소멸"이라는 특성에 의해 성립되고 유지된다는 것을 의미한다. 민주사회에 사는 "사람들은 권력, 법률, 지식의 토대와 관련하여, 자아와 타인 사이의 관계의 토대와 관련하여 근본적인 비결정성을 경험한다." 권력에 대해 말하자면 그것은 그 정통성의 토대를 민중에게 두고 있지만 민중 주권이란 어떤 공적 권위도 점유하기 불가능한 "공백의 공간"이다. 권력은 한편으로 민중으로부터 나오지만 다른 한편으로는 누구의 권력도 아니다. 중요한 것은 그처럼 권력을 둘러싼 서로 모순된 두 원칙을 민주주의가 결합하고 있다는 것이고, 그 원칙들 사이의 긴장이 사라지면 민주주의도 사멸한다는 것이다. 전체주의의 형성은 민중과 동일하다고 자처하는 정당을 수단으로 민중 주권의 이미지를 가동하고 그 동일화의 외피 아래 권력의 자리를 점령함으로써 일어나는 사태이다.[13] 이렇게 보면, 민중의 온갖 정체성들을 민족사의 일의적 서사 속에 전유하는 민족시인의 역사적, 정치적 상상력이 민주주의에 대해 무엇을 암시하는지 짐작하고도 남음이 있다.

민중은 자유주의, 사회주의, 공산주의, 아나키즘, 파시즘, 인민주의, 민족주의 등 현대정치의 모든 이데올로기가 자기 어휘로 삼았다. 그래서 민중은 정치의 어휘 중에서는 창녀와 같다. 그러나 민족의 성녀성(聖女性)과 대조를 이루는 민중의 창녀성은 민주주의가 현대정치와 사회에서 보편적으로 통하는 이상이라는 증거이다. 민주정치와 사회를 위한 모색에서 민중 관념의 물신화를 저지하려는 노력은 어떤 사업 못지않게 중요하다. 민주화 이후 한국사회의 현실은 사회구조상의 특정 위치로 인해 정해지는 정치적 주체(예컨대 노동자)나 하나의 역사적 목적 아래 모든 개인과 집단을 포괄하고 전진하는 보편적 실재(예컨대 민

13) Claude Lefort, "The Question of Democracy," *Democracy and Political Philosophy* trans. by David Macey(London: Polity, 1988); "The Logic of Totalitarianism," *The Political Forms of Modern Society*, edited and introduced by John B. Thompson(London: Polity, 1986) 참조.

족)에 의한 민중 표상과 민중 주권 점유가 정당하지 않다는 것을 말해준다. 현대 한국의 민중은 계급, 지역, 성, 세대, 종교, 직업에 따라 달라지는 많은 정체성들의 복합체이며 따라서 민중 주권은 일체성 내지 확실성을 결하고 있다. 개인들은 집합적 정체성들이 서로 얽히는 지점에 그 자아 정체성의 근원을 가지고 있고 집합적 정체성들이 서로 충돌하고 연대하는 복잡한 회로를 따라 자아 발전에 필요한 자원을 구하고 있다. 작금의 민주주의 담론에서 민중보다 시민이 더욱 광범위하게 쓰이고 있는 것은 80년대 민중 개념으로는 묘사하기가 불가능한 민중의 복합적 구성이 명백한 사회적 사실로 성립한 사정과 무관하지 않다. 그러나 민중이라고 부르든 시민이라고 부르든 그 정체성들의 복합체는 그것에 상응하는 다원주의의 발전을 보지 못한 한국의 정치와 문화에서는 온전하게 이해하기도 대표하기도 쉽지 않다. 지난 십여 년 사이 한국문학은 여성을 비롯한 정체성들의 사회적 출현에 응하여 그 욕구와 소망을 진지하게 다루어왔지만 정체성의 정치와 문화에 대한 철저한 탐구에는 이르지 못했다. 문학이 다수의 사람들에게 여전히 의미 있는 언어예술로 존속하려면 동시대 사람들의 자아를 둘러싼 경험을 구체적으로 이해하고, 자아정체성의 다중적이고 유동적인 연관들을 헤아리고, 정체성들이 교차하는 자리에서 새로운 윤리와 정치의 가능성을 발견하는 일에 좀더 많은 관심을 기울여야 한다. 민주사회의 불확실성을 활용하는 동시에 보전하려는 노력을 통해 정치와 문학은 새롭게 만난다. 일찍이 테니슨은 정치는 불만(grievance)에 관한 것, 시는 슬픔(grief)에 관한 것이라고 했다. 정치와 시는 다르면서 비슷하다.

(『문학동네』 2004년 겨울호)

탕아(蕩兒)를 위한 국문학

교양교육으로서의 국어국문학

1. 국문학 교육과 '인문학의 위기'

문학이 인간 교육에 긴요하다는 일반의 생각은, 사람이라면 모름지기 부모를 받들어야 한다는 도덕적 감각과 마찬가지로, 현대 한국이 유교로부터 물려받은 사상적 유산에 속한다. 공자는 인간다움을 기르는 교육의 내용과 방법을 최초로 정립했을 뿐만 아니라 그러한 교육에서 시가 지니는 효용을 누구보다도 먼저 알아본 사람이다. 그는 그 자신이 편찬했다고 전해지기도 하는 『시경』의 노래들을 높이 평가하여 그것을 공부하라고 제자들에게 권했고, 스스로도 자주 가르침에 이용했다. 『논어』중 "시에서 고무되고 예에서 성립되고 악에서 완성된다(興於詩 立於禮 成於樂)" 같은 구절이 암시하듯이, 공자에게 시의 학습은 사람을 세상의 도덕적 질서 속에 자리잡게 하는 중요한 수단이었다. 이러한 시의 효용이 공자의 가르침을 계승한 동아시아의 사상가, 교육자, 문학자들에 의해 되풀이해서 강조되었음은 널리 알려진 바와 같다. 특히 주자 이후의 성리학은 유교에 들어 있는 자아수양의 철학을 보다 체계적으로 발전시킨 것과 병행하여 시의 효용에 대한 보다 세련된 개념을 만들어냈다. 성리학자들은 대체로 마음을 제어하고 함양하는 내면적 훈련과 관련하여 시의 교육적 의의를 이해하고 있었다. 그들의 시관을 전형적으로 예시하는 발언은 예컨대 이이의 「精言妙選序」에 보인다. 『시경』을 시작으로 하는 시의 원류가 잊혀질까 염려하여 본받을 만한 시들을 가려 엮는다고 편찬 취지를 밝히는 가운데 이이는 "시가 비록 학자의 능사는 아니지만 역시 성정(性情)을 읊조리고 노래해서 청화(淸和)함을 퍼뜨리고 펴내어 가슴속의 찌꺼기와 더러움을 씻어내므로 또한 존양성찰에 일조가 된다"고 말하고 있다.[1] 시가 사람의 본성을 바르게 하는 내면적 기율(存養省察)에 도움이 된다는 이이의 주장은 그것이 성리학의 특수한 언어로 되어 있긴 해도 문학의 인간 양성 기능에 대한 이제까지 알려진 보편적인 믿음 중 하나를 확고하게 표현하고 있음에 틀림없다.

그러나 이이의 발언과 같은 유교적 교훈이 지금 우리에게 가져다주는 것은 문학교육의 인간적 의의에 대한 신념이라기보다는 그러한 종류의 신념이 이미 미망처럼 되어버린 듯한 교육현실에 대한 각성이다. 현재 대학의 '교양교육'에 포함되어 있는 국문학 교육은 그 교양이라는 휴머니즘의 고전적 술어에도 불구하고 인간화의 철학과는 거의 아무런 관련이 없다. 교양과목을 담당하는 국문학 교수 중에는 국문학을 통해서 인간다움을 기른다고 생각하는 사람이 있을지 모르지만 그것은 현재의 교양교육에서 제도적으로 인정된 교육내용은 아니다. 국문학 관련 교양과목들, 가령 '국문학개론'류의 과목들을 보면 그 교육 목

1) "詩雖非學者能事 亦所以吟詠性情 宣暢淸和 以滌胸中之滓穢 則亦存省之一助". 李珥, 「精言妙選序」, 『栗谷全書』 卷十三(『栗谷全書』 1, 성균관대 대동문화연구원, 1971, 269쪽)

표는 대체로 국문학에 대한 일반적 지식, 혹은 '전공교육' 과정에서의 국문학 이수에 기초가 되는 지식을 학습하는 데에 있다. 필자가 한정된 범위 안에서나마 확인한 바로는 어느 대학의 교양 국문학 교과목 해설 어디에도 국문학의 학습이 인간다움의 함양에 관련된다는 생각은 암시조차 되어 있지 않다. 현재 교양교육에서 국문학을 지탱하고 있는 이념은 인문주의라기보다는 실용주의다. 사회생활 일반에 필요한 문화소양(cultural literacy)이든 아니면 국문학이라는 직업학문의 기초든 간에 교양 국문학 교육의 목표는 사람들을 현대의 사회적, 직업적 환경에 적응시키고 실제적인 필요와 요구에 맞는 재능을 개발하는 쪽에 맞추어져 있다. 국문학 관련 교양과목 가운데 이러한 실용주의의 우세를 예시하는 것은 무엇보다도 '국어작문'류의 과목이다. 현재 대학에서 국문학과가 담당하고 있는 교양과목 가운데 주종을 이루는 국어작문은 실용주의와의 타협을 통해 스스로를 보존하고 있는 교양 국문학 교육의 현황을 단적으로 알려준다. 특히 국문학의 비중이 약한 대학의 경우 국어작문이 유일한 국문학 관련 교양과목이 되어가는 추세를 보면 국문학 교육을 교양의 이념에 비추어 말하기조차 민망할 지경이 아닌가 한다.

교양교육으로서의 국문학이 이처럼 교양이념과 관련이 희박한 사정은 물론 실용주의, 그것도 국가와 사회의 필요에 직접적으로 연계된 실용주의를 교육 프로그램 전체에 걸쳐 강화시킨 대학의 변화와 관계가 있다. 한국의 대학들이 역사적으로 교양이념을 제대로 구현한 적이 있는지 의문이지만, 그 휴머니즘의 위태로운 처지는 대학들이 시장 원리에 스스로를 내맡긴 근래에 들어 특히 뚜렷해졌다. 이제 대학들은 수사상으로 휴머니즘에 의존하는 의례적 제스처조차 팽개치고 아예 노골적으로 '돈 버는 인간'의 생산을 목표로 내세우고 있다.[2] 이러한 '시장 전체주의'의 공세가 교양교육으로서의 국문학에 얼마나 위협적인 것인가는 두말할 필요가 없다. 현재 일부 대학에 국어작문이 유일한 국문학 관련 과목으로 남아 있는 현실에서 보듯이, 극소수를 제외한 나머지 대학들에서 국문학 교양교육이 앞으로 외국어 교육과 동일한 수준의 언어교육으로 축소될지 모른다는 우려는 그리 과장된 비판이 아니다. 국문학 교수들 사이에서는 교육환경의 변화에 걸맞게 국문학 교육을 좀더 '시장성' 있게 만들려는 움직임도 나타나고 있다. 학생들에게 비교적 인기가 있는 현대문학을 그것도 동시대에 유행하는 문학을 주로 다룬다든가, 영화를 비롯한 대중문화와 관련하여 문학작품 감상을 지도한다든가, 교육방법에서 시청각 정보를 적극적으로 활용한다든가 하는 것이 그것이다. 국문학 교육이 취미나 감각의 변화, 좀더 넓게는 문화 자체의 변화와 동떨어져 있을 수 없는 만큼 이러한 시도를 단순히 비굴한 타협이라고 말하기는 어렵다. 그러나 국문학 교육자들에게 환경의 변화에 적응하려는 시도보다 중요한 것은 국문학 교육이라는 행위와 제도를 정당화해줄 근거에 대한 탐구이다. 국문학 교육의 정당성에 대한 의식에 뒷받침되지 않는 교육내용이나 방법의 개량은 국문학의 자기보존을 위한 편법에 그치기 쉽고, 궁극적으로는 시장의 패권을 반영하는 변덕의 촌극이 되기 쉽다.

그런 점에서 전통적으로 문학교육의 사상적 기초가 되어온 휴머니즘이 국문학 교육에서 어떤 의미를 가지는가는 다시 살펴볼 이유가 충분하다. 국문학 교육이 교양의 이름을 누리는 근거, 시장용 인간을 넘어선 어떤 인간 이상에 봉사할 근거를 찾자면 휴머니즘에 대한 새로운 검토가 무엇보다 필수적이라고 생각된다. 사실, '인문학의 위기'를 둘러싸고 근래에 연달아 활발히 일어난 논의 중에는 휴머니즘의 원칙을 재확인하려는 의지가 종종 나타나기도 한다. 예를 들어, 현대 한국 인

2) 현재 대학의 위기를 규정하고 있는 시장원리의 전면화에 관해서는 도정일, 「시장 전체주의와 한국 인문학」, 『비평』 2(생각의나무, 2000) 참조.

문학의 자기반성을 보여주는 주요 공동저작 중 하나에 총론으로 실린 논문에서 김우창은 "인간성에 대한 관심이 인문학의 궁극적인 지평"임을 전제하고 "사람의 주체적 자유의 근본"을 이루는 "마음"에 대한 자각이 인문학의 주요 과제임을 강조하고 있다.[3] 또한 전국대학 인문학연구소협의회에서 주최한 학술대회에 '인문학의 정체성'과 관련하여 제출한 논문에서 유종호는 "유럽 근대의 인문주의"가 "사실상 유보되거나 묵살되고" 있는 데에 현대 인문학의 문제점이 있다는 생각에서 출발하여 "인간 존엄성이라는 본래적·고전적 가치에 대한 지향"의 중요성을 시사하고 있다.[4]

그러나 인간에 대한 물음이나 인간 존엄성에 대한 지향이 인문학의 중심임은 의심할 나위가 없다고 하더라도 그 물음이나 지향의 유럽적, 근대적 형식이 논쟁에서 벗어나 있는 것은 아니다. 근대 휴머니즘에서 말하는 인간은 20세기 후반 유럽사상사의 초보자도 알고 있듯이 일련의 근본적인 회의와 비판을 거쳐온 나머지 이젠 그 자체가 문제적인 관념이다. 휴머니즘의 보편적 인간은 거기에 내재하는 모순, 궁극적으로 근대 서양의 헤게모니 아래 인류 전체가 경험한 재앙에 책임이 있는 모순에 대해 의식하지 않고 운위하는 것은 지적으로 성실하지 못하다. 휴머니즘의 비극적 변증법에 민감했던 아도르노는 "예술은 그 인간적 목표를 달성하고자 한다면 인간적인 것을 훔쳐보지도, 휴머니즘적 언사를 선포하지도 말아야 한다"고 썼다.[5] 이것은 아마도 예술을 생각하는 사람만이 아니라 인문학을 존중하는 사람도 마음속에 새겨둘

3) 김우창, 「인간에 대한 물음」, 경상대학교 인문학연구소 엮음, 『새로운 인문학을 위하여』(백의, 1993)

4) 유종호, 「서양의 인문학-단초에 대한 고찰」, 전국대학 인문학연구소협의회 편, 『현대사회 인문학의 위기와 전망』(민속원, 1998), 15, 25쪽.

5) Theodor W. Adorno, "Theses Upon Art and Religion Today," *Notes to Literature vol. 2*, trans. Shierry Weber Nicholsen(New York: Columbia University Press, 1992), p. 296.

만한 경구일 것이다. 인간, 교양, 문화 등과 같은 휴머니즘적 개념에 대한 검토는 언제나 긍정과 부정의 배리(背理)를 견뎌야 한다.

2. 교양, 휴머니즘, 문학교육

현대 한국사회에서 문학의 교육적 효용에 대한 일반적 믿음은 앞에서 암시한 바와 같이 유교적 전통에 그 원천을 두고 있다. 하지만 대학교육에서 통용되고 있는 교양의 개념은 유교적 전통에서 곧바로 유래한 것은 아니다. 그것은 현행 대학제도가 그렇듯이 근대 서양문화를 받아들인 결과이며 좀더 정확하게는 근대 유럽의 휴머니즘 문화와 접촉한 결과이다. 영어 컬처(culture), 독일어의 빌둥(Bildung)과 연관된 개념으로서 교양은 사람이 그 자신을 자연적 존재에서 분리시키고 문화적 존재로 형성하는 과정을 가리키며, 그러한 과정의 결과도 아울러 가리킨다. 교양의 기본 의미를 담은 것으로 간주되는 헤르더의 정의는 "문화를 통한 인간으로의 향상(Emporbildung zur Humanität)"이다.[6] 그래서 교양 개념과 문화 개념을 떼어놓고 말하기란 불가능하다. 한 사람이 교양을 거친다는 것, 또는 교양을 가진다는 것은 그 사람을 둘러싼 문화를 습득하고 전유함으로써 타고난 욕망과 기질에 속박된 상태를 극복하고 그 자신을 내면적으로 변형시킨다는 것이다. 문화라는 인위의 세계는 사람으로 하여금 자연에서 선사받은 그 자신으로부터 소외되게 만들지만 동시에 인간 보편의 삶과의 연관 속에서 자신을 형

6) Hans-Georg Gadamer, *Wahrheit und Methode : Grundzüge einer philosophischen Hermeneutik*, Band 1(Tübingen : J.C.B. Mohr, 1960/1990), pp. 15~16; *Truth and Method*, Second, Revised Edition, trans, by Joel Weinsheimer and Donald G. Marshall (New York: Continuum, 1997), p. 10.

성하게 해준다. 교양을 통해서 사람은 인간 보편의 요구에 따라 합리적으로 행동하는 자유로운 개성으로 다시 태어난다. 이러한 인간의 제이(第二)의 출생으로서의 교양은 개념상으로 교육과 중첩되지만, 그것의 핵심은 개인의 선천적 적성과 능력을 개발하는 과정이 아니라 개인 자신을 인간 보편의 세계의 한 형상(bild) 또는 형식(form)으로 만드는 과정이다. 교양의 과정 속에서 개인은 기존의 문화를 자기 내부에 보존하는 동시에 그것을 넘어선다. 인간 문화를 움직이는 부단한 생성의 원리는 교양된(gebildet) 개인, 형성된 개인이 구현하는 자유로운 개성의 원리이기도 하다.

어떻게 보면 그리스 철학의 자연(physis) 개념의 인간학적 변형에 가까운 듯한 이 교양은 교양이라는 말 자체의 친근한 울림에도 불구하고 한국의 유교문화 속에서 전통적으로 이해된 교육이나 수양과는 차이가 크다. 유교적 자아수양이 그 자체가 하나의 도덕적 질서라고 이해된 자연과의 조화를 지향하는 반면에 휴머니즘적 교양은 자연의 강제에서 자유로운 개인의 내면적 자기완성을 목표로 한다. 근대 휴머니즘의 교양개념은 기본적으로 서양 근대라는 역사적으로 특수한 문화의 산물이다. 유럽지성사의 맥락에서 보면 그것은 갈릴레오-뉴튼의 물리학을 그 단초로 하는 과학혁명과 함께 인간 존재를 규정하는 의미 있는 질서로서의 자연관념을 폐기한 대신에 인간의 자기창조적 능력에 대한 신념을 강화시킨 과정을 반영한다. 인간성이 선험적으로 규정되는 것이 아니라 인간 자신이 창조하는 것이라는 생각의 바탕에는 물론 인간 이성에 대한 믿음이 있다. 르네상스문화의 특징을 이룬 인간 존엄성의 관념은 이성의 해방적 역할을 발견한 계몽사상을 거치면서 인간성에 대한 권위를 스스로 가지고 있는 인간, 인간 자신을 자유롭게 규정하고 형성하는 인간이라는 내용을 가지게 되었다. 계몽주의의 관점에서 생각하면 개인의 교양은 인간의 자유를 실현하는 문명의 진보에 적응하고 동화하는 방식으로 개인 자신을 변형시키는 것이다. 개인에게 인간성의 모델을 제공한다고 가정되는 그 문명은 이성의 원리가 그렇듯이 인간에게 보편적이다. 그러나 근대 휴머니즘의 사상적 원천이 계몽주의에 국한되어 있는 것은 아니다. 계몽이성의 추상성에 대항하여 일어난 낭만주의 운동 역시 자기창조적 개인의 이념에 중요한 근거가 되었다. 예컨대 낭만주의의 철학적 원조 중의 하나인 헤르더는 사람 각자가 인간이 되는 방식은 고유하다는 것을 강조하는 가운데 개인이 속해 있는 민족(Volk), 그 언어와 문화가 개인의 인간화에 중대한 의의가 있음을 천명했다.[7] 헤르더적 휴머니즘에서 교양의 중심은 삶의 시간적·공간적 경계를 넘어서 있는 어떤 인간 보편을 추수하는 과정이 아니라 개인의 존재를 규정하는 민족공동체의 역사적 문화 속에서 자신을 형성하는 과정이 된다.

이러한 근대 휴머니즘의 사상적 흐름은 근대 유럽에서 문학교육이 인문교육의 일환으로 이해되고 실시된 역사적 경과에도 그대로 투영되어 있다. 17세기와 18세기 유럽대학의 교과과정에서 언어 및 문학이 중심적 위치를 차지한 근거는 말하기와 글쓰기의 능력을 기르는 것이 바로 인간이 되는 길이라는 생각이다.[8] 당시의 휴머니스트들에게 문학교육은 사람을 그 각자의 자연적 기원으로부터 떼어내고 하나의 보편적인 문화 속으로 편입시키는 활동이었다. 그 보편적인 문화의 모델은 주로 그리스-로마의 고전들에 있다고 믿어졌다. 신고전주의적 인문주의자들은 그리스-로마 고전 교육을 통해서 언어와 취미를 세련시키고 시대와 장소의 국지적 한계를 넘어 인생의 모든 문제에 관해 사유하고

7) Charles Taylor, *Philosophical Argument*(Cambridge: Cambridge University Press, 1995), pp. 228~229 참조.

8) 이하 근대 유럽에 있어서 문화교육을 둘러싼 사상의 변천에 관한 설명은 Lionel Gossman, *Between History and Literature*(Cambridge Mass.: Harvard University Press, 1990, pp. 30~54)에 의존했다.

소통하는 능력을 배양하려 했다. 그들의 문학교육은, 구체적으로는, 사람들을 그들이 태어나 속한 '구술적, 민속적, 모성적 세계'로부터 해방시키고 정치, 법률, 사교 등과 같은 문명화된 공공활동의 '문자적, 세계적, 부정적 세계'로 그들을 진입시킨다는 의미를 띠고 있었다. 그러나 신고전주의 교육의 근저를 이룬 서열적 질서의 원리, 즉 인간적/동물적, 문자적/구술적, 도시적/농촌적, 부성적/모성적 등의 구별은 낭만주의의 도래와 함께 동요하기 시작한다. 낭만주의 예술가들은 인간 창조성의 새로운 원천을 찾아서 삶의 자연적, 모성적, 향토적 기원으로 돌아가려 했으며, 낭만주의 역사학과 문헌학 역시 밀려나고 억눌리고 잊혀진 언어들의 의미를 되살리는 데에 주력했다. 계몽이성 혹은 문명의 이상으로 인하여 삶에 생겨난 분열을 극복하고, 차별을 해소하고, 잃어버린 삶의 총체성을 회복하는 것은 낭만주의 문학 및 문학교육에서 가장 중요한 모토가 되었다. 특히 종래에 문학의 세계에서 배제된 구술적, 민중적, 향토적 언어가 학문적으로 예술적으로 부활하는 가운데 이루어진 문학교양에 대한 인식의 변화는 민족 고유의 언어, 문학, 문화가 인간 회복에서 가지는 의의에 대한 새로운 각성을 수반했다. 근대 서양에서 민족문학교육이 정당성을 획득한 주요 근거는 바로 낭만주의에 있다.

근대 서양의 문학교육에 투영된 휴머니즘의 양상들을 보면 국문학교육의 근본이념이 낭만주의적 형태의 휴머니즘과 밀접한 관계가 있지 않은가 하는 생각을 하게 된다. 국문학 교육자들에게 반드시 명확히 의식되고 있진 않을지라도 중국문학이나 서양문학의 문화적 헤게모니에 맞서서 국문학의 인문학적, 교양적 의의를 강조하는 논법은 이론상으로 낭만주의적이다. 근대 서양의 낭만주의적 시인, 역사가, 문헌학자들이 고전 라틴어 중심의 교양에 억눌린 민족적, 민중적 언어를 회복하고자 했듯이, 국문학의 학문적, 교육적 기초를 놓은 학자들은 학문 중심의 문화에서 버려진 국어와 국문의 유산을 복원하고자 했다. 그리고 서양의 낭만주의적 인문주의자들이 보여준 바와 같은 구술적, 민속적 언어에 대한 경사는 1970년대 이후 국문학계에서 구비문학이 성황을 누린 사실에서 보듯이 국문학 연구와 교육에서도 두드러졌다. 사실, 해방 후 국문학 연구와 교육을 주도한 학자들이 민족 언어, 문학, 문화를 두고 행한 발언 중에는 그들의 민족주의가 인간 보편이라는 휴머니즘적 가정에 따르고 있었음을 알려주는 예가 적지 않다. 최현배는 "문화 창조는 인류의 영원한 사명이요, 또 인류에게 공통으로 부과된 문제"라는 전제하에 "한국 민족의 당면한 과제"가 "고유문화의 창조"에 있음을 주장했으며,[9] 조지훈은 "문화를 인간성 일반의 표현이라 한다면 민족문화는 그 일반성 속에서 각 민족의 특수한 개성이 표현됨을 이름이"라는 관점에서 한국문화를 이해하려 했다.[10] 이처럼 민족문화를 보편적 인간성의 민족적 실현으로 간주하는 휴머니즘에 따르면 국문학은 당연히 교양의 의의를 가진다. 한국의 언어와 문학은 한국인 각자가 스스로를 보편적 의미의 인간으로 형성하는 한국인 고유의 방식을 구성하는 것이기 때문이다. 한국의 특수한 언어 및 문학의 매개 없이 성립하는 인간이란 한국인에게 공허한 추상이다. 한국인이 문화적 의미에서 한국인이 되는 과정을 거치지 않고 인간이 되기를 원한다는 것은 공상에 불과하다. 휴머니즘은 국문학 교육자들이 스스로 의식하고 있는 것 이상으로 그들의 직분을 의미 있게 해주는 듯하다.

---

9) 최현배, 「민족문화의 창조」, 양주동 편, 『민족문화독본』 하편, 개정판(문연사, 1955), 2~3쪽.
10) 조지훈, 『조지훈전집 7 : 한국문화사서설』(나남, 1996), 21쪽.

3. 교양의 변증법과 '국민총화'의 정치

휴머니즘의 교양개념은 인간의 자유로운 자기창조의 이념을 발견한 근대 서양철학의 산물이면서 또한 그것을 가망 있는 현실처럼 여기게 만든 역사적 경험의 표현이다. 루카치는 괴테의 교양소설 『빌헬름 마이스터의 수업시대』를 평하는 가운데 거기에 표현된 휴머니즘의 이상은 그와 그의 동시대인들에게 부르주아 사회의 발전, 특히 프랑스혁명이 불러일으킨 희망과 연관되어 있음을 강조한 바 있다.[11] 그러나, 부르주아-자본주의 사회의 발전은 자유로운 인간성의 실현을 향한 인류 보편의 진보를 가져오기는커녕 인간의 가능성 자체를 의심하게 하는 가공할 압제와 재앙을 낳았다. 시장지배에 의한 인간의 불구화, 제국주의의 세계 정복과 약탈, 파시즘으로 대표되는 인간 통제와 학살 체제의 성립 등과 같은 근대사의 비극을 거치는 동안 휴머니즘에 대한 회의와 불신은 불가피한 것이 되었다. 20세기, 그 식인육적(食人肉的) 야만의 시간을 살아온 인문주의자라면 아무런 양심의 가책 없이 휴머니즘을 말하기란 불가능하다. 일찍이 조지 스타이너는 셰익스피어를 공부하고 향유하게 해서 과연 집단수용소를 짓지 못하게 조금이라도 막을 수 있는가 하는 의문을 표시했다.[12]

그러나 인문주의자들을 곤혹스럽게 하는 것은 인문교육이 그것에 전제된 믿음과 달리 인간화의 효과가 확실치 않다는 사정만이 아니다. 20세기를 통해서 전개된 휴머니즘에 대한 재인식은 인류에게 압제와 재앙을 초래한 정치적, 사회적, 기술적 과정에 휴머니즘 그 자체가 연

---

11) Georg Lukács, *Goethe und seine Zeit, Deutsche Literatur in zwei Jahrhunderten* (Neuwied und Berlin: Luchterhand, 1964), pp. 82~83; *Goethe and his Age*, trans. by Robert Anchor(London: Merlin, 1968), pp. 60~61.

12) George Steiner, "To Civilize Our Gentlemen," *George Steiner Reader*(New York: Oxford University Press, 1984), p. 35.

루되어 있음을 밝혀냈다. 휴머니즘은, 무엇보다도, 스스로에게 의존하고 스스로를 창조하는 인간이라는 그 자유의 관념을 통해서 자연에 대한 인간의 정복만이 아니라 인간에 대한 인간의 정복이 당연시될 토대를 만들었다. 자신의 생각과 의지 이외에는 어디에도 권위를 인정하지 않는 휴머니즘의 주체적 인간에게 인간 존재란 근본적으로 아무런 목적도 의미도 없으며, 자신의 권력을 보존하고 팽창시키는 방식으로 긍정될 따름이다. 그 인간 주체성의 원리는 인간 자유의 보편적 실현이 아니라 보편적 말살을 가져오는 권력의 존재양식, 한마디로 말해서 독재이다. 이러한 휴머니즘의 비극적 아이러니는 『계몽의 변증법』의 독자들에겐 아마도 전혀 기이하지 않은 사연일 것이다.

돌이켜보면, 서양 휴머니즘이 선포한 보편적 인간은 처음부터 지구상에 존재하는 인류 전체와 일치하는 인간이 아니었다. 그 보편적 인간의 모범으로 간주되는 그리스인들이 그들과 다른 언어를 사용하고 다른 문화를 영위하는 인간집단을 야만인으로 간주하고 그들 사이에서 배제하는 방식으로 아테네 민주제를 유지했듯이, 그 휴머니즘의 보편적 인간은 그리스-로마 문화에서 무궁한 원천을 구하는 관행을 반복함으로써 그 불변의 동일성을 유지한다. 휴머니즘은 통속적인 생각에서처럼 모든 인간에 대한 차별없는 사랑을 의미하는 것이 아니라 그리스-로마의 문화적 유산에서 발원하는 인간성에 대한 옹호와 그 인간성의 보편화를 위한 실천을 의미하는 것이다. 따라서 휴머니즘적 교육 또는 교양은 역사적으로, 지역적으로 존재하는 모든 인간 문화에 인간화의 가능성을 인정하지 않고 그리스-로마 문화에 대한 통제된 해석에 기초한 일정한 차별의 구조 속에서 인간화를 인식하게 만든다. 앞에서 신고전주의시대 문학교육에 대해 언급하면서 말한, 인간적/동물적, 문자적/구술적, 도시적/농촌적, 부성적/모성적 등의 서열은 그 차별적 구조의 전형적인 예이다.

교양은 자연적, 혈연적, 지역적 연관에 규정된 특수한 문화에 속박된 삶을 지양하고 보다 보편적인 문화 속에 참여하는 과정이지만 이것은 또한 현존하는 서로 다른 문화들 가운데 하나를 주종화(主宗化)하는 과정이기도 하다. 인간 문화들의 차이를 승인하기보다 보편적이라고 가정되는 하나의 문화에 복속시키는 이 교양의 변증법은 다분히 제국주의적이다. 이것은 교양의 철학적 개념을 어느 누구보다 체계적으로 발전시킨 헤겔을 통해서도 확인된다. 헤겔철학에서 교양은 가장 근본적이고 보편적인 형이상학적 범주인 '정신'의 한 속성처럼 되어 있으며, 정신이 그에 대한 타자를 자신 속에서 병합시키면서 궁극적으로 그 자신을 완전하게 실현하는 모든 역사적 과정을 나타낸다. 탈구조주의적, 탈식민주의적 비판자들이 흔히 주장하듯 헤겔철학이 그 '남근-로고스중심적 지양(phallo-logocentric Aufhebung)'이라는 변증법 구조 속에서 제국주의의 논리를 연출하고 있다면,[13] 이러한 종류의 비판은 교양개념에 대해서도 마찬가지로 적용된다. 어떤 특정 문화를 인간성의 보편적 모델로 삼는다는 것은 물론 인간에 대한 특정한 정의를 일반화하고, 인간화의 특정한 방식을 규범화하는 것이다. 휴머니즘은 인간에 대하여 결코 중립적이지 않으며 오히려 특정한 유형의 인간, 특정한 역사적 기억과 문화적 경험을 가진 인간을 주인(主人)으로 만들고 그 주인의 헤게모니를 보필하고 육성하고 실행한다. 휴머니즘이 그 보편적 인간성의 함양이라는 이름으로 행하는 것은 실은 인간사회를 일정한 질서 아래 두는 것이다.

인문주의자들이 자신들의 특권이자 사명으로 여기는 문화에 대한 호소 속에는 계급, 인종, 성별, 세대 등으로 분열된 인간사회에 통일된 질서를 부여하거나 회복하려는 정치적 의지가 자리잡고 있다. 휴머니

---

13) Robert Young, *White Mythologies : Writing History and the West*(London: Routledge, 1990), p. 3.

즘의 문화옹호가 근본적으로 정치적이라는 사실은 서양 휴머니즘의 전통에 대한 심원한 이해와 현대 산업사회에 대한 비판적 관찰을 바탕으로 교양 또는 문화의 이념을 재정립했고 그리하여 오랫동안 인문학 교육의 사상적 지주가 되었던 19세기의 영국 비평가 매슈 아놀드를 통해서도 입증된다. 주지하다시피 아놀드는 그가 세상에서 지금까지 "인식되고 사유된 최고의 것"이라고 정의한 문화 속에 그의 동시대 영국사회에 편만한 분열의 위기를 극복할 방도가 있다고 믿었다. 사회계급 간의 적대로 인해서 사회의 존립이 위태로울 지경임을 관찰하고 있었던 그는 계급의 성원들에게 문화를 전파함으로써 그들을 계급적 이해 너머로 끌어올리고 그들의 본질을 이루는 동시에 그들을 통일시키는 인간성의 자각에 도달케 하리라고 생각했다. 아놀드의 문화관에 내재한 정치적 성격은 그가 문화의 권능을 국가의 권능과 동일시하는 데에서 뚜렷이 드러난다. 『문화와 무질서』의 결론에서 그는 이렇게 쓰고 있다. "우리가 보기에 국가의 바로 그 얼개와 기강은 누가 국가를 관리하든지 간에 신성하다. 문화는 무정부에 대한 가장 단호한 적이니, 국가에 대한 위대한 희망과 설계를 배양하도록 문화는 우리에게 가르치기 때문이다."[14]

문학교육에 관한 통념 중의 하나는 그것이 언어를 예술적으로 구사하는 방법을 가르치거나 아니면 문학작품의 심미적 이해와 향유의 능력을 기르는 일이라는 것이지만, 이것은 아무래도 단순한 생각이다. 휴머니즘의 전통과 제도 속에서 이루어진 문학교육의 역사는 그것이

---

14) Matthew Arnold, *Culture and Anarchy*, ed. by J. Dover Wilson(Cambridge: Cambridge University Press, 1969), p. 70. 또한 Edward W. Said, *The World, the Text, and the Critic*(Cambridge Mass: Harvard University Press, 1983)에 나오는 아놀드에 대한 비판적 논평(pp. 9~11)도 참조. 덧붙여 말하면, 아놀드가 염두에 두고 있었던 국가의 모형은 교육을 국가권력이 관리하는 프러시아 국가형태였다. 인문주의자 훔볼트의 주도로 프러시아에 처음 성립된 국립학교 교육제도가 결국 휴머니즘을 계급 지배의 억압적 수단으로 변질시켰음은 이미 알려진 사실이다.

인간에 대한 기율, 인간 사회에 대한 통제가 유착되어 있음을 알려준다. 한국에서도 국문학 교육은, 적어도 그 가장 열정적이고 이념적인 형태에 있어서는, 한국인들로 하여금 혈연적, 지역적, 계급적, 성별적 차이를 지양하고 그 자신을 국민의 일원으로 인식하게 하는 민족주의적 기율을 담당했다. 국문학 연구와 교육이 얼마나 민족주의와 밀접한 연관이 있는가는 해방 후 국립대학에 신설된 국어국문학과의 교수이자 국문학 연구 및 교육의 총수격이었던 조윤제가 자신의 저작 『국문학사』가 "나의 독립운동의 한 결과요, 또 대한민국정부수립의 기념을 위한 출판"이라는 발언을 통해 국문학과 민족국가의 은유적 유사성을 시사한 데에서도 충분히 알 수 있다. 그 『국문학사』 서문의 대미를 장식하는 엄숙한 치례의 말—"殉國烈上의 靈前에 올려 그 성덕에 최존경의 의를 표하고, 三千萬 同胞 앞에 드리어 감히 질정을 구한다"는 말은 국문학 연구와 교육이 관여하는 그 국민적 정체성에 대한 자발적인 복종을 솔선해서 보여주는 수사와 다를 바가 없다.[15] 조윤제는 "조선교육은 조선의 전통적 정신에 입각한 조선의 민족교육이 되지 않으면 안 된다"고 믿고 있었던 만큼 국문학 교육은 그에게 당연히 특별한 의의가 있었다.[16] 그는 특히 국문학이 그 "직접적이고 또 구체적"인 성질 때문에 국민이 필요로 하는 전통적 정신을 "내 마음으로 체득하고 내 자신으로서 이해할 수 있게" 한다고 생각했다.[17] 이러한 조윤제의 국문학 교육론이 얼마나 대표성을 가지는가는 많은 조사와 검토를 요하는 문제이다. 하지만, 대한민국정부수립 이후 국민적 통합이 일상생활까지 침투한 국가권력 체제의 주요 목표였음을 상기하면,[18] 국문학 교육

15) 조윤제, 「국문학사 서문」, 『도남잡지』(을유문화사, 1964), 353쪽.

16) 조윤제, 『국어교육의 당면한 문제』(문화당, 1947), 14쪽

17) 조윤제, 「고전문학의 의의와 그 학습」, 『도남잡지』, 95쪽. 이것은 문학이 그 감각적, 심미적 자질을 통해 발휘하는 인간 기율과 통제의 이데올로기적 효능을 조윤제가 얼마간 알고 있었음을 시사하는 구절이다.

의 공식이념이 거기에 드러나 있다고 보아도 무방하다. 결국, 조윤제의 사례가 말해주는 것은 국문학 교육이 한국인들을 언어적으로, 문화적으로 동질적인 하나의 집단으로 통일하고 관리하는 정치, 한마디로 '국민총화'의 정치에 연루되어 있었다는 것이다.

4. 탕아를 위한 국문학

그렇다면 이제 휴머니즘은 폐기하여 마땅한 이념인가. '인간의 죽음'에 환호하고 '교양의 파산'을 경축하고 '문화전쟁'에 감격해야 하는가. 국문학 교육은 한국인들의 보편적 인간화에 종사한다는 믿음을 스스로 철회해야 하는가. 역사상으로 존재한 휴머니즘의 형태들은 인간 보편의 존엄, 자유, 창조성을 실현시켰다기보다 오히려 인류 전체를 그 영토로 하는 백인-남성-부르주아계급의 제국주의와 공모했다. 나치의 유대인 학살을 비롯한, 인류에 대한 잔혹한 범죄는 예외없이 휴머니즘의 이름으로 자행되었다. 벤야민의 경구를 번안하여 말하건대, 휴머니즘의 역사치고 야만주의의 역사가 아닌 것이 없다. 그러나 휴머니즘의 아이러니는 여기에 그치지 않는다. 휴머니즘의 죄악에 대한 고발은 바로 휴머니즘의 이상에 근거하고, 휴머니즘의 허위에 대한 비판은 바로 휴머니즘의 용어에 의존하기 때문이다. 계급, 인종, 성, 문화의 차별에 대한 도전은 인간 보편의 존엄이라는 이념이 아니라면 어디서 근거를 구하겠는가. 무지, 아집, 박해로부터의 해방은 교양을 통한 인간화라는 이념이 아니라면 어디서 근거를 구하겠는가. 표현의 자유에 대한 요구는 말하고 글쓰는 인간이라는 이념이 아니라면 어디서 근거

18) 김동춘, 「20세기 한국에서의 '국민'」(『창작과비평』 1999년 겨울호) 참조.

를 구하겠는가. 위기에 대한 인식을 심화시킨 오만한 인간의 미망은 인간의 보편적 가능성에 대한 호소를 통하지 않고서는 타파되지 않는다. 자연정복에 기초하여 세워진 인간의 제국은 문화라는 인간의 제이(第二)의 자연을 함양하려는 노력을 떠나서는 혁파되지 않는다. 휴머니즘을 극복할 지혜는 다른 어디에가 아니라 휴머니즘 자체에 있다. 장 스타로뱅스키가 일깨우고 있듯이, 문명이라는 병을 다스릴 약은 문명 바로 그것에 들어 있는 법이다.[19]

이제 휴머니즘의 아이러니를 염두에 두고 인간의 문제를 다시 생각해야 한다면 무엇보다 중요한 것은 인간이란 하나의 가능성이라는 깨달음이다. 인간은 어떤 본질에 의해 고정된 존재가 아니라 부단하게 형성되는 존재이다. 인간의 삶은 역사적으로 주어진 자연적, 문화적 조건에 제약되어 있으면서 또한 그러한 제약을 넘어서려는 움직임 속에 있다. 진실로 보편적인 의미에서의 인간은 끊임없는 창조적 결정 속에서 그 자신이 되어가는 지속적이고 불확실한 과정이다. 보편적 인간성이란 언제나 규정되지 않은 가능성일 뿐이다. 사실 이것은 교양의 이념이 우리에게 가르쳐준 인간이해의 방식이기도 하다. 교양의 과정 속에서 개인은 자신을 제약하는 친근한 삶의 세계를 벗어나 보다 넓고 낯선 세계로 나아간다. 개인의 자아는 그 타자의 체험을 통해 보다 보편화된 자아로 고양된다. 이러한 보편성으로의 고양은 헤겔의 '절대적 정신' 개념이 주장하는 것처럼 모든 타자를 자체 안에 흡수한 어떤 강대한 자아동일성의 완성으로 종결되는 것이 아니다. 그것은 자아가 타자들에 의존하여 성립한다는, 타자들과 더불어 존재한다는 깨달음을 가지고 그 자신에게로 돌아오는 것이다. 가다머는 헤겔의 교양개념을 검토하는 가운데 모든 구체적 존재들이 차이를 해소하고 철학의 절대

19) Jean Starobinski, *Le Remède dans le mal: Critique et légitimation de l'artifice à l'âge des Lumières*(Paris: Gallimard, 1989), pp. 166~182.

적 지식에 이르는 소외와 전유의 과정으로서의 교양 대신에 타자 속에서 자신을 인식하는 정신의 지속적인 운동으로서의 교양을 강조한다.[20] 정신은 그것의 낯선 외계(外界) 속에서 자신을 발견함으로써 보다 충만한 상태로 자신에게 돌아온다. 따라서 가다머 식으로 생각하면 교양이란 자신에게서 떠났다가 자신에게로 돌아오는, 자신의 집을 떠났다가 자신의 집으로 돌아오는 여행의 영원한 지속과도 같다. 그 여행은 자신을 더욱 자신 같게 하고 자신의 집을 더욱 자신의 집 같게 한다. 그런 점에서 교양의 모델은 기독교 성경을 빌려 말하면 '돌아온 탕아(蕩兒)'의 이야기이다. 교양은 정해진 그대로의 인간에게서 떠났다가 보다 풍부한 가능성의 인간으로 돌아오는 것이다. 교양인은 절대적 지식의 서재에 머물러 있는 철학자가 아니라 머나먼 유랑에서 돌아온 탕아이다.

이처럼 인간을 그 가능성의 관점에서 보아야 한다면 교양의 수단이 되는 문화 또한 종결 없는, 열려 있는 과정으로 이해해야 한다. 인간의 모델을 제공하는 하나의 보편적 문화가 존재하고 그 문화가 또한 어떤 불변의 순수한 본질을 갖고 있다는 식의 사고는 교양의 이상에도 어울리지 않을뿐더러 문화 자체의 성질에도 맞지 않는 것이다. 사실, 근래에 우리가 경험하고 있는 일련의 역사적 변화는 문화에 대한 종래의 통념을 수정하도록 요구하고 있다. 무엇보다도 문화와 국가를 일치시켜 이해하는 것은 세계화라는 새로운 상황이 펼쳐짐에 따라 민족국가의 역할이 현저하게 축소된 근래의 현실에서는 전혀 타당하지 않다. 경제의 영역에서 자본과 노동의 국제적 이동에 따라 이른바 '국경 없는 경제'가 성립되고, 정치의 영역에서 국민과는 형태를 달리하는 분산적이고 유동적인 정치공동체의 실험이 증대되고 있는 것과 마찬가

20) Hans-Georg Gadamer, *Wahrheit und Methode*, p. 19; *Truth and Method*, p. 17.

지루. 문화의 영역에서는 국가의 권위에 근거하여 정통화된 문화가 해체의 양상을 보이고 있다. 한국을 보더라도 문화에 대한 시장의 지배가 전면화되면서 현재의 문화생활은 그 역사적 전통과의 연관을 잃어버리고, 그 민족적 정체성을 침식당했으며, 포스트모던한 잡종성과 코스모폴리터니즘이 이미 문화적으로 우세한 특징이 되었다. 그런가 하면 계급, 성별, 세대에 따른 차이가 장려되고 그 차이의 표현이 자유로워지면서 문화의 탈전체화는 거스르기 어려운 추세가 되었다. 세계화의 매커니즘에 맞물려 진행되고 있는 한국 민족문화의 해체가 교양의 가능성에 대한 심각한 도전임은 말할 것도 없다. 민족 공동의 기억, 경험, 언어로부터 유리된 상태에서 개인이 얻게 되는 인간화의 가능성은 허약하고 추상적일 수밖에 없다. 그러나 또한 명백한 것은 민족문화가 지금과 같은 탈국가적 정체성 실험의 시대에 개인에게 제공하는 소속은 절대적이지 않다는 것이다. 민족문화는 그것이 아무리 중요하다 할지라도 결국은 인간의 보편적 가능성을 위한 한 계기에 불과하다.

국문학 교육이 여전히 교양의 의의를 가지려면 그것이 민족주의와의 연관 속에서 획득한 관행들을 당연히 겸허하게 반성해야 한다. 학생들에게 국문학의 교양을 익히게 하면서 혹시 그들을 자유롭고 창조적인 인간으로 만드는 일보다 충성스런 국민으로 만드는 일에 주력하지 않았는지 돌이켜보아야 한다. 한국문학의 유산에 담겨 있는 인간형성의 풍부한 가능성을 축소시켜 배타적인 민족의식의 함양에 이용하지 않았는지 되짚어보아야 한다. 교양교육으로서의 국문학에 새로운 과제가 있다면 그것은 무엇보다도 국어라는, 국가와 유기적으로 결합하여 국민의 양성에 봉사하는 한국어로부터의 자유를 촉진하는 일이다. 교양의 이상이 요구하는 한국어 능력은 한국인들의 계급적, 성별적, 지역적, 문화적 차이를 배제하는, 민족주의적으로 통제된 언어를 구사하는 능력이 아니라 오히려 그러한 언어를 의심하고 반성하는 능력, 그러한 언어에 길들여진 자신을 부정하는 능력이다. 낯선 세계와 만나는 탕아의 여행은 국어의 '집'을 떠나는 모험으로부터 시작되는 것이다. 국어를 위반하는 국문학 교육—이것은 언어 민족주의에 순치된 귀에는 자가당착처럼 들리겠지만 사리에 어긋나는 말은 아니다. 한국인들이 영위하고 있는 언어와 문학은 국어라는 이름이 불러일으키는 착각과 달리 순수하게 일체화된 언어가 아니다. 주지하다시피 한국어는 그 국가적 유래가 다른 언어들(중국어, 몽골어, 일본어, 영어 등)과 교합한 흔적을 갖고 있으며, 사회, 지역, 성별 세대에 따라 차이가 나는 넓은 의미의 방언들을 포함하고 있다. 특히 한국어의 문학적 활용은 언어상의 국가적, 사회적, 시대적 경계를 뛰어넘는 창조적인 변형과 실험을 통하여 표준화, 통일화, 공식화에 저항하는 한국어 자체의 능력을 입증한 역사가 있다. 한국어에 잠재된 창조성의 최대치를 보여주는 한국어의 문학적 실현은 국어를 넘어서는 한국어, 한국인의 열려 있는 인간성을 체험하는 데에 둘도 없는 교본이다. 국어를 위반하는 국문학 교육의 철학은 아마도 문법이 아니라 수사, 의미론이 아니라 화행론, 논리학이 아니라 배리학일 것이다. 교양교육 또는 인간화를 위한 교육에서 국문학 교육이 얼마나 유효한가는 사람들 개개인이 자신의 인간적 가능성을 이해하고 추구하는 데에 얼마나 풍부하고 다양한 언어적 자원을 제공하느냐에 달려 있다.

(『국어국문학』 127, 2000년)

II

코뮤니타스를 이야기하기

황석영 『낯익은 세상』에 대하여

1. 동심의 소설

『낯익은 세상』은 딱부리라고 불리는 소년이 엄마와 함께 도시 외곽의 대형 쓰레기 매립지의 판자촌으로 이주하는 것에서부터 시작된다. 약 일 년의 시간에 걸쳐 있는 작중 이야기는 그 열네 살 소년이 엄마의 폐품수집 보조와 동네 친구 사귀기를 비롯한 일련의 행위를 통해 그 판자촌의 세계 속에 자기 자리를 잡아가는 과정을 보여준다. 그리고 "딱부리는 이제 알고 있었다"는 소설의 마지막 문단 중의 문장이 예시하는 바와 같이, 그러한 과정 속에서 그가 무지의 상태로부터 탈출했음을 알려주는 것으로 끝난다. 『낯익은 세상』은 한국 성장소설의 형식적 관습을 부분적으로 따르고 있다. 저자 황석영 세대의 성장소설의 주인공이 대개 그렇듯이 딱부리는 아버지의 부재라는 상황에서 생활환경의 변화를 겪으며 성인의 문턱을 오르기 시작한다. 작중에서 꽃섬이라고 불리는 쓰레기 매립지는 딱부리가 자신과 세계를 보는 방식을 규정하는 역사적, 사회적 환경에 해당한다. 하지만 딱부리와 꽃섬의 관계가 그리 심오하게 다뤄져 있지는 않다. 딱부리의 이야기는 꽃섬 내의 이런저런 장소를 배경으로 하지만 꽃섬 동네 주민들의 역사 속에 통합되어 있다는 느낌을 주지 않는다. 그 이야기는 딱부리에게 극히 개인적이면서 동시에 꽃섬 주민들에게 극히 공통적인 진실을 별로 가지고 있지 않다. 딱부리의 행위는 꽃섬 성인들의 일상생활로부터 많든 적든 분리되어 있다. 특히 중요하게 서술된 딱부리의 행위는 딱부리의 연령 덕분에, 딱부리의 또래 덕분에 가능한 행위라는 성질을 띤다. 딱부리가 친구 땜통과 함께 꽃섬 귀신과 어울려 노는 행위는 대표적인 예다. 딱부리의 소년다운 놀이가 행위의 중심이 되는 대목에서, 딱부리의 소년다운 마음이 엄호되는 대목에서 『낯익은 세상』은 동화에 근접한다.

사실, 꽃섬의 인간 집단은 『낯익은 세상』의 주요 관심 대상이 아니다. 꽃섬에는 "이천여 가구가 사는 동네"가 있다는 발언이 작중에 나오지만 꽃섬의 주민이 어떤 사람들인지, 꽃섬 사회가 어떻게 형성되었는지, 꽃섬의 생활풍속이 어떤지 소설은 자세히 알려주지 않는다. 딱부리네에 관한 정보만 해도 간략한 편이어서 우리는 그의 아버지와 어머니가 모두 보육원 출신이라는 것, 그들이 딱부리를 데리고 한때 도시의 산동네에서 살았다는 것, 아버지가 어느 도시 구역의 폐품수집원이었고 어머니가 시장에서 노점을 했다는 것을 아는 정도다. 꽃섬에 관한 묘사를 보면 그 모델이 난지도임은 명백하다. 도시 외곽의 샛강을 끼고 있는 섬이라는 위치, 쓰레기 하치장 곁에 형성된 대규모 판자촌의 존재, 그리고 쓰레기에서 발생한 가스가 폭발하여 일어난 대화재 사건 등을 고려하면 특히 그러하다. 난지도는 폭증하는 서울 가구와 공장의 쓰레기를 수용할 목적으로 지정되어 1978년부터 1993년까지 매립지 기능을 했다. 난지도라는 존재가 서울의 급격한 도시적 팽창, 그리고 대량생산 및 소비체제의 성립과 불가분의 관계에 있음은 물론이다. 『낯익은 세상』에는 꽃섬이 80년대 초반의 난지도를 모델로 했으리라는 추측을 부추기는 구절이 있다. "새로운 장군이 집권을 하고 나서 사회를 정화"한다는 목적으로 세워진 "교육대"에 딱부리 아버지가 끌려갔다는 구절이 그것이다. 그러나 꽃섬에 관한 묘사는 그곳이 특정한 시대의 특정한 장소임을 느끼게 해줄 만큼 구체적이지 않다. 그곳의 쓰레기에 관한 묘사 중에는 80년대 서울을 상징하는 기호 하나조차 들어 있지 않다.[1)] 꽃섬은 동화 속의 자연적, 사회적 공간이 흔히 그렇듯이 원형적 단순성을 띤다.

『낯익은 세상』의 동화적 장치가 그 소설의 소재에 가장 적합한 것인지는 의문스럽다. 대형 쓰레기 매립지 판자촌 사회에 대한 보다 진지하고 사실적인 인식을 바탕으로 딱부리 이야기의 진실성과 신빙성을 높였더라면 좋지 않았을까 하는 생각이 든다. 그러나 『낯익은 세상』은 그 동화적 장치 덕택에 쓰레기를 양산하고 있는 현대의 생활 관행을 심문하는 독특한 방식을 이루고 있기도 하다. 딱부리와 같은 빈민소년 인물들의 동심은 소설 내에서 소비주의에 의해 아직 점령되지 않은 사회와 문화의 영역을 일깨우는 역할을 한다. 동심이라는 장치가 없었다면 쓰레기의 세계와 반대되는 귀신의 영역은 그토록 자연스럽게 부조되기 어려웠을 것이다. 『낯익은 세상』은 리얼리즘의 기율(紀律)에서

1) 소설 속의 시간은 80년대의 연표와 들어맞지 않는다. 딱부리가 "초등학교 오학년 일 학기까지 다니다 말았고" 그해에 딱부리 아버지가 "교육대"에 끌려갔다는 정황을 참고하면, 딱부리가 열네 살로 되어 있는 이야기상 현재는 1982년이다. 이 해에 딱부리는 슈퍼마리오 게임기를 구입하고 쓰레기장에서는 화재가 일어난다. 하지만 난지도에 대화재가 일어나 판자촌을 전소시킨 것은 1984년, 닌텐도에서 슈퍼마리오 게임을 패밀리 컴퓨터용으로 보급하기 시작한 것은 1985년의 일이다.

자유로운 동화의 형식적 이점을 활용하여 현재 우리가 살고 있는 사회와 다른 사회에 대한 상상에 유용하다고 판단되는 풍속과 도덕을 수월하게 상기시킨다. 동화적 스타일 속에서는 어떤 궁상도 궁극적으로 추악하지 않으며 어떤 불운도 궁극적으로 절망적이지 않다. 꽃섬은 악취가 지독하고 파리가 들끓는 쓰레기의 지옥임에도 그 이름이 연상시키는 낙원의 이미지를 어느 순간엔가 발산한다. 꽃섬의 주민은 작중에 나오는 말대로 쓰레기 주워서 먹고사는 사람들이지만 그들 중에는 생기와 미덕의 인간이 있다. 저자 황석영을 일찍이 민중문학의 총아로 만들어준 능력—빈민문화에 함유된 특별한 생명력과 도덕성에 대한 친화력은 『낯익은 세상』에서도 약여한 데가 있다. 가난이 극치에 달한 세계에서도 사람은 성하고 소년은 자란다. 아니, 앞으로 보겠지만, 인간은 가난한 가운데 독특하게 인간적이다.

2. 일탈자의 탄생

딱부리는 꽃섬으로 이주하기 전에 서울로 짐작되는 도시의 산동네에서 한때 행복한 시기를 보냈다. 그가 살았던 산동네는 비록 빈곤했을지라도 그 골목과 시장은 "모든 게 살아 있는 곳"으로 그에게는 기억된다. 털복숭이 개들이 흘레를 붙고 있던 비좁은 비탈길에서부터 곳곳마다 불 밝힌 창문들이 별처럼 반짝이던 밤하늘에 이르기까지, 라디오를 틀어놓고 함께 노래를 따라 부르던 "봉제공장 누나들"에서부터 그의 엄마가 벌여놓은 좌판 위의 언제나 푸르렀던 푸성귀에 이르기까지, 그가 친근하게 느꼈던 일상의 경관은 그곳을 떠나온 이제 그에게 그리움을 자아내기까지 한다. 그가 그의 엄마를 따라 꽃섬으로 이주한 것은 그의 아버지가 군사정권하에서 어느 집단훈육기관에 끌려갔다가 사라져 그의 식구들의 생계가 어려워진 까닭이지만 그것을 계기로 그는 소년으로서 살았던 세계에 작별을 고한다. 꽃섬으로 이주한 시점에 열네 살인 그는 신체적으로나 정신적으로나 소년기에서 벗어나기 시작한 참이다. 서술자는 그에 대해 말하기를, 폐품 수집을 거들어도 된다는 허가를 받게 되자 "어른과 맞먹는 일꾼이 된다는 생각에 으쓱해지는 기분"이 되었으며, 그의 엄마가 아수라와 내연의 관계임을 목격한 다음에는 그의 엄마와 그가 "가까스로 지키고 있던 가족의 연줄은 그날 끊어져버렸다"고 한다. 그의 꽃섬 생활은 소년에서 성인으로 이행하는 과도 단계를 이룬다고 보아도 무방하다. 쓰레기 매립지라는, 그가 알던 도시와는 "전혀 다른 이상한" 세계로 들어온 그는 땜통이라는 별명의, 그보다 세 살 아래인 소년의 도움으로 그 세계의 비밀에 접근하기 시작하며 땜통과 경이로운 경험을 같이하던 끝에 도시의 중심지역을 함께 다녀오기까지 한다. 딱부리의 탐험은 한편으로는 그에게 꽃섬의 역사를 알려주는 귀신들과의 만남을, 다른 한편으로는 그가 살다가 떠나온 도시의 중심에 있는 백화점 탐방을 포함한다. 그의 탐험이 땜통의 죽음으로 종결된 이후 그는 버려진 생명과 물품의 구원자인 빼빼엄마의 역할을 승계하는 행위 등을 통해 어딘가 어른스러운 소년의 모습을 보여준다.

딱부리의 이야기는 조금 유심히 읽어보면 아이의 성장에 관한 이야기에서 흔히 발견되는 구조를 가지고 있다. 통과의례의 구조, 좀더 정확하게 말하면, 입사의례의 구조가 그것이다. 통과제의에 관한 아르놀드 방주네프의 고전적인 연구를 바탕으로 인류학자 빅터 터너가 공식화한 바에 따르면 그것은 분리, 경계, 통합의 삼부로 이루어져 있다. 분리의 단계에서는 제의의 주체가 상징적 행위를 통해서 사회구조상 종전의 고정된 지점이나 기성의 문화적 조건으로부터 격절되고, 경계의 단계에서는 그 제의의 주체(통과자 또는 경계인)가 어떤 분류도 불가능한 애매한 상태가 되는 한편 그의 과거의 지위나 미래의 지위와 속성상 관계가 없는 상징의 영역을 통과하며, 통합의 단계에서는 그 제의의 주체, 즉 신입자 또는 입사자가 대개의 경우 전보다 높아진 지위로 승격하는 형태로 사회구조 속으로 다시 진입하게 된다.[2] 딱부리의 이야기에 이 입사제의의 삼부 구조가 온전하게 존재하는가는 논란의 여지가 있다. 특히 통합의 국면은 식별하기 쉽지 않다. 그럼에도 그 세 단계에 대응되는 딱부리의 핵심적 행위로 꽃섬으로의 이주, 땜통을 동반한 꽃섬 및 도시 탐험, 빼빼엄마의 대리 역할을 상정하는 것은 가능하다고 생각된다. 분리의 단계에서 딱부리는 산동네라는 소년기의 낙원을 잃어버리고 아울러 그의 가족으로부터 분리를 경험한다. 경계의 단계에서는 어른과 아이, 인간과 귀신, 빈민의 세계와 부자의 세계, 도시와 시골 사이를 오간다. 이것은 딱부리가 자신이 속한 사회의 실재성을 발견하는 과정이기도 하고, 각성과 몽상, 욕망과 체념이 어지럽게 뒤섞인 채로 거쳐가는 자기인식과 자기통제의 과정이기도 하다. 끝으로 통합의 단계에서—정확하게 말하면, 예고된 통합의 단계에서—딱부리는 학교를 "감옥"처럼 여겨 다니기를 거부하고 빼빼엄마의 대리 역할을 함으로써, 추정하건대 일탈자로서의 사회적 위치를 가지기 시작한다.

주목을 요하는 것은 딱부리 이야기의 대부분을 차지하는 경계의 국면이다. 이 국면에서 딱부리의 상태는 애매하다. 꽃섬에 들어온 이후 그는 어른도 아니면서 아이도 아니고 도시 사람도 아니면서 시골 사람도 아니다. 그는 열여섯이라고 자기 나이를 속이는 행동에서 보듯이 어른의 권세를 속으로 탐하고 있고, 그런가 하면 용돈이 생기자 도시

---

2) Victor Turner, *Dramas, Fields, and Metaphors: Symbolic Action in Human Society*(Ithaca: Cornell University Press, 1974), p. 232.

의 중심가로 나가 지출하는 데서 보듯이 도시생활의 쾌락에 대한 갈망을 품고 있다. 그러나 그에게는 그러한 소망과 상반되는 충동 또한 존재한다. 어른의 의무에 대비하지 않고 놀이에 빠져 있는 아이, 도시의 공포를 모르는 순박한 아이로 남아 있고자 하는 충동이 그것이다. 딱부리를 꽃섬 소년들의 비밀스러운 놀이 속으로 안내한 땜통은 바로 그러한 충동을 대표한다. 땜통은 딱부리의 분신이라고 해도 틀리지 않는다. 딱부리는 아버지가 없는 반면 땜통은 어머니가 없다거나, 딱부리는 눈치가 빠른 아이인 반면 땜통은 모자라는 아이라거나 하는 식으로 그들 사이에 존재하는 정확한 대칭 관계는 땜통이 딱부리의 분신이라는 해석을 지지해주는 듯하다. 흥미롭게도, 딱부리 이야기에서 입사제의상 경계 단계가 끝나가는 듯하다고 느껴질 즈음에 땜통이 불의의 사고를 당한다. 쓰레기 매립지에서 가스 폭발로 일어난 대화재의 와중에 목숨을 잃고 딱부리의 곁을 떠나고 마는 것이다. 그러나 땜통의 죽음이 딱부리의 퇴영적인 충동의 영원한 소멸을 뜻하는 것은 아니다. 그 충동은 그의 눈앞에 때때로 출현하는 귀신의 푸른 불빛처럼 그의 마음을 간간이 휘어잡을지 모른다.

딱부리와 땜통 사이에서 보이는 바와 같은 자아와 분신의 관계는 입사제의의 구조를 지닌 서사물에서 그리 희귀한 것은 아니다. 입사제의적 드라마의 고전인 모차르트의 〈마술피리〉는 타미노와 파파게노 사이에서 동일한 종류의 관계를 보여준다. 계몽을 향하여 시련의 험로에 오른 타미노와 자연의 상태에 머물고자 하는 파파게노. 타미노에게 잠재된 퇴영적인 충동은 바로 파파게노를 통해 표현을 얻고 있다.[3] 하지만 입사구조의 동화적 서사물이라고 해도 〈마술피리〉와 『낯익은 세상』

---

3) Nicholas Till, *Mozart and the Enlightenment: Truth, Virtue and Beauty in Mozart's Operas*(New York: Norton, 1993), p. 278.

은 서로 현저하게 다른 문화의 산물인 만큼 심오한 차이가 있다. 〈마술피리〉에서 타미노의 입사는 자연과의 유대로부터 그 자신을 해방시키는 일과 함께 시작된다. 자연은 그 가장 매혹적이면서 또한 가장 무서운 형태에 있어서 어머니와 통하는 까닭에 자연과의 유대로부터의 해방은 어머니와의 유대로부터의 해방이기도 하다. 그래서 타미노는 처음에 어머니의 신화적 형상인 밤의 여왕의 부름에 응하여 사라스트로에게서 파미나를 구출하는 모험에 나섰다가 나중에는 밤의 여왕으로부터 사라스트로의 왕국을 방어하는 과업을 맡는다. 그런데 『낯익은 세상』에서는 사정이 다르다. 딱부리는 엄마와 아수라의 관계에 분노를 느끼지만 그것이 어머니로부터의 분리를 뜻하지는 않는다. 딱부리에게 이상하고도 자비롭게 다가온 빼빼엄마야말로 실은 원초적인 모성의 화신이다. 버려진 개들을 돌보고 굶주린 귀신들을 먹이는 빼빼엄마에게 딱부리가 모종의 유혹을 느끼고 있는 것은 그가 어머니와의 유대에 대한 욕구에 계속 붙들려 있음을 암시한다. 그는 땜통이라는 분신과 영원히 작별하지 못하듯이 어머니로부터도 철저히 탈출하지 못한다. 그의 성장은 따라서 자연과의 전(前)사회적이고 몰(沒)도덕적인 유대를 어떻게든 보존하는 방식으로 이루어질 수밖에 없다. 일탈은 그의 운명인 셈이다.

딱부리의 성장과 관련해서는 빼빼엄마만이 아니라 만물상 할아버지라고 불리는 빼빼엄마의 아버지와 김서방네 귀신 중 하나인 할아버지도 주의를 요한다. 만물상 할아버지는 도시를 돌며 폐품을 수집해서 재활용하는 일을 하고 있으며 그런 점에서 딱부리의 사라진 아버지를 연상시킨다. 김서방네 할아버지는 이십 여명의 대가족을 거느리고 있는, 빼빼엄마가 말한 "줏대" 있는 "가장"에 해당한다. 딱부리에 대한 그들의 관계는 타미노에 대한 사라스트로의 관계와 비슷하다. 그러나 그들의 역할은 아이를 법의 세계 속으로 나아가도록 인도하는 전형적인 아버지의 그것과 차이가 있다. 만물상 할아버지는 평소에 [illegible]으로 시내의 식당을 돌며 잔반을 얻어다가 수십 마리의 버려진 개를 먹여 살리고 있다. 딱부리가 김서방네 식구들에게 주려고 메밀묵을 구한다는 사실을 알았을 때는 자청해서 트럭을 몰아 꽃섬 밖 읍내 시장에 간다. 요컨대 할아버지는 자애롭다는 특징이 있으며 그런 이유에서 부성적이기보다 모성적이다. 만물상 할아버지가 먹인다면 김서방네 할아버지는 가르친다. 그는 한창 슈퍼마리오 게임을 하고 있는 딱부리의 꿈속에 나타나서 그 게임이 인생에 대한 잘못된 관념을 전달하고 있음을 지적한다. 요점을 추리면, 슈퍼마리오의 모험은 모든 사물이 장애가 되는 행로 위에서 어떤 목표를 향해 끊임없이 전진하는 외로운 개인의 이미지를 통해 개인주의적 성취라는 이데올로기적 관념을 심어준다. 이 관념은 딱부리가 자본주의 사회제도 내에서 성공적인 인생을 살려면 마음속에 새겨야 하는 법이기도 하다. 그런데 할아버지는 슈퍼마리오의 행진을 반복하지 말고 행로 밖으로 나가라고 권고한다. 기성사회의 관점에서 보면 할아버지의 법은 위법이다. 할아버지는 딱부리에게 그의 일탈을 합리화할 근거를 제공하고 있는 듯하다.

3. 소비주의 도시의 외부

딱부리가 일탈충동을 느끼고 있는 것은 꽃섬 판자촌이라는 환경의 특성을 고려하면 그럴 수밖에 없는 일이다. 그곳에 거주하고 있는 이천여 가구 중에는 온전한 가정이 많지 않다. 그 다수는 일을 찾아 혼자서 꽃섬으로 들어온 남녀 또는 자식을 데리고 있는 홀아비나 홀어미이고 "남녀가 서로 어우러져 함께 몇 달 살다가 상대를 바꾸기도" 하는 일이 종종 벌어진다. 저녁이면 술판을 벌여 주정하다가 서로 싸움을 벌이는 일이 어른들 사이에서는 상습적으로 일어난다. 아이들은 "고철보다도 쓸모없는 존재"로 방치되어 일찌감치 비행을 배우며 저희들끼리 살아간다. 그곳에서는 범죄자(아수라), 정신병자(빼빼엄마), 신체장애자(두더지의 형), 비행소년 등이 결코 이례적인 유형이 아닐 것이다. 꽃섬 판자촌은 한마디로 말해서 사회적 난외성(欄外性, marginality)이라는 특성을 띠고 있다. 『낯익은 세상』은 그 난외의 세계가 어떻게 형성되었는지 알려주지 않는다. 하지만 그것이 근대화와 밀접한 관련이 있다는 것은 명백하다. 과거에 농촌이었던 꽃섬이 현재는 쓰레기하치장이 되었다는 역사 자체가 근대화의 이야기에 포함된다. 근대화는 끊임없는 폐기라는 과정을 그 이면에 가지고 있다. 근대적인 삶에서 영구적인 것이란 없다. 모든 관계, 제도, 문화가 길든 짧든 한시적으로만 쓸모를 가진다. 근대의 진전이란 삶의 모든 영역에 한시성을 실현하는 것이며, 결국은 인간과 사물을 지속적으로 쓰레기화 하는 것이기도 하다.[4] 꽃섬의 주민은 이를테면 근대화가 양산한 인간쓰레기다. 그들은 경제적, 사회적 근대화의 결과로 유용한 역할을 가지지 못했거나 가지지 못할 사람들이다. 『낯익은 세상』은 꽃섬 주민이 쓰레기와 다를 바 없는 신세임을 명확히 한다. 서술자는 꽃섬을 가리켜 "사람이건 물건이건 모두 쓸모없는 것들이 모여든 곳"이라고 말하고 있다.

그러나 꽃섬은 인간 폐기의 과정에서 생겨난 가난하고 더러운 지역에 그치지 않는다. 『낯익은 세상』은 그 도시 외곽의 풍속을 묘사하는 가운데 도시 사회에서는 희소한 생활습관이 거기에 존재하고 있음을 보여준다. 대량생산과 대량소비 체제가 성립하기 전에 사람들은 별로 쓰레기를 만들어내지 않았다. 가정에서 먹고 남은 음식은 가축의 사료

4) 모더니티와 쓰레기의 관계에 대해서는 지그문트 바우만, 『쓰레기가 되는 삶들』, 정일준 옮김(새물결, 2008), 특히 171~176쪽 참조.

가 되었고 낡은 옷은 수선을 거쳐 새 옷이 되었다. 도시에는 넝마주이, 고물상인, 폐품업자 등이 있어서 가정이나 공장에서 내버린 쓰레기가 재활용되며 돌고 돌았다. 그러한 재활용 체제하에서 형성된 생산방식의 하나가 브리콜라주이다. 브리콜라주는 현재 주어져 있는 것들을 변통해서 필요에 맞는 뭔가를 만들어내는 행위를 가리킨다. 보통 엔지니어라면 만들고자 하는 물건을 먼저 정하고 그것에 필요한 재료와 도구를 조달하는 방식으로 작업한다. 반면에 브리콜뢰르는 당장 수중에 있는 잡동사니를 재료 또는 도구로 삼아서 뭔가 새로운 물건을 제조한다. 『낯익은 세상』에서 꽃섬 주민이 쓰레기를 활용하는 방식 중에서는 바로 브리콜라주적 기술이 발견된다. 딱부리네가 아수라의 동네로 이사를 오자 아수라의 부탁을 받은 그의 동료들은 쓰다 남은 자재들을 이것저것 가져다가 딱부리네가 거주할 판잣집을 지어준다. 또한 동네의 아이들은 섬의 한구석에 버려진 군부대 초소와 그 밖의 폐기된 물건들을 이용해서 자기들만의 놀이터를 만든다. 도시의 소비자에게는 쓰레기처럼 보이는 것이 꽃섬 주민에게는 멀쩡한 물건이다. 폐기된 물품을 새롭게 자원화하는 꽃섬 주민의 물질생활은 엄청난 쓰레기 생산을 유발하는 소비주의와 정면으로 대립한다.

현대의 소비는 상품의 사적 소비를 그 기본형식으로 한다. 소비문화는 자신의 사적 필요를 충족시키기 위해 상품화된 재화와 용역을 구매하는 개인의 행위를 통해 성립한다. 그것은 특히 상품소비, 라이프스타일, 정체성 구성 사이에 밀접한 관계를 만들어냄으로써 개인의 자기조작에서 소비가 담당하는 역할을 강화했다. 특정상품이 제공하는 정체성의 이미지를 소유함으로써 자신을 특정 유형 또는 지위의 개인으로 만들고자 하는 것은 현대 소비자에게는 상례화된 행위이다. 그런데 『낯익은 세상』은 바로 그러한 개인주의적 소비문화의 영도(零度)를 보여주는 듯하다. 작중인물들에게서 상품의 사적 소비에 해당하는 행위는 좀처럼 보이지 않는다. 꽃섬 밖 도시로 들어간 딱부리가 땜통과 함께 자장면을 먹고 슈퍼마리오 게임기를 구입하는 것이 사적 소비의 예라면 거의 유일한 예다. 대신에 수중에 있는 재화의 공동 소비가 두드러지게 나타난다. 예컨대 꽃섬 주민 사이에서 "꽃섬탕"이라고 불리는 음식이 있다. 이것은 쓰레기 더미에서 취합된 이런저런 먹을 만한 가공육류제품을 되는 대로 넣어 끓인 찌개 종류이다. 딱부리네가 꽃섬으로 이주한 날에 노천에서 이웃과 함께 먹는 것이 이것이고, 동네의 십대들이 그들만의 놀이터에 모여 불을 피우고 조리하는 것 역시 이것이다. 꽃섬탕은 꽃섬의 가난한 주민들이 브리콜뢰르적 지혜를 발휘해서 개발한 음식이면서 또한 그들 사이에 존재하는, 공유와 상조를 통한 생존 방식을 암시하는 음식이다. 그것은, 추석날 아이들과 귀신들이 나누어 먹는 메밀묵과 함께, 음식이 개인에게 허기를 면하게 해주거나 위신을 세우게 해주는 데에 그치지 않고 개인들의 집합적 결속을 위한 촉매가 되어 있는 상태를 보여준다.

꽃섬 주민들에게 존재하는 전(前)자본주의적이고 전(前)소비주의적인 문화의 또 다른 예는 샤머니즘이다. 꽃섬이 농촌이었던 시절에 아마도 번창했을 무속의 흔적이 섬에는 남아 있다. 쓰레기장에서 떨어진 섬의 서쪽에는 강변을 끼고 숲이 형성되어 있고, 그 숲 너머에는 여울목이라고 불리는 곳이 있다. 이곳에는 당집의 유적인, 절반쯤 무너진 작은 전각과 당나무로 받들어지던 버드나무 고목이 있으며, 그 주변에는, 땜통과 딱부리가 생각하기에, 귀신들이 출몰하곤 한다. 무속의 흔적은 꽃섬에서 미친 여자로 통하는 빼빼엄마에게서도 발견된다. 그녀는 홀로 남은 아버지를 위해 가사를 맡고 있지만 때때로 버드나무 할미귀신이 씌어 무녀처럼 행동한다. 꽃섬에 진출한 기독교 교회의 여신도들이 꽃섬 사람들에게 자선을 행하긴 해도 타인으로 남아 있는 것과 대조적으로 빼빼엄마는 꽃섬이라는 공동체—산 자와 죽은 자 모두를 포함하는 공동체—에 대한 확고한 소속감을 가지고 있다. 그래서 그녀는 뱀똥과 딱부리 같은 불우한 소년들에게 자애를 베풀고 김서방네 귀신들에게 제물을 바친다. 여기서 그녀가 보살피고 있는 것이 아이이고 귀신이라는 사실은 주목을 요한다. 아이와 귀신은, 전자는 인간에 미달했고 후자는 인간을 초월했다는 의미에서 인간이 아니며 그러니만큼 인간사회에 불안정성을 주입하는 요인이다. 그들을 인간화하는 실천 또는 제도 즉, 아이 양육과 귀신 제사는 어느 사회에서나 그 사회의 지속과 통합을 위한 중요한 과제이다.[5] 따라서 빼빼엄마는 사회적으로 온전한 자기유지에 대한 꽃섬 집단의 열망을 공인되지 않은 방식으로 대표하고 있을지 모른다. 그녀는 귀신과의 대화중에 "서로 돕고 살아야지요"라는 말로 그곳 주민이라면 누구나 수긍할 법한 도덕 규약을 언명하기도 한다.

꽃섬은 도시의 영향으로부터 벗어난 곳은 아니다. 그곳 일대를 차지하고 있는 거대한 쓰레기 매립지 자체가 그곳이 도시 행정과 경제에 크게 의존하고 있음을 말해준다. 또한 그곳에는 도시 중산층 신도를 많이 가지고 있는 어느 개신교 교회가 들어와 학교 운영을 포함한 선교사업을 하고 있는 중이다. 도시의 영향으로 그곳의 환경은 황폐하고, 그곳 주민은 추레하다. 주민의 몸에 배어들어 그들을 사회적으로 고립시키는 쓰레기의 악취는 도시의 행정 권력과 경제 권력이 그들의 삶을 얼마나 심하게 훼손하고 있는가를 입증한다. 그러나 그들 사이에는 꽃섬이 도시에 종속되기 이전에 꽃섬에서 영위된 토착적 삶에 대한 기억이 남아 있다. 딱부리의 꽃섬 탐험—김서방네 귀신들과의 만남에

5) 구조주의의 어휘를 빌린 아감벤의 주장에 따르면 아이와 귀신은 "불안정한 기표"이며 그 각각을 다루는 의례, 즉 입사와 장례는 그 기표를 사회의 통시태와 공시태에 결합시키는 방식이다. 조르조 아감벤, 『유아기와 역사』, 조효원 옮김(새물결, 2010), 159~162쪽 참조.

서 절정에 달하는 탐험—은 그 기억 속으로의 여행과 다를 바가 없다. 삼대로 이루어진 김서방네는 빼빼엄마에 따르면 "첨부터 꽃섬 임자"이다. 그들은 빼빼엄마가 추석에 여울목 전각으로 가서 메밀묵 제물을 올리자 새마을운동 시기의 농부 가족을 연상시키는 복색을 하고 나타난다. 꿈인지 생시인지 모를 순간에 김서방네 아이를 따라 그 가족의 동네를 구경하러 숲으로 들어간 딱부리와 땜통은 거기에서 꽃섬이라는 이름에 값하는 풍경을 목격한다. 그것은 쓰레기장과 판자촌이 들어선 지금은 존재하지 않는, 강변의 그림 같은 자연 속에 안락하게 자리잡은 작은 농촌의 풍경이다. 김서방네 귀신들은 농촌으로서의 꽃섬에 대한 집합적 기억을 나타내는 셈이며, 빼빼엄마의 샤먼적 상태는 그 기억의 중추에 해당하는 셈이다. 비록 그 기억은 희미하지만, 현재의 꽃섬에서 고통을 당하고 있는 딱부리와 땜통의 마음속에서는, 고통으로부터 구원된 삶의 이미지를 촉발한다. 그런 점에서 그것은 꽃섬의 역사에서 유래하는, 꽃섬 사람을 위한 유토피아적 희망의 근원처럼 보인다.

4. 구조와 코뮤니타스

딱부리가 꽃섬이라는 낯선 환경에 들어온 이후 경험하는 일련의 사건 중에는 그가 사회적으로 어떤 관계 속에 처해 있는가를 깨닫게 해주는 사건이 포함된다. 그 사건의 중요한 하나가 꽃섬 개척교회의 자선행사이다. 추석을 앞둔 어느 날 천국교회 선교부 소속 여신도들이 꽃섬을 찾아와 예배를 보고 이어 주민들에게 떡과 라면을 나누어준다. 꽃섬의 다른 아이들과 함께 배급을 받으러 나간 딱부리는 여신도들이 그 아이들 중 일부를 데리고 도열하여 선교기념 단체사진을 찍는 모습을 보고 "마치 밀림 속 오지를 방문한 여행자들의 기록영화 장면과도 같"다고 느끼는가 하면, 어느 여신도의 딸로 보이는, 딱부리 또래의, "짙은 초콜릿색의 교복 차림"인 소녀에게 시선을 빼앗긴 순간에는 언젠가 도시에서 그녀와 비슷한 중학생 소녀의 뒤를 몰래 밟아갔다가 보았던, 행인의 출입이 통제된 고급 주택 구역을 상기한다. 요컨대, 딱부리는 계급으로 분화된 사회, 그리고 낮은 계급에 속하는 자신을 동시에 발견하고 있는 것이다. 그러나 이것이 딱부리가 하는 사회 경험의 전부는 아니다. 앞에서 언급한 꽃섬탕 회식은 종류가 다른 사회 경험을 내포한다. 같은 환경에서, 같은 처지에서 생활하는 주민들이 노천 아래 공동의 공간을 만들고 모여 앉아 취사와 식사를 함께하는 행위는 계급 분리가 일어나지 않은 협동과 사교의 순간을 보여준다. 계급 격차가 없는, 인정으로 만들어진 사회는 꽃섬에 대화재가 일어난 이후 빼빼엄마가 재 속에서 물건들을 추려내 간수하는 장면에서도 환기된다. 당집의 마루판자 아래 가지런히 모인, "절굿공이"에서부터 "나무팽이"에 이르는 잡다한 물건—빼빼엄마가 "어디루 떠나지 말구 우리 같이 살자"는 소원으로 합쳐놓은 사람들의 자취는 일체화된 개인들의 집합을 연상시킨다.

딱부리가 경험한 바와 같은 사회의 두 양상은 빅터 터너가 구조와 코뮤니타스라는 개념으로 구분한 사회의 두 양식에 대체로 대응된다. 구조는 구조상의 위치들이 형성하는, 내부적으로 차이와 분할이 있는 체계로서의 사회를 가리키며, 코뮤니타스는 내부적으로 차이가 없는, 그 성분들이 동질적인 한 개의 전체로서의 사회를 가리킨다. 구조는 역할 또는 지위에 따라 사람들을 분리시키고 사람들의 차이를 규정하고 사람들의 행위를 규제하는 반면, 코뮤니타스는 사람과 사람 사이의 전체적이고 무매개적인 관계에 대한 욕망을 나타낸다. 구조 속의 개인은 그가 수행하는 역할들로 분할되는 반면, 코뮤니타스 속의 개인은 그가 가진 인격 전체로 존재한다.[6] 구조와 코뮤니타스는 서로 대립적이지만 그중 어느 하나만 가진 사회는 없다. 사회는 그것들을 분리시켜 두고서 아니면 비율을 달리하며 합체시켜서 그것 모두를 포함하는 과정이다. 터너에 따르면 코뮤니타스가 출현하는 중요한 계기 중 하나는 개인이나 집단이 수행하는 통과제의이다. 분리, 경계, 통합의 제의 과정 중 개인이나 집단에 대한 사회구조의 규정이 잠정적으로 중지되는 경계의 국면에서 코뮤니타스는 인간 상호 연관의 우세한 양식이 된다. 공교롭게도, 『낯익은 세상』은 입사제의 구조의 이야기를 가지고 있으면서 또한 코뮤니타스의 상징들을 가지고 있다. 딱부리가 하는 입사적 경험에서는 빼빼엄마가 대표하는 코뮤니타스적 배려와 사랑의 발견이 중대한 비중을 차지한다. 빼빼엄마가 병원에 수용된 이후 딱부리는 학교 진학에 괘념치 않고 매일 폐품 수집이 끝나면 빼빼엄마네에 들러 강아지들을 돌본다. 앞에서 일탈이라고 부른 그의 행로는 어쩌면 코뮤니타스에의 투신이라고 고쳐 말하는 편이 옳을지 모른다.

코뮤니타스는 인간관계의 원초적인 양식이다. 그것은 역할의 분화, 지위의 구별이 일어나기 이전의 사회적 삶의 상태, 사람들이 동일한 인간성을 공유하는 온전한 존재로서 서로 만나는 상태를 표시한다. 공통의 인간성을 저해한다고 생각되는 사회적 우열 구분의 상징은 당연히 거부된다. 그런 까닭에 코뮤니타스의 수립을 겨냥한 정치적, 종교적, 문화적 운동은 종종 인간이 그 기본으로 돌아간 경지, 즉 가난을 중요한 조건으로 여겼다. 프란체스코를 비롯한 기독교의 성인들이 보여준 청빈의 추구, 간디가 스스로 '신의 아이들'이라고 부른 빈민계급

6) Victor Turner, 앞의 책, pp. 237~238 참조. 코뮤니타스(communitas)의 번역어로는 공동체가 제일 무난하겠지만 코뮤니타스의 의미는 공동체의 일반적 의미들—같은 지역이나 나라에 살고 있는 사람들, 어떤 동일성을 공유하는 개인들의 집단 등—보다 복합적이기 때문에 원음을 좇아 구별한다.

에 대한 옹호, 60년대 미국의 반 문화운동에 나타난 풍요한 사회에 대한 거부 등은 그 대표적인 예다. 사회구조의 관점에서 보면 코뮤니타스의 추구는 구조상 지위가 불안정한 존재들, 한마디로 이인(異人)들의 난동일지 모른다. 하지만, 터너의 말대로, 구조와 코뮤니타스 사이의 균형 있는 관계를 만드는 것은 사회의 역사적 지속에 불가결한 과제이다. 그래서 종교와 예술의 영역에서는 코뮤니타스를 위한 상징적 자원을 축적하고 전수하고 창안하는 일이 중요한 계통을 이룬다. 한국 현대문학을 보더라도 주요 작가들이 열성을 바친 주제 중에는 코뮤니타스적인, 평등하고 협동적인 인간관계가 포함되어 있다. 이 인간관계에 대한 이야기 창출에 1970년대의 황석영은 누구보다 열정적으로 관여했다. 그가 그려낸 공장 주변의 빈민 공동체(「돼지꿈」) 또는 부랑 노동자들의 인정 어린 유대(「삼포 가는 길」)는 우리의 기억에 생생하다. 2010년대 현재, 코뮤니타스를 다시 이야기할 이유는 충분하다. 역할과 역할이 아니라 사람과 사람이 만나는 사회는 우리의 변함없이 절실한 소망이 아닌가. 인간성을 공통의 기반으로 하는 상호 의존과 호혜의 세계는 우리의 혹독하게 억압된 욕망이 아닌가. 『낯익은 세상』은 한국 문학의 사회적 양심이 아직 살아 있다는 고마운 증거다.

(『문학동네』 2011년 가을호)

시장사회의 돈키호테

성석제론

1. 현대판 박유복이

홍명희의 『임꺽정』을 보면 이야기를 하는 일이 교육이든 오락이든 어떤 특정 목적을 위한 전문적 활동이 아니라 한 공동체의 생활의 일부가 되어 있는 상태를 만나게 된다. 작중인물들 사이에 두드러진 행위 중 하나는 두 인물 이상이 만나 이야기하는 행위이다. 그들의 이야기는 물론 대화하는 모양을 가지고 있지만 그 대화중 발언에는 스토리텔링에 가까운 형식도 포함되어 있다. 작중인물들의 발언이 차지하는 비중이 그렇게 높다보니 뭔가 의미 있는 일련의 사건은 그 소설의 전지적 서술자의 목소리가 아니라 작중인물들의 목소리로 서술되기도 한다. 심지어 이야기하는 작중인물의 행위나 그 행위가 펼쳐지는 사교의 상황에 관심이 쏠린 나머지 한 인물이 잇고 끊기를 반복하며 계속하는 이야기 행위의 장면만으로 한 삽화가 만들어진 경우도 있다. 「의 형제편」 '박유복이' 장 제1절이 여기에 해당한다. 어느 늦여름, 꺽정이가 왜적과 싸우러 나가 그의 식솔만 머물고 있는 양주읍내 그의 집으로 유복이가 갑자기 찾아온다. 산골 읍내의 무료함을 깨뜨리는 사건이라고 해봤자 꺽정이의 아버지 몫으로 차려진 점심을 꺽정이의 아들과 동생이 먹어치우는 바람에 생긴 작은 소란이 고작인 그 가족들에게 그 낯선 남자의 갑작스러운 방문은 적잖은 흥분을 일으킨다. 그 손님이 꺽정이와 함께 갖바치의 문하에서 수학한 유복이임을 알아본 꺽정이의 누나는 그를 집 안으로 끌어들여 가족들에게 인사를 시키고, 유복이는 그의 경력을 궁금하게 여긴 꺽정이 아버지의 물음에 대한 응답을 시작으로 그의 과거를 이야기한다. 그의 이야기에 재미를 붙인 꺽정이 아버지는 저녁상을 물리기가 무섭게 그를 다시 불러 이야기를 재촉하고 나머지 식구 역시 그의 주위에 모여들어 자리를 떠나지 않는다. 관리의 학정으로 목숨을 잃은 아버지와 행랑살이하며 그를 홀로 낳아 기른 어머니, 그들을 대신해 복수하려는 일념에서 수련을 거듭한 사연에서부터 느닷없이 앉은뱅이 불구가 되었으나 한 노인에게서 신묘한 약을 얻어 고치게 되자 은혜를 갚겠다는 마음으로 노인의 수발을 자청해서 나중에는 노인의 시신 감장(勘葬)까지 마친 곡절에 이르기까지, 그가 들려주는 이야기는 마당에 멍석을 깔고 옮겨앉은 꺽정이네의 마음을 사로잡고 밤이 이슥토록 이어진다.

유복이가 꺽정이 가족을 모아놓고 벌이는 "멍석자리의 이야기판"[1]— 여기에는 전근대 한국에 존재했다고 생각되는 이야기 구연의 한 장면이 포착되어 있는 것으로 보인다. 평민 공통의 기억에 깊이 새겨진 경험이었음에 틀림없는 양반의 폭력과 고아의 고난을 톡톡히 겪은 데다가 이인(異人)을 만나 산천을 편력하며 시종한 적까지 있는 유복이는

1) 홍명희, 『임꺽정』 4, 제3판(사계절, 1995), 34쪽.

진정 이야기꾼에 걸맞은 이력을 가지고 있다. 그의 이력은 벤야민이 말한 이야기꾼의 형상, 즉 농부와 선원이라는 두 기본 유형의 합체와 흡사하다. 반상차별 제도가 낳은 가련한 외톨이이자 세간의 경계를 넘어 이인의 영역으로 이월한 그의 사연은 그 자체로 정착민이 익히 알고 있는 과거의 이야기와 여행자가 가지고 오는 이방의 이야기를 결합한 듯하다. 그의 이야기꾼의 풍모는 그가 하는 이야기의 특성을 생각하면 좀더 뚜렷해진다. 그는 기본적으로 그의 개인적인 경험을 이야기하고 있지만 결과적으로 그의 개성이 현시되도록 그 경험의 독특성 또는 이례성을 강조하는 대신, 그와 그의 청중이 속해 있는 공동체의 집합적 지혜에 가세하는 방식으로 그의 경험을 정리해서 말한다. 그가 그의 부모와 그 자신의 경험을 정리하는 방식에는 인간에게 일정한 도덕적 실천을 요구하는 어떤 질서의 관념이 작용하고 있다. 그것은 간단히 말하면 인과응보의 관념이다. 그의 끈질긴 자기수련에 동기가 되었던 복수에의 집념, 그리고 그로 하여금 노인의 시종을 자원하게 만든 보은에의 의지 모두는, 세상엔 인과응보의 불가역적 질서가 존재하며 또한 각자의 인생에서 그 질서를 보전하기 위한 실천이 좋은 삶의 요체가 된다는 믿음을 나타낸다. 이처럼 유복이가 인과응보의 관념에 따라 이야기를 구조화한 것은 그가 처한 사회 내부의 혼란이나 갈등과 관련시키면 적지 않은 의미가 있다. 인간세계에서 정의란 무엇인가 하는 긴박한 문제에 대하여 오랜 세월에 걸쳐 그의 사회에 축적된 경험—이를테면 유교의 분수(分數)나 불교의 업보(業報) 같은 어휘가 나타내는, 사회적으로 통합된 상호응수와 혜택의 삶—으로부터 자라나온 대답 하나가 거기에 담겨 있기 때문이다. 벤야민은 재주를 타고난 이야기꾼의 특징을 가리켜 "실제적 관심사를 향한 경향"이라고 말하고 있다.[2] 이것은 유복이의 지혜로움에도 얼추 들어맞는 말이다.

유복이의 구연행위에서 보이는 바와 같은 이야기의 전통은 누구나 알다시피 근대에 들어 쇠퇴했다. 근대의 우세한 서사형식은 말하기가 아니라 글쓰기에, 세습된 구술 연기가 아니라 작가 개인의 고독한 창작에, 발화자와 청취자의 실재하는 공동체가 아니라 상품시장을 그 주요 매개로 하여 성립하는 문자 해득 공중에 의존하고 있다. 그것은 또한 바로 그러한 조건에 적합한 방식으로 장르, 문체, 기법을 만들어 구전 이야기를 대체하는 서사시적 담론을 정착시켰다. 그 근대 서사시적 담론의 우세종은 물론 노블(novel)이다. 르네상스 이후 유럽에서 부르주아 문화의 일부로 출현한 노블은 자본주의 시장의 전 지구적 팽창과 함께 근대의 보편적인 서사형식으로 정착되었고, 그것의 충격이 미치는 곳이면 어디에서든 서사물의 생산과 수용방식에 심대한 변고를 가져왔다. 그러나 노블을 전범으로 하는 근대소설의 발흥에 따라 종전의 이야기 기술이 무용지물이 되었다고 보는 것은 오판이다. 그렇게 되기는커녕 그것은 오히려 여러 가지 이유에서—근대소설의 부르주아적, 코즈모폴리턴적 헤게모니에 대한 반동으로서, 근대소설의 형식 문제에 대한 해법으로서, 또는 모더니즘 문화의 변증법적 계기로서 종종 재생되었다. 이야기꾼의 모방이 근대소설의 고전적 형식에 대해 비판적인 작가들의 서사실험에 유용한 수단이 되었던 예는 적지 않다. 영문학에서 조지프 콘래드(『어둠의 핵심』), 헨리 제임스(『나사의 회전』), 제임스 조이스(『더블린 사람들』), 일본문학에서 나쓰메 소세키(『나는 고양이로소이다』), 다니자키 준이치로(「아시카리」「슌킨의 초상」), 오리쿠치 시노부(『사자의 서』) 등은 그들의 창작 경력의 어느 대목에선가 전근대적 스토리텔링의 향수병적 재생을 통해 고독한 소설가의 자기부정을 시도했다. 한국어 이야기에 국한해 말하면, 구전이 문장보다 훨

2) 발터 벤야민, 「이야기꾼」, 『발터 벤야민의 문예이론』, 반성완 편역(민음사, 1983), 169쪽. 독일어 원문(Walter Benjamin, "Der Erzähler," *Gesammelte Schriften Band II·2*, Frankfurt am Main: Suhrkamp, 1980, p. 441)을 참조하여 번역문 어휘를 수정했다.

씬 우세한 민간 전통이었던 한국에서 구연체 서사에 경도된 작가는 근대소설의 성립 이후 여러 세대에 걸쳐 꾸준히 나타나 뚜렷한 전통을 형성하고 있다. 동시대 중견작가 중에서 그 구연가형 이야기꾼의 재래라고 불러 전혀 무리가 없을 작가를 들자면 그는 역시 성석제이다.

성석제의 작가적 개성에 대한 명칭으로 이야기꾼만큼 빈번하게 사용된 것도, 변함없이 유효한 것도 없다. 그의 소설 텍스트들의 형식적 특징을 어떻게 정의하든 간에 그것을 해명하는 데는 그 텍스트들에 편재된 구연적 스토리텔링의 요소들에 대한 참조가 불가결하다. 성석제 소설에 대해 이해가 깊은 평론가의 한 사람인 신수정은 그의 소설에 보이는 새로운 작법을 위한 부단한 모색을 소설이라는 장르의 자기의식의 한 표현으로 간주하면서 그 모색의 중심에 옛날 이야기꾼 "고유의 구연의 세계"를 복원하려는 시도가 놓여 있음을 지적한 바 있다.[3] 신수정이 검토의 대상으로 삼은 『순정』(현행 개정판 제목은 『도망자 이치도』)은 물론, 그밖의 많은 성석제 소설에서도 옛날 이야기꾼의 "잃어버린 목소리"를 상상케 하는 대목은 확실히 많다. 그러나 목소리의 분출은 전(前)노블적 스토리텔링과의 연관을 입증하는 증거 중의 하나, 그나마도 그다지 결정적이진 않은 증거 중의 하나일지 모른다. 벤야민이 옳다면 이야기꾼의 행위에 핵심적인 것은 음성중심적인 또는 구어상용적인 담론의 기예가 아니라 공동체의 경험에 뿌리박은 지혜의 전수이다. 박유복이와 같은 이야기 재주꾼이 현대에 실재한다면 그는 그 개인의 기억을 어떤 집합적 기억과 통합하는 방식으로 이야기를 제시하려고 할 것이고 그렇게 하는 가운데 그와 그의 청중이 함께 살고 있는 공동체적 삶에 대하여 도덕적이거나 기술적인 측면에서 뭔가 유용한 조언을 제공하려고 할 것이다. 성석제는 전근대적 스토리텔링 스타

3) 신수정, 「잃어버린 목소리를 찾아서」, 『푸줏간에 걸린 고기』(문학동네, 2003), 280쪽.

일의 번안자답게 그의 소설 곳곳에서 이야기꾼 특유의 현세적 관심, 특히 사회의 도덕적 상황에 대한 관심을 농후하게 드러내고 있다. 현대판 박유복이란 수월한 직분은 분명히 아니다. 기억과 지혜에 있어서 공동체에 의존하고 있는 이야기꾼은 공동체를 한갓 신화에 불과하도록 만든 현실적 조건, 바로 그것 하에서 이야기를 하고 있기 때문이다. 현대의 이야기꾼은 소설가가 살고 있는 고독의 운명을 똑같이 살게 되어 있다. 그럼에도 그는 고독한 주체성이 그 자신의 성립을 위해 망각하거나 폐기한 인간생활의 사회적, 도덕적 근원을 상기시킨다. 성석제라는 이야기꾼에게 우리가 관심을 가져야 하는 중요한 이유 중 하나가 아마 여기에 있을 것이다.[4)]

2. 탕아열전

성석제 소설 스타일의 주요 재료가 되어 있는 옛날이야기 형식의 하나는 전(傳)이다. 그의 널리 알려진 단편 「조동관 약전」처럼 제목에 전이라는 명칭을 달고 있는 작품은 물론이고, 그렇지 않은 작품에서도 그는 한 인물의 생애 전체 또는 일부를 연대기적 순서에 따라 서술하기를 좋아한다. 인물 생애의 서술은 동서양을 막론하고 근대소설의 기본을 이룬 만큼, 전의 형식을 빌린 소설은 그리 특별하게 보이지 않을

4) 이 글에서 참조한 성석제 소설 텍스트는 『왕을 찾아서』(웅진출판, 1996), 『인간의 힘』(문학과지성사, 2003), 『아름다운 날들』(강, 2000; 하늘연못 발행 1998년 초판 『궁전의 새』 개정판), 『도망자 이치도』(문학동네, 2007; 문학동네 발행 2000년 초판 『순정』 개정판), 『새가 되었네』(강, 1996), 『아빠 아빠 오, 불쌍한 우리 아빠』(민음사, 1997), 『홀림』(문학과지성사, 1999), 『황만근은 이렇게 말했다』(창비, 2002), 『어머님이 들려주시던 노래』(창비, 2005), 『참말로 좋은 날』(문학동네, 2006), 『지금 행복해』(창비, 2008) 등이다. 앞으로 출전을 밝히지 않고 언급하거나 인용한다.

지도 모른다. 하지만 그의 전 활용은 그 형식의 연원과 관습에 대한 이해를 수반한, 의식적으로 강구된 책략이라는 점에서 이채롭다. 그가 이용하고 있는 전은 인물 생애의 서술에 있어서 형식상의 기준으로 현재 널리 통용되고 있는 근대 서양의 전기와 같은 것이 아니다. 그것은 전이라고 명시된 기록만이 아니라 행장(行狀), 묘지(墓誌), 비명(碑銘) 등의 문서에도 두루 존재하는, 그리고 멀리 사마천의 『사기』에 그 고전적인 예가 있는 서사형식이다. 또한 그것은 대개의 서양식 전기와 다르게 독특한 개성의 발생과 전개라는 형태로 인물의 일생을 재현하는 일에 목표를 두고 있지 않다. 한문학의 고전적 형식으로서의 전은 인간세계 내에 어떤 도덕적 전통을 만들고 지키고자 하는 노력이다(전의 저술을 가리키는 한자 숙어인 '입전(立傳)'은 전통을 수립한다는 뜻도 가지고 있다). 그것은 인간세계의 도덕적 질서에 비추어 바람직하다고 믿어지는 인간 행위의 유형에 따라 역사상 인물들의 정체성을 확인하고 그 인물들이 그 유형에서 모범적임을 예증하는 이력이나 일화를 기록한다. 유교의 영향 아래 편찬된 전기 선집에 흔히 보이는 '학행' '충효' '지모' '열녀' '잡예' 등의 분류 범주는 바로 유교의 인륜 공동체의 관점에서 지속시키고자 하는 인간 행위 또는 실천의 전통을 표시한다. 이러한 전의 형식과 취지가 성석제 소설에 고스란히 재연되고 있는 것은 물론 아니다. 그의 소설에서 전이 활용된 방식은 기본적으로 패러디여서 그 형식 원래의 규범이 준수되고 있는 것은 아니다. 그의 단편 「잃어버린 인간」에서 직업이 소설가인 서술자가 재종형으로부터 재당숙의 전기를 쓰라는 권유를 받자 속으로 느끼는 난감함은 아무래도 전의 규범을 거북하게 느낄 수밖에 없는 현대작가 성석제의 입장을 넌지시 알려준다.

그럼에도 성석제 소설에는 전의 형식이 가정하고 있는 인간 이해의 방식이 부분적으로 남아 있다. 두드러진 예가 모방할 가치가 있는 전범 또는 추구할 가치가 있는 이상이라는 관점에서 대상인물을 선택하는 태도다. 그의 전기적 서술에서 관심의 초점은 그 인물의 개별적인 인격보다는 도덕적 유형에, 그가 소설에서 즐겨 쓰는 용어를 빌리면, "인간"의 기준을 제공하는 어떤 행위 수행에 놓여 있다. 장편소설 『인간의 힘』은 확실한 예가 된다. 이 의사(疑似) 전기의 저자는 그의 외가의 역사에 밝은 외숙으로부터 감화와 도움을 받아 그에게 십몇 대의 외조부가 된다는 오봉 채동구의 생애를 서술한다. 그는 현대작가답게 가전(家傳)을 무비판적으로 추종하지 않고 역사학적 지식과 문헌상의 증거를 바탕으로 채동구의 생애를 둘러싸고 뒤섞여 있는 진실과 허위를 분별하려고 한다. 또한 경상도 고령 고을의 유생인 채동구의 실제 이력이 문경공이라는 시호가 상기시키는 명신(名臣)의 외양과 얼마나 거리가 있는가를 소상하게 밝히기를 주저치 않는다. 저자의 비판적 관점은 채동구를 인천 채씨 가문의 현조(顯祖)로 만들어준 주요 원인인, 그의 네 차례에 걸친 이른바 근왕을 위한 출도가 광기와 우행을 포함하고 있음을 암시하는 대목에서 뚜렷하게 드러난다. 그러나 그의 영웅적 언행의 공상적 성격에 대한 지적이 곳곳에 산재되어 있음에도 그 전기는 궁극적으로 한 정념의 인간에 대한 찬미다. 저자는 채동구의 행적에서 윤리 관념의 노예를 보기보다 자신의 신념을 철저하게 실천하는 인간의 모범을 본다. 그는 채동구에 대한 찬양의 구절 중에서 "자신이 정한 방식에 따라 스스로를 남김없이 불태울 줄 아는 인간"이라고 말하고 있다. 채동구가 벌인 근왕의 모험은 자주적인 개인의지를 느끼게 하는 한편으로 유교 전통 속에 존재하는 도덕적 규율을 연상시킨다. 그것은 성(誠)이라는 고전 어휘가 가리키는 행위, 즉 원칙의 준수 또는 약속의 이행을 위한 일관되고 열정적인 실천과 흡사하다.

채동구와 같은 인물들은 성석제 소설에서 단연 중요한 인간 목록을 구성한다. 그 목록의 인물 중에서 특히 흥미로운 부류는 노름꾼, 술꾼,

춤꾼, 도둑, 깡패, 서음(書淫) 등이다. 이들은 얼핏 보면 채동구와 같은 부류가 아니라 오히려 그 반대 부류 같다. 이들이 몰두해 있는 행위는 채동구가 행한 출도처럼 결과적으로 자신들이 속한 사회의 윤리 기강을 엄정하게 만드는 것이 아니라 도리어 손상시키는 것이기 때문이다. 그러나 채동구가 추앙을 받아 마땅한 인물로 그려진 이유는 군주에 대한 신하의 도리에 맞게 충절을 지킨 데에 있다기보다 충절을 지켜야 한다는 그 자신의 신념을 지극히 열성적으로 실천한 데에 있다는 것을 고려해야 한다. 그 노름꾼을 비롯한 일군의 인물들은 바로 정념의 인간이라는 점에서 채동구와 같은 부류이다. 그들은 단지 행위규범과 역할수칙에서 일탈한 인간이 아니라 자신이 뜻한 바대로, 그것의 옳고 그름을 떠나, 살고자 하는 인간이다. 그들은 그들의 행위가 그들 자신의 물질적, 사회적 생활에 가져올 득실을 별로 감안하지 않는다. 대신에 그들이 하고 있는 그 행위의 극치, 그 행위를 하고 있는 그들 자신의 가능성의 극치를 열정적으로 추구한다. 그들은 본질적으로 미치광이다. 「꽃 피우는 시간」에 등장하는 노름꾼의 주장을 확대해서 말하자면, 그들은 노름, 음주, 춤, 싸움, 절도, 그것에 바로 인생의 이치가 있다고 생각하고 그 각각의 영역에서 승자, 고수, 달인이 되는 것이 인생에서의 성공이라고 믿는다. 그러므로 그들을 지배하고 있는 미친 정념은 그들 나름의 방식으로 패자(覇者)가 되려는 의지이기도 하다. 그 정념은 선악관념을 넘어, 손익계산을 넘어 그들 스스로 제어하기 어려운 위력을 발휘한다. 그런 점에서 그들의 심리적 상태를 두고 성석제가 종종 "중독"이라는 말을 쓰고 있는 것은 일리 있는 일이다.

이처럼 공상, 도락, 비행에 미친 나머지 인생 탕진의 경계에까지 이른 인물들은 종전의 한국문학에서, 예컨대 최인호의 『지구인』과 같은 하위문화적 텍스트 속에서가 아니라면 좀처럼 영웅의 위상이 허여되지 않았던 유형이다. 박정희시대 새마을운동의 담론을 위시해서 현대

한국사회를 휩쓴 각종 혁명과 발전의 담론들은 서둘러 근절하고 싶은 한국인들 자신의 기질, 풍속, 문화를 바로 그 인간의 상상적 유형 속으로 투사했다. 한국의 지배계급에 속했거나 그 계급으로의 상승을 꿈꾼 그 담론들의 주체는 그 도덕적으로 방종하고 타락한 인간 유형을 타자화함으로써 그 자신의 동일성과 통일성을 얻었고 그 자신에게 권력을 보장하는 헤게모니적 질서를 공고히 했다. 그 혁명과 발전 담론의 도덕주의는 교육, 검열, 형벌의 많은 제도를 통해 사회 각층에 확산되었고, 적어도 낮의 활동에 있어서는 일상생활 보편의 규칙이 되었다. 한국사회의 가난, 무지, 혼란의 원인을 일탈적이고 자멸적인 충동으로 돌리는 것은 개인의 규율은 물론 정치적 통제에도 유용한 수단으로 판명되었다. 군사독재 말기에 일어난 저 악명높은 삼청교육대 사건 같은 것은 그 탕아형 인간의 공포에 대한 집합적 환상을 정치적으로 이용한 사례에 해당한다. 그러므로 성석제 소설의 문면에 일군의 탕아가 이례적으로 호기를 띠며 등장한 것은 한국사회의 도덕에 일어난 중대한 변화를 감지하게 하는 현상이다. 그것은 결국 1987년 민주정치의 형식상 회복을 시작으로 사회 전반에 걸쳐 진전된 자유화의 움직임과 분리해서 생각하기가 불가능하다. 문학적으로 보면 그 당당하고 자족적인 탕아들의 출현은 90년대 들어 우세를 보이기 시작한 대항문화적 텍스트 생산, 내가 비루한 것의 카니발이라고 부른 바 있는 미적, 도덕적 감성의 한 양식과 맥락을 같이한다.

그러나 성석제의 탕아열전을 단지 아웃사이더에 대한 리버럴한 옹호 정도로 이해하는 것은 그리 만족스럽지 못한 독법이다. 그 이야기들의 취지는 노름, 음주, 절도, 폭력 등과 같은 특정 행위에 대한 사회적으로 공유된 반감을 교정하는 데에 있다기보다는 그 행위들의 근본을 이루는 정념을 인정하도록 요구하는 데에 있다고 생각되기 때문이다. 선악의 통념에 구애되지 않는 정념의 인간에 대한 관심은 자본주의를 합리화하는 도덕적 담론과 대조해보면 흥미로운 데가 있다. 알다시피, 자본주의의 지지자들은 그 경제체제가 사람들을 결핍의 굴레에서 해방시키고 사회에 풍요의 축복을 내릴 뿐만 아니라 도덕적 문화 또한 향상시킨다고 주장한다. 자본주의에 대한 낙관이 우세했던 17~18세기 유럽에서 그 경제체제는 인간 성향 중에서 유해한 것을 억지하고 반면에 유익한 것을 신장시킨다고 생각되었다. 구체적으로, 자본주의는 물질적 이익을 추구하는 합리적인 행위양식을 인간 각자에게 육성함으로써 해로운 정념, 예컨대 폭정과 야만을 향한 정념으로부터 인간을 구원하고 불안정성과 불확실성으로부터 인간관계를 구제한다고 믿어졌다. 이렇게 이익을 정념보다 우위에 두는, 이익 추구를 정념의 훈도(訓導)로 간주하는 사고방식은 자본주의의 해악을 겪을 대로 겪은 다음인 20세기에도 좀처럼 폐절되지 않았다. 케인스는 이렇게 쓰고 있다. "위험한 인간 성향들은 돈벌이와 사적인 부를 위한 기회가 있으면 비교적 해롭지 않은 경로 속으로 인도될 수 있다. 이렇게 해도 만족을 얻지 못하면 그 성향들은 잔인성, 개인 소유 권력과 권위의 무분별한 추구, 그리고 자기를 강자로 만드는 그밖의 형식 속에서 출구를 찾을지 모른다. 한 사람이 자신의 은행 잔고에 대해 폭정을 가하는 것은 자신과 같은 시민들에게 폭정을 가하는 것보다 나은 일이다. 전자는 후자를 위한 수단에 불과하다고 때때로 비난되지만 전자는 후자에 대해 때때로 적어도 대안은 된다."[5] 케인스가 말한 "자기를 강자로 만드는 형식들"이야말로 성석제 소설의 탕아들이 탐닉하고 있는 노름, 음주, 춤, 절도, 그밖의 모든 것에 대한 정확한 명명이기도 하다. 그들의

5) J. M. Keynes, *The General Theory of Employment Interest and Money*(London: Macmillan), 1936, p. 374; Albert O. Hirschman, *The Passions and the Interests: Political Arguments for Capitalism before Its Triumph*(Princeton: Princeton University Press, 1977), p. 134에서 재인용.

행위 속에는, 깡패의 경우에 특히 명백하듯이, 폭정을 향한 시험한 징념이 도사리고 있다. 그럼에도 성석제는 그들의 공상과 광기와 우행(愚行) 속에서 인간적인 것의 증거를 발견한다. 그의 인간이해방식에 자본주의 사회의 도덕과 양립하기 어려운 뭔가가 있다는 것은 의심할 여지가 없는 듯하다.

3. 분뇨와 욕설의 정치적 무의식

성석제의 탕아들이 중독되어 있는 다양한 일탈에는 놀이의 성격이 있다. 노름, 바둑, 음주, 댄스 등은 실제적 이익을 고려하지 않는, 그 행위 자체가 주는 쾌락을 자발적으로 추구하는 행위이다. 놀이는 때때로 금전 획득이나 이성 유혹을 위한 수단이 되기도 하지만 그러한 쓸모는 어디까지나 부수적인 것이다. 놀이의 근원적인 동력은, 한국어에서 놀이라는 단어와 형제간인 장난〔作亂〕이라는 단어가 알려주듯이, 정해진 형식, 질서, 체제로부터 벗어나고자 하는 충동이다. 성석제가 제시한 술꾼은 그러한 충동에 대해 익히 알고 있어서 극단의 경우 죽음을 불러오는 명정(酩酊)의 효과를 "해방"이라고 말한다. 그러나 장난이란 놀이의 원시적인 형태에 지나지 않는다. 그 발달된 형태에 이르면 놀이는 고유의 수행 규칙이나 허구 구조를 가지고 있으며, 그래서 그것 이외의 활동과 영역을 달리하는 활동이 된다. 장난이 아니라 게임이라는 말이 합당한 그러한 놀이에서는 그 규칙이 준수되거나 허구가 동의된 까닭에 발생하는 이런저런 난제의 해결이 쾌락의 내용을 이룬다. 노름 같은 놀이에서 난제 해결은 놀이에 참여한 사람 사이의 실력 경쟁이라는 성격을 띤다. 성석제의 탕아들은 놀이를 즐기는 인물이면서, 좀더 중요한 면에서는, 승부를 즐기는 인물이다. 앞에서도 말했듯이, 그들은 인생의 이치가 놀이 속에 있다고 믿으며 인간세계의 왕자가 되는 기회를 놀이의 영역에서 구한다. 우월성에 대한 그들의 욕망이 워낙 강해서 원래는 경쟁과 무관한 놀이들도 그들에게는 경쟁놀이가 되고 만다. 「해방」의 술꾼은 알코올 중독에 존재하는 경지의 높고 낮음을 말하고, 「소설 쓰는 인간」의 춤꾼은 춤솜씨의 "소성(小成)"과 "대성(大成)"을 따지고 있는 판국이다. 성석제 소설에 이야기된 놀이의 세계에서는 등수 또는 계급관념이 두드러진 까닭에 놀이는 자유로운 향락의 의미를 잃어버리고 놀이를 가장한 우승열패의 싸움이 되고 있는 듯한 느낌마저 준다.

흥미로운 것은 연애 역시 성석제 소설에서는 우열 경쟁의 상황 속에서 일어나는 사건이라는 사실이다. 성석제 세대의 남성 작가들이 남자의 연정을 제재로 소설을 쓰는 경우 대체로 한 쌍의 남녀 사이의 개인적인 관계에 시야를 한정해서, 특히 남자에게 체험된 형태로 연애를 극화하는 경향이 있는 반면에, 성석제는 권력에의 의지와 불가분의 관계를 맺고 있는 남자의 투기나 싸움의 일환으로 연애를 이야기하곤 한다. 예컨대 그의 『왕을 찾아서』에 그려진 세희라는 여자를 둘러싼 한동네 젊은 남자들의 각축을 보라. 어느 읍의 전설적인 건달 마사오의 처제인 세희는 출중한 미색이다. 서술자인 원두가 "내 생애에서 가장 강력한 아름다움"을 "그녀에게서 체감했다"고 말할 정도다. 나중에 마사오에게 도전하게 되는 동네 깡패 창용은 그녀를 애인으로 삼고, 서울에서 일류대학을 다니고 있던 읍내 재산가의 아들 대경은 그녀에게 어설픈 구애를 계속하던 끝에 자살을 기도한다. 원두는 대경에게 친구 노릇 한답시고 그녀를 만난 자리에서 그녀에게 그만 매혹되어 "사랑은 쟁취하는 것이다. 나는 쟁취하는 인간이다"라고 스스로 용기를 북돋아 친구를 배신한다. 그러나 그는 세상 최고의 권력을 원하는 어물전의 딸인 그녀를 만족시키지 못한다. 그녀를 결국 차지하는 남자는 어려서부터 "자식보다 뛰어난 존재를 참지 못"했던, 그리하여 훗날 마사오의 뒤를 이어 "왕"에 등극하게 되는 건달 재천이다. 요컨대 『왕을 찾아서』 중의 연애담은 패왕과 미희의 결합이라는, 남녀의 짝짓기에 관한 일종의 다윈주의적 공식을 확실하게 추인하고 있는 셈이다. 하지만 성석제 소설에서 전형적인 연애는 재천의 것보다는 원두의 것에 가깝다. 같은 동네 부유한 상인의 아내이자 같은 학급 아이의 엄마인 어떤 여자의 공주 같은 아름다움에 홀려 사랑의 공상에 빠진 빈궁 소년의 이야기 「황금의 나날」을 시작으로 성석제는 미모의 여자에게 마음을 빼앗김과 동시에 자신의 초라함과 계급 격차를 발견하는 남자 인물을 가지고 그 나름의 사랑의 사회학을 내놓았다. 한 가난한 청년의 투기적 연애에 관한 탁월한 옴니버스 「욕탕의 여인들」은 그 대표적인 예다. 결혼이 부자가 되는 절호의 기회라고 믿고 있는 그 이십대 청년은 여러 차례에 걸친 연애의 결과 상류계급의 여자들은 마치 르누아르 그림 속의 매혹적인 여성들처럼 다만 바라볼 수 있을 뿐인 존재라는 것, 자신의 세계로부터 격절된 세계의 주민이라는 것을 깨닫는다.

도박이 인생이라거나 연애가 경쟁이라거나 하는 발언은 적어도 성석제가 상상하고 있는 인간세계 속에서는 농담이 아니다. 강자가 되고자 하는 정념이 그 인간의 진실이고 패권을 차지하기 위한 싸움이 그 세계의 이치이기 때문이다. 그 인간세계에 관한 허구의 원형은 역시 『왕을 찾아서』에 들어 있다. 서술자 원두는 마사오의 사망 소식을 듣고 오 년 만에 고향에 들러 장례에 참석하는 동안 그 건달을 숭배하며 보낸 어린 시절을 회상하고 그 건달의 후배들 사이에 지속되고 있는 권력투쟁을 관찰한다. 그의 서술은 고향 방문과 고향 사람과의 재회를 계기로 일어나는 한 탈향민의 자아회복에 관한 것만도 아니고 시골 건달사회의 풍속과 역사에 관한 것만도 아니다. 그것의 초점은 "왕"으로 지칭되는 최고의 권력을 향한 남자들의 의지와 그것이 빚어내는 순진과 광우(狂愚) 사이의 갖가지 행태에 맞춰져 있다. 마사오가 서술자에게 둘도 없는 우상이었던 이유 중 하나는 그 건달이 기존 사회질서에 순치되지 않은 야인의 상태에서, 전적으로 자기 체력과 기술만으로 관할지역 최강의 주먹이 되었다는 데에 있다. 그는 우월성을 향한 정념을 순수한 형태로 표현하고 있었던 셈이다. 창용의 등장과 마사오의 은퇴, 조직화된 폭력배의 출현과 자유로운 건달의 퇴조는 정념의 타락을 뜻한다. 정념이 이익에 잠식되기 시작한 시대에 짝패관계인 원두와 재천의 행로는 대조적이다. 원두는 서울로 진학해서 한때 "고시공부"를 했으나 권력 추구를 체념한 반면 재천은 고향에 남아 깡패의 길을 간다. 원두의 서술은 창용의 신임을 얻으려고 마사오를 배신한 일을 비롯해서 재천의 감추어진 비위를 드러내지만 궁극적으로는 그에게 마사오의 후계자 자격을 인정하는 방향으로 나아간다. 이것은 이익을 우선하는 다른 깡패 황포와 달리 재천이 정념의 순수한 형태를 얼마간 보전하고 있기 때문이다. 원두는, 권력자 신화의 허구적 성격, 권력의지의 광기적 요소를 알고 있지만 어떤 우월한 윤리학적 지점에 서서 그 패권을 위한 싸움을 부정하지 않는다. 한 공동체 내의 잡담과 소문과 전설을 전달하는, 기본적으로 이야기꾼의 방식을 취한 그의 서술은 오히려 그것이 인간이라는 정치적 동물의 실상임을 지각하도록 권고한다.

마사오는 그를 추억하는 이야기꾼의 현란한 수사의 베일을 벗겨내면 결국 야만인임을 부정하기 어렵다. 그의 신화가 화려하게 피어나기 시작한 것은 국군 사병 시절 심한 설사를 만난 그가 알몸으로 "한 마리 짐승"처럼 연병장을 가로질러 달린 사건에서부터다. 그는 무지하고 어리석고 비천하고 광포하다. 그러나 그의 야수성, 그 무구한 정념은 그가 자유롭다는 증거다. 그것은 그 자신으로부터 유래하지 않는 일체의 규칙과 명령에 대한 거절을 의미하는 것이기 때문이다. 그는 어른에게 규율을 당하고 있는 아이에게, 관료와 군인에게 통치를 당하고 있는 민간에게, 중앙의 권력자에게 규제를 당하고 있는 변방의 토착민에게 잃어버린 자유의 상징이 된다. 병영에서 탈출한 마사오가 헌병들과 대치하다가 끝내 포승에 묶여 끌려가던 광경을 목격한 지역 사람들에게 그는 성화에 그려진 "나사렛 예수"처럼 기억되고 있다. 마사오가 구가하고 있는 자유의 정치적 함축은 「조동관 약전」의 주인공 똥깐으로 오면 좀더 명확하다. 은척읍의 이름 없는 집안에 장사의 몸으로 태어난 똥깐은 어려서부터 닥치는 대로 폭행을 저지르며 제멋대로 살고 있다. 외지에서 데려온 아내가 달아나자 홧김에 읍내 파출소 유리창을 박살냈을 만큼 치안 권력도 안중에 없다. 은척 최고의 깡패로 명성을 쌓은 그는 공인되지 않는 군주답게 호기를 발휘해서 도시에서 들어온 신임 경찰서장에게 폭행을 가해 치욕을 안겨주고, 이어 경찰에 쫓기게 되자 인근 산속의 동굴에 숨어 기동타격대와 며칠간 대치하다가 갑작스런 추위에 얼어 죽는다. 흥미로운 것은 은척 사람들의 반응이다. 그들은 똥깐이 경찰을 향해 퍼붓는 욕설을 들으며 비속함과 함께 후련함을 느끼는가 하면 똥깐의 죽음에 대해 비애의 감정을 공유한다. 똥깐이라는 이름에서 연상되는 분뇨와 그의 지독한 욕설은 통치 권력의 위엄을 실추시킬 뿐만 아니라 인간 본성과 생활의 저급한 영역으로 정치를 하강시킨다. 그 분뇨와 욕설이라는 비체(卑體, abject)의 생산은, 에밀 시오랑의 통찰을 빌리면, 집합적으로 체험된 정치적 불만의 표현이라는 해석도 가능하다. 그것은 자기들의 신체와 토지에서 유래하는 본연의 주권에 침해를 당한 그 공동체의 무의식에 연결되어 있는 것으로 보인다.[6]

성석제 소설에 대한 종래의 유력한 논평에서 때때로 중요하게 쓰인

---

6) 시오랑의 주장은 이렇다. "존재들의 정치적 지평은 (정치적인 것을 생물적인 것의 충족이라고 하면) 〔악덕한〕 행위들의 영역, 즉 역동적인 비체화(卑體化, abjection)의 영역을 보호한다. 우리 자신을 아는 것은 우리 동작의 더러운 동기, 우리 실체 내에 새겨진 용인 못 할 사정,

어휘 중에 반영웅이라는 것이 있다. 이 어휘는 성석제 소설을 형식상의 관습에 대한 저항, "통속"을 향한 개방으로 특징짓는 데 적잖게 기여하고 있다. 그러나 채동구, 박태보 같은 유생, 마사오, 똥깐 같은 건달을 기준으로 말하면 성석제 소설의 중심인물 유형은 결코 반영웅이 아니다. 뷔히너의 보이체크, 고골의 아카키 아카케비치, 도스토옙스키의 지하생활자, 이탈로 스베보의 제노 같은 반영웅의 기념비적 형상을 떠올려보면 성석제의 유생과 건달은 너무나도 순진하고 건전한 의식이어서 영웅주의의 변증법적 부정을 체현하기가 애초부터 불가능하다. 그들이 소속된 공동체의 어떤 인간 이상을 그것에 불리하거나 모순되는 현실에 전혀 개의치 않고, 심지어 명랑성마저 풍기며 실행하고 있다는 점으로 보면 그들은 오히려 천연의 영웅이다. 그들의 행위는, 특히 건달들의 그것은, 종종 웃음을 유발하는 유머러스한 어조로 서술되지만 그들의 영웅성이 근본적으로 손상되지는 않는다. 성석제 이야기의 두드러진 특징인 농담조 서술은 그들의 영웅적 풍모가 위장이나 연극에 지나지 않음을 폭로하기보다 그들의 존재에 관하여 공유된 기억과 지식을 환기하고 그들의 존재로 상징되는 생활세계를 회상하게 만든다. 그 서술에서 유발되는 웃음은, 웃음 일반이 그렇듯이, 공동감각의 복구에 기여한다. 건달들은 희극적으로 서술된 결과 일시적으로 낯설게 되지만 바로 그것을 계기로 그 형상 속으로 투여된 공동체의 가치, 열망, 지혜에 대한 의식이 그들의 이야기를 읽는 사람들에게 되살아난다. 성석제 소설에서 건달 인물에 관한 희극적 서술이 풍자로 기우는 것은 그 인물이 마사오와 똥깐이 보여준 바와 같은 영웅적 위상

우리 복지의 근거가 되는 명백한 또는 은밀한 궁상의 정체를 알아보는 것이다. 우리 본성의 열등한 구역으로부터 나오는 것은 무엇이든 위력을 지니고, 아래 부위로부터 오는 것은 무엇이든 자극을 준다." E. M. Cioran, *History and Utopia*, trans. Richard Howard(Chicago: The University of Chicago Press, 1998), pp. 63~64. [ ]의 문구는 인용자 첨가.

으로부터 추락한 경우이다. 그 풍자의 좋은 예가 「쾌활냇가의 명랑한 옛날」에 있다. 여기에서는 몇 년째 계(契) 조직을 운영하면서 계원의 의리에 관한 자못 엄숙한 강령을 채택하고 지역사회를 주도하는 민간단체로 자처하고 있는 일군의 건달이, 알고 보면 갖가지 졸렬한 법률 위반 이력을 가졌을 뿐만 아니라 권력을 탐하는 한 공갈꾼 밑에서 각자의 이익을 위해 연합한, 상호간의 신의조차 희박한 불량배임이 드러난다.

4. 덕의 윤리

『왕을 찾아서』는 우월성을 향한 정념, 그것의 한 영웅적 실현에 대한 공동체의 기억을 되살려낸다. 그러나 그것은, 마사오의 장례가 말해주듯이, 애도의 형식이다. 영웅의 시대는 끝났다. 그의 어린아이 같은 순진성, 순치되지 않는 야수성, 두려움을 모르는 명랑성은 권력 편제에 대한 순응, 과시와 위장의 연극, 비즈니스 마인드로 대체되었다. 우월성을 향한 정념은 노름, 음주, 탐독 등과 같은 무용한 도락을 통해 탕진되지 않는다면, 정치적, 사회적, 경제적 성공을 위한 집념이라는 형태를 취한다면 거기에는 도덕적인 타락이 수반된다. 아첨, 사기, 타산에 몰두하는 몰염치한 마음이 필연적으로 요구되기 때문이다. 「쾌활냇가의 명랑한 옛날」은 순수한 정념의 영웅이 소멸한 이후 시골 건달의 우스꽝스러운 생태를 보여준다. 그렇다면 입신출세의 기회를 찾아 시골을 떠난 인물들은 어떤가. 「붐빔과 텅 빔」의 서술자는 시골 농민의 맏이로 태어난 그의 형 이야기를, 한 살 아래의 하나뿐인 동생인 그 자신의 이야기와 대조시켜가며 들려준다. 중학교 시기부터 서울에 살며 대학교육을 받은 형은 고향의 재산을 모두 자기 사업에 몰아썼고 숨겨놓은 재력으로 방종한 여색 향락과 호화 소비생활을 계속했으며 위암 진단을 받은 이후에도 고가의 의술과 처방으로 한동안 건강을 회복한 반면, 고향에서 고등학교까지밖에 다니지 못하고 부모 곁을 지키고 있던 동생은 서울의 사탕공장과 중동 건설현장에서 근로자로 일한 이후 염소치기로 생계를 꾸리면서 형이 떠넘긴 부모를 맡아 봉양했고 위암에 걸려 사경을 헤매는 동안에도 변변한 치료를 받지 못했다. 형은 어려서 그토록 듣고 싶어했던 "사장님 소리를 듣기 싫도록 들었"고 온갖 호강을 누려 "내 또래에선 내가 최고의 인생"이라고 말한다. 그러나 형이 자부하고 있는 그 최고의 위상은 장남의 권리는 악착같이 누리고 의무는 철저하게 저버린 결과이다. 동생의 아이러니컬한 서술은 동생보다 항상 앞서갔다고 칭송되는 형의 행로란 실은 윤리적 책임을 몰각한, 뻔뻔스런 자기이익 추구의 연속이었음을 보여준다.

이 몰염치한 형의 이야기는 우월성을 향한 정념의 타락을 말하는 방식으로서는, 역시 이야기꾼에게 어울리는, 적절한 것이라고 생각된다. 장남의 공인된 특권과 그로 인한 형제간의 불화는 남자와 장자 중심의 가족제도에서 어지간히 탈각한 지금도 한국인에겐 상식이다. 부계의 권력을 둘러싼 형제간 경쟁은 시어머니와 며느리의 갈등 못지않게 한국인 가족에 관한 이야기에서 박진감의 원천을 이루는 주요 모티프다. 성석제는 그 모티프를 이용해 「어머님이 들려주시던 노래」에서는 양반의 특권을 잃어버린 남자와 그 식솔의 서글픈 삶, 「인지상정」에서는 한 남자가 일생을 두고 축적한 부의 허망함을 이야기하고 있다. 「붐빔과 텅 빔」에서 형제 이야기는 거기에 잠재된 불화관계를 전개시키는 대신 장남의 입신출세 욕망이 바로 그것에 기대어 번영을 바라고 있는 가족 공동체에 해악이 되는 아이러니를 포착하고 있다. 사실, 가족윤리의 붕괴는 성석제 소설의 사회적 세계에서 정념의 타락이 초래한 가장 두드러진 사태이다. 「아무것도 아니었다」에 나오는 원호와 중호 형제는 가족에게 무관심하게 살다 죽은 아버지의 장례를 치른 이후 사이가 벌어져 연락도 않고 지냈지만, 미국으로 이주한 여동생 계숙이 원호의 명의로 강남의 재개발 아파트를 구입하겠다는 계획을 내놓자 서로 만나 우의가 돈독한 형제처럼 군다. 그들은 계숙의 자금으로 재개발 아파트를 매매하는 데서 생기는 이익을 몰래 챙기고 서로 "윈윈"하기로 합의한다. 그런데 계숙이 보기에 적어도 "종합청사 국장은 됐을" 사람이나 아버지를 잘못 만난 탓에 능력을 발휘하지 못하고 지금은 수년째 실직상태인 장남 원호는 엉뚱한 욕심을 품고 있다. 자기 명의로 강남의 아파트를 가지게 되면 여동생에 대한 배신을 무릅쓰고 그걸 그대로 차지하고 부정 의혹이 있는 아내와 밉살맞게 구는 아들을 내쫓아야겠다고 생각한다. 그의 인생이 달라질 가망이 보이자 억눌렸던 폭군의 광기가 솟아난 셈이다. 휴대전화를 분실해서 여동생으로부터의 연락을 받지 못할지 모른다는 염려에 동요하기 시작한 그는 버릇없는 십대 아들과 치고받는 싸움을 벌이고 급기야 자택 방화와 자녀 몰살 협의를 자초한다.

가족이 되었든 마을이 되었든 공동체의 삶으로부터 유리된 정념의 도덕성에 대하여 성석제 소설은 사뭇 회의적이다. 초기작 「첫사랑」에는 고향을 "지옥"이라 여기고 그곳을 탈출하려는 일념으로 학업에 몰두하고 있는 소년에게 공감이 표시되어 있지만 출분과 성공의 로맨스가 그의 소설에 만개한 적은 없다. 이렇게 보면 장편소설 『도망자 이치도』는 주목할 만한 데가 있다. 그 주인공은 고향에서 그 자신에 대한 사랑과 양립이 불가능한 열등한 신원을 타고났고 그의 시골사회의 남성문화가 이상화한 군주적 자아에 대한 열망에 사로잡혀 고향 탈출을 감행하고 있기 때문이다. 곤궁한 은척읍에서 반편이 봉달과 술집작부 춘매 사이에 칠삭둥이로 태어난 이치도는 그의 눈앞을 스치고 지나간 상급 군인—중령 계급 군복을 입고 지프에 앉아 헌병들의 경례에 위엄

있게 응답하며 지나간 군인에게서 "사나이의 모범"을 느낀다. 이후 고향을 탈출한 이치도의 역정은 절도, 도박, 폭력, 매춘, 협잡 등 남성의 지하세계를 관통한다. 이치도의 탈향과 귀향은 그의 자기인식을 향한 여행이라는 성질을 얼마간 내포하고 있고, 그런 점에서 교양소설의 고전적 플롯과 닮아 있다. 그러나 그의 모험은 그를 넓은 사회적 세계 속으로 인도하여 그에게 새롭고 성숙한 형태의 정체성을 획득하게 해주지 않는다. 이 장편소설에서는 구전적인 설화 장치가 교양소설의 형식을 끊임없이 간섭하여 이치도의 이야기를 자아인식과 창조의 파노라마에 이르지 못하고 과거로부터 전승된 민담적 지혜에 대한 예증이 되게 한다. 그 지혜란 사람이 그 자신이 아닌, 그 자신보다 높은 누군가로 그 자신을 만드는 일—이것이 이치도에게는 도둑질의 궁극적 의미이다—이란 도로에 불과하다는 것이다. 소설의 후반부에 가서, 이치도가 "도둑의 도"를 배우게 해주었다고 해서 스승으로 받든 왕확(王確)은 그 성명과 대조적으로 "고자"인 것으로, 왕확에게서 이치도가 훔친, 권력 욕망이 투사된 페티시인 태자관(太子冠)은 위조품인 것으로 드러난다.[7] 이치도가 은척 탈출 이후 계속한 "도망"이란 어쩌면 그를 죄인으로 만드는 법으로부터의 도망이었다기보다 그가 치욕스럽다고 느낀 그의 자아로부터의 도망이었는지도 모른다. 그러나 그 도망은 그의 귀향과 함께 허영이고 착오였던 것으로 드러난다.

『도망자 이치도』의 봉달, 춘매, 왕확은 모두 은척 사회의 하층민이다. 그들의 2세인 이치도와 왕두련은 그 천대받는 지위에서 탈출하려

7) 왕확이란 이름, 태자관과 함께 "개호주"도 언급할 만한다. 어린 이치도가 아버지의 죽음 이후 은척을 탈출하는 시점에 등장하는, 이치도로 하여금 출분의 행로를 계속 내달리도록 그를 쫓아온 그 상상의 동물은 고향을 떠나는 사람의 욕망이 투사된 환영이 아닌가 한다. 경찰의 추척을 피해 은척읍으로 돌아오는 길에 개호주를 다시 만나 이번에는 반대로 그것을 쫓아간 이치도는 그것이 처음부터 존재하지 않았다고 말한다. 개호주가 환영임을 확인하는 행위는 출분 욕망의 헛됨에 대한 각성을 암시하는 것으로 보인다.

고 서울로까지 갔다가 좌절과 회한을 겪고 고향으로 돌아온다. 그들의 귀향에는 썩을 대로 썩은 권력관계의 경험과 함께 사회적으로 배제를 당하고 있는 동류의 사람들에 대한 연민이 주요 계기를 이루고 있다. 왕두련만 해도, 왕확의 집 앞 문간에 버려진 언청이 아이였던 그녀는 신부의 도움으로 얼굴을 교정하고 "은척 최고 수준의 여중생"으로 자라 나중에는 서울의 대학으로 진학했으나 술집에 나가 일한 결과 구제 불능으로 타락한 자신을 발견하게 되자 여자의 보통 행복을 포기하고, 대신에 과거의 자기처럼 부모에게서 버림받은 아이들을 돌보고 있다. 이 기형아 업둥이에서 미모의 여학생을 거쳐 고아들의 어머니에 이르는 왕두련의 인생유전은 별로 그럴듯하지 않음에도 주의를 끈다. 거기에는 사회적 성공보다 윤리적 실천이 도덕상으로 우월하다는 생각이 함축되어 있기 때문이다. 사회적으로 지천하나 도덕적으로 고귀한 인물의 형상은 「천하제일 남가이」에 오면 좀더 구체적이다. 움막살이를 하고 있던 처녀의 몸에서 태어난 남가이는 사생아의 신원과 극도의 궁상 때문에 조롱과 멸시를 당하며 자랐으나 그 자신으로부터 도망치는 대신에 그의 공동체와의 관계를 더욱 긴밀하게 만든다. 읍내 사람들을 동정하고 배려하는 마음으로 생활한 결과 면목을 일신한 그는 점원으로 일해 얻은 밑천으로 밭을 장만하자 읍내의 인분 수거를 자원한다. 매일같이 수레에 인분을 실어 자기 밭으로 나르고, 농사철에는 거름을 내준 대가로 읍내 사람들의 도움을 얻어 농사를 짓고 논밭을 불린다. 남가이의 걸출한 덕성에 매혹된, 통속한 이야기꾼을 연상시키는 서술자는 그에게서 나는 인분 냄새가 모든 여자를 홀리는 "강력한 페로몬" 향기라거나, 그의 미남자 풍모가 읍내 남녀들의 기강을 흩뜨리는 "공포와 매혹"이라거나 하며 익살을 부린다. 남가이가 "천하제일"이라는 칭송은 허풍 있는 과장이면서 일리 있는 과장이다. 그가 자청해서 하고 있는 인분 수거는 공동체의 생존을 위한, 어느 누구도 좀처럼 하려들지 않는 자발적인 자기비하에 해당하기 때문이다.

「천하제일 남가이」 같은 작품에서 우월성을 향한 정념은 흥미로운 도덕적 사실에 머물지 않고 윤리학적 정련을 얻고 있는 것으로 보인다. 그것은 혈연적, 지역적, 사회적 연고를 파기하는 방식이 아니라 그 연고의 공동체에 봉사하는 방식으로 표현된다. 여기에는 진정한 의미에서의 인간적 우월성은 그것을 향한 정념을 공동체의 신체, 토지, 전통과 일체화함으로써 생겨난다는 주장이 들어 있다. 이처럼 공동체에 내재하는 실제적 필요와 목적에 합치되도록 조절된 정념은 별로 낯설지 않다. 보통 덕(德, arete, virtue)이라고 불리는 것이 바로 그 정념이다.[8] 성석제의 이야기꾼은 덕의 실천이 탁월한 인간성을 이룬다고 보고 있다는 점에서 공맹(孔孟)의 전통이나 아리스토텔레스의 전통에 따르는 윤리학자이다. 「천하제일 남가이」와 같은 계열의 텍스트인 「황만근은 이렇게 말했다」는 덕의 윤리를 좀더 확연하게 표명한다. 농촌 마을에서 팔삭둥이 유복자로 태어난 황만근은 어린 시절부터의 천진하고 미욱한 언행 때문에 마을 사람들에게 바보로 통한다. 그러나 그의 갑작스런 실종을 계기로 그의 이력에 관한 마을 사람들의 기억이 되살려지면서 그가 실은 "동네의 뿌리"를 나타내는 그의 이름에 걸맞게 농촌공동체의 근원적인 정신을 체현한 인물임이 암시된다. 그가 분뇨를 수거해 거름으로 익혀 배분하는 일, 경운기를 수리해주는 일을 포함해서 마을 공동의 복리를 위한 일을 머슴처럼 해왔다는 것, 무엇보다도

8) 우월성을 향한 정념과 덕의 윤리 사이의 연관을 파악한 대목에서 성석제의 인간 이해는 보편적 진실에 도달한다. 알다시피 고대 중국과 그리스에서 덕은 통치자의 인간적 탁월성의 증표였다. 17세기 후반 네덜란드에서 태어난 영국 철학자이자 풍자가인 맨더빌은 덕의 심리에 관해 혜안을 보여준 글에서 사람이 도덕적으로 행동하는 것은 타인의 안락을 위해서도 사회의 안락을 위해서도 아니고 우월성을 과시하기 위해서라고 주장하고 있다. 그의 유명한 구절: "인간 본성에 가까이 가면 갈수록 우리는 납득하게 되리라. 도덕상의 덕이란 아첨이 오만과 짝을 지어 낳은 정치적 후손임을."(Bernard Mandeville, "An Enquiry into the Origin of Moral Virtue," *The Fable of the Bees*, Harmondsworth: Penguin, 1970, p. 88)

농업이 국가와 시장의 논리에 휘둘리고 있는 상황에서도 농사꾼의 절조를 단호하게 지키고 있다는 것이 밝혀진다. 제목에서 니체의 저서를 패러디한 이 소설은 농민의 덕을 실천하고 있는 황만근이 니체의 초인에 견줄 만한 영웅이 아닌가 묻고 있다. 소설 말미에 붙여진 황만근 묘비명은 그를 일러 "하늘이 내고 땅이 일으켜 세운 사람"이라고 칭송한다. 모범적인 인간 생애를 전통화하는 전(傳)의 정신과 덕의 윤리에 경도된 이야기꾼의 지혜가 하나로 결합된 이 소설에서 정념의 인간에 대한 성석제의 이해는 한 차례 절정에 도달했다고 해도 좋을 듯하다.

5. 도덕의 현대적 존재방식

성석제의 근작 「지금 행복해」에는 대학 입학을 앞둔 남자아이가 서술자로 나와 그의 무책임한 아버지에 대해 이야기한다. 현재 알코올중독자 요양원에 들어가 있는 아버지는 고향 면내에서 첫째가는 땅부자였던 아버지의 아들로 태어나 어려서부터 비행을 일삼았다. 여덟 살 무렵부터 음주, 흡연을 시작하고 걸핏하면 싸움을 벌여 경찰서에도 드나들더니 고등학생이 되어서는 읍내의 여자 고등학생을 사귀어 지금의 아들을 낳았다. 열아홉 살 무렵부터는 처자식을 버려두고 집 밖으로 나돌며 낮에는 당구, 밤에는 카드로 빚을 져서 할아버지의 땅을 절반 이상 날렸고 군대에서 제대한 뒤로는 가족이 파산 직전이었음에도 마냥 놀기만 하다가 대마초를 피우기 시작했다. 마침 대마를 찾고 있던 어느 용역회사 사장의 눈에 들어 야생대마를 구해주는 대가로 월급을 받던 중에 경찰의 단속에 걸려 마약조직 혐의를 모두 덮어쓰고 징역을 살았다. 출옥한 이후 연탄공장에 취직한 아버지는 자신을 아버지라고 부르지도 않는 아들에게 "친구"처럼 굴며 뒤늦게 부정(父情)을 보이기 시작했다. 아들-서술자가 "무엇에든 중독되지 않으면 안 되는 체질"이라고 말하고 있는 이 아버지의 형상은 성석제 애독자에게 전혀 낯설지 않다. 그는 종전의 성석제 소설에 자주 얼굴을 내민 미치광이 탕아와 무책임한 아버지의 합성체이다. 그럼에도 자못 신선하게 다가오는 것은 마약 사범 전과가 딸린 노년에 어머니로부터 이혼 요구까지 받았으니 인생 최대의 불행을 만났음에 틀림없는 아버지가 비록 감상의 눈물에 젖더라도 그 불행을 수락하려는 태도이다. 그것은 가족을 기만하고 가산을 탕진한 젊은 시절의 잘못을 진심으로 시인한 데서 나온 회한과 참회의 표현이다. 부잣집 외아들의 패기와 낭비의 일주(一周)를 한참 늦게 마친 아버지는 주위에 너무나도 많은 "참 없이 사는 사람들"에게 주의를 기울이는 참이다. 현재 그는 독거노인을 위한 봉사라는 새로운 "중독"에 걸려 있다.

농촌 마을의 인분을 자청해서 처리하는 아비 없는 아들, 마을을 위해 마치 공동 소유 머슴처럼 일하는 순정의 농부, 고아들의 어머니 노릇을 하는 술집 호스티스, 독거노인을 돌봐주는 알코올중독자—이 인물들을 접하고 콧등 시큰한 감동을 받는 독자라면 그는 본성이 착한 사람일지 몰라도 현대를 겪을 대로 겪은 사람은 아니다. 현대의 경험 속에는 윤리관념에 대한 동의를 유보해도 좋을 만한 이유가 충분히 있다. 인간 본성에 관한 가설을 근거로 만들어진 규칙 또는 격률은 비판적 이성의 기준에 부합되지 않거나 실제의 도덕적 문제와 관련하여 쓸모가 없다는 의심을 종종 받아왔다. 많은 경우 윤리관념은 현재 사회에는 존재하지 않거나 실효를 잃어버린 도덕적 질서의 유풍이다. 덕의 윤리만 해도 그것은 공자의 주(周)나라, 아리스토텔레스의 그리스 도시국가가 예시하는 바와 같은 공동체, 즉 그 구성원들에게 정체성을 부여하고 구성원들의 실천에 가치와 목적을 제공하는 공동체에 의존하지만 그러한 종류의 공동체는 현대사회에 존재하지 않거나 존재하더라도 고립적이다. 채동구의 덕을 그 전통에 포함하고 있는 서인계(西人系) 후손의 친족공동체, 황만근의 덕을 그 전통에 포함하고 있는 향촌 소농공동체가 덕행의 보편적 근원이라고 보기는 불가능하지 않은가? 그렇게 존재하지 않거나 보편적이지 않은 공동체의 덕목은 그것이 과거에 한때 보유하고 있었을 실제적인 의의를 가지지 못한다. 오히려 사람들의 타성적인 관념의 일부가 되어 변화하는 삶의 조건에 상응하는 새로운 도덕의 모색을 저해하기 쉽다. 사람들이 개탄하듯 말하곤 하는 "윤리관념의 소멸"에 관하여 아도르노는 이렇게 말하고 있다. "그것은 집합적 관념이라는 모양으로―일종의 약칭으로 헤겔적인 표현을 쓰자면―세계정신이 그 관념에 거주하기를 그친 다음에도, 살아남은 윤리 또는 도덕만큼 타락한 것은 십중팔구 없다는 사실을 덮어버린다. 인간 의식의 상태와 사회적 생산력의 상태가 그 집합적 관념을 폐기하면 그 집합적 관념은 억압적이고 폭력적인 성질을 획득한다."[9]

알다시피 도덕은 사회적 삶의 요구와 불가분의 관계에 있다. 인격과 실천에 관한 도덕적 관념들은 개인이 소망하는 좋은 것[善]이, 그것이 욕망 충족이 되었든 이익 증대가 되었든 인격 완성이 되었든 그밖의 어떤 모양이 되었든 간에, 일정한 형식의 사회적 삶을 존속시키는 데에 필요한 것과 합치되도록 요구한다. 가령, 단순화의 잘못을 무릅쓰고 말하건대, 과거 한국의 유교 도덕은 군신, 부자, 부부, 장유, 반상 등 사회적 차이관계를 상보적으로 결합해서 내부적으로 조화로운 사회의 목적에 합당하게 그 사회의 구성원들이 선을 이해하고 추구하도록 명한다. 현대사회에서 도덕이 중대한 문제라면 그것은 사람들이 인간 본성을 상실했거나 윤리관념을 방기했기 때문이 아니라 사회적 관계에 의한 규정이 허약한 조건에서 살고 있기 때문이다. 현대 시장경

---

9) Theodor W. Adorno, *Problems of Moral Philosophy*, trans. Rodney Livingstone (Stanford: Stanford University Press), 2001, p. 17.

제는 한편으로는 역사상 유례가 없이 광역화한 사회적 상호의존의 네트워크 속에 개인을 위치시켰지만 다른 한편으로는 개인이 의존하는 타인들에 대한 관계, 개인을 강력하게 구속하고 개인 자신의 요소를 이루는 그 관계로부터 개인을 고립시켰다. 시장은 그것을 통한 거래에 참여하는 개인으로 하여금 그의 특정한 사회적 관계들을 떠나서 그의 자아를 생각하도록 고무한다. 특정한 혈통, 지역, 계급, 국가에 대한 그의 특정한 관계를 그 자신에게 본질적이지 않은 것으로 믿게 하고 시장에 의해 조정되는 그의 활동과 시장 거래를 통해 충족되는 그의 욕망의 관점에서 그 자신에 대한 개념을 가지게 한다. 개인의 정체성이 그러한 방식으로 생각되면 재래의 도덕은 당연한 것으로 여겨지지 않게 된다. 그것이 바로 개인 자신이 지켜야 마땅한 도덕이라고 믿을 이유가 사라지는 것이다. 시장의 논리가 인간생활의 전역으로 확장된, 그래서 도덕적 실천이 개인의 당위가 아니라 선택이 되어버린 사회에서 인간관계의 윤리적 조정은 쉽지 않다. 성석제의 「아무것도 아니었다」에 그려진 형제, 부자, 부부를 생각해보라. 그것은 협잡관계, 경쟁관계, 착취관계—안으로 적대성을 감춘 상호이용 관계에 지나지 않는다.

성석제가 작가로서 출중한 경력을 쌓은 1990년대와 그 이후는 한국에서 사회에 대한 시장의 지배가 엄청나게 확대된 시기이다. 화폐로 환산된 재화들의 교환체계는 경제의 영역을 넘어 사회의 모든 영역에서 질서의 원리로 정착되었다. 개인의 자질과 능력을, 사실상 개인 자체를 시장 교환을 통해 이득을 가져오는 재화의 형식으로 생각하는 행위, 모든 사회조직과 제도를 시장 경쟁력이라는 관점에서 평가하고 운영하는 행위, 모든 정치적 · 사회적 문제에 대한 해법을 시장에 의한 조정에서 구하는 행위가 각계각층에 만연되었다. 칼 폴라니가 시장에 의한 사회의 식민지화라고 부른 이러한 사태의 뚜렷한 상징이 이른바 시이오(CEO, chief executive officer, 최고경영책임자)의 범사회적 비더화이다. 1997년 외환위기 이후 시이오대통령, 시이오장관, 시이오시장, 시이오총장이라는 말이 유행하는 가운데 많은 경영 엘리트들이 행정 · 교육 · 문화 · 기술 분야의 요직에 진출했고, 마침내 시이오 출신 대통령이 탄생했다. 이처럼 기업 또는 경영이 다른 모든 실천양식에 대해 모델처럼 군림하는 시장사회에서 인간의 도덕적 근원을 상기하고 사회적인 삶의 완미한 형식을 계속 상상하는 것은 그리 범상한 일이 아니다. 인간을 사리사욕의 노예 정도로 가정하고 개발되는 정책은 얼마나 많으며, 정치, 문화, 교육, 보건의 문제를 시장경제의 용어로 말해치우는 담론은 얼마나 많으며, 자신의 시장성과 정체성을 혼동하는 에고이스트들을 신생인류로 호도하는 이야기는 얼마나 많은가. 지난 십수년 동안 시장에 의한 사회 지배의 확립과 함께 심화된 도덕의 빈곤이 성석제 소설에서 사실적으로 다뤄진 예는 그리 많은 편이 아니다. 그럼에도 그것에 대한 비판적 의식을 참작하지 않으면 성석제 소설에 현저한 윤리학적 관심은 온전히 이해하기 어렵다고 생각된다.

사정이 이렇다면 보수적인 도덕 담론을 대하듯이 성석제 소설을 대할 필요는 없을 듯하다. 아도르노가 구시대 도덕이나 윤리가 집합적 관념 또는 민중적 풍습이라는 형태로 살아남아 억압과 폭력을 낳는다고 말한 근거 중의 하나는 파시즘의 경험이다. 그는 파시즘이 저지른 끔찍한 일들은 비합리적이고 폭력적인 특징을 드러낸 민중적 풍습일 뿐이라고 말하고 있다. 현재 한국에서 윤리학적 성찰의 일차 의제는 파시즘의 주박으로부터 사회를 구제할 이성의 회복이라기보다 시장의 학정으로부터 사회를 보호할 새로운 도덕과 문화의 창출이다. 사실, 성석제 소설은 재래의 특정 윤리의 선양을 목표로 하고 있지 않다. 『인간의 힘』에서 관심의 초점은 유가의 근왕 윤리 그 자체가 아니라 그것에 따르면 목숨을 잃을지 모르는 상황에도 불구하고 그것을 도저하게 실행에 옮긴 채동구의 인품이며, 「황만근은 이렇게 말했다」에서 주제의 핵심은 농민의 애향 윤리 그 자체가 아니라 그것에 따르면 바보 소리를 듣는 상황에도 불구하고 일상생활에서 그것을 관철한 황만근의 인격이다. 성석제 소설은 도덕을 개인적 신념 아니면 교조적 확신의 문제로 만들어버린 현대적 삶의 조건에 대해 전혀 둔감하지 않다. 채동구와 황만근은 각각 자신의 본분이라고 믿고 있는 것을, 바로 그것을 방기하거나 몰각하도록 위협하고 있는 세상살이의 이치에 거슬러 스스로 상기하고 고수한다. 그들은 전통이 그들에게 가르쳐주었으나 현실에서는 사라지고 있는 인간 이상에 따라 그 자신과 사회를 생각한다. 그런 점에서 그들은 다분히 돈키호테를 닮았다. 성석제 소설은 어리석음과 자유로움을 그 성격 속에 하나로 합쳐 갖고 있는 인물들을 통해 도덕적 정념이 그 현대적 조건하에 생존하는 방식을 오차 없이 포착한다. 그러면서 시장사회의 합리적 개인들이 자신으로부터 배제한 인간적 자질이 무엇인가를 돌이켜보게 한다. 성석제는 머나먼 과거의 언어와 시골 변방의 언어를 능란하게 모방한 말의 향연을 벌이는 가운데 인간성에 대한 집합적 기억과 지식을 소생시키고 조화롭고 충만한 공동체를 향한 유토피아적 충동을 자극한다. 성석제만큼 정확하게 이야기꾼의 본분을 이해하고, 성석제만큼 성실하게 이야기꾼의 의무를 수행하고 있는 작가는 우리 시대에 그리 많지 않다.

(『문학동네』 2008년 가을호)

매 맞는 아이들의 정치적 상상력

2000년대 소설의 한 단면

1. 무서운 사회의 도래

2000년대에 들어 한국문학에 돌출한 새로운 물건의 하나는 박민규의 우화이다. 그의 소설은 사실주의의 기율보다 알레고리의 충동이 강하다는 점에서, 실재의 가상에 대한 집념보다 허구를 통한 유쾌한 교훈의 의도가 승하다는 점에서 우화적이다. 그의 우화는 황당하면서도 통렬하고, 익살스러우면서도 잠언적이다. 한국에는 유례가 없는 그 우화술(fabulation)의 기예가 유려하게 펼쳐져 분석에 값하는 경지에 이른 작품 중 하나가 「그렇습니까? 기린입니다」이다. 한 남성 서술자가 상고(商高) 재학시절 여름방학 중 아르바이트를 계기로 체험하기 시작한 "길고 이상한" 시간을 회상하고 있는 이 단편은 박민규의 다른 작품에도 때때로 보이는 입사식(入社式) 플롯을 가지고 있다. 그 "길고 이상한" 시간이란 그가 물정 모르는, 응석 부리는 소년이기를 그치고 자신과 가족이 처한 세상의 이치에 맞춰 자신을 형성한 과정을 가리킨다. 이 자기형성에서 중요한 것은 "나의 산수"라는 말로 표현되어 있는, 사람 각자가 짊어지고 있는 생계에 대한 의식이며 생계를 맞추기 위한 노역의 참담함에 대한 각성이다. 서술자는 지하철역에서 "푸시맨"으로 일한 첫날 열차를 타고 내리는 사람의 물결을 보고 "공포스러울 정도의 거대한 동물"의 "구토물"을 느꼈던 순간을 잊지 못한다. 온갖 불만에도 불구하고 계속되는 근로가 그에게는 "노예의 산수"로 또는 치욕적인 "상습"으로 비쳐진다. 출근하기 위해 모욕을 견디는 만원 열차의 승객 중에는 그의 아버지도 포함되어 있다. 초라한 상사(商社)의 사무원인 아버지와, 공교롭게도 그 아버지를 열차간 안에 억지로 태워야 하는 처지에 놓인 소년이라는 관계설정은 문제의 작품에서 가장 반짝이는 대목이다. 서술자는 아버지와 자신의 심경을 그 착잡함과 곤혹감에 어울리는 절제된 어조로 표현하는 가운데 어떤 인간 가치든 무참하게 만드는 생활의 압력에 대한 느낌을 통렬하게 전달한다. 아버지는 결국 그 압력을 견디다 못해 가족을 버리고 어디론가 사라진다. 아버지의 실종은 작품에 제시된 다른 삽화와의 유비—화단에서 꽃을 뜯어먹고 있는 "알몸의 삼십대 남자"와의 유비, 그리고 지상의 육체에서 분리되어 공중에 떠다니는 영혼과의 유비 속에서 자신을 통제하기를 포기한 상태를 암시한다. 작품의 말미에 놓인, 박민규 소설다운 환상의 장면에서, 아버지의 도주는 소년의 눈앞에 나타난 기린의 이미지를 통해 한 유순한 동물이 지상의 생존경쟁에 치인 나머지 겪게 되는 애처로운 생물학적 진화와 겹쳐진다.

「그렇습니까? 기린입니다」에 제시된 이야기는 2000년대의 독자들에게 시대적 적의성(適宜性)이 적지 않은 것으로 보일 것이다. 가족 생계의 의무에 짓눌린 끝에 어디론가 잠적한 아버지에게서 도시 지하와 공원의 노숙자를 상상할지도 모르고 방학이면 헐값의 아르바이트를 겹쳐서 하고 있는 상고생에게서 비정규직 청년이 예고를 생각할지도 모른다. 「그렇습니까? 기린입니다」와 그밖의 좋은 박민규 우화들은 동시대 사회에 일어난 변화, 특히 1997년의 외환위기 이후 국민경제 해체의 추세에 따라 중하류층의 생활에 생겨난 불안정성과 불확실성을 흥미롭게 지시하곤 한다. 그런 만큼 박민규 또는 그를 비롯한 2000년대 신진작가의 소설에 관한 논의 가운데 동시대 한국사회의 문제들, 예컨대 신자유주의적 사회 재편 같은 문제에 대한 반응이라는 관점에서 검토하거나 평가하려는 시도가 보이는 것은 이상한 일이 아니다. 신진작가들과 함께 출현한 소설 창작의 새로운 동향을 강조한 발언 중에는 사회학적 상상력의 부활이라는 관측까지 눈에 띈다. 그러나 사회학적 상상력이라는 그 1980년대 사회과학 세대의 클리셰가 박민규와 같은 2000년대 신진작가의 작품들을 묘사하거나 해석하거나 평가하는 데에 유효한 것인가는 의문이다. 그들의 작품이 공론화한 한국사회의 문제에 대한 지시를 포함하고 있는 것은 사실이지만 개인의 존재가 사회적으로 규정된다는 가설이 그들이 추구하는 진실의 요체라고, 상이한 계층과 세대의 개인들을 포함하는 한 전체로서의 사회, 그것의 실재성이 그들의 관심의 초점이라고 생각되지는 않는다. 박민규의 우화 스타일이 암시하듯이, 동시대 사회의 사실적 · 전체적 재현은 박민규 세대 작가들의 주요 목표가 아니며 그런 이유에서 그들의 상상력을 사회학적이라고 말하기는 곤란하지 않은가 한다.

사회라는 단어는 법률, 조직, 관습 등을 공유하는 개인들의 집합이라는 뜻으로 보통 쓰이고 있지만 그것은 그 단어에 축적된 복잡하고 심오한 의미가 온전하게 보존된 용법은 아니다. 그 묘사적이고 중성적인 용법은 그 단어가 근대 정치사상에서 일찍이 가지고 있었던 급진적 비전을 사실상 소거한 것이다. 사회개념에 대한 모든 진지한 연구에서 빠짐없이 강조되고 있는 바와 같이, 그것은 자유와 평등을 기본원리로

하는 인간생활의 이성적인 질서에 관한 모색과 분리되지 않는 용어이다. 찰스 테일러가 서양문화에서의 거대한 전환의 맥락에서 사회가 상상된 방식을 검토한 바에 따르면, 근대적인 의미에서의 사회는 그것을 둘러싼 학설과 강령의 다양성과 복잡성에도 불구하고 천부인권의 가설로부터 자라나온 도덕적 질서를 그 전제로 한다. 그 새로운 규범적 질서는 중세의 계서제적 관계로부터 해방된, 서로 동등한 개인들을 기초로 하며 그들의 상호존중과 상호봉사를 이상으로 삼는다. 공론영역, 시장경제, 인민자치 등과 같은 근대사회의 보편적 제도는 그 호혜적 질서라는 관념의 역사적 구현 형태이다.[1] 사실이 이렇다면, 2000년대 소설론의 가치 있는 논제는 신자유주의 등과 같은 사회과학의 용어로 정의되고 분석된 사태에 들어맞는 듯한 인물이나 사건이라기보다 사회적인 것(the social)이 지각되고 상상되는 방식일 것이다.

박민규와 그밖의 신예들의 작품에서 사회적인 것에 대한 어떤 감각이 발견된다면 그것은 대체로 동의보다 반감에 가깝다. 그들 작품 속의 인물들은 사회생활에서 뭔가 혜택을 누리고 있다고 느끼기는커녕 그들의 자아가 심하게 훼손되고 있음을 깨닫는다. 여기서도 박민규의 작품은 좋은 참조 사례가 된다. 외환위기 이후의 대량 해고사태에 대한 어렴풋한 지시를 담고 있는 단편 「고마워, 과연 너구리야」를 보면 인턴사원으로 일하고 있는 한 남자의 서술을 통해 고용자와 피고용자 사이의 불평등한 권력관계가 다뤄지고 있다. 그가 근무하고 있는 회사는 모든 개인을 자본의 노예로 만들고 있는 사회의 한 축도이다. 자본주의 사회 권력에 개인이 전면적으로 예속되고 있다는 것은, 사내에서 너구리게임을 하다가 퇴출당한 손팀장에게 그렇듯이, 대학에서의 록밴드 활동을 뒤로 하고 취업경쟁에 뛰어든 그에게도 명백한 사실이다.

---

1) Charles Taylor, *Modern Social Imaginaries*(Durham: Duke University Press, 2004), pp. 3~22, 69~141.

"사회란 무서운 것이구나"라고 마치 계시를 받은 듯이 말한 그는 그 진실을 체험이라도 하듯 채용을 미끼로 그를 은밀하게 불러낸 "남색가" 인사부장에게 사우나에서 성적 농락을 당한다. 그 굴욕의 장면에서 그가 너구리게임 중 통과하기 어려운 단계인 "스테이지 23" 즉 사회생활을 계속하기 불가능한 상태에 대한 비유를 상기하는 것은 자연스럽다. 그의 너구리와의 상상적 동일화가 뜻하는 것은 그가 손팀장이나 록밴드를 같이한 친구 B와 마찬가지로 사회적으로 규제된 개인들의 오열(伍列)로부터 이탈하려는 충동을 느끼고 있다는 것이다. 작품 내에서 그 너구리의 인간 판본에 해당하는 인물은 지하철역의 노숙자나 사우나의 때밀이지만 그들의 생활이 인간 실추를 예시하는 것은 아니다. 그것은 오히려 사회권력에 순종하는 습관이 개인에게서 앗아간 "즐거움"을 위한 능력을 회복하는 일이다. 그 인턴사원의 이야기에서 사회적인 것이 이해된 방식을 보면 개인 사이에 성립하는 호혜적 질서란 환상에 불과하며, 개인으로부터 자유를 강탈하는 압제가 그 실상을 이룬다. 「고마워, 과연 너구리야」는 박민규의 장편 『삼미 슈퍼스타즈의 마지막 팬클럽』과 마찬가지로 사회생활의 환멸을 이야기하는 한편 호모 루덴스의 건재함을 강조한다. 작품 전체를 통해 자못 왕성하게 번식하는 그 너구리의 기호가 천진하고 너그럽고 유희적인, 어떤 개인에게는 사회로부터의 자발적 소외를 단행하게 만드는 인간 본성의 한 측면을 나타낸다는 것은 두말할 필요가 없다.

박민규 소설에 때때로 입사식의 플롯이 보인다고 앞에서 말했지만 사회화가 개인의 자아발전의 계기로 이해되는 경우는 없다. 그것은 오히려 자아를 억압하고 권력에 순종하는 일이며, 『핑퐁』에 나오는 표현을 빌리면, 자유를 버린 대가로 평안을 얻은 "다수"의 하나가 되는 일이다. 박민규 소설은 그 "다수"가 공유하는 규칙, 관습, 문화에 대해 냉소를 금치 못하는 반면 어떤 이유에서든 거기에 적응하지 못한 작중인물의 외로움, 유치함, 일탈성(逸脫性)에 얼마간 동화적인 순정을 주입하곤 한다. 프로야구의 규율을 거부한 야구단을 영웅화한 이래 그의 소설세계의 중심은 반(反)사회화의 알레고리이다. 그의 작중인물로는 이례적으로 졸업, 취직, 결혼에 성공한 남자가 등장해 외롭고 고단한 숙식의 시절을 회고하는 「갑을고시원 체류기」에서도 사회생활 규칙의 압제적인 제약을 이야기하는 한편 "밀실", 즉 그 규칙의 속박에서 벗어난 개인적 삶의 영역을 그 빈곤함에도 불구하고 긍정한다. 이러한 반사회화의 주제는 물론 새로운 것이 아니지만 동시대 사회의 경험적 맥락에서는 특별한 박력이 있다. 개인들의 상호존중과 상호봉사가 한국사회 전체의 현실이 아니라는 것은 말할 것도 없고 그러한 호혜적 질서로부터 소외된 사람들의 수가 갈수록 늘어간다. 사회적 혜택, 즉 자원과 기회의 배분이라는 면에서 한국사회는 많은 사람들이 지적한 바와 같이 불평등을 심화시키는 방향으로 나아가고 있다. 외환위기 이후 빈곤층이 현저하게 증가하고 빈부격차가 확대되어 중산층 붕괴가 운위되는 지경이다.[2] 더욱이 산업화의 결과로 두드러지기 시작한 계층격차가 세대를 통해 지속됨으로써 계층이 고정되는 사태까지 관찰되고 있다. 그처럼 격차의 확대와 계층의 고정화가 진행되고 있다는 것은 개인의 사회적 이동성(移動性)이 축소되고 있다는 뜻이기도 하다. 박민규 소설에 기록된 사회적인 것의 환멸은 중하류층의 젊은이에게 계층상승의 가망이 불투명한 격차사회의 존재, 바로 그것을 배경으로 한

2) 신광영, 『한국의 계급과 불평등』(을유문화사, 2004), 157~187쪽; 김순영, 「한국 민주주의와 빈곤문제」, 최장집 편, 『위기의 노동』(후마니타스, 2005), 254~271쪽 참조. 통계청 자료에 의하면 소득분배의 불평등 정도를 나타내는 지니계수가 2000년대에 들어 계속 높아지는 추세다. 국내 전 가구 지니계수의 경우 2003년 0.341, 2004년 0.344, 2005년 0.348, 2006년 0.351이다. 2004년에 발표된 OECD국가의 1990년대 후반기 지니계수를 보면 불평등 정도가 가장 높은 포르투갈이 0.356, 미국이 0.337, 일본이 0.314이다.(橘木俊詔, 『格差社會』, 岩波書店, 2006, p. 13) 한국사회의 계층격차가 크다는 증거의 하나다.

층 실감 있게 다가온다. 근대 시민사회의 이상과 형제간인 민인 공동의 입신출세 서사는 2000년대의 신진작가의 소설에 이르러 과거 어느 때의 소설에서보다 단호하게 부정되고 있는 듯하다. 이기호와 백가흠의 소설을 읽으면 더욱 그렇게 느껴진다.

2. 추방된 자의 유물론

이기호가 어떤 작가인가, 그가 어떤 문학적 개성을 가지고 있는가, 그의 소설이 어떻게 다른가를 아는 데는 역시 그의 데뷔작인 「버니」가 유용하다. 이 단편을 보면 말을 모방하는 재능이라는 면에서 이기호가 그의 세대 작가 중에서는 특출한 편임을 느끼게 된다. 그는 사회에서 유통되는 양식화된 말에 대해 민감할 뿐만 아니라, 말하기 양식에서의 차이는 바로 사회적 차이임을 본능적으로 알고 있는 듯하다. 「버니」의 랩 가사체 서술은 그 랩이라는 아프리카계 미국인 음악이 발휘하고 있는 차이의 주장과 찬양을 한국어의 맥락 속에서 수행한다. 말의 모방이라는 면에서 성공적인 또하나의 작품인 「최순덕 성령충만기」에서 『성경』 번역문체 모방이 그 문체와 일체화된 기독교인 정체성을 조롱하는 효과를 낳는 반면, 「버니」의 랩 가사체 모방은 아프리카계 미국인 소수자 젊은이에 상응하는 한국 젊은이의 차이를 주장한다. 그 작품의 서술자는 고등학교에서 제적을 당한 이후 미성년자 매춘업소를 운영하고 있는 십구 세 청년으로, 사회로부터 쫓겨난 자신을 은어와 욕설이 범벅된, 방자하고 난폭한 말로 노출한다. 그의 말은 사회에서 표준적이고 품위 있다고 인정되는 말의 고의적인 거부를 특징으로 한다. 「버니」의 서술자와 같은 인물은 한국소설에서 소수가 아니지만 그 피추방자(被追放者, outcast)의 차이가 그렇게 강렬하고 선언적인 목소리를 얻은 적은 없다. 작중인물의 대화에는 특수계층의 특수방언을 재현하더라도 지문에서는 표준어를 쓰는 것이 한국소설에서는 아직까지 관행임을 생각하면 피추방자의 목소리를 작품의 본문 전체에 일관시킨 시도는 상당히 도발적인 것이다. 한국소설 문체의 관행을 이룬 표준어 서술은, 한국의 공적 언어규범인 표준어 상용과 마찬가지로, 한국어 사용자들의 사회적 통합을 목적으로 한다. 대화처럼 작중인물의 말을 모방하는 장치 내에서 계층방언을 많이 노출시키더라도 서술자의 목소리가 표준어로 되어 있으면 그 방언이 표시하는 차이는 그것을 한 계층으로 포함하는, 거대하고 단일한 사회적 전체 속으로 편입된다. 서술자의 목소리가 어떤 계층의 방언과 일치하는 경우에는 일반적으로 한 사회적 정체성의 표준화 또는 전체화가 거부되는 효과가 발생한다. 계층방언의 서술음성화는 그 계층의 정체성을 공세적으로 현시하는 것이면서 나아가 사회의 지배적 질서에 대한 불신을 함축하는 것이다. 「버니」의 랩 양식 서술의 경우 그 불신은 험악할 정도로 심대하다.

「버니」의 서술자는 "보도방"이라는 이름의 매춘 알선업체를 관리하고 있는 청년. 성공한 랩 가수 버니의 감춰진 과거를 말하는 방식으로 그와 그의 동료들의 생존을 위한 분투를 이야기한다. 그는 십대를 매춘부로 고용하는 그 사업의 세목을 밝혀 그들의 생존방식의 일탈성과 범죄성을 노출하는 한편, 그 방식 이외에는 어떤 성공의 가망도 없는 그들의 불우하고 위태로운 처지를 강조한다. 그의 이력은 그들의 일탈과 빈곤의 원인이 무엇보다 사회적인 것임을 시사한다. 그가 학업을 그만둔 경위가 담긴 삽화는 교과지식 습득의 정도를 가지고 학생들을 무참하게 차별하는 교사와 그 차별이 당연하게 통하는 학교사회가 나중에 제적 조치를 불러온 난폭한 행동으로 그를 몰아갔음을 알려준다. 수업중에 그를 가리켜 "대가리(가) 텅텅 빈 바구니"라고 조롱한 국사 선생과 선생에게 동조해 그를 일제히 비웃는 학생들은 차별과 배제의 폭력을 그 근본기제로 하여 작동하는 사회를 상기시킨다. 그 사회에서 십구 세라면 “사람은 왜 때리는 걸 좋아하는지, 몰려다니는 게 좋다는 걸, 혼자 남으면 무섭다는 걸, 모두 아는 나이”다. 사회는 혼자 남음의 공포를 통해 개인을 그 질서 속으로 끌어들이고 그 질서유지에 필요한 지식과 규율을 강제한다. 재학시절 그에게 굴욕을 안겨준 국사 교과와 교사의 권위는 바로 사회, 좀더 정확히 말하면, 국민의 사회, 그것의 재생산을 위한 지식과 규율을 예시한다. 그의 발언은 학교교육이 보통 국민 양성이라는 목표 아래 개인들의 정체성을 획일화한다는 암시를 빠뜨리지 않는다. 그는 국사 선생이 강요하는 “근초고왕”에 대한 지식이 자신이 흥미를 가지고 있는 “브레이크 댄스” 지식보다 존중되어야 하는 이유를 납득하지 못한다. 이렇게 보면 그의 매춘 사업은 성장의 ‘정상적인’ 코스에서 이탈한 불량배들의 범죄적인 생존기술만을 의미하는 것은 아니다. 그것은 현존하는 사회에 대한 깊은 반감을 공유하고 있는 피추방자 집단이 스스로를 긍정하는 방식이기도 하다. 그들이 “우리”라는 일체감으로 즐기는 랩—사회의 도덕적 권위에 대한 야유로 가득한 말의 음악적 분절은 그 자기긍정적인 마음의 예술적, 유희적 표현에 해당한다. 그들은 매춘이 돈벌이가 되는 사회, 랩이 상품화한 사회의 음지에서 살고 있지만 그 음지로부터의 탈출에 희망을 걸고 있는 것은 아니다. 오히려 그들의 삶이 개선되지 않으리라 생각한다. “우리가 아는 건, 너희들이 아는 건, 이보다 좋아지진 않으리라는 것.”

「버니」에 표현된 피추방자에 대한 관심은 그 이후 이기호 단편의 주조를 이루다시피 한다. ‘앵벌이’ ‘양아치’ ‘삼마이’ 심지어는 ‘소설가’ 등으로 불리는 사회로부터 버려진 인물이 이야기의 주역으로 자주 등장하고, 그들의 궁핍, 일탈, 광기를 때로는 소극(笑劇)적이고 때로는 감상적이고 때로는 공상적인 일화로 고정시키는 데에 작가의 장처(長處)가 있다. 그들은 경제적으로 빈곤하고 사회적으로 궁색한 만큼 합리적으로 기획된 삶을 살기가 불가능하다. 이기호의 자전소설의 표현을 빌리면 우연의 힘에 휘둘려 "갈팡질팡" 살아갈 수밖에 없다. 그러나 그들의 갈팡질팡 또는 부랑성(浮浪性)은 사회에서 정상적이라고 인정되는 삶의 "논리" 바로 그것을 결여하고 있기 때문에 사회의 실재성에 대한 통상의 관념을 중지시키는 기상(奇想)의 원천이 된다. 이기호 소설에는 뒤로 달리는 사내, 소 모양으로 땅을 기며 쟁기질하는 아들, 흙으로 만든 볶음요리, 지하에서 곡괭이질하는 소설가 같은 엉뚱한 착상이 출몰하지만 그것은 어떤 마술적 세계관에서 유래하는 것이라기보다 부랑자적 자유 감각에서 비롯되는 것이다. 그 부랑자적 기상의 한 발랄한 예가 어느 새벽 세 남자가 잇따라 세 개의 국기게양대를 각각 타고 올라가 대화를 나누는 부조리극풍의 「국기게양대 로망스—당신이 잠든 밤에 2」이다. 이기호 소설의 피추방자의 대표격인 시봉은 국기를 떼다 팔면 생기는 이득 때문에 몰래 오 미터 높이의 국기게양대를 기어오르고 이어, 시봉에게는 놀랍게도, 다른 남자 하나가 그 옆의 게양대를 기어오른다. 그 남자가 국기게양대를 오르는 목적은 그 게양대와 사랑을 나누는 것이다. 푼돈이 아쉬운 국기 도둑 시봉이 남자의 착각으로 연물(戀物)이 같은 사랑의 동지가 되어버린 다음, 한 사내가 나타나 나머지 국기게양대를 탄다. 달아난 아내의 행방을 알아보려고 시봉과 남자에게 말을 거느라 게양대를 기어오른 그 사내는 시봉과 남자의 지시대로 국기게양대와 사랑을 나누는 자세로 매달리고 이어 울음을 터뜨린다. 알고 보니 모두 한동네 사람인 남자 셋, 잔도둑, 외로운 남자, 아내 잃은 사내가 새벽하늘 아래 국기게양대에 매달려 천진하게 난센스 문답을 주고받는 그 일련의 장면은 희극적이고도 상징적이다. 그것은 사회 속의 불만—상호 신뢰와 부조의 질서를 갖지 못한 개인들의 쓸쓸한 도태를 암시하는 것처럼 보인다. 사회의 권위는 그 국민의례의 기구를 모독하고 있는 세 남자의 기호학적 장난 속에서 조용히 무너지고 있다.

이기호 소설의 인물 중에는 공상에 빠진 괴짜들이 적지 않지만 그들이 관념적인 인간인 것은 아니다. 「국기게양대 로망스」의 허튼소리를 주고받는 작중인물만 해도 그들을 움직이고 있는 것은 물질적, 사회적 빈곤으로 인한 고통이다. 이기호 소설에서 인간이 이해되는 방식은, 한국소설에서 대체로 그렇듯이, 유물론적이다. 인간의 본성을 이루는 마음이나 영혼의 존재가 인정되지 않을 뿐만 아니라 그러한 관념을 무력하거나 허위스럽게 만드는 물질적, 성적, 사교적 욕구와 그 욕구의 충족을 위한 사람 사이의 거래와 경쟁이 그의 작품에 그려진 인간 현실의 핵심을 이룬다. 그런 점에서 「최순덕 성령충만기」는 한 표본이 된다. 이기호의 유물론 테제라고 불러도 좋을 이 작품은 성경의 문체로 최순덕이 어려서부터 하나님 앞에 기도하고 찬양하기에 여념이 없는, 신실하기 짝이 없는 삶을 살아간 듯이 이야기하는 가운데 그녀가 실은 사회로부터 축출된 사람임을 알려준다. 또한 그녀가 패스트푸드점 아르바이트를 마치고 골목길을 가던 중에 성기노출증이 있는 남자를 만난 이후 그가 다시 나타나기를 기다리거나 그의 주변을 맴돌거나 하면서 "아담"을 전도한다는 생각으로 행한 일은 그에게 성적 유혹을 느껴 벌인 스토킹과 다를 바 없는 것으로 드러난다. 그녀를 세상으로 보낸 하나님의 뜻은 이성(異性)의 발견이며 그녀에게 충만한 "성령"은 사랑의 욕구이다. 「최순덕 성령충만기」는 사회로부터 버림받은 한 여자가 남편의 의무에 짓눌린 한 남자와 불륜의 사랑에 빠진 사연을 기독교의 어휘와 수사로 이야기함으로써 기독교의 형이상학을 형이하학으로 전도시킨다. 세속적 유물론에 기초한 인간 이해는 소설의 원칙으로서는 전혀 낯선 것이 아닐지라도 그 원칙 준수라는 면에서 이기호는 강직한 데가 있다. 「나쁜 소설—누군가 누군가에게 소리내어 읽어주는 이야기」 같은 작품은 윤대녕 소설의 주인공들이 하는 낭만적 연애와 그것이 순전한 허구임을 실제 경험으로 터득한 한 소설 독자의 되바라진 콜걸과의 유희를 대조시켜 통속하고 비루한 것이 소설의 영토임을 확인하기까지 한다.

이기호의 세속적 유물론의 사정(射程) 내에 들면 한국 지배집단의 문화는 위장된 폭력에 불과한 것으로 돌변한다. 무엇보다도 국가주의 문화가 그러하다. "국사" 교육에 대한 반감을 노골적으로 표출한 「버니」나 "국기게양대"라는 기호를 가지고 불경스러운 장난을 벌인 「국기게양대 로망스」의 예로도 얼마간 짐작이 가듯이 이기호는 국가권력의 합리화에 봉사하는 의미와 상징에 대해 극히 비판적이다. 예를 들어 「간첩이 다녀가셨다」는 남한 국가권력이 오랫동안 자기유지를 목적으로 사용한 냉전의 수사를 문제삼고 있는 작품처럼 보인다. 여기서 "간첩"은 강원도 해안으로 침투했다고 언론에서 떠들고 있는 "무장공비" 간첩이면서, 또한 그 인근 지역에서 예비군 훈련을 받고 있는 수영이라는 인물이 같은 부대원인, 부동산중개업자를 자칭한, 한 사기꾼이 갖고 있는 공용지도를 훔쳐보다 들킨 순간 수영을 가리켜 그 사기꾼이 경멸의 뜻으로 말한 간첩이다. 그 사기꾼이 시체로 발견된 아침 수영은 그를 죽인 사람이 바로 자신이라는, 뒤늦게 깨달은 사실을 숨기고 나머지 부대원들은 곤경에서 헤어나려고 궁리한 끝에 수영의 제안에 따라 그것을 간첩의 소행으로 돌리기로 합의한다. 입시학원 "국사" 선생인 수영과 그에 동조한 예비군 대원들의 "간첩" 날조는 공산주의의 공포 조작을 통해 자신의 부정(不正)을 은폐한 국가권력의 술책을 상기시키는 대목이다. 국가권력 불신은 「발밑으로 사라진 사람들」에 오면 좀더 명시적이다. 이 작품은 6·25전쟁 이후 어느 시골 벽지에 군대가 진주하여 그 일대를 군사기지로 만듦에 따라 그곳에서 훨씬 전부터 감자밭을 일구며 살아온 순녀와 그 아들 우석이 농사를 짓지 못하게 되고 결국 어딘가로 쫓겨나고 말았다는 이야기다. 군대가 자신의 감자밭에서 빨리 나가주기를 요구하는 순녀에게 젊은 군인은 그곳이 국가가 군인들만 살도록 지정해준 땅이며 국가보다 높은 권위는 없다고 가르친다. 군대가 순녀와 우석의 감자밭을 강탈한 것은 단지 국가가 개인의 권리를 침해한 것을 뜻하지는 않는다. 작품상으로 순녀의 감자농사가 이득을 얻기 위한 노동이 아니라 감자라는 생명에 대한 봉사를 목적으로 하는 노동임을 고려하면 그것은 생명에 대해 친화적인 어떤 습속을 인간세계에서 축출한다는 뜻도 된다.

「발밑으로 사라진 사람들」은 그 이야기에 잠재된 생태학적 주제가 좀 더 충분하게 발전되었으면 좋았으리라는 아쉬움을 남기지만 이기호 소설의 인물과 관련해서는 흥미로운 작품이다. 순녀와 우석은 피추방자 인물의 역사적 계통을 상상하도록 자극할 뿐만 아니라 그 인물의 도덕적 특징을 추론하게 해준다. 국가, 학교, 군대 같은 문명의 조건에 대해 무지한 반면 외인(外人)의 씨든 감자 씨든 생명의 씨는 살리고 봐야 한다는 믿음을 가지고 있는 그 모자(母子)는 고귀한 야만인(noble savage)에 가깝다. 사회로부터 추방된 이기호의 작중인물 중에는 겉으로는 신체, 가족, 교육, 문화 어디엔가 결손의 표지가 있으나 속으로는 도덕적으로 건전한 인물이 있다. 그 고귀한 야만인의 현대판 중 기억에 남는 것은 「당신이 잠든 밤에」에 등장하는 진만과 시봉, 특별한 능력도 연고도 없이 상경한 두 시골청년이다. 서술자는 그들의 배짱과 궁기, 기대와 좌절을 정선된 세목으로, 소극(笑劇)적 상황에 놓고 이야기하면서 가난으로부터 탈출하려는 그들의 의지에 반드시 합치되지 않는 그들의 마음에 주목케 한다. 점찍어둔 한 여고생의 차에 치어 보상을 받으려는 계산에서 고급주택가 골목을 배회하던 그들은 "가난의 냄새"가 나는 한 여학생을 도와주려고 따라갔다가 그 여학생을 포함한 깡패집단에 걸려들어 갈취와 구타를 당한다. 서술된 이야기의 중심은 진만과 시봉 사이에 깊어지는 연민에 있으며 그 감정은 자해를 하려는 시봉과 그것을 만류하려는 진만 사이의 교감에서 절정에 달한다. 그들은 인생에서 "변하는 건 아무것도 없다"고 체념하고 있지만 그들 사이에서 "상처 위에 상처를 덧대면서 상처를 잊는 친구"를 발견한다. 그들의 이야기는, 대조적인 성격의 두 남자가 동일한 상황을 통과하며 발전시키는 남성 유대(male bonding)의 플롯을 가지고 있다는 점에서 버디 무비의 공식에 가깝지만, 그리고 그들의 연민은 종전의 한국소설에 전례가 많은 감정 형식이지만, 그러한 사실이 그 이야기의 흥미를 떨어뜨리지는 않는다. 그들의 유대는 사회적으로 빈곤한, 그런 만큼 부득이하게 유치하고 방종한 개인들에게 남아 있는 도덕적 정념의 발로인지도 모른다. 연민이란, 루소가 말했듯이, 아직 평등도 불평등도 모르는 자연인의 감정이다.

3. 축군의 그로테스크

백가흠 소설에는 이기호 소설에서 목도한 바와 같은 피추방자 유형의 인물이 적지 않다. 원래는 무인도였던 섬에서 한 건물에 세를 들어 육지로부터 오는 유흥객을 상대로 영세식당을 하고 있는 두 세대(世帶), 인터넷 통신을 이용해 매춘을 하는 아내와 그 아내에게 얹혀사는 남자, 외딴 산장에 마치 무리를 잃은 야생동물처럼 숨어사는 흉한(兇漢), 고향 마을의 유부녀 십여 명을 겁탈하고 달아나 바다와 외국에서 청춘을 탕진한 외항선원, 도시 변두리 동네 여관을 전전하며 피시방 게임대회 상금으로 연명하는 부부, 폐품 수집에서 생기는 수입으로 철거를 기다리는 연립주택 반지하방에서 살고 있는 노인 등. 또한 백가흠 소설의 작중인물 중 다수는 사회에서 정상적이라고 여기는 신체적 · 정신적 건전성, 노동과 소득의 안정, 이성애적 성향 중 어느 하나나 그 이상을 결하고 있다. 신체상 또는 정신상으로 장애인이거나 무직자 또는 빈곤자이거나 노동 적령 기준보다 적은 연령 아니면 많은 연령이거나 불안정한 젠더 정체성을 갖고 있거나 하는 특징을 지니고 있다. 그 특징에 주목해서 현재 널리 통용되고 있는 사회학의 용어로 말하면 그들은 소수자 집단인 셈이다. 그 소수자 인물들이 처한 물리적 · 사회적 환경은, 예상에 어긋나지 않게, 극도로 어둡다. 태풍의 위협에 무방비로 노출된 섬, 마을로부터 격리된 전나무숲 우거진 산골, 갯벌이 모두 죽어버린 작은 포구 마을, 주민들이 모두 떠나버린 상습 수몰지구의 폐촌, 노후한 건물이 한밤의 유령처럼 늘어선 소도시 등으로 나타나는 그들의 환경은 소수자들이 겪고 있는 빈궁, 차별, 소외에 그럴듯하게 어울린다. 작중인물의 성격과 환경을 이렇게 말하면 백가흠 소설의 주요 관심사가 소수자 집단의 재현이라는 소리처럼 들릴지도 모르겠다. 경제적, 성적 소수자 집단에 특유한 경험의 서술은 확실히 그의 소설의 중요한 부분이다. 그러나 그의 소설은 소수자의 경험 그 자체에 관심이 있다기보다는 그것이 은유법적으로 나타내는 인간세계의 항속(恒續)하는 성향이나 모양에 관심이 있다고 보는 편이 온당하다. 그의 작중인물과 환경에 보이는, 유형상으로 반복적인 성질은 작가 자신이 비단 소수자의 경우만이 아니라 그와 종류가 다른 집단의 경우에도 진실이라고 믿고 있을 인간세계의 어떤 패턴, 그것을 탐구하려는 의지와 무관하지 않은 듯이 보인다.

백가흠 소설이 인간세계를 어떻게 패턴화하고 있는가를 파악하려면 그의 유형적 인물과 환경이 오히려 두드러지지 않은 단편인 「성탄절」부터 읽어볼 필요가 있다. 이 작품은 한 마을 교회 장로의 아들인 소년이 성가대를 같이하고 있는 한 소녀에게서 받은 유혹을 말하는 것으로 시작된다. 소년은 작고한 목사부부의 딸인 그 소녀를 은혜라는 본명 대신에 천사 듀나미스에서 따온 애칭 듀나라는 이름으로 부를 만큼 순진한 신앙과 상상의 세계 속에 살고 있지만, 소설의 첫 장면은 그 세계 내부에 동요가 일어나고 있음을 알려준다. 소년을 철없는 아이처럼 취급하는 듀나는 은밀하게 소년의 성욕을 자극하고, 교회 내부에서는 현직 목사에 대한 평신도 지도부의 불신이 격화되어 일요일 예배조차 순조롭지 못하다. 소년의 세계 내부에 일어난 혼란은 소년이 솟구치는 욕정에 자신을 맡기고 교회가 분열로 치달으면서 그 세계의 붕괴를 가져오는 것으로 끝난다. 성탄일 심야 인적 없는 예배당에 들른 소년은 그를 좋아하는 남집사의 딸 수은을 만나게 되자 그녀를 목사의 강대상(講臺床) 뒤로 끌고 가서 최초의 성교를 한다. 그의 성인의 세계로의 진입과 표리관계인 그 신성모독은 수은과의 섹스, "거기 믿음이 있고 신앙이 있다"는 작품의 마지막 구절에 명확하게 언표된다. 「성탄절」은 어떻게 읽으면 기독교의 억압에 저항하는 작품 같기도 하다. 그러나 그것은 이를테면 지드(André Gide)식 위반의 테마를 추종하는 해석이며 이 작품의 변별성을 지각한 독법은 아니다. 소년의 세계에서 중요한 것은 소년이 사랑의 대상을 소유하지 못한다는 사실이다. 성가대 대기실의 어둠 속에서 소년이 듀나의 육체적 현존의 매혹적인 느낌을 말한 소설의 첫 장면에서 벌써 소년은 "넋을 놓고 그녀가 사라진 구멍을 쳐다본다." 듀나는 소년의 차지가 아니라 어른들의 차지다. 부모를 잃은 이후 목사 사택에서 혼자 살고 있는 듀나는 남집사와 부정한 관계를 맺고 있을 뿐만 아니라 현직 목사에게 강간을 당한 적이 있는 것으로 밝혀진다. 따라서 소년의 세계를 파국으로 몰아간 가장 중대한 사건은 성욕의 자각이나 교회의 분열이라기보다 어른에 의한 사랑의 좌절이라고 하는 편이 옳다. 소년이 교회에서 남집사의 딸과 강간에 가까운 섹스를 하는 것은 어른에 대한 상상의 복수라는 성격이 짙다. 수은과의 섹스에 믿음이 있고, 신앙이 있다는 진술 역시 신출내기의 섹스 찬양 이상이다. 그것은 어쩌면 사랑의 대상을 어른에게 점유당한, 그래서 그 대상의 대치물을 바랄 수밖에 없는 소년이 자신의 사랑을 정의하는 아이러니컬한 방식인지도 모른다.

「성탄절」의 플롯은 소년이 성의 경험을 통해 어른의 세계로 진입한다는 성장소설의 투식을 가지고 있다. 하지만 여기서 성 경험은 자연이 소년에게 선사한 남성의 힘을 기쁘게 확인하는 계기가 아니라 자신보다 훨씬 힘센 다른 남성들의 위협적 존재를 깨닫는 계기이다. 소년은 사랑과 섹스를 경험함으로써 자아 확대의 가능성을 느끼기보다 오히려 그것을 저지하고 있는 어떤 사회를 발견한다. 그 사회는 물론 어른이 군림하는 사회이며, 그 어른의 대표는 아버지이다. 백가흠 소설에서 소년의 의식에 비쳐 포착된 어른의 형상은, 오이디푸스 콤플렉스 공식의 서사적 재가공이 그의 창작의 기본원리가 아닐까 하는 의심을 갖게 만들 만큼, 고전적 정신분석에 묘사된 아버지의 그것을 닮아 있다. 그의 작품 내에서 남성 인물에게 상징적 아버지의 위상을 점하고 있는 다른 남성 인물은 근본적으로 연적(戀敵)이다. 그것도 격퇴가 불가능한. 백가흠 소설 속의 상징적 아버지는, 프로이트의 정신분석이론에서 어머니에 대한 아이의 사랑을 좌절시키는 아버지처럼, 사회적으로 그의 하위에 있는 남자에게서 사랑의 대상을 강탈한다. 이것을 예시해주는 「성탄절」 이외의 좋은 예로 「배꽃이 지고」가 있다. 이 이야기는 표면적으로는 장애인 학대에 관한 괴담 같은 모양을 하고 있지만 그것이 서술된 방식, 특히 경어체 문장의 동화 스타일은 어떤 원형적인 인간 조건을 생각하게 한다. 폐촌과 다를 바 없는 마을에서 과수원을 경영하고 있는 환갑 지난 중늙은이는 그곳에 배치된 일급 장애인들에게 무자비한 매질과 욕설을 가하며 그들의 노동력을 착취하고 있을 뿐만 아니라 그중 한 명인 병출의 아내, 같은 장애인인 개순을 병출의 존재를 아랑곳하지 않고 끊임없이 농락하고 겁탈한다. 병출에게서 아내의 모성적인 몸, 특히 "젖가슴"에 대한 권리를 강탈한, 폭력과 탐욕의 화신인 중늙은이, 그리고 저능아인 까닭에 폭력을 감수하는 수밖에는 방법이 없는 병출은 오이디푸스 콤플렉스의 장면에서 어머니와의 성적 합일에 대한 아이의 환상을 무참하게 깨뜨리는 아버지, 그리고 거세를 상상하고 두려워한 나머지 아버지의 권위에 승복하기를 택하는 아들에 각각 대응된다.

「배꽃이 지고」에 제시된 과수원 주인의 그로테스크한 형상은 그보다 낮은 지위에 있는 모든 사람에게 절대적인 힘을 행사하며 그의 욕망충족을 위해 제멋대로 행동하는 특권을 홀로 누리고 있다는 점에서 프로이트가 말한 최초의 아버지(the primal Father)를 연상시킨다. 『토템과 터부』에서 프로이트가 내놓은 사회조직의 기원에 관한 신화학적 설명에 따르면 금지 관념이 없는 최초의 무리 내에서 쾌락은 무리 중의 최강자, 즉 아버지의 특권이다. 최초의 아버지는 모든 쾌락을, 다시 말해 모든 여자를, 자신을 위해 비축하고 있다. 아버지의 제약 없는 쾌락은 분노와 좌절을 느낀 형제들이 공모하여 아버지를 살해함으로써 비로소 끝난다. 이 아버지 살해의 뒤를 이어 형제들 사이에 계약이 이루어진다. 프로이트가 문명의 토대를 놓은 행위로 간주한 그 형제간 계약은 그들이 가지고 있는 유년기의 두 가지 오만한 욕망, 즉 근친상간 욕망과 아버지 살해 욕망의 집합적 포기를 그 핵심으로 한다. 이것은 그 형제들 각자가 자신으로부터 전능하다는 환상을 퇴출하고 그들 집단의 어떤 특권화된 중심으로부터 각자 똑같이 분산되어 있음을 승인하는 것이다. 형제들의 집합적 체념은 사상적으로 보면 근대 시민사회의 원리와 통한다. 서로 대등하게 탈중심화한 주체들로 구성된 법치세계에는 민주주의와 평등주의의 이상이 투영되어 있다.[3] 백가흠의 과수원 동화는 프로이트의 최초의 무리 신화와 비슷하게 모든 쾌락을 독점한 아버지의 형상을 가지고 있지만 또한 그것과 달리 아버지를 증오

3) 프로이트, 「토템과 터부」, 『종교의 기원』, 이윤기 옮김(열린책들, 1997). 형제간 계약과 시민사회의 관계에 대해서는 Joel Whitebook, *Perversion and Utopia: A Study in Psychoanalysis and Critical Theory*(Cambridge Mass.: The MIT Press, 1995, pp. 96~98) 중의 논평으로부터 도움을 받았다.

하는 형제의 형상을 갖고 있지 않다. 은유상으로 형제의 위치에 놓인 작품인물, 즉 병출과 그밖의 과수원 일꾼은 주인의 착취에 대해 불평하긴 해도 주인의 권력에 저항하진 않는다. 주인만이 "정상인"인 과수원에는 그의 학정에 도전할 어떤 세력도 존재하지 않는다. 오히려 일꾼 중 한 남자는 주인의 허락하에 개순을 겁탈하고 있는 판국이다. 과수원의 잘 익은 배(그리고 그와 은유적 관계에 있는 개순의 부푼 젖가슴)의 쾌락은 영원히 중늙은이 주인의 소유다. 「배꽃이 지고」에서 행하여진 사회적인 상상은 사회적인 것의 불가능성에 고정되어 있다 해도 무방하다.

백가흠 소설에서 아버지는 아이에게 욕망의 억압과 승화를 가르침으로써 사회적인 질서 속으로 인도하는 존재가 아니다. 억압과 승화야말로 오히려 아버지에게 결여되어 있는 정신기제이다. 아버지는, 개순의 젖을 빨고 있는 과수원 주인의 형상에 요약되어 있듯이, 전능성이라는 유아기적 환상에 붙잡혀 있다. 그런 만큼 그는 공포의 생산 외엔 통치기술이 없는 전제군주와 같고, 그가 군림하는 인간무리에서는 어떤 사회적인 약속도 허망하다. 그 전형적인 예가 가족의 붕괴이다. 「밤의 조건」의 매춘 여성은 고향집 감나무에 스스로 목을 매단 어머니의 모습을 "작대기를 들고 뛰어오는" 아버지의 모습과 함께 기억하고, 동일 작품의 동성애 초심자는 그 개인과 가족을 파탄으로 몰아넣은 "게이" 아버지를 상기한다. 백가흠 소설에서 아버지는 가족 또는 세계 속에서 자신이 차지한다고 믿고 있는 중심의 위치에 동요를 일으키는 모든 사태에 대해 폭력으로 반응한다. 아버지의 무법적 난폭성은 아내가 외간남자와 관계하고 있다는 사실을 알게 되자 아내를 포함한 가족 모두를 몰살하는 「구두」의 남성인물, 그리고 매춘 여성을 자기 집으로 끌어들여 사정없이 린치를 가하는 「밤의 조건」의 중년남성에게서 극악한 양상으로 나타난다. 백가흠 소설에 상상된 사회적 세계에서 가족적인 것 또는 사회적인 것의 불가능성과 관련하여 가장 상징적인 것은 임신 불능, 태아 유산, 아이 유기와 살해 등과 같은 세대의 폐절을 뜻하는 사건이다. 「광어」와 「전나무숲에서 바람이 분다」의 여자들은 각각 아이를 유산하고 그들을 보살펴준 남자들로부터 달아나며, 남편과 함께 부랑자 생활을 하고 있는 「웰컴 베이비!」의 여자는 여관방에서 얼굴에 입밖에 없는 아이를 낳는다. 「얘들아 나오너라, 달맞이 가자」에서 자궁 적출 수술을 받은 진숙은 동거중인 남자와의 결혼을 위해 납치된 젖먹이 아이를 사들이고, 같은 작품에서 엄마가 자기 인생을 사느라 돌보지 않은 네 살배기 아이는 반지하방에서 개에게 음식을 빼앗기고 굶어 죽는다. 여기서 여관방에서 혼자 울고 있는 입만 정상인 아이 또는 반지하방에서 누구도 모르게 썩어가는 아이 시체 등과 같은 그로테스크한 이미지는 이름은 사회이지만 실상은 축군(畜群)인 인간집단이 꾸는 악몽을 압축하고 있다.

그렇다면 그 현대판 우라노스(Uranus)의 아들들은 무엇을 하고 있는가. 아버지가 권력과 쾌락을 독점한 세계에서 아들들은 무엇을 도모하고 있는가. 백가흠 소설이 내놓은 답은 간단하다. 어머니와 하고 있었던, 또는 하고 있었다고 자신이 믿고 있는, 사랑을 계속하는 것이다. 「광어」의 생선회 조리사는 애인을 애무하는 중에 어려서 자기를 버리고 달아난 "얼굴 없는 어머니의 엄마의 자궁 속"을 상상하며, 「귀뚜라미가 온다」의 생선회집 주인남자는 동거중인 연상의 여자를 "엄마"라고 부르고, 「전나무숲에서 바람이 분다」의 육손이는 세상 떠난 엄마의 특징(약한 생명을 보호하는 마음)을 내면화하여 가지고 있다. 백가흠 소설에서 남자들이 겪고 있는 불우함의 특징은 어머니가 도주했든 자살했든 간에 유년기에 어머니를 잃어버린 트라우마적 기억을 가지고 있는 것이며, 그렇지 않은 경우에는, 어머니를 대체할 여자를 미처 가지지 못했거나 잃어버린 상태에서 노쇠한 어머니와 함께 살고 있는 것이다. 그 남자들을 추동하고 있는 근친상간 욕망은 「귀뚜라미가 온다」의 한 장면—한지붕 아래 벽을 사이에 두고 같은 시간에 한쪽에서는 생선회집 남자가 "엄마"라고 부르는 여자와 섹스를 하고 다른 한쪽에서는 늙도록 장가들지 못한 분식집 남자가 술에 만취해 노쇠한 어머니를 구타하는 장면에 생생하게 드러나 있다. 그 섹스와 폭행, 사랑과 지배의 구분이 사라진 장면에서 보듯이 남자가 어머니와 상상의 성적 합일을 추구하는 행위는 군주적 전능성을 누리고자 하는 충동과 불가분의 관계에 있다. 「2시 31분」을 보면 엄마와 애인 사이인 남자를 만난 사내아이는 엄마만이 아니라 자신도 그의 손에 넘어갔다고 느끼고 결국 그를 교살하고 그의 남근을 잘라버린다. 백가흠의 가족 로맨스에서 아들은 근친상간 욕망도, 아버지 살해 욕망도 포기하지 않고 오히려 전능한 아버지의 분신이 되려고 한다. 그 아들들 사이에는 욕망의 집합적 포기에 기초한 사회적 계약 대신에 쾌락의 패왕 자리를 둘러싼, 생사가 걸린 싸움이 일어난다. 전오이디푸스적 단계의 상상(pre-Oedipal imaginaries)이 만연된 그 남성세계의 한 일화가 「배의 무덤」에 들어 있다. 동네 남자들이 아내를 농락했다는 이유로 그들의 아내 열네 명을 강간하고 도망쳐 외항선을 탔다가 "바다사자 송곳니"를 성기에 박아넣고 나이 들어 동네로 돌아온 남자는 그의 만행을 기억하고 있는 남자들에게 붙잡혀 집단 린치를 당하고 땅속에 묻힌다. 갯벌과 어장이 사라진 황량한 포구 마을에서 꼬리를 물고 이어지는 복수의 공포물적 이야기, 여기에 몰(沒)사회적인 인간세계의 디스토피아가 있다.

4. 정체성의 정치와 그 무의식

정치의 용어로서 사회는 단지 인간이 집단을 이루고 있는 상태를 나타내는 것이 아니라 인간 집단이 스스로를 통치하는 합리적인 방식을 나타낸다. 그 집단적 자치의 이상은, 단순화하건대, 민주주의이다. 지금으로부터 약 두 세기 반 전 루소는 이렇게 썼다. "나는 모든 사회조직의 기초로서 틀림없이 도움이 되는 것을 한마디로 말하면서 이 부(部)와 장(章)을 끝맺을까 한다. 즉 기본 계약은 자연적 평등을 파괴하지 않으며 반대로 인간 사이에 자연적으로 생겨날 수 있는 육체적 불평등을 도덕적이고 합법적인 평등으로 대치한다는 것, 그리고 인간은 체력 또는 재능에 있어 불평등할 수 있는 만큼 계약에 의해 그리고 권리에 의해 모두가 평등하게 된다는 것이다."[4] 사회적인 것에 대한 거대한 희망을 담은 문장이다. 그러나 그것을 읽으면서 일말의 허탈감을 느끼지 않는 사람이 지각 있는 한국인 중에 있을까. 개인들 사이에 자연적으로 생겨난 불평등을 개인 각자의 책임으로 방치하고, 사회적으로 형성된 불평등을 더욱 확대하고 있는 것이 오늘의 한국사회이다. 도덕상, 법률상 평등은 허울 좋은 조문에 불과하다. 한국사회를 움직이고 있는 것은 전근대 유교적 관료국가와 일본 천황제 국가의 경험을 통해 유전된 계서제적 질서관념, 혈연, 지연, 학연 등의 각종 연고를 특권화한 권력과 이익의 카르텔주의, 개인이든 집단이든 자신을 중심으로 세상이 돌고 있다고 생각하는 유아증(infantilism) 문화, 공생과 호혜의 도덕적 질서에 대한 무관심과 불복종을 만연시키는 시장만능주의이다. 한국의 민주주의는 아이러니컬하게도 민주화 이후 그것의 사회적, 경제적 기반이 침하되는 사태를 목격하고 있다. 해를 거듭할수록 확대되고 있는 계급격차는 민주적인 집합적 삶의 전망을 특히 어둡게 한다. "자유롭도록 강제된" 개인 사이의 계약이라는 관념하에 사회를 생각하는 것이 어쩌면 처음부터 잘못된 가정인지도 모른다. 사회

4) 장 자크 루소, 『사회계약론』, 이환 옮김(서울대학교출판부, 1997), 30쪽. 플라마리옹 문고판 프랑스어 원문과 이와나미 문고판 일문 번역을 참조하여 수정해서 인용했다.

는 개인과 집단의 분리에 선행하는 어떤 통개인성(transindividuality)의 체제, 그것도 후생조합이나 관현악단으로가 아니라 감호소나 정신병동으로 상징되는 체제라는 생각이 더욱 타당할지도 모른다.

박민규, 이기호, 백가흠의 소설은 앞에서 여러 차례 지적했듯이 깊은 환멸과 적의의 어조로 사회경험을 이야기한다. 그들의 작품에서 종종 주(主)인물의 위치를 차지하는 청년은 자신이 소속된 사회에서 그들의 자아발전에 도움이 되는 관용과 지원이 아니라 반대로 그들의 자아를 불구화하는 권력의 작용을 느낀다. 그들의 이야기는 명예와 특권의 사회적 세계 속으로 나아가 자아를 정립하는 교양의 과정 또는 입신출세가 적어도 어떤 계층의 청년들에겐 효력이 없을 뿐만 아니라 사악한 폭력을 감춘 신화임을 암시한다. 학교는 개인의 정체성을 획일화하는 차별과 배제의 체제이며, 교회는 도덕적으로 타락한 사회권력의 소굴이고, 직장은 인간 본성을 말살하는 물화된 노동의 지옥이다. 박민규, 이기호, 백가흠 소설에서 공통적으로 나타나는 굴욕적이고 압제적인 사회경험의 한 상징이 그들의 작중인물이 맞고 있는 매이다. 백가흠의 「배꽃이 지고」에서 정신적으로 아이와 다를 바 없는 병출은 그를 착취하고 있는 노인에게 상습적으로 구타를 당하고 있고, 이기호의 「갈팡질팡하다가 내 이럴 줄 알았지」에서 저자의 십대 시절 분신은 동네의 십대 폭력서클에게 집단 린치를 당한 이후 여러 차례 뭇매를 맞고 있다. 매 맞는 아이의 좀더 상징적인 형상은 박민규의 『핑퐁』에 나온다. 한 허약하고 소심한 중학생은 같은 반으로 전학 온 부유층 아들 모아이와 함께 치수와 그의 패거리들에게 구타를 당하고 금품을 빼앗긴다. 그 스스로 "딱히 인간이라고는 말 못하겠다"고 여길 정도로 그를 자괴감에 빠뜨린 그 폭력은 사회 속에서 약자가 당하는 배제와 박탈이라는 성격을 뚜렷하게 가지고 있다. 그는 자신과 모아이가 세상의 "다수"인 척하는 사람들로부터 존재를 부인당하고 있다는 것, 자신을 갈취하고 있는 패거리의 우두머리인 치수가 세상을 지배하는 "소수"라고 스스로 믿고 있다는 것을 이야기한다. 이처럼 박민규를 비롯한 신인작가들의 작품에 매 맞는 아이가 공통적으로 보인다는 것은 흥미를 돋우는 대목이다. 한국사회의 음지 곳곳에 실제로 만연된 물리적 폭력을 상기시킨다는 이유에서가 아니라 매 맞는 아이의 장면이 그렇게 상연되고 있다는 이유에서 흥미롭다.

프로이트의 유명한 논문 중에 공교롭게도 「매 맞는 아이」가 있다. 프로이트는 그의 환자 중에 아이가 매를 맞는 환상에 빠진 사람들이 있으며 더욱이 그들은 그 상상적인 상황의 절정에서 자위적인 만족을 얻고 있다는 사실을 알게 되었다. 그 환상에 관한 환자들의 고백은 성적 생활의 시초에 관한 어떤 고백보다도 강한 수치감과 죄악감을 가지고 있었으며 아이의 오 세나 육 세 무렵에 형성되는 다른 환상 및 고착과 달리 어떤 트라우마적 경험에 근거하지 않았다. 프로이트가 네 명의 여성 사례를 가지고 분석한 바에 따르면 매 맞는 아이의 환상은 세 단계로 변화한다. 첫째 단계는 "어떤 아이가 맞고 있다"는 진술로 요약된다. 맞고 있는 아이는 환상을 일으킨 여자아이와 다른 아이이고 대개는 남자형제나 여자형제이다. 때리는 사람은 처음에는 불분명하나 나중에 가서 환상을 일으킨 여자아이의 아버지로 인식된다. 환상에 따르는 쾌감은 가학적이다. 프로이트는 그것이 형제에 대한 질투심의 솔직한 만족을 장면화해서 보여주는 환상이라고 해석한다. 둘째 단계는 환자 자신에게 기억되지도 않으며 의식되지도 않는, 정신분석에 의해 구성된 단계이며, "나는 아버지에게 맞고 있다"는 말로 표현된다. 이것은 아버지에 대한 여자아이의 근친상간적 애정 충동을 표현한 환상이다. "나는 아버지를 사랑한다"가 "아버지가 나를 때리고 있다"로 바뀐 것은 그 충동이 억압된 것이기 때문이다. "때리기는 이제 죄악감과 성적 사랑이 만나는 장소이다. 즉 그것은 금지된 성기적 관계에 대한 처벌일 뿐만 아니라 그 관계에 대한 억압적 대체물이기도 하며 이 대체물로부터 앞으로 때리기에 부착되는 성적 흥분이 파생된다."[5] 프로이트는 이 때리기에 의한 성적 사랑의 대체에 피학증의 본질이 있다고 본다. 셋째 단계는 둘째 단계의 무의식적 환상을 대치한 의식적인 환상이다. 아이는 다시 구경꾼의 위치를 차지하고, 피학증은 가학증으로 되돌아간다. 다만 매를 맞는 아이가 아이들 집단(주로 남자아이 집단)이며 매를 때리는 어른이 아버지가 아니라 학교 교사와 그밖의 권위 있는 사람들이다. 프로이트는 문제의 환상을 일으킨 사람이 여자냐 남자냐에 따라 달라지는 차이에도 주목하고 있지만 그것은 그의 분석을 여기서 참조하는 목적에 비추어 중요한 것은 아니다. 중요한 것은 그 환상이 벌을 주려는 욕망과 벌을 받으려는 욕망, 종속시키려는 욕망과 종속되려는 욕망, 고통을 가하려는 욕망과 고통을 당하려는 욕망, 그 양자의 콤플렉스(복합체)라는 점이다.

매 맞는 아이의 환상에 관한 프로이트의 분석은 그의 다른 중요한 분석과 마찬가지로 금지된 성적 사랑보다 범위가 넓은 정치적, 사회적 경험을 이해하는 데에도 유용한 모델이 된다. 웬디 브라운이라는 미국의 정치사상가는 여성, 유색인종, 퀴어 등과 같은 정체성을 정치화하는 담론을 살펴보면 그 정체성 집단이 사회적으로 당한 처벌과 상해(傷害)의 장면이 빈번하게 상연된다는 점에 주목하고 그 장면을 산출한 욕망의 기제를 프로이트의 매 맞는 아이 환상 분석을 응용하여 설명한 바 있다. 그 정체성의 정치가 비난하기를 멈추지 않는 처벌적이고 상해적인 사회적 처우를 그 자체의 담론 속에 빈번하게 연출하고 있다는 데는 어떤 역설이 있다. 그래서 정체성의 정치는 처벌하고 상해하는 사회를 규탄하는 이면에서 처벌과 상해에 대한 욕망을 생산하

5) 프로이트, 「매 맞는 아이」, 『정신병리학의 문제들』, 황보석 옮김(열린책들, 1997), 151쪽. 『표준판 프로이트 심리학 저작 전집』 제17권 중의 영문 번역에 의거하여 수정해서 인용했다.

고 있지 않은가 하는 추정을 낳는다. 브라운의 주장에 따르면 그러한 추정은 타당하다. "정체성에 뿌리박은 후기 근대적 정치의식의 특수한 형성"은 "성차별주의, 인종차별주의, 이성애주의의 처벌적인 사회적 행위를 통해 그 정체성을 다시 긍정하려는 잠재적 욕망"과 불가피한 관계가 있기 때문이다. 매 맞는 아이의 장면과 벌 받는 정체성의 장면 사이에는 일정 정도 유사성이 있다. 첫째 단계에서 때리기의 주체와 대상이 불분명한 장면에는 굶어죽는 아이, 강간당하는 여자 같은 식의, 처벌이나 상해를 가하는 구조의 인격화를 통한 그 구조로부터의 퇴각이 대응되고, 환상을 일으킨 아이가 아버지에게 맞고 있는 둘째 단계에는 인종, 젠더, 성에 관한 사회적인 유별 표시 때문에 자유와 평등의 이상으로부터 소외를 당한 정체성들의 그 이상에 대한 피학증적 애착이 대응되고 셋째 단계에는 그 애착이 거의 위장된, 처벌과 상해에 책임이 있다고 믿어지는 각종 이데올로기에 대한 비판이 대응된다. 이 세 단계 중에서 브라운은 프로이트와 마찬가지로 무의식적 욕망이 표상된 둘째 단계가 핵심적이라고 생각한다. 따라서 정체성의 정치는 민주주의에 대한 금지된 사랑에서 에너지를 얻고 있는 정치주체 형성을 위한 공정이 되는 셈이다.[6)]

프로이트의 매 맞는 아이 환상 분석의 정치철학적 함축을 고려하면 박민규 세대 신진작가들의 사회적 상상에 대해 조금 다른 논의가 가능할지 모른다. 이기호와 백가흠 소설 중의 불량배, 부랑자, 장애인, 동성애자에 관한 이야기는 그들의 결핍이 사회적으로 생산되었음을 알려주고 있을 뿐만 아니라 현존하는 사회의 도덕적 질서에 대항하여 그들의 정체성을 긍정하는 순간을 보여준다. 이기호의 「버니」에서 십대 매춘이라는 범죄가 사회의 폭력과 허위를 들어 변호되는 대목, 백가흠

6) Wendy Brown, *Politics Out of History*(Princeton: Princeton University Press, 2001), pp. 45~61.

의 「로망의 법칙」에서 동성애가 사회적으로 인정되지 않은, 그러나 80년대의 운동권의 투쟁보다 순정한 로맨스로 포착되는 대목에 그러한 순간이 있다. 이기호와 백가흠 소설에는 근래 한국사회 일각에서 유행하고 있는 소수자 담론과 운동에 상응하는 정체성의 정치가 잠재되어 있다고 보아도 잘못은 아니다. 그들의 작품에 반복해서 출현한 몰사회적인 사회의 소극(笑劇)적인 또는 공포물적인 장면을 두고 프로이트식으로 말해도 좋다면 그것은 단순히 사회적인 삶의 가능성에 대한 절망을 전하는 것이 아니라 어떤 이상화한 사회질서에 대한 상처받은 애착을 뜻하는 것이다. 시골 출신의 가난한 청년 둘을 서울 부유층 주택단지에 수상한 이방인으로 등장시키고 그들의 우습게 과장된 자기비하와 자기학대의 행동을 보여주는 이기호의 상상력, 근친상간의 환상 속에서 위안을 얻고 있는 두 남자의 집을 태풍이 덮치게 하여 그들의 삶으로부터 실제적인 또는 대리적인 어머니를 갑자기 사라지게 만드는 백가흠의 상상력, 그것은 어떤 차별도 소외도 없는, 만인 평등의 사회에 대한 욕망의 도착된 표출이 아닐까? 그 사회적으로 종속된 정체성 집단의 굴욕과 고통의 장면은 어쩌면 민주화 이후 한국에 양산되고 있는 빈곤층을 포함한, 새롭게 형성된 하류사회의 정치적 무의식의 한 표상일지도 모른다.

그러나 사회적 약자가 당하는 모욕과 핍박의 장면을 반복적으로 상연하는 데서 건전한 형태의 민주적 정치주체가 생성된다고 말하기는 어렵다. 웬디 브라운이 지적하고 있듯이, 정체성이라는 고통의 근원을 처벌을 통해 다시 긍정하는 정치는 고통으로부터의 자유를 포함한 해방된 삶을 위한 집합적 기획과 오히려 상충된다. 민주주의의 이상이 상상력의 천재들에게 요구하는 작업은 나르시시즘적인 자기확인 욕망에 빠진 정체성들을 대변하는 것이 아니라 개인들에게 일어나는 정체성 횡단의 경험 속에서 어떤 탈중심적인 사회적 관계에 대한 은유를 발견하는 것이다. 그 은유는 바라건대 탈중심화 사회에 내재하는 화합과 적대, 결속과 분해 양쪽 모두에 충실한 것이어야 한다. 2000년대 소설에 뭔가 상서로운 조짐이 없는 것은 아니다. 이 글에서 반사회적인 감각의 전위처럼 취급한 박민규의 소설에는 자본주의 시장의 규율에서 벗어난 개인 사이의 새로운 유대에 대한 관심이 얼마간 표현되어 있기도 하다. 그의 장편소설 『핑퐁』은 사회적으로 생산되고 표시된 정체성의 속박에서 벗어난 개인들, 그의 표현을 빌리면, "세계가 '깜박'한 인간들"이 우정을 창출하는 방식을 다룬다. 그것의 핵심은, 『삼미 슈퍼스타즈의 마지막 팬클럽』에서 그러했듯이, 대중오락에서 촉발된 어떤 다른 세상의 몽상이다. 『핑퐁』에서 탁구는 세상으로부터 배제되었다고 느끼는 두 소년에게 오히려 세상으로부터 독립된 자아를 함께 꿈꾸는 길을 열어준다. 인류의 운명이 달린 탁구 시합 같은 이야기는 세상의 총체적 환멸을 느낀 소년의 심정과 상통하는 공상이면서 또한 자기 방식대로 삶을 살고자 하는 소년의 욕구에 어울리는 만담이다. 하지만 그 세상의 이치에 반하는 유대의 알레고리가 현대 한국의 젊은 세대의 경험과 얼마나 폭넓게 공명하고 있는지는 의문이다. 그것은 아무리 의미 있게 봐도 클럽문화 수준의, 묵시록적 공동환상 위에 성립하는 남자 사이의 형제애적 결속에 머물러 있다.[7] 민주화의 환멸을 통과한 새로운 정치적 상상력은 이제 발육하는 중이다.

(『문학동네』 2007년 가을호)

7) 진정석은 김중혁에 대해 언급하는 중에 "그의 소설이 드러내는 공동체적 지향 또한 예술적 · 문화적 취향을 공유하는 느슨한 집단, 그의 거의 모든 소설에 등장하는 마니아집단 정도에 그친다"고 말하고 있는데, 이것은 박민규와 그밖의 신진작가들의 대안적인 사회상상의 일반방식에 해당되는 논평이라고 생각된다. 진정석, 「사회적 상상력과 상상력의 사회학」, 『창작과비평』 2006년 겨울호, 216쪽.

대중사회의 도상학

하성란의 단편

1. 도상애호증 소설

하성란의 초기 단편 중 하나인 「두 개의 다우징」은 이미지에 의존하여 세계를 지각하고 이해하는 현대인의 관행에 대한 증언을 담고 있다. 이 작품에서 한 잡지사의 사진기자로 나오는 여자는 직업상 필요와 상관없이 습관적으로 사진을 찍는다. 아파트 실내에서든, 달리는 택시 안에서든, 행인이 오가는 길에서든 흥미를 끄는 대상이 시야에 나타나면 그녀는 즉시 가방에서 카메라를 꺼내든다. 그녀의 사진 찍는 버릇은 자신의 세계를 이미지의 형태로 이해하는 시각 위주의 의식이 항상성과 능동성을 지닌 상태를 예시한다. 카메라가 그녀의 신체기관의 연장과 같은 그녀에게 경험은 이미지의 출현과 같으며, 세계는 이미지의 앤솔로지와 같다. 그녀의 사진 찍기 중독이 나타내는 이미지에 매혹된 의식은 그녀의 배다른 언니에게서도 나타난다. 어린 시절에 어머니에 의해 낯선 도시의 다방에 맡겨진 언니는 혼자 버려져 있는 동안 줄곧 탁자 위에 올려놓고 보던 "컬러판 어린이 화집" 중의 미켈란젤로 조각품 사진에 특별한 애정을 가지고 있다. 대학에 들어가면서 "미켈란젤로의 화집"을 선물로 받아 그 사진이 실린 페이지가 항상 들떠 있을 정도로 즐겨 보았고, 그 화집을 잃어버린 이후에는 그것을 구하려고 헌책방을 드나들고 있다. 언니가 그토록 애착을 느끼는 미켈란젤로의 조각품은 〈피에타〉이다. 성모 마리아가 십자가에서 내려진 예수를 안고 있는 형상의 그 조각품 사진에서 어쩌면 언니는 자신의 삶에 결여된 것이 무엇인가를, 자신이 원하는 것이 무엇인가를 일찌감치 직감했을지도 모른다. 복제된 이미지를 통해 자기발견의 흥분을 체험한 언니는 유년기에 이미지의 마술에 걸려든 사람답게 직업을 택했다. 그녀의 직업은 화가이다.[1)]

「두 개의 다우징」에 나오는 이미지 애호가는 한국소설 속의 인간상으로서 이제는 별로 신선하지 않다. 카메라 렌즈를 통해 세상을 보는 여자와 〈피에타〉 도판에 집착하는 언니는 뭉크의 〈사춘기〉를 보고 그 위태로운 청순함의 이미지에 감동한 장정일의 인물, '호피 인디언' 사진으로부터 자극을 받아 일상의 궤도에서 이탈한 윤대녕의 인물, 다비드의 유화에 대한 품평으로부터 죽음의 미학을 말하기 시작하는 김영하의 인물, 마르그리트의 화집 속에서 어머니를 발견하고 울음을 터뜨리는 이응준의 인물 등과 같은 종족이다. 그들은 사진이 개인에게나 집단에게나 현실을 포착하고 통제하는 주요 수단으로 활용되는 사회에서, 이미지가 사람들의 현실감각을 지배하고 있는, 그래서 심지어는 이미지가 바로 현실의 참다운 형태라고 믿어지는 문화에서 불가피하

1) 이 글에서 사용할 하성란 단편소설의 텍스트는 『루빈의 술잔』(문학동네, 1997), 『옆집 여자』(창비, 1999), 『푸른수염의 첫번째 아내』(창비, 2002)이다. 인용구는 따옴표에 넣고 쪽수는 밝히지 않는다.

게 형성되는 도상애호증(圖像愛好症 iconophilia)을 대표한다. 특히, 하성란 소설의 인물들은 복제된 이미지에 매혹된 경험이 있을 뿐만 아니라 이미지의 포획을 통한 현실 발견을 추구한다는 점에서 그들의 도상애호증은 자못 심각한 데가 있다. 「두 개의 다우징」이 이야기하고 있는 것도 실은 발견의 도구로서의 사진에 대한 신뢰라고 생각할 만하다. 그 "두 개의 다우징"은 작중에서 한 신부가 등장하여 수맥을 찾는 데 실제로 사용한 다우징과 유사관계를 이루는 두 사물을 가리킨다. 그 하나는 아버지가 가족을 버리고 떠나기 이전에 언젠가 우물을 찾으려고 들고 다닌 개암나무 가지이며 다른 하나는 여자가 가방에 넣고 다니며 수시로 꺼내드는 카메라이다. 아버지에게 개암나무 가지가 땅속에 감춰진 보물을 찾아내는 신통한 수단이었듯이 여자에게 카메라는 통상적인 감각 너머의 세계를 포착하는 영묘한 도구이다. 소설의 마지막 대목, 그녀가 하루 동안 찍은 필름을 현상하는 장면에서 그녀는 잃어버린 오피스텔 "열쇠"가 아침 택시 안에서 카메라가 헛돌아 찍힌 사진 속에 잡혀 있음을 발견한다. 이 "열쇠"를 작품이 권유하는 바에 따라 아버지의 부재와 함께 그녀에게 닫힌 세계의 문을 여는 열쇠라고 해석한다면, 그녀가 사진 이미지에 얼마나 깊은 의미를 부여하고 있는가는 짐작하고도 남는다.

「두 개의 다우징」의 작중인물이 표현한 바와 같은 도상애호증은 하성란과 동세대 작가들의 소설이 가지고 있는 미학적 새로움의 주요 원천 중 하나라고 해도 무방하다. 그것은 시각적 인상을 강조하는 묘사주의, 장면 위주의 파편적인 플롯 구성, 현현적(epiphanic) 이미지의 추구, 그림이나 영화 속의 이미지에 대한 참조 등과 같은 여러 가지 양상으로 하성란 세대 소설의 표면에 뚜렷하게 출현했다. 이 도상애호증적 미학은 리얼리티에 대한 정열과 환상적인 것에 대한 흥미의 차이, 개인적인 상상세계의 구축과 사회적 기억의 재생의 차이를 넘어서 하성란 세대 소설의 형식적 변별성을 정의하는 특징이 되다시피 했다. 하성란 세대의 작가들이 이미지 복제기술과 대중소비가 발달하기 시작한 환경에서 성장했다는 것, 그리고 사람들의 경험에서 시각적 형식이 압도적으로 우세한 문화 속에서 소설을 쓰고 있다는 것을 감안하면 그들의 상상력이 세목, 장면, 광경에 기울고 있는 것은 자연스러운 일이다. 그러나 이미지 위주의 소설은 작가의 형식적 고려에 따라 차이가 있긴 해도 소설에 대한 통념과 크게든 적게든 어긋난다. 소설의 장르적 관습을 존중하는 관점, 특히 서사의 합리성을 무엇보다 중시하는 관점에서는 그것을 놓고 시각문화의 헤게모니가 소설에 유발한 기형화 증후라고 의심할 소지가 많다. 실제로 도상애호증의 조악한 소설적 표현이 범람한 1990년대 전반에 이른바 "영화적 문법"의 소설은 준엄한 비판의 표적이 되기도 했다. 예컨대 90년대에 들어 소설 형식에 나타난 변화의 바탕에 "영화적 영상기호에 대한 유혹"이 있음을 발견한 도정일은 그러한 유혹이 소설의 서사를 추동하는 원리가 되어버린 사태를 비판한다. "시각의 쾌락 원칙"을 채택했을 뿐만 아니라 "영화적 서사기법의 차용"으로까지 나아간 젊은 작가들의 "영상미학" 추종에 맞서서 그는 "이미지화한 세계의 문제적 현실" 즉 "세계의 평면화, 표피화, 경박화, 파편화"의 극복을 지향하는 서사형식의 탐구가 소설 본연의 과제임을 역설한다. 요컨대 소설은 "서사의 전체성"을 추구해야 한다는 것이다.[2)]

90년대 전반의 소설 작품들에서 시각적, 영화적 이미지에 대한 유혹을 찾아내고 그로 인한 소설의 자기상실의 위험을 일깨운 도정일의 비판은 시의에 합당한 것이었다고 생각된다. 『살아남은 자의 슬픔』 등과 같은, 상품화한 시각 이미지의 채록은 소설형식의 진정한 혁신을 위해

2) 도정일, 「90년대 소설의 영화적 관심과 소설의 형식문제」, 『시인은 숲으로 가지 못한다』(민음사, 1994).

마땅히 경계해야 했다. 그러나 도정일의 평론으로부터 약 십 년이 지난 지금에서 생각하면 젊은 작가들의 소설에 나타난 "이미지에 대한 집착"은 "영화적 관심" 같은 당대의 시류보다 좀더 넓은 심리적, 문화적 맥락에서 고찰할 필요가 있었으며, 또한 그것을 서사와의 관계에 한정하여 비판함으로써 그것이 소설형식에 가져오는 변화에 대한 세심한 이해를 결과적으로 차단했다는 생각이 든다. 더욱이 도정일이 "영상미학" 유행에 대한 방책으로 내놓은 "서사의 전체성"은 의심하기로 하면 "영상미학"만큼 신뢰하기 어려운 규범이다. 도정일의 비판 이후 이미지 위주의 소설에 회의적인 많은 작가와 비평가들이 서사성의 회복을 촉구했지만 서사성의 회복은 단순히 작가의 결심에 달린 문제는 아니다. 소설형식은 다른 예술형식이 그렇듯 사물을 지각하고 경험하는, 관념이나 신념보다 훨씬 근원적인 마음의 작용과 관련되어 있으며, 지각과 경험 방식이 변화함에 따라 불가피하게 변동을 겪는다. 문제의 "이미지에 대한 집착"은 바로 지각과 경험의 형식 중에서 시각적 형식이 시각 정보 기술의 발전에 의해 상대적 우월성을 획득한 결과이다. 역사적으로 보면 이미지에 대한 열정은 기계복제 시대의 소설에 우연히 일어난 탈선이 아니라 소설 발전의 중요한 계기였다. 예를 들어 영국 빅토리아시대 소설은 사진 이미지의 대량복제가 성립시킨 새로운 시각질서에 적응하여 사진화한 혹은 사진화가 가능한 사물들의 세계를 제시함으로써 리얼리즘을 진전시켰다. 한 미국인 비평가에 의하면, 영국 리얼리즘 소설의 핵심 기제는 리얼한 어떤 것의 재현이 아니라 시각질서 내에 장소와 이름을 가지고 있는 이미지-대상으로 세계를 인지하게 해주는 시각적 관례들의 활용에 있다.[3] 그러므로 이미지 애호를 소설의 건강을 해치는 시각문화의 전염병처럼 여기는 것은

3) Nancy Armstrong, *Fiction in the Age of Photography: The Legacy of British Realism* (Cambridge Mass.: Harvard University Press, 1999), 특히 pp. 1~31 참조.

재고를 요하는 생각이다. 특히 지난 십 년 사이에 부상한 젊은 세대의 작가 중 일부는 도상애호증적 심리와 미학으로부터 오히려 "이미지화한 세계"를 반성하는, 그러면서 또한 스스로를 혁신하는 소설이 생겨날 가망이 있다는 것을 알려준다. 그 작가들 중에서 주목을 요하는 모범은 역시 하성란이다.

2. 사진 이미지와 극사실주의

누구나 알다시피, 사진의 발명은 사람들이 사물을 지각하고 이해하는 방식을 근본적으로 바꾸어놓았다. 그것은 사물의 시각적 형식에 대한 주의력과 분별력을 발전시켰으며 또한 시각적 형식을 바로 사물의 실재로 여기는 습성을 발전시켰다. 세계의 이미지화는 사실상 사진의 발명과 함께 시작되었다. 그러나 사진은 시각적 표상에 대한 관심을 대중 사이에 증대시켰다기보다는 시각적 표상화의 가능성을 유례없이 확대시켰다. 사진은 처음 출현했을 당시부터 표상하기가 불가능하다고 여겨지던 사물들을 눈앞에 보이게 해준다는 점에서 경이로운 기술이었다. 그것은 특히 육안으로 식별되지 않거나 일상생활중에 지나쳐버리는 미세한 사물들을 표상의 역사상 처음으로 유념하고 기억하게 만들었다는 의의가 있다. 사진기술은 그 대상의 공간을 확대시킴으로써만이 아니라, 좀더 중요하게는, 그 대상으로부터 시간을 증발시켜 정지상태에 놓음으로써 그것 특유의 세목에 주의를 집중시킨다. 역사상으로 사진에 선행한 회화나 조각처럼 말초적인 세목이 아니라 어떤 본질적인 형식을 포착하고자 하는 예술형식과 대조적으로, 사진은 세목 그 자체에 주의하도록, 세목에서 광경을 발견하고 세목의 현존에서 현실을 인식하도록 유도한다. 사진 이미지는 기본적으로, 세목을 생생하게 보유하고 있는, 그래서 사물의 실재를 곧바로 지시하는 듯한 이미지이다. 롤랑 바르트의 구절을 빌리면, "사진에 찍혀 있는 사건은 그것 이외의 다른 어떤 것을 향해 스스로를 초월하지 않는다. 사진은 내가 필요로 하는 견본을 항상 내가 보고 있는 물체로 되돌아가게 이끈다. 이 물체는 절대적인 특수자, 빛깔 없고 얼마간 둔해빠진 절대군주적 우연, '이것', (……) 간단히 말해서 라캉이 '투케'라고 부른 것, 그것의 지칠 줄 모르는 표현인 기회, 조우(遭遇), 실재이다."[4]

앞에서 「두 개의 다우징」에 언급하면서 작중인물에게 사진이 중요한 발견도구가 되어 있음을 지적했지만, 하성란 소설에서 인물, 사건, 정황이 제시되는 방식은 종종 사진촬영을 연상시킨다. 하성란 소설의 특징 중 하나인 극사실적(極寫實的) 묘사는 많은 경우 사진 재현과 유사하게 대상의 시각적 세목에 몰두하는 경향이 있다. 하성란 소설은 묘사 대상의 특징이나 인상 중 시각적인 것에 상대적으로 월등히 높은 비중을 두고 서사적 정합성과 경제성 원칙을 무시하는 듯이 그것을 소상하게 전달하곤 한다. 예를 들어, 데뷔작 「풀」의 서두에서 사무실 유리창 밖으로 이곳저곳을 관찰하는 여자의 행동에 관한 서술은 그녀의 눈에 비치는 사물들에 많은 주의를 기울여 "미끄럼틀의 미끄럼대와 그 그림자는 시계의 시침과 분침처럼 90도 각도로 벌어져 있다" "베란다 밖으로 드러난 사내의 상반신, 방수 처리가 된 번들거리는 추리닝 속으로 얼핏 푸른 정맥 같은 줄무늬 러닝셔츠가 비친다" 등과 같은 자잘한 지각을 전달한다. 야간 고속도로 운전중 틈틈이 그의 냉정한 애인에게 공중전화를 걸어 애타게 구애하는 트럭운전사의 이야기인 「시즈오카 현의 한 호텔은 후지산이 보이는 날만 숙박료를 받는다」는 "반환

4) Roland Barthes, *Camera Lucida: Reflections on Photography*, trans. Richard Howard (New York: Hill and Wang), 1981, p. 4. 인용문 중 '투케(tuche)'는 우연한 것을 뜻하는 그리스어이다.

되는 돈 100. 통화는 되나 반환되지 않는 돈 20"이나 "두번째 교각 아래로 늘어져 있는 빈 새끼줄. 결승문자의 f자 모양으로 새끼줄 중간에 세 번 매듭이 져 있다"처럼 그의 눈에 현재 보이거나 과거에 보였던 사물들의 세목을, 그 시간상의 차이를 표시하지 않는 현재형 서술로 번잡할 정도로 허다하게 전시하고 있다. 또한, 「올콩」에 나오는 한 젊은 남자가 지하철을 타고 이동하던 중 같은 열차에 탑승한, 나중에 그를 우롱하게 되는 여고생들을 주시하는 장면에는 그들이 매고 있는 "한창 유행중인 외제상표의 쌕" 주머니에 매달린 "도날드 덕 봉제인형" "일본만화 캐릭터인 호빵맨" "투명한 플라스틱 정육면체 속에 색깔이 다른 주사위 세 개가 들어 있는 열쇠고리"에서부터 그 여고생들이 그의 맞은편 자리에 나란히 앉아 치마 아래로 드러낸 "밭에서 갓 뽑은 무처럼 싱싱"한 "여섯 개의 다리" "삶은 감자 같은 살진 넓적다리" "자개미 근처(의) 오버 단추만한 크고 검은 점"에 이르는 미세한 사물이 그의 눈길을 따라 펼쳐진다.

이처럼 세밀하게 포착된 세목들 덕택에 하성란 소설은 상당한 정도의 핍진성을 획득한다. 그 세목들은 자연상으로나 문화상으로 명백한 사실(세 사람의 여섯 개의 다리, 추리닝 속에 입는 러닝셔츠, 공중전화기 액정화면의 금액 표시 등), 문화적 상투형에 속하는 발상(셔츠의 줄무늬와 체내의 정맥의 유비, 건강한 다리와 싱싱한 무의 유비), 한국사회에 실제로 발생한 유행이나 풍속(외제 상표의 색에 마스코트 인형을 매달고 다니는 젊은이들의 패션) 등을 지시함으로써 그것들을 포함하고 있는 작중의 허구세계가 한국인들의 현실세계에 확고한 근거를 가지고 있다는 믿음을 준다. 미적 형식의 관점에서 보면 그것들은 사물의 본질과 관계가 없는 사소하고 단순한 세목으로 보일지 모르지만 그것들이 풍부하게 선택되고 총총하게 배치된 결과 소설작품은 확고한 핍진성을 획득한다. 하성란 작품에서 접하는 바와 같은 '자연화한' 사실, 행동, 습관의 세목들의 묘사가 가져오는 것은 삶 자체에 충실하다는 느낌, '실재'를 바로 눈앞에서 보고 있는 듯한 느낌이다. 그것은 바르트가 '실재효과(the effect of the real)'라고 부른, 리얼리즘에 필수적인 시각적 환영에 해당한다. 시각에 호소하는 세부묘사가 극치에 달한 하성란 작품에서 그러한 환영은 종종 선명한 이미지의 형식을 취한다. 그런 경우 우리의 마음의 눈에 보이는 이미지는 사진 이미지와 정녕 방불하다. 가령 「꿈의 극장」에 나오는 다음과 같은 장면은 어떤가.

> 여자는 바닐라 아이스크림을 먹고 있다. 텔레비전 화면을 가리고 앉아 다리를 길게 뻗고 허벅지 사이에 아이스크림통을 낀 채 밥숟가락으로 아이스크림을 떠먹는다. 여자는 2년 전 여름에 유행했던 은박이 티셔츠를 입고 있다. 낡고 낡은 탓에 은박은 다 떨어지고 등 위에 SUMMER 1994라고 박혀 있던 글자들은 흐릿흐릿하게 자국만 남아 있다. 녹아 흘러내리는 아이스크림을 핥으러 허겁지겁 숟가락에 입을 가져갈 때마다 견갑골이 불쑥 튀어나와 S자와 M자 두 개가 도드라진다. 간판에 가려지지 않은 창 위로 노랗고 붉은 네온사인의 불빛이 반짝거린다. 반투명 창의 바둑판무늬를 따라 불빛은 네모난 입자로 팽팽하다. 가장 크게 반짝거리는 것은 간판의 제일 오른쪽에 붙어 있는 킹 치킨점의 트레이드마크인 수탉의 머리다. 수탉은 볏 대신 커다란 왕관을 쓰고 부리를 벌린 채 웃고 있다. 그 수탉은 멀리서도 사람들의 주위를 끌 수 있도록 켜졌다 꺼졌다를 반복한다. 간판은 새벽 한시가 되어야 꺼진다.

여자를 뒤에서 바라보고 있는 남자의 시점에서 아이스크림을 먹고 있는 여자의 모습과 창밖으로 보이는 치킨점 트레이드마크를 관찰한 이 장면은 하성란 소설의 근저에 깔린 도상애호증의 전형적인 표현의 하나다. 여기서 여자는 아이스크림을 먹으며 얼굴을 움직이고 있고 수탉 불빛은 켜졌다 꺼졌다를 반복하지만, 다시 말해 대상 전체가 정지된 순간에 포착되어 있진 않지만 그것은 사진을 찍듯이 대상을 묘사한다는 말에 정녕 어울리는 장면이다. 은박도 모두 떨어지고 글자도 자국만 남은 티셔츠, 여자의 견갑골이 불쑥 튀어나와 만드는 S자와 M자 모양, 창 위로 반짝이는 노랗고 붉은 네온사인 불빛, 커다란 왕관을 쓰고 웃고 있는 수탉 머리 형상 같은 시각에 호소하는 세목들, 그리고 그 세목들이 현재형 시제의 문장 연쇄 속에 배열되어 형성하는 공간적 연속체는 한 장의 사진을 보고 있는 듯한 착각을 일으킨다. 이 장면은 「꿈의 극장」 전체의 맥락에서 보면 뭔가를 의미하는 듯하지만[5] 의미를 찾기 위한 일반화에 저항하는 특수성, 우연성, 일회성을 충분히 가지고 있다. 그 장면의 이미지는 여자의 낡아빠진 티셔츠와 튀어나온 견갑골, 반투명 창의 바둑판무늬에 어린 네온사인 불빛의 네모난 입방체, 킹 치킨점의 수탉 머리 트레이드마크가 바로 그런 순간에, 바로 그런 공간에서, 바로 그런 모양으로 인접하여 있는 상태로 끈질기게 남는다. 의미 없는 사물의 상태에 머물려는 성질 때문에, 바르트적 의미에서 '실재'를 닮으려는 충동 때문에 그것은 실로 사진 같다. 하성란 소설이 극사실주의 또는 하이퍼리얼리즘을 한껏 드러내는 것은 바로 이와 같은 의사(擬似)사진 이미지 조성에 성공하는 대목에서이다.

하성란 소설이 다루고 있는 삶의 세계는 시각이 다른 어떤 감각보다 압도적으로 우위에 있는 세계이다. 하성란의 인물들은 언제나 훔쳐보

---

5) 저녁에 혼자 아이스크림을 먹고 있는 여자의 행동은 "중저가 브랜드 패션회사의 피팅 모델" 일을 계속하려는 노력을 나타낸다. 디자이너들이 조심성 없이 꽂는 시침핀에 살을 찔리는 고역을 견디며 일하고 있는 그녀는 살이 점점 빠져 일자리마저 불안해지자 억지로 칼로리가 높은 음식을 먹는다. 치킨점 네온 간판에 붙어 있는 수탉의 머리 형상은 수탉과 남자, 참수와 거세의 연상고리에 따라 남성적 힘을 상실한 남성을 상징한다. 여자와 부부 사이인 남자는 그간 임시로 일한 잡지사에서 고정직을 얻으려고 과장이 시키는 대로 송장 노릇, 장님 노릇을 하며 기사 재료를 구하는 수모를 당하고 있다. 따라서 위의 장면은 생활의 요구 때문에 온갖 곤욕을 치르고 손상을 입는 젊은 부부의 비참함을 압축적으로 보여준다는 해석을 허락한다.

거나 관찰하거나 감시하는 시각적 행위를 하고 있으며, 그들의 생활환경은 고층빌딩의 옥상 광고에서부터 유흥가의 마술쇼에 이르기까지 시각적 자극과 쾌락으로 가득 차 있다. 하성란의 극사실주의는 그처럼 시각적 경험이 우세한 삶의 세계를 그 상관물로 가지고 있다. 그러나 하성란은 단지 그러한 세계의 세목을 들춰내거나 그러한 세계로부터 이미지를 발굴하는 데에 열중하고 있는 것은 아니다. (세부 묘사나 이미지 발굴이 소설의 주업이 아님은 말할 것도 없다.) 하성란이 주요 목표로 삼고 있는 것은 시각 우위의 세계 내부로부터 생성되는 그 시각 우위의 세계에 대한 반성적 의식을 첨예화하는 것이다. 하성란 소설은 그래서 도상애호증을 솔직히 표현하는 동시에 도상애호증을 스스로 문제화한다. 이러한 자기반성적 도상애호증은 하성란의 초기작인 「내가 사랑한 것은 그녀의 등허리였을까」에서 이미 역력하다. 이 작품의 화자인 남자는 그가 "알고 지내던 여자들" 중의 한 명인 K가 전날 자정 무렵 그와 헤어진 이후 실종되었다는 소식을 듣고 K가 남긴 흔적을 찾아다닌다. 조각가인 그에게 K는 무엇보다도 "가장 아름다운 등허리를 가지고 있던 여자"였으며 그는 K의 등허리를 모델로 "반신상의 브론즈"를 만들고 있던 중이었다. 마치 탐정이 수사를 하듯 그는 K의 집에 남아 있는 물품을 살펴보고 K가 그에게 보인 모습을 회상한다. 그의 추적은 외롭고 막막한 생활에 지친 젊은 여자 K의 정체를 얼마간 밝혀줌과 동시에 "알고 지내던" K를 그가 실은 알지 못하고 있었음을 알려준다. 그가 사랑한 것은 K가 아니라 K의 등허리였던 것이고, K라는 인간이 아니라 K의 이미지였던 것이다. 이렇게 보면 K의 실종은 문자 그대로의 실종 이상을 의미한다. 그것은 가시적 이미지에 국한된 사랑은 대상과의 진정한 교섭을 방해할 뿐만 아니라 대상의 실체를 무화시킨다는 암시를 담고 있는 듯하다.

「내가 사랑한 것은 그녀의 등허리였을까」를 시작으로 하성란의 소설은 시각 우위의 세계에 편재하는 미혹과 허위를 반복해서 이야기한다. 하성란이 즐겨 취급한 현대생활의 문제 중 하나는 시각적 지각이 얼마나 많은 착각을 수반하는가 하는 것이다. 이 시각의 기만이라는 문제는 특히 「양파」라는 작품에 본격적으로 다뤄져 있다. 「양파」는 고속도로 외곽의 국도변 옥수수밭에 자동차 한 대가 추락하여 탑승하고 있던 남녀 두 사람 모두 사망한 사고 현장의 정밀묘사로부터 이야기를 시작한다. 현장조사를 벌인 경찰은 "분홍색 형광 슬리퍼 한 짝" "삼십 센티 길이의 회칼" 등의 물품을 증거로 그 남녀가 동반자살했다고 추정한다. 그러나 경찰조사 장면에 이어지는 플래시백은 그 추정이 잘못된 것임을 알려준다. 그것은 여자를 조수석에 태우고 어둠이 내린 도로를 달리던 남자가 "거대한 간판"에 형광도료로 그려진 "큰길"을 진짜 도로로 여기고 돌진하는 바람에 일어난 사고이다. 또한 그들이 죽기까지 그들에게 일어난 모든 사건들의 원인에 해당하는 여자의 범죄, 즉 소아과 병원 의자에 눕혀진 신생아를 자기도 모르게 깔고 앉아 질식해 죽게 만든 범죄는 실은 일어나지 않았다. 자신이 신생아를 죽였다는 여자의 믿음은 "코와 입이 눌려 있던 아이"의 얼굴 모양과 색깔을 오판한 데서 비롯된 것이다. 「양파」의 주요 사건들은 그러니까 모두 착각이 원인이다. 처음 여자가 아이를 착각했고 이어 남자가 도로를 착각했으며 끝으로 경찰이 단서를 착각했다. 여자의 신생아 살해, 남자의 주행사고, 경찰의 동반자살 추정은 어느 하나 진실에 근거하지 않았기 때문에 그 사건들이 겹겹이 쌓인 결과는 작품 제목 '양파'가 지시하는 바대로 본질적으로 허망한 스토리이다. 이 허망한 스토리를 일반화하여 말하면 시각 우위의 세계는 본질적으로 공허하다. 사람들은 모두 착각과 오인의 위험에 노출되어 있으며 그 위험은 궁극적으로 삶으로부터 진실을 앗아간다. 그러나 시각 우위의 세계 속에는 또한 그것이 기만적임을 증언하는 예술형식들이 있다. 「양파」의 결미에는 고속도로 상공이 헬리콥터에서 한 방송국 기자가 "분홍색 슬리퍼 한 짝"을 카메라의 줌렌즈로 관찰하고 "꼼꼼히 필름 속에 담는" 장면이 나온다. 그의 야심은 언젠가 영화 한 편을 찍는 것이다. 혹시 그가 "분홍색 슬리퍼 한 짝" 같은 세목들을 담아 정교하게 영화를 만든다면 그것의 언어적 치환은 「양파」와 같은 작품이 될지도 모른다. 하성란의 극사실주의 소설은 영화의 문학적 등가물이다.

3. 다중 정체의 인간

하성란 소설의 인물들은 대체로 시각 위주의 인간이다. 그들은 시각적 정보를 중심으로 세계와 교섭할 뿐만 아니라 시각에 잡히는 대상에 무궁한 흥미를 가지고 있다. 그들은 일상생활에서 지나치기 쉬운 사물들의 자잘한 모양과 희미한 동작을 꼼꼼하게 관찰하고 그렇게 하지 않았더라면 영원히 몰랐을 중요한 뭔가를 종종 발견한다. 그들의 섬세하고 집요한 시각적 지각행위를 묘사하는 가운데 하성란 소설은 그 극사실적 정밀성을 달성한다. 그들은 또한 시각적으로 개발된 사람답게 그들의 현실세계가 눈에 보이는 그대로라고 믿지 않는다. 그들의 일상생활을 가득 채우고 있는 시각적 정보들이 진실이기도 하고 허위이기도 하다는 것, 시각적 지각은 인식을 낳기도 하고 오인을 낳기도 한다는 것을 그들은 익히 알고 있다. 그들에게 눈으로 인지되는 현실은 모든 사람에게 동일하지 않으며 오히려 어떻게 보느냐에 따라 달라진다. 그런 점에서 하성란의 데뷔작 「풀」에 나오는 "『환상의 매직 아이』 책 1권"에 관한 일화는 시사적이다. 보는 방식에 따라 "모래알" 모양으로 나타나기도 하고 "별" 모양으로 나타나기도 하는 그림은 하성란 소설의 인물들이 공유하고 있는 현실관념을 대표하는 것으로 보아도 무방하다. 무엇이 현실인가가 이처럼 시각방식에 달린 문제라면 시각적 지각력을 어떻게 이용하고 통제하느냐는 하성란 소설의 인물들에게 당연히 중요한 실제적 문제가 된다. 일상의 시각적 관행을 중지하려는 노력, 시각상의 미혹에 대한 부단한 경계, 시각적 기호를 해독하려는 집념은 그들이 작품 속에서 하고 있는 행동의 주요 내용에 속한다. 그들은, 하성란 소설에 종종 나오는 표현을 빌리면, 세상의 "숨은 그림 찾기"에 몰두하고 있는 것이다.

하성란 소설에서 현실세계의 발견을 위한 노력은 어떤 형이상학적 모험과도 무관하다. 그것은 "숨은 그림 찾기"라는, 퍼즐게임 이름에서 따온 비유가 암시하는 바대로 세계의 시각적 양상에 대한 관심 철회가 아니라 보다 깊은 주의를 의미한다. 그것은 무엇보다도 일상생활의 평범한 파편들, 워낙 평범하기 때문에 간과하기 쉬운 파편들에 주의하는 데서부터 출발한다. 하성란 소설에서 "숨은 그림 찾기"를 하는 인물들은 물질을 획득하고 소비하는 일상생활의 사소하고 잡스러운 흔적들 속에서 인간과 인생을 발견한다. 물질적 파편을 단서로 인간과 인생을 추론하는 그들의 행동은 물질자료를 분석하여 숨은 진실을 드러내는 탐정활동과 비슷하다. 「내가 사랑한 것은 그녀의 등허리였을까」에서 실종된 여자를 찾아 마치 "형사 콜롬보"처럼 그녀의 존재의 증거를 뒤지는 남자나, 「밤의 밀렵」에서 산간마을 주민인 한 보험가입자가 밀렵꾼들의 엽총 오발로 죽은 사건의 진상을 알아내려고 그 마을에 들러 조사를 벌이는 보험사 직원은 그 관찰, 분석, 추리라는 행동에서 확실히 탐정을 닮아 있다. 이러한 하성란 소설의 의사(擬似)탐정 중 가장 인상적인 것은 「곰팡이꽃」에 나오는 남자다. 어떤 제과업체 신제품 개발실에 근무하며 십오 평 아파트에 혼자 살고 있는 남자는 같은 아파트 주민들이 내다놓은 쓰레기봉투를 남몰래 자기 아파트로 가져와서 목욕탕 욕조 속에 풀어놓고 쓰레기를 샅샅이 뒤진다. 그가 주민들의 쓰레기를 뒤지고 있는 것은 사람들이 버린 쓰레기에는 그 사람들의 "진실" 또는 현실을 알려주는 증거가 들어 있다고 믿기 때문이다. "쓰레기장을 조사하여 그 지역에 사는 사람들의 생활실태를 알아보는 '가볼러지(garbology)'라는 사회학의 수법"을 떠올리며 그는 "쓰레기는 거짓말을 하지 않는다. 쓰레기야말로 숨은 그림 찾기의 모범답안이다"라고 생각한다.

하성란 소설의 인물들이 찾고 있는 "숨은 그림"은 「곰팡이꽃」에서 그렇듯이 주로 비밀 많은 인간이다. 파악하기 어려운 현실의 핵심에는 정체가 불확실한 인간이 있다. 「곰팡이꽃」의 남자가 개인이 가지고 있는 물건이 아니라 버린 물건에서, 보여주는 물건이 아니라 감추는 물건에서 개인의 현실을 찾고 있는 것은 개인의 정체성이 개인 자신과 동일하지 않다는 인식의 표현이다. 하성란 소설 주제의 주요 원천은 바로 정체성의 통념에 어긋나는, 그런 만큼 다분히 수수께끼 같은 개인들이 서로 부딪치고 교섭하는 사회적 상황에 있다. 하성란의 걸작 단편 중 하나인 「올콩」을 예로 들면 작중의 젊은 남자가 어느 날 오후에 당한 웃지 못할 봉변은 그가 인천행 지하철 안에서 만난, 눈이 "검정콩"처럼 까맣고 짧어진 색에 "주사위" 마스코트를 매달고 있는 여고생의 모호한 정체에 기인한다. 지하철 안에서 친구들과 시험답안을 맞추며 진학 걱정을 하는 듯하던 "주사위"는 일부러 치마 속을 보여 남자를 졸지에 치한으로 만들고 친구들과 내기에 이기는 장면에서 여학생의 도덕에 대한 예상을 가볍게 배반한다. "주사위"는 직업이 교수인 아버지 앞에서 응석을 부리는, "동네에 소문이 자자"한 자칭 "모범생"이면서 자신의 비행을 감추려고 남자와 "흥정"을 하고 언니의 주민등록증을 훔쳐 "요긴"하게 쓰고 있는 영악한 여자다. "주사위"의 정체성은 그 "주사위"라는 환유법적 지칭이 암시하는 바와 같이 다중적이고 가변적이다. "주사위"를 정의하게 해주는, '여고생' 같은 사회적 범주와 그에 따른 가설과 예상이 얼마나 무력한 것인가는 "주사위"와 영화를 보러 가려고 기다리던 남자가 "주사위"에게 따돌림을 당하는 대목에서 결정적으로 드러난다. 남자는 여자 화장실을 나와 그의 구두를 밟고 지나간 "하늘색 원피스"의 여자가 "반바지와 티셔츠"를 입고 있었던 "주사위"임을 전혀 눈치채지 못해 결국 철저하게 우롱을 당하는 것이다.

「올콩」의 이야기는 "주사위"에게 농락을 당하는 남자의 황당함에 초점을 맞추고 있지만 그는 단지 다중정체성의 우연한 희생자는 아니다. 생일을 맞은 애인을 즐겁게 해주려고 준비하는 대목에서 그는 통념상 신사이지만, 그 애인과 만나기로 약속한 당일 오후에 우연히 치마 속을 훔쳐본 여고생의 약점을 잡아 "흥정"을 하고 색다른 저녁을 기다리는 대목에서 그는 분명히 치한이다. 그 역시 "주사위"와 마찬가지로 다중인격인 셈이다. 「올콩」의 결미에는 주차장 근처의 등신대 거울이 누군가 던진 돌에 깨져 있는 장면이 나온다. 남자는 "금 간 거울 속"에서 "모자이크처럼 조각조각 난 남자의 얼굴"을 발견한다. 이 조각으로 갈라진 남자의 영상은 그에게 감춰져 있는, 그가 "주사위"에게서 목격한 바와 같은 다중정체성을 상징한다고 해도 무방하다. 「올콩」에서 개인의 정체성은 작품에 빈번하게 사용된 "번개"라는 말이 지칭하듯이 일상의 질서가 깨지면 얼마든지 달라지는 어떤 것이다. 정체성이란 자연에 불변의 근거를 가지고 있는 자아의 표현이 아니라 문화가 허용하는 가변적인 자아구성의 방식이다. 정체성이 기율의 산물이 되었든, 위장의 산물이 되었든 근본적으로 불확실하다는 것은 「당신의 백미러」가 말하는 것이기도 하다. 이 단편에 등장하는 남자는 하성란 소설에서 중요한 행위인 꼼꼼하게 보기를 대표할 만한 인물 중 하나다. 명동의 "코스모스" 쇼핑몰에서 매장 감시 업무를 맡고 있는 그는 손님 중 "뭔가 묘한 구석"이 있는 "여자" 한 명을 발견한다. 나중에 "최순애"라고 이름을 밝힌 그녀는 그가 관찰한 바에 의하면 생리중 도벽이 있는 "마술사"이다. 그는 이태원의 한 나이트클럽으로 그녀를 찾아가 만난 이후 그녀의 마술 조수 노릇을 하다가 급기야 그녀의 "코스모스" 쇼핑몰 절도까지 도와주고, 그녀가 부산의 한 신축호텔의 나이트클럽에 취직하자 그녀를 따라 부산으로 간다. 그러나 그들이 타고 있던 버스가 전복되면서 묘한 사태가 벌어진다. 사고 직후 버스 측면의 "백미러"에 비친 영상들 사이에서 그는 "사타구니"에 "불룩한 성기"를 달고 있는 "최순애의 몸"을 발견하고 그런 다음 의식을 잃는다. 입원한 병원에서는 최순애라는 이름의 환자를 찾지 못한 대신, "눈빛"이 "너무도 낯이 익"은 "장발"의 남자를 병원 복도에서 우연히 스친다. 남자는 "온통 '최순애'라는 여자에 대한 생각"에 빠져 "대체 그 여자는 누굴까" 속으로 묻는다.

「올콩」과 「당신의 백미러」에 의하면 정체성이란 개인이 부리는 일종의 "마술"이다. 그것은 개인 자신을 표현하기보다는 은폐하며 사람들을 이해시키기보다는 현혹시킨다. 개인의 정체성이 그처럼 기만적인 놀이에 불과하다는 것은 개인들이 살고 있는 사회의 도덕적, 문화적 질서가 극도로 해이한 상태에 있다는 말이기도 하다. 일반적으로 정체성은 그것을 구성하는 행위규범과 문화관습을 통하여 개인들의 상호이해와 거래를 가능하게 해주면서 또한 그 개인들이 모여 이룬 사회에 도덕적 질서가 유지되게 해준다. 정체성이 "마술"에 불과하다면 개인은 자연히 불가사의한 존재가 되고 사회는 잠재적으로 불안하고 위험한 상태에 놓이게 된다. 「올콩」이나 「당신의 백미러」에서 정체성이 불확실한 개인들의 사회에 잠재된 위험이 주로 사기(詐欺)의 형태를 띤다면 「파리」나 「밤의 밀렵」에서는 광기라는 보다 공포스러운 형태를 띤다. 「파리」는 어느 벽지 마을로 좌천되어 근무하는 동안 마을 사람들의 계략에 걸려들어 울분이 맺힌 한 순경이 집 안에서 우연히 폭력을 쓰다가 그만 광분하여 대량학살로 나아가는 이야기를 통해 인간에 내재하는 불가해한 광기를 강조한다. 순경이 광란을 일으키기 직전 "깨진 거울 속으로" 비친 "사내(의) 낯선 모습"을 "여러 개의 상이 맺힌 거대한 파리의 눈"에 견주어 말하는 "깨진 거울" 묘사는 「올콩」의 결미에서 남자의 자아정체성 분열을 암시하는 "금 간 거울" 묘사와 유사하다. 「밤의 밀렵」은 공인된 정체성의 이면에 감춰진 인간의 야수적 난폭성을 이야기한다. 이 작품에 그려진 외딴 산중의 밀렵장은 이성적, 도덕적 질서의 사각지대에 해당하며 거기서 밀렵꾼들은 한밤중 괴물로 돌변해 짐승과 사람을 가리지 않고 살상을 즐기고 있다.

하성란 소설에서 불가해한, 공포스런 인간의 발견으로 나아가는 "숨은 그림 찾기"는 서사상으로는 종종 미스터리 소설 형식을 취한다. 하성란 소설의 의사탐정들은 인간생활의 흔적에 대한 관찰과 분석을 거쳐 인간의 은폐된 비밀을 노출시킨다. 「밤의 밀렵」에서처럼 문제의 비밀이 범죄의 양상을 띠는 경우, 그 서사 플롯은 탐정소설의 공식을 닮아 있다. 그러나 하성란 작품의 미스터리 소설적 특징은 어디까지나 부분적이다. 미스터리 소설에서 감춰진 비밀의 조사와 발견은 일반적으로 작중세계의 관습적 도덕에 정당성과 안정성을 회복시키는 반면, 하성란 소설에서 의사탐정적 행위는 작중세계의 보다 압도적인 도덕적 혼란의 확인으로 끝난다.[6] 이런 맥락에서 주목할 만한 것이 「기쁘다 구주 오셨네」라는 작품이다. 결혼할 남자에 대해 "속속들이 알고 있다고 자부"하는 발언에서 시작되는 한 여자의 이야기 서술은 그러한 자부가 망상에 불과한 것이었음을 알려준다. 약혼자의 생일 저녁에 그의 산동네 자취방에 들른 여자는 이름조차 들어본 적이 없는 약혼자의 고

---

6) 대중 미스테리 소설의 일반공식은 비록 그로부터 이탈한 작품이 현대에 올수록 많다는 사실을 감안하더라도 유념할 필요가 있다. 미스테리 소설에서 비밀의 발견은 독자가 자신과 동일시하는 인물에게 어떤 형태로든 이득을 가져오게 되어 있다. 이것은 「오이디푸스 왕」을 비롯한 수많은 작품들이 비밀의 발견을 다루지만 그렇다고 그것들이 모두 미스테리물이 되지는 않는 이유이기도 하다. John G. Cawelti, *Adventure, Mystery, and Romance*(Chicago: University of Chicago Press, 1976), pp. 42~44 참조.

교동창 세 명을 만나고 졸업 후 처음 한자리에 모였다는 그 남자 네 명의 술자리에 끼게 된다. 그리고 그들이 주고받는 이야기를 잠든 척하며 엿듣고, 그들이 십오 년 전 "파우스트" 서클을 만들어 우정을 다지던 시기에 한 여학생을 자살하게 만들었음을 알게 된다. 그날 밤 여자는 깜깜한 어둠 속에서 자신의 몸을 더듬는 손을 약혼자의 것이라고 짐작하고 잠이 쏟아지는 가운데 남자의 몸을 받아들인다. 하지만 나중에 가서 약혼자는 그날 밤 여자를 임신시킨 남자는 자기가 아니라고 주장하고 나머지 남자들도 모두 똑같이 주장한다. 여자의 서술이 암시하는 바에 따르면 여자가 당한 겁탈은 네 명의 남자 모두의 소행이라고 해야 옳다. 여자가 뜻밖의 임신을 계기로 발견한 것은 집단적 "취기"라는 우연에 이끌려 야만으로 돌변하는 남자 또는 인간의 "비밀"인 셈이다. 작중에서 이 인간의 비밀은 파우스트의 타락과 구원의 서사에 감싸여 있지만 그렇다고 해서 인간의 도덕적 세계의 교정에 대한 믿음이 복구되지는 않는다. 그 기독교적 서사에 의존한 서술은 오히려 인간의 도덕적, 세속적 문화가 스스로를 유지하기 어려울 만큼 심오한 위기에 직면했다는 인식을 반증하는 것처럼 보인다.[7]

---

7) 소설의 마지막 대목에서 〈기쁘다 구주 오셨네〉 캐럴이 울려퍼지는 성탄절 전야에 성당을 찾아간 여자는 뱃속의 아이에게 소곤거리며 "네 아버지는 파우스트란다. 파우스트는 악마의 유혹에 넘어가지만 결국은 구원을 받게 되지. 내 아가, 난 너를 사랑한다"고 말한다. 구원에 대한 믿음과 모성애적 관용을 담은 이 말은 여자가 겪은 불운을 감안하면 아주 돌연하며 그런 만큼 아이러니컬하게 들린다. 그것은 세상의 궁극적인 도덕적 교정에 대한 믿음을 표시한다기보다 종교의 위안을 원할 만큼 인간의 무서운 비밀에 전율하고 당황하는 심정을 나타낸다고 생각된다.

4. 대중심리와의 접촉

하성란의 극사실주의는, 대상을 제시하는 방식에서 사진과 닮아 있다는 앞의 논평 중에 지적한 바와 같이, 사물의 공간상의 양상을 정밀하게 제시함으로써 그것을 순수하게 실재하는 상태에 놓고 지각하게 만든다. '실재 효과'를 달성하는 극사실적 묘사는 사물의 특수하고 우연한 세목에 극도로 충실할 뿐만 아니라 사물에 대한 인간적 해석의 소지를 극도로 축소시킨다. 인간이 사물을 지각하고 경험하고 전유하는 가운데 이미지라는 형식으로 사물에 부여한 의미는 극사실적 묘사의 공정을 거친 결과 희석되거나 탈각된다. 사진적 핍진성과 사물의 탈의미화는 서로 표리관계를 이루는 것이다. 발터 벤야민, 에른스트 블로흐 등과 함께 바이마르시대 독일 비평을 대표하는 문화비평가인 지그프리트 크라카우어는 사진의 본질이 사물과 의미를 분리시키는 작용에 기초하고 있음을 진작에 간파했다. 시각적 표상의 역사에서 보면 사진은 사물과 인간 혹은 자연과 의식의 유기적 관계가 복구 불능일 정도로 망실된 단계에 해당한다. 이미지는 그 근원에 "인간과 자연의 원초적인 동일성"을 가지고 있지만 의식이 스스로를 인식함에 따라 그 동일성은 해체되기 시작한다. 의식의 자유가 커지면 커질수록 이미지의 의미는 점점 물질성과 구체성을 잃어버린다. 상징과 알레고리는 의미의 정신화, 추상화의 정도에 비례하는 이미지의 두 대표적인 양식이다. 상징적 이미지는 한 관념의 감각적 형식 자체, 즉 관념의 육화인 반면에 알레고리적 이미지는 그것과 일체가 아닌 한 관념을 표시한다. 그러나 상징양식이든 알레고리 양식이든 자연적 의미를 가정하는 이미지 관행은 역사상으로 쇠퇴했다. 그리고 사진은 바로 의식에 대하여 아무것도 의미하지 않는 자연에 대응하여 출현했다. "의미가 비워진 자연의 토대는 사진의 발명과 동시에 일어난다." 사진은 그에 선행하는 표상양식들이 그렇듯이 실제적, 물질적 삶의 특수한 단계에 속한다. 크라카우어는 사진을 가리켜 "자본제적 생산양식의 신성화"라고 말하고 있다.[8)]

하성란 소설에 그려진 사물의 세계는 크라카우어가 말하는 의미가 비워진 자연과 근본적으로 동일하다. 거기에는 참으로 각양각색의 사물들이 존재하지만 그것들을 관찰하거나 소유하거나 이용하는 인물들에게 세계의 이치, 목적, 의미 등을 드러내지 않는다. "숨은 그림 찾기"라는 이름으로 행해지는 사물의 관찰과 조사는 인생에 의미를 부여하고 방향을 정해주는 어떤 '상징의 우주'에 도달하기는커녕 모호하고 어지럽고 공허한 인생의 '그림'에 봉착한다. 하성란 소설에 출현하는 이미지는, 「꿈의 극장」에 나오는 이미지의 예에서 보았다시피, 소설의 언어적·서사적 형식에 통합되어 있기 때문에 불가피하게 뭔가를 나타내고 해석을 허락하지만 사물의 구체로부터 유래하는 어떤 의미 있는 질서를 계시하지는 않는다. 본질적으로 허망한 인생을 가리키는 '양파'(「양파」), 인간이라는 존재의 희미함을 나타내는 '얼룩'(「별 모양의 얼룩」), 생활의 공허함을 알리는 인간의 흔적인 '와이셔츠'(「와이셔츠」) 등은 작위적이고 추상적인 방식으로 무의미한 일상생활이라는 관념을 상기시킬 따름이다. 그러나 이것은, 크라카우어식으로 생각하면, 동시대의 실제적·물질적 삶의 단계에서는 당연한 사태이다. 하성란 소설에 그려진 사물의 세계는 무엇보다도 모든 사물로부터 자연적 의미의 마법을 박탈한 소비자본주의를 기초로 하기 때문이다. 그 사물의 대다수는 처음부터 대부분 대중소비를 목적으로 하는 상품의 형식을 가지고 있을 뿐만 아니라 소비문화의 자의적인 기호체계에 편입되어 있다.

---

8) Siegfried Kracauer, "Photography," *The Mass Ornament: Weimar Essays*, translated, edited, and with an introduction by Thomas Y. Levin(Cambridge Mass.: Harvard University Press, 1995), pp. 59~61.

상품형식의 사물은 한편으로는 아무것도 의미하지 않지만 다른 한편으로는 무엇이든 의미한다. '와이셔츠'는 남성 사무직 근로자들의 정장용 의류 그 이상도 이하도 아니면서 또한 날지 못하는 '연'도 되고, 실현되지 못한 '건달의 꿈'도 되고, 돌연히 가출한 '남편'도 된다. 하성란 소설에서 사물을 경험하고 이해하는 방식은 기본적으로 무의미함에 대한 직관과 자유로운 알레고리적 조작으로 분열되어 있다.

이 상품형식의 사물들에 대응되는 자리에 주로 '남자' '사내' '여자' 또는 영문 이니셜로 불리는 하성란 소설의 인물들이 있다. 그들의 익명성은 물론 그들의 정체성의 불확실함, 개체성의 결여, 사물 같은 존재를 나타낸다. 그 이름 없는, 다만 환유법적으로 지시되는 인물들에 대해 우리가 가지고 있는 통상적 명칭은 대중이다. 소설 인물 논의에서 대중이라는 용어를 사용한 선례들을 보면 하성란 소설의 익명적 인물들을 대중이라고 부르는 것은 별로 어색하지 않다. 그러나 대중이라는 명명은 소설 인물에 대한 명칭의 관례가 허용하는 것이라기보다 하성란 소설의 인물들이 살고 있는 사회적, 문화적 삶의 특정한 방식이 요구하는 것이다. 무엇보다도 그들은 단순히 개별화되지 않은 다수의 인간이 아니라 대중소비문화라는 형식을 통해 스스로를 노출시키는 인간이다. 그들은 아파트를 비롯한 집단주거지의 주민으로(「옆집 여자」 등), 도시의 대형쇼핑몰의 손님으로(「당신의 백미러」 등), 거리 곳곳의 광고들이 유혹하는 불특정 소비자로(「치약」 등), 영화 등의 대중오락 및 문화상품의 구매자로(「꿈의 극장」 등), 대중교통 및 통신의 이용자로(「새끼손가락」 등) 출현한다. 그들은 대량소비를 목적으로 생산된 상품들에 의존하여 물질적 필요를 충족시키고 있음은 물론, 상품의 기호를 이용한 자기표현에 익숙하고(「올콩」), 소비문화를 지배하는 쾌락의 환상에 들려 있으며(「깃발」), 상품화한 라이프스타일에 적응하고 있다(「저 푸른 초원 위에」). 하성란 소설의 인물들은 본질적으로 소비자본주의가 만들어낸, 계급과 지위의 경계를 넘어 사회적 동질성을 띠고 있는 무정형한 집합체이다. 그들은 소비문화를 매개로 자신을 표현하고 남들과 관계를 맺으며 공동의 생활세계에 거주한다. 대중소비문화는 하성란 소설 인물들이 가지고 있는 동질성—그들 사이의 소통과 교환을 가능하게 하는 동질성의 바탕이다. 그래서 그들 중에 「올콩」의 남자처럼 쓰레기라는 소비생활의 자취 속에 인간의 진실이 감춰져 있다고 생각하는 인물이 있는 것도 전혀 기이한 일이 아니다.

대중사회는 현대생활의 너무도 명백한 사실이어서 현대생활의 경험에 충실하려는 소설치고 그것을 어떤 식으로든 지시하지 않는 작품은 드물다. 그러나 하성란 소설에서 대중사회는 이야기의 우연한 배경에 그치지 않고 이야기의 내용을 결정하는 삶의 지평을 이루며, 하성란 소설의 인간학적·사회학적 주제는 대체로 대중사회의 생태에 대한 관심으로 수렴된다. 앞에서 우리는 사람들이 착각과 오해에 빠지기 쉬운 세계, 정체성의 마술이 판치는 세계를 하성란 작품에서 확인했지만 그 모호하고 아이러니컬한 시각의 세계는 대중사회에 대한 한 은유라고 보아도 괜찮을 듯하다. 대중사회의 익명적 개인들은 표준화한 대중소비를 바탕으로 사회적 동질성을 띠지만 그들 각자는 서로에 대해 불투명하고 불가해하다. 그들 사이에는 착각과 오해, 배신과 사기의 위험이 상존하고 있으며, 그러한 위험은 그들의 생활영역에 널리 퍼져 이해와 신뢰가 핵심인 친밀성의 영역조차 안전하지 못하다. 「옆집 여자」에서 점점 기억력을 잃어가는 주부는 정체가 불확실한 옆집 여자가 자신에게서 가정을 빼앗아간다고 생각하며, 「기쁘다 구주 오셨네」에서 결혼을 앞둔 여자는 약혼자와 그의 친구들에게 농락을 당해 누구의 자식인지 모를 아이의 엄마가 되고, 「푸른 수염의 첫번째 아내」에서 뉴질랜드 교포와 결혼한 여자는 그가 단지 부모의 도움을 계속 받기 위해 결혼한 동성애자임을 알게 된다. 대중사회의 인간이 가지고 있는 불투명성과 불가해성은 결국 대중사회를 지배하고 있는 도덕적·문화적 혼란의 증표이다. 하성란은 대중사회 내부에 반윤리적·반문화적 충동이 도사리고 있음을 놓치지 않는다. 일군의 세입자들이 영업중인 건물이 헐린다고 하자 건물 주인을 살해하기로 작정하는 「즐거운 소풍」, "파우스트"라는 서클을 만든 고교생들이 여학생을 능욕하여 자살하게 만든 '살인마'였음이 밝혀지는 「기쁘다 구주 오셨네」, 한 순경이 시골 마을 주민들의 계략에 걸려 파멸하는 과정을 담은 「파리」는 각기 그 나름의 방식으로 대중의 의지에 내장된 야만적 충동을 이야기한다.

하성란의 소설을 읽다보면 르봉이 그의 유명한 군중론에서 "군중은 이미지로 사고한다"고 말한 것을 떠올리게 된다. 하성란은 시각문화가 우세한 대중의 생활에 확고한 근거를 두고 그 생활에 내재하는 불안, 혼란, 역설을 형상화한다. 그녀는 도상애호증, 극사실주의, 대중생태학을 결합시켜 대중사회의 도상학이라고 부를 만한 것을 성취하는 지점에서 독특하고 우수한 작품을 내놓았다. 「올콩」 「당신의 백미러」 「저 푸른 초원 위에」 등이 여기에 해당한다. 대중이라는 현대사회의 압도적인 사실에 대한 각성이 한국소설의 중요한 과제라면 지난 십 년 동안 나온 소설 중 하성란의 작품만큼 그러한 과제를 성실하게 이행한 것도 드물다고 생각된다. 하성란의 도상학은 대중의 삶에 대한 보고로부터 나아가 대중의 마음과 접촉한다. 하성란 소설이 대중심리를 기재하는 방식에 불만이 없지는 않다. 그것은 주로 투명성의 상실이나 친밀성의 훼손 같은 부정적 형식에 치중하여 대중의 마음속에 자리잡은 정치적·도덕적 삶의 에너지에 그리 충실하지 못하다. 하성란이 종종 택하는, 가정주부로 대표되는, 삶의 사적 영역에 편중된 시선은 아무래도 대중의 삶에 대한 이해를 편협하게 만든다. 그럼에도 하성란 소설이 나타내는 대중의 마음과의 접촉은 상당한 의의가 있다. 서양의 예를 보면 현대작가들은 대중의 집단의식 또는 집단무의식 속으로 잠행하려는 시도를 통해 소설형식이 중대한 혁신을 달성했다. 최근의 연구에 따르면 모더니즘 문학 형식과 기법은 루카치 같은 비평가들의 주장처럼 개인주의 문화의 관습을 고수한 결과가 아니라 반대로 개인의식을 넘어 대중심리와 접촉하려고 노력한 결과였다. 의식의 흐름과 같은 서술기법은 메트로폴리스 대중의 마음속에 일어나는 혼돈을 즉물적으로 포착하려는 의욕에서 나왔다.[9] 하성란 소설이 모더니즘적 갱신으로 나아갈지 아니면 미학적 대중주의로 나아갈지는 예측하기 어렵다. 그러나 어쨌든 대중의 마음에 대해 말하려는, 대중의 마음으로부터 말하려는 하성란의 노력은 주목을 요한다. 하성란 소설을 위해서도, 한국소설 전체를 위해서도 그것은 상서로운 조짐이다.

(『문학동네』 2002년 겨울호)

9) 프랑코 모레티, 『근대의 서사시』, 조형준 옮김(새물결, 2001), 195~260쪽. Michael Tratner, *Modernism and Mass Politics: Joyce, Woolf, Eliot, Yeats*(Stanford: Stanford University Press, 1995) pp. 21~47도 참조.

탈승화의 리얼리즘

윤성희와 천운영의 소설

1. 신이 떠난 세계의 무한한 세목

문학 장르 중에서 소설만큼 사물의 세목(細目, detail)에 충실한 장르는 없다. 사물이 가지고 있는 형태나 자질을 세세하게 살려내 그 사물의 특수성을 실감하게 하는 묘사는 소설을 규정하는 본질은 아닐지라도 소설의 관습을 구성하는 주요 기술이자 소설에서 최고로 발휘되는 기술임에 틀림없다. 소설의 기본 조건에 해당하는 리얼리즘이란, 적어도 19세기 프랑스 리얼리즘 소설을 모델로 하여 말하자면, 사물이나 경험의 특수한 세목에 대한 충실을 의미한다. 소설에서 리얼리티는 사물이나 경험의 상세한 묘사가 가져다주는 핍진성에 크게 의존한다. 발자크는 『이브의 딸』이라는 작품의 서문에서 "우리 문명은 그 세목에 있어서 무한하다"고 선언했고, 마치 그것을 증명이라도 하듯 사소한 세목의 광대한 우주를 자신의 소설에 구축했다. 리얼리즘 소설의 융성을 가져온 강력한 동력 중 하나는 바로 삶의 특수한 경험을 상세하게 밝히려는 열정이었다. 리얼리즘 소설에서 재현하고자 하는 대상의 세목은, 재현의 고전적 규범에 합당한 경우, 그 자체로 생생함 · 풍부함 · 박진감을 가지는 동시에 그 대상의 유기적 전체성 속으로 지양된다. 유럽의 작가와 비평가들이 재래의 고전적 미학에 따라 상정한 리얼리즘은 대상이 지향한다고 믿어지는 어떤 목적, 이상, 질서의 관점에서 그 대상의 세목을 차등화하고 서열화하는 가운데 그 대상의 완전한 모방에 도달하고자 한다. 그렇게 일종의 제유적(提喩的) 원리에 따라 세목을 연결하고 통합하는 공정을 거친 결과 그 세목은 사소하고 하찮은 것이기를 그치고 대상에 잠재되어 있는 최고의 형태를 실현시키는 어떤 것이 된다. 한마디로 말해서 숭고한 것(the sublime)이 된다. 세목의 문제와 관련하여 다시 생각하면 리얼리즘은 인간 경험의 세목을 정확하게 기록하려는 열정일 뿐만 아니라 세목의 승화(sublimation)를 달성하려는 노력이기도 하다.[1]

리얼리즘 미학이 요구하는 세목의 승화는 유럽 문화의 역사적 맥락에서 보면 삶의 세속화에도 불구하고 항존하는 신성한 것에 대한 믿음과 상통하는 데가 있다. 유럽 소설이 열성적으로 탐구한 인간생활의 특수한 세목은 세속화를 조건으로 하여 비로소 의미와 가치를 획득한 육체적·물질적·사회적 경험—헤겔의 유명한 표현을 빌리면 '세계의 산문'—이지만, 그 세목을 전체성의 이상에 따라 승화시키려는 예술적 노력을 통해 유럽 소설은 그러한 경험이 내포하고 있는 신성한 것과의 연관을 암시하곤 한다. 19세기 유럽 리얼리즘 소설이 온갖 비근하고

1) 리얼리즘과 승화의 관계에 대한 보다 자세한 논의를 보려면 Naomi Schor, *Reading in Detail: Aesthetics and the Feminine*(New York: Routledge, 1987), 특히 pp. 23~41 참조. 리얼리즘 소설에서 세목의 문제와 관련하여 이 페미니스트의 저작으로부터 많은 도움을 받았음을 밝혀둔다.

잡다한 인간 경험을 이야기하는 가운데 암시한 것은 역사의 이성이라는 저 신적 섭리의 세속적 등가물이지 않은가. 비판적 리얼리즘이란 인간이 스스로 창조한 세계를 관찰의 대상으로 삼는 이신론(理神論)의 세속화된 버전이지 않은가. "신은 세목 속에 임재한다"는 미술사가 아비 바르부르크의 격언은 19세기 리얼리즘 소설을 지배한 상세한 묘사의 형이상학적·신학적 전제를 대변한다고 생각된다. 그러나 세속화의 진전은 신성한 것에 대한 믿음을 위태롭게 만드는 것과 같은 이유에서 승화의 리얼리즘을 불안하게 만든다. 삶의 특수한 경험들이 조화롭게 결합된 전체성의 상태는 세속화된, 근대적인 삶의 세계 바로 거기에서 현실적으로 불가능한 것이기 때문이다. 세목 중에서 중요한 것과 하찮은 것, 본질적인 것과 말초적인 것을 구분하는 기준은 파편화·상대화·불연속성이 지배하는 근대세계에서는 자명하지 않을 뿐만 아니라 때로는 수상하기까지 하다. 그래서 세속적 삶의 리얼리티를 창조하려는 열정이 남다른 작가들은 세목의 합리적 통제에 힘쓰기보다 세목 그 자체의 전시에 열중하는 경향이 있다. 플로베르는 그 전설적인 예이다. 생트-뵈브는 『마담 보바리』에 관한 유명한 평론에서 펜을 의과(醫科)용 칼처럼 다루는 작가의 출현을 환영하면서도 어느 것도 빼놓지 않고 묘사하려는 그의 방법에 반대하여 "결국 책은 리얼리티 그 자체가 아니며, 리얼리티 그 자체가 될 수도 없다"[2]고 경고하기도 했다.

리얼리티에 대한 그 나름의 열정과 함께 소설에 나타나는 세목의 과잉은 그 역사적으로 중요한 선례가 발자크나 플로베르나 졸라에 의해 만들어졌을 뿐이지 19세기 프랑스 혹은 유럽의 남성작가들의 소설에 특유한 현상은 아니다. 리얼리티란 상대적이고 가변적이라는, 언제나 새로운 정의와 해석을 요구한다는 인식을 권장하는 문화라면, 분열과

2) Charles Augustin Sainte-Beuve, "Madame Bovary by Gustav Flaubert," trans. Paul de Man, *Madame Bovary*, A Norton Critical Edition(New York: Norton, 1965), p. 334.

단절의 경험과 함께 형성된 삶의 차이를 용납하는 문화라면 어디서나 그것은 나타날 법한 현상이다. 세목을 정당화하려는 움직임은 지난 십 년간 한국 소설에도 출현했다. 역사 변증법이라는 신이 세상의 무대에서 물러난 이후 젊은 세대의 소설에서는 특수한 경험의 잡다한 세목들이 폭죽이 터지듯 쏟아졌다. 그것은 퇴장한 신의 기억에 매달려 있는 사람들에겐 하찮은 것, 사소한 것, 말초적인 것에 열광하는 퇴폐의 증후로 보였고, 포스트모던 상황의 대두를 비롯한 시대적 전환의 기류에 적응하려는 사람들에겐 새로운 리얼리티의 약속처럼 비쳐졌다. 사실, 지난 십 년 사이에 부상한 작가들은 대체로 상세하고 생생한 묘사에서 어느 정도는 지나치다. 특히 그들 중 다수를 차지하는 여성작가들이 그러하다. 예컨대, 『외딴방』에서 신경숙이 보여준 자유로운 수기(手記) 스타일의 서술, 『길 위의 집』에서 이혜경이 보여준 가족사의 곁가지 많은 플롯, 「루빈의 술잔」을 비롯한 작품에서 하성란이 보여준 극사실주의는 모두 탈승화된, 탈전체화된, 비본질적인 세목을 많든 적든 가지고 있다. 남아도는 세목에 대한 취미는 단단한 리얼리즘적 기초를 쌓은 신인작가들의 작품에서도 널리 발견된다. 여기서 다룰 윤성희와 천운영의 경우, 풍부하고 선명한 세목화에 능한 그들의 뛰어난 문체는 리얼리티를 창조하려는 열정과 확고하게 결합되어 있다. 그들은 탈승화된, 파편화된 경험 속으로 집요하게 파고들면서 욕망과 환상, 불안과 공포로 뒤덮인 인간세계를 그려낸다. 그들의 소설은 탈승화적 리얼리즘의 지평을 새롭게 확장하고 있는 듯하다.

2. 폴라로이드 세대의 리얼리즘—윤성희의 소설

미닫이문은 활짝 열려 있었다. 형광등 줄에 매달아놓은 인형이 힐끔

보였다. 흰 커튼은 달빛을 머금었다. 커튼을 통과한 달빛이 바닥에 퍼졌다. 나는 방으로 들어가 그 한가운데 섰다. 흐릿한 실루엣이 부엌 벽에 새겨져 있다. 나는 형광등 줄에 매달린 인형을 흔들었다. 그러자 그 실루엣도 같이 흔들렸다. 인형의 다리는 제 몸의 반을 차지할 정도로 길었다. 그림자 속의 다리는 인형이 버티기에 너무 묵직해 보였다. 얼굴로 짐작되는 타원형의 그림자는 왼쪽으로 기울어졌다. 그림자의 명암이 얼굴의 표정을 대신해주고 있었다. 그림자 속의 인형은 제 몸뚱이의 무게를 견디지 못하고, 자신을 매달고 있는 끈을 끊고 싶다는 표정을 짓는 듯했다. 나는 바닥에 주저앉았다. 꼭, 사람이 목을 맸을 때 그림자가 저러하리라.

윤성희의 단편 「이 방에 살던 여자는 누구였을까?」의 한 대목이다. 이 작품에서, 어느 선배가 외국으로 가면서 맡긴 연립주택에 혼자 살고 있는 젊은 여자는 그녀가 입주하기 전에 은오라는 여자가 세를 들어 있다가 갑자기 사라졌음을 알게 된다. 은오와 인상이 비슷한 그녀는 은오를 아는 다른 인물들을 통해 은오의 정체에 다가가고, 자기도 모르게 은오가 쓰던 방에 들어가 있는 자신을 발견하면서 은오에게 공감을 갖기에 이른다. 그 공감은 고아원에서 자라나 외롭고 힘겹게 하루하루 살아가고 있는 그녀 자신에 대한 연민과 이웃하고 있다. 위에 인용한 구절은 전후문맥을 감안해 읽으면 은오의 실종에 관한 그녀의 생각을 넌지시 알려준다. 은오의 방에서 나온 그녀가 자기 방 형광등 줄에 매달린 인형을 발견하고 그것을 흔들며 스스로 목을 매단 사람을 연상하다가 바닥에 주저앉는 행동은 은오가 생의 무게를 견디다 못해 자살했으리라 추정하고 있음을 암시한다. 그러나 그 인형 흔들기 장면은 은오의 운명, 비유적으로는, 그녀 자신의 운명을 찌르듯이 환기시키기는 해도 그녀의 이야기에 본질적이지는 않다. 그것이 없더라도 그녀의 심리적 추이를 이해하는 데는 거의 기여가 없다. 다시 보면 그것은 플롯 전개의 기여 여부에 상관없이 그 자체로 독자의 감각에 호소하는 세목의 다발이다. 흰 커튼을 통과한 달빛이 바닥에 퍼져 있는 실내에 혼자 서서 줄에 매달린 인형을 흔들어 벽에 그림자를 만들며 그 실루엣을 관찰하고 있는 그녀의 말없는 행동에 대한 묘사는 무엇보다도 광학적으로 뉘앙스가 풍부한 한 장면을 구성한다. 그것은 그녀의 불우한 처지에 별다른 영향을 미치지 못하는 우연하고 사소한 동작인 반면에 그녀의 마음속에 가득한 절망을 객관화한, 돌출적이고 자족적인 시각적 이미지를 빚어낸다. 서사적 플롯의 관점에서 보면 그 인형 흔들기 장면은 작가가 지나치게 세목에 탐닉하고 있다는 인상을 준다.

인용문에 나타난 바와 같은 세목의 묘사는 보통 보여주기라고 불리는 것이다. 그것은 행동이나 상황을, 서술자의 중개를 최소화한 상태에서 상세하게, 장면화하여 제시한다. 「이 방에 살던 여자는 누구였을까?」의 서술자는 보여주기형 소설의 서술자 일반이 그렇듯이 사건이나 상황을 설명하는 변설가가 아니라 그것이 펼쳐지는 모양을 비쳐주는 반사경(反射鏡, reflector) 역할을 한다. 이 반사경의 비유가 나타내는 시각중심주의는 윤성희 소설의 서술에도 해당된다. 위의 인용문이 마음의 눈에 호소하는 장면을 담고 있음을 이미 지적했지만 윤성희 소설이 보여주는 자잘한 사물과 동작은 대체로 독자를 가상의 관람자로 만들고, 독자의 시각적 상상을 자극하는 세목들이다. 그것은 작가가 나름대로 독자의 시각적 상상력과 종합력을 고려한 결과임을 감안하지 않으면 많은 경우 쇄말적이라는 느낌을 주기에 충분하다. 그럴싸한 드라마라곤 없는 평범한 일상사를 때로는 지루할 정도로 자세하게 다루는 윤성희의 묘사는 독자에게 관람자적 혹은 관음가적 특권을 부여하는 장면에 이르면 유독 자세하다. 예를 들어 「레고로 만든 집」에서 복사점 아르바이트를 하고 있는 여자가 복사기에 자신의 얼굴을 대고 복사하는 장면, 「악수」에서 회사에 면접을 보러 간 여자가 화장실 거울 앞에서 붉은 자국이 새겨진 자신의 얼굴을 유심히 들여다보는 장면, 「당신의 수첩에 적혀 있는 기념일」에서 이불 호청을 널고 있던 여자가 손가락으로 총쏘기 장난을 하다 우연히 보라색 꽃 한 송이를 발견하고 그것을 찾아 서로 이웃한 주택의 옥상을 건너다니는 장면. 이러한 장면들에 나타난 시각적 세목에 대한 예민한 의식에 접하다보면 윤성희 소설은 현대생활에서 시각문화가 점하고 있는 압도적 우세를 반영한다는 생각이 저절로 든다.

사실, 보여주기 기법은 사진의 발명 이후 시각문화의 눈부신 발전에 대응하여 근대 소설가들이 이룩한 혁신의 일부이다. 헨리 제임스와 조지프 콘래드에서 시작된 보여주기로의 이행은 종래의 소설 자체 내에 일어난 움직임(예컨대 플로베르의 엄밀한 관찰과 묘사)에 연속되어 있지만, 그것은 또한 소설이 시각예술, 특히 영화로부터 영향을 입은 결과이기도 하다.[3] 윤성희 소설에서도 보여주기 위주의 서술은 영화적인 기법과의 연관을 종종 떠올리게 만든다. 윤성희가 즐겨 쓰는, 「터널」 「그림자들」 「모자」 「계단」 등의 작품에 보이는, '이동하는 시각(shifting perspective)'을 활용한 서술은 어떤가. 이들 작품에서 삼인칭 서술자는 시간과 장소에 구애되지 않고 자유롭게 옮겨다니는 시각을 이용하여 둘 혹은 그 이상의 인물과 연관된 사건과 상황을 제시한다. 「모자」의 경우, 서술자는 도시 외곽의 연립주택 셋집에서 생계에 불안을 느끼며 혼자 살고 있는 H와 스턴트우먼을 하며 자신의 처지와 힘든 싸움을 벌이고 있는 E의 행동을 각각 번갈아가며 전달한다. H와 E는 E가 H에게 빌린 돈을 갚지 않고 도망치기 전까지는 친구 사이였고 서로 소식을 모르고 떨어져 있는 지금도 상대방을 그리워하고 있지만, 서술상

3) Keith Cohen, *Film and Fiction: The Dynamics of Exchange*(New Haven: Yale University Press, 1979) 참조.

의 현재 그들 상호간에는 어떤 사건도 벌어지지 않으며 그들 개개의 행동을 수렴하는 어떤 이야기도 펼쳐지지 않는다. 서술자의 이동하는 시각은 그들이 삶의 어떤 측면에서 닮은꼴이라는 발견에 이르게 해주지만 그러한 발견은 사건이나 상황이 발전하는 방식이 아니라 은폐된 관념이 홀연히 현시되는 방식으로 이루어진다. 따라서 H와 E 각각의 이야기 요소들의 탈접속적·비연쇄적 성격은 그대로 남는다. 「모자」에서 이동하는 시각을 통해 두 이야기 요소를 교차배열하는 방식은 영화에서 서로 연관이 없는 둘 혹은 그 이상의 숏(shot)을 합체하는 방식과 근본적으로 동일하다. 그것의 원리는 말할 것도 없이 몽타주이다.

이처럼 시각적 세목에 대한 예민한 감각과 영화기법과 유사한 서술이 윤성희 작품에서 발견된다는 것은 조금도 놀라운 일이 아니다. 그녀는 결국 카메라 테크놀로지의 마술에 열광하며 성장한 폴라로이드 세대의 작가인 것이다. 윤성희 소설을 지배하는 상세한 묘사의 근본 개념은 가시적인 것(표정, 몸짓, 행동, 경관)은 어떤 불가시적인 것(경험, 마음, 진실)의 상관물, 그것도 가장 리얼한 상관물이라는 생각이다. 윤성희는 한 개인의 일상생활을 구성하는 자잘한 행동과 사건을 꼼꼼하게 그려내는 가운데 그것들이 그 개인의 삶의 현실 혹은 실체의 표현으로 화하는 특별한 순간에 집중한다. 윤성희가 그리는 개인의 생활은 반경이 좁고, 내용이 빈곤하지만, 그럼에도 그 세목은 개인 자신이 발설하지 않는, 혹은 미처 알지 못했을 감춰진 욕망, 관계, 상황을 현현시키는 작은 기적을 언제나 준비하고 있다. 이러한 가시적인 것의 기적은 데뷔작 「레고로 만든 집」에서 이미 뚜렷한 관심사이다. 이 작품은 수족이 마비된 아버지, 철없고 무능한 오빠와 함께 살고 있는 집에서 가사를 맡고 있는 젊은 여자의 이야기이다. 일인칭 서술자인 그녀는 아버지가 쓰러진 이후 어머니가 아파트 전세금을 가지고 달아나 대책없이 몰락하고 있는 가족의 일상, 대학생을 위장하여 복사점 아르바이트를 하고 대학 도서관을 드나들며 책을 훔치는 그녀 자신의 행동, 굴뚝 속에 빠져 어미를 잃고 혼자 우는 새끼 고양이 한 마리 등에 관해 이야기하지만, 그녀에게 그녀 자신 및 자신의 상황이 어떻게 인식되고 있는지는 좀처럼 드러나지 않는다. 그녀가 명확하게 자기의식을 보여주는 것은 이야기의 후반부에서 그녀가 복사기에 찍혀나온 자신의 얼굴을 보는 순간, 그리고 새끼 고양이 한 마리를 찾으려 굴뚝 속을 들여다보는 순간이다. 그녀는 복사기에 찍혀나온 초라하고 사나운 얼굴에 "미처 몰랐던 내가 들어 있"음을 깨닫고, 어미 잃은 고양이가 울고 있는 굴뚝의 암흑 속에서 다시 그 얼굴을 발견한다.

「레고로 만든 집」의 젊은 여자가 예시하는 고단한 인생, 즉 가난과 고독에 방치된 개인이 자기자신과 싸우며 살아가는 인생은 윤성희가 그 이후의 작품에서 테마화한 인간 경험의 주요 내용을 이룬다. 윤성희 소설에서 대체로 영문 이니셜, 파란 모자, 104호 등의 환유적 지칭, 남자, 여자 같은 범칭으로 불리는 인물들은 그러한 지칭이 시사하는 바대로 고유성이 없는, 다시 말해, 자신을 남들과 구별하고 주장할 만한 권위를 가지지 못한 인물들이다. 그들은 고아이거나 고아와 별로 다를 바가 없는 의지가지없는 신세이며, 그들의 불우함을 표시하는 결함이나 버릇(벌어진 이, 찡그리는 눈, 더듬는 말)을 몸에 지니고 자폐, 자해, 자멸의 충동을 느끼며 세상을 살아간다. 이러한 외롭고 불우한 처지의, 비틀린 자아감(自我感)을 가진 존재들은 여성작가들이 그려낸 인물의 목록에서 그리 새로운 유형은 아니다. 하지만 그들의 이야기는 가족과 사회의 혜택으로부터 소외된 개인에게 나타나는 불안정한 생존방식을 동시대의 풍속과 연관하여 구체적으로 보여준다. 그 전형적인 예가 윤성희 소설의 젊은 여자들이 생계수단으로 삼고 있는 "아르바이트"이다. 놀이공원 도우미, 과외학습지도, 보험판매원, 기념일 서비스, 스턴트우먼 등과 같은 그 비정규직 노동은 그들이 사회 속에 편입되지 못하고 불안하게 자신을 보존하고 있다는 표시이다. 아르바이트가 상징하는, 우연에 좌우되는 생존은 근본적으로 위태롭다. 여기서 시사적인 것은 손바닥의 "생명선이 유난히 짧아서" 그것을 손톱으로 눌러 늘이는 버릇이 있었던 놀이공원의 "아르바이트생" 은오의 이야기이다. 놀이공원에서 그녀와 함께 일한 적이 있는 서술자의 추적을 통해 그녀는 이곳저곳에서 여러 직업을 전전하며 혼자 살았음이 드러나지만 그녀의 생존은 끝내 확인되지 않는다. 겨울이면 "치한퇴치용"으로 "서른세 개의 단추가 달린 코트"를 입었다는 그녀에 관한 서술은 겨울이 다가온 서술상 현재의 시점에서 그녀가 대책없이 당하고 있는 우연의 위협을 환기시킨다.

윤성희의 주요 관심은 은오라는 인물처럼 생존에 필요한 자원이나 능력이 빈곤한 상태에서 우연의 위협에 노출되어 살아가는 사람들의 일상적 경험에 있다. 그 곤궁하고 험난한 경험의 세목을 드러내는 가운데 윤성희는 그들의 마음속에 자리잡은 근심, 불안, 공포를 선명한 이미지로 고정시킨다. 「악수」라는 작품을 보면, 나름대로 학력과 경험을 쌓았지만 정규직을 얻지 못하고 있는 젊은 여자는 티비 프로그램 경품 사냥으로 생계를 꾸려가는 자신의 현실에 낙담한 나머지 자살충동마저 느낀다. 경품을 팔기 위해 아파트단지에 광고지를 붙이다가 들른 공원에서 그녀는 금속탐지기를 들고 모래 바닥을 훑고 있는 다리 저는 사내와, 허공을 향해 악수하듯 손짓을 하고 의자를 말동무 삼아 이야기하는 할머니를 발견한다. 이 사내와 할머니는 그녀가 겪고 있는 극도의 궁색함과 외로움에 각각 대응된다. 그래서 작품의 결말에서 공원에 다시 나온 여자가 공원 바닥에 동전을 뿌려놓고 할머니가 하던 대로 손짓하고 주절거리는 장면은 그녀의 안쓰러운 자기연민의 몸짓으로 읽힌다. 그러나 윤성희의 관심은 단지 한 개인이 체험하는 가난함과 외로움의 고통을 부각시키는 데에 있진 않다. 「악수」에서도 얼마간 그렇지만, 윤성희 소설의 인물들이 스스로를 확인하는 계기는 종종 사람들 사이에서 자신과 동류의 인간을 발견하는 계기와 연접된다. 그들은 고립과 유전(流轉)의 운명을 체험하는 가운데 타인 속에서 자신을, 자신 속에서 타인을 발견한다. 예컨대 「이 방에 살던 여자는 누구였을까?」에서 은오라는 정체 모를 여자에게 공감을 느끼는 여자는 바로 자신 속에서 은오의 정체를 만난다. 그래서 그녀는 은오와 자신을 같은 부모에게서 태어난 자매처럼 여기고 자신은 은오의 운명을 답습하지 않기를 바란다.

윤성희 소설에서 가장 인상적인 것은 각자 불우한 상황에 놓인 서로 다른 인물들이 실은 동류의 인간 혹은 닮은꼴임이 드러나는 과정이다. 윤성희 소설 중 이동하는 시각이 활용된 작품들은 그러한 과정을 특히 미묘하게 보여준다. 그 작품들은 작중인물 각자의 일상사의 세목을 조명하는 가운데 그들이 알지 못하는, 혹은 알고 있는 것 이상으로 분명한 동류성을 강조한다. 「모자」의 H와 E는 서로 다른 장소에서 서로 다른 행동을 하고 있지만 그들의 생존이 "운세달력자판기"를 둘러싼 동일한 세계에서 동일한 운세에 달려 있음을 알려주는 서술에 의해 그들은 동일한 인간의 분신 같은 모습을 띠게 된다. 그런가 하면 「계단」의 504호 남자와 104호 남자는 같은 연립주택 내에 있는 각자의 집을 서로 맞바꾸어 이사함으로써 504호와 104호라는 차이의 표지가 사라지고 집에 홀로 남겨진 남자라는 같은 처지의 다른 형상이 된다. 게다가 「모자」와 「계단」의 서술은 그 서로 다른 인물의 은폐된 동류성에 주목하게 만들 뿐만 아니라 그들 사이에 흐르는 동정의 기류를 느끼게 만든다. E는 H에게 빚을 지고 달아났지만 그들은 서로를 염려하고 있으며, 504호 남자와 104호 남자는 서로 이사를 도운 이후 호형호제하는 사이가 된다. 이러한 자매애와 형제애는 윤성희 소설에 남녀간의 로맨스가 전혀 없음을 생각하면 흥미로운 대목이다. 그것은 비록 명확하게 표현되어 있지 않을지라도 동성애 혹은 ‘동성사회적 연대’라고 해석될 소지가 적지 않다. 그러나 그 동성애적 관계는 금기에 도전하는 정열을 생각하게 하기보다는 낭만적 사랑과 가족의 환상이 틈입할 여지가 없는 결핍과 고난의 상황을 두드러지게 한다. 윤성희의 인물들 사이에 간혹 암시된 동성애는 그들이 하고 있는 아르바이트와 마찬가지로 사회로의 편입을 거부당한 자의 슬픈 상처이다. 윤성희 소설은 외롭고 초라한 생존의 리얼리즘에 철저하다.

3. 욕망 혹은 살기(殺氣)의 포르노그라피—천운영의 소설

> 살갗에 묻은 잉크와 피를 닦아내자 문신의 모양이 선명하게 드러나기 시작한다. 골리앗거미는 풍요로운 식사를 마치고 밀림 속에서 산책이라도 즐기고 있는 듯하다. 나는 어느새 밀림 속에 숨은 한 마리 거미가 된다. 가느다란 여덟 개의 다리로 아침 햇살을 반사하는 투명한 거미줄에 미끄러지듯 걷는 거미. 발끝에 미세한 움직임이 느껴진다. 부주의한 청색 나비 한 마리가 내 거미줄에 걸려 파닥거린다. 청색 나비의 아름다운 날개가 나달나달해질 때까지 나는 조용히 기다린다. 그리고 다리에 난 섬세한 털로 먹잇감을 부드럽게 감싼다. 남자의 몸을 애무하듯, 여린 과일을 만지듯 부드럽게. 그리고 주사바늘을 꽂듯 몸통에 촉수를 박는 그 순간.

천운영은 윤성희가 그렇듯이 비교적 특수한 소재를 다루고 있음에도 그것을 확실하게 장악하고 있다는 인상을 준다. 천운영의 데뷔작 「바늘」 중 문신술에 관한 서술은 그 대상에 대한 직접적 지식이 없었다면 가능하지 않았으리라고 생각될 정도로 세목에 밝고 자신이 넘친다.

위에 인용한 「바늘」의 일절은 작품 전반부에 원고지 십 매 이상에 걸쳐 있는, 골리앗거미 문신 시술 장면의 종결부이다. 여자 문신가는 배꼽 주위에 나비 문신이 있는 남자의 허벅지에 거미 그리기를 끝내고 이제 그 모양을 관찰하는 참이다. 문신 바늘을 일종의 무기로, 문신 시술을 일종의 공격으로 상상하고 있는 그녀는 길이 삼십 센티미터의 "커다란 홍게" 같은 거미에 자신을 투사한다. 나비를 잡아먹는 거미의 조용하고 부드러우면서도 기민하고 빈틈없는 동작은 그녀를 사로잡고 있는 음험한 욕망을 환기시킨다. 나비-남자에게 촉수를 박기까지 서스펜스 넘치는 과정을 거치면서 거미-여자는 성적 흥분으로 끓어오른다. 그렇기에 위의 인용문 다음 구절에서 문신을 끝낸 여자는 "격렬한 섹스를 하고 난 듯한 극심한 피로를 느낀다"고 말한다. 문신 시술, 먹이 사냥, 섹스를 겹쳐놓은 위의 구절을 포함한 문신 시술에 관한 서술은 이야기의 전개에 주요 기능을 하는 것임에 틀림없다. 그것은 여자 문신가에게 잠재된 독부(毒婦)의 이미지를 명확하게 만들 뿐만 아니라 그녀의 어머니가 현파스님을 살해한 이유를 설명할 단서를 제공하며, 궁극적으로는 위협적인 여성적 생명력이라는 주제의 구체화에 이바지한다. 그러나 그것은 기능적이긴 해도 경제적이지는 않다. 서술하고 있는 대상에 서술자 자신이 도취되어 있다고 느껴질 만큼 상세한 지시, 현란한 비유, 광시곡적 리듬이 흘러넘치기 때문이다. 생트-뵈브는 앞에서 언급한 『마담 보바리』론에서 죽어가는 엠마에 관한 서술이 지나치게 생생한 세목을 많이 포함하고 있어서 독자의 에로틱한 관능을 자극하기까지 한다고 썼다. 소상하고 생생한 나머지 퇴폐적이라는 지적은 문제의 문신 시술에 관한 묘사에도 해당된다.

퇴폐적인 묘사는 다시 말하면 승화시키지 않는 묘사이다. 그것은 대상의 사소하고 구차스러운 부분을 가차없이 까발려서 그 대상을 개체성, 특수성, 선정성의 상태에 잡아둔다. 세밀하고 남김없는 묘사란 바로 포르노그라피의 수칙이지 않은가. 퇴폐적인, 탈승하된 묘사는 은폐와 노출, 생략과 과장에 의한 심미적 질서화를 거부함으로써 대상에 잠재되어 있을지 모를 조화롭고 균형잡힌 형태의 가능성을, 대상의 부분들이 한 전체 속으로 지양될 가능성을 억류한다. 그것은 환원불가능한 대상의 개체성 그 자체를 돌출시킨다. 예를 들어 천운영의 「당신의 바다」 중에 실내포장마차 여자가 곰장어의 껍질을 벗기는 과정 전체가 단계적으로 펼쳐지는 장면에서 그녀의 동작, 지각, 느낌에 관한 묘사는 생생함의 극치에 이르러서 곰장어 잡기는 곰장어 잡기 바로 그것임을 실감하게 만든다. 곰장어 껍질 벗기기는 이렇게 끝난다.

있는 힘껏 펜치를 잡아당긴다. 곰장어에서 분리된 껍질이 등뒤로 휙 날아간다. 곰장어의 꼬리에서 피가 새어나온다. 꼬리에서 나온 검붉은 피가 분비물과 몽알몽알 뭉쳐진다. 곰장어의 배를 가르고 심장과 쓸개를 도려낸다. 무딘 칼끝이 쓸개를 터뜨린다. 쓸개는 형태도 없이 초록색 액체만 남기고 사라져버린다. 곰장어 몸뚱이는 누렇게 떠 있다. 나는 한참 동안 곰장어의 벗은 몸을 쳐다보았다.

또한 정육업자인 남자가 소머리를 가르는 작업이 길게 묘사된 「숨」에서도 천운영은 소머리 가르기의 특유한 사소한 동작과 미세한 인상에 주의를 집중하게 만든다.

칼을 손에 쥔 채 위턱과 아래턱을 벌린다. 다라락, 경쾌한 소리가 나며 뼈가 떨어진다. 이빨 사이로 나와 있던 혓바닥이 위로 벌떡 선다. 혀끝을 한 손으로 잡고 혀뿌리를 끊는다. 혀를 빼내어 바구니에 따로 담는다. 입천장과 입바닥을 갈라내는 것은 아주 쉬운 일이다. 칼집만 내놓으면 손으로 잡아당겨도 쉽게 분리된다. 아랫입술을 뼈에서 떼어내고 머리뼈를 앞으로 잡아당긴다. 머리가죽과 살덩이가 한 덩어리로 뼈에서 떨어진다.

이 곰장어 잡기나 소머리 가르기는 음식점이나 정육점에서 통상적으로 일어나는 일임에도 불구하고 그 특유의 세목이 그로테스크하게 부풀려진 결과, 이를테면, 요식업적 행동 일반으로 말끔하게 통합되지 않는다. 그것은 곰장어 잡기, 소머리 가르기임에 틀림없으면서도 동시에 다른 뭔가에 관한 알레고리를 내포한다. 루카치가 모더니즘 문학 비판에서 벤야민의 통찰을 빌려 지적했듯이 자연주의 및 모더니즘 문학에 나타나는, 전형적인 것과 분리된 개별적인 것을 강조하는 묘사상의 세목은 알레고리로 전이될 가능성을 언제나 가지고 있다.[4] 곰장어 잡기와 소머리 가르기의 경우, 그 알레고리는 폭력이라는 관념을 중심으로 한다. 기계적인 절차에 따라 동물의 형태를 변화시키거나 분해하는 그 동작은 동물을 식품화하는 인간 행위의 파괴적인 성격을 두드러지게 한다. 그래서 음식과 관련된 인간 욕망과 행위는 인간 자신이 가지고 있는 근본적으로 난폭한 동물성의 발로가 된다. 실제로 천운영 소설에서 육식을 즐기는 엄청난 식욕의 여성인물들은 흔히 맹수의 이미지를 띤다. 양념하지 않은 고기를 살짝 익혀 입안 가득 고이는 핏물을 맛보며 먹기 좋아하는 「바늘」의 문신술사는 뱃속에 허기가 지자 "들짐승처럼 입가에 피를 묻힌 채 허겁지겁 먹을 것을 해치우고 포만감을 느끼고 싶"어한다. 여든을 넘긴 나이의 왜소한 체구에도 무서울 정도로 고기를 탐하는 육식가인 「숨」의 할머니는 서술자의 눈에 "천 년을 견뎌낸 미라"나 묘약을 만드는 "늙은 마녀"처럼 보이는 한편 "호랑이나 사자 같은 고양이과 동물"처럼 보인다. 천운영 소설에 나타난 인간

4) 게오르크 루카치, 「전위주의의 세계관적 기반」, 게오르크 루카치 외, 『문제는 리얼리즘이다』, 홍승용 옮김(실천문학사, 1985), 183~191쪽.

에 대한 수사적 담론에서 먹기는 단연 중심적인 위치를 차지한다. 천운영에게는 먹이를 구하고 취하는 동물적 본능만큼 정확한 인간 본성의 비유는 없으며, 동물들이 서로 먹고 먹히며 공생하는 "초원"이나 "밀림"만큼 올바른 인간세계의 비유는 없다.

천운영이 먹기와 인생, 동물과 인간의 유추를 가동시키는 가운데 강조하는 것은 인간 내부에 살아 있는 자연(본성)이다. 거미를 닮은 인물, 맹수를 닮은 인물을 비롯하여 천운영 소설의 인물들은 자연의 활력, 그 난폭한가 하면 온순하고, 날카로운가 하면 부드러운 힘을 표현한다. "아내는 야생의 초원을 가졌다. 아내의 몸속에는 날카로운 이빨을 가진 맹수와 성난 발길질을 하는 암말과 살진 들소가 산다. 맹수의 시체를 향해 덤벼드는 검은머리독수리와 독수리에 쫓기는 연약한 새도 있다"(「행복고물상」)는 진술은 시사적이다. 이러한 인간의 자연은 물론 선악의 관념이 통하지 않는 세계이다. 그것을 지배하고 있는 것은 생명을 무한히 확대하려는 의지, 간단히 말해서 힘에의 의지이다. 인간의 자연적 삶, 인간 자신의 생명의 요구에 충실한 삶은 불가피하게 난폭하고 침략적이고 무법적이다. 그것은 인간 문화의 기초를 이루는 도덕적 질서를 혼란에 빠뜨릴 가능성을 언제나 가지고 있다. 그러나 천운영 소설은 그러한 야생적 삶이 풍기는 황홀한 매혹에 경도되어 있다. 천운영 소설에 그려진 그로테스크한 이미지의 여성인물들은 그 야생의 매혹에 본능적으로 민감할 뿐만 아니라 그것을 그들 자신의 몸으로 표출한다. "꼽추"를 연상시키는 추한 용모를 가진 「바늘」의 문신술사는 남자들의 몸에 바늘을 찔러 그림을 그리며 공격과 정복의 쾌감에 탐닉하고, "쇳내 나는 칼날을 개처럼 핥는 꿈"을 꿀 만큼 힘의 아름다움에 홀려 있다. 「바늘」의 이야기는 그처럼 강자가 되기를 꿈꾸는 욕망의 광포하고 전투적인 성격을 단호하게 강조한다. 그 이야기에 포함된, 문신술사의 어머니가 연루된 살인의 의혹을 둘러싼 일화를 보면 바느질 솜씨가 뛰어난 어머니는 현파스님을 따라 세속을 떠남으로써 금욕적인 인간처럼 보였지만, 결국 바늘을 이용해 스님을 살해했음이 드러난다. 동물의 이빨, 발톱, 뼈와 은유적 고리를 이루고 있는, 또한 "어린 여자아이의 성기 같은," 우주 전체를 삼킬 듯한 "틈새"라고 형용된 그 바늘은 야수적인 여성성의 상징이다.

그러나 문신술사는 상상 속에서는 어떤 수컷이든 해치우는 암컷일지라도 현실에서는 어떤 남자도 유혹하려 들지 않는 추녀이며, 그녀의 힘을 표현하는 무기는 어쨌든 "칼"이 아니라 그것의 미미한 변종인 "바늘"이다. 천운영 소설에서 이야기를 생성시키는 중요한 대립은 바로 인간 내부에 생동하는 자연과 그것의 요구에 반하는 생존 현실 사이의 대립이다. 천운영 소설의 대지에 서식하는 인간 동물들은 대체로 물질적으로나 사회적으로나 궁핍한 상태에 있다. 두어 가지 예를 들면, 「당신의 바다」에 그려진 젊은 부부는 결혼하고 얼마 되지 않아 직장을 잃은 이후 실내포장마차를 차려 함께 돈벌이를 하며 그들 이외에도 세 세대가 사는 주택의 셋방에서 열악한 생활을 하고, 「행복고물상」에 나오는 부부는 사십대임에도 자식을 보지 못한 채로 "고철더미"에 묻힌 "폐허"와 다를 바 없는 낡은 집에서 "애옥살이"를 하고, 「눈보라콘」의 아버지 없는 소년은 "선박의 녹"을 떼어내는 일을 하는 어머니와 단둘이서 "악다구니와 벌거벗은 여자들과 쥐들의 골목"에 살고 있다. 이러한 인물들은 모두 불구(不具)의 집이라는 상황에 직면해 있으며, 또한 모두 황폐한 환경에서 생활하고 있다. 그들에게 공통적으로 나타나는 물질적·사회적 궁핍은 그들 내부의 생명에 대한 위협이라는 의미를 뚜렷이 드러낸다. 「행복고물상」의 이야기는 여기서 범례로 삼을 만하다. 이 작품에서 중년부부의 생활환경을 특징짓는 그 "고철더미"는 문신술사의 "바늘"과 달리 썩어가는 광물이며, 그들의 생명에 이롭기는커녕 오히려 해로운 도구이다. 그 고물상 부부의 생활은 여자가

고철더미에서 미끄러져 아이를 유산한 이후 드러낸 불임증은 비곳비여 건전성을 잃어가고 있는 그들의 생명을 나타내는 사물과 행동으로 가득하다. 고물상 남자는 그 자신의 몸이 점점 고물이 되어가고 있음을 느끼고 그의 집에서 "시련에 찬 미물들의 공동묘지"를 본다. 때가 되면 성난 짐승으로 돌변하여 남자를 구타하고 그런 다음에는 더욱 신경질적으로 섹스를 탐하는 여자의 행동은 그러한 반(反)생명적 현실에 대한 무의식적 저항의 표현이다.

천운영이 인간과 동물 사이의 유추와 광물적 이미지의 직조(織造)를 통해 전하는 인간의 자연 혹은 생명에 관한 이야기는 바꿔 말하면 욕망에 관한 이야기이다. 욕망이 어떤 결핍에서 생겨나는 활동임을 전제로 하면 욕망은 생래적인 성질상 난폭하다. 욕망은 궁극적으로 욕망에 대한, 모든 타자를 절멸시키고 욕망의 환상과 일치하도록 세계를 변형시키려는 활동이기 때문이며, 욕망에 저항하고 욕망으로부터 살아남는 세계의 능력에 대한 원통한 인식을 동반하기 때문이다. 본질적으로 욕망과 살기(殺氣)는 구분되지 않는다. 천운영 소설 중의 자수용 바늘이나 불거진 뼈는 결핍 많은 인간의 이미지인 동시에 살기 어린 욕망의 이미지이다. 그런 점에서 천운영의 작품 「눈보라콘」은 주목을 요한다. 부산 영도 빈민계층의 아버지 없는 소년이 등장하는 이 작품은 성장소설의 플롯 속에 욕망에 관한 환상을 담고 있다. 여기서 소년이 먹고 싶어하는 부라보콘은 욕망을 활동시키는 결핍 혹은 부재를 상기시킨다. 소년이 상상 속에서 에로틱한 쾌감을 느끼며 먹고 있는 부라보콘은 여자의 맨살, 달콤한 속삭임, 얼음덩이 같은 은유의 연쇄를 통해 어머니와 연관된다. 부라보콘에 대한 욕망은 물론 오이디푸스적 욕망이다. 소년은 실제로는 부라보콘을 먹을 수 없는 형편에 놓여 있듯이 어머니와의 이지적(二肢的) 관계를 회복할 수 없는 세계에 살고 있다. 그 세계의 중심에는 자기 성기를 꺼내놓고 자랑을 하기도 하고 여자들의 "몸 보시"를 받기도 한다는 복천사 늙은 중이 자리잡고 있다. 결국 소년은 오이디푸스 시나리오대로 팔루스적 권위를 받아들여, 부라보콘이 아니라 눈보라콘을 먹고 어머니가 아니라 소녀와 논다. 그러나 그 대체의 논리에 따라 활동하는 욕망은 복천사에 다녀온 이후 거세공포—처참히 짓뭉개진 능소화꽃 한 송이가 상징하는 공포—와 함께 배운 세계에 대한 적의를 동반한다. 어머니가 새 남자를 맞아들이자 복천사를 찾아간 소년은 어둠 속에 잠든 늙은 중의 얼굴을 노려보고 돌부처 머리에 오줌을 누고 빠져나온다. 그리고 가출을 단행한다.

「눈보라콘」의 복천사 늙은 중은 소년을 둘러싸고 있는 부(副)인물 중 하나에 불과하지만 그가 「눈보라콘」, 나아가 천운영 소설 전체에 담긴 욕망의 환상에서 점하는 위치는 중요하다. 그는 「바늘」의 현파스님과 함께 욕망의 승화를 요구하는 문화의 권위를 상징한다. 늙은 승려가 그러한 역할을 맡고 있다는 사실은 혹시 희한하게 느껴질지도 모르지만 천운영 소설에 다뤄진, 계층적으로 지역적으로 특수한 경험에 대한 지시가 풍부하고 '유모차를 끄는 고물상 할머니' 같은 역사적 기억이 출몰하는 가난의 상황과 그럴싸하게 어울린다. 문제는 그 승려로 대표되는 문화, 그것으로부터의 탈주가 천운영이 창조한 욕망의 환상에서 개인 자아의 성장에 깊이 관여하고 있다는 사실이다. 여자의 성장을 다룬 작품 「월경」을 보자. "녹슨 철로"의 이미지에 함축된, 스무 살을 앞둔 여자의 정황은 가난, 고립, 퇴행, 몰성욕(沒性欲, a-sexuality)의 특징을 가지고 있다. 부모를 모두 잃은 후 신체 발육마저 중단된 그녀는 어머니가 세상을 떠나고 남긴 백반집에 종업원으로 받아들인, 몸이 풍만한 계집에게 의지하여 살고 있다. 계집의 몸을 엿보거나 만지기 좋아하는 여자의 행동은 계집의 "무성한 풀밭"에서 뛰노는 상상이 암시하듯이 여성성에 대한 욕구를 표현한다. 여자의 여성성 회복을 예견케 하는 사건은 그녀의 집 안에 있으나 그녀 스스로 출입을 금해온 "못 쓰는 방"의 비밀이 그녀의 의식 속에 되살아나면서 일어난다. 열세 살 무렵 그녀는 그 방의 "문지방"을 넘어서 어머니가 외간남자와 성교하는 장면, 그리고 아버지가 들이닥쳐 그들 모두를 살해하는 장면을 목격했다. 여자가 그 트라우마적 경험을 재생한 지금 그 방에서는 계집이 여자에게 아버지를 연상시킨 사내를 끌어들여 성교를 하는 중이다. 문지방을 넘은 기억을 회복한 여자는 이제 자신의 불모화된 세계의 경계인 녹슨 철로를 넘어 아버지가 어머니를 살해하고 도주한 길을 따라 뛰기 시작한다. 이러한 여자의 '월경(越境-月經)'은 여성 성욕의 소생이라는 의미와 아울러 문화로부터의 탈주라는 의미를 생성시킨다. 여자가 어린 시절에 월경하여 목격한 그 '원초적 장면'은 단지 성교의 장면이 아니라 불륜과 살인의 장면이기 때문이다. 월경한다는 것은 문화의 경계를 넘어 금지도 질서도 없는 어떤 아득한 혼란 속으로 자신을 밀어넣는 것이다. 「월경」의 천운영은 탈승화된 세목의 작가이자 탈승화된 욕망의 작가이다.

4. 세목, 여성, 리얼리티

문학이나 예술에서 세목에 대한 유별난 관심은 보통 여성적이라고 여겨진다. 사물이나 경험의 미세한 부분에 유의하는 마음, 그러한 부분을 심미적으로, 실용적으로 활용하는 기술은 여성의 생활과 문화에서 널리 나타나는 특징이기 때문이다. 세목의 모양, 용도, 가치를 알아보는 것은 물론 여성에게 고유한 능력이 아니지만 그것이 성분업의 오랜 역사를 통해 여성들에게 비교적 많이 개발되었음은 부정하기 어려운 사실이다. 문학 및 예술에 나타나는 세목의 과잉을 성별과 관련하여 연구한 나오미 쇼어는 세목을 성별화한 담론이 근대 유럽의 고전적 미학에 확립되어 있음을 확인했다. 고전적 미학은 세목에 대한 취미를 여성적이라고 간주했을 뿐만 아니라 예술적으로 열등하다고 주장함으로써 그 남성주의적 성격을 드러냈다. 그러나 세목의 성별화는 여성들의 문학적·예술적 성취를 인정하는 근거이기도 했다. 20세기 초 영국에서 출간된 한 여성소설론의 남성저자는 "여성스러운 지성은 세목에 대한 정열을 가지고 있다. 이것은 여성작가들이 지은 모든 최고의 작품에 들어 있는 자질이다"라고 썼다.[5] 한국의 경우에도 여성소설의 여성스러움에 대한 남성들의 우호적인 비평은 전통적으로 그들 작품에 나타난 감각적이고 섬세한 묘사에 주목하는 경향이 있다. 이것은 예컨대 해방 후 강신재처럼 여성작가 중 특히 여성스러운 소설을 쓴다고 평가된 작가들에 관한 남성들의 평론들을 보더라도 분명하다.[6] 어떤 여성스러운 문학적 자질을 강조하는 비평이 여성소설에 유익하지 않다는 것은 페미니스트가 아니더라도 문학에 식견이 있는 사람이라면 누구나 수긍할 만한 생각이다. 하지만 과거 및 현재의 여성소설에서 발견되는 세목의 미학은 그것이 역사적으로 남성주의와 어떤 관계가 있든지 간에 여성소설의 일반적 자질 중 하나일 뿐만 아니라 여성작가들의 예술적 창조력의 주요 표현 중 하나이다. 한국 페미니즘 비평 일각에서는 여성소설 텍스트의 탈중심성, 분산성, 혼성성 등을 강조하는 논법이 지지를 얻고 있지만 그것들은 따지고 보면 세목의 과잉이라는

---

5) Naomi Schor, 앞의 책, P. 20에서 재인용.

6) 염무웅은 1960년대 중반, 강신재에 관한 당시로서는 일급의 평론에서 결론을 이렇게 맺고 있다. "대상에 대한 일정한 거리에서의 감각적 인식, 묘사문을 주로 하는 조형적 표현, 그리고 피해 입는 여성의 불행한 운명에 대한 관심 등을 그리하여 우리는 찾아냈다. 역사나 사회에 대한 포괄적인 파악이나 인간 존재의 근원적 의미에 대한 인식적 노력을 기대한다는 것은 아직 무리한 일이며 어쩌면 그것은 강신재의 피안인지도 모른다. 인생의 어떤 국면, 감정의 어떤 뉘앙스, 현실의 어떤 단면을 독자적인 형상으로 조형할 때 그녀의 작품은 탄생하는 것이기 때문이다."(「팬터마임의 미학—강신재론」, 『유주현/강신재』, 현대한국문학전집 2, 신구문화사, 1965, 485쪽)

미학적 자질의 연장선상에 있다.

윤성희와 천운영이 여성소설의 전통 속에서 창작하고 있다는 것은 명백하다. 그들의 작품을 읽다보면 박완서, 오정희, 서영은, 양귀자 등의 작품들과의 상호 텍스트적 반향이 때때로 들려온다. 비교적 근접한 연배의 여성작가를 거명하자면 윤성희는 하성란의 어떤 측면을, 천운영은 전경린의 어떤 측면을 닮아 있다. 그러나 윤성희와 천운영은 이력이라는 면에서만 아니라 소설이라는 면에서도 어쨌든 신인이다. 그들의 신인다움은 지난 연대에 여성작가들 사이에 유행한 문체, 기법, 주제에 대해 일정한 거리를 두려고 한다는 데에서 우선 느껴진다. 그들은 신경숙을 위시해서 수많은 여성작가들이 즐겨 구사한 고백 스타일에 그리 치중하지 않는다. 그들의 소설이 한 개인의 주관적 경험에 관여하고 있음은 물론이지만, 그것을 개인 자신의 내성적 자세보다는 그것의 객관적 맥락에 역점을 두어 전달한다. 또한 그들은 여성의 자아 찾기라는 동기에서 출발하여 이제는 화냥기의 선정물과 뒤섞여버린 사랑과 불륜의 테마에 참여하지 않는다. 그들이 관심을 집중하고 있는 것은 오히려 소비문화적 로맨스의 세계와는 대척적인 위치에 있는 가난, 고립, 실업, 부랑의 상황이다. 하지만, 윤성희와 천운영의 신인다움은 무엇보다도 승화의 논리에 따르지 않고 삶의 특수한 경험을 다루는 방식에 있다고 생각된다. 그들은 생존을 위한 노동과 싸움이 지배하는 산문적 세계 속에서 문제적 상황을 발견하며 어떤 조화도, 은총도 없는 그 세계에 충실하게 이미지와 이야기를 만들어낸다. 리얼리즘의 고전적 미학을 기준으로 말하면 그들의 소설은 세목의 희생에 기초한 '건전한' 모방이 아니라 세목의 방생에 기우는 '퇴폐적' 묘사를 택하고 있지만, 그들 소설의 근저에는 리얼리티를 창조하려는 정열이 자리잡고 있다. 그들의 소설에 그려진 탈승화된 삶의 세목들은 생존이 버거운 사람들의 초라하고 비루한 생활, 절망감, 공포감, 적대감으로 썩어가는 마음을 생생하게 전달한다. 한국어에서 현실은 육체적 · 물질적 요구가 다른 모든 요구에 우선하는, 비천하고 추악한, 그러나 엄연하고 긴박한 생존의 상태를 종종 지칭한다. 윤성희, 천운영 소설의 리얼리티 또한 그러하다.

언젠가 라이오넬 트릴링은 근대소설이 발견한 리얼리티에 대해 언급하는 중에 이렇게 말한 적이 있다. "『거대한 기대』(국내에서 통용되는 제목에 따르면 '위대한 유산'—인용자)의 위대함은 그 제목에서 시작된다. 근대사회는 거대한 기대를 토대로 삼고 있다. 그 거대한 기대는 언젠가 실현되면 더러운, 숨겨진 리얼리티 때문에 존재한다는 것을 알게 된다. 리얼한 것은 점잔빼는 핍의 생활이 아니라 그 소설의 지하창고에 있는 거한(巨漢)과 살인, 쥐와 부패이다."[7] 트릴링이 근대사회의 토대라고 생각한 그 '거대한 기대'는 이제 카지노 자본주의자가 아니라면 어느 누구도 믿지 않을 공상이다. 한국소설에서 그것은 실현을 보지도 못했고 모든 발전의 이데올로기들과 함께 역사 속으로 사라졌다. 이데올로기적 통제와 승화에서 벗어난 "더러운, 숨겨진 리얼리티"는 이제 소설의 집 곳곳에 창궐하고 있다. 윤성희 소설의 연립주택에서는 아르바이트로 연명하는 젊은 여자가 죽음의 공포에 시달리고 보험금을 노린 어머니가 방 안에 불을 질러 목숨을 끊으며, 천운영 소설의 고물상에서는 사람이 철물과 함께 녹슬어가고 살림집에서는 아버지가 부정한 어머니를 난자하여 죽인다. 윤성희, 천운영 소설의 리얼리티는 동시대 사회의 사건, 풍속, 경험에 대한 무수히 많은 지시를 수반하고 있지만 그렇다고 그것 외부에 존재하는 어떤 원본의 사본은 아니다. 그것은 보통언어(예컨대 대중언론) 속에 묘사된 리얼리티의 비전을 유예

---

7) Lionel Trilling, "Manners, Morals, and the Novel," *Moral Obligation To Be Intellegent: Selected Essays*, edited and with an introduction by Leon Wieseltier(New York: Farrar, Straus, Giroux, 2000), p. 110.

시키고 사물과 경험에 대한 지각을 쇄신시키는 허구적 장치들의 효과이다. 윤성희의 경우, 반사경을 면밀한 계산에 따라 이동시키는 과묵한 서술, 천운영의 경우 서로 공명하는 야생적 자연의 이미지 들은 그 리얼리티 효과를 가져오는 데에 결정적 역할을 하고 있다. 그들의 소설은 리얼리티의 원본 혹은 모델이라는 관념에서 자유로운 만큼 리얼리티를 둘러싼 통상적인 도덕으로부터도 자유롭다. 윤성희는 역사적 연속성과 사회적 관계성이 희박한 삶의 순간에 출현하는 동성사회적 유대를 암시하고, 천운영은 기율과 통제에 저항하는 욕망의 질주에서 자연의 싱싱한 생기를 발견한다. 그들이 보여주는 육체적, 도덕적, 사회적 삶에 대한 감각은 읽는 사람의 마음을 적지 않게 어지럽힌다. 그러나 그 심란함은 "거대한 기대"가 사라진 지금 같은 시대에는 어쩌면 감동의 다른 이름인지도 모른다.

(『문학동네』 2001년 겨울호)

III

문제는 역시 근대다

김흥규의 비판에 답하여

1. 또 하나의 항변

『창작과비평』 2009년 가을호에 발표된 논문 「신라통일 담론은 식민사학의 발명인가」에서 김흥규는 오늘날 통용되고 있는 통일신라론이 일본의 동양사가 하야시 다이스케(林泰輔)에 의해 19세기 말에 창안되었다는 역사학자 윤선태의 주장과 그 주장에 찬동하는 입장에서 내가 문일평의 신라론에 가한 논평을 비판했다. 나는 한반도 최초의 통일국가 신라라는 관념을 포함한, 현재 한국인 일반의 신라관에 영향을 미친 관념과 이미지의 중요한 일부가 근대일본의 식민주의 역사학과 고고학의 산물이라는 생각을 가설 중 하나로 삼아 윤선태를 위시한 여러 소장학자들과 함께 연구를 수행했다. 김흥규가 쟁점화한 통일신라론은 내가 그 연구결과를 묶어 출간한 『신라의 발견』에 들어 있다. 김흥규는 『삼국사기』를 비롯한 사료를 증거로 들어 "'삼한/삼국 통일' 담론이 7세기 말의 신라에서 형성되어 조선 후기까지"[1] 존속했다고 주장하면서 하야시 다이스케의 『조센시朝鮮史』를 통일신라론의 원천으로 보는 윤선태의 학설에 이의를 제기했다. 문일평의 신라통일론과 하야시의 신라통일론의 유사성에 관한 나의 논평에 대해서도 불만을 표시했다. 통일신라가 근대적 발명품이라는 윤선태와 나의 생각은 "자료상으로 지탱될 수 없고, 방법론적으로도 식민주의의 특권화라는 비판을 면하기 어렵다"고 그는 썼다.(「신라」, 395쪽)

김흥규는 『창작과비평』 2010년 봄호에 「한국 근대문학 연구와 식민주의」를 발표하며 다시 나를 비판했다. 이번에는 내가 1990년대 후반과 2000년대 전반에 발표한 한국 근대문학 형성기에 관한 논문들이 비판의 표적이 되었다. 그는 그 논문들을 김철의 2000년대 논문들과 함께 "1990년대 후반 이래 한국문학 연구에 등장한 새로운 흐름"을 예시하는 것으로 간주했다. "내재적 발전론과 '민족주의적 국문학 연구'에 대한 비판에서 협력의 실질이 뚜렷할 뿐만 아니라, 대안적 사유의 주요 항목으로서 '타자로부터의 작용'을 중시한다는 점"을 이유로 김철과 나의 연구를 묶어서 다뤘다.[2] 그가 윤선태와 나의 통일신라론을 공격하며 사용한 "식민주의의 특권화"는 여기서도 핵심어구다. 김철이 식민지시대 조선학의 발생에 있어서, 그리고 내가 한국민족문학론의 발생에 있어서 일본제국주의 또는 식민주의가 중요한 계기를 이루었다고 보고 있는 것을 그는 그렇게 표현했다. 그는 김철과 나 모두에게

---

1) 김흥규, 「신라통일 담론은 식민사학의 발명인가 — 식민주의의 특권화로부터 역사를 구출하기」, 『창작과비평』 (2009년 가을호), 373쪽. 이후 괄호 안에 '「신라」, 373쪽'으로 줄여 표기하고 인용문 다음에 표시함.

2) 김흥규, 「한국 근대문학 연구와 식민주의 — 김철 · 황종연의 담론틀에 관한 비판적 검토」, 『창작과비평』 (2010년 봄호), 302, 303쪽. 이후 '「한국」, 302, 303쪽'으로 각주 1)에 밝힌 방식으로 표시함.

민족주의를 "일본제국주의의 종속적 파생물"로 보고 있다는 혐의를 걸었다. 김철과 내가 "제국주의-식민주의를 발광체로 놓고 피식민자를 반사체로 가정하는 논법"을 취함으로써 한국근대의 역사와 문학에 대한 이해를 오도할 우려가 있다고 주장했다.(「한국」, 310, 324쪽)

앞질러 말하건대, 나는 김흥규의 비판이 공정하지 않다고 생각한다. 나에 대해서만이 아니라 윤선태에 대해서도, 김철에 대해서도 그렇다고 생각한다. 앞으로 알게 되겠지만, 그는 나의 발언에 제대로 주의를 기울이지 않고 있다. 문제적이라고 보이는 대목을 편의적으로 절취해서 고려하고 있을 뿐이다. 나의 생각을 심하게 단순화하고 있을 뿐만 아니라, 어떤 경우에는 짓궂게 변조해서 공격하기 좋게 만들고 있다. 때문에 나는 그의 비판에 대응하고 싶은 의욕을 느끼지 못했다. 자작해설이 되기 십상인 글은 쓰고 싶지 않았고, 마침 그런 일을 도모할 여유도 나에겐 없었다. 누구든 정말로 관심이 있어서 그가 문제 삼은 나의 글을 읽어준다면 그것으로 충분하지 않을까 생각하고 있었다. 그러나 최근에 생각이 바뀌어, 그의 비판 속에는 한국근대문학 연구자들이 고민할 필요가 있는 쟁점이 얼마간 들어 있으며 그 쟁점에 대한 검토는 내재론 발전론 또는 민족주의 역사학 모델에서 벗어난 것처럼 보이는 한국근대문학 연구의 작금 상황에 관한 성찰을 위한 단서로서 얼마간 쓸모가 있을지 모르겠다는 판단을 하기에 이르렀다. 김흥규는 김철과 나의 연구를 지난 십여 년 사이에 성장하여 이제 주류의 위상을 차지하고 있는 "저항담론"의 예로 간주했다.(「한국」, 301쪽) 나는 나의 "담론"이 현재 주류라곤 전혀 생각하지 않지만, 한국문학 연구에 있어서 민족주의 담론에 "저항"한 공과의 일부가 나에게 있다는 판단에는 동의한다. 이제 김흥규의 비판에 답하여 내놓고자 하는 것은 그 항변의 연장이다.

2. 『조센시』와 『조센쭈시』

본론에 들어가기 전에 김흥규의 비판이 얼마나 공정치 않은가를 밝혀두고 싶다. 윤선태는 김흥규에 대한 반론에서 "나의 주장을 제대로 보여주기는커녕 왜 자기의 생각을 나의 글에 덧씌워 나의 글을 엉터리로 만들려 하는가!"라고 분개하듯 말했다. 윤선태가 김흥규의 논법에 작동하고 있다고 지적한 그 "조작"과 비슷한 종류는 김흥규가 나를 다룬 방식에서도 발견된다.[3] 나의 논거를 무시하거나 자기의 추측을 보탬으로써 나의 주장을 곡해한 예, 나의 발언을 원래의 맥락과 다른 맥락으로 옮겨놓으면서 그 요지를 변개한 예, 나의 진술을 자기의 용어로 번안하면서 그 의미를 왜곡한 예. 하지만 이 예들을 일일이 들어 시비를 가리는 것은 지면 낭비일 뿐이므로 단 하나의 예만 들겠다. 우선 나의 신라론에 들어 있는 다음과 같은 단락을 읽어주기 바란다.

> 조선어 신문과 잡지를 통해 조선사 지식의 대중화가 활발하게 시도된 1920년대와 1930년대에 신라는, 단군조선과 함께, 조선인들 사이에 민족의식 또는 국민의식을 함양하는 데에 유익한 역사상 조선국가의 모범이 되었다. 문일평은 하야시 다이스케와 같은 방식으로 신라의 통일을 설명한 글에서 "신라의 인화(人和)"에 특별히 주목하고 있다. 화합의 도덕이 "의열무용(義烈武勇)의 정신"과 결합하여 발휘된 까닭에 신라는 원래 약소국임에도 통일의 대업을 이루게 되었다는 것이 그의 주장이다.(각주 생략—인용자) 신라인의 화합에 대한 언급이 식민지 정부하의 조선에는 존재하지 않는, 어쩌면 야마토(大和) 이데올로기에 대한

3) 윤선태, 「'통일신라론'을 다시 말한다—김흥규의 비판에 대한 반론」, 『창작과비평』(2009년 겨울호), 378, 376쪽.

지지를 포함하고 있을지 모를, 정치공동체에 대한 열망을 암시했다는 것은 충분히 짐작할 만하다. 이처럼 일본인이 발견한 신라로부터 당대 조선을 위한 의미와 상징의 저장소를 만들어내는 것, 일본인이 구축한 신라라는 상상계를 조선 민족의 문화적 자원으로 전유하는 것은 1930년대가 지나는 동안 조선인의 지적, 예술적 작업의 중요한 부분을 이루게 된다. 그 한 예가 신라가요 해독에서 오구라 신페이를 능가하는 업적을 세운 양주동의 연구라면, 현진건의 『무영탑』과 이광수의 『원효대사』로 대표되는 허구적인 신라 이야기가 다른 예다.[4)]

이것은 내가 나의 신라론 중에서 문일평에 대해 유일하게 언급한 대목이다. 더욱이 그 언급은 단 석 줄의 문장으로 되어 있으며 이 단락의 핵심구절도 아니다. 이 단락은, 읽어보면 누구나 알겠지만, 그리고 지면의 경제를 위해 인용을 생략한 그 앞의 단락과 함께 읽으면 더욱 명확하게 알겠지만, 일본인이 역사학적, 고고학적 연구를 통해 "발견"한 신라가 조선인의 문화적 자산으로 "전유"되었다는 것을 그 요지로 한다. 나는 그렇게 일본인의 신라 연구업적을 차용한 조선인의 작업의 한 예로 문일평의 신라통일론을 거론했다. 그런데 김흥규는 이 단락의 첫 문장과 마지막 문장을 잘라내고 문일평에 대한 나의 언급이 허두에 오도록 이 단락을 인용해서 마치 문일평의 신라통일론이 이 단락의 주제인 양 만들어놓고는 다음과 같이 말하고 있다.

위의 대목은 문일평의 신라통일 요인론이 "일본인이 발견한 신라로부터" 나온 것이며, 이처럼 식민주의 담론에서 차용된 재료로 민족적

4) 황종연, 「신라의 발견—근대 한국의 민족적 상상물의 식민지적 기원」, 『신라의 발견』(동국대출판부, 2008), 29쪽.

상상과 의미를 만들어내는 것이 한국 민족주의와 그 실천의 불가피한 식민성이었다고 주장한다.

그러면 문일평의 신라통일론은 과연 『초오센시』로부터 나온 것인가? 이에 답하기 전에 『초오센시』의 신라통일 요인론을 직접 살펴보자.(「신라」, 390쪽)

김홍규는 내가 신라통일의 "요인"에 관한 문일평의 생각을 문제 삼고 있으며, 그 생각의 원천으로 하야시의 『조센시』를 지목하고 있다는 듯이 말한다. 하지만 이것은 오독이다. 하야시 다이스케에 관해서는 문일평에 관해 언급하기 전에, 일본인의 신라연구를 다룬 절의 서두에서 한 줄의 문장으로 이렇게 진술한 바가 있다.

> 1892년 최초의 조선사 개관인 『조선사』를 간행하여 20세기 초반 조선인의 자국사 서술에도 많은 영향을 미친 하야시 다이스케는 신라가 백제의 영토를 점령하고 고구려의 반중을 받아들였을 뿐만 아니라 당의 군현을 반도에서 축출하여 그 판도를 확장했다고 기술하면서 "후세에 있어서 조선 남북부가 모두 합일됨은 시작을 이때로부터 하는 것이다"라고 쓰고 있다.[5)]

바로 이 구절을 전제로 해서 나는 "문일평은 하야시 다이스케와 같은 방식으로 신라의 통일을 설명"했다고 앞에 인용한 단락 중에 썼다. 즉 문일평은 신라의 통일을 설명함에 있어서 백제와 고구려의 합병만이 아니라 당의 축출을 중요한 계기로 여기는 하야시의 선례를 따르고 있었다는 뜻이다. 나는 삼국통일의 "요인"으로서 "신라의 인화"에 주

5) 황종연, 위의 책, 21쪽. 『초오센시』 『조센시』 『조선사』는 제목 표기는 다르나 같은 책이다.

목한 문일평의 생각을 놓고 그것의 출처를 따지지 않았다. 대신에 그것이 식민지 상황에서 가졌을 법한 정치적 함축에 주의해서, 인용된 단락에 나와 있는 표현 그대로, "신라의 인화"에 대한 강조가 조선인의 미래의 "정치공동체에 대한 열망을 암시한다"고 적었다. 그런데도 김흥규는 내가 "문일평의 신라통일 요인론"이 하야시의 『조센시』에서 유래한다고 주장한 것처럼 단정하고 있다. 더욱이 그는 하야시에 대한 나의 기술의 전거가 『조센시』가 아니라는 사실에 전혀 괘념치 않는다. 나는 하야시에 대해 언급한 구절의 각주에서 내가 참고한 하야시의 조선사가 『조센시』의 개정판인 『조센쭈시朝鮮通史』임을 분명하게 밝혀두었으나 그는 『조센쭈시』에는 들어 있지 않은, 신라통일에 관한 『조센시』 중의 구절을 들고 그것의 원천을 따져 그것이 하야시의 창신이 아니라 전근대 한국 역사서의 차용임을 입증하려 한다.

김흥규는 나의 글을 가지고 정말 이상한 일을 하고 있다. 내가 하지도 않은 주장을 꾸며놓고 내가 참조하지도 않은 문헌 속에서 그 주장의 전거를 찾아 검토하고 있는 것이다. 그의 흥미는 식민지시대의 신라 표상에 관한 나의 논의가 아니라, 신라통일론의 전근대적 기원에 관한 자신의 생각에 쏠려 있는 듯하다. 사실, 하야시와 문일평의 신라통일론은 나의 신라론에서 지엽 중의 지엽에 속한다. 나의 논문 「신라의 발견」을 읽은 사람이라면 누구나 알겠지만 통일국가로서의 신라는 내가 거론한 신라의 표상 중 일부이고, 식민주의 역사학은 내가 주목한 신라 담론의 갈래 중 하나이며, 나에게 중요한 신라사의 일본인 해석자는 하야시 다이스케가 아니라 이마니시 류(今西龍)다. 김흥규는 나의 논의를 제대로 다루지도 않으면서 내가 "식민주의를 특권화"하고 있다고, 단죄에 가까운 소리를 하고 있다. 그가 나의 비판적 독자로서 얼마나 성의를 가지고 있는지 의심하지 않을 수 없다.

3. 신라의 탈신성화

김흥규는 윤선태와 나를 비판한 글에서 신라통일 담론의 내력을 밝힌다며 7세기 말에 형성되었다는 '삼한통일' 론을 비교적 길게 다루고, 이어 그것이 고려와 조선에도 상속되었다고 주장하고 있다. 『삼국사기』「신라본기」 신문왕조(神文王條)에 나오는 "일통삼한(一統三韓)"이라는 문구가 역사상 가장 오래된 삼국통일론임은 분명하다. 하지만 그와 같은 사례들이 확인된다고 해서 하야시의 『조센시』가 신라통일론의 원천이라는 윤선태의 주장이 무효가 되진 않는다. 그 "일통삼한"과 이후에 전근대 한국문헌에 등장한 유사 문구가 문자 그대로 고구려, 백제, 신라가 한 나라가 되었음을 말하는 반면에, 윤선태가 염두에 두고 있는—현재 한국사의 상식이 되어 있는—삼국통일은 백제와 고구려의 멸망만이 아니라 나당전쟁에서의 신라의 승리까지 포함하는 사건(좀더 정확하게 말하면, 사건들의 시퀀스)이기 때문이다. 신라와 당의 대립을 일종의 클라이맥스로 하는 신라통일의 서사는 한국이 중국에 대하여 스스로를 신하로 여기고 있었던 전근대에는 상상하기 어려운 것이었음에 틀림없다. 윤선태는 그의 반론 중에서 당에 대한 신라의 승리를 강조하는 발상이 조선시대의 역사가들에게 불가능했다는 증거 중 하나로 『동국통감』의 찬자들이 고구려의 잔당을 끌어들여 당에 저항한 문무왕을 극렬하게 비판한 예를 들고 있다.[6] 우리는 여기에 문학쪽의 예를 보탤 수도 있을 것이다. 이익(李瀷)은 당 현종이 조공의 예를 다한 경덕왕에게 시를 써주었다는 고사를 소재로 지은 시에서 고구려 정벌에 앞장선 당의 장수 이적의 공훈을 칭송하면서 심지어 "삼한통합"을 당의 은혜라고 말하고 있다.[7] 당과의 전쟁을 통한 신라의 삼

---

6) 윤선태, 앞의 책, 382~383쪽.

7) "비목은 바닷가의 작은 땅/세 나라 대치하여 전쟁이 분분하구나/규염황제 거동하다 머문

국통일 완성이라는 서사가 가능하려면 일정한 이데올로기적 조건이 필요하다. 무엇보다 독립국가로서의 한국이라는 관념을 전제로 하는 한국사관이 필요하다. 그리고 그러한 한국사관은 한국인의 전통적인 중화숭배에서 탈각하지 않으면 생겨나지 않는다. 우연하게도 하야시 다이스케는 한국의 독립이라는 관념에 친숙한, 그리고 중화사상과 무연한 역사가였다.[8]

이익이 말한 "삼한통합"과 하야시가 말한 삼국통일은 비슷한 단어이지만 그것들이 각각 속해 있는, 그것들의 의미를 규정하는 담론은 동일한 담론이 아니다. 내가 『신라의 발견』에서 주목한 신라에 관한 일본인들의 언표는 역사학, 고고학, 미술사라는 학문과 연관되어 있으며 또한 식민권력에 연루되어 있다. 그 일본인들의 언표를 놓고 나는 엄밀한 담론 분석을 시도하지는 않았으나 그것이 일본제국의 학지(學知) 및 권력과 결합되어 있음을 소홀히 하지 않았다. 이마니시 류의 신라 연구에 대한 논평 중에서는 그것의 특징을 이루는 실증사학의 면모와 함께 일본인의 고토(故土) 회복에 관한 제국주의적 환상을 건드렸다. 중요한 것은 그러한 담론적 특성으로 인하여 일본인들이 묘사한 신라가 전근대 한국인들이 기술한 신라와 같지 않다는 것이다. 이익의 『해동악부』 권두에 놓인 시 「도솔가」는 그 가악의 시초에 얽힌 고사를 소재로 해서 가난한 백성에게 연민을 느껴 선정을 베푼 신라 임금을 칭

후/팔십대장이 와서 공을 세웠도다/삼한을 통합하여 하나로 평정했으니/은택이 사람들에게 미쳐 마음과 뼈에 사무친다." 이익, 『해동악부』, 이민홍 옮김(문자향, 2008), 111쪽. 이 번역본의 주석에 따르면 인용문 중 비목(比目)은 한반도, 규염황제(虯髥皇帝)는 당태종, 팔십대장(八十大將)은 이적(李勣)을 가리킨다.

8) 하야시는 식민주의적 한국사가들이 대개 그렇듯이 청으로부터 한국의 독립에 역점을 두어 한국근대사를 서술하고 그 독립에 대한 국제적 인정이 일본 덕택임을 강조한다. 그의 서술에서 한국의 식민지화는 한국이 독립할 능력을 가지지 못한 결과로 설명된다. 林泰輔, 『朝鮮通史』(東京: 富山房, 1912), p. 544, 578, 584 참조.

송하고 있다. 그러한 덕치(德治)의 왕국으로서의 신라라는 관념은 일본인들의 신라론에는 존재하지 않는다. 그들이 묘사한 신라는 징구왕후(神功王后)에게 정벌을 당한 신라이며, 당에 저항하여 통일을 완수한 신라이며, 불교미술의 극치를 보여준 신라이며, 나라시대 일본과 문화적 연환(連環)을 이룬 신라이다. 이러한 면모들로 이루어진 신라는 일본인들의 역사학적, 고고학적 연구 이전에는 확인된 적이 없었으며 그런 이유에서 일본인들의 발명품이라고 해도 무방하다. 푸코가 말했듯이, 담론은 "그것이 말하는 대상을 체계적으로 형성하는 실천"이다.[9] 신라에 관한 일본인들의 담론이 얼마나 체계적으로 작동했던가는 앞으로 생각할 문제이지만 그것이 신라라는 대상을 새롭게 구성하고 있었다는 것은 분명한 사실이다.

김흥규는 일본인의 식민주의 학술이 현대 신라관의 형성에 미친 영향에 주목한 윤선태와 나의 작업을 식민주의의 특권화라는 말로 비판했다. 윤선태와 내가 다루고 있는 신라가 전근대 사서에서 기술된 바와 같은 신라라면 윤선태와 나는 식민주의 역사학이나 고고학에 실제 이상의 권위를 부여하고 있음에 틀림없다. 그러나 그것이 방금 말했듯

9) Michel Foucault, *The Archaeology of Knowledge*, translated by A. M. Sheridan Smith (New York: Pantheon Books, 1972), p. 49. 푸코식으로 생각하면 어떤 단어는 어떤 담론에 속하느냐에 따라 그 의미가 달라진다. 신라 신문왕이 말한 '일통'과 하야시 다이스케가 말한 '통일'은 의미상 서로 다르다. 이 단어와 담론의 관계와 같은 것이 행위와 의식(儀式)의 관계에서도 발견된다. 종교의식(예컨대 참선)에서의 침묵이라는 행위와 세속의식(예컨대 추모)에서의 침묵이라는 행위는 의미상 서로 다르다. 같은 논리로 전근대 군왕을 송축하는 행위 중의 만세 연창(連唱)과 근대 국민의례 중의 만세 연창은 의미상 서로 다르다. 나는 십칠 년 전에 발표한 평론 「민족을 상상하는 문학」에서 유럽인의 '후레이', 일본인의 '반자이', 조선인의 '만세' 사이의 모방관계를 추정한 적이 있는데, 김흥규는 이것을 "너무 심각한 오류"라며 『조선왕조실록』에 만세라는 단어의 용례가 많음을 지적하고 있다.(「한국」, 308쪽) 이것은 신문왕의 일통과 하야시의 통일을 놓고 그 각각의 의미를 규정하는 담론의 차이를 고려하지 않고 그 의미가 같은 단어라고 생각하는 것과 동일한 종류의 오류다.

이 새로운 담론적 구성물이라면 이야기는 달라진다. 식민주의 역사학이나 고고학이 새로운 면모의 신라를 출현시킨 공적이 있음을 인정해야 하는 것이다. 일부 일본인 학자들은 식민지시대에 이미 일본인은 물론 조선인에게도 신라에 관한 교사 역할을 하고 있었다. 예컨대, 권덕규는 그의 「경주행」 중에 이런 구절을 남겼다.

> 불국사역에서 未十里에 토함산 南麓에 보면 하웃으운 문허지고 허술한 절이 불국사이다. 이 불국사의 다보탑은 석굴암과 아울러 천하의 絶寶라는 關野 박사의 설명을 들었다. 그 말에 이 불국사의 다보탑이나 석굴암과 비슷한 건축조각이 인도나 당에 업는 것이요 있다 하드라도 거긔의 것은 이것과 가트 정교하지 못할 뿐 아니라 그 의장은 오즉 조선사람의 생각으로 맨들어낸 것이며 설령 비슷한 것이 인도나 지나에 이것보다 먼저 된 것이 있다 하드라도 이것은 조선사람의 손으로 된 것이매 이것이 조선의 보배가 되는 동시에 또한 세계의 보배라 하며 더욱 다보탑은 형태가 수려하고 기상이 종횡치밀하야 화강암을 가지고 나무를 맘대로 말라 맨들듯이 정교한 수공을 베풀었다고 연해 말을 거푸하며 (……) 우리는 공학의 지식이 아주 어두운지라 무슨 의론할 것이 업거니와 그 박사의 침이 말라하는 설명에 어깨가 읏슥하얏다.[10)]

권덕규가 누구인가. 주시경의 문하에서 조선어를 연구했고 최남선의 조선광문회에 들어가 조선어사전 편찬에도 관여한 국어학자이다. 그는 자신의 민족의식을 드러내기를 주저치 않아 「경주행」에서는 조선의 역사와 문명을 무시한, 최치원을 시조로 하는 모화가(慕華家)를 질타하고 있다. 그러나 그는 차자표기의 지명이나 인명에서 "순조선어"

---

10) 권덕규, 「경주행」, 『개벽』 18(1921. 12), 72쪽.

를 찾아낼 줄은 알아도 신라의 건축과 공예에서 "조선"을 보지는 못한다. 인용문 중에 나오는 관야박사란 세키노 다다시(關野貞)를 가리킨다. 1902년 처음 조선으로 건너와 한성, 개성, 경주의 고적을 조사했고 이후 통감부와 총독부의 위촉으로 조선반도 전역에 걸쳐 고적조사와 발굴을 계속했으며 1917년에는 저 유명한 『조선고적도보朝鮮古蹟圖譜』의 편자로서 프랑스학사원으로부터 스타니스 라스 줄리앙 상(賞)을 받은 인물이다. 세키노는 1921년 9월, 나중에 금관총으로 불리게 되는 고분이 발견되자 그것에 관한 조사를 목적으로 경주에 머물고 있었는데[11] 권덕규는 그때에 세키노를 만난 것으로 보인다. 인용문에서 보다시피, 권덕규는 세키노 덕택에 불국사 다보탑이 얼마나 훌륭한 조선인의 작품인가를 알게 된다. 권덕규에게 세키노는 다보탑이 진귀한 보물임을 깨닫게 해줄 뿐만 아니라 조선인으로서의 긍지까지 갖게 해주는 역할을 하고 있다.

김홍규는 문일평의 신라론에 대해 언급하는 가운데 그 원천 중에 하야시 다이스케가 있음을 부정하고 대신에 그 전거가 『삼국사기』 등 전근대 한국의 사서임을 지적하고 있다. 식민지 조선인의 자기지식을 그렇게 일본인 학술의 영향과 분리시키는 것은 그 특정 종류의 지식에 대한 정확한 이해방식이 아니며, 여기서 문제가 되어 있는 신라와 관련해서는 확실히 그렇다. 권덕규의 경주여행기 중 세키노의 삽화가 예시하듯이 조사, 발굴, 분석의 새로운 기법들로 정립되기 시작한 일본인의 신라학은 그 고대왕국을 연구하는 조선인에게 계몽적인 것이었을 뿐만 아니라 불가결한 것이었다. 민족주의와 식민주의의 대립은 신라에 관한 근대적 지식의 발생을 설명하는 방식으로서 유효하지 않다.

11) 早乙女雅博, 「關野貞の朝鮮古蹟調査(I)」, 『精神のエクスペディシオン』(東京大學出版會, 1997), p. 68.

조선인들은 일본인들이 식민지 지배에 유익한 활동의 일환으로 추진한 고증, 개발한 해석, 발굴한 유적에 의존해서 신라가 조선 민족문화의 시원이라는 생각을 발전시켰다. 신라에 관한 담론에 있어서 조선인 학자와 일본인 학자의 관계는 적대의 그것이라기보다 경합의 그것이다. 이에 관한 증거 가운데 가장 유명한 것은 아마도 양주동의 신라가요 해독일 것이다. 양주동은 한자차용표기법에 관한 일본인들의 연구, 특히 오구라 신페이의 연구로부터 계발을 받아 향가해독에서 진전을 거두었다. 그가 해방 후에 민족문화유산의 탈환을 위한 투쟁처럼 묘사한 향가연구는 실은 차자표기의 규약에 관한 지식을 일본인과 공유하면서 향가를 둘러싸고 일본인과 경쟁하며 벌인 해독의 게임이다.[12] 식민지시대의 신라 담론을 자세히 조사해보면 조선에 관한 근대적 지식의 영역에서 일본인의 담론과 무관한 조선인의 담론을 상정하는 것이 얼마나 진상을 왜곡하는 일인가가 명백하게 드러난다.

호미 바바에 의하면 "분석 양식으로서의 탈식민주의"는 식민자와 피식민자의 "종종 대립되는 정치 영역들이 서로 만나는 첨점(尖點) 위에 존재하는 좀더 복잡한 정치적, 문화적 경계들을 인식하도록 요구한다."[13] 나의 신라론은 식민지시대 조선어 텍스트에 표상된 신라를 조선인과 일본인이 서로 접촉하는 지식의 경계 위에 놓고 보려는 시도다. 김흥규가 "포스트콜로니얼리즘 담론 상황"이라고 부른 것 속에 나의 연구를 위치시킨 것은 옳은 일이다. 하지만 그는 나의 신라론의 탈식민주의적 측면을 제대로 파악하지 못하고 있다. "포스트콜로니얼리즘의 접두사 'Post'가 '넘어서'가 아니라 '다시(re-colonialism)'의 길

12) 양주동, 「향가 연구의 회억」, 『국학연구논고』(을유문화사, 1962), 344쪽 참조.
13) Homi K. Bhabha, "The Postcolonial and the Postmodern: the Question of Agency," *The Location of Culture*(London: Routledge, 1994), p. 173.

로 구부러진 적은 없었던가"라는 그의 물음을 보면 그는 나의 탈식민주의적 발상을 오히려 식민주의의 반복으로 이해하고 있는 듯하다.(「신라」, 374, 395쪽) 나는 나의 신라론 어디에서도 식민주의 역사학의 해석이나 고고학의 발견을 합리화하려는 시도 따위는 하지 않았다. 앞 절에 인용된 문일평 관련 구절에 나와 있듯이, 나는 "일본인이 발견한 신라로부터 당대 조선을 위한 의미와 상징의 저장소를 만들어내는 것, 일본인이 구축한 신라라는 상상계를 조선민족의 문화적 자원으로 전유하는 것"에 초점을 맞추어 신라에 관한 조선인의 텍스트를 이해하고자 했다. 여기서 "전유(appropriation)"라는 단어는 일본인의 신라 담론을 조선인이 어떻게 이용했는가에 관한 나의 생각의 핵심을 담고 있다. 전유는 간단히 말해서 "자기 것이 아닌 언어로 자기 것인 정신을 전달하는 것"이며,[14] 식민지 상황의 맥락에서는 피식민자가 식민자의 언어를 변형시켜 식민자의 목적으로부터 분리시키는 동시에 피식민자의 필요에 맞게 사용하는 것이다. 나는 그러한 전유의 관점에서 현진건의 『무영탑』과 이광수의 『원효대사』를 읽고자 했으며 거기에서 조선인의 민족의식이 투사된—다만 정치적으로는 모호한—신라 이미지를 발견하고자 했다.

내가 현대 신라 표상의 식민지적 기원을 말한 것은 식민주의 학술이 조선인에게 은혜로웠음을 밝히기 위해서가 아니다. 현대 한국인이 친숙하게 느끼는 신라를 낯설게 만들기 위해서이며, 좀더 구체적으로는, 한국의 국민문화가 신라에 부여한 특별한 의의에 의문을 던지기 위해서이다. 식민지 시기의 조선인 작가와 학자들은 조선인이 필요로 하는 새로운 집합적 동일성의 원천을 신라에서 발견하곤 했으며, 특히 신라

14) Bill Ashcroft, Gareth Griffiths and Helen Tiffin, *The Empire Writes Back: Theory and Practice in Post-colonial Literatures*(London: Routledge, 1989), p. 39.

화랑은 많은 사람들이 새로운 조선인의 정신적 모델로 여겼다. 그러나 신라는 정치적으로 무해한 민족의 아카이브가 아니다. 화랑은 조선인에 대한 징병제 실시를 앞둔 시점에서 조선의 엘리트 청년을 전선으로 동원하려는 목적에서 흔히 인유되었으며, 해방 후에는 특히 박정희 군사정권하에서 어린 남성 학도들의 훈육과 통제에 널리 이용되었다. 현재 우리가 민족주의를 넘어서 정치와 윤리를 생각해야 하는 시대에 살고 있다면 일본 식민주의와 한국 민족주의의 역사 속에서 자라나고 굳어진 신라에 관한 통념으로부터 벗어나는 것은 우리 자신의 교육에 유익한 경험이다. 나의 신라론은, 쑥스러움을 무릅쓰고 말하건대, 그러한 시대의 요구를 의식한 신라 표상의 탈신성화 작업의 일부이다. 김흥규의 논평에 내가 수긍하지 못하는 이유 중 하나는 그러한 탈식민주의적 비판의 계기를 그가 전혀 분별하지 못하고 있다는 것이다. 근대 한국에 있어서 신라 담론의 정치성을 고려하지 않고 신라의 통일이 7세기 말에 성립된 관념임을 입증하고자 애쓰는 그에게서 나는 역사 비판의식이 빈약한 데이터 분석가를 느낀다. 하지만 나와 나의 동료들의 신라론을 모든 독자가 김흥규처럼 이해하고 있는 것은 아니다. 국내에도 알려진 한국 근대문학 연구가 하타노 세츠코는 이렇게 쓰고 있다. "『신라의 발견』은 식민지시대에 일본이 '발견'하여 동양의 미로서 떠받들고, 한국인들이 내면화해버린 신라문화를 자신들의 시선으로 다시 주시하려고 하는 시도이다. 역사학, 고고학, 미술사, 문학, 음악 각 분야의 연구자들이 신라에 관하여 상식이 되어 있는 이것저것의 유래를 재검토하는, 한국판 '오리엔탈리즘'으로부터의 탈각의 작업이라고 말할 수 있다."[15)]

---

15) 波田野節子, 「韓國文學の現況と飜譯 · 硏究 '08」, 『文藝年鑑』(新潮社, 2009), p. 100.

4. 언어횡단적 실천

「한국 근대문학과 식민주의」에서 김흥규가 주로 논평한 나의 글은 「문학이라는 역어」와 「노블, 청년, 제국」이다. 1997년과 2005년에 각각 발표한 그 글들은 한국 근대문학의 형성을 설명할 새로운 가설 수립에 대한 관심 속에서 쓰여진 것이다. 전자는 문학이라는 한국어가 리터러처(literature)의 번역어라는 사실을 확인하고 리터러처 개념의 도입과 함께 한국 문학비평에 출현한 새로운 관념들을 고찰한 것이며, 후자는 유럽산 소설 형식으로서의 노블(novel) 개념이 한국에 처음 나타난 양상을 살펴보고 근대 학문을 익힌 청년 엘리트 집단의 대두와 서양 및 일본 제국주의의 충격이라는 맥락에서 노블형 소설의 발생을 검토한 것이다. 그 두 편의 글에서 나는 민족문학이라는 이념의 규제하에서 한국 근대문학을 전근대문학의 역사적 발전으로 간주한 종전의 연구와 다르게, 근대서양에서 발원하여 국가와 지역의 경계를 넘어 유통된 개념, 담론, 장르 등과의 관련하에서 한국 근대문학의 형성을 이해하는 관점을 제시하고자 했다. 그 개념, 담론, 장르 등의 트랜스내셔널한 움직임을 지칭하는 용어의 하나가 내가 「문학이라는 역어」에서 리디아 리우로부터 차용한 '언어횡단적 실천(translingual practice)'이다.[16] 언어 간의 경계를 가로지르는 행위—번역, 번안, 전유 등에 대한 총칭인 이 용어는 내가 한국문학에서 근대의 성립을 가능하게 만들었다고 보는 창조적 행위의 핵심을 표시한다. 「한국 근대문학과 식민주의」에서 김흥규가 나에게 가한 비판의 요점은 그 언어횡단적 실천에 대한 나의 이해가 그것에 관한 리디아 리우 이론의 중요한 공식에 주

16) 나는 「문학이라는 역어」에서는 이 단어를 '통(通)언어적 실천'이라고 옮겨 썼으나 그후에 문제의 리디아 리우의 책이 '언어횡단적 실천'이라는 제목으로 번역되어 나왔고, 김흥규와 마찬가지로 나도 그것이 좀더 나은 번역이라고 생각하기에 이 글에서는 후자를 택한다.

의하지 않고 있다는 것, 리우가 제시한 '손님언어(guest language)'-'주인언어(host language)' 모델보다 재래의 번역 이론의 '원천언어(source language)'-'목표언어(target language)' 모델에 가깝다는 것이다. 그렇다면 손님언어-주인언어 모델이란 무엇인가?

손님언어-주인언어 모델은 원천언어-목표언어 모델이 그 두 언어 사이에, 특히 서양 언어를 전자로, 비서양 언어를 후자로 하는 구도 속에서, 부적절한 주종관계 또는 우열관계를 만들어낸다는 반성에서 출발한다. 원천언어라는 관념은, 리우의 말대로, "진정성, 기원, 영향" 등의 개념에 종종 의존한다.[17] 원천언어-목표언어 모델에 따르게 되면 목표언어에 출현한 용어, 범주, 담론 등은 그것이 목표언어 속에서 일으키는 생성의 작용이라는 측면보다 원천언어 속에 있는 그것의 원판과의 관계라는 측면에서 고려되는 경우가 많다. 리우가 원천언어를 손님언어로 목표언어를 주인언어로 바꿔 부르고 있는 것은 그러한 원천언어의 특권화에 대한 반발이다. 리우의 모델은 번역, 번안, 전유를 통해 탄생되는 용어, 범주, 담론 등을 그것이 목표언어의 환경 속에서 발휘하는 역할에 초점을 맞추어 인식하도록 요구한다. 리우에 의하면 "번역은 정치적, 이데올로기적 투쟁의 경쟁적 이해관계들로부터 아무런 영향도 받지 않는 중립적 사건일 수 없다. 번역은 그러한 투쟁이 진행되는 바로 그 장소가 된다. 여기서는 손님언어가 주인언어와 어쩔 수 없이 만나게 되고, 그 언어들의 축소불가능한 차이들 사이에 대결이 벌어지고, 권위가 환기되거나 도전받고 애매성이 해소되거나 창조된다. 그러다 마침내 주인언어 자체에 새로운 단어와 의미가 출현한

17) 리디아 리우, 『언어횡단적 실천』, 민정기 옮김(소명출판, 2005), 61쪽. Lydia H. Liu, *Translingual Practice: Literature, National Culture, and Translated Modernity—China, 1900-1937*(Stanford: Stanford University Press, 1995), p. 27. 영어 원문에 따라 번역문 수정.

다."[18] 이 손님언어-주인언어 모델이 어떻게 작동하는가는 『언어횡단적 실천』에 실려 있는 논문 중 근대중국에서의 개인주의에 관한 논문을 보면 명확하게 드러난다. 종래의 연구자들이 유럽 계몽주의의 대서사에 기초해서 개인주의가 신문화운동 중에 일시적으로 출현했다고 보거나 아니면 그 신문화운동기의 개인주의가 유럽의 선례에 비추어 '진정한' 것이 아니었다고 보는 경향이 있는 반면 리우는 유럽 개인주의에 원판적 지위를 부여하지 않는다. 대신에 개인주의 담론을 중화민국 초기의 구체적인 역사적 맥락 속에서 위치시키면서 그것이 당시의 국민국가의 서사와 맺고 있었던 양가적인 관계에 주목한다.

김흥규는 한국에서의 리터러처 개념이나 노블 개념의 출현에 관한 나의 연구가 손님언어-주인언어 모델보다 원천언어-목표언어 모델에 가깝다고 말하고 있다. 그러나 나의 연구가 그렇다는 증거를 「문학이라는 역어」나 「노블, 청년, 제국」에서 찾아 내놓지는 못하고 있다.[19] 만일 그가 그 글들을 면밀하게 읽었더라면 그러한 발언에 좀더 신중했으리라 생각한다. 「문학이라는 역어」에서 나는 이광수의 문학론을 그 원천이라고 추정되는 어떤 텍스트나 담론과 관련하여 분석하는 일보다는 이광수가 리터러처 개념을 도입함으로써 문학에 대해 사유하는 방식에 가져온 변화가 무엇인가를 알아보는 일에 주력했다. 이광수의 언어횡단적 실천을 분석한 결과 내가 확인한 것은 그것이 한편으로는 육체적, 감각적 인간의 자기회복과 관련되어 있으며 다른 한편으로는 국

18) 리디아 리우, 앞의 책, 60~61쪽. Lydia H. Liu, 앞의 책, pp. 26~27. 번역문 수정.

19) 김흥규는 내가 「낭만적 주체성의 소설」이라는 논문에서 김동인의 노블작가로서의 실패를 말한 대목을 원천언어-목표언어 모델에서 연유하는 문제 있는 생각의 예로 거론하고 있는데(「한국」, 319~320쪽), 수긍하기 어렵다. 내가 말한 것은 김동인 소설이 김동인 스스로 내세운 노블의 기준을 충족시키지 못했다는 것이다. 노블과 김동인 소설이 서로 다른 문화에 속한다고 보는 김흥규의 가정이 나에게는 오히려 문제적이다. 나는 김동인이 작가생활을 하고 있던 시기의 어느 시점부터 노블은 이미 한국 서사문화의 일부였다고 생각한다.

민 주체의 생산을 위한 교육과 관련되어 있다는 것이다.[20] 자율적인, 심미화된 문학과 민족주의 헤게모니에 포획된 문학이라는 모순을 내장하고 있는 이광수의 문학 개념은 리터러처라는 단어가 원래 가지고 있었던 의미의 관철이라기보다 그것이 한국어의 특수한 환경 속에서, 이광수 특유의 담론적 실천 속에서 전유됨으로써 생겨난 효과이다. 「노블, 청년, 제국」에 대해서도 비슷한 이야기가 가능하다. 그 논문의 관심은 한국에 출현한 노블이 얼마나 진정한 노블인가에 있지 않다. 나는 『무정』이 리얼리즘 소설로서 그 유럽적 범례에 얼마나 가까운가 또는 교양소설로서 그 유럽적 모델과 얼마나 근사한가 하는 식으로 문제를 설정하지 않았다. 나는 노블 장르의 철학적 핵심 중 하나인 "창조적 주체성" 관념이 한국작가들 사이에 어떻게 나타났는가를 확인하고 그것이 "청년"으로 자칭한 일본 유학생들의 자기인식과 어떻게 관련되는가를 논의하고자 했다.[21] 나의 노블론은 그 유럽적 형식이 한국이라는 새로운 환경 속에서 획득한 새로운 의미의 해명을 위한 시도라고 생각한다. 나의 연구는 리터러처 개념과 노블 개념이 한국어에 출현한 최초의 순간에 시야를 한정했기 때문에 이후에 그것들이 한국어 속에서 재래의 개념들과 관계하여 벌였을지 모르는 갈등 또는 타협의 궤적을 묘사하진 못했다. 그렇긴 하나 내가 원천언어-목표언어 모델에 따라 그 개념들의 언어간 이동을 파악했다고 판정하는 것은 부당하다.

김홍규의 발언 중에는 리우의 언어횡단적 실천 공식을 오해하고 있지 않은가 하는 의심을 갖게 하는 대목이 있다. 쓰보우치 쇼요(坪內逍遙)의 쇼세츠(小說)론에 관한 것이 그것이다. 우선 "'노블=진정한 모

20) 황종연, 「문학이라는 역어」, 문학사와 비평연구회 편, 『한국문학과 계몽담론』(새미, 1999), 36~39쪽. 이것은 1997년에 발표된 동일 제목의 논문의 수정본이다.

21) 황종연, 「노블, 청년, 제국」, 『상허학보』 14(2005), 268~287쪽 참조.

노가타리 · 소설 · 패사(稗史)' 의 개념 결합"이 "『소설신수』에 자주 등장"한다는 그의 지적은 부정확하다. 쇼요의 이론에서 노블은 그렇게 모노가타리를 비롯한 일본 재래의 장르와 대등한 관계에 있지 않다. 노블은 쇼요가 쇼세츠라는 단어로 총괄하고 있는 산문 픽션의 모든 장르 중에서 최고 등급에 속한다. 쇼요는 노블 또는 서양 쇼세츠를 "진정한 쇼세츠"로, 쇼세츠하이시(소설패사)를 서양 로맨스의 동양적 등가물로 간주하고 있다.[22] 로맨스에서 노블로라는 서양 산문 픽션의 진화론적 도식은 쇼요가 쇼세츠를 개념화하는 데에 중요한 수단이 되어 있다. 김흥규는 쇼요가 게사쿠(戱作) 체험을 바탕으로 "노블이라는 모델을 불러들여" 쇼세츠의 개량을 구상했다고 말하고 있지만(「한국」, 317쪽) 쇼요의 쇼세츠론의 구조를 보면 사실은 정반대이다. 노블과의 접촉이 게사쿠를 쇼세츠의 진화상의 한 단계로 간주하게 해주고 쇼세츠의 개량에 관한 주장을 가능하게 해준 것이다. 이러한 종류의 사태는 언어횡단적 실천 속에서 흔히 벌어진다. 예컨대 리터러처 개념이 중국에 수용되어 어떤 일이 벌어졌는가를 보자. 리우가 『중국신문학대계』라는 유명한 총서를 검토한 바에 따르면 "서양을 권위의 궁극적 원천

22) "만약 그 쇼세츠가 실로 그렇게 유익한 것이라면 우리의 미숙한 쇼세츠, 하이시를 차제에 수정개량해서 저 태서(泰西)의 것도 능가할 만한 완전무결한 것으로 만들어 국가의 꽃이라고 칭할 만한 일대 미술(美術)로 만들지 않으면 우리의 크나큰 잘못이 아니겠는가. 그렇지만 이것을 이루려고 한다면 우선 선진국가가 얻은 소이와 잃은 이치를 살펴서 같은 과실에 빠지지 않도록 노력하고 그 잘하는 묘소(妙所)를 찾아 점점 그것을 끌어내서 완전무결한 좋은 하이시를 펴낼 수단을 정하지 않으면 우리 동양의 쇼세츠하이시는 오랜 역사를 거쳤다고 해도 의연히 로맨스의 지위에 머물러 진보할 기회가 없으리라." 坪內逍遙, 「小說神髓」, 『坪內逍遙集』(角川書店, 1974), 96쪽. 이 문장에 주목한 토미 스즈키는 노블이 진정한 쇼세츠라고 보는 쇼요의 관점을 강조하여 『쇼세츠신주이』의 제목이 관례대로 쇼세츠의 에센스라는 뜻으로 읽힐 수 있을 뿐만 아니라 "(서양) 노블이 쇼세츠의 에센스"라는 뜻으로도 읽힐 수 있다고 말하고 있다. Tomi Suzuki, *Narrating the Self: Fictions of Japanese Modernity*(Stanford: Stanford University Press, 1996), p. 20. 참고로, 위의 쇼요의 문장 중의 "미술"은 예술을 뜻한다.

으로 삼는" 언어횡단적 문학개념은 중국 근대문학을 분류하는 새로운 범주들을 들여놓았으며 중국 근대문학의 정전을 창제했다. 그리고 근대문학 창작과 연구에 영향을 미쳤음은 물론 고전문학의 영역에서 무엇이 가르치고 연구할 가치가 있는 것인가를 정하는 기준 역할을 했다.[23] 리터러처 개념과의 조우가 중국문학에 관한 근대적 개념을 낳았던 셈이다.

김흥규는 쇼요의 쇼세츠론을 제대로 이해하려면 "전근대/근대라는 이분법"을 버려야 한다는 가메이 히데오(龜井秀雄)의 생각에 동조하면서 쇼요가 "바킨을 비판하면서 바킨에 의존하고 있었다"는 가메이의 문장을 "음미할 만한 논점"이라고 인용하고 있다.(「한국」, 317~318쪽) 이것은 전근대적인 것과의 연관 속에서 근대적인 것을 이해하기 좋아하는 고전문학 전공자의 사고습관을 떠올리게 한다. 전근대와 근대를 단절의 관계로 파악하는 것은 확실히 잘못이다. 하지만 바킨과 쇼요 사이의 연속을 말하듯이 민족문학의 단일서사 안에서 전근대와 근대의 연속을 이야기하면 그것은 다시 옛날의 내재적 발전론으로 회귀하는 일이 되기 쉽다. 언어횡단적 실천 개념을 우리는 민족문학의 역사적 연속성을 입증하는 수단으로 삼기보다 민족문학 자체를 역사화하는 수단으로 삼아야 한다. 근대에 일어난 번역, 번안, 전유의 행위들은 알다시피 문학시장이 전 지구적으로 확대된 사정을 배경으로 한다. 이 문학의 세계시장은 괴테가 세계문학을 말할 때에 염두에 두고 있었던 세계문학의 환경이었다. 세계문학은 불멸의 가치를 가지는 소수의 걸작들의 총합도 아니고 지구상에 존재하는 모든 문학들의 총화도 아니

23) 리디아 리우, 앞의 책, 386~387쪽; Lydia H. Liu, 앞의 책, p. 235. 그 서양발(發) 문학개념은 물론 절대적이지 않으며 논쟁과 수정을 허용한다. 리디아 리우 자신 그 개념이 내포한 배제의 기제에 대해 의문을 제기하면서 문학은 "리터러처 이상도 이하도 아니어야 하는가" 하고 묻고 있다.

다. 그것은 민족과 지역의 문학들이 전 지구적 규모의 무역시장 속에서 상호관계를 맺고 있는 상태를 가리킨다. 세계문학은 민족문학의 종언을 의미하지 않는다. 오히려 민족문학의 출현과 발전이 가능한 조건을 이룬다. 리우가 말하고 있듯이, "세계문학은 경제적, 상징적 교환의 전 지구체제 내의 위계관계 속으로 민족문학을 받아들임으로써 민족문학을 구성한다."[24] 민족문학이 세계문학을 구성한다기보다 세계문학이 민족문학을 구성한다. 따라서 한국 민족문학에 관한 연구는 그것을 구성한 세계문학적 개념, 범주, 장르 등이 한국에 번역되고 정착된 순간에 마땅히 주목해야 한다. 김홍규는 "'literature, novel'이라는 어휘의 도착시점 이후로 시야를 제한하고 그것들의 관통력을 암묵적으로 가정하는 한, '번역된 근대'의 문학적 실상을 포착하기는 요원하다"고 말하고 있다.(「한국」, 322쪽) 내가 보기에 이것은 번역된 근대에 대한 이해를 오히려 방해하기 쉬운 발언이다.

5. 노블, 세계문학 장르

나의 노블론에 대한 김홍규의 비판은 나에 대한 비판 중 비교적 분량이 많고 생각을 위한 좋은 단서를 제공해주고 있다. 나는 독자들의 불필요한 오해를 피하기 위해 나의 노블론의 한두 가지 사항을 명확히 해두고 싶다. 먼저 '노블'이라는 단어를 사용하는 이유. 내가 소설이라는 단어를 두고 굳이 노블이라는 단어를 쓰는 것은 소설과 노블을 등치시키는 관행에서 벗어나기 위해서이다. 노블이라는 단어를 사용함으로써 나는 그 장르가 외래종임을 표시하고자 했으며, '노블형 소설'

24) 리디아 리우, 앞의 책, 311쪽; Lydia H. Liu, 앞의 책, p. 187. 번역문 수정.

'노블형 허구' '노블형 서사' 같은 조어를 가지고 노블이 한국 근대소설의 양식 중 하나임을 명시하고자 했다. 근대소설은 바로 노블이라는, 지금도 학계와 문단 일각에서 통용되고 있는 것으로 보이는 생각에 나는 동의하지 않는다. 산문 픽션을 노블, 로맨스, 고백, 아나토미 네 양식으로 구분하고 그 양식들 사이의 결합에 주목한 노스롭 프라이의 이론과 같은 종류의 이론이 한국 근대소설론에도 필요하다고 생각한다. 그러나 이 말은 노블이 이론상으로 상정 가능한 근대소설의 여러 양식 중 하나에 불과하다는 뜻은 아니다. 그것은 근대소설의 가장 우세한 양식이며, 나머지 양식을 종종 패러디의 형태로 통섭한다. 「노블, 청년, 제국」에서 나는 노블형 한국소설의 효시인 『무정』이 어떻게 재래의 염정소설(艷情小說)—프라이식으로 말하면 로맨스형 한국소설의 일종—을 패러디하고 있는가에 관해 논의했다. 김흥규는 나에게 "노블중심적 사고"의 혐의를 걸고 그러한 사고를 비판한 발언을 로버트 숄즈와 로버트 켈로그의 『서사의 본질』로부터 인용하고 있다.(「한국」, 320쪽) 그런데 숄즈와 켈로그의 비판은 나의 연구와 아무 상관이 없다. 왜냐하면 그것은 노블 중심적인 서사연구에 대한 것이지 노블 중심적인 소설연구에 대한 것이 아니기 때문이다. 서사연구라면 당연히 노블 중심에서 탈피해야 하지만 소설 연구, 특히 근대소설 연구는 그렇지 않다. 또한 김흥규는 "노블 중심적 시각에서 벗어나야" 한다고 주장한 대목에서는 그래야 하는 이유의 하나로 소설이 "특이한 장르"임을 강조한 바흐친의 주장을 끌어오면서 모순을 범하고 있다.(「한국」, 322쪽) 바흐친의 소설론은 바로 노블론임을 김흥규가 모르고 있지 않기를 바란다.

김흥규는 노블 중심적 소설 연구를 경계하는 것과 같은 논리에서 노블과 쇼세츠의 차이를 역설한 마사오 미요시의 논문에 지지를 보내고 있다. 미요시의 논문이란 그 초기 버전이 1980년대에 「반주류적 고찰」

이라는 제목으로 한국어로 번역된 적이 있는 「토착적 관행을 거슬러서」를 말한다.[25] 이 논문에서 미요시는 미국 학계가 노블 비평의 기준으로 쇼세츠를 읽고 있음을 지적하고 그러한 관행에 대한 대안을 모색하고 있다. 그 중심 내용은 그 쇼세츠의 대체 읽기에 중요하다고 믿어지는 그 "형식 본래의 면모와 계통"에 관한 묘사이다.[26] 그는 먼저 유럽 자본주의 시대를 셋으로 나누고 그 각각에 대해 상동관계에 있는 소설의 세 유형을 상정한 뤼시앙 골드만의 연구를 모델로 삼아 일본 자본주의의 세 시대와 그것에 대응되는 쇼세츠의 세 시대를 구분한다. 쇼세츠의 세 시대에 관한 그의 묘사는 자본주의하 일본사회 특유의 정세를 반영한 쇼세츠 특유의 형식적 특징에 대한 설명을 포함한다. 이어서 그는 쇼세츠의 형식적 요소들의 모체를 일본 재래의 문학장르 속에서 찾는다. 그가 주목하고 있는 것은 모노가타리, 노, 렌가 등으로 전근대 일본의 산문 서사형식에 한정되지 않고 전근대 일본문학의 주요 장르를 사실상 모두 포괄한다. 그가 노블 범주의 보편화에 대항해서 쇼세츠 고유의 특징을 한껏 부각시키고 있다는 것은 명백하다. 그는 「토착적 관행을 거슬러서」의 집필 배경을 회고하는 자리에서 이렇게 쓰기도 했다. "만일 이런저런 나라의 산문 서사형식들을 노블이라는 한 개의 범주 안에 배치한다면 발전과 권력의 역사상의 이형(異形)들에 의해 기입된 상이한 형식 특징들을 간과할 것 같다."[27]

「토착적 관행을 거슬러서」를 보면 미요시는 노블 비평의 기준으로

25) 미요시 마사오, 「반주류적 고찰: 미국에서 일본소설을 읽으며」, 설순봉 옮김, 『세계의문학』(1986년 겨울호); Masao Miyoshi, "Against the Native Grain: The Japanese Novel and the 'Postmodern' West," *Postmodernism and Japan*, edited by Masao Miyoshi and H. D. Harootunian(Durham: Duke University Press), 1989.

26) Masao Miyoshi, 위의 책, p. 166.

27) Masao Miyoshi, "Turn to the Planet: Literature, Diversity, and Totality," *Globalization and the Humanities*, edited by David Leiwei Li(Hongkong: Hongkong

쇼세츠를 읽는 미국적 관행은 오리엔탈리즘에 포함시키고 있다. 따라서 그의 쇼세츠론은 오리엔탈리즘에 대한 저항의 일종으로 읽힌다. 그러나 유심히 읽어보면 그가 탈오리엔탈리즘적 독해 모델을 제시했다는 믿음이 별로 생기지 않는다. 그는 노블과 쇼세츠의 차이를 강조하여 전자가 서사적 역사에 가깝다면 후자는 연대기에 가깝고 전자가 통사적이라면 후자는 병렬적이고 전자가 대수적이라면 후자는 산술적이고 전자가 저자로서 창조주를 가지고 있다면 후자는 여자 무당을 가지고 있다는 식으로 양자를 대조시키고 있다.[28] 이것이 오리엔탈리즘으로부터 얼마나 벗어난 것일까? 노블과 쇼세츠를 대조시키는 논법 속에서 서양과 동양을 양극화하는 오리엔탈리즘의 담론구조가 재생산되고 있는 것은 아닐까? 사실, 그는 노블과 쇼세츠의 차이를 강조하는 가운데 후자가 전자를 흡수한 흔적을 말소하고 있다. 쇼세츠라는 어휘에 관한 연구를 보면 그 어휘 자체가 노블이라는 어휘와 분리해서 말하기 어렵다. 처음에는 일본어가 아니라 한어(漢語)였고 19세기 초반까지 모노가타리와 구별하여 중국소설을 지칭하는 데에 종종 쓰였던 쇼세츠는 노블을 비롯한 영어 단어의 번역어로 재생되었으며 쇼세츠를 노블의 등가로 파악한 쓰보우치 쇼요의 용례를 거쳐 현재와 같은 보통명사가 되었다.[29] 게다가, 서양 노블 번역은 근대 쇼세츠의 형성과 발전에 지대한 영향을 미친 것으로 알려져 있다. 그 영향의 증거를 확인하

University Press, 2004), p. 21. 김흥규는 「한국 근대문학 연구와 식민주의」 중에 같은 문장을 한국어로 옮겨 인용하고 있는데 나에겐 오역으로 보인다.(「한국」, 321쪽)

28) Masao Miyoshi, "Against the Native Grain: The Japanese Novel and the 'Postmodern' West," 앞의 책, pp. 153~154.

29) 野口武彦, 『小説』(三省堂, 1996), pp. 19~26; Jonathan E. Zwicker, *Practice of the Sentimental Imagination: Melodrama, the Novel and the Social Imaginary in the Nineteenth-Century Japan*(Cambridge Mass.: Harvard University Asia Center, 2006), pp. 32~35, pp. 156~158.

는 것은 여기서 불필요한 일이므로 근대 쇼세츠를 규정한 언문일치 문체가 바로 투르게네프 노블의 번역으로부터 성립되었다는 유명한 에피소드만 상기하기로 하자. 요컨대 미요시의 쇼세츠론은 그것의 개념 및 형식의 성립에 관여한 언어횡단적 실천을 전혀 고려하지 않고 그것을 순수하게 일본적인 전통 속에 놓고 이해하고 있다. 이러한 이유에서 그의 쇼세츠론은 노블 중심적 소설관 비판에 도움이 될지 몰라도 한국 근대소설 연구를 위한 모델로서는 그리 유용하지 않다.

내가 「노블, 청년, 제국」에서 강조했듯이, 노블은 유럽문화의 독특한 표현이지만 그것의 역사는 유럽 대륙의 경계 내에 한정되지 않는다. 원래 파리와 런던을 주요 산지로 하는 문학상품이었던 노블은 팽창하는 유럽 제국의 지리를 따라 세계 전역으로 퍼져나갔다. 그리고 그것을 수용한 나라와 지역에서 근대적 산문 서사의 형성 및 발전에 중대한 공헌을 했다. 김흥규는 나의 논문 문장에서 노블이 "문법적 주어의 자리"를 차지하는 것이 문제라는 듯이 말하고 있지만(「한국」, 318쪽) 노블을 주어로 하는 전 지구적 역사 서술은 가능하다. 병균의 글로벌 히스토리가 가능한 것처럼.[30] 노블은 나날이 발전하는 국제적인 상품교역시장을 배경으로 민족문학들 간의 교통 속에서 발전했다.[31] 노블이야말로 세계문학적 장르인 것이다. 한국에 노블이 유입되고 정착된 경위에 주목하는 것은 세계문학이 한국문학에 일으킨 파장을 관찰하는 것이고, 세계문학 질서 속에 한국문학이 편입된 순간을 포착하는 것이다. 여기서 문학사를 위한 개념 모델로서 민족문학과 세계문학이

30) 제레드 다이아몬드, 『총, 균, 쇠』, 김진준 옮김(문학사상사, 2005).

31) 유럽의 노블 시장에 관해서는, Franco Moretti, *Atlas of the European Novel*(London: Verso, 1998), pp. 143~197. 여러 지역, 여러 나라의 소설 시장에 관한 유익한 논고가 Franco Moretti ed., *The Novel: History, Geography, and Culture*, vol. 1(Princeton: Princeton University Press, 2006), pp. 429~530에 있다.

각각 별개임을 상기할 필요가 있다. 민족문학 모델은 한 나라의 문학에서 기원, 분기(分岐), 전통의 모양을 찾게 하며 세계문학 모델은 개념, 주제, 형식의 트랜스내셔널한 움직임의 자취를 보게 한다. 이 차이를 프랑코 모레티는 "나무"와 "파도"라는 비유로 명확히 한다. 나무가 "통일성에서 다양성으로의 이행"을 기술하는 반면, 파도는 "최초의 다양성을 삼키는 획일성"을 관찰한다. 나무가 "지리상의 불연속성"을 필요로 하는 반면 파도는 "지리상의 연속성" 위에서 번창하고 나무가 "민족국가가 밀착하는 바"인 반면 파도는 "시장이 행하는 바"이다. 나무와 파도의 비유, 민족문학과 세계문학은 문학을 설명하는 방식으로서 그 나름대로 작동한다. 그래서 그것은 서로 경쟁관계에 있는, 분업화된 노동과 같다. 나는 한국문학 연구에서 세계문학 모델이 민족문학 모델을 대체할 수 있으리라고 믿지 않는다. 그러나 모레티의 말대로 그것은 "민족문학 (모델)에 대한 영원한 지적 도전"으로 작용할 수 있다.[32]

김홍규는 이렇게 말한다. "김철과 황종연은 민족주의와 근대문학이 모두 식민지시대의 산물일 뿐 아니라, 식민성과 분리해서 생각할 수 없다고 본다. 달리 말하면 이들은 모두 식민 기원(紀元) 이후의 것이며 식민성의 발현 형태라는 인식이 담론틀의 대전제가 된다."(「한국」, 303쪽) 이것이 어째서 나의 근대문학론에 대한 곡해인가는 굳이 설명할 필요가 없으리라 생각한다. 근대문학 형성의 트랜스내셔널한 국면에 주목하려는 나의 작업을 "식민주의의 특권화"로 간주하는 그의 발언에서 나는 70, 80년대 한국학계에 식민주의 사관과의 싸움 속에서 형성된 낡은 비판 모델의 지루한 연명(延命)을 느낀다. 그나마 그가 다음과

32) Franco Moretti, "Conjectures on World Literature," *Debating World Literature*, edited by Christopher Prendergast(London: Verso, 2004), pp. 160~162.

같은 나의 구절에 눈길을 던지고 있기에 나는 그에게 완악한 고루함의 혐의를 걸지는 않는다.

> 유럽 부르주아 계급의 사회적, 문화적 가치와의 연관 속에서 성장한 노블은 유럽 제국주의와 식민주의의 역사를 통하여 그 기원에서 떨어져 나와 비유럽사회에 침투하고 적응했으며, 그런 결과 그 사회의 근대적 문화 내에서 우세한 서사 양식의 자리를 차지했다. 중남미, 아랍, 아시아 제국에서 노블은 전(前)노블적 서사와 충돌하거나 타협하여 그 나름의 변별적 형태를 낳으면서 때로는 헤게모니에 대한 복종을 조장하기도 하고 때로는 저항을 촉진하기도 하는 서사적 테크놀로지가 되었다.[33]

이 구절은 내가 노블에 대해서 원천문학(source literature)에서 목표문학(target literature)으로 "수월하게 관통"한다는 식으로 생각하고 있지 않음을 보여주며,(「한국」, 316쪽) 그런 점에서 나에 대한 김흥규의 오해를 저절로 증거한다. 노블은 유럽의 메트로폴리스를 중심으로 하는 문학시장의 전 지구적 팽창에 따라 세계 전역의 민족문학과 지역문학 속으로 침투한 장르이다. 그래서 노블의 제국주의 또는 식민주의는 노블의 특성에 관한 일리 있는 비유이다. 하지만 노블의 확산은 그 동종(同種)의 복제를 뜻하지 않는다. 노블은 그것이 전파된 지역의 서사 양식과 "충돌하거나 타협하면서", 즉 일정 정도 변이를 거치면서 그 지역에 착근한다. 내가 『무정』론 중에서 언급한 『채봉감별곡』 같은 염정소설의 패러디적 활용은 바로 한국적 서사환경 속에서 노블이 겪어야 했던 형식적 변이의 한 국면에 해당한다. 그러나 한국 노블의 출현에

33) 황종연, 「낭만적 주체성의 소설—한국 근대소설에서 김동인의 위치」, 문학사와 비평학회 편, 『김동인 문학의 재조명』(새미, 2001), 103~104쪽.

관한 나의 논고는 그 주제가 요구하는 역사적, 이론적 검토의 극히 작은 일부일 뿐이다. 한국에서 노블이 번역되고 창작된 경위에 대한 고찰과 노블의 지역적 변이에 관한 이론 양쪽 모두에서 시작에 불과하다.[34] 나는 나의 노블론에 관한 김홍규의 비판을 받아들이지 않지만 그것을 계기로 나의 과제를 생각하게 되었기에 감사한다.

6. 민족보다 근대

「문학이라는 역어」에서 나는 이광수가 생각한 '국민문학'의 모형이 메이지시대 일본의 제국대학에 성립된 고쿠분가쿠(國文學)에 있을지 모른다고 추정한 다음 각주를 달고 다소 논쟁적인 주장을 폈다. 이전에 "개인이든 집단이든 주체의 욕망은 모방된 욕망, 결국은 타자의 욕망"[35]이라고 주장했던 것과 비슷한 논리로 민족문학론은 근대적 민족을 '발명'하는 다른 모든 기술과 마찬가지로 "자발적으로 형성되지 않는다"고 주장했다. 그렇게 주장하면서 내가 염두에 두고 있었던 것은 민족들이 서로 경쟁하고 모방하는 근대 국제체제이다. 이 국제체제가 역사상으로는 근대 제국들이 서로 각축하는, 지구상의 수많은 지역을 식민지로 만든 체제였음은 물론이다. 그래서 나는 에티엔 발리바르의

34) 한국 노블 형성기의 외국소설 번역 및 번안에 관해서는 최근 박진영이 내용 풍부한 연구 논문을 제출했다. 그의 『한국의 근대 번역 및 번안 소설사 연구』 (연세대 박사논문, 2010) 참조. 한편, 노블의 지역적 이형(異形)을 생각하는 데는 서양 노블의 추상적 형식 패턴과 일본의 현지 경험이라는 재료 사이의 갈등에 관한 프레드릭 제임슨의 논평을 발전시킨 프랑코 모레티의 논고가 유익하다. 프레드릭 제임슨, 「다른 근대를 거울삼아」, 황종연 옮김; 가라타니 고진, 『일본근대문학의 기원』, 박유하 옮김(민음사, 1997), 269쪽 및 Franco Moretti, "Conjectures on World Literature," 앞의 책, pp. 152~159 참조.

35) 황종연, 「민족을 상상하는 문학」, 『비루한 것의 카니발』(문학동네, 2001), 98쪽.

더욱 논쟁적인 주장, 즉 "어떤 의미에서 모든 근대적 민족은 식민지화의 산물이다. 그것은 언제나 얼마만큼은 식민지가 되었거나 아니면 식민지를 가졌으며, 때로는 식민지가 되는 동시에 식민지를 가졌다"는 주장을 인용하고 "민족문학의 담론을 포함한 모든 민족의 테크놀로지는 어쩌면 식민주의의 산물일지 모른다"는 추정을 덧붙였다.[36] 그런데 김흥규는 발리바르의 주장을 "식민지를 가졌거나 식민지인 지역에서만 민족주의가 발생한다는 주장"으로 받아들였다.(「한국」, 304쪽) 내가 덧붙인 문장이 뜻하지 않게 훼방을 놓았는지 몰라도 김흥규의 그 독해는 오독이다. 발리바르는 "얼마만큼은"이라는 말을 사용함으로써 식민지 상태에서만이 아니라 반(半)식민지 상태에서도 근대적 민족이 발생한다는 것을 말하고 있다. 김흥규는 식민지가 아닌 시점에 한국과 중국에서 일어난 민족주의운동을 예거하고 있지만 당시에 그 두 나라는 불평등조약을 비롯한 여러 가지 방식으로 제국주의 열강의 반식민지가 되어 있었다. 그러므로 식민주의와 민족주의의 관계에 관한 발리바르의 주장은 틀리지 않았고, 나의 주장 역시 틀리지 않았다.[37]

한국학자 중에는 한국이 강화도조약 체결을 시작으로 반식민지화되

---

36) 황종연, 「문학이라는 역어」, 앞의 책, 30쪽.

37) 김흥규는 내가 그 발리바르의 문장을 "부절적하게 전용한 혐의"가 있다고 주장한다. 그 문장은 "세계체제의 불평등성이 전 지구적이라는 것을 강조하기 위한 수사적 과장 내지 비유"인데 내가 그것을 "사실명제"로 받아들였다는 것이다. 김흥규가 그 문장을 "사실명제"가 아니라고 간주하는 것은 그 문장 서두의 삽입구 "어떤 의미에서는(in a sense)"이 "유보적 기능"을 한다고 생각하기 때문인 듯하다. 하지만 영어의 "in a sense"를 그렇게 파악하는 것은 잘못이다. 그것은 대개 그 앞의 진술을 통해 확인하거나 논증한 바를 근거로 타당하다고 생각되는 주장을 하는 경우에 문두에 사용한다. 그것은 추론을 위한 어구이다. 발리바르는 근대적 민족들이 "자본주의 세계체제의 중심이 주변을 지배하는 데에 봉사하는 경쟁적인 도구로서 상호간에 맞서서 형성되었다"고 주장하고 민족을 그렇게 이해하는 것이 제국주의의 초기 형식 및 전쟁과 식민지화의 절합이 결정적 역할을 하는 '역사적 자본주의'에 대한 인식과 통한다고 지적한 다음에 문제의 문장을 쓰고 있다.(Etienne Balibar, "The Nation Form: History and Ideology," Etienne Balibar and Immanuel Wallerstein, *Race, Nation, Class,*

기 전에 민족 형식의 결속을 이루고 있었다고 믿는 사람들이 많다. 「정치적 공동체의 사상과 기억」이라는 논문으로 미루어보건대, 김홍규는 이들 중 한 사람이다. 이들에게는 에릭 홉스봄이 민족주의에 관한 저서에서 한국에 대해 언급한 바가 종종 중요한 참조사항이다. 홉스봄은 완전히 동질적인 종족과 단일한 국가 전통을 결합하여 가지고 있는 역사적 민족(historic nation)의 예 가운데 한국을 들었다.[38] 이것이 의미하는 바는 한국 민족주의가 예외적일 수 있다는 것이다. 즉 원형(proto) 민족주의와 근대 민족주의 사이에는 보통 연속관계가 없지만 한국의 경우에는 그렇지 않을 수도 있다는 것이다. 미국 캘리포니아-로스앤젤레스대학 한국사 교수 존 던컨은 이 홉스봄의 주장에서 촉발된 연구에서 한국인의 원형민족적 결속의 증거들을 찾아냈다. 그는 언어, 종족, 종교, 그리고 역사적 국가라는, 홉스봄이 말한 민족의 네 기준에 비추어 유관 사료를 분석하여 한국의 원형 민족주의가 수백 년 전에 성립되었다는 결론에 도달했다. 던컨에 따르면 한국인 엘리트와 평민 모두가 그들 자신이 한 지속적인 정치공동체에 속한다는 의식을 가지기 시작한 것은 고려시대의 일이다.[39] 한국의 원형 민족주의에 관한 던컨의 발견은 대단히 계발적이지만 그것과 한국 근대민족주의의 관계는 검토할 여지가 많다. 우리는 그 관계를 연속의 관계로 간주하

Ambiguous Identities, London: Verso, 1991, p. 89). 식민지화가 근대 민족 발생의 인자라는 발리바르의 발언은 결코 수사적인 것이 아니다. 그것은 자본주의 세계체제로부터 추론된 생각을 말하고 있다. 그리고 그 추론은 내가 보기에 옳다.

38) E. J. 홉스봄, 『1780년 이후의 민족과 민족주의』, 강명세 옮김(창작과비평사, 1994), 94, 179쪽.

39) John Duncan, "Proto-Nationalism in Premodern Korea," *Perspectives on Korea*, edited by Sang-Oak Lee and Duk-Soo Park(Sidney: Wild Peony, 1998), p. 216. 김홍규는 이 던컨의 연구를 중요하게 취급하고 있다. 「정치적 공동체의 상상과 기억」, 『현대 비평과 이론』 30(2008년 가을호), 55~56쪽.

기에 충분한 증거를 아직 가지고 있지 않다. "원형 민족주의(와 근대 민족주의)〔인용자 삽입〕 간의 연속성이 있거나 있어 보이는 곳에서 그 연속성은 완전히 허위일 수 있다. 유대 민족주의와 근대 시온주의 사이에는 아무런 역사적 연속성이 없다"는 홉스봄의 지적은 여전히 교훈적이다.[40]

원형민족적 결속은 아무리 강고하다 할지라도 일정한 조건이 갖춰지지 않으면 근대적 민족 형성으로 발전하지 못한다. 그 조건 중에 특히 중요한 것이 인간과 세계에 대한 생각들의 한 조합—세계가 각기 고유의 특성과 운명을 지닌 민족들로 분할되어 있다는 생각, 인간은 한 민족에 속함으로써 비로소 인간이 된다는 생각, 민족적 정체성은 그 밖의 다른 정체성보다 본질적이라는 생각, 개인은 다른 집합체보다도 민족에 대해 먼저 충성해야 한다는 생각 등의 조합이다. 이 조합은, 한마디로 말해서, 이데올로기로서의 민족주의이다. 이러한 의미에서의 민족주의는 18세기 유럽에서 프랑스혁명과 함께 출현하여 이후 세계 전역으로 확산되었고 한국에서는 제국주의 열강의 침탈이 시작되면서 등장했다. 민족이라는 한국어 자체가 서양 근대 정치언어에 대한 이해 속에서, 근대의 민족국가 체제에 대한 인식하에서, 식민지화의 위험에 대처하려는 노력 속에서 생겨난 것이다.[41] 던컨이 발견한 바대로 한국인의 민족적 결속은 그 역사적 연원을 따지면 오래되었을지라도 그것에 관한 이데올로기적 개념과 이미지들은 그리 오래되지 않았다. 한국 민족주의는 일본이 그 중심이었던 트랜스내셔널한 언론문화 속에서, 그리고 일본 식민주의와 문명론의 어휘를 공유하면서 출현했

40) E. J. 홉스봄, 앞의 책, 107쪽.

41) 이에 관해서는 백동현, 「러일전쟁 전후 '민족' 용어의 등장과 민족인식」, 『한국사학보』 10(2001); 강동국, 「근대 한국의 국민 · 인종 · 민족 개념」 『동양정치사상사』 5권 1호(2005) 참조.

다.[42] 또한 나의 신라론은 한국이 민족문화를 구성하는 관념, 이미지, 이야기들이 원형민족적 일체감의 연장이기보다 근대 인텔리겐차의 발명품임을 알려준다. 한국 역사나 문학 연구가들은 한국 민족을 주어로 놓고 근대를 술어로 놓는 담론 방식을 좀처럼 버리지 못하고 있다. 지금도 한국 민족이 자주적으로 근대화되었는가, 종속적으로 근대화되었는가를 이야기한다. 그러나 정말 중요한 문제는 민족이 어떻게 근대를 겪었는가가 아니라 근대가 어떻게 민족을 만들었는가이다. 한국이 어떻게 지금의 한국이 되었는가를 알기 위해 우리는 민족보다 근대에 대해 더욱 많이 생각해야 한다. 문제는 역시 근대다.

(『문학동네』 2011년 봄호)

42) Andre Schmid, *Korea Between Empires, 1895~1919*(New York: Columbia University Press, 2002), pp. 112~113.

문학의 옹호

오늘의 비평에 거슬러서

1. 변방의 문학

유하의 시집 『천일馬화』는 아찔하게 매혹적인 욕망의 역학을 이야기한다. 욕망이란 "사람들이 기쁨이라고 이름을 잘못 붙인 불만"이라고 했던 셸리에게 그러하듯이, 유하에게도 욕망의 성분은 만족을 모르는 추구, 정지를 모르는 운동이다. 유하 시에 나오는 경마는 그 운동의 역학과 그럴싸하게 어울린다. 승패가 갈리는 찰나의 순간을 향해 질주하는 말들, "대박"의 꿈에 취한 도박꾼들 속에는 욕망의 상관물이 겹겹이 쌓여 있다. 회수를 거듭하며 세차게 달리는 말들의 질주는 거기에 돈을 거는 도박꾼들의 욕망의 이미지이며, 경마에 중독된 도박꾼들의 반복되는 베팅은 만족을 모르는 욕망 일반의 이미지이다. 시간의 지배 아래 모든 존재가 부단히 변하는 세계 속에서 욕망을 달성하기란 불가능하다. 존재의 가변성은 욕망에 생기를 불어넣는 동시에 욕망의 달성을 덧없게 만든다. 그래서 욕망하는 인간에게 결핍감 또는 상실감은 만성적이다. 욕망의 본질에 다가간 많은 시인들처럼 유하는 욕망하는 삶의 한복판에서 끊임없이 자라나는 상실을 포착한다. 「천일馬화—프루프록의 연가」의 화자는 "젊은 날의 욕정이 적중되지 않는 마권처럼 뒹구는" 경마장에서 시에 인생을 걸었다가 이제는 "부진마"처럼 늙어가는 자신과 대면하고, 「폼페이, 혹은 슬프지 않은 비극」의 화자는 폼페이 유적지, 그 "한바탕 들끓던 욕망이 지나간 자리"에서 젊은 시절 자신이 꿈꾸었던 "번화한" 세계의 폐허와 마주친다. 그러나 유하는 파멸을 부르는 욕망의 운동으로부터 애처로운 참상만이 아니라 매혹적인 광경이 빚어지고 있음을 발견한다. 「천일馬화」의 화자는 "삶을 역전시킬 찬스"를 노리고 경마장으로 떼지어 몰려든 사람들의 몽상과 흥분과 희비 속에서 황홀하리만치 강렬한 삶을 느낀다. 그래서 그는 "말은 멈추지 않는다. 아니 말은 멈출 수 없다/(……)/저 질주하는 말떼들의 더러운 매혹을 끝내 붙잡진 못하리라"고 말한다.[1)]

「천일馬화」 연작은 말(馬)에 베팅하는 건달의 이야기이면서 동시에 말(言)에 헌신하는 시인의 이야기이다. 유하의 현란한 말놀이를 통해 경마에 대한 관찰은 시에 관한 사색과 쉴새 없이 중첩된다. 그 말을 둘러싼 "네버엔딩 스토리"에 따르면 말(言)은 말(馬)과 마찬가지로 욕망의 발현이며, 말(言)에 대한 헌신은 말(馬)에 대한 베팅과 마찬가지로 인생이라는 도박에서 거는 내기이다. "은유"로 대표되는 시인의 말은 경주에 참가한 말 중 "변마(便馬)"와 다르지 않다. 그것들 모두 시장사회를 지배하는 "유용성"의 원리와 동떨어진 존재라는 성격을 갖고 있다. 은유를 사랑하는 시인이나 변마에 베팅한 건달이나 승산 없는 도박을 하고 있다는 점에서 서로 일치한다. 그러나 변마가 승리할 확률

1) 유하, 『천일馬화』(문학과지성사, 2001). 번거로움을 피하기 위해 인용 쪽수는 명기하지 않는다.

이 적은 만큼 횡재에 대한 최고의 환상을 선사하듯이, 은유는 실용적 가치가 적은 만큼 현실에 결여된 최고의 환상을 제공한다. 그래서 변마에게 베팅하는 건달-시인은 은유에 대한 사랑을 고집한다. 시인의 기억 속에는 그 최고의 환상에 도취된 자아의 원형이 끈질지게 살아 있다. "70년대의 찌린내" 나는 "종로 화신극장에 앉아" 쇼와 연극과 영화에 넋을 잃곤 했던 "까까머리 아이"가 그것이다.(「로마 콜로세움 속의 화신극장」) "극장의 어둠" 속에 앉아 있는 그를 밝혀준 "할리우드" 혹은 빛의 환상은 시인의 말에 대한 상상 속에서 "광휘의 말"로 전치되어 나타난다. 시인이 화신극장의 까까머리 아이를 추억하는 중에 말하고 있듯이, 빛의 환상이 그에게 가르쳐준 것은 "삶의 열망"이다. 광휘의 말에 대한 그의 꿈은 어쩌면 식었을지 모를 그 삶의 열망을 되살리려는 시도와 다를 바가 없다. 그가 원하는 것은 그 자신을 부진, 권태, 무능, 죽음의 상태로부터 구제해줄 욕망의 소생이다. 시의 근원에 자리잡은 욕망은 어떤 특정 대상에 대한 욕망이라기보다 욕망 자체에 대한 욕망인 셈이다. 시는 죽어가는 욕망에 불꽃을 일으키고, 그리하여 삶을 삶답게 한다.

유하의 시처럼 현실과 대립하는 환상을 빛의 은유로 말하는 화법은 시인들에겐 친숙한 관행이다. 낭만주의 이후 수많은 시인들이 인간세계로부터 근대 합리주의와 물질주의가 빼앗아간 삶의 어떤 초월적 차원을 말하는 가운데 즐겨 빛의 은유에 의존했다. 워즈워스의 시 「불멸의 암시Intimations of Immortality」에 나오는 유명한 구절, "예지(豫知)의 섬광은 어디로 갔는가? / 영광과 꿈은 이제 어디에 있는가?"를 떠올려봐도 좋을 것이다. 유하의 시는 시의 낭만적, 탈낭만적 전통에서 그 빛의 상상력이 나타내는 인간생활의 범속한 내재성과의 대립을 일관되게 보여준다. 유하의 시에서 빛의 원천을 이루는 것이 어떤 신비적, 종교적 문화의 기억이 아니라 할리우드 영화를 비롯한 대중문화라고 해도 사정이 달라지진 않는다. 유하 시에서 빛의 환상은 실제가 이데에 지배되는 현실을 넘어서는, 그 현실이 자아에 대하여 가하는 제약을 깨뜨리는 어떤 쾌락이나 각성을 불러온다. 그 환상이 비록 무상하고 기만적인 것일지라도 그것 덕택에 삶은 본래의 활발함, 역동성, 충일함을 회복한다. 그래서 시인은 「노을」에서 "구름의 몸이여/어둠 앞에서 선 幻의 에너지여/가자, 헛됨의 끝까지"라고 스스로 다짐하거나 「천일馬화—경마장의 함성」에서 "세상이여, 이 허무맹랑했던 꿈을 용서해다오/말과 이미지의 라스베가스,/나는 결국 지금 나를 스쳐가는 저 바람에 베팅할 것이다"라고 선언한다. 시집 『천일馬화』에 실려 있는 상당수의 시들은 그러한 빛의 언어에 대한 믿음을, 그것을 박대하는 세상과 부대끼며 시인 스스로 확인하거나 강화하는 순간을 담고 있다. 그 시들은 시의 굴욕과 영광, 시인의 업보와 사명에 관한 음역(音域)이 넓은 고뇌의 소리이다.

유하의 「천변풍경」에는 "시는 변방으로 귀양 가버린 노래, 그리고 그 변방 중의 변방에 있는/나의 말을 사랑한다 이는 결코 자기 위안이 아니다/이제 시의 운명은 그 邊方性의 극점에서 완성될 수 있는 것이므로"라는 구절이 나온다. 시란 변방의 말이라는 진술은 현대시인들이 보헤미안적 의식 속에서 정통화한 시의 관념을 상기시키면서 또한, 좀 더 직접적으로, 동시대의 문화에서 시가 처한 궁벽한 위치를 연상시킨다. 일반적으로 말하면 시의 변방성은 인간문화에서 말이 차지하는 역할을 축소시켜온 역사적 과정의 산물이다. 인간의 가장 귀중한 경험과 발견을 말의 경영을 통해 성취하고 보전하던 관행은 근대의 역사를 통해 인간문화의 주요 영역에서 점진적으로 쇠락했다. 수학 및 그밖의 과학 분야에서는 말을 통한 진술에 의존하지 않는 독자적인 규칙과 표기체계가 발전되었으며, 음악을 비롯한 예술에서는 말을 통한 사유에 상응하는 형식들을 파기하는 실험이 촉진되었다. 창조, 발명, 표현의 중요한 활동들이 대부분 말의 반경 밖으로 물러난 것이다. 비평가 조지 스타이너가 "말로부터의 퇴각"[2)]이라고 부른 이러한 심오한 변화는 시각정보 테크놀로지의 비약적인 발전과 함께 이제 정점에 다다른 느낌이다. 문화의 영역들 중에서 말의 권위가 아직 살아 있는 곳은 인문학의 분야들, 그중에서도 문학이다. 그러나 문학을 둘러싸고 유통되는 지식과 담론들이 문학 자체의 보전과 창달에 제대로 기여하고 있다고, 문학이라는 원천을 인간의 목적에 합당하게 발굴하고 보호하고 활용하고 있다고는 믿기 어렵다. 유하의 경마장 시편 중에는 "이제 문학도 막판 경주 같지 않아요? 밑천은 떨어져가고 루머는 무성합니다"라는 구절이 나온다. 문학비평이라는, 문학에 대한 "베팅"은 과연 얼마나 진정하고 건전한가? 혹시 그것은 말로부터의 퇴각을 저지하기는커녕 오히려 조장하고 있지 않은가?

2. 문학의 탈신비화와 그 공과

앞에서 언급한 바와 같이 유하는 그의 시에서 문학은 환상(illusion) 혹은 허구를 창조함으로써 어떤 바람직한 삶을 가능하게 한다는 믿음을 암시한다. 문학의 인간적 의의에 대한 이런 종류의 신뢰는 문학이 하나의 제도로 성립되고 유지되는 여러 이유들의 기본에 해당한다. 문학의 의의에 대한 공통의 믿음이 없었다면 문학 창작가와 비평가가 그토록 무수히 출현하지 않았음은 물론, 문학을 위한 그토록 엄청난 정신적, 물질적 투자가 이루어지지 않았을 것이다. 오늘날 문학제도에 많은 책임을 지고 있는 것은 창작가라기보다 비평가이다. 문학의 개

---

2) George Steiner, "The Retreat from the Word," *George Steiner: A Reader*(Oxford: Oxford University Press, 1984), pp. 283~304.

념·기준·원리를 만들고, 문학에 관한 지식과 담론을 생산하고, 문학의 정전과 전통을 만드는 일은 모두 비평가의 업무이다. 그러나 목회활동이 신의 영광에 봉사하듯 문학비평이 문학의 영광에 복무한다고 생각하는 것은 무지의 소치이다. 현재 문학비평이 맡고 있는 주요 과업은 문학의 거룩함에 대한 믿음을 전파하는 것이 아니라 문학이라는 관념 자체, 그리고 그 관념을 보존하는 텍스트 읽기의 관행을 비판적으로 사유하는 것이다. 시는 삶을 삶답게 한다는 식의 주장은 총명함과 전위성을 자랑하는 비평가들에게 문청 기질의 발로이거나 아니면 수상쩍은 술책에 불과하다. 문학비평이 수행하고 있는 '문학의 탈신비화'는 문학이론(혹은 단독명사로 '이론')을 대법전처럼 여기는 비평가들 사이에서 특히 현저하다. 마르크스주의, 정신분석, 페미니즘, 구조주의, 후구조주의, 해체론, 신역사주의, 후식민주의 등과 같은 이론의 기능은 단순히 문학 텍스트를 독해하는 기술을 향상시키는 것이 아니라 문학이 역사적으로, 문화적으로 구축되었음을 폭로하고, 고전 혹은 정전으로 통하는 문학 텍스트들의 권위를 의심하는 것이다. '문학연구에서 문화연구로'라는 테제의 중요한 지적 원천이 바로 문학이론이라는 사실이 말해주듯이 문학이론 또는 그것을 전제로 하는 비평은 문학에 대한 존중과 양립하기 쉽지 않다.

이렇게 말하는 것은 오늘의 문학비평이 그 본분을 저버렸다는 말은 물론 아니다. 문학의 영역에서든 다른 어떤 영역에서든 간에 현상유지에 이바지하는 모든 미망을 혁파하려는 노력은 비평적인 것의 본성에 속한다. 문학에 대한 믿음은 비평의 검증을 거치지 않았다면 오히려 문학에 해로운 것이다. 문학의 신도들이 종종 가정하는, 어떤 불변의 본질을 지니고 있는 보편의 문학, 일체의 세속적 목적에서 초연한, 그 자체가 목적인 문학, 인간 경험의 정수를 보존하고 있는 성소로서의 문학—이른바 '대(大)문학'은 문학 자체가 역사상으로 거쳐온 진화에 의

해서, 그리고 특정 언어와 민족과의 관계에서 노정한 차이에 의해서 이미 효력을 잃어버린 관념이다. 여러 계열의 문학이론이 가르치고 있는 바와 같이 문학을 그 정치적, 사회적 연관 속에서 이해하는 것은 확실히 중요한 일이다. 문학이 자율적인 원리에 따라 존립한다고 할지라도 그것의 재료, 형식, 관습, 기능이 대립하고 갈등하는 정치적, 사회적 세력들과 무관한 것은 결코 아니다. 그런 점에서 이론지향의 비평가들이 이데올로기의 이론에서 문학 분석과 비판의 유용한 도구를 찾고 있는 것은 그리 이상한 일이 아니다. 이데올로기 개념은 그것의 준거가 되는 이론에 따라 상당한 차이가 있고 그것의 효용을 의심하는 견해도 만만치 않지만, 문학의 자리를 물질적, 사회적, 정치적 삶의 과정 속으로 돌려놓는 데에 중대한 공헌을 했음은 부정할 수 없다. 특히 문학의 탈신비화를 위한 책략이라는 관점에서 보면 이데올로기 개념의 효과는 선정적일 정도로 강력하다. 이데올로기 비평의 차원에서 문학을 이야기하는 것은, 이데올로기를 어떻게 정의하든, 문학의 이데올로기와의 공모관계를 어떻게 상정하든 간에, 결과적으로는 문학을 언제나 진리에 반대되는 것으로 인식하게 만들고,[3] 이름하여 '불신의 중단suspension of disbelief'이라고 하는, 문학에 대한 사랑과 존중의 뿌리에 해당하는 마음상태를 폐지하도록 권고하기 때문이다.

현재 한국 문학비평에서, 좀더 정확하게 말하면 현장비평보다는 강단비평에서, 문학의 탈신비화 작업은 상당한 활기를 띠고 있으며 흥미로운 성과들을 낳고 있다. 해방 후 문학비평이 한편으로는 '순수문학' 이념의 패권 아래, 다른 한편으로는 뉴크리티시즘과 같은 휴머니즘적-

3) 알다시피 마르크스가 제시한 이데올로기의 주요 의미 중의 하나는 '허위 의식'이다. 미셸 푸코는 이데올로기 개념의 용도에 대해 회의적인 이유를 설명하는 가운데 첫째 이유로 이데올로기는 "언제나 진리라고 간주되는 다른 어떤 것과 가상의 대립 속에 성립한다"는 점을 꼽았다. Michel Foucault, "Truth and Power," *Power/Knowledge: Selected Interviews and Other Writings, 1972-1977*(New York: Pantheon, 1984), p. 118.

모더니즘적 비평의 영향 아래 정착된 대문학의 관념에서 거의 움직이지 못했음을 감안하면 그러한 작업을 환영하지 못할 이유는 없다. 그러나 현재 진행중인 문학의 탈신비화가 문학 이해와 활용 능력을 함양하는 데에 올바로 기여하고 있다고 인정하는 데는 많은 선심이 필요하다. 문학이라는 관념이 일종의 이데올로기적 구축물이며, 정전급의 작품들이 이런저런 지배권력과 유착되어 있다는 식의 주장은 사람들에게 정치의 편재성과 결정력을 확신하게 만드는 데는 효과가 있을지 몰라도 문학의 체험을 그들 자신의 삶과 관련하여 의미 있게 만드는 데는 별로 도움이 되지 않는다. 또한 비평가 자신과 그의 동지들의 정치적 입장을 강화하는 데는 많든 적든 유효할 테지만 언어를 통해 개인 자신을 인식하고 창조하는 방법을 알려주진 못한다. 탈신비화의 이론적, 비판적 담론은 짓궂게 말하면 문학을 읽어야 하는 이유를 설득하는 데는 유달리 무능한 반면, 문학을 읽지 않아도 되는 이유를 제공하는 데는 특별히 유능하다. 문학은 사람들의 범속한 삶의 세계에 관여하고 따라서 어떻게든 권력, 헤게모니, 이데올로기와 연루되는 만큼, 문학을 의심하고 비판하는 능력을 개발하는 비평은 문학감상의 모범을 보여주는 비평 못지않게 필요하다. 그러나 문학비평은 그 이름에 합당한 것이라면 문학과 정치의 유착을 폭로하는 가운데에서도 문학은 정치가 아니라는, 문학은 '차이'가 있다는 사실을 고려해야 한다. 그리고 바라건대 문학이 단순히 정치로 환원되지 않는 특질이 있음을 일깨워야 한다. 문학적으로 중요한 작품을 다루는 경우에는 특히 그러하다.

예컨대, 김철의 논문 「김동리와 파시즘—「황토기」를 중심으로」를 보자.[4] 한국근대문학연구 동향에 어두운 사람들을 위해 이야기하자면 이 논문은 「황토기」, 김동리, 순수문학, 모더니즘, 민족주의, 파시즘 등 여

4) 이 논문은 김철의 최근 저서 『국문학을 넘어서』(국학자료원, 2000), 31~59쪽에 실려 있다. 번거로움을 피하기 위해 인용 쪽수는 밝히지 않는다.

러 주제에 관련하여 발상의 전환을 자극하는 노작(勞作)이다. 또한 강인한 이론에의 의지와 다부진 비판적 의식을 담은, 이데올로기 비평의 돋보이는 성과이기도 하다. "파시즘의 자기전개 과정으로서의 한국의 근대사와 그것의 한 문화적/문학적 사례로서 김동리의 문학을 분석하는 것"을 목표로 삼은 이 논문에서 김철은 김동리 소설과 파시즘의 연관을 규명하기에 앞서서 파시즘에 관한 여러 갈래의 복잡한 이론을 명쾌하게 정리하고 주로 마루야마 마사오의 일본 파시즘 연구를 모델로 삼아 한국 파시즘의 가설을 제시한다. 그는 한국 파시즘의 역사적 원천을 식민지 한국에 존재한 '좌절된 욕망으로서의 민족주의'에서 찾아내고, 김동리의 만형인 김범보의 저작 『화랑외사』를 검토하여 '한국적 원형 파시즘'의 한 모델을 설정한다. 이 대담한 한국 파시즘 가설은 역사적 논증이 충분하지 않다곤 해도 상당히 교훈적이어서 앞으로의 모든 관련 논의에 불가결한 참고가 되리라 생각한다. 하지만 우리의 관심은 한국적 원형 파시즘의 가설이 아니라 그것에 근거한 「황토기」 해석에 있다. 김철의 「황토기」 해석은 그 김동리의 평판작을 놓고 지금까지 축적된 해석와 완전히 갈라선다. 전래 아기장수 설화에 주요 원천을 두고 있는 그 불우한 장사 억쇠와 득보의 이야기는 김범보에게 나타난 파시즘적 사고의 "재현"으로 해석된다. 김철은 이야기상으로 두드러진 특징들, 무엇보다도 억쇠와 득보가 벌이는 소모적인 싸움과 그것에 내포된 잔혹한 폭력과 멋스러운 '풍류'의 기묘한 복합체에 주목하고 거기에서 인간의 야성적 본능이 분출되는 "하나의 축제"를 발견한다. 이 "야수성의 미학화"는 김철이 밝히고자 하는 파시즘과 「황토기」 사이의 연관의 핵심고리이다. 이어서 그는 파시즘이 본질적으로 "창조적 허무주의"에 기초한 모더니즘의 일종이라는 생각의 연장선에서 마루야마 마사오의 용어 "울트라 내셔널리즘"을 원용하여 김동리 소설을 "울트라 모더니즘"이라고 정의한다.

이상의 조잡한 요약으로도 얼마간 짐작이 가겠지만, 김철의 김동리 해석은 기존해석에 대해 도전적인 만큼 많은 쟁점을 안고 있다. 그중에서 그의 논문을 여기서 언급하는 이유와 관련하여 한 가지만 이야기하면, 「황토기」를 단지 파시즘적 사고의 재현으로 보는 견해는 논란의 여지가 많다. 우선 억쇠와 득보의 싸움을 파시즘의 야수성 숭배와 연결시키는 방식이 지나치게 기계적이다. 그들의 난폭한 싸움에 비록 파시즘 이데올로기의 범주에 드는 뭔가가 있다고 할지라도 그것이 「황토기」의 텍스트 속에서 발휘하는 효과와 파시즘 이데올로기에서 발휘하는 효과는 동일한 것이 아니다. 파시즘을 연상시키는 요소들이 「황토기」에 들어 있다면 중요한 것은 그 요소들을 파시즘 이데올로기 일반과 관련하여 확정하는 것이라기보다 그 요소들이 「황토기」의 텍스트 내에 들어와 형식적으로, 미학적으로 가공된 결과 발생시키는, 그 이데올로기에 대한 특수한 지각과 인식을 이해하는 것이다. 이를테면 억쇠와 득보가 그들의 영웅적인 능력을 헛된 싸움으로 소비하고 궁극적으로 자멸에 이르는 행동은 바로 그 소모적인 성격을 특별히 강조하는 서사적 절차 때문에 파시즘처럼 명확한 정치적 목적과 강령을 가지고 대중의 충성을 요구하는 이데올로기를 오히려 의심과 반성의 거리를 두고 지각하게 만든다. 억쇠와 득보의 싸움은 좀더 텍스트에 밀착해서 읽으면 바타이유가 '탕진'이라고 부른, 생산을 위한 어떤 목적과도 무관한 '상실'의 원리에 훨씬 가깝다.[5] 그렇다면 「황토기」는, 김철의 주장대로 파시즘적 이데올로기를 재현하는 측면을 갖고 있다면 또한 그것에 의한 개인의 규율에 역행하는 측면도 갖고 있는 것이다. 문학과 이

---

5) George Bataille, "The Notion of Expenditure," *Visions of Excess: Selected Writings, 1927-1939*, edited and with an introduction by Allen Stoekl(Minneapolis: University of Minnesota Press, 1985), pp. 116~129 참조. 「황토기」 해석에 탕진의 개념이 유용하다는 것을 어렴풋하게나마 시사한 연구의 예로 김윤식, 『김동리와 그의 시대』(민음사, 1995, 278~280쪽)가 있다.

데올로기의 관계의 복잡성에 유념하는 비평가들이 종종 말하고 있듯이 문학은, 좋은 문학은, 이데올로기를 재현하는 데에 그치지 않고 그것에 저항하는 계기를 산출한다.[6] 문학비평가가 문학상으로 의미 있는 작품을 이데올로기와 관련하여 읽으려 한다면 거기서 유착의 증거만이 아니라 저항의 원천을 찾아야 하는 것은 극히 당연한 일이다. 만일 그렇게 하지 않는다면 정치비평이나 사회비평이 아니라 굳이 문학비평에 종사할 이유가 없을 터이기 때문이다.

3. 문학과 철학 사이의 비평

현재 유행하고 있는 문학비평에서 전거에 해당하는 텍스트는 두보나 셰익스피어나 도스토옙스키가 아니라 라캉이나 푸코나 들뢰즈이다. 다시 말해 문학 해석과 평가의 기준은 범례적인 문학 텍스트의 경험으로부터가 아니라 '사상의 사부(師父)'들의 이론으로부터 나온다. 그 이론의 기본적인 특징은 문학작품과 같은 한 특수한 대상의 맥락을 초월하여 존재하면서 동시에 그 대상을 설명하거나 평가하는 개념들을 제공한다는 데에 있다. 이론적인 개념들은 대상의 특수성을 사상

6) 예컨대 레이먼드 윌리엄즈의 발언. "문학은 반영이론의 대다수 형태에서 그런 것처럼 단지 이데올로기의 운반장치인 것은 아니다. 문학은 불가피하게 이데올로기적이지만 특수한 상대적 자율성을 가지고 있다. 문학은 글의 형식, 실천의 형식이다. 이 형식 속에서는 이데올로기가 존재하는 동시에 이데올로기에 대한 내부에서의 격리와 의문이 일어나거나 일어날 수 있다. 따라서 문학의 가치는 문학이 이데올로기의 장악력이 느슨해져 있거나 아니면 느슨해질 수 있는 영역 중의 하나라는 점, 바로 그 점에 있다. 이데올로기의 장악력이 어째서 느슨해져 있거나 느슨해질 수 있느냐 하면, 문학은 비록 이데올로기적 구성을 피할 수 없을지라도 문학성의 핵심은 문학이 내부적으로 그 이데올로기적 구성을 지속적으로 의심한다는 점에 있기 때문이다." Raymond Williams, "Crisis in English Studies," *Writing in Society*(London: Verso, 1981), p. 208.

(捨象)하는 대신에 그 대상을 일반성의 수준에서 인식하게 해준다. 한 대상의 특수성을 묘사하는 언어가 있다고 한다면, 이론은 그 언어의 규칙을 검사하고 판정하고 변경하는 메타언어의 위치를 차지한다. 또한 이론은 원래 하나 혹은 그 이상의 특수한 지식 분야에서 출현했을지라도 그 특수한 분야의 경계를 넘어 일반적으로 타당하다고 인정된다. 예컨대 라캉의 이론은 프로이트의 텍스트를 다시 읽는 가운데 성립되었지만 정신분석만이 아니라 지식 일반에서 모델적 가치를 가진다고 간주되고 있다. 더욱이 작금의 우세한 이론들은 이런저런 분야의 지식을 보다 합리적이게, 체계적이게 만드는 작용을 한다기보다 그 지식의 정당성을 근본적으로 의심하게 하는 작용을 한다. 예컨대 푸코의 이론은 종래의 인문학을 보다 과학적이게 만들 방법을 제시한다기보다 인문학이라는 지식이 권력의 기능임을 깨닫게 하는 것이다. 대략 이러한 이론의 특성을 감안하면, 이론의 영향 아래 있는 현재의 문학비평이 종래에 그런 이름으로 불리던 활동과 얼마나 차이가 나는가를 얼추 가늠할 수 있으리라 생각한다. 앞에서 김철의 김동리 비판을 일례로 들었지만—김철의 경우 '사상의 사부'는 논문상에 드러난 바로는 마루야마 마사오이다—문학을 문학 자체 내의 견지에서 이해하고 평가하는 데에 주력하는 정통비평은 적어도, 이론주의 성향이 비교적 강한, 사십대 이하의 비평가들에겐 이미 과거에 속하는 것처럼 보인다.

생각해보면 젊은 세대 비평가들의 이론주의는 그들 세대가 당면한 현실적 문제에 대한 그들 나름의 해답이라고 이해할 측면이 많다. 그것은 문학비평 또는 연구의 전문화에 대한 요구가 높아진 직업적, 사회적 환경에 적응하려는 노력, 문화지형의 변화에 따른 문학비평의 게토(ghetto)화를 극복하기 위한 모색, 지난 시대의 체제변혁운동을 통해 대학 및 문단에 정착된 여러 형태의 반(反)헤게모니 문화의 연장이라는 성격을 두루 갖고 있다고 생각된다. 문학작품의 신비를 투시하는 혜안, 문학사의 줄거리를 풀어내는 박학을 가지고 비평가들이 행세하던 시대는 점점 비평사의 쥐라기가 되어간다. 지금 한창 젊은 나이의 어느 누가 비평의 공룡이 되고 싶겠는가. 그러나 문학비평이 이론의 권위에 의탁하여 생명을 보존하는 것은 문학이 아니라 철학으로 중심을 옮겨가는 것이다. '이론적인 삶bios theoretikos'이란 본래 철학의 소관이 아니던가. 문학과 철학의 구분이 전통적으로 알려져온 것처럼 그렇게 명백하지 않다고 하더라도, 그리고 철학적 담론이 문학비평의 모범인 것처럼 여기는 풍조가 없지 않을지라도, 문학과 철학이 사이 좋은 이웃은 아니다. 미국의 철학자이자 미술비평가인 아서 단토는 플라톤의 시인추방론에서 헤겔의 예술종언론에 이르기까지 서양철학에는 예술에 대한 근원적인 적대가 자리잡고 있음을 지적했다. 플라톤은 시와 시인을 공격하는 가운데 시가 한편으로는 모방의 모방인 까닭에 무능하다고 조롱하면서 다른 한편으로는 이성의 수월성에 도전하기에 위험하다고 우려한다. 아서 단토에 따르면 서양철학은 이 플라톤의 예술 공격에 담긴 역설의 반복된 상연이다. 플라톤 이래 "철학사는 예술을 덧없는 것으로 만들어 그 신관을 제거하거나 아니면 예술은 철학 자신이 하고 있는 일을 조악하게 하고 있을 따름이라고 취급하여 예술에 약간의 타당성을 인정하는 분석적 노력 사이를 왕래했다."[7] 물론 철학이 예술에 적대적이라고 해서 비평이 철학에 적대적일 이유가 성립하진 않는다. 문학비평은 문학의 언어를 보다 일반적인 언어를 옮겨야 한다는 사정 때문에 철학의 언어를 필요로 한다. 하지만 문학비평은 문학과 철학 사이의 어딘가에 있을 자신의 자리를 현명하게 유지해야 한다. 이론주의 비평처럼 문학의 언어와 철학의 언어의 차이를 경시하면 문학비평은 그 "예술의 참정권을 박탈하는 철학의 행위"에 꼼

7) Arthur Danto, *The Philosophical Disfranchisement of Art*(New York: Columbia University Press, 1986), p. 7.

짝없이 말려들고 만다.

문학언어가 철학언어와 어떻게 다른가는 여기서 다루기 어려운 문제이다. 그럼에도 철학언어와 달리 문학언어는 개념의 힘을 신봉하지 않는다는 원론은 조금 부연될 필요가 있다. 일반적으로 말해서, 사물의 지각과 경험을 추상화한 결과인 개념은 사물의 실재를 불변적이고 규정적인 형태로 인식하게 해주며 궁극적으로 사물과의 일치를 실현하게 해준다고 간주된다. 철학언어는 사물과 동일화하려는 그 개념의 열망을 표현하는 반면에 문학언어는 사물과 개념의 궁극적 동일성에 대한 불신을 표현한다. 문학은 보통 수사라고 불리는, 허구를 목적으로 하는 언어 사용을 통해서 사물의 실재를 고정시키는 개념의 힘, 바로 그것을 저지하고 교란한다. 플라톤의 동굴의 비유가 예시하듯이 문학적 수사는 종종 개념적 사고에 동원된다. 그렇지만 그것은 본질적으로 개념적 사고에 의한 지각과 경험의 통제에 저항하는 속성을 갖고 있다. 수사의 제왕인 은유 하나만 보더라도, 그것은 개념적으로 서로 다른 범주에 속하는 사물들 사이에 성립되는 유비(類比, analogy)를 포착하고 개발함으로써 사물의 실재가 그것에 대하여 개념적 사고가 부과하는 한계 너머로 확장된다는 것을 일깨워준다. 사물의 실재에 접근하는 방식에 있어서 수사적 언어와 개념적 언어 사이에는, 그것들 간에 종종 일어나는 접합에도 불구하고, 간과할 수 없는 중대한 차이가 있다. 수사적 언어는 사물의 실재가 불변적이고 규정적인 형태 속에서가 아니라 끊임없는 생성의 움직임 속에서 발견된다는 생각, 따라서 언어를 통한 사물과의 일치는 어느 순간에도 최종적이지 않다는 생각을 그 수사적 언어 자체의 형식 속에 구현하고 있다. 그런 점에서 그것은 철학을 비롯하여 절대성을 주장하는 모든 개념화의 양식에 대한 반항을 대표한다.

앞에서 참조한 김동리의 「황토기」를 다시 예로 들어보자. 이 소설의 서두에는 황토골이 어떻게 생겨났는가를 알려주는 세 가지 전설이 나온다. 등천하려다 바위에 다친 "황룡 한 쌍"이 다친 허리에서 피를 흘려 생겨났다는 상룡설, 상제의 분노를 사서 여의주를 잃어버린 "황룡 한 쌍"이 슬픔을 못 이겨 서로 싸우며 피를 흘려 생겨났다는 쌍룡설, 당나라에서 나온 어느 장수가 "동국의 장사"가 태어나지 못하도록 자른 지혈에서 피가 흘러내려 생겼다는 지맥설. 영웅적인 것의 좌절에 황토골의 기원이 있음을 공통적으로 알려주는 그 전설은 억쇠와 득보 이야기의 의미를 사전에 결정한다. 그것은 아우어바흐가 말한 "예상(豫像, figura)" 즉, 시간상으로 나중에 존재하는 인물이나 사건을 예시(豫示)하면서 아울러 그 인물이나 사건을 통해 완성되는 역사적 형상과 동일하다.[8] 이를테면 모세와 예수의 관계는 황룡 한 쌍과 억쇠-득보의 관계와 같다. 억쇠와 득보 이야기가 특수한 사람들의 특수한 사연에 그치지 않고 인간 존재 일반의 '현실(실재)'처럼 느껴진다면 그것은 그 예상을 원리로 하는 역사 개념이 이야기 서술에 작용한 결과이다. 그러나 「황토기」의 환상은 그 개념을 포용하면서 또한 초과한다. 억쇠와 득보 이야기는 역사적 구체성이 없는 시간과 공간 속에 존재하기에 인간의 현실과 일치한다는 믿음을 주지 못하며, 결과적으로는 황토골의 전설들과 본질적으로 차이가 없음을 드러낸다. 「황토기」는 말하자면 환상 아닌 현실처럼 굴고 있는 동시에 현실 아닌 환상임을 실토하고 있는 텍스트이다. 이러한 텍스트상의 이중적인 움직임 때문에 텍스트의 저자가 인간의 궁극적 현실과 동일하다고 믿고 있었을 예상론적 혹은 운명론적 역사개념은 합당성을 확보하지 못한다. 그것은 「황토기」라는 소설 자체만큼이나 작위적인 것, 허구적인 것으로 느껴지는 것이다.

문학의 차이를 헤아리는 눈으로 보면 문학 텍스트는 환상을 만드는

8) Erich Auerbach, "Figura," *Scenes from the Drama of European Literature*(Minneapolis: University of Minnesota Press, 1984), pp. 11~76 참조.

능력을 발휘함으로써 현실을 제시하는 바로 그 행위 속에서 현실을 철회한다. 그것은 자신이 현실 자체라고 주장하는 개념적, 이데올로기적 담론들과 분명히 다르다. 문학 텍스트는 현실을 제시하는 동시에 그것이 환상임을 고백하며 그 텍스트의 작위적인 성질, 즉 텍스트성을 노출한다. 문학의 차이에 주목하는 비평가에게 임재한 현실과 공허한 환상, 충만한 현존과 순전한 부재를 오가는 수사적 움직임은 텍스트에 따라 정도의 차이는 있을지라도 언제나 명백한 텍스트상의 사실이다. 다시 은유의 예를 생각해보면, 그것은 두 요소의 동일성을 향하여 나아가는(즉, 환상을 창출함으로써 현실을 제시하는) 동시에 그 요소들의 차이를 보존하는(즉, 환상임을 시인함으로써 현실을 철회하는) 긴장된 움직임을 통해 실현된다. 이러한 문학언어의 이중성은 플라톤의 철학적 가계에 속하는 비평가에게는 확실히 하찮은 것일뿐더러 위험한 것이다. 철학적, 이론적 개념은 현실을 명확히 해주는 관념을 제공하고 현실에 적합한 행동을 일러주는 듯한 반면에 문학적 환상 또는 허구는 현실이 뭔지 도리어 알 수 없게 만들고 어떤 행동도 근본적으로 불가능하다고 말하는 듯하기 때문이다. 문학사를 돌이켜보면 문학의 차이에 대해 가장 둔감하거나 적대적인 사람들이 이런저런 이데올로기에의 투신을 요구하는 사람들이었던 것은 따라서 당연한 이치이다. 그러나 문학이 개념화의 양식을 거부하는 가운데 미망과 무능을 유포하는 것 이상의 역할을 하고 있음은 물론이다. 그것은 개념적, 이데올로기적 담론들의 자의성과 기만성을 의식하게 하고, 그것들이 삶에 가하는 억압에서 탈출하도록 도와준다. 문학은 언어에 의해 구성되는 현실의 환상적 성격을 경고하는 수사적 행동을 함으로써 현실과 일치된 개념을 확보하고 있다고 자처하는 모든 권위주의적 담론으로부터의 자유를 약속한다. 그러한 자유의 약속을 알아보고 이행하는 것, 이것은 문학 비평의 의무이자 영광이다.

4. '낯선 괴물의 언어' 혹은 문학

유하는 좋은 시인들이 대체로 그렇듯이 시가 제시하는 환상이 헛것임을 유쾌하게 인정한다. 시의 허구성을 가리키는 데에 종종 쓰이는 "몽상"은 유하도 즐겨 사용하는 시의 별칭(別稱)이다. 그의 시 「나비와 몽상가」는 "나비의 학명 중 하나인 모르페우스(morpheus)가 로마신화에 나오는 꿈의 신, 혹은 잠의 신의 이름"이라는 어학적 사실을 이용하여 시인의 몽상에, 지상의 현실 위로 부는 실체 없는 "바람"에 의지하는, 장려하고도 위태로운 비행(飛行)의 이미지를 부여한다. 시적 환상의 본질을 이루는 헛됨은 「무(無)의 페달을 밟으며—자전거의 노래를 들어라 1」에서 보다 깊이 있게 표현된다. 작중화자인 시인은 굴러가는 자전거 바퀴의 "텅 비어 있"는 "중심"에서 시가 자라나오는 창조적 원천의 상관물을 발견한다. "놀라워라, 바퀴 안의 無가 나로 하여금/끊임없이 희망의 페달을 밟게 한다/바퀴의 내부를 이루는 무가/은륜처럼 둥근, 생의 노래를 부르게 한다"고 쓴다. 도가적 사유를 연상시키는 그 무의 관념은 "세속"이라는 유(有)의 세계와 대립하는 시의 위치와 함께 "마침내 우주를 굴"리는, 우주적 생명을 그 끊임없는 생성과 소멸의 운동 중에 표현하는 시의 본질을 압축한다. 무 혹은 헛것의 역설적 가치를 끈질기게 변증하는 유하의 시는, 거기에 얼마간 없지 않은 시인의 나르시시즘을 넘어 넓은 범위에 걸쳐 시라는 것의 의미를 산포시킨다. 「천일馬화」 연작 같은, "換錢이 안 되는 삼류들"의 세속으로 내려온 작품은 시인이 말하는 "내 영혼(의) 自轉"이 "캄캄한 생의 허방"에 빠져 있는 한 개인의 치열한 실존적 몸부림을 동반하고 있음을 알려준다. 그에게 시는 단순히 직업적 행위가 아니라 그의 자아를 스스로 인식하고 창조하기 위한 말의 탐구이다. 그 말은 그의 자아를 생생하게 지각하도록 도와줄 말, 그의 욕망의 발랄한 활동을 실감하게 만들 말,

그의 삶을 마비시키는 사회적으로 결정된 용어와 분류에 대항하게 해줄 말, 자신을 정의하고 창조할 자유에의 권리를 회복시킬 말이다. 『천일馬화』에 펼쳐진 말의 향연은 그래서 한 개인의 자기구원의 드라마라고 바꿔 말해도 그리 틀리지 않는다. "無의 페달을 밟으며" 사는 생의 한가운데서 개인의 자아는 언제나 새로운 탄생을 준비한다.

시, 혹은 자아를 구원하는 말. 오늘의 문학비평이 이데올로기 분석에 치중하고 이론을 추수하기에 바쁜 나머지 소홀히 하고 있는 것은 바로 그런 말의 힘에 대한 이해와 존중이다. 문학이, 탁월한 의미에서의 문학이 제공하는 말은 단지 이데올로기에서 분비된 말, 이론적 담론으로 평정되는 말이 아니라 개인이 자신의 삶을 내부로부터 느끼고 변화시키는 데에 기여하는 말이다. 문학의 말은 개인으로 하여금 그를 규율하고 통제하는 모든 언어적, 수사적 관성으로부터 깨어나 그의 삶과 함께 약동하는 말을 체험하게 한다. 문학의 체험은 개인 각자에게 자신의 제약된 존재를 발견하고, 자기 내부의 욕망과 자유를 느끼고, 지금과는 다른 자신을 상상하는 데에 필요한 언어를 선사한다. 문학이 하는 일의 핵심에 다가간 사람은 문학이 이데올로기와 공모한 사건을 수사하는 비평가라기보다 사랑에 빠진 자신을 이해하고 표현할 언어를 구하려고 시집을 뒤지는 연인이며, 사부의 말씀에서 얻은 이론적 무기를 가지고 문학 정복에 나선 비평가라기보다 가난과 싸우는 자신의 생활을 의미 있게 만들어줄 이야기를 얻으려고 소설을 읽는 노동자이다. 개인들의 언어적, 문화적 삶에서 문학이 가지는 의의는 문학이 문화의 변방으로 밀려났다 하더라도 결코 줄어들지 않는다. '말로부터의 퇴각'이라는 사태가 절정에 이르렀다고 해서 삶의 목적에 합당한 말의 필요가 사라지는 것은 아니다. 문자문화가 영상문화에 밀려난 현재 사회에서 사람들은 말의 누습으로부터 해방되었다기보다 그들을 길들이는 추상적인, 정치적인, 상업적인 말에 저항할 능력을 잃어가고 있다. 대중매체를 통해 대량으로 살포되고 있는 말은 단순히 추잡하고 난폭한 말이 아니라 말의 예술과 문화에 축적되어 있는 창조적인 삶의 자원을 망각하게 하는 말이다. 삶의 정체화(停滯化), 고정화, 일반화와 싸우는 문학의 효용은 변함없이 살아 있다.

그러나 문학의 말은 일반의 말에서 독립하여 존재하는 것이 아니다. 문학 고유의 말, 혹은 '신성한 말'이 있다는 생각은 대문학이라는 관념만큼이나 이데올로기적이다. 문학의 영토는, 역사상으로 항상 그러했듯이, 사회 속에서 보존되고, 유통되고, 탄생되는 말 전체이다. 일정한 규칙을 많든 적든 공유하고 있으면서도 개인과 집단에 따라 많든 적든 차이가 나는 수많은 말들의 총화이다. 어떤 사회에서든 언어생활의 중심을 이루는 말은 표준어처럼 정해진 규칙에 충실한, 서로 다른 집단의 사람들을 언어상으로 통일하고 기율하는 말이다. 그러나 그 언어의 일반적 규칙은 음악에서 주어진 주제가 변주되듯이 실제의 말에서 얼마든지 변형된다. 언어생활의 변방에는, 방언이나 은어를 포함해서, 바로 그렇게 언어규칙을 변형하고 기율을 거스르는 말들이 자리잡고 있다. 한 개인이나 집단의 언어생활 속에는 항상 그 중심과 변방을 향한 대립적 움직임이 있다. 이 중심을 향한 말과 변방을 향한 말은, 사부들의 말씀이 아니면 좀체로 신용하지 않는 독자들을 위해 들뢰즈의 용어를 빌리면, 대언어(major language)와 소언어(minor language)에 대응된다. 대언어와 소언어는 서로 종류가 다른 언어가 아니라 용법 혹은 기능이 다른 언어이다. 대언어가 언어의 가변적인 요소를 다루면서 그것으로부터 항상적인 요소를 추출하는 반면에 소언어는 그것이 계속해서 변화하게 만든다.[9] 중심어와 변방어, 또는 대언어와 소언어의 긴장은 물론 문학에도 존재한다. 문학의 진상에 충실하게 말하자면

9) Gilles Deleuze, *A Thousand Plateaus: Capitalism and Schizophrenia*, trans. Brian Massumi(Minneapolis: University of Minnesota Press, 1987), pp. 273~277 참조.

문학은 그 두 가지 언어용법 양쪽 모두에 관여한다. 이것은 문학작품이 이데올로기와 제휴하는 동시에 이데올로기와 결별하는 것과 같은 이치이다. 그러나 강조를 요하는 문학의 문학다움은 어쨌든 변방어 또는 소언어의 풍부화 쪽에 있다. 문학의 핵심 성분은 말의 가변성을 극대화하는 기술, 즉 문법적, 수사적 규칙에 통달하고 그것을 변형한 언어와 문학의 사례들에 익숙할 뿐만 아니라 언어적인 삶에 끊임없이 새로운 유동성을 불어넣는 말의 예술이다.

유하의 『천일馬화』는 말의 예술이란 무엇인가를 시사하기에 모자람이 없다. 그의 시가 아우르고 있는 말의 영역은 동시대의 다른 시인에게서는 유례가 드물 정도로 광대하다. 그것은 어쨌거나 형식이 시이기에 "세속의 온갖 말들의 후미에서 해찰하는" 말이면서도 그 세속의 온갖 말들을 자기 속으로 흡수하고 용해하는 굉장한 힘을 가지고 있다. 유하의 「천일馬화」 연작에서 보듯이, 그는 경마장 주변의 은어와 비어에서 「프루프록의 연가」의 번역시구에 이르는 다양한 어휘를 뒤섞고, 일상적인 대화, 뉴스기사, 개그풍의 만담, 명상록풍의 진술, 연극적 발화, 서정적 영창, 스토리텔링 등의 스타일을 분방하게 구사한다. 또한 신소리(pun) 같은 장난스러운 수사기법, 패러디-자기 패러디적 구성, 알레고리적 양식 등을 자재로이 활용하고, 모든 말들에 변화무쌍한 억양과 장단을 넣어 연민에서 야유에 이르는 넓은 감정적·미학적 지대에 걸쳐 맵싸한 효과를 빚어낸다. 세속의 온갖 말들이 하나의 악보라면, 그의 시는 그것을 실현하는 대단히 호방한 연주이다. 그의 「천일馬화」 연작이 들려주는 음악은 물론 전혀 쾌적하지 않다. 그 연작은 시, 특히 서정시의 규칙을 역동적으로 변형하여 마침내 그것 이상으로 혹은 그것 이하로 흘러넘친 말의 퍼포먼스이다. 그것은 언어적인 삶—언어를 가지고 사는, 언어로 실현되는, 언어를 사는 삶—에 잠재되어 있는 반(反)규율적-반(反)담론적 충동을 활달하게 표출한다. 유하의

「Becoming Woman」 중의 한 구절. "그렇다 내 속에 사는 시인의 최대 욕망은/모든 길들여진 바벨탑의 풍경 밖에서/이 세계를 다시 비출 수 있는/낯선 괴물의 언어를 낳는 것이다." 그렇다, 문학은 기존의 척도를 벗어나 있는 언어, 낯선 괴물의 언어이다. 그것의 정체는 어쩌면 문학비평이 구비하고 있는 모든 개념적, 이론적 담론의 반경 밖에 있을지도 모른다. 그러나 그렇다고 그것의 매혹이 사라지진 않는다. 미지의 것이야말로 우리를 욕망하게 하지 않는가.

(『문학동네』, 2001년 봄호)

모더니즘에 대한 오해에 맞서서

1. 루카치의 판례를 좇는 리얼리즘론의 법정

문학에서 리얼리즘과 모더니즘의 대립은, 인간문화를 지배하는 이분법적 대립이 일반적으로 그렇듯이, 차이의 통제에 의존하는 동일성 구축의 논리를 가지고 있다. 리얼리즘론은 리얼리즘에서 모더니즘을 배제함으로써 리얼리즘을 정의하며, 모더니즘론 역시 모더니즘에서 리얼리즘을 배제함으로써 모더니즘을 정의한다. 전체성을 향한 지향을 강조하는 리얼리즘론은 그러한 지향에 역행하는 경향, 예컨대 경험의 단편에 몰입하는 경향을 모더니즘에 귀속시킴으로써 리얼리즘의 동일성을 정립하는 반면, 현실의 지각과 인식에 있어 주체의 계기를 중시하는 모더니즘론은 그러한 취지에 반대되는 통념, 예컨대 현실은 자명하게 주어진 객체라는 순진한 믿음을 리얼리즘에 전가함으로써 모더니즘의 동일성을 확보한다. 리얼리즘과 모더니즘의 이분법적 대립에서 그 각각은 상대에 대하여 타자, 즉 자신의 동일성을 유지하려면 부단히 배제해야 하는, 그러나 바로 그러한 이유에서 또한 언제나 의존할 필요가 있는 타자이다. 리얼리즘과 모더니즘은 서로 차별하고 종속시키는 관계에 있는 만큼이나 더불어 생존하는 관계에 있다. 따라서 리얼리즘과 모더니즘의 대립은 현대문학에 존재하는 상반되는 충동—예를 들어 독일 표현주의 논쟁에서 '객관적 현실'에 대한 루카치의 요구와 '체험된 현실'에 대한 블로흐의 옹호로 표출된 충동—의 발현이라고 간단히 보아넘기기 어렵다. 그것은 오히려 현대문학의 상반되고 모순되는 충동을 다만 끊임없이 상연하는, 결과적으로는 근대문학이 생성시킨 자기부정 또는 자기갱신의 다양한 움직임을 인식하지 못하도록 봉쇄한다는 혐의가 있다. 리얼리즘과 모더니즘으로 현대문학을 범주화한다면 19세기 프랑스 리얼리즘 소설에서 20세기 미국의 생태문학에 이르기까지 문학의식의 저류를 이룬 낭만주의는 어떻게 되는가. 그 나름의 역사와 장르를 축적한 대중문학은 어떻게 되는가. 오랜 망각으로부터 되살아난 여성문학의 풍부한 유산은 어떻게 되는가. 인간문화의 모든 이분법적 대립과 마찬가지로 리얼리즘과 모더니즘의 대립은 상당히 수상쩍은 이데올로기적 구조이다.

사실, 리얼리즘과 모더니즘이 현대문학을 양분하는 강력한 범주 구실을 하고 있을지라도 그에 따라 문학작품을 분류하기는 그렇게 용이하지 않다. 예를 들어 플로베르의 『마담 보바리』는 '두 편의 『마담 보바리』'라는 말이 나올 정도로 리얼리즘 작품으로서의 성질과 모더니즘 작품으로서의 성질을 모두 가지고 있다. 또한 토마스 만의 『마의 산』은 루카치에게는 비판적 리얼리즘의 전범이지만, 어빙 하우에게는 강력한 모더니즘 정신의 표현이다. 한국소설에서도 그와 유사한 예는 적지 않다. 조세희의 『난장이가 쏘아올린 작은 공』은 70년대 한국 산업사회의 모순을 파헤친 리얼리즘 소설로 읽으려는 사람과 낯설게하기의 장치를 구비한 모더니즘 소설로 읽으려는 사람 양쪽 모두의 이해에 부응한다. 신경숙의 『외딴방』 역시 한 젊은 여성 작가의 계급과 세대 공통의 집단적 경험의 증언이라는 점에서는 리얼리즘적이지만 진정성의 도덕적 이상에 붙들린, 그리고 그것에 적합한 언어를 찾아 고심하는 작가의 떠다니는 자기의식의 기록이라는 점에서는 모더니즘적이다. 이처럼 리얼리즘과 모더니즘이 문학작품 분류범주로서 때때로 쓸모가 없다는 것을 감안하면 모더니즘의 출현을 리얼리즘의 연속으로 이해한 에리히 아우어바흐의 역사적 관점에 동의하고 싶은 생각도 든다. 세속적 휴머니즘 문화의 발전과 연관하여 유럽 리얼리즘 문학의 역사를 정리한 명작 『미메시스』의 마지막 장에서 아우어바흐는 버지니아 울프의 『등대로』를 비롯한 모더니즘 소설에서 현실을 다양한 의식들의 반영으로 분해하는 기법과 같은 몇몇 문체적 특징을 찾아낸 다음, 놀라움과 두려움이 뒤섞인 착잡한 심정으로 그것이 유럽 휴머니즘 문화의 붕괴에 조응되는 새로운 형태의 리얼리즘임을 인정했다.

그런 점에서 임규찬의 「리얼리즘과 모더니즘을 둘러싼 세 꼭지점」(『창작과비평』 2001년 겨울호)과 이어서 나온 윤지관의 「놋쇠하늘에 맞서는 몇 가지 방법」(『창작과비평』 2002년 봄호)은 주목할 만한 글이다. 리얼리즘과 모더니즘이 적대적이라는 통념을 극복해야 한다는 요구에 응답했을 뿐만 아니라 리얼리즘론과 모더니즘론의 대화를 촉진하는 논제들을 제시해놓았기 때문이다. 그러나 그 글들은 리얼리즘과 모더니즘의 관계를 새롭게 보려면 당연히 필요한 사고의 전환을 기대한 만큼은 이룩하지 못했다고 판단된다. 예를 들면 임규찬은 나의 평론에 대해 논평하는 중에 장정일과 최인석을 '비루한 것의 카니발'이라는 측면에서, 신경숙과 윤대녕을 '내면의 탐구'라는 측면에서 묶어 논한 방식에 이의를 제기하면서 그렇게 묶은 작가들 사이의 "근원적인 차이를 무시한 채 단순히 스타일의 유사성이나 기법의 유사성으로 동일성의 논리를 구상"한다고 비판한다. 그러면서 "장정일과 윤대녕의 한 묶음이야말로 동일성의 범주에 해당하는 우리 시대의 한 유형"이라고 규정하고 "이들의 문학은 사회병리현상을 미적으로 변형한 단순재현물이라는 성격을 사회적으로 갖게 된다"는 주장을 편다. 임규찬이 나의 유형화 방법에 반대하는 이유가 되는 그 '근원적인 차이'란 요약하면 어떤 행위나 상황의 사회적 성격에 대한 지시가 있는가 없는가를 기준으로 하는 차이이다. 최인석 소설의 '기이함'은 장정일의 '기이함'과 달리 "사회적 모순이 집약된 사회(……)와 긴밀한 연결을 맺는다"는 것이고 신경숙 소설의 개인은 윤대녕 소설의 개인과 달리 "특수한 사회적 운명"으로 그려져 있다는 것이다. 문학작품을 다루면서 스타일이나 기법보다 사회적인 의식이 더욱 '근원적인' 문제라고 보는 것은 동의하기 어려운 리얼리즘론의 편견이다. 하지만 그보다 더욱 당혹스러운 것은 장정일 소설과 최인석 소설에 숨어 있는 유사성을 드러내려던 나의 시도를 그토록 간단히 일축한 판정이다. 누가 보더라도 원한의 정치학과 (포스트)모던한 난동으로 확연하게 갈라지는 소설을 굳이 '비루하게 만들기'의 테마와 관련하여 묶어놓은 것은 '근원적인 차이'를 교란하려는 어떤 계산된 '책략'의 일환이 아니다. 나의 시도가 혹시 어설프게 보였을지 몰라도 리얼리즘의 동일성에 대한 임규찬 자신의 믿음을 잠시나마 유보하고 살폈더라면, 일반적으로 리얼리즘 계열과 모더니즘 계열로 분류되는 경향이 다른 소설을, 그러한 분류의 경계를 넘어 읽고 있다는 것, 그 두 계열의 소설이 90년대의 정치적, 문화적 지형 속에서 교차하는 지점을 찾고 있다는 것쯤은 알아볼 수 있었을 것이다.

나의 작품읽기에 대한 임규찬의 비판이 상기시키는 것은 선언의 차원에서는 매번 갱신을 다짐하고 있지만 사고의 차원에서는 줄곧 보수에 머물고 있는 한국 리얼리즘론의 답답한 실정이다. 임규찬은 윤지관의 리얼리즘론이 80년대 리얼리즘론을 답습하고 있다는 요지의 비판을 하면서 "스스로 지지하고 있는 리얼리즘론을 근원에서부터 재구축해야 할 필요성을 이 지점에서도 다시 절감한다"고 말하고 있으나 그 성실한 반성의 언명을 그대로 믿어도 좋을지 문득 망설이게 만드는, "이미 '확립'된" 리얼리즘론에 의지한 비평적 사고를 그 자신이 하고 있다. 장정일과 윤대녕이 진짜 동일유형이라는 그의 판단은 너무나도 익숙한 루카치 공식이다. 장정일, 윤대녕 소설에 '평범함과 기이함의 이분법'이 있으며 그들의 소설은 "사회병리현상을 미적으로 변형한 단순재현물"이라는 설명은 모더니즘의 세계관을 '퇴폐주의'라고 규정한 루카치가 그 근거의 하나로 자연주의에서부터 지속되고 있는 '병리적인 것에 대한 강박증'을 거론한 예를 그대로 따르고 있다.[1)] 리얼리즘 지지자가 루카치에게 기대는 것은 당연하지 않느냐고 할지도 모르겠지만 리얼리즘과 모더니즘의 양극화에 서양의 어느 비평가 못지않게 책임이 있는 그 스탈린주의 협력자의 판례를 여전히 기준으로 삼아 소설을 심판하고 있는 상태에서는 리얼리즘론의 '과감한 환골탈태'란 기적에 가까운 노릇이며, 리얼리즘-모더니즘 이분법의 해소는 더더욱 그러하

---

1) Georg Lukács, *The Meaning of Contemporary Realism*, trans. by John and Necke Mander(London: Merlin Press 1963), p. 30. 이 책의 독일어 원제는 '리얼리즘에 대한 오해에 맞서서(Wider den mißverstandenen Realismus)'이다. 임규찬과 윤지관의 루카치에 대한 신뢰는 아무래도 지나치다. 윤지관은 앞의 글에서 "루카치를 20세기 모더니즘을 배격하고 19세기 리얼리즘을 옹호한 인물로 정리하는 것은 지나친 단순화이자 오해이다. 오히려 그는 리얼리즘 정신으로 당대에 지배적이었던 모더니즘의 혁신을 도모한 모더니즘의 진정한 친구였다"고 쓰고 있다. 루카치가 '모더니즘의 진정한 친구'라니! 1930년대 독일문학의 표현주의운동에 대한 루카치의 비판은, 그 대표적 문건(「표현주의의 위대성과 몰락」, 루카치 외 지음, 『문제는 리얼리즘이다』, 홍승용 옮김, 실천문학사, 1985)을 보면 금방 알 수 있듯이, "모더니즘의 혁신을 도모한" 충고가 아니라 독일 파시즘의 사상적 선구자에 대한 공격이었으며 반(反)파시즘 투쟁을 위한 인민전선구축 작업의 일환이었다. 루카치는 리얼리즘과 모더니즘을 '건전과 퇴폐' '인간주의와 야만주의' '건강한 예술과 병든 예술' 같은 용어로 일관되게 양극화했다. 자신은 건전한 정신이자 휴머니스트라 확신하고 상대는 정신병자이자 원조(元祖) 파시스트라고 매도하는 사람이 어떻게 '진정한 친구'인가. 리얼리즘-모더니즘 통합도 좋지만 도덕적 분별은 지켜야 한다.

다. 임규찬과 윤지관이 리얼리즘론과 모더니즘론의 소통을 촉진한다는 취지에서 행한 모더니즘 비판 중에는 그 취지를 오히려 손상시킬지 모를 오해와 독단이 적지 않다. 나는 그들의 글에서 리얼리즘론과 대화할 필요가 있는, 그렇게 함으로써 보충할 필요가 있는 모더니즘론의 당사자로 호명된 만큼, 그들의 생각과 차이가 있는 나의 생각을 명확하게 진술하는 기회를 가지고자 한다. 혹시 리얼리즘과 모더니즘의 대립을 해소하기는커녕 더욱 심화시키는 결과를 가져올지도 모르지만, 또 나 자신이 수상쩍은 이데올로기적 구조에 갇혀 있음을 스스로 입증하는 꼴이 될지도 모르지만, 차이의 확인은 적어도 좀더 원활한 소통에는 도움이 되리라 생각한다.

2. 버먼은 살아 있다

리얼리즘-모더니즘을 다시 비평의 쟁점이 되게 만든 최근의 계기는 아이러니컬하게도 그것을 둘러싼 담론 싸움을 그만두고 작품으로 귀환하자는 최원식의 제안이다. 하지만 리얼리즘과 모더니즘의 관계설정은 최원식의 '회통'론 훨씬 이전부터 민족문학론 내부에서 지속적으로 다루어지고 민족문학론의 정당화에 끊임없이 이용되어온 주제이다. 민족문학의 '세계문학'과의 연관을 해명하기 위한 담론의 중심에는 리얼리즘-모더니즘 대립문제가 놓여 있으며, 민족문학론의 주요 프로그램 중에는 리얼리즘에 의한 모더니즘의 극복이 들어 있다. 「리얼리즘에 관하여」「모더니즘에 관하여」「모더니즘 논의에 덧붙여」 등과 같은 80년대의 주요 평론에서 백낙청은 '사실주의'와 '리얼리즘' 구분법을 다듬는 한편 모더니즘이 자체 논리의 전개에 의해 파산에 이르렀다고 주장함으로써 리얼리즘의 선진성을 믿는 자신의 입장을 확고히 했다. 그러나 내가 보기에 백낙청은 최원식의 '회통'론이나 윤지관의 '통합'론이 생겨날 소지를 만든 사람이기도 하다. 아마도 그가 가지고 있는 리비스(F. R. Leavis)적 비평감각의 결과이겠지만 그는 "20세기 초 모더니즘 운동의 실제 업적은 모더니즘의 이념과 구별되어야 한다"고 말함으로써 적어도 작품의 층위에서는 리얼리즘과 모더니즘의 경계 넘기가 가능함을 시사했다.[2] 하지만 그 경계 넘기는 결국 모더니즘의 업적을 리얼리즘의 이념으로 흡수하여 리얼리즘의 판도를 넓히는 일종의 제국주의적 팽창이다. 백낙청 이론의 지도 속에는 모더니즘이 그 고유의 영역과 형세를 유지하며 존립할 여지가 전혀 없다. 제국에 합병된 국가가 이미 국가가 아니듯 리얼리즘에 합병된 모더니즘은 이미 모더니즘이 아니다.

모더니즘으로부터 그 자주성을 박탈하는 논법은 마샬 버먼의 모더니즘론에 대한 백낙청의 비판에서도 확인된다. 버먼의 모더니즘론은 냉전시대 영미학계에서 정전의 지위를 얻으며 이데올로기화된 모더니즘에 대한 추인이 아닐 뿐만 아니라 그 바탕에 급진적 개인주의와 휴머니즘적 마르크스주의의 복합체를 가지고 있다. 그것은 따라서 백낙청이 배격하는, 미국의 뉴크리티시즘 같은 종류의 모더니즘 '이념'과는 확연히 다르다. 그것은 오히려 백낙청이 리얼리즘이라는 범주로 포괄하고 있는 인간해방의 비전을 근대에 특유한 인간생활의 현실적 조건과 가능한 형태에 대한 성찰을 통해 쇄신한 작업이다. 그럼에도 백낙청은 그것의 의의를 단지 근대문학의 모든 위대한 성과는 리얼리즘으로 수렴된다는 명제 증명을 보조할 '작품'론 수준에서 인정한다. "그것은 우리가 리얼리즘의 위대한 성취로 꼽음직한 작품들을 포용하면서 자칫 리얼리즘론에서 간과되기 쉬운 낭만주의 또는 현대주의 계열 작

2) 백낙청 「모더니즘 논의에 덧붙여」, 『민족문학과 세계문학 II』 (창작과비평사, 1985), 464쪽.

품의 리얼리즘적 측면에 대한 풍성한 논의마저 가능케"(464) 한다는 것이다. 그러나 이 버먼의 성공에 대한 인색한 인정은 한 문장 안에서 실패에 대한 다급한 지적으로 이어진다. 버먼은 "근대화의 와중에서 무엇을 긍정하고 무엇에 반대할지 판별할 기준을 제시하지 못하며, 일단 근대가 시작된 후로는 '모든 고정된 것이 연기처럼 사라진다'는 명제가 영구불변의 진리인 듯이 말함으로써 자본주의의 끝없는 파괴성이 극복된 상황을 사유하는 일 자체를 어렵게 만든다."(464) 버먼의 모더니즘론이 어쩌면 문학에서 리얼리즘과 모더니즘의 대립으로 표현된 근대정신의 모순에 한 해법을 제공할지 모른다는 것을 백낙청은 전혀 고려하지 않는다. 백낙청의 최종 논평. "결국 '모더니즘이 곧 리얼리즘이다'라는 그의 발언은 모더니즘 옹호자치고는 드물게 포용적인 태도를 보여주는 정도지, 모더니즘 및 모더니티의 극복을 지향하는 리얼리즘론과는 뚜렷한 거리가 있는 것이다."[3)]

백낙청의 버먼 비판은 페리 앤더슨의 유명한 버먼 비판에 의존한다. 앤더슨의 비판 중에서 '전형적인 근대화 패러다임'을 낳을 위험과 모더니즘의 역사적 인식에서 '종합국면'을 간과한 잘못에 대한 지적을 골라 참조한 다음 백낙청은 "혁명의 임무는 근대성을 지속시키거나 완성하는 것이 아니라 근대성을 철폐하는 것이다"라는 앤더슨의 결어를 인용한다. 그리고 리얼리즘과 아무런 관계가 없는 앤더슨의 버먼 비판을 놀랍게도 리얼리즘의 당연함에 대한 반증으로 변환시킨다. "가령 버먼의 말대로 근대성의 체험에 충실하면서 버먼보다 더 확실하게 근대의 극복을 지향하는 예술이념으로서의 '리얼리즘'은 앤더슨의 버먼 비판에서 자연스럽게 도출됨직하지 않은가."[4)] '근대성의 철폐'나 '근

3) 백낙청 「문학과 예술에서의 근대성 문제」(『창작과비평』 1993년 겨울호), 21쪽.

4) 같은 글 22쪽. 임규찬은 앞의 글에서 백낙청의 버먼론을 기준으로 삼아 필자의 버먼론을 비판하면서 앤더슨이 분석한 '종합국면', 버먼이 강조한 근대화의 양면성, 제3세계 문학의 성

대의 극복' 같은 어휘들은 자본주의의 야만을 충격적으로 [illegible]하며 자본주의체제의 총체적 변혁을 꿈꾼 세대에게는 특별히 호소하는 바가 있다. 그러나 대혁명의 이론밖엔 진정한 정치학이 없다고 생각하는 것은 형이상학밖엔 확실한 인생의 지혜가 없다고 주장하는 것과 별로 차이가 없다. 버먼의 모더니즘 정치학은 인간사회의 장엄한 서사와 거대한 체제를 관념상으로 장악하는 능력이 있는 극소수 엘리트 지식인의 책상 위에 놓인 대혁명의 시나리오가 아니라 그러한 서사와 체제를 헤아릴 재주가 없는 보통사람들의 일상생활 체험에서 생성되는 자유와 존엄과 연대의 서사시이다.[5] 백낙청은 버먼이 "자본주의의 끝없는 파괴성이 극복된 상황을 사유하는 일 자체를 어렵게 만든다"고 말하고 있으나 지금까지 자본주의 이후에 관한 사유가 부족해서 자본주의가 사멸하지 않은 것은 아니다. 버먼도 즐겨 인용하는 "각자의 자유로운 발전이 만인의 자유로운 발전의 조건이 되는" 사회라는 마르크스의 말 정도면 그 유토피아적 '이후'에 관한 사유에 충분하지 않은가. 아이러니를 모르는 해방의 논리가 얼마나 압제적인 체제를 낳게 되는가는 계

장을 연관시킨 논의를 반박하고 그것을 "뒤집어 이야기하면 (모더니즘의) 초기 단계와 최근 제3세계가 보여주는 문학성은 역으로 근대성의 체험에 충실하면서 근대의 극복을 지향하는 리얼리즘의 정당성을 확인케 해준다"고 주장한다. 미안한 말이지만 그건 억지다. 앤더슨이 '종합국면' 분석으로 밝혀낸 특이한 문화적 상황, 즉 상이한 역사적 시간에 연결되는 경험·가치·이념의 복합체는 모더니즘 발생의 조건이지 리얼리즘을 정당화하는 근거는 아니다. 앤더슨 자신, "제3세계가 모더니즘에 영원한 청춘의 샘을 제공하는 것은 아니다"라는 조건을 달고, 제1세계 모더니즘을 발생시킨 조건과 유사한 조건이 제3세계에 존재하며 그래서 마르케스의 『백년 동안의 고독』이나 루슈디의 『한밤의 아이들』 같은 모더니즘 대작이 나왔다고 말하고 있다. 페리 앤더슨 「근대성과 혁명」, 페리 앤더슨·테리 이글턴 외 지음, 오길영·윤병우 외 편역, 『마르크스주의와 포스트모더니즘』(이론과실천, 1993), 165~166쪽.

5) 버먼은 앤더슨의 비판에 응답하는 중에 이렇게 말한다. "(앤더슨은) 정치에서 세계사적 대혁명만을, 문화에서 세계 수준의 대걸작만을 본다. 그는 형이상학적으로 완벽한 높은 지위에 대한 그의 권리를 주장하고 그보다 못한 것이면 어느 것에도 아랑곳하지 않는다." Marshall Berman, "The Signs in the Street," *Adventures in Marxism*(London: Verso, 1999), p. 168.

몽이성의 변증법이 빚어낸 인류재앙의 역사를 통해 배울 만큼 배우지 않았는가.

문제의 저서 『단단한 것은 모두 녹아 날아간다』의 제목이 『공산당 선언』의 한 구절에서 따온 것이라는 사실이 말해주듯 버먼의 모더니즘에서 마르크스는 중요한 위치를 차지한다. 경제 및 정치에서의 근대화와 예술 및 문화에서의 모더니즘을 구분하는 미국학계의 관행에 맞서서 그 양자를 변증법적 관계로 파악하는 버먼의 시각은 그 자신이 강조한 바대로 마르크스에서 유래한다. 그러나 버먼의 마르크스 해석은 서구 및 러시아 마르크스주의의 전통에서 보면 한마디로 이단적이다. 그는 부르주아 사회에 대한 마르크스의 관찰로부터 부단한 변화와 동요를 그 특징으로 하는 근대성을 적확하게 탐지한 '녹이는 비전'을 발굴하는 한편, 그 근대성이 산출하는 역동적인 에너지는 공산주의사회 건설이라는 마르크스 자신의 '단단한 비전'마저 녹여버릴지 모른다고 주장한다. 그가 이처럼 근대적인 삶을 일종의 '영구혁명'으로 이해하는 배경에는 근대의 근대다움을 기본적으로 개인의 자유로운 발전이 가능한 모든 조건의 부단한 창출에서 찾는 정치철학이 있다. 사실, 버먼의 정치학은 루소에 초점을 맞춘 그의 계몽사상 연구에 드러나 있다시피 '진정성'이라는 도덕적 가치를 중심으로 하는 급진적 개인주의에 기울어 있다. 한 개인이 다름아닌 자기 자신인 상태, 그 자신을 자유로운 존재로 체험하는 상태를 지칭하는 그 진정성에 대한 욕망은 버먼에게 "정치적으로 가장 폭발적인 인간충동 중의 하나"이며 19세기의 자유주의와 사회주의에서 1960년대의 뉴레프트 운동에 이르는 근대 정치문화 발전의 동력원이다.[6] 그러나 어쨌든 마르크스가 발견한 근대적 자

6) Marshall Berman, *The Politics of Authenticity: Radical Individualism and the Emergence of Modern Society*(New York: Atheneum, 1970), p. xix. 내가 가끔 구사하는 진정성 개념은 버먼의 개념과 대체로 비슷하다. 「진정성, 개인주의, 소설」(『창작과비평』 1997

유의 이야기, 즉 프롤레타리아들이 바로 그들의 존재를 창조한 부르주아 사회를 변혁할 세력으로 성장한다는 이야기는 버먼 모더니즘의 원형에 해당한다. 버먼은 근대성의 경험으로부터 에너지를 얻는 어떤 창조적 활동도 아이러니에서 면제되지 않으며, 어떤 형태의 모더니즘도 최종적이지 않다고 생각한다. 하지만 "남성들 및 여성들을 근대화의 객체이자 동시에 주체가 되게 하려는 시도" 또는 근대의 삶을 그 열려 있는 전체성에 충실하게 살려는 시도가 버먼이 제시한 모더니즘의 핵심임에는 틀림이 없다.[7)]

버먼의 모더니즘론이 이론상으로 난점이 있는 근대(성) 개념을 가지고 있다는 것은 앤더슨의 비판을 통해 충분히 입증된 사실이다. 버먼의 논의에 무반성적으로 전제된 '평면적인 발전관'은 근대의 역사 자체 내에 존재하는 변화와 단절을 인식하지 못하게 만든다. 근대를 시대구분 범주로 간주한다면 버먼의 개념설정보다 앤더슨의 개념설정이 당연히 낫다.[8)] 하지만 버먼에게 근대는 무엇보다도, 그의 저서 권두에 명

년 겨울호) 등의 여러 평론에서 나는 때로는 루소와 관련해서 진정성을 말하는 식으로 그 용어를 도덕적, 정치적 개념으로 쓰고 있음을 분명히 했다. 그런데도 김명환(「90년대문학 성찰의 좌표를 찾아서」, 『창작과비평』 2001년 가을호), 박성창(「비평과 진실」, 『세계의문학』 2002년 봄호) 등은 내가 사용한 진정성이 '진짜' '진심' '진실' 같은 의미의 격식 차린 표현이나 아니면 '문학적 진정성' 같은, 개념상으로 공허한 유행어와 동일한 것으로 제멋대로 취급하고 어처구니없는 타박을 했다. 그것은 일고의 가치도 없는 비판이다. 나의 진정성 개념을 비교적 정확히 알아본 평자인 정정호(「동시대 문화 비평: '비루한 것'과 '카니발'의 문화정치학」, 『비평』 2001년 겨울호)는 그 개념을 '자유주의적 개인주의'와 연관지었다. 하지만 버먼의 예에서 보듯이 그것은 자유주의적이지만은 않다.

7) Marshall Berman, *All That Is Solid Melts Into Air: The Experience of Modernity*(New York: Penguin, 1988), p. 16.

8) 피터 오스본(Peter Osborne)은 버먼의 근대개념이 동질적 연속체를 이루는 역사시간을 가정하고 있으며 그런 점에서 '근대와 전통' 같은 패러다임에 의존하는 무반성적인 근대성의 사회학 전통 속에 머물고 있다고 지적한다. 그런데 오스본에 따르면 앤더슨의 근대개념에도 문제가 있다. 앤더슨에게서 근대는 역사과정의 식별과 분석에 이용하기에는 결함이 많고 생각을 오도하는 범주로 취급되는 동시에 한 역사적 현실에 대한 정당한 명칭으로 나타난다는

시되어 있듯이, '경험'의 한 양식 또는 형태로서의 근대이다. 근대적이라는 것은 어떤 '시대정신'을 그 본질로 하는, 유기적으로 통일된 세계에 거주하는 것이나 어떤 생산양식을 기초로 수립된 활동과 기구들의 고정된 체계에 소속하는 것이 아니다. 그것은 "우리에게 모험·권력·기쁨·성장, 우리의 자아와 세계의 변혁을 약속하는, 그런 동시에 우리의 소유 전부를, 우리의 지식 전부를, 우리의 존재 전부를 파괴하려 위협하는 환경에 처하는 것이다." 근대적이라는 것은 천국의 약속과 지옥의 저주가, 성취의 영웅시와 상실의 엘레지가 함께 있는 세계를 우리 자신의 유일한 세계로 삼는 것이다. 근대에 대한 버먼의 묘사는 경험에 호소하는 모든 담론이 그렇듯이 진실을 오인하게 만들 위험을 안고 있다. 하지만 근대 특유의 경험을 비범한 통찰과 놀라운 박력으로 그려내는 가운데 버먼이 근대의 근대다움을 설명하는 한 가지 중요한 모델을 확립하는 데 공헌했음은 강조할 필요가 있다. 탈근대론의 미래파적 흥분이 얼마간 가라앉은 지금, 많은 철학자와 이론가들은 탈근대라고 불리는 것이 실은 새로운 버전의 근대임을, 스스로를 성찰하는 근대임을, 또하나의 근대임을 이야기한다. 예를 들어 사회학자 지그문트 바우만은 단단한 것은 모두 녹아버린다는 근대의 항구적 특징이 작금의 근대에 이르러 새로운 의미를 가지게 되었음을 강조한다. 역사적 근대의 성립과 함께 형성된 개인들의 상호작용과 상호의존의 단단한 질서가 해체되고 이에 따라 개인들이 사회적 결정성이 약한 삶을 살아가는 상태, 삶의 목표에 도달하기까지 허다하고 심오한 변화를 겪게 되는 상태에 놓이게 되었다고 한다. 바우만은 사람들의 개인적, 사회

것이다. 이처럼 서로 다른 두 근대개념이 공존하기 때문에 앤더슨은 한편으로는 생산양식의 시대구분, 계급들의 상승과 하강 등에 기초한 마르크스주의적 역사발전론을 내세우고 다른 한편으로는 근대를 두고 '지속' '완성' '철폐' 같은 말을 사용한다. 근대의 '철폐'나 '극복' 같은 문구를 주문(呪文)처럼 믿고 쓰는 사람들은 새겨들을 만한 지적이다. Peter Osborne, *The Politics of Time: Modernity and Avant-Garde* (London: Verso, 1995), pp. 5~9

석 삶에서 견고성과 영속성이 두드러진 역사적 근대와 유동성과 유연성이 두드러진 새로운 근대를 구별하고, 전자를 '고체 근대' 후자를 '액체 근대'라고 부른다.[9] 버먼이 묘사한 근대는 바우만이 말하는 액체 근대를 그 특수한 역사적 시간성을 무시하고 근대 일반으로 확장한 것에 해당한다. 그러나 더욱 중요한 것은 버먼이, 마르크스의 '단단한 비전'을 '녹이는 비전'의 제물로 만드는 그의 해석이 예증하듯이, 고체 근대를 액체 근대 속으로 용해시켰다는 점이 아니라 액체 근대에 적응하는 방법과 함께 저항하는 방법을 모더니즘이라는 이름으로 제기했다는 점이다. 그의 모더니즘론은 새로운 유동성의 근대를 살고 있는 사람들에게 현실에서 느끼는 매혹과 공포를 이해하고 현실과의 싸움을 지속하는 데에 필요한 용기와 영감을 제공한다. 그의 모더니즘론이 이론상의 온갖 오류에도 불구하고 아직까지 효력을 가지는 이유가 여기에 있다.

3. 새로운 근대의 와중에 있는 문학의 난민

임규찬의 비판에 답하여 리얼리즘과 모더니즘에 관한 자신의 생각을 명쾌하고도 강력하게 개진한 글에서 윤지관은 리얼리즘으로의 모더니즘 통합이라는 민족문학의 테제에 충실한 그의 입장을 다시 한번 드러냈다. "겉으로의 적대에도 불구하고 모더니즘이 궁극적으로 추구하는 바는 리얼리즘일 수밖에 없다"는 그의 말은 그것만 놓고 보면 모더니즘의 "반(反)리얼리즘"적 입지가 얼마나 가당치 않은가를 알려주는 너무나도 명백한 진실을 지시하는 듯하다. 모더니즘이라는 범주에

---

9) Zygmunt Bauman, *Liquid Modernity*(Oxford: Polity, 2000) 참조.

포괄된 수많은 문학예술운동의 추진자들은 자신들의 작업이 '리얼한 것'을 추구한다고, '리얼한 것'의 요구에 충실하다고 주장했기 때문이다. 버먼만 해도 "우리 모두에게 모더니즘은 곧 리얼리즘이다"라고 말했다. 그러나 윤지관이 말하는 리얼리즘은 그렇게 리얼한 것에 대한 모든 종류의 관념, 모든 유형의 접근을 포용하는 개념이 아니기 때문에 모더니즘이 궁극적으로 리얼리즘과 동일하다는 그의 발언은, 그가 좋아하는 용어를 쓰면, '당파성'의 표현에 불과하다. 물론 윤지관은 모더니즘에 대해 적대적이지 않다. 그는 리얼리즘과 모더니즘의 대립이 살벌하게 날카로웠던 80년대에도 정지용과 이상을 다뤘고 90년대에도 장정일과 신경숙에게 주목한, 리얼리즘의 원칙을 고수하고 있는 문학그룹에서는 모더니즘 작품에 대해 읽을 만한 글을 쓰는 그리 많지 않은 비평가 중 한 사람이다. 게다가 그는 앤더슨의 '종합국면'이나 블로흐의 '비동시적인 것의 동시성'이 가리키는 사회적·문화적 상태가 어떤 종류의 문학과 예술을 발흥시키는 조건인지 오판하지 않고 20세기 후반 이후 한국사회에는 "모더니즘의 예술적 에너지가 발현될 가능성이 살아 있"음을 인정한다. 그러나 모더니즘에 대한 그의 관용은 어디까지나 리얼리즘의 영토 확장에 나선 원정대장이 베푸는 자선이다. 그의 모더니즘론은 리얼리즘제국 건설의 사명에 성실하게 복무한다. 한국 모더니즘론의 당면과제는 "우리에게서 과연 모더니즘 문학의 가능성은 어떠한지 묻는 일"이라는 그의 진단은 이렇게 계속된다. "이것은 한국 모더니즘의 성취가 리얼리즘의 실현에 얼마나 근접해 있는지를 묻는 일과 통한다."

윤지관은 장정일·백민석에 대해 언급하면서 "가난 체험까지 포함한 삶의 현실적·심리적 질곡에서 감행하는 자아형성의 모험이 모더니즘의 실험정신과 맺어져 추구되고 있다는 점에서 이들의 시도는 주목할 만하다"고 평하는 식으로 모더니즘 경향의 어떤 작품에 호의를 표시하기는 해도 모더니즘 그 자체를 인정하지는 않는다. 그에게 모더니즘 작품은 아무리 리얼리즘에 근접한다고 해도 모더니즘적이기 때문에 결국 한계가 있다. 모더니즘은 모더니즘 작품의 장점이 아니라 오히려 단점이 되는 이상한 논리가 그의 평론에서는 성립한다. "장정일과 백민석의 파괴로서의 실험성이 "결국 '낯설게 하기'로 요약되는 모더니즘의 중심기법에 붙들려 있고 (……) 기성관습을 깨뜨림으로써만 생명을 얻는 모더니즘의 기제를 벗어나지 못한다는 데 이들의 비극이 있다"는 진술은 윤지관이 실은 모더니즘의 존재 자체를 마뜩치 않게 여기고 있음을 실토한 것과 다를 바가 없다. 윤지관이 지목한 낯설게 하기나 파괴주의는 물론 모더니즘을 모더니즘이게 하는 주요 자질이다. 그러나 그것을 '기법'이나 '기제'라고 지칭하는 가운데 그것이 작품에 다루어진 경험과 분리가 가능하고 그 경험과 상관없이 작동하는 자동화 체계처럼 취급하는 것은 옳지 않다. 기법의 영역에서든 관념의 영역에서든 모더니즘이 기본적으로 반(反)관습적, 반(反)전통적인 것은 모더니즘이 관여하는 근대의 경험 자체가 그것을 요구하기 때문이다. '단단한 것은 모두 녹아 날아간다'는 구절이 가리키는 그 근대 특유의 경험에 충실하려면 언어의 상투화, 지각의 고정화, 인식의 정형화에 대한 저항이 당연히 필수적이다. 이것은 사실상 모더니즘 문학만이 아니라 근현대문학 전체에 따라붙는 조건이다. 윤지관이 짐짓 모르는 체하고 있지만, 리얼리즘 문학 역시 낯설게 하기에 상응하는 탈각(脫却)의 기제를 가지고 있다. 유럽문학에서 리얼리즘은 현실이라고 불리는 뭔가를 있는 그대로 묘사하는 작업이 아니라 현실에 대한 정의를 통제하는 언어적, 사상적 관습을 파괴하는 작업과 함께 시작되었다. 리얼리즘의 주요 기능은 많은 소설이론가들이 말했듯이 탈신비화 혹은 최신

---

10) 방증의 부담을 덜기 위해 프레드릭 제임슨의 발언만 짧게 인용한다. 소설은 "형식이라기보다 공정(工程)"이라고 전제한 다음 제임슨은 이렇게 말한다. "정말로, 리얼리즘에 대한 아

용어로 하면 탈코드화이다.[10] 모더니즘은 궁극적으로 리얼리즘이라는 윤지관의 말이 암시하는 것은 리얼리즘 원론주의자의 강직한 신념이라기보다 모든 것이 녹아버리고 날아가는 근대의 와중에서 뭔가 단단한 것을 붙잡으려 애쓰는 문학적 난민(難民)의 심정이다.

그러나 그 난민의 심정은 윤지관에게만 있는 것이 아니라 새로운 근대의 와중에서 문학의 자리를 진지하게 생각하는 사람이면 누구에게나 있는 것이다. 다만 윤지관은 단단한 것에 대한 집착이 지나칠 뿐이다. 얼마나 지나친가 하면 우리가 현재 살고 있는 근대 자체가 단단하다고 믿고 있을 정도이다. 그는 "중간계급을 중심세력으로 하는 꿰뚫기 힘든 기성질서를 지칭하는 비유"인 '놋쇠하늘'을 가지고 자본주의 체제를 지칭하고 그 비유의 취지는 "사물화의 지배와 자본의 지구화로 현상하는 탈근대 사회에 대한 제임슨의 관찰과 그리 다르지 않다"고 말한다. 그러나 '놋쇠하늘'이라는 비유는 자본의 '전일적 지배'의 막강함을 강조하는 효과는 있을지 몰라도 탈근대 또는 새로운 근대생활을 묘사하기에는 적당치 않다. 탈근대 사회에서는 문화가 상대적 자율성을 상실하고 사회 전역으로 확장된다는 제임슨의 설명만 보더라도 새로운 근대는 사회의 모든 분화된 영역들의 경계가 희미한, 그런 만큼 개인이나 집단의 삶에 유동성이 우세한 상태이다. 윤지관은 자본의 전일

주 많은 정의들이 주장하듯이, 그리고 소설의 토템 같은 선조인 『돈키호테』가 상징적으로 입증하듯이, 서사적 모방이나 리얼리즘적 재현이라고 여러 가지로 불리는 저 공정 조작은 애초에 그 공정에 주어진 재료인, 전통으로 물려받은 또는 신성한 기존의 서사적 패러다임들에 대해 체계적인 암해(暗害)와 탈신비화를, 세속적인 '탈코드화'를 행했다는 데에 그 역사적 기능이 있다. 이런 의미에서 소설은 부르주아 본연의 문화혁명이라 부를 만한 일에서 중대한 역할을 한다." Fredric Jameson, *The Political Unconscious: Narrative as a Socially Symbolic Act*(Ithaca: Cornell University Press, 1982), p. 152. 리얼리즘을 부르주아적 또는 자본주의적 문화혁명의 일환으로 보는 제임슨의 시각은 리얼리즘에 관한 그의 생각을 보다 충분하게 발전시킨 이후의 저작에서도 변함이 없다. Fredric Jameson, *Signatures of the Visible*(London: Routledge, 1992) pp. 162~167 참조.

적 지배에 따라 '안과 밖의 경계'가 무너졌음을 말하지만 그렇게 말하는 목적은 새로운 유동성의 세계를 묘사하는 것이 아니라 자본주의 체제의 강고함을 강조하는 것이다. 그가 매슈 아놀드에게서 따온 그 '놋쇠하늘'은 베버의 '쇠우리'나 푸코의 '파놉티콘'과 마찬가지로 이미 전성기를 지난 '고체 근대'의 이미지에 속한다. 윤지관처럼 자본주의를 단단한 '체제'로 간주하는 것은 이론적으로 옳을지도 모르고 정치적으로 유효할지도 모른다. 하지만 단단한 것에 대한 그의 집념은 모더니즘 작품 해석과 평가에 적지 않은 문제를 야기한다. 백민석의 「장원의 심부름꾼 소년」에 대한 그의 논평을 보면, 어쩌면 '놋쇠하늘' 같은 근대 관념에 따라 동시대의 현실을 정의하는 것이 옳지 않다고 암시하는지도 모를 작품에 대해, 그러한 암시에 주의하려고 하기는커녕 오히려 그 자신의 단단한 근대관념을 해석과 평가의 기준으로 삼고 궁극적으로는 그 관념 자체의 정당성을 확인하고 있다.

「장원의 심부름꾼 소년」은 불우한 가정에서 태어난 한 젊은 남자가 십구 년 전 도시 주택가와 유흥가 인근의 거대한 정원에서 주급 심부름꾼으로 일한 시절의 기억을 되살리는 이야기이다. 그의 기억에서 중요한 것은 장원주의 아들 aw와 그 자신의 현격한 차이에 대한 충격적인 발견, 그리고 aw의 목소리, 표정, 자세, 그리고 문장 '베끼기'를 통해 그가 시도한 변신이다. 그 '베끼기'를 통한 변신은 자아형성을 지배하는 모방의 구조 또는 주인과 노예의 변증법 같은 구조를 가지고 있지만, 작품의 주제는 그 구조의 막강함 또는 불변성이 아니라 잃어버린 기억의 회복을 통한 그 구조에 대한 인식과 함께 시작되는, 그 구조로부터 탈출하려는 개인의지의 태동에 있다. 그 탈구조적, 일탈적 의지의 표현이 바로 작중인물이 장원에 대한 기억과 함께 회복하는 '뛰기' 능력, 즉 장원에서 심부름을 하며 '교양'을 쌓으려고 노력한 이후 그가 잃어버린 야생의 능력이다. 이 작품에서 중요한 대립이 있다면 그것은 윤지관이 생각하듯이 '부자/빈자'의 대립이 아니라 '교양/야생'의 대립이다. 기성의 권위 있는 모델에 따라 형성된 자아를 스스로 폐기하려는 개인의 의지가 그 중심주제를 이룬 작품을 두고 윤지관처럼 계급갈등의 모티프를 이야기하고 그것이 제대로 발전되지 않았다고 비판하는 것은 리얼리즘에의 충정을 감안하더라도 납득하기가 어렵다. 윤지관의 백민석 비판의 핵심은 "'쇠로 만든 우리' 같은 벗어날 수 없는 세계의 안팎 없는 지배를 확인하고 그 관념에 매몰되어 있다"는 것이지만, 그 '벗어날 수 없는 세계'의 '절대적인 힘'을 나타내는 작품 속의 상징인 장원은 작중인물에게, 그곳을 떠난 지 십구 년이 되는 현재, "포크레인이 훑고 지나간 공사현장에서 우연히 모습을 드러낸 지난 세기의 폐허처럼"[11] 나타난다. aw는 죽었고 장원의 권위도 죽었다. 작중인물이 살고 있는 현재는 심부름꾼 소년의 생활 초기에 도덕의 경계를 넘어 그에게는 격리된 또는 금지된 영역(유원지·윤락가)을 '뛰어다니'던 순간의 유목민적 야생이 소생하기 시작한 상태이다. 그 현재는 유동성의 삶이 시작된 새로운 현재, 새로운 모더니티(근대)이다. 백민석 작품에서 '놋쇠하늘'의 다른 버전인 '쇠우리'를 보고 있는 윤지관의 작품읽기는 자기동일성의 논리에 굴복한 비평의 한 예이다. 백민석의 모더니즘 작품에서 윤지관이 읽어내고 있는 것은 그의 타자가 아니라 그 자신이다.[12]

---

11) 백민석, 『장원의 심부름꾼 소년』(문학동네, 2001), 12~13쪽.

12) 백민석을 비롯한 젊은 세대의 모더니스트들이 '포스트모더니즘의 이론적인 틀'에서 벗어나야 한다는 윤지관의 지적은 일리가 있다. 나를 비판하면서 90년대 문학에는 유목민이 없다고 말한 누군가의 황당한 소리와 달리 90년대 문학의 실정에 맞는 지적이다. 나 자신 포스트모더니즘이나 포스트구조주의에 의존한 90년대 모더니즘에 대해 지나치게 너그러웠던 게 아닌가 반성하는 중이다. 하지만 「장원의 심부름꾼 소년」 같은 알레고리는 어차피 관념의 게임이다. 어떤 이론으로부터 영감을 얻는 알레고리 작가의 행동을 '종속'이라고 비난하는 것은 다소 엄혹하게 들린다. 90년대 모더니즘 작품들의 진짜 문제는 유행사조의 편승이라기보다는 종종 너무 뻔한 알레고리라는 점이다.

윤지관이 고집하는 단단한 것의 대표적인 예가 '민족' 범주와 함께 그의 리얼리즘론의 관건을 이루는 '계급' 범주이다.[13] 그에게 계급에 대한 인식은 문학작품에 구현된 리얼리즘의 수준을 가늠하는 중요한 척도의 하나이다. 계급분화와 갈등의 현실을 얼마나 정확하게 그리느냐는 백민석의 모더니즘, 나아가서는 한국 모더니즘 일반이 어떤 가능성을 가지고 있느냐를 판단하는 확고한 기준이 된다. 조세희와 백민석을 대비한 논의에서도 윤지관은 전자가 '비루한 것의 원형'이 되는 세계를 다루되 그것을 "70년대 산업사회의 한 특정국면에서 야기되는 계급적 간극에 대한 의식과 맺어두고" 있는 반면에 후자는 그 세계에 잠재된 계급갈등의 계기를 '상황의 무서움과 기괴함'을 확인하는 수단으로 변환시키고 말았다고 주장한다. 그러나 계급은 윤지관 비평에 나타난 바와 같이 그렇게 단단한 범주가 아니다. 알튀세르를 비롯한 많은 철학자들이 속류 마르크스주의를 극복하기 위해 행한 이론적 노력을 통해서 계급은 정치경제학의 여타 범주들과 마찬가지로 '리얼한 것'에 접근할 특권을 확보하게 해주는 개념이 아닌 것으로 판명되었다. 니코스 폴란차스 이후 계급론의 동향을 약간이나마 아는 사람이라면 계급은 객관적인, '아프리오리(a priori)'한 실재가 아님을 이해한다. 자본주의 사회의 계급들은 생산양식이 교체되는 경우를 제외한 모든 역사적 변화로부터 독립하여 연속적으로 존재하는 집합적 주체가 아니다. 그것들은 오로지 생산관계 내에서의 위치와 같은 구조적 기준에 의존하여 성립하지 않을 뿐만 아니라 오로지 그러한 기준에 의해 혁명적 주체성을 획득하지도 않는다.(예컨대, 산업프롤레타리아는 그 자체로 혁명계급이 아니다.) 계급주체는 다른 주체들과 마찬가지로 사회관계의 총

13) 한국에서 계급, 민족과 함께 정체성 범주의 트로이카를 이루는 성별(gender)이 윤지관의 리얼리즘론·모더니즘론에는 빠져 있다. 단단한 근대에 대한 그의 집념과 관련하여 의미심장한 결락이다.

체성 내부에 존재하는 경제적, 정치적, 이데올로기적 관계들의 변화하는 접합을 통해서, 자본주의 자체의 발전에 따라 불연속적으로 구성된다. 그래서 현대 마르크스주의는 경제적 관계 속에서 혁명성을 타고난 계급을 말하는 대신에 자본에 대한 투쟁을 수행할 새로운 계급구성을 따진다.[14] 백민석 소설이 성취한 리얼리즘 또는 정치성이 어느 정도인가를 밝히기 위해 거기에 계급모순이 부각되어 있는가 부각되어 있지 않은가를 문제삼는 것은 이론적으로 정교한 논법이 아니다. 계급 범주를 가지고 백민석 소설을 말하기로 한다면 거기에 나타난 유목민적, 자기분열적 주체성이 동시대 한국 자본주의 사회의 계급구성과 어떤 연관이 있는지, 서열제적, 가부장제적 자본주의 사회에 대항할 계급 및 계급문화 구성에 어떤 효과가 있는지 물어야 한다.

계급 범주에 입각한 모더니즘 비판을 끝내면서 윤지관은 "모더니스트의 질문이 이 망각된 계급의 구조에까지 닿을 때, 모더니즘은 우리 문학의 새로운 가능성일 수 있다"고 말한다. 이것은 윤지관의 계급개념 용법과 상관없이 경청할 만한 주장이다. 90년대 한국 모더니즘에서는 새로운 유동성의 근대와 대결하려는 노력보다 그것을 영접하는 흥분이 우세했다. 모더니즘 계열의 여러 작가들은 계급을 비롯한 기존의 크고 작은 단단한 집합체들이 해체되어가는 사태를 문학적으로 입증하느라 바빴다. 그러나 새로운 유동성의 사회에서 개인은 굳어진 관습의 압제로부터 해방되었을지 몰라도 그의 자유를 실현하지는 못했다. 그는 법률상(de jure) 개인이지 사실상(de facto) 개인은 아니다. 개인주의화가 철저하게 진행되고 있는 새로운 유동성의 사회에서 개인은

14) 계급이론을 상세히 논의하는 것은 나의 목적이 아닐 뿐더러 나의 능력을 벗어난다. 본문에 제시한 주장을 뒷받침할 논의 중 하나만 예시한다. Stanley Aronowitz, *The Crisis in Historical Materialism: Class, Politics and Culture in Marxist Theory*(Minneapolis: University of Minnesota Press, 1990, 2nd edition), pp. 104~150.

자아의 보존과 발전에 필요한 수단은 그 자신 이외에 어디에도 지니지 못하게 되고 개인 각자의 삶은 혼자서 대면하고 싸워야 하는 '위험'들로 가득 차게 된다. 90년대 모더니즘 소설에 출현한 나르시시즘 문화는 자유의 자랑스러운 명패가 아니라 곪아터진 상처이다. 장정일, 김영하, 백민석 같은 모더니스트들의 정치적 계시는 삶의 위험을 완화시킬, 개인적 자유를 증대시킬 개인들 사이의 제휴에 대한 관심을 동반하지 않는다면 불완전하다. 그런 점에서 '계급의 구조'에 대한 '망각'에서 깨어나야 한다는 윤지관의 생각은 유효하다. 계급은 개인의 존재를 규정하는 사회적 관계를 파악하는 방식인 동시에 개인적 자유의 실현을 위한 연대의 지점이다. 삶을 위한 자원이 부족한 개인들에게는 특히 그렇다. 그러나 새로운 유동성의 사회에서 계급은 다른 집합적 정체성과 마찬가지로 개인에게 충성을 요구하기에는 너무 허약하며 계급간의 경계는 정치적으로나 문화적으로나 그렇게 분명하지 않다. 계급이 이미 자명하게 주어지는 실재가 아닌 사회에서, 계급구성 자체가 유동적인 사회에서 계급에 대한 관념이 그 자체로 정치적으로 유효한 재현 또는 대의(代議)를 문학에 보장한다고 믿는 것은 그야말로 독단주의에 속한다. 더욱이 계급과 같은 집합적 정체성의 범주를 가지고 문학의 법령을 제정하는 것은 궁극적으로 옳지 않다. 개인의 모든 사회적 관계를 본질적으로 임시적인 것으로 만들어가고 있는 새로운 근대성의 시대에 진정성 혹은 자율성의 이상이 개인들에게 요구하는 것은 계급이든 민족이든 성별이든 기성의 굳어진 정체성에 충성을 바침으로써 자신의 삶을 의미 있게 하는 것이 아니라 삶의 의미를 자신을 위해 스스로 창조하는 것이다. 문학적 글쓰기는 그러한 의미 창조의 활동에 모델을 제시할 책임이 있다. 작가는 법전을 베끼는 자가 아니라 자유롭게 쓰는 자이다.

4. 리얼리즘, 너무도 고상한 당신

포스트모던한 시대에 리얼리즘을 고수하는 것은 시대에 뒤진 고집이라는 비판에 대하여 윤지관은 리얼리즘이야말로 포스트모던한 시대에 대응하는 가장 효과적인 방법이라는 주장으로 맞선다. 포스트모던한 시대에는 오히려 리얼리즘의 심화가 필요하다는 그의 주장의 주요 논거 중 하나가 한국 리얼리즘론자들이 즐겨 인용하는 프레드릭 제임슨의 '새로운 리얼리즘'론이다. 1930년대 독일에서 일어난 리얼리즘-모더니즘 논쟁의 고전적 문헌을 모아 영어로 옮긴 책자의 후기 「결론적 성찰」에서 제임슨은 한때 자본주의 사회에 대하여 대항적이었던 모더니즘이 자본주의 사회의 최근 형태인 소비사회에 이르러 "상품생산의 지배적인 양식이 되었고, 갈수록 속도를 높이고 요구를 늘려 스스로를 재생산하는 상품생산 기제의 불가결한 성분이 되었다"고 관찰한 다음, "모더니즘의 궁극적인 갱신, 이제는 자동화된, 지각혁명 미학의 자동화된 관습들을 바꿀 최종적인 변증법적 전복은 그저 리얼리즘 그 자체가 아닐까" 한다는 문제를 제기했다. 그 모더니즘의 변증법적 전복으로 도래하는 새로운 리얼리즘의 핵심은 루카치적 의미에서의 '총체성' 범주의 재발명이다.[15] 백낙청을 위시한 한국의 리얼리즘론자들이 거듭 제임슨을 참조하는 것은 아마도 그가 리얼리즘의 새로운 가능성에 대해 유일하게 언급한 현대 마르크스주의 이론의 대가이기 때문일 것이다.[16] 그러나, 백낙청이나 윤지관이 실은 누구보다 잘 알고 있듯이

---

15) Fredric Jameson, "Reflections in Conclusion," Ernst Bloch, et. al, *Aesthetics and Politics* (London: Verso, 1980), p. 209, 211.

16) 이론적으로 정교한 마르크스주의 비평가 중 제임슨이 리얼리즘의 가능성을 믿고 있는 '유일한' 사람이라는 것은 좀더 강조될 필요가 있다. 제임슨은 현대 비판이론에 다방면에 걸쳐 심대한 영향을 미쳤지만 제임슨과 같은 방식으로 루카치적 총체성 개념을 구사하는 사람은 그를 제외한 현대 미국 및 유럽의 비평가들, 적어도 일급의 비평가들 중에는 없는 것으로

제임슨적 의미의 리얼리즘과 70년대 이후 한국 리얼리즘에는 이론상으로 상당한 간극이 있어서 그가 말한 모더니즘의 변증법적 전복을 한국 또는 제3세계 리얼리즘의 진보성 증명에 동원하는 데는 많은 무리가 따른다.

제임슨의 개념에 충실하게 말하자면 서양에서 리얼리즘은 봉건제적·서열제적·마법적 환경을 파괴하며 발전한 자본주의와 불가분의 관계가 있다. 그것은 자본주의 시장체제의 요구에 합치되는 문화혁명, 즉 탈신성화되고 탈마법화된, 일상적이고 세속적인 현실의 범주들을 창출하는 작업을 수행했다. 리얼리즘은 자본주의의 초기 단계, 국가자본주의나 지역자본주의 단계에 우세한 서사양식이자 문화논리이다. 따라서 독점자본주의 또는 제국주의 단계인 20세기 전반기 유럽사회에서 루카치처럼 부르주아리얼리즘의 전통을 부활시키려고 하는 것은 제임슨의 관점에서는 비역사적인 사고에 불과하다. 제임슨의 리얼리즘론은, 한국 리얼리즘론의 주요 근거 중 하나가 부르주아리얼리즘의 진보적 전통에 대한 루카치의 옹호인 만큼, 한국 리얼리즘론과 양립하기가 어렵다.[17] 또한 그가 말한 '새로운 리얼리즘'은 "소비사회에 존재

알고 있다. 총체성에의 지향을 재현의 근본으로 간주하고 모든 문학적·예술적 재현물을 마르크스주의적 대서사의 맥락에서 풀이하는 그의 해석학은 '총체성에 대한 향전'이라는 포스트구조주의의 표어를 신뢰하지 않는 비평가들 사이에서조차 논란이 많다. 제임슨은 "나는 마르크스주의자로 남아 있는 소수 중 한 명이라는 느낌이 자주 들었다"고 말한 적도 있다. Fredric Jameson, "Cognitive Mapping," Cary Nelson and Lawrence Grossberg, (eds.), *Marxism and the Interpretation of Culture*(London: Macmillan, 1988), p. 347.

17) 제임슨의 리얼리즘-모더니즘-포스트모더니즘 단계론에 따르면 리얼리즘이 가장 진보적이라는 주장은 아무리 한국적·제3세계적 특수성을 내세워 변호한다 해도 이론적으로 허약하다. 그래서 백낙청은 제임슨 단계론 중의 리얼리즘을, 그것이 '부르주아 문화혁명'이라는 제임슨의 해석에 괘념치 않고, 현실의 모사(模寫)라는 의미의 '사실주의'라고 번역하고, 리얼리즘은 "사실주의에 일부 뿌리를 두었지만 모더니즘의 기법들도 유연하게 수용하면서 모더니즘적 파편화에 지금도 맞서 싸우고 있는 운동"이라고 설명한다.(「모더니즘 논의에 덧붙여」, 『민족문학과 세계문학』 II, 459쪽) 그러나 리얼리즘의 정당성을 보강해주는 듯한 제임슨의 구절

하는 사물화의 힘에 저항하고 총체성의 범주를 재발명"하는 기능을 한다는 점에서 한국 리얼리즘론이 추구하는 '인간해방의 서사'와 이념적으로 합치되고, 사물화의 구조에 대한 저항에 유익한, '맹렬한 지각 갱신'의 모더니즘 예술을 병합하는 미학이라는 점에서 모더니즘 '작품'의 성취를 포용한다는 한국 리얼리즘의 논리와 상통하지만, 백낙청이나 윤지관이 올바르게 비판한 바와 같이 한국 리얼리즘 문학에 뭔가를 시사하기에는 그 실상이 너무 막연하고 '당위'의 확인에 불과하다는 느낌이 든다. 제임슨이 나름대로 총체성 범주를 재발명한 결과인 '인식지도 제작'은 공교롭게도 새로운 리얼리즘 문학이나 예술의 기능이 아니라 그의 마르크스주의적 해석학의 기능이다. 요컨대, 루카치와 제임슨을 결합하여 한국에서는 리얼리즘이 다른 어떤 문학양식보다 진보적이라고 말하는 것은 이론적 정합성이 부족한 입론이다.

한국의 리얼리즘론자들은 서양문학사나 문학이론을 한국문학의 사정에 비추어 비판적으로 수용한다는 '주체적' 입장을 내세우고 있지만 그것은 서양이라는 권위를 리얼리즘의 정당화를 위해 편파적으로 이용하는 비평전략이 아닌가 하는 의심을 때때로 자아낸다. 그들은 앞에 인용한, 소비사회에서의 모더니즘의 운명에 관한 제임슨의 발언처럼, 모더니즘의 생명력이나 창조력을 부정하는 저명한 비평가의 발언은 민첩하게 접수하지만 모더니즘이 서양에서는 이미 전성기가 지났다고 할지라도 그 전(全)역사를 통해 문학적 현대성의 중요한 모델을 창시

을 번역할 경우에는 리얼리즘을 사실주의라고 옮기지 않고 리얼리즘이라고 옮긴다. 새로운 사실주의가 아니라 새로운 리얼리즘이라고 하는 식으로. 동일인이, 그것도 엄밀한 이론체계 속에서 사용하는 동일 용어가 그렇게 의미가 판이하게 번역되어도 괜찮은지 모르겠다. 물론, 70년대 및 80년대 리얼리즘론을 이렇게 이론적 정합성의 차원에서 따져 얻은 결과만으로는 온전한 평가에 이르지 못한다. 누구나 알다시피, 한국 리얼리즘론은 단지 그 개념의 엄밀성을 추구한 학술 담론이 아니라, 그때그때마다 전략적 사고가 필요한 정치운동의 일환이었다. 그럼에도 변화된 사회적, 문화적 환경에 적합한 리얼리즘론의 모색을 위해서라도 지금쯤은 이론적 반성이 필요하리라 생각한다.

했음을 알려주는 비평이나 이론은 무시하기 일쑤다. 예컨대, 제임슨이 문학의 영역에서 사물화에 저항하는 미학의 범례를 찾아내고 있는 곳은 어떤 '새로운 리얼리즘' 텍스트가 아니라 본격 모더니즘의 대표적 텍스트인 제임스 조이스의 『율리시즈』이다. 그는 『율리시즈』 전편을 통해 사건들과 인물들이 유비적 관계를 띠며 반복적으로 출현하는 특징에 주목하여, 텍스트 자체가 단단하게 굳어져 "서사상의 육중한 표층이 되려는 동시에 성취되어 코드화된 상징적 질서가 되려는 경향"을 영원히 유예시키는 공정이라고 해석하고, 그 공정을 '탈사물화(dereification)'라고 부르면서 조이스 소설의 더블린시(市)에 독특하게 보존된 고전적 근대도시의 통일된 생활과 연관지었다.[18] 한국의 리얼리즘론자들은 리얼리즘이 총체성의 복원을 추구하며 그런 점에서 파편화를 반영할 따름인 모더니즘보다 우월하다고 주장하지만, '총체성'의 서사가 지구적 근대의 상황 속에서 어떻게 살아남는가를 시사하는 가장 중요한 사례 역시 모더니즘 텍스트이다. 유럽 모더니즘 문학 해석의 획기적인 업적인 『근대 서사시』에서 프랑코 모레티는 모더니즘을 중심 언어, 중심 관습을 지닌 어떤 통일체로 보는 통념을 뒤엎는 한편, 『율리시즈』가 서사시적 영웅의 형식을 변화시켜 소비의 세계라는 근대의 사회적 총체성을 장악하고 있음을 논증했다.[19]

제임슨이나 모레티의 『율리시즈』론은 어쩌면 한국 리얼리즘론자들의 오류를 입증하는 근거가 되지 못할지도 모른다. 왜냐하면 그들이 말하는 리얼리즘은 모더니즘의 '이념'은 배격해도 '작품'의 성취는 포용하기 때문이다. 그러나 만일 『율리시즈』 같은 작품까지도 그러안는 리

---

18) Fredric Jameson, "'Ulysses' in History," W. J. McCormack and Alistair Stead (eds.), *James Joyce and Modern Literature*(London: Routledge & Kegan Paul, 1982), pp. 132~135.

19) Franco Moretti, *Modern Epic: The World System from Goethe to Garcia Marquez* (London: Verso, 1996), pp. 142~143, 200~201; 『근대의 서사시』, 조형준 옮김(새물결, 2001) 223~224, 310~311쪽.

얼리즘론을 상정하게 되면 그것은 리얼리즘이라는 용어가 문학작품을 분별하고 문학의 기준을 만들려는 노력에 별로 쓸모가 없음을 스스로 밝히는 것과 다를 바가 없다. 70년대 이후 한국의 리얼리즘론자들은 '리얼리즘의 승리' 라는 원칙을 고수하는 가운데 리얼리즘 개념을 지나치게 확장해 혼란을 초래했다는 비판을 면하기 어렵다. 그들은 리얼리즘을 문학양식(literary mode)의 차원에서보다 정치적, 도덕적 실천의 차원에서 이해하는 경향이 있어서 그들의 리얼리즘론은 종종 전략론이나 수양론의 일종이 되고 만다. 예컨대, "어디까지나 창조성이 먼저고 실사구시(實事求是) 지공무사(至公無私)가 먼저이며 '재현'은 그에 따라오는—각 분야마다 다른 방식과 비중으로 따라오는—성과임을 기꺼이 인정하는 리얼리즘론"을 말하는 백낙청의 생각은 그것이 루카치류의 반영론을 극복하기 위한 착상임을 감안하더라도 리얼리즘 논의를 결국 문학의 실질적인 문제들과 유리되게 만드는 것이다.[20] 백낙청의 말은 아주 무식하게 부연하면 리얼리즘은 마음먹기에 달렸다는 말이다. 그것은 '근대의 성취와 극복'이라는 원대한 이중과제를 수행하느라 심신이 지친 리얼리즘 제국의 사병들을 격려하는 효과는 있을지 몰라도 문학 창작과 비평의 활로를 열어달라는 기대에는 미치지 못한다. 감히 주장하건대, 리얼리즘의 개념은 다시 구성해야 한다. 그것이 7, 80년대 민족운동과 한 바퀴를 이룬 문학운동 이념으로서 구비한 대역사, 대체제, 대문학의 관념에서 해방시켜 한국문학의 시대 조류와 함께 변천하는 개념으로, '리얼한 것'을 쟁취하기 위한 다양한 문학적

20) 백낙청 「로렌스 소설의 전형성 재론」(『창작과비평』 1992년 여름호) 91쪽. 90년대 중반 버먼의 모더니즘론을 활용하여 리얼리즘·모더니즘 이분법을 넘어설 방법을 모색한 진정석(陳正石)은 같은 구절을 예로 들어 리얼리즘을 '정신'이나 '태도' 등으로 규정한 70년대적 사고가 90년대에 '복권'되었음을 지적한 한편, 그러한 폭넓은 정의에 근거한 리얼리즘론의 개념적 엄밀성에 의문을 제기한 바 있다. 진정석, 「민족문학과 모더니즘」(『민족문학사연구』 11, 1997년 하반기), 30~31쪽.

노력을 기술하기에 적합한 개념으로 다시 구성해야 한다.[21] 그렇게 하지 않는다면 한국 리얼리즘론자들은 90년대 이후 한국문학에서, 특히 성장하는 세대의 문학에서 번번이 리얼리즘에 미달한 자연주의만 발견할지 모르고, 그 결과 리얼리즘은 좀처럼 실현되지 않는 고상한 이상으로 남아 있게 될지 모른다.

한국문학에서 리얼리즘은 이제 끝났다는 말은 옳지 않다. 한국문학은 분명히 서양문학과 사정이 다르다. 무엇이 정말 현실인가를 지각하고 인식하게 하려는 열정은 속출하고 있으며, '리얼리즘과 모더니즘의 접경'에서 리얼리즘 계열이든 모더니즘 계열이든 우수한 작품이 나온다는 백낙청의 판단은 앞으로도 한동안 유효하다. 그러나 지금까지 쌓아올린 한국 리얼리즘 문학의 유산이 믿음직한 상속자를 만날지, 제2의 염상섭, 제2의 황석영이 나올지는 의문이다. 문학을 둘러싼 작금의 사회적·문화적 환경은 리얼리즘의 가망을 오히려 어둡게 한다. 리얼리즘을 뭐라고 정의하든 그것을 서사의 주류 또는 문화적 우세종으로 만들어주는 것은 리얼한 것의 개념과 범주를 공유하는 문화공동체의 존재이다. 리얼리즘은 그러한 공동체를 창조하고 보존하는 데에 기여하면서 아울러 그러한 공동체에 의존하여 번성한다. 한국 리얼리즘 문학에 닥친 불운은 그처럼 중요한 문화공동체가 사라지고 있다는 사실이다. 이제 사람들은 자신들의 가족·마을·계급·민족 등에 공통된 삶의 기억과의 유기적인 연관 속에서가 아니라 자본주의시장이 제공하는 다국적 상품의 만화경 속에서 쾌락을 추구하고 행복을 도모한다. 성별·세대·연고·계급이 다른 개인들을 내면적으로 묶어주는 공동감각은 그들의 개인적, 집단적 삶의 필요와 상관없이 산출되고 조작되는 추상적 지식으로 대체되고 있다. 근대적인 삶의 한국적 형식 속에도

---

21) 실은 이런 취지에서 졸고 「탈승화의 리얼리즘—윤성희와 천운영의 소설」(『문학동네』 2001년 가을호)을 썼지만 어설픈 시작에 불과하다.

단단한 공동체는 이미 존재하지 않는다. 한국 리얼리즘론자들은 개인의 경험이 역사·계급·장소에 굳건히 뿌리박은 구체적 형상으로 나타나야 한다고 요구하지만 그것은 작가 개인의 의지나 노력만으로 얻어지는 것은 아니다. 앞으로의 한국소설에서 우리는 어쩌면 리얼리즘의 이름으로 칭송되는 수많은 삶의 표상들을 다시는 만나지 못할지도 모른다. 슬픔과 기쁨을 함께하며 더불어 살아온 가난한 사람들의 체험, 민족의 역사와 운명을 같이하는 개인과 집단의 연대기, 정직하게 노동하고 성실하게 살림하는 남녀의 위엄을 다시는 만나지 못할지도 모른다. 심지어 새로운 리얼리즘을 표방하고 나온 신작소설에서 온갖 공허한 환상의 파노라마만을 접하게 될지도 모른다. 그러나 어쩌겠는가. 일찍이 마르크스가 가르쳐주지 않았던가. 역사는 그 나쁜 측면을 따라 발전한다고.

(『창작과 비평』 2002년 여름호)

살아 있는 혼돈을 위하여

최원식 평론집 『문학의 귀환』을 읽고

1. 회통의 논리 또는 거장의 곡예

최원식의 평론집 『문학의 귀환』을 읽노라면 그가 문학비평계에서 차지하고 있는 특출한 위치를 재확인하게 된다. 민족문학론자라는 통칭은 그의 비평적 입장에 대한 무난한 표시임에 틀림없지만 그의 비평의 독창성을 나타내기엔 충분하지 않다. 그는 민족문학론을 비롯한 중요한 학설들의 대표자일 뿐만 아니라 주제를 발견하는 안목에서나 그것을 다루는 방법에서나 남다른 개성을 느끼게 하는 비평 스타일의 소유자이다. 그의 비평은 무엇보다도 그 자신이 크게 기여한 국문학의 학문적 축적으로부터 솟아난 창의를 적극적으로 활용한다. 동시대 문학의 의제를 다루면서 그만큼 빈번하게 한국문학의 역사를 참조하는 비평가는 드물고, 그만큼 정확하고 신선하게 참조하는 비평가는 더욱 드물다. 게다가 그는 중국 고전에서부터 제3세계문학에 이르는 광대한 범위에 걸쳐 풍부한 교양을 가지고 있으며, 역사와 철학의 문제를 문학의 문제를 논할 때와 마찬가지로 수월하게 다룬다. 신구겸전(新舊兼全), 동서융일(東西融一)이라는 근대 동아시아 지식인의 통합적 학문에 관한 칭송은 최원식 비평에도 그럴듯하게 어울린다. 그러나 그는 단지 박람강기의 학구파 비평가는 아니다. 그의 비평은 적어도 계몽기 이후 한국의 역사를 민족해방의 서사로 이해하는 관점을 견지하고 그러한 서사와 관련하여 일관되게 문학의 창조성을 인식하는 태도를 보여준다. 그의 비평적 관심의 초점은 민족해방의 기획에 기여한 한국문학의 전통을 정립하고 그러한 '진보적' 전통을 계승한 문학의 발전을 모색하는 데에 있다. 민족해방의 장엄한 서사에 비추어 과거 한국문학이 이룩한 범례와 전통을 끊임없이 일깨우고, 현재 한국문학이 처한 역사적 위치와 당면한 실천과제를 지치지 않고 상정하는 그의 비평은 견문이 넓고 지략이 풍부한 경륜가를 느끼게 한다. 그의 비평에 나타나는 문학의 경륜은 종종 문학을 둘러싼 정세의 위기에 호소하고, "혼신의 고투" "목숨을 건 도약" "간고(艱苦)한 저항" 같은 비장한 투쟁의 수사를 즐겨 사용한다는 점에서, 그가 전공한 계몽기 한국의 우국지사의 담론을 연상시키기까지 한다.[1)]

최원식의 학구파적·경세가적 비평은 그의 비평 경력 30년을 앞두고 출간된 『문학의 귀환』에서 원숙한 풍모를 보여주는 듯하다. 『문학의 귀환』은 지금까지 나온 그의 평론집들보다 논제에 있어서 한층 풍부할 뿐만 아니라 사유에 있어서도 한결 활달하다. 그 풍부한 논제와 활달한 사유는 "문학을 근본에서 다시 생각"(41)함으로써 문학의 활로를 열고자 하는 열정과 맞물려 있다. 문학개념을 그 기원으로 소급하여 다시 검토하고 중국 기원의 문학과 서구 및 일본 기원의 문학을 모두 넘

1) 최원식, 『문학의 귀환』(창작과비평사, 2001), 30, 66, 121쪽. 앞으로는 인용문 다음 괄호 안에 인용 쪽수만 표시한다.

어서는 제3의 문학의 "우묵한 추형"을 대망한 표제 평론은 물론, 그밖의 여러 평론에서 그는 한국문학에 대한 확고한 역사적 이해를 바탕으로 그 창조적 가능성을 드높이기 위한 대범한 구상을 보여준다. 그 구상 중에서 특히 흥미로운 것은 동시대의 창작과 비평을 제약하고 있는 관념 또는 담론들의 적대적 대립을 지양하자는 생각이다. 그는 리얼리즘과 모더니즘, 민족주의와 세계주의, 내재적 발전론과 비교문학 같은 이미 친숙한 대립에다, 중국 기원의 문학과 서구 및 일본 기원의 문학, 대설(큰 이야기)과 소설(작은 이야기), 거리의 모더니즘과 골방의 모더니즘 같은 다소 생소한 대립을 추가하면서 그 각각의 대립물에 충실한 동시에 그것들을 종합함으로써 얻어지는 창조성의 새로운 경지를 요청한다. 이 대립물 사이에서 "아슬한 균형"을 잡는 비평의식의 거장풍(巨匠風) 곡예를 그는 주로, 짐작건대 유불회통(儒佛會通)이나 주륙회통(朱陸會通) 같은 용례를 좇아서, 회통이라는 말로 지칭한다. 『문학의 귀환』에서 최원식은 민족문학 이념을 전면에 내세우고 있지 않을 뿐만 아니라 민족문학이라는 말조차 별로 쓰고 있지 않지만 그 회통론은 그의 민족문학론이 가지고 있는 융통성을 현재로서는 최고 수준으로 발휘한 것 같다는 생각이 든다. 그것은 민족문학론을 그 동어반복적 구조에서 탈피시키고 보다 광활한 담론 권역(圈域) 속에 살아 있게 하려는 의지를 느끼게 한다. 그의 회통론은 그 자신의 말대로 "'민족' '국가' '민중' '계급' 같은 집합적 표상에 대한 의식적·무의식적 충성이 현저히 약화"(61)된 90년대 이후의 상황에 대한 비판적 대응이면서 동시에 민족문학론의 갱신이라는, 민족문학론 자체 내에서 줄곧 제기되어온 요구에 대한 진지한 응답이라고 판단된다.

그러나 최원식의 회통론은 단지 민족문학론의 향배와 관련해서만 주목할 이유가 있는 것은 아니다. 새로운 세기 한국문학의 진로와 관련해서도 그것은 유념할 가치가 있다. 그가 회통론으로 응답하고 있는 문제는 사실 민족문학론만이 아니라 한국 문학비평 담론 전체가 당면한 문제이다. 작금 문학 안팎의 상황이 문학비평에 대해서 반성과 갱신의 엄중한 압력을 가하고 있다는 것은 지각이 있는 비평가라면 누구나 인정하지 않을 수 없는 사실이다. 문학이라는 영역을 보호해주는 공동문화의 기억력과 예견력은 돌이킬 수 없이 쇠퇴하는 중이고, 비평담론의 토대가 되는 문학에 대한 사회적 합의는 추스를 수 없이 깨어져나가는 중이며, 문학의 정당성·안정성·지속성을 인식하게 해주는 개념들의 경계는 걷잡을 수 없이 무너지는 중이다. 그 결과 우리는 창작과 비평 사이에 오랜 세월 동안 존재한 유대가 망실된 사태, 문학하는 사람들 사이에 소통되기 어려운 방언들이 만연하고 있는 사태, 급기야 문학 및 문학인에 대한 위증과 험담과 폭언까지 비평으로 통하는 사태를 목격하고 있다. 자신이 하고 있는 비평의 관행 자체를 성찰의 대상으로 삼고 문학의 창조성을 굳건하게 만드는 사색에 나서야 한다는 것은 이제 문학의 현장에 있는 비평가라면 너나없이 짊어진 과제이다. 그런 점에서 최원식의 회통론은 확실히 교훈적이다. 종래에 자신이 행한 비평의 편향을 스스로 인식하고 교정하려는 용기 있는 시도를 포함하고 있는 그의 회통론은 타성을 경계하는 비평의식의 발랄한 움직임을 구현하고 있는 듯하다. 지난 평론집에서 그는 "상호침투를 통해 끝없는 자기갱신을 투기(投企)하는 대화의 근본정신을 다시금 새기게 된다"고 말한 적이 있는데[2] 그의 회통론은 그러한 대화의 정신이 건강한 육체를 얻었음은 물론 활발한 생산을 시작했음을 느끼게 한다.

그러나 최원식이 펼치고 있는 대화 또는 회통을 좀더 깊이 들여다보면 그것을 "자기갱신"을 위한 "기투"라고 인정하기가 망설여진다. 그가 종전에 비하면 훨씬 관대하고 유연한 비평을 하고 있는 것은 틀림없는

2) 최원식, 『생산적 대화를 위하여』(창작과비평사, 1997), 5쪽.

사실이지만 문학을 사유하는 방식에서 근본적으로는 달라지지 않았다고 생각된다. 그는 한국문학을 둘러싼 이런저런 대립을 상기시키거나 창안하는 가운데 민족문학론에 정통성을 부여한 원칙이나 관념을 종종 되살려놓고 있다. 회통론의 강력한 표현 중 하나인 「문학의 귀환」을 보면, 그 회통의 논리가 타자에 접하여 자기를 바꾸는 방법인지 아니면 지키는 방법인지 분간이 가지 않을 정도이다. 문제의 평론에서 그는 80년대 문학의 정치적 편향과 90년대 문학의 탈정치적 편향에 주목하고 이어 그 대립을 문학사에서 일찍이 리얼리즘 대 모더니즘, 참여문학 대 순수문학 등으로 표현된 대립의 반복이라고 간주하면서 그 대립을 넘어선 '문학의 귀환'을 이야기한다. 그가 귀환하기를 기다리는 문학이란, 단순화하는 잘못을 무릅쓰고 말하면, 문학성과 정치성을 두루 구비한 문학에 다름이 아니다. 그는 90년대 이후 문학의 위기에 민족문학의 책임이 있음을 지적하고 있고, 민족문학의 귀환이 아니라 문학의 귀환을 말하고 있지만, 그 문학과 정치의 통합이라는 비전은 어쨌든 지난 시대 민족문학운동을 통해 충분히 통속화된 관념의 재연(再演)이다. 그것이 동아시아라는 새로 짜여진 지정학적 판도를 배경으로 하는 비전임을 감안한다 하더라도 그것이 동시대의 삶과 관련하여 어떤 목표, 방법, 내용을 가지는 것인지 명확하지 않아서 "정치성의 악령"(17)이 다시 돌아왔다는 느낌을 금할 수 없다. 한국에서 정치는 문학이라는 동네에 끊임없이 분란을 일으키는, 그러나 너무나도 원한이 깊어 퇴치하기 힘든 유령과도 같으며, 따라서 한국문학의 새로운 세기를 위한 논의 중에 문학과 정치의 지혜로운 통합이라는 의제를 포함시키려는 의사는 존중할 만하다고 생각한다. 그러나 그것이 90년대에 일어난 역사적·정치적·미학적 의식의 변화에 대한 충분한 이해를 동반하고 있는지에 관해서는 적잖이 의심이 간다. "자기갱신을 기투하는" 최원식 비평의 성공을 바라는 마음에서 회통론의 두어 가지 쟁점을 골라 간단히 검토하기로 한다.

2. 민족문학의 끈질긴 환상

앞에서 말했듯이 『문학의 귀환』에서는 종래 최원식 비평의 핵심어인 민족문학이라는 말이 별로 쓰이지 않고 있다. 지난 시대의 문학을 회고하는 맥락에서 가끔 등장하며 현재 및 미래의 문학을 언급하는 경우에는 거의 등장하지 않는다. 1997년에 출간된 그의 평론집 『생산적 대화를 위하여』의 권두평론 「한국문학의 근대성을 다시 생각한다」(1994)에서 그는 "민족문학운동의 진정한 주도성이 새로운 수준에서 확보될 창조적 길"을 예상했지만[3] 『문학의 귀환』에 들어 있는 어떤 전망의 언어에서도 민족문학은 부동의 주어 역할을 맡고 있지 않다. 동시대 문학에 관한 가장 본격적인 평론인 「나와 우리, 그리고 세상」을 보면, 그는 서론에서 한국문학의 현재를 묘사하는 가운데 "통일시대를 맞이하여 민족문학의 탈구축적 재구축이라는, 목숨을 건 도약이 요구되는 이 고독한 시간"이라고 진술하고, 결론에서는 통일시대의 개막에 따라 "문학과 사회"의 "동시적 원숙을 위한 절호의 기회"가 왔음과 동시에 "고전시대를 향한 우리 문학의 행보는 이미 시작되었음"을 선언한다.(66, 86) "민족문학운동의 진정한 주도성"에 대한 종전의 신념을 피력하는 대신에 "민족문학의 탈구축적 재구축"이라는, 상당히 모호한 언사로 민족문학의 현황을 지칭하거나 통일과 함께 열릴 문학의 새 시대를 민족문학의 시대가 아니라 "고전시대"라고 명명하는 이 어법은 민족문학으로 한국문학을 대표시켜온 최원식과 그의 동지들의 언어 관

3) 앞의 책, 38쪽.

행에 최원식 자신이 불편을 느끼고 있는 것은 아닌지 하는 추측을 자아낸다. 민족문학의 대표성을 말하기로 하자면 그것에 대한 의심이야말로 실은 90년대 비평에 나타난 주요 사건 중 하나이다. 90년대를 지나는 동안 민족문학이 창작과 비평 양면에서 주도성을 상실했다는 것, 민족문학론이 오히려 그 자체의 현실적합성을 재고해야 하는 지경에 이르렀다는 것은 민족문학 이념의 지지자들 자신이 인정한 사태였다.[4] 민족문학론의 갱신을 둘러싸고 적지 않은 논의가 있었지만, 민족문학이라는 용어로 한국문학의 주류를 말하기 곤란한 상황은 바뀌지 않았다. 90년대의 어느 순간엔가 민족문학은 문득, 최원식의 표현을 빌리면, "고독한 시간"을 맞이한 것이다.

그러나 민족문학론이 직면한 곤경에도 불구하고 최원식은 민족문학이라는 "용어의 시효가 끝났다"는 생각에 동조하지 않을 뿐만 아니라 "지금도 형성 도중에 있는 우리의 민족문학"(110)이라는 구절에서처럼 민족문학을 미완의 기획으로 간주하는 신념을 피력하기까지 한다. 『문학의 귀환』에서 그가 하고 있는 작업을 살펴보면 민족문학의 창조에 제약을 가하고 있는 민족문학론 자체 내의 낡은 관념들을 혁파하려는 노력이 확실히 많은 비중을 차지한다. 그는 무엇보다도 민족문학을 민족주의와의 연관—백낙청, 최원식을 비롯한 민족문학론의 지도자들이 극구 부인하고 있음에도 불구하고 민족문학론의 낙후성을 말해주는 대표적인 증거로 여전히 간주되고 있는 그 이데올로기적 연관으로부터 벗어난 자리에서 사유하고자 한다. 민족국가 모델의 해체가 진행중인 시대적 상황에 능동적으로 반응하여 진작에 민족주의의 청산을 제창한 바 있는 그는 민족문학의 민족주의적 또는 일국주의적 인식에 대한 대안을 강구한다. 그 대표적인 예가 "괴테(Goethe)적 의미의 세계

4) 민족문학론의 갱신을 위한 논의에 누구 못지않게 활발하게 참여한 신승엽의 평론집(소명출판, 2000) 제1부 참조. 그 평론집의 제목이 의미심장하게도 '민족문학을 넘어서'이다.

문학적 시야의 획득"이다.(33) 세계문학을 시야에 넣는 민족문학 인식이란 물론 그의 독창적인 견해가 아니지만, 세계문학의 이념에 대한 그의 참조는 특별한 신뢰의 어조를 가지고 있다. 민족을 넘어 세계문학을 구상한 괴테가 독일 민족문학의 아버지가 되었다는 역설을 상기시키는 대목에서 보듯이,(131) 그는 민족문학이 민족주의를 넘어 스스로를 완성할 오묘한 방도를 세계문학의 이념에서 발견한다. 이러한 세계문학의 이념에 대한 신뢰는 그 이념을 기초로 하는 비교문학을 한국문학 인식의 주요 방법으로 확인하는, 충분히 예상 가능한 결과를 가져온다. 최원식은 비교문학이 국문학에서 가지는 효용과 오용을 그의 세대에서는 비교적 빠르고 정확하게 알아본 학자에 속하지만[5] 그는 이제 "비교문학의 비판적 복권"(117)을 주장하면서 "한국문학과 외국문학을 마주 세워 검토하는 관점을 새로이 훈련"하자고 제안한다.

민족문학과 세계문학의 관계를 역설하는 최원식의 주장을 듣고 있으면 그가 민족주의에서 탈각한 시각에서 문학을 바라보고 있다는 인상을 받게 된다. "한국문학의 안과 밖"이라는 화제를 꺼내면서 "요즘 그 안과 밖의 경계라는 것이 하나의 형이상학이라는 점을 절감합니다. 안이 밖이고 밖이 안입니다"라고 하는 그의 발언은 그러한 인상을 특히 강화시켜준다.(118) 그러나 그것은 어쩌면 착각일지도 모른다. 세계문학의 시야 혹은 비교문학의 방법이 반드시 민족주의를 초월한 문학 인식을 보장하는 것은 아니기 때문이다. 괴테가 말한 세계문학은 세계시민주의(cosmopolitanism)적 문학 이념의 단초라고 할지라도 민족주의에 기초한 각국 문학의 자기정의를 폐기하려는 생각은 아니다. 괴테는 현존하는 민족국가 간의 보편적 관용에 기초한 연합을 희망하는 것과 같은 방식으로 민족문학을 넘어선 세계문학을 구상했지 민족

5) 예컨대, 그의 「비교문학 단상」(1979)(『민족문학의 논리』, 창작과비평사, 1981) 참조.

문학 안과 밖의 경계를 철폐하려 하지는 않았다. 세계문학이 개별 민족문학의 존재를 조건으로 한다는 것은 세계문학을 이념적 원칙으로 삼아 실제로 비교문학을 수행한 20세기 유럽 학자들의 작업에서도 확인된다. 예컨대 세계문학의 이념에 누구보다 철저한 비평가였던 에리히 아우어바흐는 20세기를 통해 세계문학에 일어난, 괴테가 상상하지 못한 위기에 대해 언급하는 중에 세계문학의 조건이 되는 개별적 전통들이 유럽과 그밖의 지역에서 빠른 속도로 소멸하고 있음을 지적했다. 민족들이 종전보다 훨씬 강경하고 요란하게 자신들의 의지를 드러내면서도 현대적인 삶을 위한 표준과 형식을 촉진시킴으로써 모든 인간 활동이 유럽적-미국적 패턴과 러시아적-볼셰비키적 패턴으로 집중화되고 있다는 것이다. 그는 세계문학의 아이러니를 이렇게 말한다. "만일 인류가 이토록 막강하고 신속한 집중화 과정의 충격을 끄떡없이 견뎌낸다면—이 충격에 대한 정신적 대비는 부족하다—인간은 표준화된 세계 속에서의 생존에, 단 하나의 문자문화에, 겨우 몇 개의 문학언어, 어쩌면 심지어는 단 하나의 문학언어에 적응하지 않을 수 없을 것이다. 그렇게 되면 세계문학은 실현되는 동시에 파괴될 것이다."[6] 한마디로 말해서, 민족문학과 세계문학은 회통을 요하는 대립물이 아니라 상대의 존재를 서로 지탱해주는 상보물이다.

최원식은 탈민족주의적 시야의 확보가 한국문학의 창조적 발전에 필수적이라고 말하고 있지만 실제로 한국문학에 대해 논평하는 경우 그는 그러한 언명과 양립하기 어려운 역사적·해석적 관행에 따르고 있음을 드러내곤 한다. 그 대표적인 예가 재래의 민족문학론이 '국문학'의 민족주의 담론과 공유하고 있는 특징인 한국문학의 역사적 연속성에 대한 집착이다. 그는 신채호의 「백세노승의 미인담」에 "연암(燕

6) Erich Auerbach, "Philology and Weltliteratu," trans. Maire and Edward Said(*The Centennial Review* vol. 13, no. 1, 1969), pp. 2~3.

巖)의 「허생전許生傳」과 벽초(碧初)의 『임꺽정林巨正』 사이를 잇는 다리"가 있다거나(115) 황석영의 『오래된 정원』에 이태준의 「해방전후」 전체가 "관여"하고 있다거나(77) 고은의 『만인보』에 김여(金鑢)의 「사유악부思牖樂府」 같은 민중친화적 악부시의 "전통이 되살아"났다거나(332) 하는 식으로 실증의 책임을 지지 않는 직관력을 발휘하여 연속성을 발명하는가 하면, 90년대 민족문학의 위기를 1930년대 후반 카프계 작가들의 위기와 유사하게 만들거나 90년대 탈정치적 문학의 실패를 1930년대 모더니즘의 운명과 비슷하게 만드는 식으로 유전학적 패턴을 창출한다. 이러한 연속성의 서사가 한국문학의 역사적 재현에 특수한 효과가 있음은 물론이다. 그것은 시간의 격차를 넘어 스스로를 실현하는 주체성의 이미지를 한국문학에 부여한다. 한국문학은 그 연속성을 곳곳에서 발견하는 역사적 서사 덕택에 시간상으로 온갖 변동을 겪었음에도 본질적으로 자기동일적인 주체가 된다. 그러나 연속성의 측면에서 문학사를 재현하는 자세는 그것을 발생시킨 정치적 이유—즉 민족주의—만큼이나 바람직하지 않다. 한국문학의 과거에 실제로 일어난 단절, 비약, 파열을 경시하게 만들 뿐만 아니라 니체적 의미에서 망각을 원리로 하는 창조성에 대해 둔감하게 만들 우려가 있기 때문이다. 연속성 위주의 문학사가 문학적 창조성을 인식하는 데 한계가 있는 것은 보학(譜學)이 가문의 역사와 결별하려는 개인의 이념을 기재하는 데 한계가 있는 것과 같다. 최원식은 "하나의 충격적 사건으로서의 문학의 운명"(14)처럼, 창조적 행위에 깃든 반관습, 반전통의 계기와 조응하는 수사를 가끔 멋지게 구사하지만 그의 실제 비평에서는 그 보학적 역사주의가 워낙 완강해서 그건 그저 수사에 불과하다는 실망을 금할 수 없다.

최원식은 한국문학과 외국문학의 관계를 면밀히 살펴야 한다는 취지에서 한국문학 안과 밖의 구별이 형이상학이라고까지 말하고 있지만 한국문학에 현존하는 이국종(異國種)들에 대해 두루 고저하지는 않다. 무엇보다도 한국문학에 개입한 서양문학에 대해 상대적으로 소홀하다. 이식문학론의 극복이라는 민족주의적 대의 아래 형성된, 서양문학의 모델적 의의를 폄하하는 사고양식은 별로 달라지지 않은 듯하다. 최원식 비평이 민족주의로부터 탈각한 표면상의 증거인 동아시아문학론을 살펴보면 그것은 문학에서 서양의 헤게모니를 부정하는 동아시아권 국제주의가 아닌가 하는 의문이 들기도 한다. 예를 들어 그는 성석제 소설에서 90년대 문학이 직면한 곤경을 읽어내고 그 곤경에서 탈출할 길을 찾아 현재 통용되고 있는 '소설'의 기원을 밝히는 중에 소설을 철저하게 그 동아시아적 개념의 범위 안에서, 좀더 정확하게 말하면, 중국적 개념의 범위 안에서 말하고 있다. 이것은 재론의 여지없이 잘못된 논법이다. 현재 소설 창작과 비평에서 우세한 소설 개념의 기원은 중국이 아니라 서양이기 때문이다. 일찍이 1880년대에 서양 노블(novel)의 위대성을 이해한 쓰보우치 쇼요(坪內逍遙)는 서양에서 들어온 미학과 비평 용어를 이용하여 '소설'은 인간의 진실을 그 사적 영역에서 탐구하는 예술이라는 개념을 정립했다. 쓰보우치가 정의한 소설은 비록 그 재래식 한자 표기에도 불구하고 중국 기원의 소설과 전연 다른 개념이었으며, 이광수를 비롯한 한국 근대작가들이 추구한 소설은 바로 이 쓰보우치가 번안한 노블 개념의 소설이었다.[7] 이렇게 소설을 그 서양 기원과 관련하여 이해하는 것은, 많은 사람들이 믿고 있는 바와 달리, 한국 근대소설을 서양소설의 이식형으로 규정하는 것이 아

7) 쓰보우치 쇼요의 소설론과 그것이 한국 근대소설의 성립에 미친 영향에 대해서는 많은 설명을 해야 하나 그럴 지면이 없다. 쓰보우치의 소설론에 관한 탁월한 논고가 龜井秀雄, 『「小說」論: 『小說神髓』と近代』(岩波書店, 1999)에 들어 있으니 참고하기 바란다(특히 15~88쪽에 나의 주장을 보충하고 남을 논의가 있다). 서양의 노블형 허구와 한국 근대소설의 관련에 대한 간단한 고찰을 보려면 황종연, 「낭만적 주체성의 소설—한국근대소설에서 김동인의 위치」, 문학사와 비평학회, 『김동인문학의 재조명』(새미, 2001), 94~107쪽 참조.

니다. 그것은 오히려 상이한 기원에서 파생된, 소설에 대한 상이한 관념, 규범, 기대가 서로 경쟁하고 갈등하고 융합하며 역사상으로 산출한 한국 근대소설 특유의 강력한 역동성을 알아보게 해준다. 서양 기원의 소설을 염두에 두고 한국 근대소설을 다시 생각한다면, 공적 영역에 참여하는 서사의 우세는 사적 영역에 열중하는 서양-일본 기원의 소설에 대한 도전이라는 사실을 발견하게 될지 모르고, 이야기꾼의 허튼소리를 흉내내는 성석제 소설은 노블형 담론에 대한 반발이라는 사실을 발견하게 될지 모른다.

회통이라는, 상이한 기원·종류·이념의 문학들에 대한 관용의 제스처에도 불구하고 한국문학 또는 민족문학의 자기동일성에 대한 최원식의 믿음은 확고하다. 그는 한국문학이 그 역사 속에서 형성했다고 믿어지는 "하나의 국문학" 가설을 고수하고 있을 뿐만 아니라 그 "하나의 국문학"의 계승이라는 관점에서 향후의 문학적 창조성을 생각한다. 문학이 그 역사적 전통으로부터 생겨난다는 것은 사실이지만, 문학은 그 동일화된 자신을 부정함으로써 생성된다는 것 또한 사실이다. 한편으로는 한국문학의 시간을 관통하는 불연속의 운동에 대해, 다른 한편으로는 한국문학의 공간을 지배하는 잡종성의 형세에 대해 별로 너그럽지 않은 비평은 한국문학의 창조적 가능성을 알아보고 육성하는 데에 지장이 있지 않을까. 그의 비평은 한국문학의 '진보적' 전통을 대표한다는 자임에도 불구하고 그 사유양식에 있어서 보수적이다. 엘리엇(T. S. Eliot)의 고전이나 리비스(F. R. Leavis)의 위대한 전통처럼, 경계해야 마땅한 대문학(Literature)의 관념에 그가 명시적으로든 묵시적으로든 의존하고 있는 것을 보면 그러한 판단은 더욱 굳어진다. 민족주의가 체질화된 비평가들에게 민족문학의 자기동일성을 의심하는 것은 그것이 상징하는 민족 주체성을 회의하는 것과 마찬가지로 곤혹스러운 일이다. 그것은 한국문학에 대한 사유를 불확실하고 위태로운 모험이 되게 한다. 그러나 한국문학의 '살아 있는 혼돈'을 사라하지 않고 그 새로운 가능성을 상상하기는 불가능하다. 최원식은 중국 베이징에서 열린 한중문화국제포럼에서 발표한 글 「지상의 길」에서 20세기 한국문학은 "근대성을 성취하려는 앨쓴 노고와 그것을 넘어서고자 하는 더욱 긴절한 수고 사이에서 무한히 분열하면서" "일본 또는 서구문학과 스스로 구별되는 독특한 자질을 하나의 전통으로 삼아왔던 바이니 그것은 루쉰이 꿈꾼 지상의 길과 혹사"하다고 말하고 있다.(92~93) "사실은, 원래 지상에는 길이 없었는데, 걸어다니는 사람이 많아지자 길이 된 것이다"라는 루쉰의 「고향」에 나오는 유명한 구절을 빌린 이 발언은 한국문학 특유의 근대적 전통에 대한 그의 확신과 긍지를 웅변적으로 알려준다. 그러나 한국문학의 '길'이란 다시 생각하면 환상일지도, 그것을 안일하게 따라가는 사람들을 언젠가는 반드시 낙심하게 만들 환상일지도 모른다. 「고향」으로부터 사 년 뒤에 씌어진 「죽음을 슬퍼하며」에서 루쉰은 '길'에 관해 이렇게 썼다.

> 새로운 삶의 길은 아직 얼마든지 있다. 나는 그곳으로 내딛지 않으면 안 된다. 왜냐하면 나는 살아 있기 때문이다. 그러나 어떻게 첫걸음을 내딛어야 할지 나는 아직 모르겠다. 때로는 그 길이 마치 한 마리 회색빛 구렁이처럼 스스로 꿈틀거리며 나를 향해 달려오는 것 같아 나는 기다리고 기다리며 그것이 다가오는 것을 지켜본다. 그러나 그것은 갑자기 어둠 속으로 사라지고 만다.[8)]

---

8) 루쉰, 「죽음을 슬퍼하며」, 『루쉰소설전집』, 김시준 옮김(서울대학교출판부, 1996), 355쪽. 「傷逝」의 원문(『魯迅全集』 2 , 北京: 人民文學出版社, 1981, p. 129)을 참조하여 번역문을 약간 손질했다.

3. 회통 혹은 중도파적 정치

『문학의 귀환』에서 최원식이 제안한 회통 중에서 가장 흥미롭고 논쟁적인 것은 리얼리즘과 모더니즘의 회통이다. 이것은 한국문학의 민족주의에서 탈각하려는 시도와 함께 최원식 비평의 진취성을 뚜렷하게 예시하는 것으로 보인다. 그는 리얼리즘과 모더니즘 사이에 적대적 대립이 형성된 정치사적·문학사적 맥락을 설명하고 그 대립을 극복할 가망이 있었음에도 상황의 악화 때문에 그것을 반복하는 것으로 끝난 문학운동의 전례들을 상기시킨 다음, 리얼리즘과 모더니즘이라는 용어를 가지고 대립을 상정하거나 그 대립의 극복을 구상하는 비평담론 관행에 이의를 제기한다. "서구에서 상륙한 이래 이 땅에서 벌어진 긴 이데올로기 투쟁과정에 얽히고 설킨 리얼리즘과 모더니즘은 제아무리 갈고 닦아도 구원의 가망이 없는 용어들인지 모른다"는 판단 아래 그는 이제 그 용어 혹은 담론이 표시하는 "리얼리즘/모더니즘의 창안된 정체성을 떠나 작품의 실상으로 직핍하"자고 제안한다. 그에게 "작품으로의 귀환"은 리얼리즘과 모더니즘의 해묵은 대립을 청산할 가장 좋은 방법이다. "최고의 작품들이 생산되는 그 장소에서는 이미 '리얼리즘'과 '모더니즘'이 회통의 경지에 이른 것"이기 때문이다.(57~58) 이처럼 "작품"으로 "귀환"하여 리얼리즘과 모더니즘의 회통을 실현하자는 최원식의 주장은 모더니즘을 민족문학론의 통념에 따라 리얼리즘에 의해 '극복'할 상대로 보는 대신에 리얼리즘과 '회통'할 상대로 본다는 점에서 모더니즘의 위상에 대한 변화된 인식을 반영하고 있다. 종래 민족문학론에서는, 예컨대 리얼리즘의 관점에서 한국 모더니즘의 성과를 부분적으로 인정한 윤지관의 논의에서부터 민족문학과 모더니즘의 관계를 새롭게 설정하려 한 진정석의 논의에 이르기까지 모더니즘을 재인식하려는 시도가 간간이 있어왔지만[9] 최원식의 회통론 역시 모더니즘에 대한 너그러운 이해의 자세를 보여주고 있다. 우리는 그가 한국 근대문학의 전체상 속에서 프로문학의 주류성을 해소하자고 제안한 평론에서 모더니즘을 "일종의 문학사적 필연"으로 보는 견해를 아울러 표명했던 사실을 상기하게 된다.[10)]

『문학의 귀환』에 실린 작품론 중 최원식 비평 특유의 재미가 가장 풍부한 것은 공교롭게도 리얼리즘 소설을 다룬 글이 아니라 모더니즘 소설을 다룬 글, 즉 이상의 「실화失花」에 관한 글이다. 「서울·東京·New York」이라는, 모더니스트들과 회통한 감각을 그 제목에서부터 현시하는 듯한 이 글에서 최원식은 「실화」의 정밀하고 조리 있는 분석과 함께 모더니즘을 보는 확고한 역사적 관점 하나를 제시한다. 그는 주로 근대도시라는 "새로이 출현한 연옥" 속으로 투신하여 그곳의 매혹과 흥분을 기록하는 동시에 그로부터 어떤 "창조적 역동의 가능성"을 찾아내려는 노력이라는 측면에서 모더니즘에 관심을 기울인다. 말하자면 근대 도시생활의 리얼리즘이라는 측면에서 모더니즘을 보고 있는 것이다. 그렇기에 「날개」의 주인공이 미쓰코시백화점 부근에서 정오의 사이렌이 울리는 순간 "그야말로 현란을 극한 정오"를 느끼며 "날개야 다시 돋아라/날자. 날자. 날자. 한번만 더 날자꾸나"라고 외치는 그 유명한 장면에서 최원식은 "도시의 마법 같은 역동성"의 표징과 함께 "리얼리즘에 거의 육박하는" 모더니즘을 읽는다. 그러나 식민지 서울의 역동성이란 "환시"에 불과하며 바로 여기에 이상 모더니즘의 곤경이 있다. 이상이 그의 동경 체험을 서술해놓은 단편 「실화」를 최원식은 식민지라는 조건에서 비롯된 한국 모더니즘의 한계에 대한 증언

9) 윤지관, 「모더니즘의 세계관과 정직성의 깊이—이상론」, 『민족현실과 문학비평』(실천문학사, 1990); 진정석, 「모더니즘의 재인식」(『창작과비평』 1997년 여름호)과 「민족문학과 모더니즘」(『민족문학사연구』 11, 1997) 참조.

10) 최원식, 「한국문학의 근대성을 다시 생각한다」, 앞의 책, 33~35쪽.

으로, 또한 그 한계 내에서나마 근대성과 정직한 싸움을 벌인 한 모더니스트의 유언으로 읽는다. 19세기와 20세기를 동시에 살고, 긍정과 부정의 복합적 태도로 근대와 대면하는 "가난한" 예술가 이상의 모습에서 그가 보고 있는 것은 한마디로 "식민지 보헤미안"의 운명이다. "이 단편의 제목과 조응하는 꽃의 실종은 반자본주의적 이단자로서 생활 대신에 예술종교=미적 근대성을 선택한 그의 모더니즘이 거덜났음을 상징하는 것일 뿐만 아니라, (……) 숨막힐 듯한 권태의 중압 아래 누추한 생존을 지속해야 하는 그의 보헤미안풍 삶 전체의 최후를 표상" 하는 것이라는 주장은 「실화」의 모더니즘에 대한 그의 해석의 결론에 해당한다.

간단히 말해서, 최원식은 「실화」의 이야기가 식민지 현실과 맺고 있는 관련을, 즉 그 리얼리즘적 양상을 성공적으로 부각시키고 있지만 바로 그렇게 하는 가운데 그것이 내장하고 있는 모더니즘적 성질을 희석시킨다. 그는 「실화」의 텍스트를 '투명하다'고 생각하는 것 같다. 즉 텍스트를 '통해서' 보이는 이상과 그밖의 모더니스트들의 식민지 생활 경험을 역사화하는 데에 몰두할 뿐이지 그 텍스트가 개인의 자기노출이라는 사소설 장치를 가지고 하는 놀이라는 데는 괘념하지 않는다. 예컨대, 그는 이 작품의 주요 어휘인 "비밀"이 금홍, 정희, 연이 등의 이름으로 이상 소설에 등장하는 여자들과의 연애처럼 이상으로 하여금 그의 자아를 노출하는 제의(祭儀)—즉, 소설 쓰기—를 계속하게 하는 계기를 의미한다는 점, 이상이 자조적으로 말하는 "가난"이 비밀을 축적하는 행위, 즉 연이가 예시하는 바와 같은 자아위장—이상의 경우 이것의 극단은 자살이다—을 감행하지 못하는 처지를 나타낸다는 점을 간과하고 있다. 그 비밀을 연이의 숨겨진 부정(不貞)처럼 은폐된 사실 정도의 통상적 의미로 해석하고 그것을 다시 연이의 다중적인 성격과 관련하여 "도시의 마성(魔性), 그 자체"(183)의 상징으로 읽으면

「실화」의 자기의식적이고 자기비판적인, 그런 점에서 모더니즘적인 사소설 성질은 무시되고 만다. 「실화」는 식민지 도시의 변방으로 추방된 보헤미안 예술가의 초상이라기보다 진실한 고백이란 실은 자아의 위장이라는, 사소설의 역설을 바탕으로 하는 개인의 자아창조에 관한 이야기이다. 서울에 있는 동안 자살을 결행하여 "二十七歲를 一期로 하는 不遇의 天才"가 되지 못하고 동경의 카페에 앉아 "나는 形骸다. 나—라는 正體는 누가 잉크 짓는 약으로 지워버렸다. 나는 오즉 내—痕迹일따름이라고" 자탄하고 있는 이상의 고민은 바로 정체성의 새로운 가능성에 관한 고민이다.[11] 「실화」의 마지막, 신주쿠역 플랫폼에서 옷깃의 "白菊"을 잃어버렸음을 깨달은 이상이 문득 "검정 外套에 造花를 단, 댄서—한 사람"을 발견하는 장면은 어떤가. 이 "조화"에서 최원식처럼 "일종의 교양속물로 순치되어 천황제 파시즘과 근본적으로 동거하는 가짜 모더니즘의 상징"(195)을 읽어내는 것은 난폭한 해석이다. 연이와 같은 연극적 자아들이 무수히 "交通"하는 도시 한복판에서 "조화"를 발견하는 순간, 이상은 자아위장을 향한 자신의 의지를 확인하기 시작한다고 보아야 되지 않을까. 그가 펼치는 "비밀"에 관한 재담은 연애—자아 창조—소설 쓰기를 향한 새로운 욕망의 발동을 암시한다.[12] 그

11) 여기서 인용한 「실화」는 이경훈 엮음, 『날개』(문학과지성사, 2001)에 실린 텍스트이다. 번거로움을 줄이기 위해 인용 쪽수는 표시하지 않는다.

12) 순정한 연애를 꿈꾸는 "철부지" C양이 영어교습을 끝내고 돌아가는 이상에게 내민 국화 두 송이 중 이상이 스스로 달라고 해서 옷깃에 꽂은 그 "백국"은 연이에게서 떠나와 "菊花 한 송이 裝飾이 없"는 방에서 지내고 있는 이상의 정황에 비추어 해석하면 연애의 소멸, 위장의 상실과 연관된다. 백국은 특히 조례용(弔禮用) 꽃이기 때문에 이상이 떠올리는 '형해'화된 그의 자아와 연결된다. 같은 논리에서 "조화"는 조성된 연애, 조작된 비밀, 창조된 정체성을 의미한다. 「실화」 중에는 "南大門通 十五間 大路 GO STOP의 人波" 속으로 사라졌다 다시 나타난 연이의 행동이 부정과 관련 있음을 암시하는 구절 다음에 "이 복잡한 交通을 향하야 빈정거릴 아모런 秘密의 材料도 없으니 내가 財産 없는 것보다도 더 가난하고 승겁다"는 구절이 나온다. 신주쿠역 플랫폼 장면에서 이상이 하는 재담은 이 '교통'-'통정(通情)'-비밀의 의미론적 연쇄를 감안해서 읽어야 한다. 그것은 비밀 없는 이상 자신에 대한 연민 어린 발언처럼

신주쿠역 플랫폼 장면은 「날개」의 미쓰코시백화점 부근 거리 장면과 크게 다르지 않은 것이다.

최원식의 「실화」 해석은 그가 모더니즘의 역사와 이론에 대해 누구 못지않게 풍부한 학식을 가지고 있음에도 모더니즘 문학의 특수한 성질과 원활하게 공명하진 못한다는 것을 말해준다. 그의 비평에는 모더니즘에 대한 그 소중한 관용을 형식적인 것으로 만들어버릴 우려가 있는 가설들이 있다. 그중 하나, 아마도 가장 중요한 하나가 모더니티에 관한 가설이다. 백낙청의 제안에 따라 모더니티를 근대 또는 근대성이라고 옮겨적고 있는 최원식은 그것을 사실상 역사 시대구분 범주와 다를 바 없는 방식으로 사용하고 있다. 그에게 모더니티는 어떤 단절 혹은 분리와 함께 시작된 역사상 한 시대가 우리가 살고 있는 현재에 대하여 가지고 있는 동시대성에 대한 지칭이다. 모더니티는 자본주의 세계체제로의 편입, 중국적 세계질서의 붕괴, 민족주의의 발생 등과 같은 획기적 사건들로 환유되기도 하고, 일정한 목표, 과정, 내용을 가진 집합적 기획으로 서술되기도 한다. 그런데 이처럼 동시대성을 가지는 한 시대에 한정하여 모더니티를 이해하는 것은 그 서양적 관념이 원래 나타내는 시간 경험의 새로운 형식을 평면화한 결과이다. 모더니티는 종종 근대성이 아니라 현대성으로 번역해야 의미가 통하는 경우처럼 질적으로 새로운, 언제나 스스로를 초월하는 시간성(temporality) 또한 지칭한다. 이러한 의미에서 모더니티는 '가장 새로운 시간'과 일치하며 따라서 항구적인 변천이라는 성질을 가진다. 그것은 일찍이 보들레르가 '일시적인 것, 달아나는 것, 우발적인 것'이라고 부른 바와 동일하

들리기도 하고 비밀의 가치에 대한 각성의 토로처럼 들리기도 한다. 신주쿠역 장면 앞에 인용된 편지를 보면 유정은 자살의 꿈을 계속 꾸고 있고, 연이는 정숙한 애인의 연기를 계속하고 있다. 요컨대 비밀을 가지려는 위장 의지를 고수하고 있는 이들의 존재에 비추어보면 비밀 없는 자신에 관한 이상의 발언은 그와 같은 종류의 의지를 스스로 확인하는 행위처럼 보인다.

다.[13] 보들레르의 예가 가르쳐주듯이, 문학에서 모더니즘 논의에 긴요한 것은 시대구분 범주로서의 모더니티보다는 역동적인 현재성으로서의 모더니티이다. 동시대성이 있는 역사적 근대와 관련하여 그 근대의 사건이나 기획에 의해 결정된 테두리 내에서만 모더니즘을 이해하려 들면 역동적인 시간 경험과의 조응을 추구하는 모더니즘의 가장 중요한 측면을 놓쳐버리기 십상이다. 모더니즘이 근대적 현실이나 근대의 기획과 무관하지 않음은 물론이지만 그것은, 진정한 형태의 모더니즘이라면, 역사적으로 결정된 현실이나 기획을 초월하려는 움직임을 가지고 있다.

보들레르적 의미에서의 모더니티는 문학이나 예술의 혁신을 위한 노력과 결부되어 있기 때문에 보통 '미적'이라는 형용사를 얹어 부른다. 최원식이 「실화」론에서 중요하게 다루고 있는 '보헤미안'은 그 미적 모더니즘의 주인공에 대한 일반명칭 중 하나이다. 그의 말대로 보헤미안들은 "새로운 예술 종교"의 창조자였다. 인간 문화에서 종교가 차지하는 자리에 예술을 놓으려던 보헤미안들의 심미주의에 대해서 최원식은 리얼리즘을 지지하는 한국 비평가들이 대체로 그렇듯이 회의적인 눈길을 보낸다. 그 "급진성에도 불구하고 보헤미안들은 결국 유토피아를 꿈꾸는 몽상가에 지나지 않았다"는 것이다.(193) 그러나 이것은 유감스럽게도 일면에 치우친 평가이다. 보헤미안 예술가들은 관습적인 사회와 문화로부터 자유로운 자아에 대한 열망을 그 심미주의의 가슴속에 품고 있었으며, 이 자유를 위한 예술적 실험은 역동적인 현재 속에서 어떤 혁명적 가능성을 구하는 전위주의의 원조가 되었다.

13) 모더니티 개념에 관해서는 국내외에 무수히 많은 참고할 만한 논의가 나와 있지만 다음 두 책은 내가 제시한 설명에 주요 전거가 되었기에 예거한다. Matei Calinescu, *Five Faces of Modernity: Modernism, Avant-Garde, Decadence, Kitsch, Postmodernism*(Durham: Duke University Press, 1987), pp. 13~92; Peter Osborne, *The Politics of Time: Modernity and Avant-Garde*(London: Verso, 1995), pp. 1~29.

이를테면 예술과 삶의 구별을 비롯한 삶의 모든 관습적 경계들을 철폐하려는 초현실주의자들의 작업은 19세기 말 프랑스에서 보헤미안주의라고 명명된 발전의 한 종점이었다.[14] 최원식은 이상을 가리켜 "정지용의 낭만적 보헤미안풍을 해체하는 최후의 보헤미안"(194)이라고 하지만, 자유로운 개성의 이념이라는 면에서 보면 그는 모더니즘을 해체했다기보다는 오히려 첨예화했다. 은폐와 노출, 위장과 고백의 이중성 속에서 자아창조를 이해한 그의 감각은 개성을 위한 방책으로서는 가장 작위적인, 그런 만큼 가장 예술적인 형태에 해당한다. 1930년대 한국의 모더니티는 식민지의 정치적·사회적 제약하에서 왜소하고 기형적인 형태를 이루었으며, 그런 만큼 문학 및 예술 창조의 풍부한 동력원이 되지는 못했다. 당시의 모더니즘은 최원식의 지적대로 정치적 삶의 새로운 형식을 위한 실험('거리의 모더니즘')으로 나아가지 못하고 사회로부터 고립된 개인의 궁색한 자기의식('골방의 모더니즘')에 머물렀다.[15] 그럼에도 그것이 "총체적 파탄"(194)에 이르렀다고 말하는 것은 「실화」의 텍스트 자체가 증거하듯이 과격한 판정이다. 모더니티의 경험, 그 단절, 갱신, 파열의 가능성을 품은 현재의 경험에 충실한 가운데 개인에게 열려 있는 자기창조의 가능성을 탐구한 그들의 작업은

---

14) Jerrold Seigel, *Bohemian, Paris: Culture, Politics, and the Boundaries of Bourgeois Life, 1830-1930*(Penguin, 1987), pp. 366~397.

15) '골방' '거리'의 비유를 활용한 최원식의 모더니즘 해석에 대해서는 약간의 첨언이 필요하다. 이상의 자아창조는 정치적 실험과 동떨어져 있고, 그런 점에서 확실히 한계가 있지만 자아문제를 두고 이상이 행한 성찰은 고립된 개인주의 이상의 의미가 있다고 생각된다. 자아의 위장을 통한 창조라는 그의 관념은 근대적 자아의 구축적 성격에 대한 통찰을 담고 있을 뿐만 아니라 마르크스주의의 패퇴로 대표되는 1930년대 후반의 정신적 상황에 즉해서 자아의 위기를 이해하고 해결하는 미적 방식을 이룬다. 「실화」 등의 작품에서 그가 표현한, 위장능력을 잃은 예술가의 번민은 동시대에 김남천 같은 작가들이 벌인 '주체의 위기'와의 싸움과 구조적으로 동일하다. 이상식으로 말하면, 자본주의의 사멸은 '비밀'이었고 사회주의운동은 '연애'였으며 리얼리즘 소설은 '위장'이었던 것이다. 모더니즘 미학이 권장하는 바에 따라 재현의 층위 대신에 알레고리의 층위에서 보면 '골방'과 '거리'의 구별은 때때로 무의미하다.

정확하게 이해되어야 한다. 모더니즘은 그것이 역사적으로 드러낸 온갖 부실과 과오에도 불구하고 모더니티를 창조적으로 체험하고 전유하는 중요한 방식으로 남아 있기 때문이다.

최원식의 「실화」론에 관한 지금까지의 논평이 옳다면, 그의 모더니즘 이해는 회통의 원칙에 그다지 충실한 것 같지 않다. 그는 평론집 서문에서 "사실 나는 『백년의 고독』을 읽다가 결국 견디지 못하고 그만 둘 정도로 '리얼리즘'에 중독된 자"라고 토로하고 있지만(6) 그의 비평은 리얼리즘의 미학적 관행에서 자라나온, 문학작품에 관한 가설, 규범, 기대에 충실해서 현재로서는 리얼리즘과 모더니즘의 회통을 스스로 수행하기가 쉽지 않으리라는 생각이 든다. 리얼리즘, 모더니즘 담론을 떠나서 "작품"으로 귀환하자는 주장은 그 각각의 담론이 실은 "작품"을 읽는 방식에 깊이 관여한다는 점, 좀더 정확하게 말하면, "작품"의 작품성을 발견하는 방식을 규정한다는 점을 고려하면 회통을 위한 믿을 만한 처방이라고는 믿어지지 않는다. 사실, 회통에 대한 그의 요구는 자세히 살펴보면 리얼리즘과 모더니즘의 대립을 넘어선 문학작품에 대한 요구라기보다는 그 담론의 대립을 근저에서 결정해왔다고 생각되는 "이데올로기 투쟁"(56)의 지양에 대한 요구이다. 그는 리얼리즘과 모더니즘의 대립을 발생시킨 원인을 자본주의에 대응한 정치 이데올로기의 대립에서 찾아내고 있을 뿐만 아니라 그 회통이 정당한 요구라는 근거를 근대의 성취와 극복이라는 근본적으로 정치적인 과제에서 마련하고 있다. 그의 회통론은 일종의 중도통합 정치인 셈이다. 그의 중도파적 정치감각은 "문학의 귀환"을 요구하는 논법에도 그대로 나타난다. "문학을 정치투쟁의 하부에 편제(編制)했던 80년대의 혁명문학과, 그 압박으로부터 문학을 구원하겠다고 공공영역으로부터 썰물처럼 퇴각했던 90년대 문학"(14)은 그의 역사적 관점에서는 리얼리즘-좌파정치와 모더니즘-우파정치 대립의 최신판에 해당하며 정치적으로 무익하고 불행한 양극화의 재연이다. 80년대 문학의 극(極)정치주의-리얼리즘과 90년대 문학의 탈(脫)정치주의-모더니즘을 넘어선 어떤 자리로 문학이 귀환하기를 그는 바란다. 리얼리즘과 모더니즘이 회통하는 자리, 그것은 문학이 그 좌우파 편향을 극복하고 정치와 통합을 이루는 자리이다. 문제는, 결국, 정치이다.

4. 탈정치적 문학의 정치성

최원식이 문학과 정치의 균형 잡힌 통합을 요구하는 배경에는 바로 그것이 한국문학의 특질이며, 나아가서는 동아시아문학이 공유하는 고전적 자질이라는 생각이 자리잡고 있다. 좁게는 "분단과 독재 아래 고통받는 민중의 발견을 핵심 의제(議題)로 우리 민족의 역사적 운명을 본격적으로 탐구하기 시작한 70년대 민족문학운동"(61), 넓게는 '근대성의 성취와 극복'이라는 이중의 "싸움의 독특성을 제대로 알아채고 제대로 싸웠던 뛰어난 문학가들의" 업적은 그에게 한국문학의 "명예로운 전통"(93)을 대표한다. 가라타니 고진의 『일본 근대문학의 기원』에서 촉발된, 근대 한국문학과 일본문학의 차이에 대한 흥미로운 고찰을 담은 「야누스의 두 얼굴, 일본과 한국의 근대」를 보면, 그는 가라타니의 전도(顚倒) 개념을 그 나름대로 활용하여 한국문학에서는 근대를 성립시킨 전도가 일본문학에서처럼 은폐되지 않고 다시 전도되었으며 이후 거듭해서 전도의 전도가 일어났다고 주장하면서 그러한 역사적 현상을 "한국문학의 정치성" 혹은 "사회성"과 관련시키는 동시에 그것을 "'건강성의 징표"라고 추정한다.[16] 그러나 최원식이 문학과 정치의 통합을 제기하는 이유는 그 한국 근대문학의 전통이 살아 있기를 바라는 데만 있지 않다. 그것은 한반도 분단체제에 일어난 변화와도 밀접한 관련이 있다. 그는 한국문학의 진로를 말하는 자리에서 "냉전의 해체가 불안하면서도 기이하게 안정적이었던 한반도 분단체제의 와해를 향해 드디어 본격적으로 작동하기 시작하였다"고 믿어지는 상황(65)이나 "북의 식량위기와 남의 금융위기가 병발하면서 한반도 분단체제가 아래로부터 흔들리는 작금의 상황"(95)을 중요하게 참조한다. 그가 보기에 "통일시대로 진입하고" 있는 이 새로운 정세는 90년대를 통하여 정치성 혹은 사회성으로부터 이탈한 한국문학이 다시 정치와 제휴하도록 혹은 사회에 참여하도록 요구한다. "우리가 실험할 평화통일이 근대적이면서 근대극복적 기획이라는 이중성 아래, 한반도에 닥친 기회를 호기로 잡아채면서, 전 지구적 차원의 민중세상으로 나아가는 중요한 디딤돌로 구축하려는 지혜가 절실히 요구된다"고 최원식은 말하고 있다.(65~66)

문학과 정치의 분리주의가 바람직하지 않다는 생각은 원칙적으로 옳다. 문학이 발언하고, 관여하고, 거주하는 세계는 모든 사람들이 일정한 권력구조 아래 편제되어 살아가는 세계이며 권력을 둘러싼 순종과 저항, 타협과 투쟁이 삶의 모든 부문에 영향을 미치는 세계이기 때문이다. 위대한 문학에서 미학적 의식과 정치적 상상력은 구분되지 않

16) 최원식이 전도 개념을 사용하는 방식은 가라타니가 그것을 고안한 원래의 취지와 다르다. 가라타니가 전도라고 말하는 것은 어떤 기원을 만드는, 역사 단절의 효과를 낳는 사건을 가리키며 아울러 그 사건을 은폐하는 또는 망각하는 행위를 지칭한다. 전도의 변증법 속에서 기원의 창출과 은폐는 동시적으로 일어난다. 전도는 창출되었으나 사유되지 않은 기원, 푸코의 표현을 빌리면, 어떤 담론이나 지식의 '실정적 무의식(positive unconscious)'을 밝혀내기 위한 가라타니식 고고학 개념이다. 그런데 최원식은 한국 근대문학의 기원을 만들었다고 생각되는 사건의 발생(예컨대, 1920년대 신문학운동)과 그 사건 이후 연속해서 일어난 모든 반동적 사건들을 전도라고 부른다. 그는 그 반역사주의적 개념을 역사주의적으로 사용하고 있는 셈이다. 이렇게 전용하면, 또는 오용하면 한국문학에 대한 괴상한 해석이 생겨난다. 한국문학은 결국 가라타니적 의미에서, 사실상 보편적 의미에서, 근대를 성립시키지 못했다는 말이 되는 것이다.

는다. 문학과 정치의 분리를 재고하자는 제안은 90년대를 지나온 지금의 시점에서 확실히 숙고할 만한 문제이다. 90년대 문학이 문학의 구원이라는 불가피한 이유에서 탈정치화를 추구했다고 하더라도 바로 그러한 편향 때문에 결국 문학의 위기를 자초했다는 최원식의 비판은 확실히 유념할 가치가 있다. 그러나 문학과 정치의 통합에 관한 최원식의 주장은 그가 90년대를 통해 문학이나 정치에 대한 비판적 사유에서 상당한 변화가 있었음을 제대로 감지하고 있는지 묻고 싶을 정도로 의연하게 재래의 관념에 의존하고 있다. 분단체제 극복이 여전히 엄중한 과업임은 인정하고도 남지만 "문학의 근본"으로 돌아가 문학과 정치의 관계를 성찰한 결과가 다시 평화통일의 사명을 자각하고 문학을 해야 한다는 촉구라면 아연할 만큼 상식적인 결론이다. 작금의 문학에서 한반도 통일운동 또는 "전 지구적 차원의 민중세상"과 연관된 테마들이 보이지 않는 사태를 최원식은 마치 일시적인 도덕적 해이(解弛)처럼 여기고 있는 것은 아닌가 하는 생각이 든다. "최근 우리 사회에서 증대하는 해체적 개인주의"를 개인들의 생활을 규정하고 있는 사회적·문화적·기술적 환경의 특성과 관련하여 고찰하는 대신에 "개인들의 궁극적인 상호의존성에 입각"하여 "주체의 형이상학을 넘어서 새로운 사회적 통합의 단초를 잡아채"야 한다고 당위론적 선언을 하는 대목 등을 보면 특히 그렇다.(64~65) 최원식은 30년대 후반 주체의 위기와 씨름한 김남천의 고발문학론을 상기시키면서 민족문학론자들에게 "혼신의 고투"를 요망했지만 그 자신이 주체의 위기, 그 민족-민중주의 담론에 의해 구축된 주체의 위기를 얼마나 치열하게 살고 있는지 궁금한 노릇이다.

이러한 이유에서 황석영의 『오래된 정원』에 대한 최원식의 논평은 흥미롭다. 무기형을 선고받고 십팔 년 만에 출옥한 유신세대의 활동가 오현우가 사랑의 추억이 남아 있는 산골 갈뫼를 찾아가 엿새 동안 묵으면서 그의 애인 한윤희가 남긴 생전의 기록을 읽으며 세상 속으로 돌아오는 과정을 장대한 규모로 그려낸 이 소설은 회상의 서사가 자아 정체성의 구축에서 담당하는 역할을 톡톡히 발휘한 작품이다. 오월 광주항쟁에서부터 통일독일의 탄생에 이르는 역사적 사건을 불러들일 뿐만 아니라 어린 시절 어머니가 만들어준 김밥의 맛과 같은 내밀한 느낌까지 되살려내는 그 회상의 서사는 변화의 운명에서 비롯되는 상실의 고통으로부터 개인을 구원하고 역사적 경험 속에 비장된 자아정체성의 보증을 찾아내는 기적을 세상과 단절되어 자신을 낯설게 체험하는 오현우의 마음, 바로 거기에서 점진적으로 일으킨다. 오현우의 이야기를 지배하는 자아의 위기와 그 극복이라는 테마가 90년대에 들어 난감한 처지에 놓이기 시작한 민족-민중운동의 주체와 관련하여 특별한 의미를 가진다는 것은 명백하다. 최원식은 그 "비결정적 시간 속으로 어지럽게 흩어져버린 삶의 분절들을 탐색하는 시간여행"이 "주체의 위기를 극복하려는 강렬한 윤리적 충동에 기초하고 있"음을 관찰한다.(76) 그렇다면 주체의 위기는 극복되었는가? 대답은 아니다, 이다. 오현우는 그가 살아온 삶의 역정이 '희망'이라는 불굴의 인간 보편 원리 속에 있음을 확인하고 혈육의 인정으로부터 다시 출발함으로써 새로운 주체로 거듭나는 듯한 인상을 주지만 그것은 서사상으로 믿을 만한 행동과 절차를 가지고 있지 못하다. 최원식의 논평은 정확하다. 한윤희가 실은 오현우의 분신적 주체에 지나지 않는다는 점, "한윤희의 주체가 성공적으로 분리되어 재구축되지 못했"다는 점을 들어 "오현우의 주체도 쉽사리 위기에서 헤어나지 못하고 있"음을 지적하고 있다.(78) 정신적으로 오현우와 대립관계에 있는 생태주의자 이희수, 그리고 그와 사랑에 빠진—이 사랑은 최원식의 착상을 빌리면 오현우의 주체에 대한 "항명"이자 오현우의 자아분열의 징후에 해당하는 행동이다—한윤희를 모두 죽음으로 몰아가는 서술은 오현우의 주체성을 살리기 위한 난폭하고 조작적인, 이데올로기적 교조성을 느끼게 하는 처리방법이다.

최원식의 『오래된 정원』론은 그가 민족-민중 주체에 다가온 위기가 그리 간단치 않다는 것을 헤아리고 있음을 암시한다. 오현우의 "반성적 사유가 해체의 끝까지 나아가지 않고 중동무이를 치는 경우가 없지 않다"고 지적한 대목을 보면 그가 역시 명석한 비평가임을 느끼게 된다. 그러나 민족-민중 "주체의 형이상학"으로부터 그 자신이 자유롭다는 믿음까지 들지는 않는다. 그의 비평 중에는 민족-민중주의 담론의 요소들이 "반성적 사유"에 의한 충분한 검증을 거치지 않은 채로 남아 있다. 그중 하나가 "다른 세상의 감각"(22)을 준거화하는 논법이다. "'나'와 '너'의 경계를 가로질러 '우리'를 발견하는 '천하위공(天下爲公)'의 세계"(22)의 비전이나 "자연과 인간, 인간과 인간 사이를 가로지르는 그 모든 분절을 넘어서 존재가 그 비밀한 자태를 드러내는 이 눈부신 황금시대의 기억"(90) 등으로 풀이되는 그 "다른 세상의 감각"은 그에게 진정한 문학의 본질에 해당하며 신경숙, 성석제 등 90년대 작가의 소설을 비판하는 기준이 된다. 최원식이 말하는 '다른 세상'의 감각은 황석영이 말하는 '오래된 정원'의 기억과 동일하다. 민족-민중주의의 수사에 접해본 사람들에게는 너무나도 친근한 이 유토피아 담론은 민족-민중이라는 가상의 주체가 인간 보편의 도덕적 권위를 가지고 태어나는 모태이다. 오현우와 같은 혁명의 전사들에게 세상이 어떻게 달라지든 장엄한 역사적 주체성을 주장하게 해주는 특권의 출처 역시 이 유토피아 담론이다. 그러나 자유-민주주의 국가와 사회주의 국가에 대해 혹독한 환멸을 체험한 지금의 시점에서 왕년의 유토피아 담론을 그야말로 '발본적' 반성 없이 복구하는 것은 납득하기 어렵다. 유토피아 건설은 자유-민주주의 국가들과 사회주의 국가들 양쪽 모두에서 산업 근대화를 추진시키고 또한 그 양쪽 국가들의 주권 권력 형태에 불변적 정당성을 공급한 이데올로기적 동력이었다. 대중 유토피아가 대량생산과 대량소비에 활력을 불어넣었을 뿐만 아니라 세계전쟁, 대중통제, 노동착취 등과 유착되었다는 것은 이미 역사적으로 입증되었다.[17] 파시즘의 공포를 겪을 대로 겪은 지금 같은 시대에 건전한 정치의식은 '모든 분절을 넘어선 유기체적 공동체'라는 관념을 오히려 불신하는 데서 시작된다. 대중 유토피아는 단지 통제의 기술이 아니라 저항의 원천이기도 하지만 그 정치적 동원의 역사에 대한 비판적 인식 없이 그것에 호소하는 것은 대중 나르시시즘을 선동하는 것과 다를 바가 없다.

90년대를 통해 한국인들의 정치의식에 일어난 중요한 변화 중 하나는 정치를 더이상 민족, 국가, 계급 등과 같은 전통적인 정치 범주들에 한정하여 생각하지 않는다는 것이다. 개인들에게 능력이나 자격을 부여하는 동시에 그들을 어떤 억압의 구조 속으로 편입시키는 권력의 작용이 삶의 모든 관계 속에서 발견된다는 생각은 지난 십 년간 한국 대중사회에서 진행된 정치적 계몽의 두드러진 결과 중 하나이다. 정말 많이들 푸코를 읽었고, 이용했고, 전파했다.[18] "권력은 아래로부터 나온다 (……) 권력관계들의 근저에는 지배자와 피지배자 사이의 한 쌍을 이루는, 모든 것을 통괄하는 대립이란 없다 (……) 권력은 획득되

---

17) Susan Buck-Morss, *Dreamworld and Catastrophe: The Passing of Mass Utopia in East and West*(Cambridge Mass.: The MIT Press, 2000) 참조.

18) 그리고, 많이들 푸코를 오해했다. 문학권력론은 그 사례 중 하나이다. 문학권력이라는 용어는 '편재하는 권력'이라는 푸코의 개념을 전제로 성립하는 것이지만 그 용어를 사용하는 방식은 푸코의 개념과 완전히 어긋난다. 문학권력 비판자들은 특정 개인이나 집단이 권력을 획득하고, 장악하고, 소유한다고 생각하고 정치권력을 규탄하는 시사비평 방식으로 문학권력을 매도한다. 서양이론의 개념이 한국에 들어오면 얼마 안 가 재래의 통속적 관념과 뒤섞여버리는 한국적 잡탕주의의 최신 버전이다. 참고로, 푸코는 정치의 다원화에 결정적인 공헌을 했음에도 정작 그 자신은 권력개념을 가지고 문학정치학을 설계한 적이 없음을 상기시키고 싶다.

거나 장악되거나 공유되거나 하는 어떤 것이 아니다 (……) 권력은 무수히 많은 지점에서 행사된다."[19] 이러한 미시권력 개념에 기초한 정치는 국가와 같은 어떤 중심도 가지지 않으며 사회조직의 모든 네트워크에서 발생한다. 가정, 학교, 공장, 회사, 그밖의 사회 곳곳에 정치가 있다. 성의 정치, 생활정치, 교육정치, 의료정치, 문화정치, 환경정치. 삶의 생산과 정치의 생산 사이에는 이제 아무런 구별이 없다. 푸코적 의미에서의 정치가 90년대를 통해 엄청난 성장을 기록한 시민운동은 물론, 각종 대안정치의 주요 근거 중 하나라는 것은 굳이 말할 필요도 없다. 90년대 문학을 보더라도 첨단의 정치의식을 자극한 인물은 열혈 민주투사나 각성한 노동자가 아니라 장정일의 『아담이 눈뜰 때』에 그려진 바대로 규율권력에 반항하는 젊은이들이며, 공지영의 『무소의 뿔처럼 혼자서 가라』에 묘사된 바대로 남성권력과 고투하는 여성들이다. 민족문학이 90년대에 들어 주도성을 잃어버렸다면 주로 그것은 "'나'와 '너'의 경계를 가로질러 '우리'를 발견하는" 윤리의식이 실종되었기 때문이 아니라 정치가 탈중심화된 형태로 인식되고 실천되었기 때문이다. 90년대 민족문학론이 정치의 탈중심화 상황에 대응하여 스스로 갱신을 추구했음은 사실이지만, 민족을 정치의 중심으로 상정한 민족문학론의 원칙 때문에 그러한 갱신은 부진할 수밖에 없었다. "민족의 범주를 통한 주체화가 문학 창조의 방향이 되어야 한다는 논리, 분단체제에서 유래하는 모순이 우리 현실의 위기의 중심에 놓여야 한다는 생각은 더이상 받아들이기 어렵게 된다"[20]는 신승엽의 발언은 민족문학론이 90년대에 직면한 위기의 정체를 정확히 알아본 것이다.

90년대 주류 문학이 탈정치적이라는 것은 최원식만이 아니라 우호

---

19) Michel Foucault, *The History of Sexuality*, Vol. 1: *An Introduction*, trans. Robert Hurley(New York: Vintage, 1980), p. 94.
20) 신승엽, 「세기 전환기, 민족문학론에 대한 단상」, 앞의 책, 69~70쪽.

적으로든, 적대적으로든 그것을 지켜본 비평가들이 90년대 당시부터 해온 말이다. 그러나 이것은 80년대 문학과 90년대 문학을 대조하기 위해서라면 몰라도, 90년대 문학 자체를 묘사하기 위해서 하는 말이라면 전혀 정확한 것이 아니다. 90년대 문학은 그 나름대로 정치적이다. 민족통일운동이나 민중해방운동 같은 정치적 중심을 상정하지 않았을 뿐이지 개인과 사회를 지배하는 권력과의 싸움을 수행했다. 일상, 신체, 욕망, 성, 가족, 생태 등의 테마를 다룬 90년대 시와 소설에서 바로 그 삶의 영역에 작동하는 권력을 의식하거나 그 권력에 대한 반란을 꿈꾸는 언어를 만나기란 극히 용이한 일이다. 90년대 작가들은 특히 프로이트, 라캉, 들뢰즈와 가타리로부터 영감을 얻은, 혹은 록음악 가사에서부터 컬트무비에 이르는 하위문화 텍스트들로부터 자극을 받은 상상력을 통해 일상의 규율과 통제에 길들여진 개인 자신을 해체하려는 시도를 선보였다. 90년대에 들어 '신세대작가'의 선봉으로 주목을 받은 김영하의 소설 『나는 나를 파괴할 권리가 있다』는 제목에서부터 90년대적 정치감각을 예시한다. 90년대의 문학적 상상력에서 권력은 제국주의 미국이나 청와대의 권좌에 있다기보다는 나를 복속시키는 삶의 모든 관계 속에, 그 관계를 편안하게 느끼는 나 자신 속에 있으며, 따라서 권력과의 진정한 싸움의 단초는 나를 자기부정의 매질 앞에 방치하는 매저키즘, 나 자신을 비루하게 만드는 난동, 나의 정체성의 경계를 가로지르는 탈주에 있다. 90년대 주류 문학의 정치의식은 접수하기가 몹시 불편하다. 그것이 담고 있는 삶의 압도적인 이미지는 종래의 규범, 체제, 역사가 사라지고 대신에 정체 모를 욕망, 정념, 환상이 일렁이는 혼돈이기 때문이다. 최원식은 루쉰의 감동적인 구절을 빌려 역시 감동적인 언어로 한국문학의 "지상의 길"을 이야기했다. 그 길은 언제나 한 방향으로 하염없이 뻗어 있는 길이 아니라 때로는 이어지고 때로는 갈라지고 때로는 끊어지는 길이다. 나는 그 지상의 새로운 길이 수많은 사람들이 안심하고 지나다닌 길이 아니라 그것이 사라진 저 살아 있는 혼돈으로부터 생겨나리라 믿는다.

(『문학동네』 2001년 겨울호)

'하나의 국문학'을 넘어서

국문학연구와 문학이론

1. 국문학연구의 민족주의

문학이 그렇듯이 국문학은 스스로 명백한 실체가 아니다. 국문학이 그에 관한 연구에서 독립하여 존재하고, 그렇게 존재하는 국문학의 실상을 인식하기 위한 작업이 국문학연구라고 믿는 것은 소박한 경험주의이다. 국문학연구의 자료가 되는 문헌은 그에 관한 연구에 선행하여 존재하지만, 어떤 문헌이 국문학이라는 생각은 국문학의 개념을 전제로 한다. 가령, 『열하일기』를 국문학이라고 한다면 그것은 한문학도 국문학에 포함시키는 국문학 개념을 상정한 결과이다. 국문학연구의 자료가 되는 장르는 그에 관한 연구에 선행해서 존재하지만, 어떤 장르가 국문학이라는 생각 또한 국문학의 개념을 전제로 한다. 만일, 판소리를 국문학이라고 한다면 그것은 판소리를 문학 장르로 인정하는 국문학 개념을 상정한 결과이다. 이렇게 보면 국문학이란 자명하게 주어진 어떤 것이 아니라 그것에 관한 어휘, 개념, 범주를 생산하는 작업을 통해 만들어진 어떤 것이라고 해야 옳을 것이다. 『열하일기』와 판소리처럼 표기 문자도 다르고 장르 범주도 다른 텍스트들로 이루어진 하나의 문학체계로서의 국문학이 박지원이나 신재효에게 납득되기 어려웠으리라는 것은 의심할 나위가 없다. 현재 우리에게 알려져 있는 국문학, 이를테면 국문문학, 구비문학, 한문문학을 포괄하고, 고조선 건국신화로까지 소급되는 장구한 전통을 갖고 있는 국문학은 조동일의 『한국문학통사』가 나오기 이전에는, 혹은 적어도 국문학연구라는 학술 담론이 성립하기 전에는 개념상으로 존재하지 않았다. 국문학연구는 경험주의자들이 믿고 있는 것처럼 이미 존재하는 국문학의 사실을 확인하는 것이 아니다. 그것은 국문학 그 자체를 역사적으로 이론적으로 구축하는 것이다. 국문학이 있어서 국문학연구가 있다기보다는 국문학연구가 있어서 국문학이 있는 셈이다.

국문학의 역사적, 이론적 구축은 알다시피 근대 한국의 민족주의와 밀접한 관련을 맺고 있다. 현재 국문학계에서 널리 통하는 견해에 따르면, 국문학연구는 안확, 신채호, 정인보, 문일평, 최남선, 권상노 등과 같은 이른바 국학파의 저작에서 태동했다. 재래의 고증학을 방법론적 기초로 삼고 민족의 문화유산에 대한 광범위한 연구의 일환으로 국문학에 주목한 이 국학파의 연구는 민족 주체의 확립이라는 뚜렷한 이데올로기적 목표를 갖고 있었다. 그리고 그 민족주의 이데올로기는 민족에 고유한 어떤 본질과 그 본질의 정신적 표현을 강조하는 담론으로 표출되곤 했다. 예컨대 국학파의 국문학연구를 대표하는 저작인 『조선문학사』(1922)의 저자 안확은 민족정신의 '자각적 통일'을 추구한다는 취지에서 한국문학의 통사적 정리에 착수했으며, 대종교(大倧敎)의 경전 『삼일신고』를 한국 최고의 문학으로 상정하는 국수주의적 문학사관을 개진했다. 이처럼 출발에서부터 민족주의적 지향을 띠고 있었던 국문학연구는 1930년대에 김태준, 김재철, 조윤제 등과 같은 서양 실증주의의 세례를 받은 새로운 학문 세대가 등장하면서 중요한 전환을 맞이하게 된다. 조선어문학회라는 국문학연구사 최초의 전문학회를 출범시키기도 했던 그 새로운 세대의 학자들은 국문학연구를 근대적인 학문분야로 정립하는 데에 주력하고 있었다. 그렇다고 해서 조선어문학회 이후의 국문학연구가 민족주의와 근본적으로 결별한 것은 아니다. 국문학을 어떤 민족적 본질의 표현으로 간주하는 해석의 패러다임—말하자면, 표현적 전체성(expressive totality)의 패러다임—은 약화되었을지 몰라도 민족주의나 민족운동과의 연관은 국문학연구의 이데올로기적 구성에 꾸준히 중대한 역할을 했다. 예컨대 1930년대부터 축적한 학문성과를 바탕으로 해방 후 국문학연구의 초석을 다져놓은 조윤제는 자신의 연구활동을 '민족독립운동의 일익'으로 인식하고 있었으며, 국문학의 역사적 체계화를 민족국가 건설과 은유적으로 일치하는 민족 주체성의 실현으로 간주하고 있었다. 국문학의 변천을 '민족정신'의 성쇠라는 관점에서 해석한 그의 기념비적 업적 『한국문학사』(1949)는 국학파의 패러다임을 일층 세련시킨 저작이기도 하다.

국문학연구가 그 학문적 형성의 중요한 시기에 획득한 민족주의적 지향은 국문학연구에 대한 국문학계 자체의 인식에서 기본적으로 전제되고 있는 사실이다. 국문학연구와 민족주의, 혹은 국문학의 구축과 민족 주체성의 산출이 실제의 연구에서 서로 연관되는 양상은 해방 후 반세기를 넘는 세월에 걸쳐 국문학연구가 축적되는 동안 상당한 변화를 보여왔지만, 국문학연구의 민족주의적 기원과 전통은 잊혀진 적이 없을 뿐만 아니라 오히려 국문학연구의 학문적 정통성에 대한 역사적 보증처럼 참조되곤 했다. 특히 민족문학의 관념이 강력한 세력을 얻은 1970년대와 80년대에는 국문학연구를 민족주의적 실천의 일환으로 재형성하려는 시도가 두드러졌다. 당시에 국문학연구의 자기의식을 날카롭게 표현한 연구사 정리나 전망의 문건에서는 민족이 당면한 정치적·문화적 과제에 비추어 국문학연구의 역사와 목적을 이해하는 관점이 심심치 않게 발견된다. 그 사례 중의 하나가 1980년대에 국문학연구자들에게 널리 참조된 공구서 『한국문학연구입문』(1982)에 실려 있는 최원식의 「한국문학연구사」이다. 이 글은 짧은 분량의 연구사 개관이지만 그럼에도 통일민족국가 건설을 향한 한국 민족주의의 서사 속에 국문학연구사를 통합시켜 이해하는 방식을 명쾌하게 예시한다. 그가 "자기 연구의 현실성에 대한 자각"이라고 부르는, 민족 주체의 현실적 과제에 대한 정치적으로 의미 있는 대응은 그의 국문학연구사의 서사를 이끌어가는 주요 동기이다. 1920년대 국학파의 '민족해방의 메타포'에서 1970년대의 '하나의 국문학' 상정에 이르기까지 민족 주체의 정립에 대한 의지가 국문학연구사를 통해 반복되고 있음을 일깨운 그는 다음과 같이 민족적 사명에 따라 국문학연구의 진로를 설정한다. "앞으로 국문학사의 전개과정 전체를 민족문학론의 관점에서 규정하는 사관을 정비하는 한편 각 시기의 문학의 실체를 그 실상에서 파악하려는 구체적이고 전문적인 작업이 함께 진전되어야 할 것이다. 1970년대의 토론을 더욱 진전시켜, 분단시대의 극복을 열망하는 민족사적 요청에 국문학계가 창조적인 응답을 제출할 때 우리의 국문학연구도 역사 속에 확고한 자리를 차지하게 될 것이다."[1)]

이처럼 국문학연구를 민족운동에 통합된 학문적 실천으로 이해하는 관점에서 보면 국문학연구의 정당성은 근원적으로 민족의 존재에서 유래하며 국문학연구는 민족의 발전과 역사를 함께한다. 국문학연구의 존재론적 처소(處所)는 대학을 비롯한 지식생산의 근대적인 제도 속이 아니라 유구한 역사를 가지고 있는 민족의 삶 속에 있다. 국문학

1) 최원식, 「한국문학연구사」, 황패강·김용직·조동일·이동환 편, 『한국문학연구입문』(지식산업사, 1982), 58쪽.

연구는 연구자들 개개인의 전문적인 지식 생산 활동이라기보다는 민족이 역사적 삶 속에서 그 자신을 의식하는 활동이 된다. 국문학연구가 민족의 자기의식의 표현이라는 생각은 실제로 민족주의적 경향의 연구자들이 보여준 자신들의 활동에 대한 역사적 인식 속에 명백히 드러나 있다. 예컨대 임형택은 국문학에 대한 인식이 '민족 자아의 발견'과 통한다는 전제하에서 고려시대와 조선시대에 한문문학이나 국문문학을 대상으로 삼은 시화비평(詩話批評)류의 논평이나 『동문선』, 『청구영언』 같은 선집편찬이 '국문학(연구)의 전사(前史)'에 해당된다는 견해를 제시했다.[2] 또한 국문학연구의 시작을 민족의 문학적 산물에 대한 그 민족 자신의 의식에서 찾는 입장은 조동일의 연구사론에서도 보인다. 그는 "국문학에 관심을 가지고 비평을 하고, 자료를 정리하고, 연구를 해온 역사는 신라시대까지 소급된다. 888년에 향가집인 『삼대목』을 편찬했다 하고, 『균여전』이나 『삼국유사』 같은 문헌도 국문학 연구사에서 커다란 비중을 차지하는 것들이었다"고 말했다.[3] 이처럼 민족의 삶 혹은 민족적 자각의 계보 속에 존재하는 국문학연구는 다른 국가들의 자국문학연구와 구별되는 하나의 자주적인 전통으로 상정된다. 민족주의적 경향의 연구자들 간에는 국문학연구가 고유의 전통적인 방법이나 이론을 갖추고 있다는 생각이 널리 퍼져 있다. 국문학연구에 대한 역사적·비판적 인식을 보여준 그들의 글에서는 국문학연구를 서양 실증주의에 기초하여 비로소 성립한 학문이 아니라 조선후기의 실학으로 대표되는 전통학문의 연장으로 보게 만드는 주장이 종종 발견된다. 예컨대, 조동일은 국문학연구가 필요로 하는 방법은 민족의 학문적, 사상적 전통 바로 거기에 있음을 줄기차게 역설한 바 있고,[4]

2) 임형택, 「일제 저항기의 국문학」, 『한국문학사의 시각』(창작과비평사, 1984), 459~460쪽.
3) 조동일, 「국문학연구의 현단계 점검」, 『국문학연구의 방향과 과제』(새문사, 1983), 140쪽.
4) 위의 책 및 다음 저서들 참조. 『한국소설의 이론』(지식산업사, 1977), 『문학연구방법』(지

임형택은 조선후기의 학자들이 존중한 '실사구시(實事求是)'가 현대의 국문학연구에서도 견지되어야 마땅한 원칙이라고 천명한 바 있다.[5] 그들의 생각대로라면 국문학연구는 민족의 삶에 존재론적 처소를 두고 있는 학문이자 동시에 '민족문화의 창조적 계승'을 스스로 실행하고 있는 학문인 셈이다.

임형택, 조동일을 비롯한 민족문학론자들이 국문학연구의 주류를 형성하기 시작한 1970년대와 그 이후는 자주적 학문으로서의 국문학연구라는 관념이 위세를 떨친 시기일 뿐만 아니라 서양 문학이론이 전에 없이 활발하게 수용되고 응용된 시기이기도 하다. 1970년대 이후 국문학연구는 어떻게 보면 서양 이론과의 접촉을 통해 그 담론적 특수성을 넘어서려는 움직임을 점진적으로 강화시켜왔다 해도 좋을 정도이다. 그러한 서양 이론의 유행은 민족문학론자들 자신이 일찍부터 심각한 도전으로 받아들인 현상이었다. 그것은 조동일의 『한국문학과 세계문학』 같은 저작이 예시하듯이 국문학의 특권을 살려 보편적인 문학이론의 생산으로 나아가야 한다는 반응을 낳기도 했다. 그러나 민족문학연구 혹은 주류 국문학연구에서 관심이 집중된 분야는 문학이론이 아니라 문학사이다.[6] 민족문학연구 혹은 주류 국문학연구에서는 한편으로 조윤제의 민족사관을 중요한 모델로 재평가하거나 역사의 주체

식산업사, 1980), 『한국문학과 세계문학』(지식산업사, 1991), 『우리 학문의 길』(지식산업사, 1993).

5) 임형택, 「국문학, 무엇을 어떻게 할 것인가」(『창비 1987』, 1987); 「분단 반세기 우리 문학의 연구 반성」(『민족문학사연구』 1, 1991) 참조.

6) 민족문학 관념에 입각한 국문학연구를 주류라고 부르는 데에 반대하는 사람들이 있을지 모르겠다. 조동일은 서양추수주의가 만연된 국문학계에서 민족의 학문을 계승하고 있는 외로운 소수라는 인상을 주고, 임형택은 민족문학론이 민족운동과 연계 속에서 획득한 반 체제적 저항의 성격을 일관되게 강조한다. 하지만 그들이 1970년대와 80년대의 국문학 연구에서 가장 유력한 흐름을 주도했으며 그 흐름 속에서 적어도 한 세대에 걸쳐 양성된 학자들이 현재 학계에서 활약하고 있다는 사실이 부정되지 않으리라 생각한다.

로서의 민족의 능력을 강조하는 이른바 내재적 발전론을 기본으로 삼거나 하는 식으로 민족 주체의 한국문학사 서술을 위한 방법론적 탐구가 진행되었으며, 다른 한편으로는 '하나의 국문학', 즉 민족의 문학 생산과 수용의 역사를 통하여 면면히 지속되고 있는 하나의 장구하고도 역동적인 전통을 시사하는 연구들이 풍부하게 축적되었다. '민족문학의 역사적 총체성'의 복원은 그것을 누구보다 열성적으로 실행에 옮긴 조동일만이 아니라 그밖의 많은 민족문학론자들도 우선적으로 상정한 연구과제였다. 민족 주체의 문학사가 그처럼 중요한 만큼 서양 이론에 대한 주류 국문학연구의 대응은 기본적으로 비판적일 수밖에 없다. 서양 이론에 의존하는 연구를 '기술제휴'식이라고 풍자하고 국문학연구의 '종속적 양태'를 우려한 임형택의 지적이나 서양 문학이론의 보편성 주장을 철저하게 부정한 조동일의 발언은 그들이 추구하는 학문의 명분상 어쩌면 필연적인 것이다.[7] 국문학계의 민족문학론자들이 반드시 일체의 서양 이론을 배격하고 있는 것은 아니며 그들의 연구가 서양 이론과 전혀 무관한 것도 아니지만, 그들이 '이론에의 저항'을 대표하고 있다는 것은 사실이다. 민족문학의 전통을 가장 장대하게 그려낸 『한국문학통사』의 저자는 바로 서양 학문에 대한 국내 학계의 불신을 가장 도전적으로 표현한 『우리 학문의 길』의 저자이기도 하다.

2. 민족주의와 서양 담론

서양 이론에 대한 주류 국문학연구의 불신과 반발을 두고 앞에서 이론에의 저항이라고 말한 것은 대략 1960년대 후반부터 유럽에서 미국

7) 임형택, 「분단 반세기 우리 문학의 연구 반성」 및 조동일, 「서양문학이론 수용, 무엇이 문제인가」(『한국문학과 세계문학』, 지식산업사, 1991) 참조.

으로 유입되어 거대한 영향을 미친 이론, 엄밀하게 한정해서 말하자면, 해체론과 후구조주의에 대한 미국학계 일각의 적대적 비판을 그렇게 즐겨 지칭하는 미국비평가들의 어법에 따른 것이다. 하지만 이 말의 출전에 해당하는 유명한 에세이에서 폴 드 만이 염두에 두고 있었던 것은 그러한 관용적인 의미가 아니다. 그가 말한 이론에의 저항은 이론 자체에 내재하는 자질이다. 그의 설명에 의하면, 이론이 저항적인 것은 그것이 다른 모든 언어들에 대하여 모델적 언어가 되기를 추구하면서도 그러한 모델적 언어의 불가능성을 인식하고 있기 때문이다. 이론에의 저항은 메타언어적 언어 사용에 대한 저항, 모든 언어의 언어학적, 수사학적 성격을 알고 있는 데서 일어나는 저항이다. 폴 드 만이 문학사나 문학비평과 구별하여 정의하고 있는 문학이론은 "문학 텍스트들에 접근하는 방법이 더이상 역사적인 고찰이나 미학적인 고찰과 같이 비언어적인 측면에 대한 고찰에 근거하여 이루어지지 않을 때 비로소 생겨나게 된다고 말할 수 있다. 좀더 세련되게 말하자면, 특정한 의미와 가치를 더이상 논의대상으로 삼지 않고, 의미와 가치를 정착시키기에 앞서 바로 이 의미와 가치의 생산양태라든가 수용양태를 문제삼을 때, 문학이론은 그 모습을 드러낸다고 할 수 있다."[8] 이러한 폴 드 만의 생각에 비추어보면 서양 이론에 대한 주류 국문학연구의 저항은 정치적이거나 도덕적인 저항이긴 해도 이론적인 저항은 아니라고 보아야 옳을 것이다. 주류 국문학연구는 문학, 사학, 철학이 미분화된 전통 학문을 준거로 삼아 그 자신을 정당화하면서 그 현저한 역사학적 취향을 관철시키곤 하는 반면에 문학연구가 언어 텍스트를 다룬다는 사실, 그것도 언어의 근본적인 불투명성에서 비롯되는 시학

8) 폴 드 만, 「이론에의 저항」, 장경렬 옮김, 『현대비평과 이론』 6, 1993 가을·겨울호, 184~185쪽; Paul de Man, *The Resistance to Theory*(Minneapolis: University of Minnesota Press, 1986), p. 7.

과 해석학의 온갖 문제가 첨예하게 연출되는 텍스트를 다룬다는 사실을 좀처럼 의식하지 않기 때문이다. 남북한 양쪽의 국문학연구 성과를 아울러 반성하고 '진보적 학계'가 짊어진 책임을 일깨우는 자리에서 '실사구시'의 고전적 개념을 재해석하여 학문의 원칙으로 제시하고 '민족사의 총체적 시공' 속에 국문학연구의 입지가 있음을 설득하는 데에 치중한 임형택의 글은 그 전형적인 예가 된다.

그러나 구조주의 언어학의 도래를 문학이론 발생의 결정적 계기로 간주하는 폴 드 만의 관점보다 좀더 포괄적인 관점에서 문학이론을 이해하기로 한다면 민족문학연구라는 담론, 나아가서는 국문학연구라는 담론이 그 나름대로 이론적이라고 보지 못할 바도 아니다. 어떤 지식 분야에 대해 총괄적인 설명을 제공하는 개념이나 원리에 대한 탐구를 이론이라고 한다면 국문학연구의 담론은 문학이론과 결코 무관하지 않다. 이론에 저항하는 비평가들이 흔히 내세우곤 하는 문학 자체라는 관념이 그 자체로 이론적인 것과 마찬가지로 민족 주체의 문학이라는 관념도 그 자체로 이론적이다. 국문학연구의 이론적 요소는 민족문학론자들도 스스로 의식하고 있을 뿐만 아니라 문학 일반의 차원에서도 타당하다고 믿기까지 한다. 그러나 국문학연구의 담론에 내포된 일반 개념들은 대체로, 민족문학론자들이 믿고 싶어하는 바와 달리, 민족 학문의 전통에서 자라나왔다기보다는 근대 서양 담론을 수용함으로써 생겨난 것이다. 국문학연구사를 돌이켜보면, 국문학연구의 형성에 서양 담론이 처음부터 깊이 개입되어 있었음을 알려주는 증거들이 적지 않다. 예를 들어, 국문학연구의 형성기에 주요 연구방법이었던 실증주의 혹은 문헌학의 원조는 일본 고쿠분가쿠(國文學)의 문헌학이었으며, 그 일본 문헌학의 모형은 19세기 독일의 문헌학이었다. 독일 문헌학에서 산출된 민족문학에 대한 역사학적 담론은 일본 문헌학이 민족사상사 형태의 문학사로 나아가는 데에 전범이 되었고 일본의 민족주의적 문학사 담론은 조윤제의 '민족정신'의 문학적 역사에 선례가 되었다.[9] 또한 흥미로운 예는 형성기의 국문학자들이 동시대의 '신문학' 창도자들과 마찬가지로 문학에 대한 인식에 있어서 근대 서양의 이론적 언어를 준거로 삼고 있었다는 사실이다. 김태준이 『조선한문학사』에서 문학의 정의를 제시하면서 이광수 문학론의 지주이기도 했던 서양철학의 '지-정-의'론, '진-미-선'론을 참조한 것은 대표적인 예이다.[10] 서양 이론에 대한 김태준의 참조는 물론 극히 원론적인 영역에 국한되어 있지만, 그것은 나중에 더욱 뚜렷이 표면화되는, 서양 이론을 모델로 하는 국문학 인식의 단초를 보여주는 것이다.

그러므로 국문학연구의 역사 속에 민족 주체성에 대한 강인한 의지가 작용하고 있다면, 거기에는 또한 서양 담론을 빌려 민족 자신을 구축하려는 욕망도 움직이고 있는 셈이다. 국문학연구의 자주성에 주목한 나머지 간과하기 쉬운 것은 국문학연구가 근대 서양에서 유래한 어휘와 개념을 자신의 언어에 정착시키는 가운데 성립된 근대 한국의 지식문화에 통합된 부분이라는 점이다. 국문학연구는 과거 한국의 유산을 다루기 때문에 경제학이나 물리학 같은 서양에서 수입된 학문과 다른 듯이 보이지만, 국문학연구의 담론이 서양 어휘와 개념을 도입하고 번안하고 전유하는 과정, 넓은 의미에서 번역이라는 과정에서 고립되어 있는 것은 아니다. 국문학이라는 명칭 자체가 실은 근대 이전부터 한국에서 쓰인 단어가 아니라 일본어 고쿠분가쿠의 전용이며, 고쿠분

9) 고쿠분가쿠에 대해서는 長谷川泉, 『近代日本文學評論史』(有精堂, 1966) 및 久松潛一, 『日本文學研究史』(山田書院, 1984) 참조. 조윤제의 국문학이 고쿠분가쿠에 지고 있는 부채는 지금까지 제대로 알려진 적이 없지만 그의 학문적 환경에 친숙한 학자들에게는 일찍부터 명백한 것이었다. 예컨대 김동욱은 조윤제의 민족주의적 학문이 "일본의 국수주의적 경향에 대한 하나의 반항의식"의 소산이면서 또한 "일제의 국학 철학의 둔신(遁身)"이었다고 지적했다. 김동욱, 『개정 국문학개설』, 민중서관, 1974, 245쪽.

10) 김태준, 『조선한문학사』 (한성도서주식회사 1931), 3쪽.

가쿠는 영어 내셔널 리터리처의 번역이다.[11] 국(민족)과 국어(민족언어)를 문학의 기원으로 여기는 국문학연구의 가정은 그 담론적 연원을 따라가면 결국 근대 유럽에 이르지 않을 수 없다. 국문학자들은 자주적인 학문을 한다고 자부하는 버릇이 있지만 국문학(민족문학)이라는 관념은 아이러니컬하게도 근대 유럽의 민족국가 이데올로기에 그 역사적 기원을 두고 있다. 한 중국계 미국인 비평가의 주장대로 민족문학이야말로 실은 유럽중심적인 언어 및 문학 모델이다.[12] 이처럼 국문학연구가 근대 서양 담론의 번역에 기초하며 심지어 유럽중심적 담론의 파장 속에 자리잡고 있다는 해석은 역대 국문학자들의 남다른 민족의식을 무시한 황당한 소리처럼 들릴지도 모른다. 그러나 서양 담론을 이용하여 민족문학을 구축하는 것이 민족 주체성을 추구하는 것과 반드시 모순되진 않는다. 오히려 그것은 제국주의의 지배 아래 자기보존의 위기에 처한 민족에게는 불가피한 자기주장의 형식이다. 역사적으로 보면, 서양 민족국가와 인류 보편의 세계를 공유하는 존재로 자기 민족을 상상하는 일, 서양 민족의 '영웅적 서사'를 자기 민족의 경험으로 전유하는 일은 한국과 같은 비서양민족이 '역사 없는 민중(people without history)'이라는 식민주의의 허구와 싸우는 데에 어쩌면 사활이 걸렸을지 모를 과업이었다. 따라서 국문학연구는 서양 담론을 번안하고 전유하는 가운데 자신의 민족적 이상을 배반하기는커녕 오히려 민족국가의 이데올로기가 지배하는 근대 세계에 적합한 방식으로 자

11) 미카미 산지와 다카츠 구와사부로는 그들의 일본 최초의 문학사에서 "국가에 따라서 그 고유의 특질을 구비한 문학을 가리켜 국문학이라 한다"고 적고 그 국문학이라는 단어에 '내셔널 리터리처'를 가타카나로 병기한 예가 있다. 三上參次·高津鍬三郎, 『日本文學史』 上卷, 金港堂, 1890, p. 25.

12) Rey Chow, "In the Name of Comparative Literature", Charles Bernheimer ed., *Comparative Literature in the Age of Multiculturalism* (Baltimore: The Johns Hopkins University Press, 1995), pp. 108~109.

신을 형성하고 유지했다고 보는 편이 옳다.

근대 실증주의적 문헌학의 도입 이후 국문학연구에 수용된 서양 이론은 국문학이라는 하나의 민족적 전통을 정립하는 데에 다대한 공헌을 했다. 서양 이론에 대한 참조가 없었더라면 현재 우리가 알고 있는 바와 같은 개념, 범위, 장르, 역사를 가진 국문학이란 아마도 불가능했을 것이다. 미국 신비평에서 페미니즘에 이르기까지 국문학연구에 수용된 서양 문학이론은 물론 특수한 민족언어와 문학에 관한 이론이 아니지만 그것이 제공하는 문학과 문학연구를 정당화하는 개념, 원리, 가정들은 한국의 문학을 다른 민족의 문학들과 마찬가지로 그 나름의 원리나 법칙에 따라 역사적으로 지속되어온 하나의 전통으로 상정하게 해주었다. 서양 문학이론의 이러한 효용은 민족 주체의 관념이 특별히 우세한 연구에서도 어렵지 않게 확인된다. 예를 들어 민족문학론자들이 한동안 열성적으로 탐구한 국문학의 '현실주의'—'하나의 국문학'을 그 '진보적인' 측면에서 예시하는 민족문학의 대표적인 자질—는 서양문학의 리얼리즘론, 특히 마르크스주의적 리얼리즘론과의 유추를 통해 발견된 것이다. 한문문학과 국문문학과 구비문학의 구분을 넘어서고 고려후기에서 20세기 당대에 이르는 서로 다른 시대를 관통하면서 민족의 주체적 삶을 향한 운동을 지속적으로 표현한다고 하는 그 현실주의 전통에 대한 인식은 반영, 전형, 전망 등과 같은 리얼리즘 미학의 범주와 유물론적 역사해석에 크게 의존한다.[13] 그런가 하면 민족문학론과는 다른 입장에서 서양 문학이론을 활용해 '하나의 국문학'에 접근한 학자들도 있다. 국문학계에서 서양 이론 활용을 주도한 학자 그룹에 속하는 김열규나 이재선이 그 대표적인 경우다. 김열규는 신화비평, 구조주의, 기호학 등의 방법을 채택하여 원형 혹은 구조의

13) 국문학의 현실주의에 관한 유용한 개관은 임형택, 「총론: 민족문학의 개념과 그 사적 전개」(『민족문학사 강좌』 상, 창비, 1995)에서 얻을 수 있다.

시관에서 국문학의 통시적 체계를 해명하고자 했으며, 이재선은 서로 다른 작품, 장르, 시대를 통해 지속과 변형을 보여주고 궁극적으로는 국문학 전체의 역동적인 체계를 암시하는 일군의 소재, 모티프, 주제를 주제학의 관점에서 찾아냈다.[14] '하나의 국문학'은 1970년대 이후 국문학자들의 민족적 정념이 집중된 주제였지만 그것의 발견은 단지 민족의 현실에 충실한 덕택, 민족문화를 계승한 덕택은 아니다.

3. 이론의 제국과 한국적 현실

'하나의 국문학'은, 이미 암시했듯이, 국문학연구의 민족주의 담론에 핵심적인 것이다. 그것은 한국민족의 언어와 문학이 장구한 역사를 통하여 실현한 하나의 온전한 전체를 표시한다. 어떤 시간상의 단절(예컨대 문학사조나 운동의 교체)이나 공간상의 대립(예컨대 문학 언어나 장르의 차이)도 넘어서는 그 전체로서의 국문학에 대한 인식은 모든 변화와 분열의 경험을 헤쳐나오며 그 자체의 동일성을 보존한 자주적인 공동체로서의 민족이라는 관념과 조응한다. '하나의 국문학'은 말하자면 민족 주체의 알레고리와도 같다. 1990년대 이후 국문학연구에 나타난 가장 중요한 현상은 바로 그러한 민족주의 담론이 효력을 상실하기 시작했다는 것이다. 민족국가의 쇠퇴를 지적한 지구화 이론에서부터 개인들의 유동적, 분산적 연합을 중시하는 포스트모던 정치학에 이르는 다양한 입장에서 민족주의에 대한 비판이 제기되고, 내재적 발전론과 같은 민족사관의 중요한 가설들이 식민지 근대화론을 비롯한 한국사연구의 새로운 성과들에 의해 심각한 도전을 받게 되고, 민족문학론

---

14) 예컨대, 김열규, 『한국문학사』(탐구당, 1983); 이재선, 『우리문학은 어디에서 왔는가』(소설문학사, 1986) 참조.

을 대표하던 학자들조차 동아시아론과 같은 일국주의를 넘어선 역사적, 지정학적 담론 속에 국문학을 배치하려 시도하면서[15] 민족주의적 국문학연구는 급속히 위축되었다. 민족 주체의 알레고리적 독해는 다른 모든 종류의 독해, 현상학적, 신화비평적, 마르크스주의적, 구조주의적, 정신분석적, 페미니즘적 독해보다 국문학의 '실상'에 적합하다고 믿어졌고, 그 다른 종류의 독해들을 교정하고 통괄한다고 믿어졌지만, 이젠 사정이 크게 달라졌다. 페미니즘을 비롯하여 초민족적인 혹은 비민족적인 현안과 이론을 가진 문학연구 방법이 활발하게 활용되는 가운데 민족주의적 해독 모델은 여러 모델 가운데 하나, 그것도 이데올로기적으로 수상쩍은 모델 가운데 하나가 되어가고 있다. 이러한 변화는 1960년대에 뉴크리티시즘을 도입한 이래 서양 문학이론을 끊임없이 받아들인 역사와 관련해서 보면 방법론의 다양화라는 과정 속의 에피소드에 지나지 않을지 모르지만, 실은 국문학연구의 학문적 정체성에 심오한 위기가 일어났음을 알려주는 사건이다. 민족주의의 퇴조와 함께 국문학의 모든 시대, 영역, 장르에 걸쳐서 텍스트의 성격과 의미를 이해하게 해주고, 텍스트와 그밖의 정치적, 사회적, 문화적 담론을 연결하게 해주는 원리가 무엇인가는 대답 없는 물음이 되었다. 국문학연구가 이론의 투기장, 방법의 실험실로 변해가는 지금의 상황에서는 국문학이란 무엇인가조차 자명하지 않다.

'하나의 국문학'이라는 이상이 사실상 몰락함으로써 현재 국문학연구 전체가 당면한 과제는 새로운 자료를 발굴한다든가, 새로운 영역을 개발한다든가, 새로운 방법을 채용한다든가 하는 통상적인 활동과는 조금 다른 것이다. 국문학이란 무엇인가조차 자명하지 않은 만큼 국문학자들은 자신이 활용하고 있는 가정, 개념, 준거를 스스로 반성해야

15) 최원식, 『생산적 대화를 위하여』(창비, 1997) 및 조동일, 『하나이면서 여럿인 동아시아문학』(지식산업사, 1999) 참조.

하고 자신의 작업이 어떻게 해서 정당한지를 설명해야 한다. 다시 말하면 국문학과 국문학연구 그 자체를 하나의 문제로 받아들이고 일반적인 차원에서 해명해야 한다. 이것은 결국 국문학연구가 이론을 필요로 한다는 말과 같다. 이론이란 그것을 통속적으로 이해한 사람들이 믿고 있는 것처럼 텍스트로부터 어떤 의미의 질서를 도출하게 해주는 해석방법들에 대한 처방에 불과한 것이 아니다. 그리고 이론에 저항하는 비평가들이 주장하는 것처럼 문학연구에 불가능한 토대를 제공하려 드는 형이상학적 개념체계에 불과한 것도 아니다. 그것은 제럴드 그래프가 말한 바와 같이 문학의 본질, 역사, 사회적 위치, 생산 및 수용 조건 등과 같은 문학의 양상들이 주어진 그대로 받아들여지지 않고 일반적인 논의와 논란의 대상이 되면 불가피하게 발생하게 되는 어떤 것이다.[16] 이론은 문학 및 문학연구의 관습이 지니고 있는 문제적 성격을 알아차리고 그것을 일반적인 방식으로 고찰하려는 노력을 나타낸다. 이러한 이론적 노력의 요점을 예시해주는 것은, 공교롭게도 국문학연구의 관행이 위기에 봉착한 시기와 때를 같이하여 국내에서 영문학계를 중심으로 유포되기 시작한, 현대 서양 이론이다. 종종 문학, 사회, 문화 등과 같은 관형사 없이 단지 이론이라고 불리기도 하는 그것은 문학과 그밖의 담론 관행에서 의미가 통하게 하기 위해 사용하는 개념이나 범주들을 비판적으로 탐구한다는 특징과, 학문분야 간의 장벽을 넘어 교환되는 일반적 담론을 지향한다는 특징을 두드러지게 보여준다. 이론을 구성하는 여러 계열의 비평—후구조주의, 해체론, 페미니즘, 문화유물론, 신역사주의, 후식민주의 등—중에서 어떤 것은 이미 국문학연구에서 변형을 낳는 중이지만, 그 이론비평이 서양의 정전 텍스트를 새롭게 읽음으로써 서양 문화의 휴머니즘, 혹은 민족주의

---

16) Gerald Graff, *Professing Literature: An Institutional History*(Chicago: The University of Chicago Press, 1987), p. 252.

전통을 심문하거나 전복하는 방식은 국문학연구의 자기인식과 자기비판에 많은 교훈을 준다고 생각된다.

국문학연구가 이제 학문 일반의 이론적 논의 속으로 자신을 개방해야 한다면 국문학연구와 서양 이론을 대립적으로 파악하는 통설은 더 이상 유효하지 않다. 앞에서 지적했듯이 국문학연구는 처음부터 서양 담론 또는 이론의 영향 아래 형성되었고, 민족 담론으로서의 역사와 함께 서양 이론에 적응한 역사를 가지고 있다. 국문학연구가 서양 이론에서 독립된 한국의 전통학문이라는 생각은 국문학계가 그 민족주의적 타성 속에서 배양한 '나쁜 믿음'에 속한다. 그러나 이렇게 말하는 것은 서양 이론 추수에 대한 국문학자들의 경고가 무의미하다는 말은 아니다. 서양 이론에 대한 굴종은 사실 민족주의 성향의 국문학자들에게서 엿보이는 배외주의(排外主義)만큼이나 고질적인 국문학계의 병폐이며, 이러한 병폐는 국문학연구의 전문화 추세가 심화되면서 갈수록 심해지고 있다. 어설프게 배운 서양 이론을 써먹기에 급급한 사람들이 국문학연구의 새로운 목소리로 인정받고 서양 이론의 너절한 분점이 늘어가는 현상을 국문학연구의 발전으로 여기는 학계 일각의 풍토는 이론비평의 정착을 어렵게 만드는 요인 중의 하나임에 틀림없다. 그래서 서양 이론을 비판적으로 수용해야 한다는 원칙은 여기서도 강조할 필요가 있다. 이것은 판에 박힌 소리처럼 들리기 십상이지만, 종전처럼 민족적 주체성 같은 것을 염두에 두고 하는 말은 아니다. 비판적이라는 것은 어떤 종류의 이론이든 그것을 제대로 수용하려면 반드시 갖추어야 하는, 이론 자체의 성질에서 필연적으로 요구되는 자질이다. 이론은 그것이 문제삼는 대상을 그 대상 바깥의 어떤 특권적인 지점에서 바라보고 그 대상을 일반적인 개념 속으로 포섭하는 경향을 가지고 있다. 한 대상에 대하여 이론이 제공하는 개념은 그 대상의 단독성, 특수성, 내재성에 대한 침해를 어떤 식으로든 수반한다. 그 초연하고 군주적(君主的)인 개념체의 폭력을 경계하지 않고 이론에 순응하다 보면 대상의 차이를 무화시키는 동질화의 논리에 말려들기 쉽다. 따라서 이론에 올바르게 대응하려면, 아도르노의 부정변증법의 용어를 빌려 말하건대, 대상과 개념의 '비동일성(nonidentity)'에 대한 비판적 의식을 늦추지 말아야 한다.

서양 이론의 개념성, 체계성, 전체성에 대한 저항은 국문학자들처럼 서양과는 다른 역사적, 문화적 콘텍스트 속에서 생성된 텍스트를 다루고 있는 사람들에겐 특히 필수적이다. 서양 문학이론은 보통 문학의 언어적·국가적 차이를 넘어서 타당한 개념 체계임을 표방하지만 이론의 추상적·포섭적 성질에서 생겨나는 침해는 그 대상이 국문학처럼 처음부터 서양 이론에서 패러다임적 범례가 되지 않는 문학일 경우 좀 더 심해진다. 국문학자들, 특히 고전문학 전공자들이 서양 이론에 반발하곤 하는 것은 결코 민족주의의 누습 때문만은 아니다. 서양 이론이 아직까지는 대체로, 서양 텍스트들을 패러다임으로 삼고 있으며 서양 담론의 울타리 속에 머물러 있고 서양문화의 자기반성에 나르시시즘적으로 복무한다는 점에 주의할 필요가 있다. 어떤 계열의 이론 작업에서는 서양의 형이상학적, 제국주의적, 남성중심적 담론을 비판한 측면과 함께 자기의식의 닫힌 변증법을 재생산한 측면이 발견되기도 한다. 예를 들어 롤랑 바르트가 『기호의 제국』에서 펼친 일본문화론은 서양의 신학적이고 본질주의적인 형이상학의 대안 탐구라는 의미를 띠고 있지만 동시에 타자 속으로의 진정한 자기개방을 저해하는 오리엔탈리즘적 타자의 신화, 그것의 기호학적 연장이기도 하다.[17] 그러므로 국문학자들이 무비판적으로 서양 이론을 받아들여 모델로 삼는 데

17) 현대 서양 이론에 나타난 타자의 신화에 대해서는 Zhang Longxi, *Mighty Opposites: From Dichotomies to Difference in the Comparative Study of China*(Stanford: Stanford University Press, 1998), pp. 19~54 참조.

는 보기에 따라서는 치명적인 위험이 따른다. 자칫하면 국문학의 특수성을 손상시키고 국문학연구의 변별성을 잃어버리는 결과가 빚어질지도 모른다. 국문학연구는 그 학문적 울타리를 개방하여 이론의 일반적 현안 및 관심과 연관을 맺어야 하지만 그와 동시에 '이론의 제국주의'에 저항하는 태세와 능력도 갖추어야 한다. 그러한 저항에서 가장 중요한 거점은 물론 국문학의 텍스트이고, 좀더 넓게는 그 텍스트의 생산과 수용에 관여한 사람들의 실제생활의 콘텍스트이다. 이러한 국문학의 텍스트와 콘텍스트는 서양 이론의 공식에 들어맞기도 하고 들어맞지 않기도 하는 어떤 특수한 삶의 실천을 상기시키며, 그리하여 서양 이론에 대해 비판적으로 사고할 여지를 열어준다. 그 국문학의 텍스트와 콘텍스트의 경험으로부터 구성되는 실천적 삶의 세계는 우리가 보통 범박하게 말하기를 한국적 현실이라고 하는 것이다.

'현실' 운운하는 것은 "텍스트의 바깥이란 없다"는 명제가 금과옥조처럼 통하는 현대의 이론적 담론에서 확실히 매력적인 논법은 아니다. 하지만 텍스트가 역사적으로 우연하고 문화적으로 특수한 어떤 인간관계, 실천, 상황 속에 존재하며, 텍스트의 의미가 그러한 인간관계, 실천, 상황의 제약 아래 전달되고 산출된다는 것은 부정하기 어렵다. 에드워드 사이드가 말했듯이 "텍스트들은 정황, 시간, 장소, 사회에 언제나 얽혀들어 있다. 간단히 말해서 그것들은 세계 속에 있으며 따라서 세속적이다."[18] 국문학이 상기시키는 한국적 현실은 바꿔 말하면 텍스트가 거주하는 그 세계와 다르지 않다. 또한 그 세계는 이론이 종종 그려 보이는 바와 같이 정연하게 질서가 잡힌, 본질적으로 동질적인 세계가 아니다. 그것은 오히려 서로 다른 기억, 세력, 가치들로 충만하며, 그것들을 통제하려는 움직임과 그것들을 방임하려는 움직임으로

18) Edward W. Said, *The World, the Text, and the Critic*(New York: Columbia University Press, 1983), p. 35.

분열되어 있다. 현대 이론이 차이의 정치학에 대한 강조를 통해서 극화하여 알려주고 있는 바와 같이 세계는 서로 다른 정체성들의 대립과 연합의 지속적인 과정을 방출한다. 한국적 현실 역시 민족의 신화로 통일된 세계는 아니다. 그것은 서로 다른 종족적, 국가적 기원을 가진 문화들로 혼성되어 있으며, 성, 지역, 계급, 세대에 따라 달라지는 생활을 포함한다. 이러한 의미에서의 국문학의 텍스트를 둘러싼 세계는 국문학자들이 전혀 모르고 있진 않았을지라도 이론적 기획 속으로 가다듬어 표출하지는 못했다. 민족주의의 쇠퇴와 함께 한국사회에 나타난 사회적, 문화적 다원화의 움직임을 어떻게 국문학의 탈구축과 재구축에 반영하느냐는 국문학연구가 새롭게 마주친 과제이다. 한국의 변화하는 현실이 국문학연구에 요구하는 혁신을 위한 노력은 결코 만만치 않다. 국문학연구의 혁신은 민족주의 이데올로기와의 오랜 협업 속에서 생겨나고 굳어진 많은 관행을 청산하려는 시도로부터 당연히 시작되어야 한다. 어쩌면, 국문학이라는 명칭, 그 유럽중심주의와 일본 국가주의의 잔재부터 폐기해야 할지 모른다.

(『비평』 2, 2000년 상반기)

IV

노블, 청년, 제국

한국 근대소설의 통국가간(通國家間) 시작

1. 노블의 전 지구적 현존

영어의 노블이나 불어의 로망은 한국어로 보통, 소설 또는 장편소설이라고 번역하지만 노블이나 로망의 개념과 소설의 개념은 유사성 못지않게 많은 차이점이 있다. 알다시피 소설은 노블이나 로망의 역어(譯語)이기 이전에 한자문화 속에서 일정한 의미와 관용적 용법을 가진 단어였다. 한국의 경우 그 용어는 『한서漢書』「예문지藝文志」의 소설가에 관한 기록 등을 전거로 오랜 세월에 걸쳐 사용되었으며, 패설(稗說), 전기(傳奇), 연의(演義), 잡기(雜記) 같은 용어들과 종종 혼용되었다. 소설이라는 용어는 항상 명확한 문학 장르 개념으로 쓰인 것은 아니었다 할지라도 19세기의 어느 시점에서는 국문과 한문 양쪽의 허구적 서사물을 일반적으로 가리키게 되었다고 추정된다. 더욱이 조선시대를 통틀어 허구의 가치를 인정하는 데에 인색한 유교적 관행이 워낙 우세했기 때문에 소설이라는 용어는 '황당무계(荒唐無稽)'니 '가허착공(架虛鑿空)'이니 하는 소설론의 숙어들이 예시하는 바와 같은 경멸적인 연상에서 좀처럼 자유롭지 못했다. 그러므로 노블이라는 문화적 이방(異邦)의 문학을 소설이라고 말하는 것은 소설 개념 자체의 수정을 동반하지 않는다면 노블의 이해를 방해하기 쉬웠을 어법이다. 물론, 역사의 우연에 의해 노블은 소설로 번역되었고, 노블 개념은 소설 개념으로 번안되었지만 노블과 소설의 차이는 적어도 노블을 경험한 한국 최초의 세대에게는 서양화와 동양화의 차이, 양의학와 한의학의 차이만큼이나 명백한 것이었다. 그래서 노블을 기준으로 삼아 소설의 신흥을 꾀하려던 작가들은 우선 소설에 대한 항간의 통념이 잘못되었다는 주장부터 해야 했다. 「문학이란 하오」에서 서양의 근대적 문학 개념의 번안을 시도한 이광수는 '문학의 종류' 항목에서 "조선에서 '재담'이나 '이야기'를 소설이라 하고 此를 善히 하는 자를 소설가라 칭하는 자가 有하나니 此는 무식한 소치다. 소설은 이렇게 簡易한, 輕한, 무가치한 것이 아니니라"라는 말로 소설에 관한 설명을 시작했다. 그런가 하면 김동인은 소설이 얼마나 귀중하고 유익한 것인가를 이야기하기에 앞서서 "조선 사람의 소설관? (그것)은 몇백 년 전 서부 유럽 그대로요, 즉 대단한 시대지(時代遲)의 소설관이요"라고 극히 모멸적인 어투로 소설에 대한 통념을 비난했다.[1)]

따지고 보면 노블은 소설 같은 친근한 용어로 옮긴다고 해서 한국인들의 생활 속으로 들여놓고 길들이기가 수월치 않은 이질적인 문화의 소산이다. 그것은 음악에서 소나타 형식, 회화에서 원근법과 마찬가지로 근대 유럽문화의 가장 생기 있고 복합적인 표현 중 하나이다. 이언 와트의 표준적인 설명에 따르면 노블의 발흥은 중세 유럽의 통일된 세

1) 이광수, 「문학이란 하오」, 『이광수전집』 1(삼중당, 1966[중판]), 513쪽; 김동인, 「소설에 대한 조선 사람의 사상을」, 『김동인전집』 16(조선일보사, 1988), 138쪽.

계상을 그와는 아주 다른 또하나의 세계상으로 대체시켜간 르네상스 이후 유럽문화의 대전환의 맥락 속에 위치한다. 이 또하나의 세계상이란 "특수한 시간과 특수한 장소에서 특수한 경험을 하는 특수한 개인들이 모여서 이루는, 전개되고 있으나 계획되지 않은 집합"으로서의 세계상이다.[2] 이 근대적 세계상의 기초가 되는 믿음, 즉 '개인적 경험의 제일의성(第一義性)'에 대한 믿음은 노블형 서술에서 기존의 공인된 문학 모델이 권위를 가지지 못하는 반면 자서전적 비망록과 같은 패턴이 우세하게 나타나는 이유가 된다. 유럽 노블의 발흥은 또한 그 복합적인 역사적 연관 중에서도 출판 자본주의의 발전과 특히 중요한 관계가 있다. 노블은 우선 영국과 프랑스의 부르주아 식자층의 독서를 위해 출판되기 시작하여 종래에 가정용 서적의 주종이었던 신앙서를 대체했으며, 이어 유럽 문학시장 전체를 누비는 국제적 상품이 되었다. 영국 및 프랑스 노블의 범유럽적 유행과 함께 19세기 유럽에는 런던과 파리를 확고부동한 중심으로 하는 공통의 문학시장이 형성되었고, 그 결과 노블은 역사상으로 유례없는 유럽문학의 통일화를 가져왔다. 프랑코 모레티는 노블 지리(地理)의 특이성을 이렇게 정리한다. "노블은 유럽문학을 밖으로부터 어떤 영향도 받지 못하게 닫아버린다. 유럽문학의 유럽성을 강화하고 게다가 확립하기까지 하는지도 모르는 것이다. 하지만 그렇게 하고 나서 이 가장 유럽적인 형식은 대부분의 유럽에서 모든 창조적 자율성을 빼앗게 된다. 두 도시, 런던과 파리가 모든 유럽소설의 절반을(절반 이상은 아니라고 치더라도) 출판하면서 한 세기에 걸쳐 유럽 대륙 전역에 군림하는 것이다. 이것은 무자비한, 전례 없는 유럽문학의 중앙집중화이다."[3]

---

2) Ian Watt, *The Rise of the Novel: Studies in Defoe, Richardson, and Fielding*(Berkeley: University of California Press, 1957), p. 31.

3) Franco Moretti, *Atlas of the Modern European Novel, 1800-1900*(London: Verso, 1998), p. 186.

노블, 런던산 및 파리산 독과점 상품, 가장 유럽적인 형식. 하지만 노블을 위한 문학시장은 유럽의 지리적 경계 내에 한정되지 않았다. 노블은 유럽 제국주의의 팽창에 따라 다른 유럽산 상품들과 함께 유럽 대륙의 바깥으로 퍼져나갔다. 유럽 또는 서양의 헤게모니 아래 있는 라틴 아메리카, 아프리카, 이슬람, 아시아 지역에서 노블은 대체로 부르주아 계급의 후원과 출판자본의 지원을 받아 출현했으며, 노블의 실험은 그 지역의 정치에서 민족국가 건설에 상응하는 의의를 문화에서 가지고 있었다. 19세기 후반 그리스인들에게 이국적인 것이었던 노블은 오스만제국의 몰락 이후 유럽으로부터 귀환한 부르주아 이산민(離散民)들에 의해 도입되기 시작했으며 그리스 노블의 발흥과 유럽식 민족국가 건설운동은 밀접한 관계가 있었다. 아랍어권에서 노블은 프랑스에 의한 점령에 이어 영국에 의해 점령을 당한 이집트에 처음으로 도입되었고, 그 영향으로 발생한 이집트 노블은 아랍세계에서 '재생'이라고 불린 정치·문화 개혁의 정신에 관여했다.[4] 유럽 노블을 모델로 하는 소설창작은 비유럽지역 국가들의 근대소설의 역사에서, 적어도 그 초창기에는, 혁신적인 활동으로 간주되었다. 브라질처럼 자국의 노블이 출현하기 이전에 유럽 노블이 유통된 라틴 아메리카 국가들에서는 작가들이 대중독자 사이에 이미 형성된 노블 취향들에 부응하는 방식으로 창작에 착수했으며[5] 20세기 초에 유럽 노블을 발견한 중국의 작가와 비평가들은 그 형식에 대한 긴장된 의식 속에서 중국소설의 개량을 추구했다.[6] 물론, 노블은 유럽과 다른 문화전통을 가진 지역들에서 흡수하기가 쉽지 않았다. 인도의 작가들을 괴롭힌 난제 중 하나는

---

4) Mary N. Layoun, *Travels of a Genre: The Modern Novel and Ideology*(Princeton: Princeton University Press, 1990), pp. 21~32, 56~62.

5) Roberto Schwarz, "The Importing of the Novel to Brazil," *Misplaced Ideas*(London: Verso, 1992) 참조.

6) 이보경, 『문과 노벨의 결혼』(문학과지성사, 2002), 303~345쪽 참조.

영국소설을 읽음으로써 획득한 가치와 자국의 사회에 존재하는 가치들을 화해시키는 문제였으며,[7] 유럽 소설에 미달했다는 비판은 일본의 비평가들이 자국의 소설에 대해 내린, 때로는 가장 준엄하고 때로는 가장 심오한 판결에 해당했다.[8] 19세기와 20세기 비유럽세계의 문학에서 유럽소설 형식의 활용은 유럽의 문화적 헤게모니에 예속되는 위험에도 불구하고 역사상 획기적인 의의를 가지고 있었다. 과감하게 말해서 그것은 비유럽 세계의 문학이 전 지구적 근대화의 과정에 적응하며 추진한 자기변형을 대표하고 있었던 것이다.

한국 근대소설은 다양한 역사적 원천을 가지고 있다. 그중에는 한문학의 사전(史傳)과 야담(野談), 가정소설을 비롯한 국문소설의 여러 장르, 판소리 사설과 기타 민간 구비 전승 등이 있다. 한국 근대소설의 형성기에는 그 재래의 장르들과 스타일들이 동시대의 국민 계몽을 위한 저술에 활용되어 소설에 있어서의 근대를 향한 복잡다기한 움직임에 관여하고 있었음을 보여준다. 그것들의 흔적은 서사적 논설, 역사 인물전기, 신소설 같은, 일반적으로 전근대소설과 근대소설 사이의 과도기적 단계의 소설로 간주되는 서사장르의 작품들 속에서 널리 발견된다. 지난 30년간 한국 근대소설사 연구에서 가장 주목할 만한 진전의 하나는 바로 한국 근대소설의 원천을 그것에 선행한 한국의 산문서사의 주제상, 형식상의 관례 내에서 찾아내 한국소설의 역사적 연속성을 입증하는 방향에서 이루어졌다. 그러나 소설에서의 근대는 문화에서의 근대와 마찬가지로 한 국가의 경계 내에서 독자적으로 성립하지 않는다. 그것은 오히려 국가들 사이의 경계를 넘어서는 문학 및 문화

---

7) Meenakshi Mukerjee, *Realism and Reality: The Novel and Society in India*(Dehli: Oxford University Press, 1985), p. 7.

8) 이러한 판결의 대표적 사례는 고바야시 히데오의 사소설 비판(「私小說論」(1935), 『小林秀雄全集』3, 新潮社, 1968)과 나카무라 미츠오의 풍속소설 비판(中村光夫, 「風俗小說論」(1950), 『日本の近代』, 文藝春秋, 1968) 같은 근대 일본비평의 유명한 문장들에서 찾을 수 있다.

교환의 과정에서 형성된다. 영국과 프랑스의 노블만 해도 그것은, 노블의 국제적 발명이라는 가설을 제출한 비평가들의 주장에 따르면, 그 국가 각각의 변별적인 민족적 전통에서 생겨난 것이 아니라 그 양국의 국경을 넘어선 문학적·문화적 접점들에서 출현한 것이다.[9] 그러므로 한국 근대소설을 올바로 이해하려면, 그것의 진정 근대적인 성격을 올바로 이해하려면 그것의 형성에 개입한 통국가간(transnational) 장르, 관념, 실천, 제도에 유념해야 한다. 한국 근대소설 연구가 한국문학에 내재하는 형식적 원천을 탐색하는 작업에 치중해왔음을 감안하면 노블이라는 이방의 장르가 한국소설의 근대화를 위한 작업에 유입되어 담당한 역할에 보다 많은 주의를 기울일 필요가 있다. 노블이라는 장르를 경이롭게 느꼈을 법한 연배의 문학가들은 한국소설에 수용된 노블의 존재를 명확하게 감지하고 있었고 그것이 중대한 변화의 증표임도 알아보고 있었다. 김태준은 범박하게나마 노블을 기준으로 소설을 정의하는 데서 시작한 『조선소설사』에서 동시대 소설의 추세를 말하는 가운데 "춘원일파(春園一派)가 순서양식(純西洋式)으로 소설을 짓기 시작하였"다고 쓰고 있다.[10] 이것은 한국 근대소설의 새로운 역사적 이해를 위해 회복할 가치가 있는 분별이다.

2. 소설의 예술, 리얼리즘, 개인주의

식민지 한국의 작가들은 서양문화의 모든 주제에 대해서 그렇듯이 서양 노블에 대해서도 일본인들의 번역과 저술에 주로 의존하여 지식

9) Margaret Cohen and Carolyn Dever, ed. *The Literary Channel: The International Invention of the Novel*(Princeton: Princeton University Press, 2002), pp. 1~34 참조.
10) 김태준, 『조선소설사』(청진서관, 1931), 206쪽.

을 얻었다. 식민지 작가들의 노블 인식과 창작에 가장 먼저 영향을 미쳤으리라 생각되는 일본어 서적 중에서 우치다 로앙(內田魯庵)에 의한 톨스토이 장편소설 번역과 함께 중요한 것은 쓰보우치 쇼요(坪內逍遙)의 『소설신수小說神髓』(1885. 9~1886. 4)이다. 적어도 이광수와 김동인만큼은 그 본문을 읽었거나 아니면 그 대강을 알았을 것으로 추정되는 이 일본 최초의 본격적인 소설론은 무엇보다도 소설을, 그 자체를 목적으로 하는 예술(쇼요가 사용한 용어로는 '미술')로 정의하고 있는 데서 근대적 성격을 뚜렷하게 드러낸다.[11] 쇼요는 서양 근대미학의 개요를 소개한 페놀로사의 강연록 「미술진설美術眞說」을 참조하여 "미술은 사람의 마음과 눈(心目)을 기쁘게 하고 또한 그 기와 격(氣格)을 고상하게 하는 것"이라는 정의를 내리고 마음에 호소하는 '무형(無形)의 미술' 중에 음악, 시가, 희곡과 함께 소설을 포함시키고 있다.[12] 예술로서의 소설이라는 이러한 정의는 소설을 '권선징악'의 규범에 고착된 전통적인 소설관으로부터 분리시키고, 나아가 로맨스에서 진화된 노블로 그 개념을 재구성하는 데에 기초가 된다. 쇼요는 "노블(ノベル) 즉 참된 소설(眞成の小說)"이라는 관점에서 노블의 일반적 특징에 의거하여 "소설이 취지로 삼는 바는 오로지 인정세태(人情世態)에 있다"고 선언

---

11) 소설은 예술이라는 쇼요의 발언은 동시대 서양의 소설 이론의 추이를 감안하더라도 상당히 선진적인 것이다. 소설은 음악, 시, 회화, 건축과 함께 예술의 하나라는, 소설에 관한 영어권의 통론으로 보면 상당히 혁신적인 주장을 담고 있는 헨리 제임스의 유명한 에세이("The Art of Fiction," 1884)와 일 년 가량의 시차밖에 없는 주장이다. 쇼요의 미술이라는 단어는 어니스트 페놀로사의 강연록 『美術眞說』(1882)이 나온 이후 외젠 베롱의 『維氏美學』(1883~1884) 등에 쓰인 예술과 경합하며 아트 또는 파인 아트의 역어로 한동안 일본에서 통용되었다. 미술이 일본어에서와 같은 방식으로 한국어에서 사용된 용례가 1910년대 신문과 잡지에서 희소하게나마 발견된다. 미술, 예술이라는 용어에 관해서는 佐藤道信, 『〈日本美術〉の誕生』(講談社, 1996), 32~66쪽; 권보드래, 『한국 근대소설의 기원』(소명출판, 2000), 53~75쪽 참조.

12) 坪內逍遙, 「小說神髓」, 『日本近代文學大系 3: 坪內逍遙集』(角川書店, 1974), 45, 48쪽.

하고 있다.[13] 이광수가 단지 '재담'이나 '이야기'가 아니라고 주장한 소설은 쇼요적 개념에서의 소설에 가깝다. 그의 「문학이란 하오」의 주제는 물론 문학 일반이고 소설 장르가 아니지만 그 문학론은 '권선징악'의 규범을 폐기하고 '인정세태' 묘사의 원칙을 제정한 쇼요의 소설예술론과 부분적으로 통한다. 이광수는 문학을 예술의 일종으로 정의하여 도덕과 분리시키는 가운데 "모종 특정한 도덕을 고취하기 위하여, 又는 권선징악의 효과를 위하여 문학을 作하지 말고, 일체의 도덕 規矩準繩을 不用하고 실재한 사상과 감정과 생활을 여실하게 만인의 眼前에 再現케 함이라"고 쓰고 있다. 게다가 문학은 "인생을 묘사한 자이므로 문학을 讀하는 자는 소위 世態人情의 기미를 窺할지라"고 주장함으로써 그는 '인정세태'를 묘사하는 소설의 예술을 사실상 문학 일반의 예술로까지 확대하고 있다.[14]

『소설신수』에 제출된 진정한, 노블적인, 근대적인 소설의 핵심은 거칠게 말해서 리얼리즘이다. 그것은 살아 있는 현실의 세계('活世界')에 존재하는 다종다양한 인정세태를 사실적으로 그려내고, 그럼으로써 '인생의 인과(因果)의 비밀'을 드러내는 것이다.[15] 리얼리즘의 달성을 위해서 쇼요는 특히 인정세태 자체에 대한 공정한 관찰과 충실한 묘사를 지지하고 반대로 작가가 자기 의지대로 이야기를 조작하고 통제하는 행위를 배격하고 있다. 작가의 전지전능성 혹은 군주적(君主的) 주체성에 대한 이러한 경계는 권선징악의 규범이 재래의 일본소설에 가

---

13) 坪內逍遙, 앞의 책, 61, 48쪽.

14) 이광수, 「문학이란 하오」, 앞의 책, 511~512쪽. 『무정』의 매일신보 연재에 때를 맞추어 나온 글(菊如, 「춘원의 소설을 환영하노라」, 매일신보, 1916. 12. 28)에서 양건식은 흥미롭게도 "소설은 즉 미술의 일부"라고 발언하며 그 이광수의 신작에 대한 기대를 표시하고 있다. 1910년대 한국의 문인들이 마련하기 시작한 근대소설론의 어휘와 개념이 『소설신수』의 영향 아래 있었음을 알려주는 예의 하나이다.

15) 坪內逍遙, 「小說神髓」, 앞의 책, 75쪽.

져온 폐해에 대한 온당한 비판과 맞물려 있다. 하지만 서양 노블의 기준에 비추어보면 작가적 주체성의 축소를 위한 주장은 그의 소설론의 약점이다.[16)] 리얼리즘은 노블의 주요 양상임에 틀림없지만 그것은 단지 재현하고자 하는 대상에 작가 자신을 방치한 결과는 아니기 때문이다. 노블 형식의 핵심은 오히려 주어진 세계에 대한 즉물적인 충실을 넘어서 그것과는 다른, 혹은 그것보다 우월한 세계를 허구상으로 구축하려는 작가 개인의 주체적 의지이다. 노블의 근저에 깔린 저 '개인 경험의 제일의성'에 대한 믿음은, 넓게 보면, 인간이 어떤 선험적으로 결정된 부동의 질서 속에 살고 있는 것이 아니라 인간 스스로 만들어낸, 그런 만큼 변경이 가능한 질서 속에 살고 있는 것이라는 인식과 연관되어 있다. 주어진 사물의 질서에 대한 회의, 인간세계의 인위성에 대한 이해, 그에 따른 개인의 작위적 또는 창조적 주체성에 대한 존중은 유럽에서 노블 형식을 융성하게 만든 중요한 문화적 조건이다. 실제의 세계와 방불한, 그 나름의 세력, 법칙, 패턴을 가지고 움직이는 허구적

16) 『소설신수』론의 지평을 넓힌 새로운 연구에서 가메이 히데오는 이 작가적 주체성에 대한 저항에 주목하여 쇼요의 이론은 "작자의 자기표현을 중시하는 '근대적 문학관'과 근본적으로 다른 것"이며, 또한 "작자의 독어(獨語)"에 대한 경계를 동반한다는 점에서 근대소설론 가운데 "독특한 위치를 점한다"고 평하고 있다.(龜井秀雄, 『「小說」論: 「小說神髓」と近代』, 岩波書店, 1999, pp. 137~138) 하지만 허구 창작 주체의 전능함을 비판한 쇼요의 발언은 주체성에 대한 탈근대적 불신이라는 맥락보다는 노블형 허구의 이해를 제약한 일본 자체의 서사적·문화적 전통의 맥락에서 검토하는 편이 옳지 않나 한다. 일찍이 마루야마 마사오는 서양 근대의 근본을 이루는, 인간 현실의 매개된, 지어진, 작위적인 성질에 대한 관념, 한마디로 "픽션"의 관념이 근대 일본인들의 정치적·사회적·문학적 관행 속에 자리잡지 못했다는 시사적인 발언을 했다.(「육체정치에서 육체문학까지」, 『현대정치의 사상과 행동』, 김석근 옮김, 한길사, 1997, 427~447쪽) 허구 주체의 개념이 허약한 리얼리즘은 서양 노블과 같은 형식의 달성을 아무래도 어렵게 만든다. 미국의 한 일본소설 연구자는 마루야마가 말한 픽션 의식의 결핍과 연관하여 근대 일본소설의 주류가 사소설로 흐른 주된 이유 중의 하나를 설명하고 있다.(Edward Fowler, *The Rhetoric of Confession: Shishosetsu in Early Twentieth-Century Japanese Fiction*, Berkeley: University of California Press, 1988, pp. 3~27) 이 허구 주체의 취약성 문제는 한국 근대소설 형식론에도 시사하는 바가 적지 않다고 생각한다.

세계를 제시하기에 주력하는 노블 형식은, 에드워드 사이드가 말했듯이, 시작을 향한 욕망, 즉 주어진 세계의 실재성을 변경시키고 어떤 새로운 세계를 창조하고자 하는 욕망을 표현한다. 노블의 저자는 그 저자(author)와 권위(authority)라는 말이 함축하고 있는 의미들, 그중에서도 시작하는 능력이라는 의미를 모범적으로 구현하고 있는 창조적 주체이다.[17]

허구 창작의 주체성 주장이라는 점에서 보면 이광수가 쇼요를 능가한다. 쇼요보다 한 세대 늦게 태어나 서양 노블과 그 이론에 접할 기회가 훨씬 많았던 덕택이겠지만 이광수는 작가의 상상적·허구적 행위에 중점을 두어 소설을 인식하고 있다. "소설이라 함은 인생의 一方面을 正하게, 精하게 묘사하여 독자의 眼前에 작자의 想像內에 在한 世界를 여실하게, 역력하게 開展하여 독자로 하여금 其世界內에 재하여 實見하는 듯하는 감을 起케 하는 자를 謂함"이다. "인생의 一方面"과 "작자의 想像內에 在한 세계"[18] 양쪽 모두 소설의 대상으로 나타나 있지만, 강세는 후자 쪽에 있음이 분명하다. 이광수에게는 실제의 세계 그 자체보다 그것에 대응되는 작가의 상상적 세계가 더욱 중요한 문제이다. 따라서, 박진감 있는 허구이어야 한다는 전제하에서, 허구 창조의 능력, 즉 허구상의 인물, 사건, 상황을 만들고 부리는 작가의 권위를 인정할 여지가 많아진다. 작가를 창조의 권위자로 이해하는 발상의 일면은 "사람들이 조물의 생각을 흉내내어, 또는 조물의 생각을 도적질하여 만들어놓은 문학이라든지 예술이라든지"라는 『무정』의 한 구절에도 보

17) Edward W. Said, *Beginnings: Intention and Method*(New York: Basic Books, 1975), pp. 81~83. 권위는 사이드가 논의하고 있는 노블 원리의 전부는 아니다. 그는 여기에 그가 '침해(molestation)'라고 부른, 권위의 허약성, 허위성, 환상성을 드러내는 작용을 추가한다. 아이러니를 비롯한 노블 형식의 심오한 문제들은 이 권위와 그 침해의 변증법에서 비롯된다. 하지만 이것은 본고의 논의와 관련이 없기에 생략한다.

18) 이광수, 「문학이란 하오」, 앞의 책, 513쪽.

인다.[19] 이 조물(造物) 또는 신은 알다시피 창조적 주체성에 대한 고전적인 비유의 하나이다. 김동인은 소설가의 권능과 사명을 이야기한 글에서 이 신의 비유를 표나게 사용하여 "소설가 즉 예술가요 (……) 神人合一을 수행할 자"이며, "참 문학적 작품은 신의 囁이오"라고 선언한 예가 있다. 그는 소설가에게 주저 없이 신적(神的) 권위를 부여했을 뿐만 아니라 천지 창조와 소설 창작의 유비(類比)에 매혹을 느끼고 있었다. 그에게 소설가는 "하느님이 지어놓은 세계에 만족치 아니하고" 자기 나름으로 세계를 지어내는 "인생의 위대한 창조성"의 화신이다.[20] 소설가의 창조적 권위에 대한 김동인의 믿음은 소설가를 인형조종사에 견준 발언에서도 확인된다. 쇼요는 『소설신수』에서 '기관인형(機關人形)' 즉 인형놀이를 예로 들어 소설가가 자기 작품 속의 세계를 임의대로 조종하는 데서 오는 예술상의 실패를 지적한 반면, 김동인은 똑같은 비유를 들어 소설가가 행하는 '위대한 예술'의 진수를 설명하고 있다.[21]

소설가는 신이라는 김동인의 비유는 한국 작가들 사이에 노블의 경험과 이해를 통해 형성되기 시작한 소설 창작의 지극한 의의에 대한 새로운 각성을 나타낸다. 소설은 실제적, 경험적 세계가 소설가 자신의 요구—인식적인, 도덕적인 또는 심미적인 요구를 충족시키지 못한다는 인식에서 발원하며, 세계의 이치를 설명하는 재래의 모든 종교적, 철학적, 과학적 모델이 아무래도 불완전하다는 지각을 함축한다. 그래서 소설을 창작하는 일은 소설가 개인의 합리적 이해와 의지에 합치되는 어떤 상상의 세계를 건설하려는 시도가 된다. 김동인이 신격화한

19) 이광수, 『무정』, 김철 교주(문학동네, 2003), 668쪽. 현대표기법에 따라 원문을 고쳐 인용한다.

20) 김동인, 「소설에 대한 조선사람의 사상을」, 앞의 책, 139쪽.

21) 김동인, 「자기의 창조한 세계」, 앞의 책, 150~153쪽; 坪內逍遙, 「小說神髓」, 앞의 책, p. 70.

소설가는 많은 비평가들이 루카치의 계보를 이어 노블 형식의 철학적 기반으로 주목한 데카르트적 자아와 상통하는 면이 있다. 소설가의 자아는 진실을 추구하는 가운데 전통적인 권위에 승복하지 않으며 그 자신을 다른 모든 진실의 모델에 선행하는 것으로, 그 모델보다 우월한 것으로 간주한다. 이광수와 김동인이 말한 소설은 유럽 노블과 마찬가지로 그 형식 속에 개인주의 이데올로기를 가지고 있다. 이렇다는 것은 소설이란 결국 소설가 개인의 자서전에 불과하다는 말은 아니다. 유럽 노블과 한국 노블의 일반적인 사례들에서 소설가의 자아는 특정 인물의 형태로 출현하기보다 오히려 다수의 인물을 고안하고 배치하고 관계시키는 행위 속에 암시된다. 소설가의 자아는 다수의 인물의 다수의 의식을 서사적으로 통합하여 사회적으로 공유가 가능한 세계의 표상을 만들어냄으로써 그 선험적 권위를 실현한다. 소설에서 개인주의의 아이러니는 레이먼드 윌리엄스가 "인식할 만한 공동체"라고 부른 것을 개인적 경험에 제일의성을 부여함으로써 창출한다는 것이다.[22] 소설 창작과 원근법 회화를 두고 가끔 행해지곤 하는 유추는 여기서도 도움이 된다. 파노프스키는 회화에서의 원근법이 예술현상을 수학적으로 엄밀한 규칙들에 종속시키는 측면과 함께 예술현상을 개인에게 달려 있게 만드는 측면이 있음을 지적한 적이 있다. 그 규칙들은 시각적 인상의 심리적, 물리적 조건들을 지시하고 있으며 그 규칙들이 효과를 내는 방식은 한 주체적인 시점의 자유롭게 선택된 위치에 의해 결정되기 때문이다. 따라서 원근법은 "외부세계의 공고화와 체계화인 만큼은 자아의 영역 확장이기도 하다."[23] 이러한 의미에서 자아

22) Raymond Williams, *The English Novel from Dickens to Lawrence*(Oxford: Oxford University Press, 1974), p. 73.

23) Erwin Panofsky, *Perspective as Symbolic Form*, trans. Christopher S. Wood(New York: Zone Books, 1997), pp. 67~68.

의 영역 확장은 김동인이 신격화한 그 소설의 선험적 주체의 파괴에서도 마찬가지로 가능한 생각이다.

노블은 실제세계를 정의함에 있어서 자아의 권위에 의지하는 만큼 기존의 문학적 모델에 대해 비판적이고 심지어는 적대적이다. 노블의 출현은 일반적으로 기존 장르의 정복 또는 합병을 수반한다. 이집트에서는 오랫동안 문학 전통을 지배한 운문이나 민담 형식들이 노블의 재료로 전락했으며[24] 일본에서는 근대적 의미의 소설 장르의 성립과 함께 기존 장르들의 소멸이 일어났다.[25] 기존 장르를 합병하거나 소멸시키는 노블의 '식민주의'는 한국에서 노블형 소설이 발흥하는 장면에서도 엄연한 역사적 사실이다. 예컨대 『무정』의 영채 이야기를 보자. 이 이야기는 조선후기 이래 유행한, 기생이 주역을 맡는 염정소설(艶情小說)과 연관이 있다. 기방문화의 고장인 평양 기생이라는 인물 설정, 규수에서 기생으로 전락한 동기가 효심에 있다는 플롯, 기생임에도 정혼한 남자에게 정절을 바치는 행동 등에서 영채의 이야기는 『채봉감별곡』과 특히 비슷하다. 그러나 『무정』이 『채봉감별곡』의 염정소설 관례를 '계승'했다고 여기는 것은 소박한 생각이다. 그 『채봉감별곡』과의 연관은 인유(引喩)라고 불리는 기존 텍스트 참조에 해당하며, 『무정』에서 그 참조의 목적은 단지 문화적 핍진성을 확보하는 것이 아니라 그 참조된 이야기가 구현한 인간세계의 모델을 의심하는 것이다. 채봉의 이야기가 궁극적으로 '효열지심(孝烈之心)'[26]이 승리하는 부동의 도덕적 질서를 확인하고 있다면 영채의 이야기는 바로 그러한 질서의 불가능성을 의미한다. 『무정』은 효심과 절개가 있는 기생의 이야기를 흡수

---

24) Mary N. Layoun, 앞의 책, pp. 60~62.

25) 柄谷行人, 「漱石とジャンル」, 『漱石論集成』(第三文明社, 1992), p. 215, 230.

26) 「채봉감별곡」, 동국대학교 한국학연구소 편, 『활자본 고전소설전집』 10(아세아문화사, 1977), 523쪽.

하여 그것이 구현하고 있는, 자연적 도덕('天心')의 이치가 지배하는 세계라는 유교적 모델이 한낱 환상에 불과함을 드러낸다. 『무정』에서 효열지심은 패러디의 재료일 뿐이다. 『무정』은 염정소설의 관례를 계승했다기보다 오히려 그 종언을 선고했다. 『무정』 이후 도덕적인 기생의 계보는 한국소설에서 자취를 감추고 만다. 기생은 영채 이후에도 가끔 소설에 등장하지만 그들은 더이상 윤리의 화신이 아니다. 김동인의 금패는 향락을 구가하는 인생에 도사린 무상함의 비극을 증언하며, 나도향의 설화는 사랑의 광란과 병든 미인이라는 데카당스의 테마에 관여한다.

『무정』이 『채봉감별곡』을 가지고 연출한 바와 같은 패러디는 노블의 역사에서 전혀 희한한 사건이 아니다. 인간 현실을 인식하는 방식을 결정한 종래의 유력한 이야기를 전유하여 그 이야기에 의해 정의되는 현실이 환상에 불과함을 폭로하는 서사행위는 『돈키호테』 이래 인간 현실의 재현에 활용된 노블의 고전적 방법 중의 하나이다. 고전적 노블의 특징을 이루는 리얼리즘은 바로 그 환상을 교정하려는 합리적, 세속적 노력에서 생겨난다. 보르헤스는 『돈키호테』의 리얼리즘에 대해 말하는 가운데 "세르반테스는 『아마디스』의 광대하고 희미한 세계에 카스티유의 먼지 풀풀 나는 길과 더러운 골목 여관을 대립시킨다. 패러디를 목적으로 주유소에 주의를 집중하는 우리 시대의 소설가를 상상해보라"고 말한 적이 있다.[27] 쇼요의 어휘로 말하자면 '인정세태'는

---

27) Jorge Luis Borges, *Labyrinths: Selected Stories and Other Writings*(New York: New Directions, 1964), p. 193. 환상의 교정이라는 측면에서 리얼리즘을 설명하는 가장 유력한 방법은 물론 러시아 형식주의자들이 제출했다. Roman Jacobson, "On Realism in Art," Ladislav Matejka and Krystyna Pomorska, ed., *Readings in Russian Poetics*(Ann Arbor, Michigan: Michigan Slavic Publications, 1978), pp. 38~46 참조. 프레드릭 제임슨은 들뢰즈와 가타리의 기호학적 용어를 빌려 리얼리즘을 "탈코드(decoding)"로 정의하면서 야콥슨의 설명과 근본적으로 다르지 않은 설명을 하고 있다. "우선 탈코드화한 흐름(decoded flux)은 바로 그 형식주의자들의—예컨대, 리얼리즘에 관한 야콥슨-트니야노프의 테제에 나오

그것의 객체성에 충실한 묘사 덕택에 소설에 재생되다기보다 그것을 인식하는 방식에 변경을 가함으로써 출현한다. 많은 경우 리얼리즘은 기존 문학에 우세한 서사 플롯, 상징 체계, 인물 형상 등의 환상적 성격을 저절로 드러나게 만드는 새로운 세속의 현실을 지시함으로써 달성된다. 『무정』을 보면, 효열지심이 승리하는 유교적 도덕의 세계는 그것이 이미 복구가 불가능한 과거임을 알려주는 새로운 세계와 대립되어 있다. 그 새로운 세계는 『채봉감별곡』에 그려진 양반 가정 중심의 사회보다 훨씬 광역화한 사회이다. 그것은 위로는 김장로, 김현수 같은 상층계급에 이르며 아래로는 형식의 경성 하숙집의 노파, 평양 기방의 퇴기와 삼랑진 마을 사람들 같은 하층계급에 미친다. 『무정』의 사회는 또한 실업과 교육의 도시 경성, 전통과 유흥의 도시 평양, 가족의 전원시가 있는 시골 황주, 낙동강변의 궁벽한 포구 삼랑진 같은 서로 다른 지리공간을 포괄하고 있다. 그러나 그곳에 거주하는 인물들은 그 계급적, 지리적 경계를 넘어 접촉한다. 서북 변방 출신의 고아인 형식이 경성의 거부 김장로의 사위가 되듯이, 평양 기생 영채가 경성 기방에 취직하고 황주의 농촌에서 예술가로 재생하듯이, 그들은 활발한 이동의 에너지에 의해 지배되어 삶을 살고 있다. 더욱이 그들의 이력과 기획 속에 출현하는 일본과 미국이라는 존재가 말해주듯이 그들의 이동하는 삶은 한국의 문화적, 영토적 경계 역시 넘어선다. 『무정』의 인물들의 주요 행로마다 기차가 등장하는 것은 실로 암시적이다. 근대

는—암시, 즉 리얼리즘 각각은 그에 앞서 존재하는 어떤 이상이나 환상의 탈신비화에 해당한다는 암시를 내실 있게 만들어주는 것으로 보인다. 그러한 패러다임의 원형이 세르반테스의 『돈키호테』임은 명백하지만, 리얼리즘은 탈코드하기라는 생각은 그렇게 취소된 코드들의 성질 바로 그것에 좀더 집중해서 주목하게 하는 경향이 있는 것으로 보인다." Fredric Jameson, "Beyond the Cave: Demystifying the Ideology of Modernism," *The Ideologies of Theories: Essays 1971-1986*, vol. 2(Minneapolis: University of Minnesota Press, 1988), p. 128.

교통과 문명의 상징인 그 기차는 한국인들이 유교 사회로부터 탈각되어 나와 지구적 근대의 파장 속에서 새로운 공동체를 형성중임을 알려준다. 민족이라는 근대적, 세속적 현실이 노블의 발명이라는 것은 한국소설과 관련해서도 진실이다.[28)]

3. 청년 또는 근대소설의 주체

한국에서 노블의 학습은 19세기 말과 20세기 초 한국의 지식인들 사이에 일어난 서양 추수의 일환으로 시작되었다. 서양문명이 인류의 보편적 발전을 대표한다는 생각이 한국사회에 널리 확산되는 동시에 서양을 모델로 하는, 일본의 선례에 따른, 한국의 '신문명' 건설을 위한 캠페인이 출현함에 따라 서양적 형식들의 승인과 모방은 정치, 경제의 영역만이 아니라 문화의 영역에서도 나타났다. 1910년 이광수는 서양의 문학 개념을 기준으로 문학의 보편을 새롭게 정립하고 문학의 가치를 설명하는 가운데 서양인들의 문명을 진보시킨 동력은 문학에서 나왔다고 주장하고 있다.[29)] 서양에서 문학이 문명의 근원을 이루었다고 한다면 노블과 같은 서양문학 형식의 탐구는 당연히 한국의 신문명을 위한 학습의 한 과정이 된다. 그런 점에서 노블을 접한 최초의 한국인이 근대서양을 배우기 위해 중국이나 일본에 유학한 젊은이들이었다

---

28) Benedict Anderson, *Imagined Communities: Reflections on the Origin and Spread of Nationalism*(London: Verso, 1983), pp. 28~40. 앤더슨의 주장에 화답하여 프랑코 모레티는 노블이야말로 민족이라는 근대적 현실을 재현할 수 있었던 유일한 상징적 형식이라고 말하고 있다. Franco Moretti, "Modern European Literature: a Geographical Sketch," *New Left Review*, 1994, August/September, p. 97; *Atlas of the European Novel, 1800-1900*, pp. 12~29.

29) 이광수, 「문학의 가치」, 『대한흥학보』 11, 1910. 3.

[illegible] 있다. [illegible] 한, 서양 노블을 접한 한국인 최초의 기록은 윤치호의 일기에 나온다. 한 미국인 감리교 선교사가 중국 상해에 설립한 미션스쿨 중서서원(中西書院)에 1885년 1월부터 3년 6개월간 유학하던 시절, 윤치호는 『걸리버여행기』 『아라비안 나이트』 『천로역정』 등과 함께 대니얼 디포우의 『로빈슨 크루소』, 월터 스코트의 소설 등을 읽었다고 적고 있다.[30] 하지만 윤치호의 영국소설 읽기는 영어 학습을 위한 독서라는 성격이 짙다. 한국 근대소설 형성과 좀더 관련이 있는 한국인의 서양 노블 체험은 이보다 훨씬 뒤에 도쿄 유학생 사이에서 나타난다. 1907년부터 3년간 도쿄의 다이세이중학에 재학하고 있던 시기에 문학서적에 심취했던 홍명희는 나쓰메 소세키와 일본 자연주의 작가들의 작품 외에도 번역본 서양소설, 특히 도스토옙스키와 톨스토이의 소설을 탐독했다.[31] 톨스토이의 소설에 대한 깊은 관심은 홍명희와 같은 시기에 도쿄 소재 메이지학원에 재학하는 동안 홍명희와 친분을 쌓은 이광수 역시 가지고 있었다. 한국인의 서양소설 수용에서 1900년대 후반 및 1910년대의 일본유학생들이 담당한 역할은 가히 획기적이다. 홍명희, 최남선, 이광수 등은 주로 일본어 번역으로 한정된 범위의 서양소설을 읽었을지라도 노블 형식의 위대함을 이해하고 있었으며, 나아가 번역, 번안, 창작 등을 통해 노블 형식의 한국화를 위한 새로운 기반을 만들기 시작했다. 일본에서 수학한 젊은이들의 활동 덕택에 한국에 '신문명'의 서광이 비치기 시작했다는 이광수의 주장은 적어도 소설에 있어서는 일본유학 엘리트

30) "朝往英書肆, 購꿀니벌스遊歷, 로빈손구루소, 亞羅比安御宴〔十錢〕而歸, 看書"(1886. 9. 14.), "今年夏暇, 間讀스고투之小說五卷〔內 Kenilworth, The Heart of Midlothian 極好〕, 디곤小說一卷, 天路歷程"(1997. 9. 7.) 국사편찬위원회 편, 『윤치호일기』 1(탐구당, 1973), 223, 277쪽. 인용문 중 "디곤"은 찰스 디킨스를 가리키는 듯하나 확실치 않다.

31) 홍명희, 「대(大)톨스토이의 인물과 작품」, 『벽초 홍명희와 「임꺽정」의 연구자료』, 임형택·강영주 편(사계절, 1996), 83~85쪽.

의 자화자찬만은 아니다.[32)]

일본유학생이 한국 신문명의 선구자라는 생각은 비단 이광수만 하고 있었던 것이 아니라 그와 비슷한 시기에 일본에 유학한 한국의 젊은이들이 일반적으로 하고 있었던 것이다. 1900년대 후반 이후 한국에서는 재래의 정치적, 도덕적 권위가 몰락하고 유교식 교육이 낡아빠진 구습으로 취급되고 있었던 반면, 서양 학문이 개인의 입신과 국가의 보전 양쪽 모두에 긴요하다는 믿음이 시세를 얻고 있었다. 그런 만큼, 일본의 근대적 교육기관에서 서양식 교과를 이수하는 중이던 한국인 유학생들은 자신들의 특권적인 위치를 기민하게 의식하고 있었다. 그들은 자신들의 수학(修學)이 조국이 필요로 하는 지식과 기술개발의 선봉을 이룬다고 생각했으며 조국을 혁신시키고 부강하게 만들 책임을 그들 자신에게 기꺼이 부여했다. 그들이 학회를 조직하여 발행한 학보들은 지식과 발견을 교환하는 자리일 뿐만 아니라 그들이 짊어진 막중한 사명을 확인하고 그 사명에 걸맞은 자기 기율을 권고하는 자리이기도 했다. 예컨대, 대한흥학회의 한 회원은 문명의 역사상 활약한 서양 및 일본 청년들을 예로 들어 문명의 담당자가 바로 '청년'임을 주장하면서 "청년제군아 청년제군이여! 제군의 금일 한국에 在한 위치와 한국의 금일 세계에 處한 위치를 심사숙고할지어다. 금일 한국은 타인의 한국이 아니라 즉 청년 우리의 한국이니 한국 청년의 名價를 세계 역사상에 褒揚케 할 자도 우리오, 汚濊케 할 자도 우리"라고 선언하고 있다.[33)] 또한, 조선유학생학우회의 한 회원은 한국 "사회의 지위는 이십세기에 처하였으나 이십세기의 문명을 이루지 못하고 遂히 사회의 조직이 동요되어 암흑시대에 추락하였"다고 진단한 다음, "우리 반도 청년은 도도히 흘러가는 암흑의 사회를 구제하고 신문명을 개발하여

32) 이광수, 「부활의 서광」, 『청춘』 12, 1918. 3.

33) 이승근, 「열국청년과및 한국청년담」, 『대한흥학보』, 1909. 10.

此를 유지하며 此를 전진케 하여야 할지니 우리 청년의 책임은 진실로 산하보다도 일층 중대하"다고 경고하고 있으며,[34] 같은 학우회의 또다른 회원은 "반도강산을 黑暗洞天이라 할진대 이 강산의 新光明이 제군청년이 아니고 其人이 誰며, 조선 全사회를 荊棘의 叢中이라 할진대 이 사회의 新開拓을 제군청년이 아니고 其人이 何有하리오. 아아 제군은 조선무대의 독점자요 반도사회는 제군의 전유물이로다. 분발하고 면려하라"고 촉구하고 있다.[35]

1900년대 후반 및 1910년대 일본유학생들의 담론에서 청년이라는 단어는 젊은 세대(특히 젊은 남자) 이상의 의미를 가지고 있다. 그것은 위의 단락에 인용한 구절에서 보듯이 인종과 국가의 차이를 넘어서 통하는 문명이라는 관념, 한국이 '암흑'의 상태에 처해 있다는 진단, 한국의 신문명 개발에서의 리더십 주장 등과 얽혀 있는 어떤 진보적이고 창조적인 인간 행위자에 대한 명칭이다. 청년관념은 유럽의 계몽사상 속에서 태어난 문명관념과 불가분의 관계에 있으며, 문명관념은 다시 근대 서양 및 유럽을 풍미한 진보관념과 긴밀하게 결합되어 있다. 청년을 정의하는 실천이자 사명인 문명화는 야만, 반개(半開), 문명 삼단계를 상정한 후쿠자와 유키치나 그것을 모방하여 미개, 반개, 개화 삼 등급을 상정한 유길준의 예가 말해주듯이 하나의 보편적인 진보의 역사를 이룬다. 세계의 모든 민족이 다투어 참여하고 있는 문명화의 단선적 과정에서 자기 동족이 낙후한 상태에 있음을 인식하고 서양사회가 도달했다고 믿어지는 가장 '선미(善美)'한 문명의 단계로 자기 동족의 물질적 · 정신적 삶을 향상시킬 사업을 주도함으로써 청년은 성립한다. 20세기 초반 한국의 청년들이 문명화의 서사를 통해 이해한 자기 민족은 '암흑'의 현재를 살고 있지만 동시에, 그 청년들이 출현했기

34) 김이준, 「반도청년의 각오」, 『학지광』 4, 1915. 2.
35) 신석우, 「귀로에 임하야」, 『학지광』 6, 1915. 7.

에, '광명'의 미래를 가지고 있다. 그들이 처한 현재('금일')는 자기 민족의 문명에서 어떤 획기적인 진보 또는 혁신의 가능성이 살아 있는 순간이며 따라서 그들의 행위는 그 현재에 대한 고양된 의식이라는 특징을 띤다. 청년의 현재의식, 과거와의 결별과 미래에의 투신을 수반하는 그 독특한 역사 경험방식, 한마디로 현대주의(modernism)는, 예컨대, "우리는 선조도 없는 사람, 부모도 없는 사람(어떤 의미로는)으로 今日今時에 天上으로부터 吾土에 강림한 新種族으로 자처하여야 한다"는 같은 이광수의 발언에 웅변적으로 표현되어 있다.[36] 청년은 문명의 진보를 향한 현재의 움직임과 일치된 삶을 살고 있는 존재라고 스스로를 인식하고 있는 만큼 "금일 한국은 타인의 한국이 아니라 즉 청년 우리의 한국이"라거나 "제군은 조선무대의 독점자요 반도사회는 제군의 전유물이로다"라는 구절에서처럼 한국의 청년이 바로 한국의 주인이라는 주장이 나오는 것은 어쩌면 당연한 일이다.

이처럼 문명의 진보사관을 기반으로 청년에게 정치적·문화적 리더십을 인정하고 있는 청년론은 서양이나 일본에서 공식적으로 수학하며 쌓은 이력과 연줄이 개인의 계층 이동에 유용한 자원이 되기 시작한 20세기 초반 한국의 사정을 상기시킨다. 1905년 한국이 일본의 '보호국'이 되자 국내에 결성된 대한자강회, 대한협회로부터 일본에서 발족된 태극학회, 대한흥학회에 이르는 수많은 단체들은 민족주의적 결사라는 성격과 함께 입신출세를 꿈꾸는 젊은 엘리트들의 연합이라는 성격을 지니고 있었다. 그 단체의 회원들 중에는 전통적으로 정치적 특권에서 소외된 신분(예컨대 중인계층)과 지역(예컨대 서북지방) 출신으로 주로 일본 유학 경력을 자산으로 삼아 권력의 상층부로 나아가는 이력을 쌓아온 젊은이들이 종종 발견된다.[37] 그 단체들의 회보를 통해

36) 이광수, 「자녀중심론」, 『청춘』 15, 1918. 9.

37) 박찬승, 『한국근대정치사상사연구』(역사비평사, 1992), 42~43, 47~56쪽 참조.

널리 알려진 책 중의 하나가 일본에서 『서국입지편西國立志編』으로 번역되어 입신출세주의의 바이블이 되었던 스마일즈의 『자조론自助論』이라는 사실은 그 단체들의 성격에 대하여 시사하는 바가 많다. 『자조론』의 일부를 『소년』에 번역하여 소개한 중인 출신의 일본유학생이자 청년학우회의 총무였던 최남선은 신분적·도덕적 제약에서 벗어나 스스로를 새롭게 창조하고자 하는 젊은이를 위한 비전을 특히 열성적으로 전파했다. 그는 신분차별이 사라진 지금 사회에서는 귀천과 영욕이 모두 개인 자신의 "실력"에 달려 있다고 하면서 실력을 양성하여 부귀와 영화에 대한 "인생의 本望"을 달성하라고 권유했다.[38] 당시 한국의 청년들에게 열려 있는 계층이동은 특히 근대적 국민성(nationhood)을 위한 새로운 문화자본의 축적이 "실력"으로 공인되기 시작한 사태를 조건으로 한다. 청년의 과업으로 여겨진 분과학문에 대한 지식 연마, 토론, 연설, 출판 등의 문화활동, 국민적 도덕을 내면화하는 자아수양 등은 개인이 스스로를 국가 엘리트로 형성하는 행위와 다를 바가 없다. 근대 일본의 청년론에 관한 유익한 역사적 연구에서 키무라 나오에는 청년이 자유민권운동의 존재양식인 '장사(壯士)'와 대립하면서 그 특유의 실천체계를 발전시켰고, 청년적 실천이 결국 장사적 실천에 승리를 거두어 메이지 20년대(1887~1896) 젊은이들 사이에 "비정치적인 국민"의 생성을 가져왔다는 것을 상세하게 밝혀주고 있다. 한국 청년은 일본 청년보다 정치적 주체성의 성격이 강했다고 할지라도 국민적 정

---

38) "我ㅣ 自來로 貴치 못하든 자에게 고하노니 希榮圖貴는 인간의 通情이오 또한 열렬한 향상심의 필연한 표현이라 今에 숙명적 계급이 제군을 枷囚하여 천분과 양능도 소용이 固無하든 冰天雪地는 이미 평등적 慈日에 융화되고 萬姓一體, 裸身赤手로 성패를 爭하고 웅자를 決하니 取榮取辱이 都是 自己오 爲己爲賤이 都是 實力이라 금일의 패는 실력의 열패이니 그 賤이 眞辱이오 금일의 승은 실력의 우승이니 그 貴가 眞榮임을 思하여 마땅히 軆를 練하고 智를 磨하고 지조를 훈련하고 수완을 양성하여 有爲有功으로서 시대의 승자가 되고 新意의 귀족이 되고 그리함으로써 허구한 抑鬱을 暢叙하고 인생의 本望을 충족하기에 전력을 集注하여 新機會의 총아가 될 것이라 하노라."(「귀천론」, 『청춘』 12, 1918. 3.)

체성의 획득을 향한 개인의 자기형성이라는 면에서 일본 청년과 뚜렷한 유사성을 가지고 있다.[39)]

사실, 20세기 초반 한국인 유학생들의 학보에 나타난 청년론은 1880년대 후반 이후 일본에서 유행한 청년론의 여운을 암암리에 느끼게 한다. 청년이라는 한자어 자체가 메이지시대 일본인들에 의해 만들어진 것이다. 그것은 1880년 젊은 목사들이 중심이 되어 도쿄기독교청년회가 결성되면서 그 단체명(Young Men's Christian Association) 중 영맨의 역어로 처음 등장했으며[40)] 1885년에 출간된 도쿠토미 소호의 『신일본의 청년』이 대성공을 거둠에 따라 상용어가 되었다. 소호의 청년론은 소호 그 자신과 마찬가지로 메이지유신 이후 서양식 교육을 받으며 성장하여 자신을 새롭고도 우월한 세대라고 느끼고 있었던 일본의 젊은이들에게 그들의 처지와 역할을 설명하고 그들 자신을 정의하는 새로운 방법을 제공했다. 소호의 청년론의 바탕에는 일본사회의 변화를 보편적 발전의 관점에서 이해하고 추진하는 역사관이 깔려 있다. 허버트 스펜서의 사회진화론으로부터 깊은 영향을 받고 있었던 그는 당시의 일본이 군사적, 귀족적 단계의 사회에서 산업적, 민주적 단계의 사회로 나아가는 중이라고 생각하고 그러한 이행을 성공적으로 완수할 일본국민의 각성과 실천을 촉구했다. 소호가 말하는 청년은 바로 그러한 각성과 실천의 주역이다. 소호는 보편적 사회 발전의 관념에 입각하여 '동양'과 '서양' '구일본'과 '신일본' '노인'과 '청년'의 이분법을 일관되게 구사했으며, 서양을 모델로 하는 신일본 건설의 과업을 담당한 청년의 막중한 사명을 역설했다. "메이지 청년의 운명은 메이지 세

39) 木村直惠, 『青年の誕生』(新曜社, 1998) 참조. 키무라 나오에의 저작에 의거하여 20세기 초반 한국의 청년론을 검토한 예로 이경훈, 「오빠의 탄생—식민지시대 청년의 궤적」(『오빠의 탄생』, 문학과지성사, 2004)이 있다.

40) 木村直惠, 위의 책, 330쪽.

계의 운명이다"라고 그는 쓰고 있다.[41] 특히 그는 메이지 청년이 추천할 새로운 소건을 자유의 이상을 추구하는 학문제도의 확립에서 찾고 있다. 『신일본의 청년』의 상당부분을 차지하는 교육론에는 노인과 청년의 대립에 상관된 대립 중 하나로 '전제명령적(專制命令的)' 학문과 '자유심문적(自由審問的)' 학문의 대립이 등장한다. 동양의 유교주의로 대표되는 전자가 순종하는 신민을 만드는 것을 목적으로 하는 반면, 서양의 자유주의로 대표되는 후자는 불기독립(不羈獨立)한 자유인을 만드는 것을 목적으로 한다고 주장되고 있다. 소호는 학문과 교육의 혁신을 위한 방안으로 이성('道理')의 세계라는 진보의 목적을 위한 지식인들의 노력, 새로운 사상으로 조직한 사립학교 설립과 함께 개인의 선천적인 인식적, 도덕적 능력의 자유로운 개발을 제안하고 있다.[42]

소호의 청년론이 일본에 유학한 한국인들 사이에 얼마나 읽혔는지는 불분명하지만 그들의 청년론에서 그 반향을 감지하기란 그리 어렵지 않은 일이다. 이광수의 청년론에서 특히 그러하다. 『소호문선蘇峰文選』을 신문명의 필독서 중 하나로 꼽을 만큼 그의 문장과 사상을 숭배하고 있었던[43] 이광수는 소호의 청년론과 유사한 논법으로 청년론을

---

41) 德富蘇峰, 「新日本之青年」(1867), 『明治文學全集 34: 德富蘇峰集』(筑摩書房, 1974), 122쪽. 소호의 사회진화론과 청년론의 관계에 대한 보다 자세한 설명을 보려면 Kenneth B. Pyle, *The New Generation in Meiji Japan: Problems of Cultural Identity, 1885~1895* (Stanford: Stanford University Press, 1969), pp. 36~52 참조. 청년을 국가적 갱생의 역군으로 간주하는 것은 실은 일본에 앞서 유럽에서 유행한 발상이다. 1830년대와 40년대 유럽에서는 '청년 유럽' '청년 이탈리아' '청년 독일' '청년 아일랜드' 등으로 불린 운동이 잇달아 일어났다. 프랑스혁명 이후 유럽 전역에 걸쳐 일종의 묵시록적 감각이 고조되어 있었던 당시에 청년세대는 세상에 신생(新生)을 가져올 영웅처럼 여겨졌다. J. W. Burrow, *The Crisis of Reason: European Thought, 1848~1914*(New Haven: Yale University Press, 2000), pp. 8~9 참조.

42) 德富蘇峰, 「新日本之青年」, 위의 책, pp. 138~139, 146~151.

43) 「동경잡신」, 『이광수전집』 10, 324쪽. 『蘇峰文選』은 소호의 『國民新報』 창간 25주년 기념으로 1915년 12월에 출간된 책. 한일병합 직후 초대 통감 데라우치 마사타케(寺內正毅)의 의

썼다. 예를 들면, 소호가 텐보의 노인('天保の老人')과 메이지의 청년('明治の青年')을 대립시킨 것과 비슷하게 노인과 청년을 대척시켰고, 소호가 '신일본' 혁명의 동력을 청년에게서 찾았듯이 '신대한(新大韓)' 건설의 책임을 청년에게 위임했다. 이광수에게 노인과 청년의 대립은 민족의 신문명을 위한 사업에서 무위(無爲)와 유위(有爲)의 대립이다. 동시대 한국 청년의 특수성을 강조하는 이광수는 "타국이나 타시대의 청년으로 말하면 그들은 그들의 선조가 이미 하여 놓은 것을 계승하여 이를 보지하고 발전하면 그만이언마는 금일의 대한청년 우리들은 不然하여 아무것도 없는 空空漠漠한 곳에 온갖 것을 건설하여야 하겠도다. 창조하여야 하겠도다"고 선언하고 있다.[44] 이광수의 청년론은 또한 자주적으로 인식하고 행동하는 청년이라는 소호의 주제에 대한 변주를 들려준다. 자유의 관념은 국민 각자의 "자주독행"이 국가의 흥망을 좌우한다고 천명한 논설에서부터 "자유의사의 자각"을 시작으로 삶의 법칙을 발견해야 한다고 주장한 논설에 이르기까지 한국인 유학생들의 학보에서 종종 눈에 띄지만[45] 이광수는 그것을 더욱 극단화하여 한국의 청년들은 그들을 교도할 父老를 가지지 못했으며 따라서 각자 "自修自養"해야 한다고 주장하고 있다.[46] 이 자수자양의 주장은 전통적인 권위에 대한 심각한 의심과 함께 개인의 자유라는 가치에 대한 고조된 의식을 나타낸다. 이광수가 청년에게 위임한 '신대한' 창조의 원천은 청년 각자의 천부적인 능력 속에 들어 있으며, '신대한' 창

되로 『京城日報』 감독을 맡은 까닭에 한국을 자주 드나들던 소호는 1916년 3월 한국을 여행하다 부산 방문중 이광수를 만났다. 「동경잡신」은 1916년 9월 27일부터 11월 9일까지 『매일신보』에 연재되었다.

44) 孤舟(이광수), 「조선ㅅ사람인 청년들에게」, 『소년』 제3년 제8권, 1910. 8.

45) 牧丹山人, 「自主獨行의 정신」, 『태극학보』 제21호, 1908. 5; 최승구, 「너를 혁명하라」, 『학지광』 5, 1915. 5.

46) 孤舟(이광수), 「조선ㅅ사람인 청년들에게」, 앞의 책 참조.

조의 작업은 그러한 능력을 육성하려는 개인 각자의 노력과 함께 시작된다. 이광수가 청년에게 요구한 자각은 그 청년 각자에게 잠재된 창조적인, 자유로운 주체성에 대한 각성과 동일하다. 이렇게 보면, 일본에 유학한 한국의 청년들이 노블이라는 근대적 주체성의 문학형식을 이해한 최초의 세대인 것, 그들 중 이광수가 노블 형식의 한국소설을 창작한 최초의 작가인 것은 전혀 이상한 일이 아니다.

1910년대의 청년론은 사실 한국 최초의 노블형 소설의 결정적으로 중요한 재료를 이루고 있다. 『무정』에 제시된 청춘남녀의 이야기는 그 자주독행적, 애국애족적 청년이라는 이데올로기에 대한 예술적 추인이자 가공이라는 성격이 뚜렷하다. 청년의 영웅화는 예컨대 작중에서 이례적인 경의(敬意)의 어조로 그려진 인물인 기생 월화의 일화를 통해 명백하게 나타난다. 자신에게 몰려드는 평양의 일류명사 중에 "사람 같은 사람"이 없음에 실망한 나머지 중국 성당시인(盛唐詩人)의 세계를 동경하며 정절을 지키고 있는 월화는 영채와 함께 청류벽 아래를 산보하다 우연히 패성중학 학생들이 부르는 노래를 엿듣는 장면에서 진정한 인간을 만난 감격을 이야기한다. "청류벽에 걸어 앉어 / 가는 물아 말을 들어 / 청춘의 더운 피를 / 네게 부쳐 보내고저"라는 노래를 듣고 월화는 그 학생들 속에 "참 시인"이 있다고 말한다. 또한 패성학교 연설회에서 평양을 세운 조상으로부터 웅장한 정신을 이어받아 새로운 평양을 건설하자는 함교장의 웅변을 듣고 깊은 감명을 받은 월화는 그 청년의 수장(首長)이 평양의 신사 중 유일하게 "깨어 일어난" 사람이라고 여긴다.[47] 함교장은 『무정』의 주변인물에 불과하지만 그의 존재는 그 소설이 그려진 청춘남녀의 자기형성의 행로에 짙은 그늘을 드리우고 있다. 이형식이 자아각성의 과정을 거쳐 특출한 선각자의 풍모

47) 이광수, 『무정』, 앞의 책, 204~227쪽.

를 구비하는 대목에서 그는 명시적으로 함교장의 분신처럼 취급되고 있을 정도이다. 『무정』이 그 교양소설의 형식 속에서 보여주는 것은 청년이라는 이름으로 출현한 새로운 자아의 구체적 가능성에 대한 탐구이다. 그것은 특히 청년의 이데올로기에 내재하는 모순, 즉 자유로운 개인의 관념과 국민적 정체성에 대한 충성 사이에 존재하는 모순을 서툴게나마 해소하는 한 방식을 개척하고 있다. 주인공 형식의 자아 각성은 재래의 도덕적 속박에서 벗어나 자기 내부의 욕망을 긍정하는 계기와 함께 자기 동족의 구원을 위한 수양이라는 요구에 따라 욕망을 자율적으로 통제하는 계기를 포함한다.[48] 형식의 행위를 근원적으로 결정하고 있는 '정'의 만족을 향한 충동은 감각적으로 유쾌하고 안락한 삶을 향한 그것이면서 사랑이라고 불리는, 개인들 사이의 정신적 융합을 향한 그것이다. 형식은 은인의 딸에 대한 도덕적 의무를 저버리고 서울 대부호의 딸과 혼인한다는 점에서는 '무정한' 인간이지만 사랑에 대한 자신의 본래적인 욕망의 충족을 추구하는 동시에 동족을 무지와 가난으로부터 구제할 사명에 따라 새로운 인생을 시작한다는 점에서는 '유정한' 인간이다. 청년론의 입신출세주의는 형식의 이야기를 통해 전례 없는 합리화에 도달한 셈이다.

4. 서양식 소설과 제국주의

한국에서 노블형 소설의 발흥은 서양 및 일본 제국주의의 충격이 한

48) 형식에게 나타는 자아 해방과 통제의 이중적인 움직임과 그 의미에 관해서는 이철호, 「『무정』과 낭만적 자아」(동국대 석사학위논문, 1999) 참조. 형식의 그 자신과의 관계, 특히 그 자신의 욕망과의 관계를 강박신경증적 주체성의 측면에서 설명한 차미령, 「『무정』에 나타난 '사랑'과 '주체'의 문제」(『한국학보』110, 2002)도 참조.

국에 일으킨 문화변동의 한 결과에 해당한다. 『무정』은 한국이 일본의 식민지화로부터 칠 년가량 지난 시점에 매일신보에 연재되기 시작했다. 당시 그 총독부 기관지는 일본의 식민지배를 공고히 하기 위한 선무공작을 지속적으로 벌이는 한편 한국 내에 일본의 문화적 헤게모니를 정착시키고 있었다. 한국의 문학계에서 재래의 서사장르들이 일본으로부터 유입된 새로운 서사형식에 밀려나기 시작한 주요 계기는 바로 매일신보의 지면에서 이루어졌다. 그 신문에 연재된 번안소설들, 특히 조중환의 「쌍옥루雙玉淚」(1912~13, 기쿠치 유호菊池幽芳의 「己之罪」의 번안)와 「장한몽長恨夢」(1913, 1915, 오자키 고요尾岐紅葉의 「金色夜叉」의 번안) 등은 홍루(紅淚) 취향이라고 부를 만한 것을 한국 독자층에 성립시키며 소설에 대한 대중의 기대를 크게 바꾸어놓았다. 매일신보 지상의 번안소설들이 한국소설의 근대적 변형에 상당한 영향을 미쳤다는 것은 진작부터 인지되어서 임화는 "이광수의 무정이 연재될 때까지 조선사람이 서양소설 맛을 보고 현대소설 형태에 접해본 것은 이 번안소설에서였다"고 말한 적도 있다.[49] 따라서 『무정』은 서양소설에 심취한 한국 최초의 세대 중 한 사람이 특출한 문학적 재능으로 그 형식을 모방한 결과라고 말할 수만은 없다. 그것은 일본 식민 당국이 매일신보를 수단으로 도모하고 있었던 한국문화에 대한 지배력 확장과 관련하여 이해해야 한다. 이광수의 술회에 따르면 『무정』이 현재와 같은 모양으로 출현하는 데는 『매일신보』의 편집자들의 역할이 컸다. 편집국장 나카무라 겐타로오(中村健太郎)와 그밖의 한국인 근무자들은 한국인 작가에 의한 창작소설 연재를 계획하고, 전에 「동경잡신」과 「농촌개발」 두 편의 논설을 그 신문에 기고하여 일본의 식민지배와 부

49) 임화, 「조선소설에 관한 보고」, 『건설기의 조선문학』, 홍구 편(백양당, 1947), 57쪽. 1910년대 번안소설에 대한 개괄적 논의는 유문선, 『한국근대소설사연구』(국학자료원, 1994), 105~122쪽에 실려 있다.

합되는 한국사회 개량론을 펼친 적이 있는 이광수에게 연재를 의뢰했으며, 당시 일본유학중이었던 이광수는 마침 쓰고 있던 작품을 고쳐 약 70회분의 연재원고를 미리 보내 편집자들의 허락을 얻음으로써 비로소 『무정』 연재가 성사되었다.[50)]

사실, 『무정』을 읽으면서 일본 식민주의에 동조하는 목소리를 듣지 못하기란 불가능한 일이다. 형식을 비롯한 청춘남녀들이 모두 유학을 떠나는 것으로 이야기를 마친 다음 한국사회의 모든 영역에 '장족의 진보'가 이루어지고 있음을 찬송하는 서술자의 발언은 동시대 한국인들이 일본의 지배 아래 겪고 있었던 수탈과 탄압을 몰각한 것일 뿐만 아니라 식민통치를 영구화하려는 목적에서 펼쳐지고 있었던 선무공작 캠페인에 화답한 것이라고 해석할 소지가 많다. 『무정』에 서술된 모든 행동에 설명과 판단의 기준이 되어 있는 문명의 관념은 빈번하게 지적되었듯이 근대 제국의 질서를 자연스러운 것으로 인정하게 하는 역할을 한다. 근대 제국주의의 역사는 문명의 혜택을 인류사회에 보편화한다는 구실로 제국주의의 팽창주의적 정책이 합리화되었음을 알려주고 있다. 문명의 사명이라는 관념은 특히 일본의 한국지배를 정당화하는 데에 기초가 되었다. 일본인과 한국인 사이에는 인종적, 문화적 차이가 존재하지 않는다는 것이 통설이었기 때문에 일본인들은 한국인들을 그 낙후한 습관과 풍속에서 해방시켜 문명의 도정에 올려놓는다는 신념에 의지하여 한국인들을 지배하는 이유를 설명할 수밖에 없었다.[51)] 『무정』은 한국의 피식민 상태를 불가피한 사태로 인정하도록 만드는 효과가 충분하다. 낡은 도덕의 구속에서 벗어나 새로운 문명의

---

50) 이광수, 「다난한 반생의 도정」, 『이광수전집』 14(삼중당, 1966), 399~400쪽. 『무정』 연재를 놓고 매일신보 편집국과 이광수 사이에 이루어진 타협은 전에도 주목된 적이 있다. 김영민, 『한국근대소설사』(솔, 1997), 442~445쪽 참조.

51) Peter Duus, *The Abacus and the Sword: The Japanese Penetration of Korea, 1895~1910*(Berkeley: University of California Press, 1995), pp. 412~413.

세계로 진입하는 청년들의 서사는 식민주의를 뒷받침하는 문명화의 논리, 바로 그것의 승리를 선언하고 경축한다. 『무정』은 신구도덕의 갈등을 테마화하는 가운데 한국사회를, 근대화의 범세계적 동질화 과정에 편입되어 근본적으로 변화를 겪고 있는 상태에 두고 묘사하고 있으며 그런 점에서 근대 전지구 소설이라고 불릴 만한 세계문학의 한 유형에 근접한다. 하지만 그 유형의 범례적 작품들, 예컨대 토머스 하디의 『캐스터브릿지 시장』이나 치누아 아체베의 『모든 것이 조각나서 흩어진다』와 달리 근대화에 내재한 비극에 별로 주의를 기울이지 않고 있다.[52] 양립이 불가능한 두 가치 또는 두 문화 사이의 충돌에서 발생하는 헤겔적 의미에서의 비극은 『무정』에 존재하지 않는다. 전통윤리의 화신인 까닭에 근대화의 비극을 체현하기에 알맞았을 인물인 영채는 그 역사의 냉혹한 진전과 대결하여 그 장려한 죽음을 죽지 못하고 오히려 근대의 축복을 예시(豫示)하며 제2의 인생을 시작한다. 이 비극을 모르는 근대화의 서사는 『무정』이 식민주의와 타협하고 있음을 그 작품 내부의 다른 어떤 요소보다도 뚜렷하게 입증하는 것으로 보인다.[53]

앞에서 『무정』의 리얼리즘을 논하는 중에 그것이 민족이라는 근대적, 세속적 세계를 발명한 공적을 지적했지만 이제 조금 고쳐 말할 필요가 있다. 그 민족의 상상지리는 어디까지나 일본 제국주의가 궁극적으로 한국인의 삶을 규정하고 있음을 승인하는 관점에서 만들어진 것이다. 『무정』의 작중인물들은 모두 한국인이며 그들의 행위는 한국사

---

52) 근대 전지구적 소설(the modern global novel)에 대한 보다 자세한 논의를 보려면 Michael Valdez Moses, *The Novel and the Globalization of Culture*(Oxford: Oxford University Press, 1995) 참조.

53) 『무정』에 나타난 근대화에 대한 반응을 필자와 다르게 이해하고 있지만 『무정』의 역사철학적 해석을 시도한 매력적인 논문으로 서영채, 「『무정』연구」(서울대 석사논문, 1992)가 있다.

회를 배경으로 하고 있지만 그들의 존재가 일본제국의 판도 속에 있음을 알려주는 지시는 적지 않다. 형식이나 우선 같은 청년 지식인 사이에서 특권적 방언처럼 사용되고 있는 일본어, 경성학교 교주의 아들 김현수가 가지고 있는 남작이라는 작위, 한국에 대해서는 일본이 문명국의 모델이라는 형식의 생각, 한국인들이 가난과 무지의 상태에 머물러 있으면 북해도의 아이누와 같은 운명을 살게 될지 모른다는 서술자의 발언 등이 그것에 해당한다. 특히 흥미로운 지시는 형식 일행이 부산행 열차를 타고 가던 중 삼랑진역에 이르러 낙동강의 범람으로 인해 재해를 입은 한국인들의 참상을 목격하게 되자 그들을 구제하기 위해 자선음악회를 여는 장면에 들어 있다. 거기서 일본인 경찰서장이 형식 일행에게 베푸는 친절하고 신속한 행정적 협조, 그리고 작품상으로 명시되어 있지 않으나 모집된 자선금의 대부분을 냈을 것임에 틀림없는 경부선 이등칸의 일본인 승객은 일본의 강력하고 자비로운 존재를 암암리에 가리키고 있다.[54] 게다가 『무정』에서 한국사회가 진보하기 시작했다는 증거로 강조되고 있는 신문명은 한국인들 자신의 생활상의 요구와 어떤 연관이 있는지 모호한 채로 한국인들의 풍속에 출현하고 있다. 그것은 형식이 어린 시절 평양 시내에 처음 들어갔을 때 '이상히' 여기며 구경한 대동문 거리의 '일본 상점'이나 대동강의 '화륜선'과 마찬가지로[55] 한국인의 생활에 대하여 명백하게 외래적인 것, 한국이 일본제국에 복속된 결과로 생겨난 것이다. 『무정』은 자기 민족을 계몽하고 부강하게 만들려는 청춘남녀의 의지를 전달하고 있지만 그러한 사업에 필요한 새로운 지식과 기술은 자기 민족의 집합적 기억 및 경험과 유기적 연관을 가지고 있지 않으며 오히려 그들이 유학을 떠나는

54) 삼랑진 자선음악회 장면에 은폐된 일본인의 존재에 대한 추론이 波田野節子, 「ヨンチエ・ソニヨン・三浪津ー『無情』の研究(下)ー」(『朝鮮學報』 57, 1995. 10), 122~124쪽에 나온다.
55) 이광수, 앞의 책, 348쪽.

일본, 미국, 독일처럼 자기 민족 외부에 그 근원을 두고 있다. 『무정』에 제시된 한국 민족의 근대적 표상은 작품 내에서 일본인이 '내지인(內地人)'이라고 불리고 있다는 사실이 암시하는 바와 같이 한국이 일본제국의 변방이라는 현실을 수락함으로써, 제국을 둘러싼 열강들의 경쟁하에 일어나는 문화상의 전지구화에 승복함으로써 성립한 것이다.

에드워드 사이드는 영국 소설의 대작들이 제국주의 기획과 공모하는 미묘하고 복합적인 방식을 밝혀낸 그의 연구에서 19세기 영국 노블에서 전지구적, 제국적 비전의 지속을 가능하게 만든 '태도와 지시의 구조들'을 상술하는 가운데 노블이 수행하는 '권위의 공고화'에 대해 언급하고 있다. 저자의 권위, 서술자의 권위, 공동체, 특정한 향토, 구체적인 역사적 순간의 권위 등으로 중층적인 층위를 이루는 그 권위는 서사의 과정에서 규범적이고 절대적인 것, 저절로 타당한 것으로 나타나게 된다.[56] 앞에서 우리는 서양소설에 매혹된 한국작가들이 저자의 권위에 대한 믿음을 습득했음을 살펴보았지만 그것은 엄정하게 말하면 저자 개인의 범위를 넘어서는 권위와도 은밀하게 결합되어 있다. 『무정』의 경우 저자의 권위는 명백하게 제국의 권위와 유착되어 있다. 한국의 민족주의적 비평가들이 『무정』이 달성한 문학적 혁신을 인정하는 데에 대개 인색한 것도 따라서 일리가 있는 일이다. 그러나 제국의 질서 속에 동시대 한국사회를 위치시켜 재현하는 것은 한국인들이 정치적 주권을 잃어버리고 문화상 탈구(脫臼)를 겪고 있던 당시에는 비록 한정된 계급과 지역의 경험에 시야를 제한한 약점이 있을지라도 삶의 현재성에 대해 예민한 리얼리즘의 경지를 열어놓은 것이다. 한국 근대문학에서 리얼리즘의 발전은 『무정』의 노블형 서사를 폐기하는 방식이 아니라 그 저자적, 제국적 권위가 의심을 사도록 노블형 서사를

56) Edward W. Said, *Culture and Imperialism*(New York: Norton, 1993), p. 77.

세련시키는 방식으로 이루어졌다. 이광수 이후 한국 리얼리즘 소설의 대가인 염상섭의 작품만 보더라도 그렇다. 『무정』에서 한국을 문명화시킬 새로운 지식과 기술의 통로로 출현하는 기차 이등칸은 『만세전』에서 식민지 한국에 대해 비통한 환멸을 느끼게 하는 기차 삼등칸으로 대체되며, 『무정』에서 신문명의 발흥을 알리는 활력 있는 거래의 장소로 묘사된 도시 경성은 『사랑과 죄』에서 모든 사람이 속절없이 돈의 주술에 걸려 있는 탐욕과 허영의 소굴로 그려진다. 이 패러디적 대체는 식민지 한국을 재현하는 문학 스타일 가운데 노블적인 것이 깊이 착근되기 시작했음을 말해준다. 20세기 초반 서양식 한국소설의 발생은 일본 제국주의하에서 한국인들이 겪은 문화적 자율성의 상실을 반영하는 것임에 틀림없다. 그러나 다른 한편으로 그것은 한국인들이 제국적, 전지구적 근대성의 문화에 적응하여 그들 자신을 정의하고 그들의 운명을 결정하는 허구 창작의 기술을 그들의 문학 장르 내에 보유하기 시작했다는 증표이기도 하다.

(『상허학보』 14, 2005년)

낭만적 주체성의 소설

한국 근대소설에서 김동인의 위치

1. 서론

『창조』에 발표된 김동인의 야심작 「마음이 옅은 자여」는 한국 근대문학의 역사적 광경이라고 부를 만한 여러 장면을 담고 있다. 그중 하나가 작품 후반부에 나오는 K의 기차여행 장면이다. 애인 Y가 마침내 그를 버리고 시집을 간다는 사실을 알게 되자 충격을 받은 나머지 자살충동까지 느끼고 있던 K는 그의 유서를 받아보고 평양까지 찾아온 친구 C의 제의에 따라 금강산 여행에 나선다. 새벽 한시, 난생 처음 타보는 서울행 열차 일등실에 들어 "안락히 쏘-파"에 몸을 묻은 그는 차창 밖으로 무심히 눈길을 던진다. 기차의 일등실 소파는 그가 그곳에 있지 않았더라면 가능하지 않았을 특권적인 시각적 경험을 선사한다. 기차의 움직임에 따라 그의 시야에 들어오는 사물들은 그것들이 원래 가지고 있는 사람들의 생활과의 특수한 연관에서 분리되어, 그것들 각각이 가지고 있는 특수한 성질과 관계없이, 사심없는 시각적 지각과 향유의 대상으로 바뀐다. 한마디로 말해서 '풍경'으로 화하는 것이다. 그의 눈앞에 펼쳐지는 풍경의 파노라마 중에는 어둠 속의 "평양 파발" 광경, 서북편으로 "차차 멀어져가는 평양 하늘" "멀-리 산 밑에서 반짝거리(는) 불(빛)" "음력 초엿샛날 구부러진 달" "시꺼먼, 도깨비 울 만한 솔밭"이 있다. 사물들이 그렇게 풍경으로 화하는 변화에 상응하여 그것을 바라보는 K의 위상에도 미묘한 변화가 일어난다. 그는 풍경이라는 객체화된 사물에 대하여 상관적인, 주체적 지각의 자리를 차지함과 동시에 실제생활의 세계로부터 초연하게 떨어져나온 자신을 발견한다. 그 외로운 자아에 대한 의식은 문득 슬픔의 감정과 함께 일어난다. "K는 슬펐다. (……) 넓으나 넓은 세계의 억만 인구가 한순간에 모두 소멸하고, 물로 씻은 듯한 세계에 다만 혼자 외로이 남은 슬픔 그것을, 그는 깨달았다."[1] 한쪽에서는 그의 마음을 갉아먹던 Y를 포함한 사물의 세계가 실재성을 상실하고 다른 한쪽에서는 자신을 혼자라고 느끼는 개인의 자아가 태어난다. K가 앉아 있는 기차의 차장 언저리에서 벌어진 것은 주체와 객체의 분리, 자아와 세계의 대립이라는 근대적인 삶의 원초적인 사건이다.

「마음이 옅은 자여」에 나오는 기차여행의 함축은 근대 생활의 문학적 형상 중에 기차만큼 상징적인 것도 드물다는 사실을 생각하면 그리 희한한 것은 아니다. 한국 근대문학에서도 기차는 근대의 경험을 구성하는 새로운 인식, 발견, 충격과 긴밀하게 연관되어 나타난다. 최찬식의 「추월색」에서 전통적인 생활세계를 산산이 해체하는 동시에 사람들을 제국주의 질서에 편입시키는 근대의 힘은 영창과 정임의 인생행로를 따라 출현하는 철로를 통해 상징되며,[2] 이광수의 「무정」에서 북극

1) 『김동인전집』 1(조선일보사, 1987), 117~118쪽. 앞으로 본문과 각주에서 이 판본을 인용할 경우에는 괄호 안에 해당 권수와 쪽수만 밝힌다.

[illegible] 평양에서 경성으로 돌아오는 경의선(京義線) 열차칸에서 이루어진다. 그러나 「마음이 옅은 자여」의 기차여행 장면에 포착된 새로운 삶의 가능성은 그와 유사한 전례 어디에서도 찾아볼 수 없는 내용을 가지고 있다. 그것은 우선 "베-토벤의 '월광소나-타'"라는 자못 별스러운 소재를 포함한다. 외로움의 슬픔에 눈물지으며 창밖을 바라보던 K는 그가 즐기던 월광소나타를 떠올리고 "휘파람으로 불면서 발로 곡조를 맞추"기를 반복하다가 그 음악이 기차의 바퀴 소리에서 "오-케스트라의 합주"처럼 들려오고 있음을 느낀다. 그리고 이어서 기차 바퀴에서만이 아니라 창밖의 산과 들 전체에서 일어나 울리고 있다는 환각에 빠져든다. 사방천지가 음악으로 진동하고 있음을 느끼며 기뻐하던 중 그는 "어떤 삶에 철저한 철리(哲理)를 안 것" 같은 기분에 젖어들고 그러자 그의 마음의 눈에는 일찍이 보지 못한 한 세계가 보이기 시작한다. 그것은 "신비의 눈에 비친 신비의 빛이 (……) 밝게 혁혁히 빛"나는 세계, "서방 십만억토의 극락세계—요단강 저편의 대낙원!"이다. 이처럼 〈월광소나타〉의 기억에서 시작하여 대낙원의 현현(顯現, epiphany)에 이르는 K의 내면적 경험의 정체가 무엇인가는 명백하다. 그것은 음악, 일반적으로 예술이 특별히 가능케 하는 초월적이고 무한한 세계에 대한 깨달음이다. 그는 이 예술의 기적에 감동한 나머지 "'아-, 이것을 모르고 스물네 해를 살았다!"는 회한 어린 탄사를 세 번이나 반복한다.(1: 119~120) 그가 슬픔의 "눈물을 씻고" 맛본 그 예술의 감동은 연애의 허망한 종결 이후 빠져든 외로움의 나락으로부터 그를 구제할 어떤 새로운 삶의 약속임에 틀림없다. 그것은 그에게 아무런 의미도, 실감도 없는 실제세계 대신에 그를 성스러운 정열로 고양시키는 또다른 세계를 열어준다. 그래

---

2) 최원식의 「1910년대 친일문학과 근대성」, 『민족문학사연구』 14, 1999. 6, 208~213쪽.

서 예술은 자아를 기르고 살리는 진정한 방식, 즉 "참 사랑"이 된다.

「마음이 옅은 자여」에서 한 낙백한 젊은이의 자기갱생이라는 문맥 속에 등장하는, 그 기적을 일으키고 구원을 가져오는 예술이라는 관념은 그 작품이 발표된 1919년의 시점에서는 다분히 낯선 것이다. 그것이 얼마나 낯선 것이었는가는, "참 예술적 작품, 참 문학적 소설"의 올바른 이해를 촉구한 글에서 김동인이 "우리는 참 자기, 참 사랑, 참 인생, 참 생활을 이해해야 하오. 이것을 이해하려면은 참 예술을 이해해야 하오. 참 예술을 이해하려면은 미술·음악·문학을 이해해야 하오" 라고 가르치듯 말한 것을 보더라도 짐작할 만하다.(16: 138, 140) 김동인이 예술이라는 말로 지칭한 것은 1910년대 한국의 일반적인 지적 상황에서는 생소한 개념이었다. 실은, 예술이라는 단어 자체가 독일어 쿤스트(Kunst)나 영어 아트(art)에 대응되는 새로운 조어였다. 일본인에 의한 서양어 번역의 역사에서 보면, 예술은 특히 근대 유럽의 미학을 수용하는 과정에서 음악, 미술, 문학, 연극 등을 포괄하면서 고유의 목적과 법칙을 가지는 독립된 영역에 대한 명칭으로 정립되었다. 페놀로사(Ernest Francisco Fenollosa)가 강연록 『미술진설美術眞說』(1882) 중 아트를 가리키는 대목에서 예술 대신에 미술이라는 용어를 사용한 반면, 나카에 초민(中江兆民)은 으젠 베롱(Eugène Véron)의 『미학』의 번역본 『유씨미학維氏美學』(1883~1884)의 서문에서 근대 미학의 관용적 용법에 따라 예술이라는 단어를 구사했다. 쓰보우치 쇼요는 『소설신수』(1885~1886) 중 소설을 미술의 일종으로 묘사한 구절에서 페놀로사의 용례를 따랐지만, 모리 오가이(森鷗外)는 하르트만의 『미학』 제2권의 서두를 번역한 「심미론」(1892)에서 주로 술(術)이라는 단어를 썼다가 나중에 『달개비月草』의 서문(1896) 등에서는 예술이라는 단어를 상용했다.[3] 게다가 김동인의 예술이라는 단어용법은 메이지시대 일본에서 19세기 유럽 미학을 기준으로 새롭게 구성된 개념에 기초한 것임 뿐만 아니라 심미주의를 비롯한 서양 문예사조의 영향 아래 일본작가들 사이에 육성된 미적 의식을 투영한 것이기도 했다. 예술을 신성화하는 그의 어법은 적어도 기타무라 도코쿠(北村透谷)의 내부생명론에서부터 시라카바파(白樺派)의 자아이상에 이르는 일본문학의 낭만주의적, 이상주의적 조류를 통해서 미적인 삶에 심오한 의의가 부여되었음을 감안하지 않고서는 제대로 이해되지 않는다. 김동인과 그의 동지들이 한국 초유의 예술의 아성인 『창조』지를 만들면서 『시라카바』지를 의식하고 있었다는 지적은 여기서 참고가 된다.[4]

김동인과 창조파에게 나타나는 미적인 삶의 추구는 그것에 대한 종래의 온갖 유물론적, 현실주의적 비판에도 불구하고 물질적으로 혜택을 입었지만 정신적으로 미숙한 젊은이들의 허위의식의 발로에 불과한 것은 아니다.[5] 그것은 넓게는 근대 서양의 지식과 기술을 모델로 하여 한국인의 개인적·집단적 삶을 획정하고 조직하려는 정치적·문화적 과정의 일부이며, 좁게는 인간의 마음과 능력에 관한 새로운 철학적 가정에 기초한 개인들의 자기구축 노력의 일부이다. 김동인과 그밖의 동세대 문인들을 김억의 이른바 '예술적 인생'에 대한 열망으로 몰아넣은 것은 단지 예술을 존중하는 서양인과 일본인의 문명화된 생활을 서둘러 향유하고 싶다는 소박한 욕구가 아니라 당시의 젊은 문인들에게 모든 형태의 바람직한 인생의 원천으로 여겨지고 있었던 개인 내부의 '생' 또는 '생명'과의 특별히 밀접한 연관 덕택에 예술이 가능하

3) 여기서 언급한 메이지시대 일본의 미학 관련 자료는, 『小說神髓』를 제외하고, 모두 土方定一 編, 『明治藝術 · 文學論集』, 明治文學全集 79(筑摩書房, 1975)에 실려 있다.

4) 김윤식, 『김동인연구』, 민음사, 1987, 87~95쪽.

5) 근대문학 초기의 낭만적, 미학적 의식에 대한 연구가 최근 들어 다행스럽게도 새로운 방향을 잡아가고 있는 듯하다. 조영복, 「동인지시대의 담론과 '내면-예술'의 계단」(『한국문학과 계몽 담론』, 새미, 1999); 차승기, 「'폐허'의 시간」(상허학회, 『1920년대 동인지 문학과 근대성 연구』, 깊은샘, 2000); 오문석, 「1920년대 초반 '동인지'에 나타난 예술이론 연구」(위의 책); 구인모, 「『학지광』 문학론의 미학주의」(『한국근대문학연구』 2, 2000) 등 참고.

게 하는 어떤 참다운 삶에 대한 소망이었다. 그들에게 예술은 개인으로 하여금 자신에게 존재하는 '내적 생명'의 활동을 체험하고 표현하게 해주고, 그리하여 그 자신을 무한하고 전일적(全一的)인 생명 속으로 확대시키는 비결이었다.[6] 그들이 드러낸 미적인 삶에의 열망은 그들 자신의 개성을 발달시키고 그들 자신의 힘을 증대시키려는 욕망의 표현이기도 했다. 그들의 미학적 사고는 그 원류에 해당하는 일본 근대문학의 낭만주의—이시카와 다쿠보쿠(石川啄木)가 유명한 평론에서 메이지 및 다이쇼시대 문학에 우세하다고 말한 "자기주장적 경향"[7]—와 마찬가지로, 자기 내부에 선험적으로 존재한다고 믿어지는 능력을 자원으로 삼아 스스로를 자유롭게 창조하려는 의지를 나타낸다. 요컨대 그들은 예술을 그 범례로 하는 삶의 형식을 추구하는 가운데 근대 유럽에서 미학이 수행한 것과 동일한 작업, 즉 주체성의 모델을 제공하는 작업에 관여하고 있었던 것이다. 미적인 삶의 신성함을 어느 누구보다 확신에 차서 역설한 김동인의 경우, 예술을 통해 실현되는 주체성의 비전은 그가 적어도 그의 창작활동의 주요 시기에 남다른 패기와 정열을 가지고 탐구한 문제였다. 그의 탐구는 특히 창조적 주체성의 이상을 실현할 문학형식의 발견과 실험으로 나타났다. 그 문학형식을 우리는 김동인의 어법에 따라 소설이라고 부른다.

---

6) 예컨대, 춘성생(春城生)이라는 필명으로 『창조』 제6호(1920. 5)에 발표한 글 「문예에서 무엇을 구하는가」에서 노자영은 예술이란 "生命의 表現"이라는 가정에서 출발하여 예술은 "우리 自我의 生命을 照明하고 集中하고 豊富히 하고 힘세게 하야 自由의 流動을 엇게" 한다고 썼다. "우리 自身의 生命을 가장 完全하게 길너가는 일이 이 역시 우리가 藝術에서 求하는 窮極"이라는 것이 그의 결론이다.

7) 石川啄木, 「時代閉塞の現狀」, 稲垣達郎·佐藤勝 編, 『近代文學評論大系』 第三卷 明治期 III (角川書店, 1972), pp. 333~339.

2. 대동강의 미학과 동경의 삶

김동인의 소설에는 그의 고향 평양이 그의 문학의 주요 원천 가운데 하나였음을 알려주는 증거가 무수히 많다. 김동인은 동경유학시절 아사쿠사의 영화관을 드나들고 후지지마 다케지(藤島武二)의 화숙(畵塾)을 기웃거린 사람답게, 그리고 무엇보다도 톨스토이로부터 감화를 받아 문학을 시작한 사람답게 애향주의 문학 따위를 표방하진 않았을지라도 평양의 독특한 향토성 체험을 일종의 특권처럼 여기고 있었다. 김동인이 작가생활을 하고 있을 당시 평양은 명승고적을 자랑하는 유흥도시에서 서북경제의 중심을 이루는 "조선 유일의 상공(업)도시"로 서서히 변모하고 있었다. 제1차세계대전 이래 한동안 호황을 누린 일본경제의 파장으로 일본은 물론 만주, 중국, 몽골에까지 미치는 광대한 상권을 형성했을 뿐만 아니라 평양의 토착기업가 및 일본인 상공업자들이 서로 각축을 벌이는 산업단지가 되어가고 있었다. 1929년 조선총독부 통계에 의하면 면적 약 200만평, 호수 37115호, 인구 156442명이던 평양에 공장은 294개, 회사는 104개, 은행은 7개가 있었으며, 공업에 3990호, 19419명, 상업 및 교통업에 9908호, 46258명이 종사하고 있었다.[8] 그러나 "조선 유일의 상공(업)도시" 평양은 김동인에겐 평양이 아니었다. 「마음이 옅은 자여」에는 모란봉에 함께 오른 K와 C가 나누는 대화중에 평양에서는 "수전노내, 돈내, 물질내, 허영내"가 난다는 말이 나온다. 김동인의 평양은 혼마치(本町)나 선교리(船橋里, 1920년대 평양의 공장지대)가 아니라 대동강에 있었다. 그는 평양의 이름난 경관 중에서도 대동강을 유독 표나게 작품에 등장시켰다. 한때 김동인의 자랑스러운 친구였던 같은 고향의 화가 김관호(金觀鎬)가 한국 최초의

8) 『平壤府』, 調查資料 第三十四輯 生活狀態調查(其四)(朝鮮總督府, 1932), pp. 55, 294, 336~337, 351 참조.

서양화로 일컬어지는 작품 〈해질녁〉에서 목욕을 마친, 석양빛에 물든 두 나부(裸婦)의 배경에 능라도를 그려넣었듯이, 김동인은 예술을 한다는 선각자적 긍지를 가지고 지은 단편들 가운데 대동강의 뚜렷한 인상을 새겨넣었다.

김동인 단편에서 시기상으로 가장 앞서면서 또한 묘사상으로 가장 선열한 대동강의 이미지는 「눈을 겨우 뜰 때」에 나온다. 이 소설에는 사월 파일이면 대동강 일대에서 벌어지던 불놀이가 적지 않은 분량에 걸쳐 사실적으로 묘사되어 있는데다가 인생 일반에 대하여 뭔가 심오한 함축을 지니는 사건으로 처리되어 있다. 어떤 의미에서는 대동부(大同賦)라고 부름직한 평양 특유의 풍류에 대한 문학적 헌사라 해도 좋고, 주요한의 시 「불놀이」에 대한 뒤늦은 화답이라 해도 좋을 이 소설에서 대동강은 사람들에게 생활의 모든 속박으로부터 해방된 어떤 특별한 경험의 순간을 제공하는 것으로 되어 있다. 사방에 불을 밝히고 강물에 배를 띄우고 떼지어 모인 사람들이 한가로이 유흥에 몰입하는 그 흥분과 도취의 밤은 모든 축제의 밤이 그렇듯이 욕망과 정열에 대한 통제가 일시적으로 해지되는 순간이다. 불놀이가 벌어진 대동강으로 몰려드는 사람들을 가리켜 "해에게 괴로움을 받던 사람들의 불을 그려 모여드는 무리, 외로움에 슬퍼하던 사람들의 홍성거림을 찾아 모여드는 무리, 한 해 동안을 수판에 머리를 썩이는 사람들의 하룻밤의 안락을 얻으려 모여드는 무리"라고 말하는 구절에서 대동강은 사람 각자를, 그리고 사람 전체를 하나의 즐거운 육체로 돌아가게 하는 향락의 세계로 나타난다. 어둠에 잠긴 대동강 일대가 "불로 변하고 사람으로 장식하고 음악으로 분위(雰圍)되"는 순간, 삶은 강심의 어둠 속에서 타오르는 불처럼 순수한 에너지의 연소가 된다. 그 강렬성 혹은 농밀성의 체험은 삶 그 자체를 즐기는 일이면서 또한 현실적으로 제약된 삶을 넘어서는 일이다. 사람을 도취시키는 불놀이의 광경을 묘사하는 중에 "여기는 온갖 것을 초월한 삶의 문제가 있다"는 표현이 나오는 것은 따라서 극히 당연한 일이다.(I : 237~239)

「눈을 겨우 뜰 때」의 불놀이 장면에 묘사된 그 특별한 종류의 체험은 보통 미적 경험이라고 부르는 것과 일치한다. 미적 경험의 범주에 드는 자연과 예술 경험은 사람으로 하여금 삶을 감각적으로 풍부하고 강렬한 형태로 향유하게 하는 동시에 그 한정되고 결정된 상태를 넘어서는 삶의 움직임과 만나게 한다. 미적 경험에 관한, 숭고에서 현현에 이르는, 서양의 전통적 개념들이 공통적으로 가리켜 보이는 것은 바로 그 감각적 인식과 향락의 지극함 가운데서 일어나는 비범한 각성의 순간들이다. 미적 경험의 이러한 특성은 19세기 후반 이후 서양에서 미적 경험을 숭상하는, 특히 예술의 경험을 숭상하는 태도가 심미주의라는 이름으로 강령화되고 정당화된 주요 근거이기도 하다. 심미주의를 가리켜 '예술의 종교'라고 하는 표현이 시사하듯이 심미주의는 미에 대한 지각과 명상이 선사하는 어떤 초월적인 것에 대한 의식을 목표로 한다. 그 초월적인 것에 대한 의식은 물론 심미주의의 유형에 따라 내용상으로 차이가 있어서 그 낭만주의적 원천에 보다 가까운 경우에는 삼라만상의 어떤 거룩한 질서에 대한 깨달음이기도 하고, 보다 멀어진 경우에는 그 자체로 족한 반세속적 상상과 감흥이기도 하다. 하지만 어느 유형에 속하든 심미주의는 미적 경험 가운데 세속적인 삶의 한정된 테두리를 넘어서는 인간의식의 지고한 순간, 이른바 접신적 아우라의 순간이 있다고 믿는다.[9] 그런 만큼 과학이나 도덕과 같은 인간생활의 다른 영역과 분리시키면서까지 미적 경험을 순수하고 자족적인 형

9) 심미주의에 관한 수많은 역사적·비평적 설명 중에서 아직까지 표준이 되는 것은 그레이엄 허프(Graham Hough)의 *The Last Romantics*(London: Duckworth, 1949)이다. 예술의 종교 혹은 '접신적(接神的) 의식(theophanic consciousness)'이라는 테마에 초점을 맞추어 유럽 및 미국문학의 심미주의를 검토한 다음 저작도 참고. Leon Chai, *Aestheticism: The Religion of Art in Post-Romantic Literature*(New York: Columbia University Press, 1990).

태로 파악하고 추구하는 것은 심미주의의 종교적 성향에 불가피한 사정이다. 이러한 미에 대한 신앙은 널리 알려진 대로 김동인이 내세워 자랑한 작가적 개성의 주요 부분이기도 하다. 「조선근대소설고」의 유명한 구절에서 그는 젊은 시절 자신을 사로잡은 "광포한 사상"에 대해 언급하는 가운데 "나는 온갖 것을 '미'의 아래 잡아넣으려 하였다. 나의 욕구는 모두 다 미다"라고 말한 바 있다.(16: 33)

「눈을 겨우 뜰 때」에 나타난 대동강 불놀이의 의미에 주목하여 텍스트를 읽으면 그것은 미적 경험에 대한 소설적 주석과 크게 다르지 않다. 작중 이야기의 주인공 기생 금패는 말할 것도 없이 대동강의 이미지와 등가를 이루는 인물이다. 보통 사람에게는 이례적인 감각의 축제가 그녀에게는 인생 그 자체이다. 작품의 많은 부분을 차지하는 그녀의 번민은 축제적 인생이라는 관념에 동요가 일어난 데에서 비롯된다. 불놀이를 하던 여학생들에게서 기생의 영화란 덧없는 것임을 들어 자신을 멸시하는 소리를 엿들은 이후 금패는 자신의 인생 또한 보통사람의 인생과 마찬가지로 "흥진비래(興盡悲來)"의 "운명" 속에 있음을 괴롭게 의식하며 외로움을 느낀다.(1: 245) 그녀를 사로잡고 있는 번민의 중심에는 인생의 무상함, 존재의 유한함에 대한 각성이 있다. 무상한 인생, 유한한 존재란 인간의식에 그 탄생과 함께 생겨나는 종양과도 같은 진실이지만 감각의 호사와 관능의 행복을 특별히 누려온 금패에게, 그러한 삶의 특전을 잃어버리면 무참히 전락하고 마는 금패에게 그것은 유난히 무서운 진실이다. 그렇게 불가항력의 운명과 맞닥뜨려 공포와 혼란을 느끼고 있는 상태에서 금패가 보여주는 것은 아무리 덧없고 유한하다 할지라도 삶을 즐겁게 누리고자 하는 욕망이다. 어느 날 저녁 그녀는 대동강에 띄워진 마상이에 드러누워 "높은 하늘"을 바라보다가 "무궁(無窮)이라 하는 것"을 떠올리고는 그것과 비교하면 사람은 "더럽고 불쌍한 것"이며 살기 위한 모든 노력은 "운명이라고 하는 큰 힘"에 지게 마련이라고 생각한다. 그러면서 운명의 위력을 오히려 향락의 이유로 받아들여 "즐겨 두어라, 놀아 두어라, 걱정하면 무엇하며 애태우면 무엇하랴"라고 그녀 자신을 설득한다.(1: 254) 무상함의 각성과 함께 일어나는 이러한 향락주의는 철학적으로 세련되었더라면 심미주의의 공식이 되었을 법한 생각이다. 기생 금패 혹은 김동인에게 잠재된 미학적 발상은 월터 페이터가 그의 저서 『르네상스』의 유명한 「결론」에서 덧없는 인생을 사는 성공적인 방법에 관하여 설파한 바와 비슷하다. "다채롭고 드라마틱한 삶"의 순간은 얼마 되지 않는 만큼 그러한 순간은 언제든지 최고로 세련된 감각을 가지고 남김없이 경험해야 한다고 페이터는 주장한다. "이 단단한, 보석 같은 불꽃과 함께 항상 타오르는 것, 이 황홀감을 지속시키는 것이 삶에서의 성공이다."[10]

물론 대동강의 '불꽃'은 오래 가지 않는다. 「눈을 겨우 뜰 때」는 초월적인 것의 경험을 찬미한다기보다는 오히려 그것을 지속되지 못하게 하는 운명의 임재(臨在)를 보고한다. 금패가 그네를 타다가 떨어져 죽는다는, 우연의 은총에 기대어 서둘러 처리한 듯한 결말은 "무궁"이라는 하늘로의 도약이 불가능한 인간 존재의 무력함을 두드러지게 한다. 그러나 비록 찰나의 순간이나마 감각의 황홀한 연소와 함께 비약한 적이 있는 삶, 어떤 광대한 생명의 맥박 속에서 전율한 적이 있는 삶에 대하여 그러한 비약과 전율의 불가능성이란 이미 죽음과 마찬가지다. 그래서 기생의 비참한 말로를 깨달은 금패가 결혼을 통한 새로운 인생을 꿈꾸는 중에도 그것은 지극한 향락의 대체가 아니라 그것의 연장으로, 작중의 종교적 표현을 빌리면, "극락세계"로 상상된다.(1: 260) 초월적인 것의 경험이 덧없이 끝나는 사정을 일러 운명이라고 한다면 그 경험의 끊임없는 지속을 원하는 욕망 또한 운명이다. 개인의 존재를

---

10) Harold Bloom, ed., *Selected Writings of Walter Pater*(New York: Columbia University, 1974), p. 60.

해소하기 어려운 모순 속에 빠뜨리는 이러한 운명에 대한 서사적 증언은 「배따라기」에 들어 있다. 이 단편에서 작중화자가 전하는 이야기의 주인공 뱃사람은 아내를 잃고 아우와 헤어진 이후 고향을 떠나와 이십 년째 정처없이 바닷길을 오가고 있다. 그의 외로운 표박은 물론 아내와 아우의 관계에 대한 그의 의심, 그 과도한 정열에 발단이 있지만 그것을 성격적 결함에서 기인한 비극인 것처럼 해석하는 것은 옳지 않다. 그의 결혼생활에 파탄을 가져온 결정적 계기인 쥐잡기 소동이 말해주듯이 그의 불행은 그들 중 어느 누구도 책임이 없고 어느 누구의 의지와도 무관한 우연의 장난이며, 그래서 그것은 그에게서 "운명의 힘"이라는 이름을 얻고 있다.(1: 199) 그러나 외로운 표박이 뱃사람에게 운명이라면 그것은 아내를 향한 그의 정열이 비극을 부르게 되어 있었기 때문일 뿐만 아니라 그의 정열이 비극에도 불구하고 쇠진되지 않기 때문이다. 아내가 빠져 죽은 바다, 바로 그곳을 떠돌며 배따라기, 그 "바다에 대한 애처로운 그리움"의 노래를 부르는 그의 행동은 비극의 운명을 뜻하는 동시에 정열의 운명을 뜻한다. 그가 떠도는 망망한 바다, "유감없이 그의 눈에 나타나"는 바다는 흥미롭게도 충만하게 타오르는 정열의 이미지를 가지고 있다. "불덩이 같은 커다란 시뻘건 해가 남실남실 넘치는 바다에 도로 빠질 듯 도로 솟아오를 듯 춤을 추"는 그 바다는 불놀이가 벌어진 대동강의 한 변형이다.(1: 208, 199, 197)

김동인 소설에서 대동강은 인간의 삶이 모든 결핍과 제약으로부터 해방된 상태를 계시한다. 그 숭고한 삶의 상태는 특히 본능과 정열의 모든 요구가 만족된 상태, 인간이 감정적인 또는 에로틱한 충족 속에 존재하는 상태이다. 이런 맥락에서 「배따라기」의 작중화자가 뱃사람을 만나게 되기 전에 모란봉 기슭에서 펼치는 상념은 주목할 가치가 있다. 작가 김동인을 연상시키는 그 일인칭 화자는 "삼월 삼질, 대동강에 첫 뱃놀이를 하는 날" 새파랗게 돋아나는 풀밭을 한가로이 뒹굴며 봄의 아름다움에 함께 취한다. 기생들의 음악이 "봄의 모든 경치와 꾸까지 조화"하고, 밀밭의 농부가 "만족한 웃음"을 띠고, 자연조차 스스로를 "찬송하는" 듯한 그 희열의 순간 그는 "유-토피아"에 대한 인간의 꿈을 떠올린다. "나는 이러한 아름다운 봄 경치에 이렇게 마음껏 봄의 속삭임을 들을 때는 언제든 유-토피아를 생각지 않을 수 없다. 우리의 시시각각으로 애를 쓰며 수고하는 것은- 그 목적은 무엇인가, 역시 유-토피아 건설에 있지 않을까." 이어지는 구절에서 그는 "유-토피아를 세우려던" 중국 진나라의 시황제는 "참말로 참 삶의 향락자이며, 역사 이후의 제일 큰 위인이"었다고 칭송하고, 유토피아를 추구하는 "순전한 용기"야말로 가장 "사람"다운 자질이라고 주장한다.(1:196~197) 작중화자가 바닷길을 떠도는 뱃사람에게서 보고 있는 것도 실은 이 순전한 용기와 같은 종류의 마음이다. 뱃사람의 외로운 방랑은 시황제의 광포한 전횡과 그 양상은 다르지만 현실에서는 불가능한 완전한 충족이라는 이상을 추구한다는 점에서 서로 일치한다. 김동인 소설에서 대동강의 미적 경험에 충실한 삶의 일반적 양식이 있다면 그것은 동경(Sehnsucht)의 양식이라 해도 무방하다. 프리드리히 슐레겔은 사람으로 하여금 숭고의 느낌을 끊임없이 원하게 만들고 이상이라면 모두 사랑하게 만드는 마음의 움직임을 가리켜 동경이라고 했다.[11] 김동인 소설의 대동강은 덧없고 유한한 삶의 상태로부터 벗어나기를 꿈꾸는 사람들, 그들의 정열과 광기, 신념과 변덕의 이야기 한복판을

---

11) Friedrich Schlegel, "Introduction to Transcendental Philosophy(1800)," Jochen Schulte-Sasse et al., *Theory as Practice: A Critical Anthology of Early German Romantic Writings*(Minneapolis: University of Minnesota Press, 1997), pp. 244~246 참조. 대동강과 낭만적 동경의 관계는 대동강을 관조하기에 여념이 없는 평양인 특유의 심경을 강조한 소설 「대동강은 속삭인다」의 경우 설명이 구차할 정도로 명백하다. 여기에서 작중화자가 들려주는 두 편의 동화풍의 이야기 '무지개'와 '산넘에'를 보면 전자는 한 소년이 무지개를 잡겠다는 일념으로 산하를 떠돌다가 백발의 노인이 되어버렸다는 이야기이고, 후자는 산너머 미지의 나라를 그리워하다 종내 그곳으로 떠나버린 한 처녀를 둘러싼 이야기이다.

유유히 흘러간다.

3. 낭만적 개인주의와 예술가소설

에로틱한 향락 또는 초월적인 삶에 대한 동경은 사람의 생활이 일정한 역사적·사회적 규정 아래 있다는 감각, 한마디로 세속적 현실에 대한 감각과 양립하기 어렵다. 그래서 향락과 동경의 삶은 잠재적으로든 현재적으로든 엉뚱함(extravagance)의 요소를 가지고 있다. 세속적 현실의 요구에 비추어보면 불합리성과 무절제함이 두드러지는 성격적 특징들, 예컨대 편집, 탐욕, 만용, 기벽, 광기 등은 사실상 김동인 소설 특유의 인물들에 대한 묘사가 된다. 김동인의 인물들이 얼마나 엉뚱한가는 몇몇 사례를 일별하는 것으로 충분하다. 자신에게는 "거인"이었던 남편이 사망한 이후 여승처럼 세월을 보내다가 남편을 닮은 그의 서제(庶弟)와 우발적으로 불륜을 저지르게 되자 남편에게 사죄하는 마음으로 스스로 목숨을 끊는 「거치른 터」의 영애, 비교적 엄격한 농민의 규율 아래 자랐으나 빈민굴에서 매음을 계기로 맛보기 시작한 사는 재미에 홀린 나머지 분수에 넘치는 행동을 하다가 목숨을 잃게 되는 「감자」의 복녀, 노망난 어머니는 죽이는 것이 예수의 가르침에 따르는 효도라 여기고 실행에 옮겼다가 사후의 재판정에서 지옥행을 선고받는 「명문」의 전주사, 빛나는 이름이 되리라 믿고 애써 철학을 공부했으나 세상에서는 아무런 쓸모가 없음을 알게 되자 만주로 건너가 의술가를 사칭하며 방랑하던 끝에 노상에서 얼어죽고 마는 「동업자」의 홍선생. 김동인 소설의 엉뚱한 인물들은 대체로 상상적인 삶과 현실적인 삶, 자신의 실상과 자신에 대한 믿음 사이에 심각한 괴리를 드러낸다. 그들은 자신의 욕망, 정열, 이상의 만족을 위해 자신의 주어진 존재를 부저하는 모험의 방식으로 삶을 영위한다. 그들이 [illegible] 사회든 공동의 현실과 크게든 적게든 유리되어 그것의 한 극단에는 외로운 자기유폐가, 다른 한 극단에는 정처 없는 방랑이 자리를 잡는다. 그들의 운명에 합당한 정의는 어쩌면 돈키호테주의(quixotism)의 희비극일지 모른다.[12)]

김동인 소설에서 엉뚱함의 드라마를 가장 선정적으로 보여주는 것은 예술가들의 이야기이다. 「유서」 「목숨」 「광염소나타」 「광화사」 등에 등장하는 예술가들은 우선 향락과 동경의 삶을 극단적으로 구현한 인물에 해당한다. 예컨대 「목숨」의 천재시인 M이 병원에 입원하여 있는 동안 죽음의 관념과 씨름한 경위를 적어둔 일련의 글 속에는 마음대로 즐기는 삶에 대한 찬양이 들어 있다. 시인의 마음속에 저승사자처럼 나타난 "악마"는 자기들 나라에 오면 "훌륭한 권세"를 주겠다며 유혹하고, 죽음 이후의 천당과 지옥이란 있지도 않으며 형태를 바꿔가며 영생하는 "영(靈)"의 세계가 있을 뿐이라고 말한다. 무한 권력 또는 무한 자유의지의 표현인 그 악마가 실은 "사람의 정(精)이구 사람의 본능"임이 밝혀지면서 시인의 글은 폭군적, 자아중심적 향락을 위한 변론과 동일한 것이 된다.(1: 162, 172) 그런가 하면 「광화사」의 화공은 현재의 불완전한 삶을 넘어서고자 하는 정열 속에 예술의 본질이 있다는 생각을 표현한다. 얼굴이 워낙 흉해서 여자들로부터 배척을 당한 이후 사람을 피해 숨어살며 그림에 정진해온 그는 자신에게 여자를 주지 않는 세상에 복수하겠다는 일념으로 세상의 어느 여자도 미치지 못할 절세

12) 여기서 돈키호테주의라는 말은 개인 자신의 영혼 밖에서는 의미도 실체도 찾을 수 없는 근대적인 삶을 조건으로 발생한 추상적 이상주의와 관련하여 『돈키호테』를 해석한 루카치의 발언, 그리고 돈키호테가 보여준 영웅주의와 그로테스크, 독신(篤信)과 광기의 복합에 매혹을 느끼고 있었던 김동인 자신의 취향을 염두에 두고 썼다. Georg Lukacs, *The Theory of the Novel*, trans. by Anna Bostock(Cambridge Mass.: The MIT Press), p. 97~105, 김동인, 「明과 暗」(16: 172~184) 참조.

의 미녀를 자기 붓으로 만들어내려 한다. 소경 처녀가 아름다운 광경을 보고 싶어하는 표정에서 비로소 미녀의 얼굴을 찾게 된다는 사정이 말해주듯이, 그가 구하는 미는 현실에서는 불가능한 삶에 대한 동경을 본질로 한다. 더욱이 김동인의 예술가들이 표현하는 향락이나 동경은 그들 존재의 근원으로부터 솟구치는 듯한 강력한 충동, 그들 자신도 제어하지 못하는 어둡고 광포한 충동을 내포한다는 특징을 갖고 있다. 예술적 능력과 야성적 충동의 동류성은 김동인 스스로 명확하게 의식하고 있던 주제여서 「광염소나타」에서는 범죄를 저질러 광기를 분출함으로써 창작의 영감을 얻는 음악가의 기괴한 이야기를 들려준다. 김동인 소설의 예술가들은 엉뚱한 정열이 극점에 달하여 악마성까지 획득한 상태를 예시하는 것으로 보인다.

김동인이 악마의 화신처럼 그려낸 예술가들은 미에 대한 열광에 빠져 사람들로부터 고립되어 있으며 방탕한 또는 위험한 삶을 살고 있다는 점에서 낭만주의의 전통 속에서 만들어진 예술가의 정형을 닮아 있다. 그들이 겪고 있는 고통과 고립은 낭만적 예술가들에게 일반적으로 그렇듯이 미의 광휘를 알아보는 천재, 초월적인 것에 감응하는 본능을 가진 까닭에 치러야 하는 대가이다.[13] 저주를 받은 듯한 그들의 내면에는 어떤 충일한 생명과 접촉하는 가운데 스스로를 표현하고 확대하는 자아가 자리잡고 있다. 그러나 김동인의 예술가들이 구현하고 있는 자아관념의 원천에 좀더 가까이 다가가자면 유럽의 낭만주의보다도 시라카바(白樺)파의 낭만주의가 먼저 고려되어야 한다.[14] 시라카바파의 대변인 격이었던 무샤코오지 사네아츠(武者小路實篤)가 삶의 일차적 목적은 자신의 자아를 사랑하는 데에 있음을 강조한 데에서 보듯이[15]

13) 서양 낭만주의 전통에 나타나는 고립된 예술가의 형상에 관해서는 Frank Kermode, *Romantic Image*(New York: The Macmillan Co., 1957) p. 1~29 참조.

14) 김동인과 시라카바파의 관계는 김춘미, 『김동인연구』(고려대학교 민족문화연구소, 1985), 그리고 앞에서 언급한 김윤식, 『김동인연구』 등에서 검토된 바 있다.

시라카바파의 주요 이념은 개인자아의 무한한 가능성을 무엇보다 중시하는 개인주의에 있었다. 시라카바파의 주요 인물들, 예컨대 시가 나오야(志賀直哉)가 보여준 바와 같은 내면적으로 조화롭게 통일된 자아의 추구가 김동인에게서는 보이지 않을지라도 스스로를 표현하고 확대하는 개인적 자아라는 관념은 김동인에게 상당한 감화를 주었던 것으로 보인다. 여기서 특히 언급할 만한 것은 향락이나 초월을 추구하는 개인의 의지를 그 광포할 만큼 충동적인 형태 그대로 긍정하는 김동인의 발상은 아리시마 다케오(有島武郎)의 '애기주의(愛己主義)'와 통하는 데가 있다는 점이다. 「아낌없이 사랑은 빼앗는다」라는 장편 에세이에서 아리시마는 "대자연이 가지고 있는 의지"인 본능이 인간에게 나타나는 순수한 형태가 사랑이며, 사랑의 진실한 형태는 자기에 대한 사랑이라고 주장한다. 그는 "본능적 생활"이 인간을 자유롭고 창조적이게 한다고 찬미하는 것과 같은 논리에서 "개성의 생장"을 위해 무엇이든 자기 속으로 섭취하고 동화시키는 사랑을 경축한다. 그리고 그 자기에 대한 "사랑의 표현" 중에 예술을 배치한다.[16] 이처럼 본능, 자기애, 개성, 예술을 긴밀하게 연관시킨 아리시마의 개인주의는 아마도 김동인의 미학적 사고에 중요한 참고가 되었을 것이다. 그가 아리시마

15) "나에게 있어서 제일의 것은 자아이다, 자아의 발전이다. 자아의 확대이다, 진실한 의미에 있어서 자기의 일생을 충실하게 하려는 것이다. 이것의 수단으로 나는 붓을 잡는 일을 선택했다. (……) 나는 미를 사랑한다, 힘을 사랑한다, 예술을 사랑하고 사상을 사랑한다. 그러나 그것은 자아를 사랑하기 때문이다, 자아를 크게 만들고 싶기 때문이다, 자아를 살게 하고 싶기 때문이다, 사는 보람이 있게 하고 싶기 때문이다." 武者小路實篤, 「自分の筆でする仕事」, 『初期白樺派文學集』 明治文學全集 76(筑摩書房, 1963), p. 387.

16) 有島武郎, 「惜みなく愛は奪ふ」, 『有島武郎集』 日本近代文學大系, 33(角川書店, 1970), pp. 390~395, 398~404, 417~424. 아리시마 다케오와 김동인을 비교한 김춘미는 「약한 자의 슬픔」에 「아낌없이 사랑은 빼앗는다」의 영향이 보인다고 지적했다. 그러나 그 장편 에세이는 1920년 6월에 단행본으로 출판되었으므로 「약한 자의 슬픔」처럼 발표시기상으로 그에 앞서는 김동인의 작품을 두고 그 에세이의 영향을 이야기하는 것은 당연히 잘못이다. 김동인이 아리시마의 어떤 글에 의존했는가는 철저한 조사를 하지 못한 지금으로서는 자신있게 말하

에게 지고 있는 부채가 어느 정도인가는 "예술은 (……) 자기를 대상으로 한 참 사랑"이라거나 예술창작의 원인은 "에고이즘—즉 자아주의"에 있다거나 하는 그의 주장을 보더라도 짐작이 간다.(16: 139, 150)

김동인 소설의 사상적 원천을 이루는 낭만적 개인주의에 주목하면 그의 예술가소설은 다시 읽을 여지가 많다. 미친 예술가의 초상을 그리면서 김동인은 향락이나 동경의 삶에 담긴 드라마를 연출하고 있을 뿐만 아니라 예술을 통한 개인의 자기표현과 자기함양의 문제를 탐구하고 있는 것으로 보인다. 무엇보다도 「광화사」 같은 작품에서 그러하다. 여기에 그려진 화공은 "추악한 얼굴" 때문에 결혼에서 겪은 좌절을 계기로 "괴벽한 마음"을 품고 은둔과 금욕으로 삼십 년을 지내왔지만 그를 세속으로부터 초탈한 인물이라고 말하기는 어렵다. 그의 은둔과 금욕은 자발적인 것이 아니라 "부득이한" 것이며, 세상에 대한 그의 증오는 "세상을 그리는 정열"과 뒤섞여 있는 것이다.(3: 242~243) 따라서 그의 예술이 표현하는 동경은 세상의 속박으로부터 해방되고자 하는 염원을 나타낸다기보다는 세상에서 체험한 결핍에 대한 보상을 얻고자 하는 욕망을 나타낸다. 그가 원하는 것은, 절세의 미녀를 그려 아내로 삼음으로써 "세상을 비웃어주리라. (……) 세상 계집들을 웃어주리라. (……) 사내놈들도 깔보아주리라"는 복수의 맹서가 알려주듯이,

---

기 어렵지만, 「二つの道」(『白樺』 1910. 5)와 「もう一度『二つの道』について」(『白樺』 1910. 8)에서 「惜みなく愛は奪ふ」(『新潮』 1917. 6)에 이르는, 그 단행본 장편 에세이의 초고에 해당하는 글들이 우선적으로 고려될 만하다고 생각한다. 김동인은 「마음이 옅은 자여」의 본문 중에, 서간체에 의한 연애심리의 묘출이라는 면에서 그 작품에 모델이 되었음직한 아리시마의 소설 「宣言」(『白樺』, 1915, p. 7, 10, 11, 12; 『有島武郎著作集』 第二輯, 新潮社, 1917)을 거명하여 아리시마를 읽은 내색을 했다. 종래의 김동인 연구에서는 일본 자연주의의 영향이 정설처럼 통했으나 자연주의 계열의 어떤 작가도 아리시마만큼 김동인 문학에 뚜렷한 흔적을 남긴 것 같지 않다. 자세한 검토는 추후의 과제로 남겨두고, 에고이즘만이 아니라 영육(靈肉)의 갈등, 죽음의 압력, 야성의 인간, 음부형(淫婦型) 여성 등에 대한 관심에서도 김동인은 아리시마를 연상시킨다는 것을 덧붙여둔다.

어떤 미지보다 우월한 자아의 화신이다.([illegible]) [illegible] 그리고 실재하는 미인의 원형이 "사십여 년 전의 어머니의 사랑의 아름다운 얼굴"이라는 사실은 확실히 암시적이다. "아비 없는 자식을 가슴에 붙안고 눈물 머금은 눈으로 굽어보던 표정. (……) 동경과 애무로서 빛나던 눈, 입가에 떠오르던 미소"로 그에게 언뜻 나타나는 어머니의 환영에 대한 집착은 그 자신을 사랑받는 유일한 존재로 느끼고 있었던, 그런 만큼 그의 자아가 세계와 에로틱한 융합 속에 있었던 상태에 그의 쾌락이 집중되어 있음을 시사한다. 정신분석의 용어로 말하면 그는 전오이디푸스적(pre-Oedipal) 단계의 나르시시즘에 계속 붙들려 있는 것이다. 그러므로 미녀상을 완성하려는 그의 집념은 그의 자아를 전능함과 충만함의 상태 속에서 확인하고자 하는 욕망과 다르지 않다. 그에게 미의 탐구란 결국 그의 자아를 절대화하려는 노력인 셈이다.

「광화사」에 나타난 것처럼 예술을 예술가 개인의 그 자신과의 관계 속에서 이해하는 방식, 특히 개인이 스스로를 표현하고 정의하는 행위로 이해하는 방식은 18세기 유럽의 낭만주의를 통해서 결정적으로 변화된 예술개념과 이어져 있다. 낭만주의 시인과 비평가들이 예술을 자연의 모방으로 간주하는 재래의 관점을 예술가 자신의 표현으로 간주하는 관점으로 대체했음은 널리 알려진 그대로이다. 그렇듯 표현을 중시하는 낭만적 사고는 보다 넓게 보면 표현이라는 행위의 인간적 의의를 둘러싸고 일어난 새로운 각성을 반영한다. 그것은 인간 내부에 존재하는 자연을 바람직한 삶의 원천으로 간주하면서 그것을 탐험하고 정련하고 표현하는 활동을 통한 인간 각자의 '자기표출(self-articulation)'에 막중한 의의를 부여한 근대사상의 중요한 흐름의 일부이다.[17]

17) Charles Taylor, *Sources of the Self: The Making of the Modern Identity*(Cambridge Mass.: Harvard University Press, 1989), pp. 374~381.

아리시마나 김동인이 이해하고 있는 바와 같은 낭만적 의미에서의 예술은 인간 내부의 자연(본능, 충동, 정열)에 접속된 삶의 약동 속에서 예술가 개인에게 가능한 자아를 그 최고의 형태로 개발하고 실현하는 활동이 된다. 예술작품이라는 상상의 세계를 건설하는 행위 속에서 낭만적 예술가는 절대의 경지에 오른다. 그 세계의 기원은 바로 그의 자아이며, 그 세계의 만물은 모두 그의 자아의 표상이며, 그 세계의 이치는 바로 그의 자아의 욕망이기 때문이다. 그런 점에서 낭만적 예술가의 철학적 원형은 피히테가 말한 절대적 주체로서의 자아이다.[18] 피히테는 자아를 규정된 실재로서가 아니라 스스로 발생하는 행위로 인식하는 동시에 세계에 대한 모든 인식을 가능케 하는 절대적 토대로 간주했다. 낭만적 예술의 주체는 피히테의 관념론 철학에서의 주체처럼 자신에게서 독립하여 존재하는 세계를 인정하지 않을 뿐만 아니라 세계 속에서 자신의 자유에 대한 증험(證驗)을 발견한다. 「광화사」의 화공이 꾸는 피그말리온의 꿈, 즉 그의 그림 속의 미녀가 그를 세상 최고의 남자로 만들어주리라는 꿈은 그 화공과 같은 낭만적 주체에게는 사리에 맞는 것이다. 김동인 소설의 예술가들은 예술창작을 통해 체험되는 주체성에 대한 의식을 극히 고양된 형태로 드러낸다. 그들은 그들의 욕망과 의지에 따르는 상상적 세계를 만들어내는 가운데 그들 자신을 지고한 절대적 주체로 정의한다. 그들은 한마디로 신이다.

18) 피히테의 절대적 자아는 흔히 낭만주의의 기본원리로 간주된다. 피히테와 낭만주의의 관계에 대해서는 Andrew Bowie, *Aesthetics and Subjectivity: From Kant to Nietzsche* (Manchester: Manchester University Press, 1990), pp. 58~67 참조.

4. 신, 주체, 아이러니

예술가를 일컬어 신이라고 하는 것은 누구보다도 김동인이 기꺼이 동의했을 비유이다. 일찍이 1910년대 말엽에 김동인은 당시의 조선인들에게 남아 있던 낙후된 소설관에 맞서 소설은 예술임을 천명하면서 "소설가 즉 예술가요, 예술은 인생의 정신이요, 사상이요, 자기를 대상으로 한 참 사랑이요, 사회개량, 神人合一을 수행할 자이오. 쉽게 말하자면 예술은 개인 전체이오, 참 예술가는 人靈이오, 참 문학작품은 신의 囁이오"라고 주장했다.(16: 139) 그 가장 진정한 상태에서 예술가-소설가는 신이고 예술작품-소설작품은 신의 속삭임이라는 김동인의 주장은 예술가의 권위에 대한 새로운 형태의 인식을 보여주는 동시에 예술가적 주체성을 둘러싼 근대적 관념의 한 전형을 나타낸다. 문학가-예술가를 신에 견주는 발상은 김동인의 예술관 일반이 그렇듯이 낭만주의와 밀접한 연관이 있다. 그것은 유대교, 기독교 문화를 배경으로 하여 의미가 통하는 것일 뿐만 아니라 예술에서의 창조적 주체성을 강조하는 담론 속에서 비로소 중요성을 띠는 것이다. 문학가-예술가와 신 사이에 유사관계를 상정하는 신학적 관념은 서양문학비평에서 매우 오랜 역사를 가지고 있지만 낭만주의의 이론적 확립을 가져온 18세기 유럽비평을 통해서 그것은 비로소 문학작품 제작과 독해를 좌우하는 주요 교리가 되었다. 시(문학)를 모방의 원리로부터 분리시킨 18세기 비평가, 철학자들은 '만들다'라는 뜻의 그리스어 포이에인(poiein)으로부터 자라나오는 유추, 즉 시의 제작과 천지창조, 시인과 신을 동격화하는 유추를 적극적으로 발전시켰다. 예를 들면 셸리는 시에 관하여 말하기를 "창조주(創造主), 그 자체로 다른 모든 정신들의 이미지인 그 창조주의 정신 속에 존재하는 인간 본성의 불변적 형식에 따라서 행동을 창조하는 것"이라고 했다.[19] 요컨대 문학작품 제작은

'제2의 창조'라는 말로 집약되는 이러한 신학적, 낭만적 비유가 김동인에게 사리에 맞는 것이었음은 의심할 나위가 없다. 알다시피 그는 정녕 흥미롭게도 '창조'라는 말을 제목으로 내세운 동인지의 대표적인 목소리였으며, 그 동인지 제9호에 발표한 평론 「자기의 창조한 세계」에서 "자기의 지배할 자기의 세계를 창조"해야 한다는 "자기의 통절한 요구"로부터 소설-예술이 나온다고 선언했다.(16: 150) 낭만적 개인주의에 기초한 그의 예술론에서 예술의 원리에 관한 수사적 담론의 중심에는 엄연히 창조라는 신학적 비유가 놓여 있다.[20]

---

19) "A Defence of Poetry," Donald H. Reiman and Sharon B. Powers ed., *Shelley's Poetry and Prose*(New York: Norton), 1977, p. 485. 18세기 유럽문학비평에 전개된 시인과 신의 유추에 관해서는 M. H. Abrams, *The Mirror and the Lamp: Romantic Theory and the Critical Tradition*(Oxford: Oxford University Press, 1953), pp. 272~285 참조.

20) 김동인이 관념상의 문제를 다루는 경우 기독교적 어휘와 수사에 의존하는 경향이 많다는 것은 조금 강조할 필요가 있다. 김동인의 어린 시절에 평양은 미국인 선교사 S. A. 모페트가 1897년경에 건너와 목회활동을 시작한 이후 기독교가 크게 세력을 넓힌 지역이었으며, 평양 유지였던 그의 아버지 김대윤은 기독교 교회의 장로였다. 김동인은 십대 초의 자신을 가리켜 "기독교 집안의 도령"이라고 했다.(16: 246) 또한 그가 평양에서 다닌 숭덕학교, 숭실학교는 모두 모페트가 설립한 사립학교였고(『平壤府』, 朝鮮總督府, 1932, p. 223), 일본 동경에서 다닌 명치학원 역시 미국 장로교 교회와 일치교 교회가 공동으로 설립한 미션스쿨이었다. 성장기 김동인의 기독교인 생활은 형식적이었던 듯하고, 일본유학중 문학에 심취하고 아버지와 사별하면서 기독교를 떠난 듯하다. 그의 소설 중에 기독교를 내세운 작품은 드문 편이고 게다가 그중에는 기독교 신앙를 반박한 「명문」이 포함되어 있다. 하지만 기독교적 관념, 서사, 비유가 그의 문학의 주요 준거 중 하나임은 부정하기 어렵다. 기독교를 포함한 종교적, 도덕적 권위에 대한 도전을 함축한 자아주의 선언인 「목숨」만 해도 그 플롯은 악마의 존재라는 기독교적 가정에 의존하고 있다. 김동인의 어휘 및 수사의 기독교적 연관을 가볍게 취급하면 결국 그의 문학의 위치를 규정하는 근대 일반의 문학사적, 사상사적 맥락을 놓치게 된다. 김동인이 기독교적 교양이 없었더라면 낭만적 개인주의 같은 관념에 이끌리기도 어려웠을 것이다. (참고로 말하면, 낭만적 개인주의는 찰스 테일러 같은 철학자들이 시사한 것처럼 합리주의적 형태의 기독교, 특히 이신론理神論, deism의 세속화라는 측면이 강하다. '애기주의'를 제창한 아리시마 다케오는 시라카바파의 멤버들이 대체로 그렇듯이 기독교의 세례를 받았다.) 김윤식의 『김동인연구』를 위시해서, 김동인의 기독교적 교양에 톨스토이의 영향만큼의 비중조차 두지 않는 기존 연구의 편향은 교정을 요한다.

소설작품이나 예술작품을 제작하는 행위를 창조라고 부르는 어법은 지금은 비록 진부할 정도로 통상적인 것일지라도 김동인을 비롯한 『창조』 동인과 그밖의 동시대 작가들에게는 소설을 둘러싼 인식의 전환을 나타내는, 상당히 혁신적인 것이었음에 틀림없다. 그것은 소설을 정당화하려면 역사 혹은 기록의 권위에 의존해야 했던, 적어도 신소설까지 계속된 오랜 관행과 결별한 것일 뿐만 아니라 소설 쓰기란 개인의 자유롭고 주체적인 활동임을 시사한 것이다. 김동인의 주장을 옮기면, 소설은 "하느님의 지은 세계에 만족치 아니하고 어떤 불완전한 세계를 자기의 정력과 힘으로써 지어놓은 뒤에야 만족하는, 인생의 위대한 창조성에서 말미암아 생겨났"으며, 참다운 소설가는 "인생을 자기 손바닥 위에 올려놓고 (인생의 지은 세계는 즉 인생 그것이 아니면 안 되니까) 이리 구을리고 저리 구을릴 만한 능력을 가진" 존재이다.(16:150-151) 여기서, 주어진 세계 즉, 하느님이 만든 "자연"만이 아니라 "국가" "가정"과 같은 문화에도 만족하지 못하여 예술을 창조하는 소설가, 그리고 자기가 창조한 소설 속에서 세계 또는 인생을 마음대로 조종함으로써 자기의 자유를 확인하고 만족하는 소설가는 신이라는 칭호에 어울리는 만큼이나 근대적 주체라는 이름에도 어울린다. 김동인적 의미에서의 소설가는 그에게 주어진, 그의 존재를 규정하는 자연적, 문화적 세계로부터 소외되어 있으면서 그 자신에게 자유와 권위를 보증해줄 세계의 표상을 만드는 자라는 점에서 저 데카르트적 코기토의 방계 존속이다. 소설가는 인형조종사와 같다는 김동인의 시사는 소설가의 주체적 성격을 한층 뚜렷하게 해준다. 소설가의 세계에 대한 관계가 인형조종사의 인형에 대한 관계와 같다는 유추에 따라 생각하면, 소설가는 세계 속에 구체적·경험적 존재를 가지지 않으면서 동시에 세계를 세계이게 하는 모든 이치나 법칙을 제공한다는 점에서 칸트적 의미에서 선험적이고, 피히테적 의미에서 절대적인 주체의 문학적 상관물에 해당한다. 창조라는 관념을 중심 원리로 하여 김동인이 상정한 소설은 비록 이론적으로 다듬어져 정의되지 못했다고 할지라도 현대 서양 비평가들이 주체-객체의 인식론을 준거로 하여 이해한 소설에 상당히 근접해 있다.[21]

주어진 세계에 "만족치 아니하"여 소설을 짓는다는 구절에 나와 있는 바대로, 김동인이 말하는 창조의 심리적 원인은 불만이다. 주어진 세계가 그 자체로 완전하지 않다는 생각, 자아의 요구와 일치하지 않는다는 생각에서 창조의 동기가 마련된다. 주어진 세계는 일정한 삶의 모델(예컨대, 유교 같은 종교적 모델, 가문 같은 사회적 모델 등)을 제공하여 개인들을 동화시키고 그럼으로써 스스로를 유지하지만, 창조-소설은 그러한 기존 모델로부터 이탈하는 데서 출발한다. 창조-소설의 출발은 특히 기존의 언어적·서사적 모델로부터의 이탈과 함께 이루어진다. 따라서 창조에 대한 믿음을 갖고 있었던 김동인이 또한 언문일치라는 이름의 문체 발명에 적극적이었다는 것은 그리 놀라운 일이 아니다. 최근 연구에서 인정되고 있다시피, 언문일치가 실제로 가져온 것은 말과 글의 일치가 아니라 새로운 글쓰기 스타일의 발명이었다. 언문일치운동은 한문의 지배 아래 형성된 관습적인 어휘와 수사로부터 국문을 해방시킨다는 의의를 띠고 있었지만 그에 못지않게 실제 생활언어와 분리된 새로운 문체를 창안한다는 의의도 갖고 있었다. 언문일치의 가장 두드러진 표지인 '-다'체는 일본어에서 '-である'체가 그렇듯이 일상언어의 존대체계에서 벗어난, 다시 말해 의사소통의 특수한

---

21) 여기서 말한 현대 서양 비평가들의 수범은 물론 초기 루카치이다. "소설은 신에게서 버려진 세계의 서사시"라는 유명한 말로 표현된 소설은 세계의 "탈마법화"와 함께 출현한 근대적 주체성을 그 조건으로 하는 장르이다. 초기 루카치가 철학적으로 해명한 소설 특유의 세계관이 그 형식에 있어서 칸트의 인식론을 닮아 있음은 강조될 필요가 있다. J. M. Bernstein, *The Philosophy of the Novel: Lukács, Marxism and the Dialectics of Form*(Minneapolis: University of Minnesota Press, 1984) 참조.

상황에 따라 언어행위를 지배하는 예적과 윤리의 효력은 중지시킨 문체이며, 바로 그런 이유에서 현존하는 특수한 삶의 모델과 관행으로부터의 초연함(disengagement)을 표시한다.[22] 김동인이 자부하고 있었던 철저한 언문일치, 즉 삼인칭 대명사 '그'의 전용과 과거시제의 사용은 특히 그러한 초연함의 실현에 적합한 문체적 장치를 확보한다는 의미를 가지고 있는 것으로 보인다.(16: 29~31) 삼인칭 대명사의 전용은 소설가로 하여금 그 대명사로 지칭되는 인물과의 인격적(personal) 관계에 전혀 구애받지 않는 상태에서 그의 행동을 한 객체로 취급하게 해주고, 과거시제의 사용은 인물의 행동을 시간상으로, 인과상으로 조직된 일련의 행동 중에 위치시킴으로써 그 인물이 살아가는 인생의 객체적 성격을 드러내게 해준다.[23] 김동인이 추구한 언문일치는 그 자신이 이해하고 있었던 것 이상으로 신-주체-소설가라는 관념과 논리적으로 부합된다. 인간 경험과 행동을 몰인격화, 객체화하여 제시하는 언문일치 문체의 장치들은 소설가를 자신이 창조한 세계에 대해 선험적, 절대적 권위를 지니는 주체의 자리에 서게 한다. 그래서 김동인이 자부한 언문일치의 새로운 문체는 신성(神性)을 낳는 언어, 선험적 주체성을 산출하는 언어이다.[24]

---

22) 김동인은 '-다'체가 당시의 언어적, 문학적 관행에서 보면 "야비한 문체"였으나 그럼에도 그것을 쓰는 "무지한 일을 감행"한 덕택에 "조선문예의 길"을 열게 되었다고 술회했다.(16: 310~311)

23) 김동인이 삼인칭 및 과거시제 사용의 중요성을 강조한 것은 롤랑 바르트가 『글쓰기의 영도』에서 소설이 스스로 예술임을 나타내는 기호로 소설 문장에서의 삼인칭 및 과거시제(프랑스어에서 단순과거)를 지목한 것과 비교가 된다. Roland Barthes, *Writing Degree Zero* trans. Annette Lavers and Colin Smith(New York: Noonday, 1968), p. 29~40 참조. 한국어와 서양어의 큰 차이에도 불구하고 이것은 근대 서사문학에서 소설적(novelistic) 담론이 보편적임을 상기시키는 대목이다.

24) 언문일치 이야기가 나온 김에 권보드래의 『한국 근대소설의 기원』(소명출판, 2000, 225~255쪽)에 실려 있는 관련 논의에 대해 간단히 언급하고 싶다. 저자는 '-다'체의 발생이 서술자에게 일어난 "시공간적 제약"과 관련이 있다는 가정에서 출발하여, 객관적 관찰자로서

소설가는 신이라는 비유에 따라 생각하면, 소설가가 하는 일은 실재하지 않는 세계를 지어내는 것일 뿐만 아니라 정연하게 질서잡힌 세계를 만들어내는 것이다. 소설가가 창조한 세계는 신이 창조한 세계와 마찬가지로 그 창조자의 의지를 구현하는 어떤 불가시적 섭리에 따라 그 나름의 법칙, 과정, 목적을 가지고 존재한다. 소설가가 행하는 신적 창조의 재연(再演)은 그래서 단순히 어떤 가능한 세계를 상상하는 것이라기보다는 자립적이고 자율적인 세계를 발명하는 것이다. 소설작품은 인간 현실에 속박되지 않은, 제멋대로 하는 공상이 아니라 인간 현실의 합법칙적인 혹은 합목적적인 환상이다. 이러한 환상을 창출하려면 소설가는 당연히 인간 경험을 처리하는 특별한 방법을 터득해야 한다. 그 방법 중에서 특히 중요한 것은 복잡하게 얼크러진 인간 경험

의 서술자, 고립된 개인의 내면 언어, 시간의 흐름을 전제한 현실성 효과 등의 특징을 가진다고 설명하고 있다. 그러나 "시공간적 제약"이 '-다'체를 발생시킨 그토록 중요한 원인 내지 조건인가, 그리고 그 '-다'체의 특징을 그렇게 명명하여 정리해도 좋은가는 적잖게 의문이다. '-다'체의 해명에 직결된 문제인 후자에 관해서만 말하자면, '-더라'체의 서술자가 "초월적"인 반면 '-다'체의 서술자는 "객관적"이라는 설명은 동의하기 어렵다. 초월적/객관적이라는 대조 자체가 초월적/내재적, 주관적/객관적이라는 대립의 층위를 무시한 설정이어서 이해의 혼란을 가져온다. 초월적인가 내재적인가는 서술자가 지식, 경험, 사고, 신념 등에서 작중인물들 및 그들의 세계의 한계 안에 있는가 밖에 있는가 하는 문제이며, 주관적인가 객관적인가는 서술자가 자신이 하는 이야기에 얼마나 개입하는가에 달린 문제이다. 더욱이 '-더라'체의 서술자가 초월적이고, '-다'체의 서술자가 객관적이라는 주장은 상당한 검증이 필요하다. 『춘향전』의 서술자는 그가 전달하는 경험적, 역사적 세계의 한계를 넘어선 어떤 사상이나 비전을 보여주는가? 현상윤의 '-다'체 일인칭 소설 「핍박」의 서술자는 주관적이지 않은가? '-다'체가 근대의 "시공간적 제약"하에서 "내면성의 현실적 효과"를 달성했다는 논지가 증명하듯이 저자는 기본적으로 리얼리즘의 발생이라는 관점에서 '-다'체를 이해하고 있다. 이것은 놀라울 만큼 많은 자료를 동원하고, 가라타니 고진의 언문일치론을 비롯한 주요 논거를 확보하여 지금까지의 어떤 연구보다도 풍부하게 논의를 전개한 보람을 아쉽게도 무색하게 만드는 이해방식이다. '-다'체 또는 언문일치 문체 논의의 핵심은 그것이 리얼리즘의 형성에 어떻게 기여했는가를 입증하는 데에 있다기보다는 주관/객관, 내면/외면, 고백/관찰, 낭만주의/리얼리즘 등과 같은 대립들의 원점에 놓이는 근대적인 글쓰기 주체의 형성에 어떻게 관여했는가를 밝히는 데에 있다고 생각한다.

을 정리하여 소설가의 주체성이 투사된 어떤 법칙이나 목적과 합치되는 형태로 제시할 방법이다. 김동인이 남겨놓은 소설기술론 중에는 공교롭게도 인간 경험의 정연한 제시를 위한 서사적 기술을 무엇보다 중시하는 관점이 들어 있다. 가령 「소설작법」에서 그는 사건, 인물, 배경을 소설의 기본 요소로 간주하는 통설에 따르면서도 플롯에 상대적으로 많은 역점을 두어 소설 구상을 제안한다. "통일, 단순화, 연락"을 속성으로 하는 그 플롯은 말할 것도 없이 소설가의 주체적인, 능동적인 작용을 통해 비로소 생겨난다. 그것은 어디까지나 법칙이나 목적의 관점에서 인간 경험을 정리하고 가공한 결과이다. 소설가에게 절대적 주체성을 보장해줄 인간 경험의 합법칙화 또는 합목적화가 김동인의 소설관념에 얼마나 핵심적인 것인가는 「유서」라는 작품이 그 알레고리를 통해 암시하는 바이기도 하다. 김동인이 "강렬한 東仁味"가 있다고 자평한 이 작품은 작중화자 "나"가 가까운 친구인 화가 O를 의처증에서 구하기 위해 조사를 벌이고 계략을 펼친다는 탐정소설풍 이야기로 되어 있다. 자기 인생에서 불가능이란 없다는 믿음을 가지고 이성과 지혜를 발휘하여 다른 인물들을 조종하는 작중화자의 행동은 인생으로부터 정연한 플롯을 만드는 소설가의 기술에 대한 비유로 이해해도 무방하다.[25] 화가 O의 정신적 구원을 목적으로 일관되게 사태를 장악하고 연출하는 행동 속에서 작중화자는 어떤 법칙이나 목적에 들어맞는 인간세계의 환상을 향한 소설가의 욕망과 동일한 욕망을 표현한다.

이러한 신성 혹은 주체성에의 욕망은 어떤 김동인 독자들에게는 김동인이 간절히 느끼고 있었음에는 틀림없으나 달성되지는 못한 소원처럼 보일지도 모른다. 사실, 김동인은 신이 되고자 하는 자신의 욕망을 의식하고 있었던 만큼은 그 욕망의 장애 또한 의식하고 있었다. 예

25) 김윤식은 김동인이 소설의 본질이라고 여긴 '인형조종술'에 견주어 「유서」의 작중화자의 행동을 설명했다. 『김동인연구』, 242~245쪽 참조.

컨대 「약한 자의 슬픔」에 대해 언급하면서 그는 주인공 K를 자살로 이끌어갈 생각이었으나 그 자신의 모순된 욕구 때문에 그렇게 하지 못했다고 말하기도 했다.(16: 31~32) 김동인이 고백한, 주체적 욕망의 좌절은 그의 소설 중 상당수가 욕망이나 동경의 허무함을 집중적으로 테마화하고 있다는 점을 감안하면 더욱 그럴듯하게 보인다. 앞에서 살펴본 「겨우 눈을 뜰 때」 「배따라기」 「광화사」 같은 가작을 비롯한 김동인의 주요 작품은 절대성, 무한성, 통일성을 향한 동경이 바로 그것을 품은 개인의 삶을 허망하게 만든다는 아이러니를 선명하게 포착하고 있음이 사실이다. 그러나 그 낭만적 아이러니를 소외감이나 허무감의 측면에서 해석한 나머지 그것을 마치 허약한 주체성의 증거처럼 여기는 것은 경솔한 판정이다.[26] 김동인 소설에 등장하는 동경하는 인물들을 김동인이라는 주체의 자기의식의 표현이라고 한다면, 그 인물들이 품은 동경의 환상적 성격을 노출하는 아이러니 양식의 이야기는 그 이야기를 지은 소설가의 주체성이 부실한 상태에 있음을 알려준다기보다는 그가 역설과 혼돈을 자신의 의식 속에 포용하고 있음을, 그의 주체 내부의 분열(철학적으로 말하면 경험적 주체성과 선험적 주체성의 분열)을 스스로 의식하고 있음을 의미하는 것이다. 그리고 그러한 주체의 비판적인 자기의식은 주체와 객체의 일체화(절대성, 무한성, 통일성의 삶)를 유예하는 대신에 주체 스스로를 교정하고 초월하는 계기를 가져온다. 「광화사」를 예로 들어 말하면, 전능한 자아 또는 주체와 객체의 통일을 꿈꾸는 화가의 욕망에서 빚어지는 역설적 반전을 기록함으로써 김동

26) 이것은 예컨대 지금까지의 김동인 연구 중에서 아이러니를 가장 자상하게 검토한 사에구사 도시카쓰의 「김동인과 근대문학—아이러니의 좌절」에서 받게 되는 인상 중 하나이다. 김동인 소설의 낭만적 아이러니가 "생에 대한 어색함"을 기반으로 하고, "반세속적, 반상식적, 반현실적 자세"를 반영하며, 김동인 소설의 "현실 부정" 의지와 마찬가지로 좌절되고 말았다는 결론은 낭만적 아이러니의 이론을 섭렵하고 나서 도달한 것치고는 너무 범박하다. 『사에구사 교수의 한국문학 연구』(베틀북, 2000), 267~288쪽 참조.

인은 어쩌면 그러한 욕망에 들려 있었을지 모를 그 자신의 주체성을 구축과 탈구축의 역동적인 과정 속으로 밀어넣는다. 슐레겔이 아이러니를 가리켜 "영원한 민첩성에 대한, 즉 가없이 풍부한 혼돈에 대한 의식"이자 주체의 "자기창조와 자기파괴 사이를 지속적으로 오르내리는 지점"이라고 말한 이유가 여기에 있다.[27] 그러므로 김동인 소설의 낭만적 아이러니에 대한 온당한 해석은 그것을 자기의식적이고 자기초월적인 주체성의 발로라고 보는 것이다. 소설을 창작하는 가운데 신의 권능을 발휘하지 못했다는 김동인의 고백은 신의 불가능성에 대한 시인이 아니라 신이 되고자 하는 정열의 반증이다.[28]

5. 삶의 변증법을 위한 소설—결론을 대신하여

김동인에게 예술이 아트 또는 쿤스트를 의미했듯이, 소설은 노블(novel) 또는 로만(Roman)을 의미했다. 그의 「소설작법」 중 '소설의

---

27) Friedrich Schlegel, *Ideen* no. 69, *Athenäums Fragmente* no. 51, David Simpson, ed., *Origins of Modern Critical Thought: German Aesthetic and Literary Criticism from Lessing to Hegel*(Cambridge: Cambridge University Press, 1988), p. 198, 192. 낭만적 아이러니 개념에 관해서는 Peter Szondi, "Friedrich Schlegel and Romantic Irony, with Some Remarks on Tieck's Comedies," *On Textual Understanding and Other Essays*, trans. Harvey Mendelsohn(Minneapolis: University of Minnesota Press, 1986) 및 페터 숀디의 해석에 대한 비판적 논평을 담고 있는 Paul de Man, "The Rhetoric of Temporality," *Blindness and Insight: Essays in the Rhetoric of Contemporary Criticism*, 2nd, rev. ed. (Minneapolis: University of Minnesota Press, 1983), 특히 pp. 208~228 참조.

28) 물론 김동인은 그의 창작생활 전체에 걸쳐 주체성의 이상을 변함없이 추구했다고 말하기 어렵고, 주체와 객체의 통일을 불가능하게 하는 주체 내부의 분열을 견뎠다고 말하기는 더욱 어렵다. 주체성의 이상은 그가 '소설' 대신에 '강담'을 택한 시점에서는 어쩌면 포기되었는지도 모른다. 그러나 그의 소설이 역사상으로 어떤 변질을 겪었든 간에 창조적 주체성의 문제가 그의 소설을 통해 최초의 뚜렷한 표현을 얻었다는 사실에는 아무런 변함이 없다.

기원 및 그 역사'라는 항목을 보면 그는 소설이란 본래 유럽문학의 장르라는 생각을 가지고 있었음이 분명하다. 그는 "이야기"가 고대의 구비전승에서 출발하여 "연애물어(戀愛物語)" "기사물어(騎士物語)" "악한물어(惡漢物語)" 등으로 발전한 과정을 개관한 다음, "이야기의 더욱 새로운 국면"인 소설이 「돈키호테」와 함께 시작되었다고 설명한다. '물어(物語)에서 소설(小說)로'라는 그의 소설사 공식은 물론 '로맨스에서 노블로'라는 유럽소설사 공식의 일본어판이다. 또한 그는 『돈키호테』 이후 소설이 유럽 각국에서 번성하며 20세기에 이르는 동안 초국가적 성격의 문학형식이 되었다고 주장한다. "이 시대부터는 소설이라는 것은 일국적 것이 아니고 국제적의 것으로 인식하게 되었다"는 것이다.(16: 158~160) 김동인 스스로 그렇게 말하지는 않았지만 후타바테이 시메이 이후의 일본소설이나 이인직 이후의 한국소설 또한 그에게는 그 "국제적" 성격의 노블의 일종이었음에 틀림없다. 이처럼 노블을 준거로 하는 김동인의 소설관이 한국 전래의 소설에 대한 몰이해와 무관심을 나타낸다면 그것은 또한 노블이 자본과 마찬가지로 언어, 문화, 국가의 경계를 넘어 이동한다는 중요한 인식과 상통한다. 노블의 지구적 현존에 주목한 소설연구자들이 일반적으로 지적하듯이, 유럽 부르주아 계급의 사회적, 문화적 가치와의 연관 속에서 성장한 노블은 유럽 제국주의와 식민주의의 역사를 통하여 그 기원에서 떨어져나와 비유럽사회에 침투하고 적응했으며, 그런 결과 그 사회의 근대적 문화 내에서 우세한 서사양식의 자리를 차지했다.[29] 중남미, 아랍, 아시아 제국에서 노블은 전(前)노블적 서사와 충돌하거나 타협하여 그 나름의 변별적 형태를 낳으면서 때로는 헤게모니에 대한 복종을 조장하기도 하고 때로는 저항을 촉진하기도 하는 서사적 테크놀러지가 되었다. 김

---

29) Mary N. Layoun, *Travels of A Genre: The Modern Novel and Ideology*(Princeton: Princeton University Press, 1990), pp. 3~12 참조.

동인이 소설의 국제성에 대한 강조를 통해 시사하고 있는 것은 바로 그러한 노블형 서사의 우세화를 반영하는 동시에 고취하는 소설관이다.

소설은 노블이라는, 혹은 노블을 모델로 한다는 견해는 물론 김동인의 독단은 아니다. 그것은 적어도 쓰보우치 쇼요의 『小說神髓』에서 감화를 받은, 이광수를 비롯한 근대문학 초기의 작가들에게는 상식에 가까웠을 것이다. 하지만 김동인이 창조의 관념을 가지고 상정한 소설의 예술은 노블의 영향 아래 일어난 소설관의 근대적 전환에서 첨예한 혁신의 국면을 예시하는 것으로 보인다. 그 소설의 예술이 가지는 역사적 의의는 허구의 개념과 관련하여 살펴보면 좀더 명확해질지 모른다. 널리 알려진 대로 소설의 승리는 동서양을 막론하고 허구에 대한 인식의 증진과 함께 이루어졌다. 조선후기 이래 한국의 사정을 보더라도 허구의 의의를 인정하는 주장은 소설옹호론의 핵심이었다. 허구, 옛말로 '가허착공(架虛鑿空)'은 종종 도덕적 교훈이나 사실적 표상의 효과가 있다고 인식되었다.[30] 허구의 효용에 대한 강조는 소설이 근대 국민의 형성을 위한 기획에 통합되어 중시되기 시작한 시기에도 역시 나타난다. "소설이라 하는 것은 매양 빙공착영으로 인정에 맛도록 편집"하면 "풍속을 교정하고 사회를 경성하는" 효과가 있다는 이해조의 말은 그 유명한 예이다. 그러나 가허착공이나 빙공착영이라는 말은 사실이 아니라 환상에 근거한 제작이라는 의미가 강하며[31] 그런 만큼 유교적 사실주의(factualism)의 권위를 온존시키는 반면 소설의 우세화를 촉진하기는 어렵다. 허구가 소설을, 나아가서 문학을 정당화하는 개념이

30) 보다 자세한 것은 김경미, 「조선후기 소설론 연구」(이화여대 박사논문, 1993), 120~136쪽 참조.

31) 빙공착영(憑空捉影)이라는 이해조의 말을 허구에 대한 근대적 인식의 증거처럼 여기는 것은 무지의 소치이다. 이해조 이전의 소설 논의에 빙공착영이라는 말이나 그와 비슷한 말이 쓰인 예가 있는지는 과문한 탓에 알지 못하지만 그것이 가허착공 같은 재래의 부정적인 허구관의 표현임에는 틀림없다. 에도시대 일본의 유명한 소설가 바킨(馬琴)은 『椿說弓張月』 拾遺

되려면 그것은 무엇인가를 지어내는 개인의 행위, 즉 작위(作爲)를 존중하는 의식의 세례를 거쳐야 한다. 사실, 근대 유럽의 경우 노블은 글쓰기를 통해 실제세계를 대체할 어떤 세계를 창조하려는 욕망으로부터 발생했다. 이른바 '시작 지향(beginning intention)'은 창시의 능력과 그 제약을 조건으로 하는 노블형 허구의 근본적인 정신 구조를 이룬다.[32] 이 시작 지향은 달리 말하면 김동인이 그토록 힘주어 표방한 창조 지향이기도 하다. 김동인은 개인의 작위를 긍정했을 뿐만 아니라 작위의 심리에서 소설의 기원을 찾았다. 소설이란 "자기의 창조한 세계"라는 그의 정의가 한국적 허구개념의 역사에서 가지는 의의는 자못 획기적이다. 그것은 사실과 환상, 진실과 허위의 관계가 아니라 자연과 작위, 모방과 창조의 관계에서 허구를 생각하게 만드는 것이다.

그러나 김동인이 노블형 허구(novelistic fiction)의 한국적 형성에 책임이 있다는 말은 그의 소설이 노블의 형식상의 이상을 달성했다는 뜻은 물론 아니다. 그는 톨스토이를 읽고 문학을 알았으며 톨스토이를 본받아 소설을 썼다고 토로한 적이 있지만 그의 소설은 톨스토이의 노블처럼 장대한 허구적, 대안적 세계를 창조하려는 의지를 보여주지 못했다. 그가 자신의 창조력을 최고로 발휘한 것은 공교롭게도 노블형 허구 본연의 형식인 장편소설이 아니라 잘해봤자 그것의 미니어처에 불과한 단편소설 분야에서이다. 김동인 문학에서 단편소설의 우세는 그 형식을 예술적으로 높이 사는, 대체로 일본에서 유입된, 강력한 장

서문에서 자신의 책이 비록 소설이긴 하나 옛날의 사실을 인용하고 공식 역사를 따랐기에 부를 만하고 기댈 만하다는, 한자문화권에서는 상투화된 방식으로 소설변호론을 펴는 가운데 '포풍착영(捕風捉影)'이라는 말을 썼다. "항간의 모든 야사(野史)책은 곧 바람 잡고 그림자 쥐기이니, 따라서 시정(市井)의 이목을 어지럽힌다."(『椿說弓張月 下』, 後藤丹治 校注, 日本古典文學大系 61, 岩波書店, 1962, p. 129)

32) Edward W. Said, *Beginnings: Intention and Method*(New York: Basic Books), 1975, pp. 81~100.

르론적 편견이나 그 형식을 권장하는 문학 생산 및 소비의 특수한 조건 같은 사정이 있었기 때문이라고 하더라도 어쨌든 노블의 준거로 하는 그의 창작정신과 어긋나는 결과이다. 그가 한국의 톨스토이가 되지 못한 데에는 아마도 장편소설이 번창하기 어려운 환경이라는 일반적 이유와 함께 김동인의 정신적 편향과 관련된 특수한 이유가 있을 것이다. 김동인은 노블형 허구의 정신적 근원인 주체성의 이상을 가지고 있었음에 틀림없지만 그것을 추상적으로 반영한 돈키호테적 희비극의 수준을 넘어 인간 현실을 발견하고 이해하지는 못했다. 그의 소설은 예술가소설 계열의 작품들이 전형적으로 말해주듯이 외부의 압력이나 유혹에 굴하지 않고 자기 내부의 욕망, 이성, 또는 신념에 따라 행동하는 개인 주체의 드라마를 제시하면서 그러한 드라마에 조건을 제공하고 영향을 미치는 삶의 실제세계보다는 그 드라마의 기이함 또는 엉뚱함을 유독 강조하는 경향이 있다. 다시 말해서 김동인 소설의 주체는 자기의식적인 이야기를 통해 그 자신의 영욕을 테마화하는 데에 몰두한 반면, 합리적이고 현실적인 객체적 세계를 건설함으로써 그 주체의 자유를 실현하는 데는 소홀했다. 김동인의 신은 삼라만상이 거대한 질서 속에 어울려 존재하는 천지를 창조함으로써 자신의 영광을 구현하는 대신에 자신을 닮은 아담을 무수히 만들어 경배하고 희롱하고, 동정하고 냉소함으로써 자신의 권능을 발휘한 셈이다.

낭만주의에 대해 비판적이었던 헤겔은 그것의 철학적 기반을 이루는 절대화된 자아관념을 특히 위험한 것으로 여겼다. 그것은 자아 이외의 어떤 것도 확실하다고 인정하지 않으며 결과적으로 법칙, 도덕, 진실을 공허한 것으로 만들어버리기 때문이다. 그 낭만주의의 파괴력을 대표하는, 자아중심적 의식의 발동인 아이러니를 그는 "절대적 부정성의 원리"로 파악했다. 헤겔이 낭만적 예술가의 본질로 지목한 "모든 것을 제멋대로 조립하고 분해하는 자아"는 어쩌면 김동인 소설의 요체에 대한 적절한 묘사가 될지도 모른다.[33] 김동인 소설을 대표하는 것은 자신의 변형적, 창조적 능력에 현혹되어 있는 개인의 아이러니컬한 이야기임이 명백하다. 그러나 아무리 그렇더라도 김동인의 낭만주의는 철없는 유아론(唯我論)과 구별해서 이해해야 한다. 그의 낭만적 아이러니 감각은 어떤 종류의 자아의 환상도 궁극적으로 안전하게 놔두지 않는다. 개인의 자아가 그 자신에게 집중한 가운데 노출하는 허위, 분열, 전도에 대한 그의 날카로운 감각은 완전하다고, 최종적이라고 자처하는 주체적 자아의 관념을 용인하지 않는다. 그의 걸작 「김연실전」은 주체성을 끝없는 반복의 과정으로 보게 하는 그의 아이러니 감각을 특히 명쾌하게 예증한다. 그것은 보바리즘에 걸려든 신여성에 대한 신랄한 풍자이면서 동시에 김동인 자신이 친숙했던 낭만적 주체성의 희화화이기도 하다. 주체적인 삶의 추구는 근본적으로 동경의 반복이라는 김동인 소설의 암시는 주체성의 이념이 한국 근대문학에서 획득한 주요 표현들과 비교하더라도 특별한 의의가 있다. 잠정적으로 말하건대, 김동인의 주체성은 이광수의 국민적 주체성이나 이기영의 계급적 주체성처럼 본질적 자기동일성을 가정하는 주체성과 구별되는 것일 뿐만 아니라 그런 종류의 주체성에 대한 불신의 자리를 이루는 것이다. 키에르케고르는 아이러니란 절대적 부정성이라는 헤겔의 비판에 동의하면서도 그것은 슬기롭게 제어만 된다면 유한한 것에 한정된 삶으로부터 영혼을 구제하는 정화(淨化)의 세례가 된다고 생각했다. 그는 아이러니에서 "삶의 변증법"을 체험하고 사고하게 해주는 방법을 보고 있었다.[34] 김동인의 소설이 비록 노블형 허구의 이상을 달성

33) 『헤겔 미학』 I, 두행숙 옮김(나남출판, 1996), 112~121, 227~229쪽 참조. 인용문은 228쪽과 117쪽에 있다. 독어본(Hegel, *Vorlesungen über die Ästhetik*, Werke 13, Frankfurt: Suhrkamp, 1970)과 영역본(*Hegel's Aesthetics: Lectures on Fine Art*, trans. T. M. Knox Oxford: Oxford University Press, 1975)을 참조하여 p. 117의 인용문을 수정했다.

하지 못했다고 하더라도 그의 공적을 인정하는 데에 인색할 이유는 없다. 그의 대동강이 덧없고 유한한 삶을 사는 사람들의 마음속에 자리 잡은 동경을 표현하듯이, 그의 소설은 근대적 주체 내부에 존재하는 자기부정과 자기초월의 변증법을 일깨운다.

(『문학사와 비평』 8, 2001년)

---

34) Kierkegaard, *The Concept of Irony*, ed. and trans. Howard V. Hong and Edna H. Hong(Princeton: Princeton University Press, 1989), p. 326.

문학이라는 역어

「문학이란 何오」 혹은 한국 근대문학론의 성립에 관한 고찰

1. 서론

이광수(李光洙)가 「문학이란 何오」를 발표한 것은 1916년 11월, 그가 와세다대학 문학부 철학과에 재학하고 있던 시기이다. 당시 이광수는 매일신보의 특별한 후원을 받으면서 신문화 건설자의 역할을 자임하고 있었다. 「문학이란 하오」에 앞서 매일신보에 연재된 장편 논설 「동경잡신」(1916. 9. 27~11. 9)에서 그는 자신이 체험한 도쿄의 문물을 잡다하게 소개하면서 그것을 신문화의 모범으로 내세우는 문명개화론을 펼친 바 있었다. 「문학이란 하오」에서는 그의 계몽적 논조가 제목에서부터 농후하다. 조선어 독자들은 문학이 무엇인가를 제대로 알고 있지 못하다는 것, 조선에서 문학을 논하려면 원론에서부터 시작해야 한다는 것은 그의 문학론의 기본적 가정이었던 듯하다. 이러한 가정은 조선 민족이 오랜 세월에 걸쳐 한문과 국문 문학을 영위한 역사가 있

양을 알고 있는 사람들에게는 당연히 방자하게 보였을 생각이다. 문학을 원론적인 방식으로 문제화함으로써 그는 조선의 문학적 전통에서 유리되어 있음을 스스로 고백한 셈인지도 모른다. 그러나 이광수가 정의를 내리고자 했던 문학은 그의 시대에까지 알려진 조선의 문학과는 개념을 달리하는 것이었다. 재래의 문학 유산에 대한 그의 무지나 편견이 어떠했든 간에 그는 문학을 근본적으로 새로운 것으로 상정하고 있었다. 그가 사용한 문학이라는 단어 자체가, 비록 당시의 식자층에게는 아주 친숙한 한자어였음에도 불구하고, 실은 국가, 철학, 미술 등과 마찬가지로 개화의 물결을 타고 유포된 새로운 문물의 명칭이었다. 그 문학이라는 단어는 좀더 정확히 말하면 서양문화가 일본에 수용되는 과정에서 만들어진 영어 리터러처의 역어(譯語)이다. 이광수 스스로도 "금일, 소위 문학이라 함은 서양인이 사용하는 문학이라는 語義를 취함이니, 서양의 Literatur 혹은 Literature라는 어를 문학이라는 어로 번역하였다 함이 적당하다. 고로, 문학이라는 어는 재래의 문학으로의 문학이 아니요, 서양어에 문학이라는 어의를 표하는 자로의 문학이라 할지라"고 쓰고 있다.[1)]

문학이라는 명사가 애초에는 현재의 문학과 같은 의미에서의 문학이 아니라 학문 혹은 박학(博學)을 가리켰다는 것은 널리 알려진 사실이다. 예컨대 『논어』 「선진先進」편에 덕행(德行), 언어(言語), 정사(政事)와 함께 사과(四科)의 하나로 나오는 문학은 유교 경전을 배우는 학문의 이름이었으며, 『순자』 「왕제王制」편의 "문학을 쌓고, 몸가짐을 바르게 한다(積文學 正身行)"는 구절 중의 문학 또한 학문을 의미했다. 그리고 한대에는 문학에서 문과 학의 분별, 즉 문장과 문학의 분별이 생겨나 전자는 현재의 문학에 상응하는 단어로, 후자는 종전과 같이 학

---

1) 「문학이란 하오」, 『이광수전집』 1(삼중당, 1966), 507쪽. 앞으로 본문이나 각주 글을 인용할 경우에는 괄호 안에 인용 쪽수만 표시함.

문을 지칭하는 단어로 쓰였다. 문학이라는 어휘의 역사 가운데에는 그것이 문장과 유사한 방식으로 사용된 사례가 없는 것은 아니다. 문학을 유학, 현학, 사학과 나란히 하나의 독립된 분과로 지명한 송대의 '국자사학(國子四學)'의 경우, 문학은 문장의 의미에 가까웠다. 그러나 그러한 용례가 문학의 어의에 결정적인 변화가 일어났음을 뜻하는 것은 아니다. 수당오대에서 송대에 이르는 이른바 사상적·문학적 복고(復古)의 시대에는 오히려 문학의 전통적 개념을 보존하려는 노력이 우세했다. 사마광(司馬光)은 국자사학을 비판한 『자치통감資治通鑑』의 기사(卷 123, 宋紀 5, 文帝元嘉 15년 12월)에서 "사학은 유학의 한 가닥이며, 문학은 유학의 나머지(史者儒之一端, 文者儒之余事)"라고 하여 오히려 문과 학의 구분을 폐기하려 했던 터이다. 한대 이후 중국이나 한국에서 학문과 구별되는 문학을 지칭할 경우에는 문이나 문장이라는 단어를 보다 일반적으로 사용했다는 사실이 말해주듯이 문학은 결국 학문이라는 의미의 한정에서 좀체로 벗어나지 못한 용어였다.[2] 그런 만큼 문학이 근대적인 어휘로 변신하면서 획득한 새로움은 한자종주국 지식인들 사이에서도 명백한 것이었다. 루쉰(魯迅)은 「문외문담門外文談」이라는 제목으로 1935년에 출판된 신문연재기사 중에서 이렇게 말한 적이 있다. "그토록 어려운 문자로 씌어진 고어의 기록을 우리는 예전에는 '문'이라 불렀으나 지금 조금쯤 새것을 좇는 사람들은 '문학'이라 부르고 있다. 그러나 그것은 '문학은 자유(子游), 자하(子夏)'에서 잘라온 것이 아니라 일본에서 수입된, 영어 Literature에 대한 그들의 역어이다."[3]

이처럼 근대적 어휘로서의 문학이 역어임을 지적한 루쉰의 발언을

2) 문학의 어의 변천에 관해서는 郭紹虞, 『中國文學批評史』(台北: 文史哲出版社, 1982), pp. 3~5와 그밖의 여러 곳 참조.

3) 魯迅, 「且介亭雜文」, 『魯迅全集』 6(北京: 人民文學出版社, 1981), p. 99.

참조하면, 문학이란 리터러처를 의미한다는 이광수의 정의는 그리 특이한 것이 아니다. 그것은 서양문화의 충격 속에서 자국의 문화를 혁신하고자 했던 동아시아 지식인들 공통의 노력과 합치되는 것이라고 해도 무방하다. 동아시아 문화의 근대적 혁신을 서양문화의 이식과 동일시하는 것은 확실히 잘못이지만, 그 혁신의 지배적인 양상이 서양에 대한 적응을 기초로 하는 자기개조였다는 것은 부정할 수 없다. 동아시아 문화에서 근대는 서양의 담론들을 수용하고 그것에 비추어 자신을 재인식하고 재구축하는 과정과 함께 시작되었다. 문학이라는 역어의 동아시아적 일반화를 비롯한 번역, 번안, 전유와 그밖의 "통(通)언어적 실천(translingual practice)"은 그러한 근대화의 과정에 필수적인 절차였다. 그런 점에서 한 중국계 미국인 학자가 근대 초기 중국의 서양 및 일본과의 언어적·문학적 접촉에 관한 연구에서 말한 '번역된 근대(translated modernity)'는 중국의 근대만이 아니라 일본과 한국의 근대에도 들어맞는 것이다.[4] 한국의 경우, 개항 이후 특히 애국계몽기에 활발하게 나타난 신학문의 보급이란 서양에 스스로를 적응시키는 통언어적 실천의 사례에 속한다. 애국계몽기에 새로운 지식의 광장 구실을 했던 많은 학보들은 따지고 보면 근대 일본에서 만들어진 허다한 서양어의 역어들의 실험실과 다를 바가 없다. 정체(政體)에서 위생(衛生)에 이르는 모든 영역에서의 인간생활을 번역된 담론으로 재조직하려는 시도는 애국계몽기의 학술에 두드러진 것으로 보인다. 문학을 두고 말하자면 그것을 서양 학문 분류법에 따라 이해한 흔적이 애국계몽기의 학보에 나타난다. 예컨대 『대동학회월보大東學會月報』의 어느 기고자는 과학을 자연과학과 정신적 과학으로 양분한 다음 다시 작은 분

4) Lydia H. Liu, *Translingual Practice: Literature, National Culture, and Translated Modernity-China, 1900-1937*(Stanford: Stanford University Press, 1995), pp. 1~42 참조.
5) 權輔相, 「法學用語解」, 『大東學會月報』 제3호(1908. 4), p. 43; 제5호(1908. 6), 22쪽.

류를 제시하는 가운데 '광의의 문학'과 '협의의 문학'을 설정하고, 전자는 "인류의 개인적 생활상 意思의 활동에 관한 과학 즉 협의의 문학과 知情 二界에 관한 과학 즉 철학을 합한 자"이며, 후자는 "개인적 생활에 관한 의사활동의 현상을 연구하는 과학"이라고 했다.[5] 이것은 물론 학문으로서의 문학개념에서 아직 탈피하지 못한 정의이다.

문학에 대한 근대적 지식의 생산이라는 면에서 보면 이광수의 선구적 위치는 충분히 인정할 만한 것이다. 문학을 과학으로 간주한 저 『대동학회월보』의 논설로부터 이 년 뒤인 1910년 『대한흥학보大韓興學報』에 발표한 평론 「문학의 가치」에서 그는 이미 문학과 학문의 어휘론적 분별을 명확히 하고 있다. 문학의 "의의는 본래 '일반 학문'이러니, 인지가 점진하여 학문이 점점 복잡히 되매, '문학'도 차차 독립이 되어 기 의의가 명료히 되어 시가, 소설 등 情의 分子를 포함한 문장을 문학이라 칭하게" 되었다고 한다.[6] 이처럼 일찌감치 전통적·한학적 문학개념에서 벗어나 있었던 이광수는 「문학이란 하오」에서 자신의 문학관을 일종의 개론적 체재로 진술하여 문학에 대한 근대적 지식의 시작을 기록했다. 한국근대문학비평에서 「문학이란 하오」가 가지는 창시적 의의는 의심할 여지가 없는 것이다. 그것과 함께 "한국근대문학론의 최초의

---

6) 「문학의 가치」, 『이광수전집』 1, 504쪽.

7) 김윤식, 「초창기의 문학론과 비평의 양상」, 『근대 한국문학 연구』, 일지사, 1973, 65쪽. 「문학이란 하오」 및 1910년대 이광수의 문학론에 관해서는, 김윤식의 논문 외에, 다음과 같은 글이 참고된다. 신동욱, 「이광수의 문학비평」, 『한국현대문학론』, 박영사, 1972; 조동일, 「이광수」, 『한국문학사상사시론』, 지식산업사, 1978; 이선영, 「1910년대의 한국문학비평론」, 『현상과 인식』, 1981년 겨울호; 구인환, 「이광수의 문학사상」, 『이광수 소설연구』, 삼영사, 1983; 권영민, 「이광수의 계몽문학론」, 『한국근대소설연구』, 서울대 박사논문, 1984; 김태준, 「이광수의 문학론—'문학이란 何오'를 중심으로」, 연세대학교 국학연구원 편, 『춘원 이광수 문학연구』, 국학자료원, 1994. 波田野節子, 「'文學の價值'について—李光洙の初期文學觀—」(『大谷森繁博士還曆記念 朝鮮文學論叢』, 杉山書房, 1992)은 「문학이란 하오」를 대상으로 하지 않았으나 시사하는 바가 많다.

확립"이 이루어졌다는 김윤식의 평가는 지금까지 그랬듯이 앞으로도 유효하다.[7] 「문학이란 하오」에 대해서는 그간 적지 않은 논고가 나와서, 그것이 유교적·한학적 전통의 문학론과 그 철학적 가설에서부터 현저한 차이가 있다는 것, 근대적 문학론의 요소들을 비교적 명확하게 갖추고 있다는 것, 쓰보우치 쇼요의 『소설신수』와 같은 근대 일본의 비평 저작에 주요 원천을 두고 있다는 것을 알게 되었다. 그러나 문학을 리터러처의 역어로 전제함으로써 이광수가 문학에 대한 관념과 지식에 초래한 변화는 지금까지 알려진 것보다 훨씬 심오한 것이다. 그가 행한 바와 같은 통언어적 실천은 하나의 새롭고 유력한 문학의 정의를 제공하는 것이지만 결과적으로는 문학에 대하여 사고하고 언술하는 방식을 창안하는 것이다. 역어로서의 문학을 말하는 방식은 당연히 새로운 어휘, 개념, 범주들을 일정한 규칙에 따라 가동시키며, 그렇게 하여 형성된 언어적·담론적 관행은 문학을 종전의 유교적·한학적 전통 속에서 인식된 문학과는 판이한 것으로 만든다. 「문학이란 하오」의 문학론은 요컨대 '신문학'론일 수밖에 없는 것이다. 이광수의 통언어적 문학론이 근대적이라면 그것은 바로 문학이라는 역어에 수반된 근대적인 담론의 가능성을 열어놓았다는 데에 있다.

2. 리터러처와 분가쿠

문학을 리터러처의 역어라고 전제한 이광수가 「문학이란 하오」에서 우선 주장하고 있는 것은 문학과 학문 혹은 과학의 구별이다. '문학의 정의'라는 절에서 그는 "물리, 박물, 지리, 역사, 법률, 윤리 등의 과학적 지식을 기록한 자는 문학이라 謂키 不得하며, 오직 人으로의 사상과 감정을 기록한 것이라야 문학이라 함을 謂함이로다" "문학은 실로 學이 아니니 대개 학이라 하면 某事 혹은 某物을 대상으로 하여 기 사물의 구조, 성질, 기원, 발전을 연구하는 것이로되, 문학은 모 사물을 연구함이 아니라 감각함"이라고 말하고 있다.(507~508) 이광수의 문학 정의는 리터러처라는 용어가 한국의 문학론에 도입되어 일어난 가장 중요한 변화가 문학과 학문의 개념적 분별이었다는 것을 말해준다. 그러나 리터러처가 그러한 개념적 분별을 낳았다는 것은 역사적 우연에 가깝다. 리터러처야말로 실은 한자어 문학과 마찬가지로 학문의 의미를 오래도록 지녀온 어휘이기 때문이다.[8] 리터러처는 알다시피 문자라는 뜻의 리테라(literra)를 어근으로 하는 라틴어 리테라투라(literratura)에서 파생된 말이다. 리테라투라는 글에 관한 교양 혹은 박학을 뜻했으며, 신성한 경전과 대조되는 세속적 저작이라는 뜻도 아울러 가지고 있었다. 리테라투라의 그러한 의미는 거기에서 파생된 영어와 그밖의 유럽어 낱말에도 이월되었다. 리터러처는 14세기부터 독서로 얻은 박학이라는 뜻으로 영어에 들어와 쓰였으며, 그 어의의 결정적인 변화는 근대에 들어 비로소 일어났다. 그것은 18세기를 거치면서 박학이라는 일반적 단어에서 일정한 종류의 저작을 가리키는 특수한 단어로 바뀌었다. 상상적이고 창조적인 종류의 저작을 뜻하는 동시에 시, 소설, 극 등의 장르를 포괄하는 리터러처 개념은 18세기 이전에는 출현하지 않았으며, 19세기에 들어서 비로소 충분히 발전되었다. 이광수가 문학이란 리터러처의 역어라고 했을 때 그가 염두에 두고 있었던 리터러처는 물론 19세기 이후 특수화된 의미에서의 리터러처이다. 그렇다면 리터러처를 문학이라고 옮기는 것은 부적절한 번역이었는지도 모른다. 전통적으로 학문을 뜻하는 숙어인 문학을 리터러처의 역어로 사용하는

---

8) 리터러처의 어의 변천에 관해서는 René Welleck, "What Is Literature?," Paul Hernadi, ed., *What Is Literature?*(Bloomington: Indiana University Press, 1978), pp. 16~23; Raymond Williams, *Keywords*(London: Flamingo, 1983), pp. 183~188 참조.

것은 그것이 근대적 개념을 모호하게 만든 소지가 있는 점이다. 그러나 이광수는 그러한 번역에 조금도 의문을 갖지 않았다. 그의 문학이란 용어의 배경에는 역어로서의 문학, 근대적 개념으로서의 문학을 성립시킨 일본 쪽의 사정이 있었기 때문이다.

일본에서 문학이라는 리터러처의 역어가 만들어진 경위는 상당히 복잡하다. 1862년 에도막부의 양서조소(洋書調所)에서 일본 최초로 공간된 영일사전 『영화대역수진사서英和對譯袖珍辭書』에는 리터러처가 단순히 '글자 알기(字知り)'로 되어 있으며, 그래머(grammar)가 '문학, 문전(文典)'으로, 휴머니스트(humanist)가 '문학자'로 되어 있다. 한편, 미국인 헵번(James Curtis Hepburn)이 1867년에 내놓은 최초의 일영사전 『화영어림집성和英語林集成』에서는 문학을 "읽기 학습. 문헌, 특히 한문고전 연구(Learning to read, pursuing literary studies, especially the Chinese classics)"로 옮겨놓고 있다.[9] 리터러처 번역의 흥미로운 시행은 에도막부에서 네덜란드에 파견한 일본 최초의 유럽 유학생 니시 아마네(西周)에 의해 이루어졌다. 1870년 그의 사숙(私塾)에서 행한 서양 근대 학문에 관한 강의록인 『백학연환百學連環』의 「총론」을 보면, "Literature 즉 문장이라는 것은 학술에 크게 관계하는 것"이며, 문장에는 다섯 가지 학, 'rhetoric(文章學)' 'poetry(詩)' 'history(歷史學)' 'philology(語原學)' 'criticism(論辯學)'이 있다고 했다.[10] 또한 『메이로쿠잡지明六雜誌』에 발표한 「지설知說」이라는 1874년의 논설에서는 "문이라 함은 대개 言語文辭의 학술을 드는 것이니 구주(歐洲)의 구별에 따르면 그 첫째는 그래머(語學)라 하고 그 둘째는 레토릭(文學)

9) 鈴木修次, 「'文學'の譯語の誕生と日·中文學」, 古田敬一 編, 『中國文學の比較文學的研究』(汲古書院, 1986), pp. 328~331.

10) 西周, 「百學連環 總論」, 『明治文學全集 3: 明治啓蒙思想集』(筑摩書房, 1967), p. 50.

11) 西周, 「知說」, 위의 책, p. 66.

이라 한다"고 썼다.[11] 근대적 개념의 리터러처에 대응되는 문학의 용례는 양학자 출신의 대표적 계몽사상가인 후쿠자와 유키치(福澤諭吉)에게서도 보이지 않는다. 그의 『학문의 권장學問のすすめ』에 나오는 유명한 구절, "학문이란 오로지 어려운 문자를 알고, 이해하기 어려운 고문을 읽고, 와카를 즐기고, 시를 짓는 따위, 세상에 실(實)이 없는 문학을 말함이 아니다"에서 실학에 대립하는 것으로 규정된 문학은 대체로 유희적인 형태의 문사(文事)를 가리켰다.[12] 그는 또한 『문명론의 개략文明論之概略』에서 "식자는 반드시 기독교의 교사를 들여 종교와 함께 그 문학기예를 배워 우리의 문명을 달성하려는 생각을 가져야 한다"고 했으나 여기서 문학은 리터러처가 아니라 기예 즉, 인더스트리얼 아츠에 대칭되는 리버럴 아츠의 뜻이었다.[13]

근대 일본에서 역어로서의 문학의 성립이 누구의 공적인가는 확신을 가지고 말하기 어렵다. 메이지시대의 문인들 가운데 리터러처와 개념적으로 합치된 문학의 용례를 누구보다도 먼저 남긴 사람을 찾자면 그는 아마도 후쿠치 오치(福地櫻痴)일 것이다. 후쿠치는 메이지 정부의 신문발행 허가제 실시 이후 일간신문들이 속출하여 막강한 위력을 갖기 시작한 시기에 『도쿄니치니치신문東京日日新聞』의 사장으로 있으면서 종횡으로 필봉을 날린 메이지 초기 저널리즘의 거물이었다. 그의 문학론이라 부를 만한 글들은 대체로 1874년에서 1876년 사이에 그 신문지상에 논설 형식으로 발표되었다. 그의 1875년 4월 26일자 논설 「일본문학의 부진을 개탄함」을 보면 우선 후쿠자와 유키치류(類)의 문학관과는 대립되는 문학관이 눈에 띈다. 후쿠자와가 문학의 무용성을 강조하고 실용적 학문을 권장한 반면에, 후쿠치는 메이지 유신 이후 나타난 문학의 쇠퇴에 우려를 표명했다. 그의 논설에서 흥미로운 것은

12) 福澤諭吉, 『學問のすすめ』(岩波文庫, 1942), p. 12
13) 福澤諭吉, 『文明論之概略』(岩波文庫, 1962), p. 131

일본의 문학 전통에 대한 언급이다. 예컨대 이런 구절이 있다. "소설전기(小說傳奇)류는 세도인심에 해롭다 하나 실은 선을 징하고 악을 권하는 취지가 아니다" "연희원본(演戲院本)은 바로 기다유마루혼(義太夫丸本〔희곡적 성격이 강한 유형의 조루리 대본이라는 뜻—인용자〕)이니 이는 또한 문학 중에서 가장 귀중한 것이다" "와카, 렌카, 하이카이는 일본의 시(詩)이다. 야만이라 해도 시를 지으니 하물며 문학을 중히 여기는 개화한 사람에 있어서랴."[14] 그러나 여기서 중요한 것은 일본 재래의 문학을 옹호하려는 취지가 아니라 문학이라는 어휘가 사용된 방식이다. 후쿠치가 거론한 일본문학의 역사적 사례들은 시, 소설, 극이라는 장르 관념 아래 분류를 거쳐 제시되어 있으며(본문에서 시에는 '포엠', 소설에는 '노블', 연희에는 '드라마'라는 가타카나가 각각 붙어 있기도 하다), 문학이라는 단어는 바로 그러한 장르들을 총괄하는 명칭으로 쓰여져 있다. 이러한 문학의 용법은 종전의 한학적 용법에 비추어 확실히 새로운 것이며, 근대 서양에서 성립된 리터러처의 개념과 합치되는 것이다. 이소타 고이치(磯田光一)의 주장대로 그것은 리터러처의 역어로 문학을 사용한 최초의 용례로 간주할 만한 것인지 모른다.[15]

그러나 후쿠치의 새로운 용법을 계기로 문학이라는 역어가 완전히 자리잡았다고 말하기는 어렵다. 후쿠치 이후에도 그 단어는 한동안 불안정한 상태였다고 하는 편이 사실에 가깝다. 일본학계의 학설에 따르면, 역어로서의 문학이 정착된 시기는 쓰보우치 쇼요의 『소설신수』 출간(1885)을 계기로 일본의 문학비평에서 근대가 성립된 시기와 대체로 일치한다고 보는 것이 타당하다. 메이지유신 이후 문학이라는 단어의 용례들을 검토한 고보리 게이치로(小堀桂一郎)는 리터러처의 개념과

14) 福地櫻痴, 「日本文學の不振を論ず」, 『明治文學全集 11: 福地櫻痴集』, 筑摩書房, 1966, pp. 342~343.

15) 磯田光一, 『鹿鳴館の系譜—近代日本文藝史誌』, 文藝春秋社, 1983, pp. 18~19.

합치되는, 지금과 같은 의미에서의 문학은 1885~1886년 무렵에 일본어에 정착되기 시작했고, 1887~1889년 무렵에 이르면 안정된 용법을 보인다는 의견을 내놓은 바 있다. 쓰보우치 쇼요, 우에무라 마사히사(植村正久), 도쿠토미 소호(德富蘇峰), 이와모토 요시하루(巖本善治), 모리 오가이(森鷗外) 등, 당시에 문학론을 주도하고 있었던 문인들은 문학이라는 단어의 근대적 용법을 정착시키는 데에도 공헌한 것으로 보인다.[16] 그러나 문학이라는 역어가 단지 몇몇 문인들의 시험적인 혹은 우발적인 사용 끝에 정착되었다고 한다면 그것은 잘못이다. 문학이라는 역어의 정착은 그것의 리터러처적 개념을 정당화하는 지식체계, 그리고 그러한 지식체계를 뒷받침하는 제도의 수립과 분리해서 생각할 수 없는 일이다. 그런 점에서, 메이지 정부의 이른바 '구화주의(歐化主義)'에 따라 도쿄대학이 학문과 지식에 있어서 서양화를 대세로 만들어가고 있었다는 사실은 중요하게 참작되어야 한다. 근대 일본에서 문학이라는 역어가 비로소 정착되었다고 하는 1880년대 후반은 도쿄대학의 문학부에 역사상 처음으로 유럽 어문학 학과들이 신설된 시기이기도 하다. 1886년의 제국대학령에 따라 문학부가 개편되면서 영문학과(英吉利文學科)와 독문학과(獨逸文學科)가 1887년에, 불문학과(佛蘭西文學科)가 1889년에 차례로 설치되었던 것이다. 이 영·독·불 외국문학과의 신설은, 이소타 고이치가 지적한 바와 같이, 문학이라는 역어를 정착시키는 데에 중요한 계기가 되었음에 틀림없다.[17] 그것은 리터러처의 개념에 준하는 문학의 용법, 그리고 문학에 대한 서양적 담론의 정당성을 보증해주었다고 해도 무방하다.

16) 小堀桂一郎, 「'文學'といふ名稱」, 『明治文學全集』 第79卷 月報, 筑摩書房, 1975.
17) 磯田光一, 앞의 책, p. 25.

3. 문학의 심미화

일본과 한국에 있어서 문학이라는 역어의 정착은 다시 말하면 서양 문학의 역사, 이론, 해석이 자국 문학에 대한 인식의 준거로 원용되기 시작했음을 말해주는 사건이다. 전통적 문학사에서는 그러한 서양문학의 범례화를 특정한 작가, 유파, 운동, 사조의 영향이라는 측면에서 기술하는 경향이 있으나 그것은 실은 문학에 대한 모든 지식과 담론의 근본에 미치는 좀더 심오한 변화이다. 문학이라는 역어를 준용함으로써 달라지는 것은 문학을 둘러싼 학설이라기보다 문학의 개념 그 자체이다. 일찍이 메이지 문학의 권위자인 야나기타 이즈미(柳田泉)가 서양문학이 일본문학에 미친 영향 가운데 하나로 '문학개념의 통일'에 주목한 것은 그런 점에서 시사적이다. 야나기타가 말한 문학개념의 통일이란 전통적 의미에서의 문학의 주체인 시가와 산문과 함께 소설과 희곡을 포함하고 그것들 각각을 동등한 분자로 인정하는 문학의 개념이 형성되었음을 가리킨다. 그렇게 통일된 개념으로서의 문학은 음악, 미술, 무용 등과 동등한 관계로 예술에 포함되며, 예술은 다시 학문, 정치, 법제 등과 동등한 관계를 이루게 된다.[18] 문학개념을 통일화한다는 것은 다시 말하면 문학을 하나의 독자적인 장르 체계로 규정하고, 그것을 다시 보다 넓은 체계에 서열적으로 포함시킨다는 것을 의미한다. 그러한 분리와 포함의 논리에 따른 문학의 개념적 구성은 말할 것도 없이 근대 서양의 문학론에서 유입된 것이며, 문학에 대한 근대적 지식에 핵심적인 것이다. 흥미로운 것은 문학은 역어라는 주장을 한국에서 누구보다 앞서서 펼친 이광수가 문학개념의 통일화를 가장 먼저 시도하기도 했다는 사실이다. 「문학이란 하오」에는 '문학의 종류'라는 항

18) 柳田泉, 『明治初期の文學思想』 上(春秋社, 1965), pp. 161~164 참조.

목이 들어 있고, 아울러 문학의 독립성에 관한 가설도 등장한다. 거기서 우리는 비록 소박하고 조잡한 형태이긴 해도 문학을 인식하는 분류학적·체계론적 담론이 작동하고 있음을 보게 된다.

종류에 관한 설명에서 이광수는 문학을 형식에 따라 구분하면 운문문학, 산문문학으로 대별된다고 소개한 다음, 시, 소설, 극, 논문의 사분법을 취하고 그 각각의 장르에 대해 항목별로 간단히 설명한다. 시의 항목에서는 시의 서정적 성격과 운문적 형식에 치중하여 정의를 시도하고 있고, 소설의 항목에서는 소설의 사실적 특성을 강조하고 아울러 그러한 특성에서 비롯되는 소설의 의의를 특필하고 있으며, 극의 항목에서는 소설처럼 재현을 목적으로 한다는 발언에 극의 대본이 문학의 일종이라는 지적을 덧붙이고 있고, 논문의 항목에서는 대체로 에세이의 개념과 합치되는 설명을 제시하고 있다.(512~514) 이러한 이광수의 사분법적 문학장르론이 어떤 전거를 갖고 있는가는 확인하기 어렵지만, 그것이 문학이라는 역어에 수반된 분류학적 담론 속에 있다는 추정은 가능하다. 네 가지 장르가 동등하게 문학의 분자로 인식된 사태는 서양의 근대적 문학개념의 영향을 고려에 넣지 않고서는 이해하기 어려운 것이다. 18세기를 거치는 동안 서양의 문학개념이 겪은 특수화는 서로 다른 장르를 통합적으로 인식할 가능성을 열어놓은 것이기도 했다. 즉 문학은 허구를 만든다는 의미에서 창조적, 상상적이라는 생각은 시, 소설, 극에서 일종의 가족 유사성(family resemblance)을 발견하게 해주었던 것이다. 이광수는 문학의 종류를 설명하면서 네 가지 서로 다른 장르를 제시했을 뿐 그것들을 모두 문학의 일종으로 간주할 수 있는 근거가 무엇인가는 밝히지 않았다. 그러나 서양의 근대적 문학관을 지배하는 상상과 허구의 관념은 그의 논의에서 감춰진 참조의 구실을 하고 있다. "작자의 想像內의 세계"(513)라는 말은 소설 항목에서만이 아니라 시와 극 항목에서도 해당 장르에 대한 설명을 위해 중요하게 사용되고 있는 것이다.[19] 이광수의 문학 장르론은 혹시 잠정적인 가설이었는지도 모르지만, 그것은 근대 서양으로부터 번역된 문학개념과 담론에 논리적으로 부합되는 것이다.

이광수가 상정한 바와 같은 의미에서의 문학은 개별 장르들로 이루어져 있으면서 또한 어떤 고유한 원리에 따라 통일적으로 존립하는 하나의 전체 혹은 체계이다. 그가 「문학이란 하오」에서 문학의 학문과의 구분, 도덕과의 구분을 반복해서 강조한 것은 일차적으로 문학에 대한 전통적인 관념을 청산하려는 취지에서였을 테지만, 그것은 문학의 자율성에 관한 신념의 표명으로 해석할 여지가 충분히 있다. 그가 부정한 전통적인 의미에서의 문학이란 생각해보면 자율적이고 독립적인 문학의 이념과는 정면으로 배치되는 것이다. 한학적 전통에서는 문이라는 것이 애초부터 지금의 문학보다 훨씬 포괄적인 개념이었다.[20] 그것은 기본적으로 문양(文樣), 형상(形象)이라는 의미를 갖고 있었으며, 그러한 의미의 비유적인 확장에 의해 문학을 비롯한 여러 의미가 생겨나게 되었다. 특히 그 고전적 용례들에서 문이라는 낱말은 자연계와 인간계의 유추적 관계를 드러내는 형상을 의미했고, 그런 이유에서 도(道)의 물질적, 감각적 현시라는 함의까지 갖고 있었다. 그런 만큼

---

19) 근대 서양에서 허구적, 상상적 문학이라는 개념이 성립된 것은 문학적 문화에서 높은 비중을 차지하기에 이른 소설을 시, 극과 함께 포괄할 새로운 개념이 필요했던 사정과 깊은 관련이 있다. 르네 웰렉 같은 학자는 오랫동안 경박하다고 멸시를 당한 소설이 서서히 높은 위세를 가지게 되어 미술·음악과 평행되는 문학의 개념을 정립하는 데에 일조했다고 말하고 있다.(René Welleck, 앞의 책, p. 21) 소설의 위세를 반영한 문학론적 발상은 이광수의 문학 장르론에서도 발견된다. 문학이 "상상 내의 세계"를 다룬다는 주장은 소설 항목에서 처음 등장하며, 상상 내의 세계를 다루는 소설의 방식은 시와 극을 설명하는 준거가 되어 있다. 또한 소설의 속성으로 지목된 '여실(한) 묘사'는 소설만이 아니라 문학 전체의 속성으로 일반화되어, "문학의 요의(要義)는 인생을 여실하게 묘사함이라 하리로다"(509)라는 주장까지 나온다.

20) James J. Y. Liu, *Chinese Theories of Literature*(Chicago : University of Chicago Press, 1975), pp. 7~8, 17~27 ; 劉若愚, 『중국문학의 이론』, 이장우 역(범학, 1978), 25~29쪽, 41~61쪽 참조.

문의 이념이 군림하는 사회에서 문학활동은 어떤 분업화되고 전문화된 영역에 종사하는 것이 아니라 우주와 인륜 공통의 질서에 따르는 삶의 전체성에 관여하는 것이다. 한국의 전근대 유교사회에서 실제로 그러했듯이, 그것은 학문, 행정, 교육, 사교 등의 제반 정치적·문화적·사회적 활동과 불가분의 관계에 있는 것으로 인식되고 실천되는 것이다.[21] 그러나 이광수에게 그러한 포괄적인 문학의 이념은 이해하기 어려운 것이었다. 그는 오히려 재래의 유교가 한국문학에 엄청난 해악을 끼쳤다고 보고 있었다. 유교적 도덕은 그가 생각하기에 한국문학의 발달을 방해한 중요한 원인 중의 하나였다. 유교적 도덕의 속박으로 말미암아 사상과 감정의 자유로운 표현이 불가능했으며 그리하여 문학이 아무리 많다 해도 '천편일률'이 되고 말았다는 것이다. 그래서 그는 이렇게 문학의 '자유'를 주장한다. "사실상 금일의 문학은 초연히 종교 윤리의 속박 이외에 立하여 인생의 사상과 감정과 생활을 극히 자유롭게, 여실하게 발표하고 묘사하나니, 현대 문명제국의 대문학이 出함이 실로 此를 因함이라."(510)

이처럼 이광수가 문학을 독립적이고 자율적이라고 주장한 데에는 그 나름의 이론적 근거가 있다. 인간의 정신을 지(知, Erkenntnis), 정(情, Gefühl), 의(意, Begehrung) 세 가지 능력으로 구분하는 이론이 그것이다. 비단 이광수만이 아니라 그를 포함한 일본 유학생들이 두루

21) 예컨대 최한기(崔漢綺)는 그의 문장론 가운데에서 "후세의 문장을 배우는 사람은 반드시 하늘의 문장과 땅의 문장과 인물의 문장에서 살아움직이는 운화(運化)의 기(氣)를 얻어 가슴 속에 살아움직이는 운화의 문기(文氣)를 길러야 한다" 하고, "경전(經典)의 문장과 사책(史策)의 문장"에서 "의론(議論)의 문장과 찬양(贊襄)의 문장"에 이르는 모든 문화적 활동에 관련된 모든 종류의 문장의 규범이 '운화'에 근거한다는 주장을 폈다. 우주와 인간 사이의 유추를 성립시키는 역동적인 질서(天人運化)의 개념에 근거한 그의 문장론은 문학을 삶의 전체성과 연관짓는 고전적인 방식을 알려주는 훌륭한 사례다. 최한기, 『인정(人政)』 2(민족문화추진회, 1981), 26~27쪽 참조.

빌어들인 지정의론은 일찍이 18세기 독일에서 심리학의 합리주의적 전환을 이룩한 볼프(Christian Wolff)와 그의 학설을 수정한 칸트 등에 의해 정립되었고 일본에서는 니시 아마네를 위시한 계몽사상가들에 의해 유포되기 시작했다. 근대 일본과 한국의 지식인들에게 지정의론은 인간과 인간활동을 합리적인 체계로 인식하고 규율하는 데에 이론적 토대를 제공한 중요한 가설이었다.[22] 지정의론을 동원하면서 이광수가 역설하고 있는 것은 문학은 정을 "기초"로 하여 성립한다는 것이다. 정은 지, 의와 마찬가지로 그 자체의 만족에 대한 요구를 가지고 있고, 그러한 정의 요구는 바로 문학이 존재하는 이유가 된다. 이광수는 문학을 정의하여 "人의 정을 만족케 하는 서적", 문학자를 가리켜 "인으로 하여금 美感과 快感을 發케 할 만한 서적을 作하는 인"이라고 말하고 있다. 좀더 과감하게 "문학은 정의 만족을 목적 삼는다"는 주장도 편다.(508) 이처럼 문학의 기초를 정에서 찾고, 문학의 목적을 정의 만족이라고 규정하면 문학은 자연히 지와 의의 필요를 충족시키는 인간생활의 영역(이를테면, 과학, 윤리)과 별개인 동시에 그것들과 대등한 영역에 속하게 된다. 그 심리학적 삼분법의 통설에 따르면, 지정의의 작용은 그 각각의 내재적인 법칙에 따르며, 그것들 사이의 우열은 이론상으로 존재하지 않기 때문이다. 문학을 정의 작용에 연결시킴으로써 이광수가 시도한 것은 결국 독립적이고 자율적인 문학의 이념화이다. "정이 이미 지와 의의 노예가 아니요, 독립한 정신작용의 一이며, 從하여 정에 기초를 有한 문학도 역시 정치·도덕·과학의 노예가 아니라 此等과 비견할 만한, 도리어 일층 吾人에게 밀접한 관계가 유한 독

---

22) 근대적 문학론의 수립을 위한 초창기의 시도에서 지정의론은 일반적인 논거였던 것으로 보인다. 崔斗善의 「文學의 意義에 關하여」(『學之光』 3, 1914. 12), 白大鎭의 「文學에 대한 新硏究」(『新文界』 32, 1916. 3)에도 지정의론의 편린이 보인다. 최두선, 백대진의 문학론은 이광수의 문학론과 함께 단일한 맥락에서 검토된 전례가 있다. 홍신선, 『한국근대문학이론 형성과정에 관한 연구』(동국대 박사논문, 1987), 99~101쪽.

립한 一現象이다."(509) 정치, 도덕, 과학에서 분리된 문학은 이제 정의 요구를 만족시킨다는 점에서 음악·미술 등과 친연성을 갖게 되고, 그것들과 함께 보다 상위의 범주, 즉 예술에 들어가게 된다. 문학을 예술에 포함시키는 분류학적·체계론적 언명 자체는 「문학이란 하오」에 나오지 않지만, '문학예술'이라는 흥미로운 조어가 간간이 사용되고 있음은 주목할 만하다.(508~509)

정의 만족이 문학의 목적이라는 이광수의 구절을 읽으면 1910년대의 그가 정육론(情育論)의 제창자였다는 사실을 떠올리게 된다. 그는 「금일 아한청년과 정육」(『대한흥학보』 10, 1910. 2)이라는 논설에서 이상적인 인간교육에는 정육이 긴요하며, 특히 사람 각자가 도덕적 자율을 성취하려면 정육에 힘써야 한다는 주장을 제기했다.[23] 그에게 정은 지식이나 도덕보다 훨씬 근본적으로 삶에 관계하고 사람을 움직이는 동력으로 인식되었다. 이광수가 구사한 정의 개념은 불가피하게 다의적이어서 문맥에 따라 감정, 정열, 정취, 동정, 충동, 본능, 심리 등으로 조금씩 다른 의미를 띤다.[24] 그것은 넓은 의미에서는 느낌에 해당하지만 좁은 의미에서는 인간 내면의 감각적·감정적 활동 전체에 해당하는 것이다. 그러니까 이광수가 정의 만족이라는 이름으로 요구한 인간의 심리적 발달이란 어떤 양식화된 감정, 그 자신의 용어를 빌리자면 "美醜喜哀의 감정"에 탐닉하는 감상주의보다 더욱 심오한 것이다. 그것은 감각적이고 감성적인 의미에서의 삶의 풍부함 그 자체를 나타낸다. 게다가, "酒를 愛하고, 色을 貪하며, 風景을 求함이 실로 此〔정의 요구—인용자〕에서 生하는 것"(508)이라는 진술에서 보다시피, 정의 만족은 감각적 쾌락을 그 중요한 계기로 포함한다. 이광수의 주정주의

23) 「今日 我韓青年과 情育」, 『이광수전집』 1, 473~475쪽.

24) 하타노 세츠코는 이광수의 정이라는 용어가 「문학의 가치」에서는 감정, 심리, 정열의 세 가지 의미로 쓰였다고 말한 바 있다. 波田野節子, 앞의 책, pp. 124~125 참조.

(土情土景)는 특히 유교 도덕의 전제(專制)를 비판하는 문맥에서 욕망하고 감각하는 인간, 육체를 가진 인간의 자기회복이라는 성격을 뚜렷이 보여준다. 따라서 이광수가 정의 능력을 중심으로 심리학적으로 규정한 문학의 영역은 바꿔 말해서 '미적인 것(the aesthetic)'의 영역이라고 하는 것이 좀더 정확하다. 여기서 미적인 것이란 물론 육체적, 감각적 경험에 관계한다는 원래의 뜻과 함께 예술적인 것, 아름다운 것이라는 뜻을 갖추어 18세기 유럽, 특히 독일의 미학에서 고안된 범주이다. 그것은 바로 이광수처럼 문학·음악·미술·건축·무용 등의 서로 다른 기예들을 예술이라는 하나의 개념으로 통일하여 취급하는 것을 가능하게 만든 이론적 근거이기도 하다. 「문학이란 하오」에서 문학은 전통적인 문의 전체성에서 분리되어 자율적이고 독립적인 예술로 성립되었다. 이것을 가리켜 우리는 문학의 심미화라고 부를 수 있을 것이다.

4. 민족문학의 이념

「문학이란 하오」의 문학론이 종전의 문학 전통과 단절되어 있다는 것은 기왕의 논의에서 누누이 확인된 사실이다. 그것이 기록한 전통과의 단절은 엄밀하게 말하면 종전의 관례화된 문학적 실천을 부인했다는 의미에서의 단절이 아니라 문학의 개념, 원리, 지식을 생산하는 규칙을 바꾸었다는 의미에서의 단절이다. 그것은 한마디로 담론상의 단절이다. 「문학이란 하오」에서 잠재된 새로운 담론은 문학을 심미화하는 논리를 통해서만이 아니라 조선문학의 이념을 통해서도 표현된다. 「문학이란 하오」에서 전통적 문의 이념에서 분리된 문학의 구상은 문의 이념적 표현인 한문학, 혹은 문학에 있어서의 중화적 보편주의로부터의 해방과 평행을 이루고 있다. 조선문학이라는 항목을 비롯한, 민족문학(혹은 국민문학)의 관념을 보여주는 여러 대목에서 두드러지는 것은 중국을 철저하게 타자로 간주하는 사고양식이다. 전근대 한국에서 중국은 보편적 문화의 중심으로 간주되었으며 또한 '소중화(小中華)'라는 말이 예시하듯이 한동안 한국의 문화적 정체성의 원천이기도 했다. 그러나 이광수에게 한국에 남아 있는 중국의 흔적은 한국의 민족적 자아와 무관한 것으로 보였다. 그는 오히려 중국의 영향을 받은 결과 한국이 문화적으로 발달하지 못했다는 생각을 품고 있었다. 그러한 생각은 특히 한문의 폐해를 비판한 대목, "조선서는 古來로 한문이 아니면 문이 아닌 줄로 思하였으며 문, 즉 문학으로 思하였나니 此가 문학의 발달을 저해한 大障碍니라" 혹은 "문학으로 관하여도 한문을 폐하고 국문을 사용하였던들 우수한 조선문학이 많이 생하였을 것이로다"(514~515) 같은 구절에서 명확히 드러난다. 그처럼 넓게는 중국을 문화적으로 타자화하면서, 좁게는 한문학을 한국문학에서 배제하면서 이광수가 제시한 것은 개별화되고 특수화된 한국문학의 개념이다. "조선문학이라 하면 毋論 朝鮮人이 朝鮮文으로 作한 문학을 지칭"(517)한다고 그는 말한다.

이광수가 종족과 문자를 준거로 삼아 설정한 민족문학의 개념은 말할 것도 없이 그의 문학론의 근대적인 성분 가운데 하나이다. 우리는 여기서 그의 문학론에 나타나는 문화적 민족주의가 문학개념의 근대적 구축과 별개의 것이 아님을 유의할 필요가 있다. 그것은 과감하게 말해서 문학이라는 역어가 펼쳐놓은 담론적 가능성 속에 처음부터 내재하여 있었던 것이다. 레이먼드 윌리엄스가 지적한 바와 같이, 리터러처가 현재와 같은 의미를 획득한 과정은 민족문학(national literature)이 선택적, 평가적으로 규정되어 하나의 '전통'으로 이해된 과정과 긴밀하게 얽혀 진행되었다.[25] 문학은 상상적·허구적 문학이란 개념으로 특수화되는 동시에 특정한 민족의 자산으로, 민족정신의 표현으로, 민족의 자기정의를 위한 수단으로 인식되기에 이르렀던 것이다. 사실, 18~19세기 유럽의 주요 국가들에서 문학사와 문학비평은 민족문학의 정립이라는 역할을 담당하고 있었으며, 그것은 특히 독일에서 현저한 현상이었다. 발전적 역사의 개념을 도입하여 민족문학의 전통을 세우려는 문학사 서술은 게르비누스(Georg Gottfried Gervinus)의 대작 『독일문학사』(*Geschichte der deutschen Dichtung*, 1835~1842)를 계기로 본격화되었다.[26] 그러므로 19세기 일본의 문학자들이 리터러처와 대면했을 때 그것은 미적 경험을 목표로 하는 예술이었을 뿐만 아니라 민족적 정체성에 대한 담론의 장(場)이기도 했다. 앞에서 우리는 문학이라는 역어가 정착된 중요한 계기가 도쿄대학 문학부의 영·독·불 외국문학과 신설이었음을 살펴보았지만 그것은 여기서도 다시 주목할 가치가 있는 사실이다. 그것은 일본에서 리터러처와 합치되는 문학개념과 문학의 민족적 분립에 대한 인식이 동시적으로 공식화되었음을 암시하기 때문이다. 그 외국문학과의 국가별 설치는 연구와 교육에 전문성을 기하려면 불가피한 것이었을 테지만 그것은 결국 민족문학이라는 관념의 제도화를 알려주는 것이다. 흥미로운 것은 도쿄대학에서의 일본문학의 학과적 성립이다. '화한(和漢)학과'라는 편제로 한문학과 통합되어 있었던 일본문학은 도쿄대학 문학부에 외국문학과들이 신설된 것과 같은 시기에 '화문(和文)학과'로 독립되었으며, 1889년에는 '국문(國文)학과'로 개칭되었다. 그런가 하면 유럽 학문의 세례를 받은 첫 세대의 학자들은 독일 문헌학을 모형으로 삼아

---

25) Raymond Williams, *Marxism and Literature*(Oxford: Oxford University Press, 1977), pp. 51~52.

26) Peter Uwe Hohendahl, *Building a National Literature: The Case of Germany 1830~1870*(Ithaca: Cornell University Press, 1989) 참조.

'국문학'을 성립시켰다.[27)]

문학론에 있어서 민족관념의 발흥은 물론 문학이라는 역어의 정착에서 비로소 발생한 사건은 아니다. 자국 문학을 특수화하는 논리는 서양문학이 영향을 미치기 이전부터 일본과 한국에 존재했었다. 모토오리 노리나가(本居宣長) 같은 국학자가 일본 고전 연구를 통해 일본문학 고유의 미학을 발명한 것, 정약용(丁若鏞) 같은 실학자가 한문학에 있어서 조선적 독자성을 천명한 것은 이미 널리 알려진 사실이다. 그러나 노리나가의 '야마토(大和)'나 정약용의 '조선'은 근대적인 특수한 의미에서의 민족을 가리키는 것이 아니라 좀더 일반적으로 지역적·종족적 소속을 표시하는 것이며, 그런 이유에서 그들의 자국문학에 대한 인식을 민족문학론이라고 간주하는 것은 무리이다. 민족문학론은 어디까지나 민족국가(nation-state) 건설, 백성들의 국민(nation)화, 민족적 정체성의 구축과 함께가는 민족주의적 기획의 일환으로 인식해야 한다. 메이지 일본의 국립대학에 성립된 국문학은 바로 일본인들을 사상적으로 하나의 국민으로 통일시키는 민족주의적 담론의 한 형태였다. 예컨대 독일에 유학하여 배운 19세기 독일 문헌학을 기초로 '일본 문헌학'으로서의 국문학을 제창한 하가 야이치(芳賀矢一)는 "우리나라 특유의 國粹美를 선양하고 국가국민의 건전한 발달을 촉진하"는 것이 일본 문헌학자의 이상과 사명이라고 말했으며, 문헌학적 연구의 가장 중요한 목표로 국민사상사 혹은 정신사 형태의 문학사를 들었다.[28)] 국문학의 출범 이후 미카미(三上參次)·다카츠(高津鍬三郎)의 일본 최초의 문학사 『일본문학사』(1890)에서 하가 야이치의 『국문학사십강國文學史十講』(1899)에 이르는 문학사는 일본에서, 19세기 독일의

---

27) 일본 국문학의 형성에 관해서는 長谷川 泉, 『近代日本文學評論史』, 有精堂, 1966, pp. 125~152; 長谷川 泉 編, 『日本文學新史 6: 現代』, 至文堂, 1990, pp. 250~253 참조.

28) 長谷川 泉 編, 위의 책, p. 252에서 재인용.

문학사가 독일에서 그러했듯이, 민족문학은 정립하는 성과를 낳았다. 그처럼 일본문학연구의 국문학화가 만들어낸 일본 민족문학의 위세는 「문학이란 하오」에서도 암암리에 느껴진다. "日本文學史를 讀할 때"라는 말을 이광수는 이렇게 잇고 있다. "遠히 奈良朝에 한문이 入하여 세력을 얻으면서도 假名의 세력이 全失치 아니하여 萬葉集, 古今集, 源氏物語 등 국민문학을 산출하고 明治維新 이전까지도 一邊, 한문의 세력이 팽창하면서도 국문학이 絶치 아니하여 近松, 西鶴, 馬琴, 白石 등 국문학자를 출하였음을 讚嘆不已하노니."(518)

다시 말해서 문학이라는 역어는 이광수에게 이해되기 이전에 메이지 일본에서 이미 민족의 담론을 위한 어휘로 정련되어 있었고, '국민문학'이라는 합성어처럼 그것을 민족주의적인 방식으로 사용하는 방법 또한 개발되어 있었다. 이광수의 민족문학론의 모형이 메이지 일본의 국문학에 있으리라는 것은 충분히 가능한 추측이다.[29] 위에 인용한 구절에서 보다시피 그는 일본문학사에서 찬탄하여 마지않을 민족문학의 전범을 보고 있었다. 「문학이란 하오」에서 주목할 만한 것은 일본의 국문학자들이 가나(假名)로 씌어진 문학을 가지고 일본문학을 정립한 것과 같은 방식으로 이광수도 국문으로 씌어진 문학을 가지고 조선문학

29) 이광수가 일본의 모형에 의존하여 민족문학론을 구축했다는 말이 단순히 이광수의 특수한 사정에 대한 지적으로 받아들여지지 않기를 바란다. 민족문학론의 소재는 물론 민족에 내재하는 것이지만 그것을 바로 민족문학으로 인식하는 기술 또한 민족에 내재한다고 보는 것은 검증이 필요한 생각이다. 민족문학론은 근대적 민족을 '발명'하는 모든 정치적·문화적 기술과 마찬가지로 자발적으로 형성되지 않는다. 에티엔느 발리바르는 민족 형식의 발생을 자본주의적 세계시장의 서열적 편성과 관련하여 설명하는 가운데, "어떤 의미에서 모든 근대적 민족은 식민지화의 산물이다. 그것은 언제나 얼마만큼은 식민지가 되었거나 아니면 식민지를 가졌으며, 때로는 식민지가 되는 동시에 식민지를 가졌다"고 말하고 있다.(Etienne Balibar and Immanuel Wallerstein, *Race, Nation, Class: Ambiguous Identities*, London: Verso, 1991, p. 89) 민족문학의 담론을 포함한 모든 민족의 테크놀로지는 어쩌면 식민주의의 산물인지 모른다.

을 상정하고 있다는 사실이다. "世宗朝에 國文이 成하고 龍飛御天歌가 作하니, 此가 진정한 의미로 조선문학의 효시요, 이래로 역대 군주와 신민이 此文을 用하여 作한 詩文이 번다하려니와 한문의 노예가 되어 왕성치 못하였"으며, "經書와 史略, 小學 등 번역문학이 出함은 조선문학 蔚興의 선구가 될 번하였으나 科擧의 制로 인하여 마침내 조선문학이 홍할 기회를 作치 못하였고, 僅히 春香傳, 沈淸傳, 놀부흥부傳 등의 傳說的 문학과 중국소설의 번역문학과 時調·歌詞의 作"과 "항간에 유행하는 국문소설"이 있다고 그는 말하고 있다(518). 요컨대 국문문학이 한문의 세력에 압도되어 흥성하지 못했다는 주장을 앞세운 이러한 언명은 조선문학의 역사에 대해서 무엇인가를 알려준다기보다는 그가 가지고 있었던 조선문학의 지식이 빈곤했음을 알려준다. 하지만 그것은 조선문학의 범위를 국문문학에 한정시키는 관점을 역사적으로 활용한 최초의 사례라는 점에서 하찮게 여길 발언이 아니다. 조선문학의 역사를 개관한 선구적 평론으로 말하면, 안확(安廓)의 「조선의 문학」(『學之光』 6, 1915. 7)이 「문학이란 하오」보다 내용이 훨씬 풍부하지만, 그는 "支那의 한문을 從치 않고 純全한 조선적 한문을 作한" 특색이 있다는 이유에서 한문학을 조선문학의 일부로 인정하고 있었다.[30)]

이광수의 조선문학론에 나타난 국문주의는 한문학을 한국문학에 포함시키는 관행이 정착된 지금의 시점에서는 편협한 생각처럼 보인다. 그러나 중국을 철저하게 타자화하는 방식으로 조선의 자아를 상상한 그에게 조선문학의 국문주의적 규정은 당연한 것이다. 「국문과 한문의 過渡時代」(1908)에서부터 표명되기 시작한 그의 국문주의는 언어적·문화적 민족주의의 한 표현이다. 국문은 "국민의 精髓되는 국어"의 유형적(有形的) 형태이고 따라서 국문의 유지와 발달은 국민의 의무라는

30) 안확, 「조선의 문학」, 권영민 편, 『한국현대문학비평사 (자료 1)』 (단국대 출판부), 1981, 31쪽.

그의 생각은 국문과 민족의 관계에 대한 민족주의적 통념에 합치된다.[31] 그의 생각을 다르게 말하면, 국문은 조선인들을 언어상으로 동질화하여 결속시킴으로써 그들의 민족적 독립의 조건을 창출하는 효과를 낳는 것이다. 조선인들이 국문을 전용한다는 것은 그들이 자아를 자각했다는 것, 그리고 자유로운 자아표현의 방식을 획득했다는 것을 의미한다. 하지만 "조선인(의) 자아"(518)가, 특히 그것의 민족적 형태가 이광수가 믿었던 것처럼 국문에 선행하여 존재한다고 생각하기는 어렵다. 그것은 오히려 국문을 전용함으로써, 다시 말해 조선인들 자신을 한문이라는 의미, 상징, 인유의 체계로부터 풀어놓고 조선인들의 음성과 일치된(또는 일치되었다고 생각되는) 문장(écriture)을 정착시킴으로써 만들어진다고 보아야 한다.[32] 그처럼 민족적 자아를 산출하는 국문의 효과는 당연히 그 국문을 문학적으로 영위하는 활동에 의하여 보다 완전하게 된다. 이광수가 이해한 문학의 중요한 기능 가운데 하나는 민족의 자기 정의와 표현을 담당한다는 것이다. 그가 그토록 조선문학의 역사를 부정적으로 묘사한 것도 실은 조선문학이 그러한 기능을 제대로 수행하지 못했다는 판단에서 연유하는 것이다. 조선문학은 "자유로 조선인의 사상감정을 流露"하지 못했고, "(조선인은) 名은 조선인이로되 實은 중국인"이 되고 말았다는 진단은 조선문학이 무엇을 해야 하는가 하는 명령이기도 하다.(518, 512) 조선의 민족적 자아를 산출하고 육성하는 일은 그가 인식한 조선문학의 중요한 과업이었음에 틀림없다. 이광수가 '조선문학의 신흥'을 꿈꾼 것은 따라서 단지 조선의 문학이 새롭게 흥성하기를 바랐다는 것을 의미하지는 않는다.

---

31) 「國文과 漢文의 過渡時代」, 『太極學報』 21, 1908, 16~18쪽.

32) 이러한 음성중심적 문장법의 요체는 「문학이란 하오」에서 문학적 국문 사용의 모형으로 제기되었고, 이광수 자신이 소설에서 시도한 "言文一致"(515)이다. 언문일치와 민족 형성의 관계에 대한 언급은 다음 책에 근거한다. 가라타니 고진, 『일본 근대문학의 기원』, 박유하 옮김, 민음사, 1997, 특히 246~252쪽.

좀더 함축적인 층위에서 그것은 조선인들 사이에 민족적 일체성의 영광을 진작하는 민족문학에 대한 희망의 표현이다.

5. 미적인 것의 이데올로기—결론을 대신하여

한국 근대문학 연구에서는 1910년대 이광수의 문학과 사상을 관례적으로 계몽주의라고 부르고 있지만 그것은 실은 부적절한 명칭이다. 비록 그의 논설에 문명개화론이라는 일본판 계몽사상의 요소들이 산재되어 있긴 해도 그에게서 진실로 계몽주의적인 사유 형식을 찾아보기는 어렵다. "人은 실로 情的 동물이라"는 정육론의 명제로 집약되는 1910년대 이광수의 사상은 계몽주의보다는 낭만주의에 훨씬 가까운 것이다.[33] "나는 생각하기 전에 느낀다. 그것은 인간 공통의 운명이다"라는 루소의 말은 아마 이광수도 하고 싶은 말이었을 것이다. 인간의 감각적·감정적 능력에서 삶의 가장 강력한 동력을 보고 있는 이광수의 생각은 18세기 유럽의 낭만주의자들이 인간의 자연에 대하여 보여준 새롭고 혁명적인 인식과 부분적으로 일치한다. 낭만주의자들은 인간에 내재하는 자연, 그 모든 정념과 감흥과 충동을 통해 가장 심오한 도덕적·우주적 진리에 접근할 수 있다고 여겼고, 그러한 자연과의 조화를 유지함으로써 계몽주의의 초연한 이성이 인간에게서 앗아간 충만하고 총체적인 삶을 회복할 수 있으리라 믿었다.[34] 이광수의 주정주의는 인간 내부의 자연과의 새로운 접촉을 어떠한 합리적 지식과 도덕

---

33) 이광수 문학과 사상의 낭만주의적 성격은 波田野節子, 「李光洙の自我」(『朝鮮學報』 139, 1991. p. 4, 86~87); 김우창, 「감각, 이성, 정신」(이문열·권영민·이남호 엮음, 『한국문학이란 무엇인가』, 민음사, 1995, 18~28쪽)에서 강조된 바 있다.

34) 보다 자세한 논의는 Charles Taylor, *Sources of the Self: The Making of the Modern Identity*(Cambridge Mass.: Harvard University Press, 1991), pp. 355~389 참조.

의 요구보다 적실한 것으로 간주한다는 점에서, 그리고 그러한 자연과의 접촉이 가져다주는 삶의 특별한 충족을 강조한다는 점에서 낭만적인 것이다. 그것은 특히 유교가 가르친 바와 같은 인간 마음에 대한 형식적 통제를 배격하고 인간 본연의 자발적 욕구를 긍정한다는 특성을 갖고 있다. 「朝鮮사람인 靑年에게」(『소년』, 1910. 6)나 「余의 自覺한 人生」(『소년』, 1910. 8) 같은 논설이 증거하듯이, 이광수에게 있어서 인간의 본성은 스스로를 보존하고 팽창시키는 '생'의 욕구에 지배되고 있으며, 그러한 욕구의 충족을 표준으로 하여 모든 윤리적·문화적 활동의 공과가 판별된다. 그가 생의 욕구나 정의 만족이라는 이름으로 이상화한 삶의 한 극치는 아마도 다카야마 조규(高山樗牛)의 「미적 생활을 논함」(1901)에서 찾아볼 수 있을 것이다. 이광수에게 깊은 감화를 미친 것으로 보이는 그 평론에서 다카야마가 선언한 미적 생활의 요체는 "인생 본연의 요구를 만족시키는 것"이며, "왕국은 항상 (자신)의 가슴에 있"음을 아는 것이다. 인간 각자의 내면에 원천을 두고 있는 그러한 자발적인 만족과 쾌락의 생활은 이광수의 낭만주의와 부합되고도 남는다.[35)]

이광수의 낭만주의적 인간관은 인간의 새로운 인식과 교육을 둘러싼 근대적 관념의 성장에 있어서 하나의 전진적인 계기임에 틀림없을 것이다. 그가 시도한 육체적·감성적 인간의 복원은 인간으로 하여금 어떤 추상적 윤리의 대행자이기를 그치고 그 각자가 자연의 스펙터클을 내면에 품고 있는 욕망의 주체가 되게 한다. 그것은 내면적으로 체험되는 만족과 쾌락을 생의 정언으로 긍정함으로써 인간의 자기 함양

35) 高山樗牛, 「美的生活を論ず」, 『明治文學全集 40: 高山樗牛·齋藤野の人·崎嘲風·登張竹風集』, 筑摩書房, 1970, p. 80, 84. 하타노 세츠코는 다카야마의 미적 생활론이 이광수의 정육론의 중요한 원천임을 밝혔다. 波田野節子, 「李光洙の民族主義思想と進化論」(『朝鮮學報』 136, 1990, 7, p. 90.) 및 「李光洙の自我」(앞의 글)에 유관한 검토가 있다.

을, 혹은 푸코식으로 말하면, '자기에의 배려(le souci de soi)'를 도덕적으로 정당화한다. 이광수의 인간이해는, 기왕에 많은 논자들이 지적한 바와 같이, 근대적 개인주의와 통하는 바가 많다. 하지만 그가 인식하고 요망한 새로운 인간은 단지 자기중심적인 개인은 아니다. 인간 내부의 자연에서 그는 사회의 도덕과 제도에 억눌린 물질적·감각적 욕구를 보고 있었을 뿐만 아니라, 좀더 중요하게는, 위대한 도덕적 삶의 에너지를 보고 있었다. 그의 정육론에서 정의 능력은 도덕의 부정으로서가 아니라 반대로 도덕의 원천으로 규정되었다는 사실에 우리는 유념해야 한다. "정육을 其勉하라, 정육을 其勉하라. 정은 諸義務의 原動力이 되며, 各活動의 根據地니라. 人으로 하여금 自動的으로 孝하며, 悌하며, 忠하며, 信하며, 愛케 할지어다"[36]라는 구절에서 보듯이, 정의 능력은 인간 각자의 도덕적 행동을 스스로 규율하고, 나아가 인간사회의 윤리적 이상을 자발적으로 실현하게 만들어주는 것이다. 『에밀』의 루소에게 그러했듯이, 정육론자 이광수에게도 인간 내부의 자연은 도덕적 자율성의 원천이었던 셈이다. 이광수는 특히 그 자연이라는 원천과 접촉함으로써 얻어지는 도덕적 자각이 개인의 윤리적 관계, 무엇보다도 민족이나 국가와의 관계에 대한 보다 깊은 각성으로 이어진다고 믿고 있었다. 「여의 자각한 인생」에서 그는 삶에 필요한 모든 수단은 자기 자신에게 내재한다는 깨달음을 피력한 다음, "국가의 榮枯와 나의 개성의 榮枯와, 국가의 생명과 나의 생명과는 그 운명을 같이 하는 줄을 깨달았노라"고 선언했다.[37] 개인과 국가가 하나의 운명임을 주장한 이러한 구절은 이광수가 명분을 제공한 개인들의 자기 함양이 사회적, 정치적으로 확충된 외연을 갖는다는 것을 말해준다. 그것은 자신을 조선인으로 자각하고 육성하는 것, 자신을 조선인 공동의 역사

36) 「금일 아한청년과 정육」, 앞의 책, 475쪽.
37) 「여의 자각한 인생」, 『이광수전집』 1, 552쪽.

식 경험과 교섭과의 관련 속에서 개발되는 것을 의미한다 해도 무방하다. 이광수의 생각에서 개인의 자기 함양과 민족국가의 번영은 궁극적으로 일치한다.

앞에서 논의한 바와 같이 이광수는 문학의 기초를 정에서 구하면서 문학을 감각적·감성적 활동에 관계하는 독립된 영역에 귀속시켰다. 그의 문학론에서 심미화된 문학은 다카야마의 미적 생활론과의 연관이 시사하듯이 육체를 가진 유정한 인간의 내면에서 발원하는 자유를 표현하고 개발한다. 그 심미화된 문학이 어떤 중요한 교육적 효과가 있다면 그것은 밖으로부터 주어지는 법령이나 도덕에 따라서가 아니라 자기의 가슴의 명령에 따라 행동하는 자주적 능력을 발달시킨다는 것이다. 문학에 의한 미적 교육은 당연히 기성 권위와 도덕에 대해 위협적이지만 그러한 사실은 1910년대 이광수의 문학론에서는 문제가 되지 않는다. 그에게 미적 교육은 오히려 사람들 각자의 도덕적 능력을 강화시키는 계기이다. 그것은 사람들로 하여금 민족적·윤리적 공동체와의 관계를 자기 내부로부터 깨닫게 하고, 그 공동체의 이념과 자발적으로 제휴하도록 추동하는 것이다. 사람 각자의 도덕적 자유를 바탕으로 근대적인 민족—"육신의 혈통보담 정신의 혈통이 더 중한 것인 줄을" 아는 "조선인"은 비로소 태어난다.[38] 심미화된 문학은 사람들에게 자주적인 삶의 능력을 함양시키고, 바로 그렇게 하여 민족적 정체성을 자신들의 운명으로 받아들일 여건을 조성한다. 감각과 감성의 정련을 통해 자율적 주체를 형성하려는 심미주의와 민족적 일체성을 진작하려는 민족주의는 실은 이광수에게 별개의 것이 아니다. 그의 심미주의가 내포한 인간의 자연, 육체, 감정에 대한 관심은 생각해보면 정치공동체의 정신적 자원을 찾아서 바로 그것을 탐사한 근대 철학자

38) 「朝鮮사람인 靑年에게」, 『이광수전집』 1, 485쪽.

들의 사고에서 그리 멀리 떨어져 있지 않다. 예를 들어, 루소는 사람들이 천성적으로 느끼는 동정(同情)이야말로 정치적 결합의 근저를 이룬다고 생각했다.[39] 미적인 것에 대한 사유는, 테리 이글턴이 『미적인 것의 이데올로기』에서 시사하고 있는 바와 같이, 근대 부르주아 사회의 이데올로기적 요구와 우리가 짐작하는 것 이상으로 밀접한 관계를 맺고 있다. "미적인 것은 초기 자본주의사회의 인간 주체성 바로 그것의 은밀한 원형이자 동시에 인간 에너지를 모든 패권지향적, 도구주의적 사상에 앙심 깊은 적수라고, 그 자체로 근본적 목적이라고 보는 하나의 비전이다. 그것은 관능적인 육체에 미묘하게 억압적인 법을 새기는 것과 아울러 그 육체로 창조적인 전향을 하는 것을 의미한다."[40] 이광수의 경우, 감각적, 감정적 삶을 정당화한 것은 그 자체를 목적으로 여겼기 때문이 아니라 그것에서 발생하는 새로운 인간 주체의 가능성을 보았기 때문이다. 그 새로운 인간 주체란 물론 '자각한 조선인', 민족국가에 대하여 자기 내부의 명령에 따라 자발적으로 순종하는 국민이다. 따라서 이광수는 문학을 감각적, 감정적 삶과 연결하여 심미화하는 동시에 국민 주체를 산출하는 민족주의적 헤게모니에 편입시켰다고 해도 무방할 것이다.[41]

---

39) "자연법의 격률(格律)이 단지 이성에 기초한다는 것은 진실이 아니다. 그것은 좀더 견고하고 확실한 기초를 갖고 있다. 자기 사랑에서 파생된 인간 사랑은 모든 인간의 정의(正義)의 원리이다." 루소, 『에밀』, 정병희 옮김, 동서문화사, 1976, 547쪽. 번역문은 불어본(Jean-Jacques Rousseau, *Emile ou de l'éducation, Oeuvres complètes* 4, Paris: Editions Gallimard, 1959, p. 523)을 참조하여 수정했음.

40) Terry Eagleton, *The Ideology of the Aesthetic*(Oxford: Basil Blackwell, 1990), p. 9.

41) 이광수가 기대한 새로운 인간 주체는 아마도 국민적 주체보다는 국민적-부르주아적 주체라고 하는 편이 훨씬 정확할 것이다. 하타노 세츠코도 지적한 사실이지만 『무정』의 '삼랑진' 장면은 이광수가 김장로로 대표되는 자산가와 이형식으로 대표되는 지식인에게 정치적 리더십을 인정하고 있었음을 암시한다. 그리고 그 자산가와 지식인은 그가 상해에서 安昌浩의 감화를 받고 돌아온 직후 발표한 1921년의 논설 「중추계급과 사회」에서 현대 조선사회의 '중추계급'으로 규정하게 되는 집단이기도 하다. 그러나 이광수의 민족주의와 근대 초기 부

이광수의 「문학이란 하오」는 문학이라는 역어에서 시작하여 문학에 대해 사유하고 논변하는 하나의 새로운 방식을 열었다. 근대 서양 및 일본의 문학이론을 번안하는 통언어적 실천을 통해 이광수는 문학을 본질적으로 심미화하고 민족문학의 이념적 원점을 제시했다. 그러한 문학에 대한 새로운 담론의 형성은 신문학이라는 한국문학에서의 근대의 추구에 중추적인 것이다. 이광수의 문학론은 특히 문학에 의한 미적 교육을 민족주의적 헤게모니의 일환으로 포섭하는 논리 속에서 근대적 기획의 성격을 명확히 드러낸다. 그의 문학론이 시사하는 바와 같은 육체적·감성적 인간의 자발적인 국민 주체화는 미적인 것을 부르주아 민족국가에 대한 정치적 인준에 동원한 계몽주의 이후의 미학과 친연성을 띠고 있다. 「문학이란 하오」가 성립시킨 근대적 문학론의 핵심은 바로 미학 이데올로기(aesthetic ideology)라고 해도 좋을 것이다. 이광수의 문학론이 한국 근대문학의 이론적 성립을 가져왔다면, 바로 같은 논리에서 미학 이데올로기는 한국문학에서의 근대성의 기초가 되었다고 말할 수 있다. 이것은 물론 한국 근대문학이 자연적 자발성에 근거한 민족적 일체화 혹은 국민 주체의 생산이라는 이광수의 기획을 발전적으로 추진했다는 것을 의미하지는 않는다. 미적인 것에 대한 사유가 한편으로는 육체적·감각적 인간을 해방시키면서 다른 한편으로는 국가적·사회적 통일을 인준하는 식으로 해소 불가능한 모순을 내포하고 있다면, 그러한 모순이 식민지 한국처럼 미학 이데올로기의 토착적 기반이 없는 사회에서 더욱 심각하고 강렬하게 경험될 수밖에 없으리라는 것은 자명한 이치다. 특히 서양 근대 미학의 원용을 비

르주아와의 관련은 본고의 범위를 벗어나는 주제이기에 논의를 피하기로 한다. 波田野節子, 「ヨンチェ·ソニョン·三浪津」—『無情』の硏究(下)」, 『朝鮮學報』 157, 1995, pp. 10, 126~128 참조. 이광수의 부르주아적 민족주의, 그리고 안창호와의 관련에 대해서는 김윤식, 『이광수와 그의 시대』(한길사, 1986); 서중석, 「한말 일제침략하의 자본주의 근대화론의 성격—도산 안창호 사상을 중심으로」, 『한국근현대의 민족문제』(지식산업사, 1989) 참조.

롯한 근대의 번역 전체가 민족 자주의 정치와 유리된 식민지 상황에서 미학 이데올로기가 목표로 하는 감각과 이성, 육체와 율법의 화해는 순전한 공상이 되기 쉽다. 1910년대에는 낭만주의자였던 이광수가 1920년대에는 백조파를 포함한 낭만적 고뇌의 세대를 준엄하게 비판하고 문학인들에게 민족을 위한 수양과 경륜을 요구했다는 사실은 실로 암시적이다. 김우창이 관찰했듯이, 감각적 특수성에의 탐닉과 추상적 보편성에의 집념이라는 양극화는 식민지시대 이후 한국문학의 숙명이었는지도 모른다.[42] 요컨대, 이광수 문학론의 근저에 자리잡은 미학 이데올로기는 한국문학에 있어서의 근대적 기획의 출발을 나타내는 동시에 그 기획이 겪어갈 굴곡과 착종을 예시한다. 미학 이데올로기가 이광수 이후의 문학에서 어떠한 계보를 이루었는가를 확인하는 것은 아마도 한국 근대문학사의 수정에 긴요한 작업일 것이다. 문학이란 무엇인가를 물은 이광수의 물음에서 시작하여 우리는 한국 근대문학이란 무엇인가를 다시 물어야 한다.

(『동악어문논집』 32, 1997;
개정본 문학사와비평연구회 편, 『한국문학과 계몽담론』, 1999)

42) 김우창, 앞의 글, 33~37쪽 참조.

V

국민문학과 세계문학 사이

2000년대 한국소설 소묘

많은 논의를 불러일으킨 저서 『세계문학공화국』에서 파스칼 카자노바는 세계문학공간에 관한 공식을 제시하고 있다. 그 공간은 그 자원이나 전통에 있어서 불균등한 국민문학들의 전 지구적이고 서열제적인 복합체이다. 그것은 국민문학 간의 우세를 향한 경쟁으로 인해 분열되어 있으면서 또한 궁극적으로는 그 경쟁이 촉진하는 국가와 언어의 경계 횡단 운동으로 인해 일체화되어 있다. 카자노바는 이 국제문학질서에 관한 그녀의 서사를 라틴어의 지배에 대한 프랑스어의 반란으로부터 시작하며, 그 질서의 지리문화적 중심을 파리에서 찾는다. 그녀의 세계문학 공식은, 그 근저에 깔린 골족중심적, 유럽중심적 원근법을 감안하면 전혀 놀라운 일이 아니지만, 한문이라는 라틴어의 등가물, 그것의 권위로부터의 해방을 공동의 목표로 삼은 동아시아 국민문학들의 역사적 설명을 위한 여지, 또한 그 국민문학들을 포괄하는 그 변별적인 지리문화적 지역에 특유한 문학공화국의 이론적 가능성을 위한 여지를 갖고 있지 않다. 동아시아 각국의 문학은 그녀에게는 어쩌면 그녀가 "헤르더 효과"라고 부른 것, 즉 유럽과 그밖의 지역의 모든 군소 국가가 자국의 민중적 전통이란 이름으로 행한 정치적, 문학적 존재 주장의 예에 불과할지 모른다. 우연하게도, 그녀는 그녀의 이론상으로 세계문학 변방의 특징적 현상인 문학의 정치화 또는 국문화(國文化, nationalization)를 설명하는 중에 한국문학에 대해 지나가듯 언급하고 있다. 그녀에게 한국문학은 자국의 국민과 민중의 대의에 봉사하며 출현한, 국제문학질서상 열세에 놓여 있는, "소문학"의 한 예이다.

한국에서 민족주의가 근대 속어문학을 형성한 중요한 이데올로기적 세력이라는 것은 재론할 여지가 없는 사실이다. 20세기 한국작가 중 다수는 국민언어를 창출하고 국민문화의 기반을 놓는 일이 자신들의 과업이라고 믿었다. 그러나 민족적 양심이 한국 근대문학의 모든 중요한 시대와 유파를 설명해주는 것은 아니다. 한국 국민문학의 정전적 형식 및 문체는 때때로 기성체제에 반하는 작가들로부터의 반발에 부딪혔고, 그로부터 문학적으로 의미 있는 변동이 생겨났다. 이 글에서 묘사하고자 하는 남한문학의 21세기 첫 십 년은 아마도 민족주의로부터의 이탈이 다대한 활기를 띠며 일어난 시기일 것이다. 이것은 이 기간의 소수의 밀리언셀러 소설 중 하나인 김훈의 『칼의 노래』(2001)가 다른 어떤 텍스트보다 훌륭하게 예증하는 바이다. 이 소설의 주인공 이순신은 그 전기가 한국의 국민적 전설의 일부가 되어 있는 저명한 무장이다. 그는 16세기 후반 히데요시의 조선 침공 때에 군비의 열세에도 불구하고 비범한 전술로 중요한 해전을 승리로 이끌어 그 일본인들의 야심을 좌절시켰으며, 그것을 이유로 근대 한국의 많은 역사적, 허구적 서사물에서 불멸의 영웅으로 숭상되었다. 이순신 장군은 『칼의 노래』에서도 변함없이 영웅이다. 하지만 그의 영웅성은 그의 조국에 대한 불굴의 충성이나 비범한 군사 지휘력이 아니라 그 자신의 삶의 비참함과 무의미함에 대한 수락으로부터 온다. 파편적이고 말수 적은 극적 독백 문체로 기울어진 그의 일인칭 서술은 그의 실존주의적 고뇌의 신산함과 강렬함을 전달하면서 그를 영웅적 개인주의의 비극적 화신으로 만든다.

한국 국민문학의 첫째가는 장르 중 하나로 가족 이야기를 꼽는 데 주저할 사람은 많지 않을 것이다. 카자노바의 책에 언급된 유일한 한국문학작품이 바로 가족사소설의 명작인 박경리의 『토지』(1994 완간)이다. 가족 이야기는 그 고전적 형식이 18세기 조선에 성립된, 가족을 전체사회의 축소판으로 보는 유교적 가족관을 반영하고 있으며, 박경리의 그 대하소설 작품에서 그렇듯이, 국민 이야기의 치환물로 기능한다. 그러나 가족 이야기 창작은 지난 세기말을 거치면서 그 장르의 철학적 가정을 의심하고 형식적 관습을 해체하는 방향으로 나아갔다. 그 장르의 몇몇 최근 텍스트는 그 장르를 형성한 관념들—가족이 동일성의 일차적 근원이라는 관념, 세대를 통해 존속하는 가족의 문화적 통일성이라는 관념, 가족과 국민의 환유법적 관계에 관한 관념 등에 대해 회의적인 것으로 보인다. 은희경의 『비밀과 거짓말』(2005)은 한 지방 도시의 가부장제 가족 삼대의 이야기를 들려주는 가운데 아버지가 자기 가족을 우월하게 만들고자 노력한 결과 자신의 아들들에게 부정의 대상이 되어버린 아이러니에 주목하고 있다. 신경숙의 『엄마를 부탁해』(2008)는 가족의 생존과 자식의 성공을 위해 자신을 희생한 시골 어머니라는, 한국 서사물에 흔히 있는 인물에 대한 애도의 작업을 수행하고 있다. 은희경과 신경숙의 소설은 그 부모 세대 작중인물들이 각각 가지고 있는 가족적, 사회적 유대에 대한 애착—그들의 지역사회의 문화에 뿌리박은 그 도덕적 정서를 공감과 이해의 어조로 이야기한다. 그러나 그것이 후대에 살아남을 수 있을지에 관해서는 의심을 감추지 못한다. 그들의 자식들은 황폐화하는 가난 또는 인습 때문에 고향을 떠날 수밖에 없었던 것으로 서술되어 있으며 그들의 삶에서는 자유로운, 자기결정적인 개인이 되고자 하는 열망이 우세하다.

사실, 오늘의 한국소설에 새로운 실재들과 싸우는 방법을 제공하고 있는 것은 개인주의적 심성구조이다. 김영하의 『빛의 제국』(2006)은 가족이나 국민의 도덕적 속박에서 풀려난, 시장경제에 의존하여 삶의 만족을 추구하는 개인들의 문제적 성질에 관심을 집중한다. 2000년대의 첫 십 년 동안에 씌어진 한국 장편소설 중 가장 스릴 있고, 가장 도발적인 이 소설은 두 인물—불현듯 근심어린 자기반성에 몰린 북한의 서울 거주 고정간첩 기영과 자기본위인데다가 자기연민이 많고 성적으로 방종한 그의 아내 마리를 중심으로 한다. 서울에서 일어난 하루 동안의 사건을 다루면서 이 소설은 그들이 자주적, 혁명적 주체성에 대한 청춘기의 믿음으로부터 얼마나 멀어졌는가를 보여준다. 고가 수입자동차 판매원인 마리는 친북한적, 사회주의적 학생운동에 투신한 일이 서울의 풍요 사회로부터 소외되었다는 감정의 상처에서 비롯된 중대한 실수였다고 생각하며, 영화수입업자인 기영은 자신이 남한의 자본주의적, 소비주의적 문화에 동화되었음을 시인하고 북한 정권을 배신한다. 이 소설은 남한의 다국적 자본주의 경제가 승승장구하며 팽창함에 따라 한때 정치적으로 양식 있었던 한 세대의 다수가 저질렀다고 생각되는 자기배반, 그것을 용기 있고 날카롭게 식별하고 있다. 하지만 이 소설이 쾌락주의적이고, 소비주의적인 개인주의의 찬가로 끝나는 것은 아니다. 그 부부의 개인적 행복의 추구는 윤리의 난제를 제기하는 것으로, 특히 판옵티콘적인 감시체제에 종속된 것으로 그려진다.

『빛의 제국』은 한편으로는 조이스의 『율리시즈』를 연상시키는 도시 서울의 모더니즘적 탐구를 보여주고 있으며, 다른 한편으로는 첩보소설을 패러디하고 있다. 바쇼의 하이쿠에서부터 매리 홉킨스의 노래에 이르는 다른 텍스트에 대한 언급이 넘쳐나는 이 양식은 문화적 기호와 의미의 브리콜라주가 생산적인 저술방법으로 통하는 현대적 상황을 상기시킨다. 쉽게 추측할 수 있는 일이지만, 다양한 매체와 장르로부터 주어진 기호와 의미의 창의적인 또는 전복적인 활용은 젊은 세대의 저술에서 갈수록 현저하다. 하위문화적이라고 부를 만한 이 작업은 박민규의 단편들에 가장 신명나게, 당혹스럽게 표현되어 있다. 이 단편들은 동물우화, 환상동화, 공상과학소설, 무협지 등의 대중소설 장르로부터 그 형식적 장치를 빌려오면서 하층계급 청년의 희망과 절망을 우화술의 방식으로 이야기한다. 한국야구 최하위팀의 열성적 옹호자들의 기행(奇行)에 관한 장편 『삼미슈퍼스타즈의 마지막 팬클럽』(2003)의 저자인 박민규는 사회로부터 추방된 사람들의 감각과 통하도록 농담과 익살을 정련하는 데에 성공하고 있다. 박민규가 대중서사의 패러디적 가공에 열중하고 있는 반면, 김중혁은 다양한 종류의 기술매개적 대중소통과 오락문화로부터 이야기를 만들어낸다. 그의 최근 소설집 『악기들의 도서관』(2008)은 음향 녹취와 재생장치를 비롯한 음악 생산과 재생산의 여러 수단들을 사람들이 어떻게 사용하는가에 주목하면서 대중문화의 사회적 함축을 탐구한다. 그의 소설은 문화 생산 및 재생산 기기의 개인적이고 장난스러우며 재치 있는 사용 덕분에 개인들 사이에 가능한 화해의 순간에 자주 끌린다. 그의 단편 「엇박자D」는 스물두 명의 음치들의 동일 노래 녹음을 교묘하게 편집해서 감동적인 합창을 만들어내는 그 자신 음치인 아마추어 공연기획자에 관한 이야기—대중 민주주의에 관한 알레고리로도 읽힐 수 있는 이야기이다.

이러한 하위문화적 실천이 문학적 혁신을 약속한다고 본다면 그와 마찬가지로 유력하고 의의 있는 문학 조류는 여성들의 저술에서 관찰된다. 1980년대 후반 공산주의가 몰락하면서 노동계급문화운동이 생산적이기를 그친 이후 정치적으로 진취적이고 예술적으로 전복적인 문학 텍스트 생산은 여성작가들이 주도했다는 말이 종종 들린다. 한국 사회를 점진적으로 그 가부장제적 구조로부터 풀려나게 만든 산업화와 민주화를 경험하면서, 그리고 다양한 종류의 페미니즘의 영향하에서 성장한 여성작가들은 그들의 어머니와 자매들의 진실과 함께 그들 자신의 진실을 말하려고 했고, 그 결과 욕망과 권력의 새로운, 불편하고 당혹스러운 실재들을 들여놓았다. 신경숙과 은희경의 뒤를 잇는 주목할 만한 여성작가 중에 천운영이 있다. 그녀의 소설은 무정형하고 불가사의하며, 세속적이고 합리주의적인 세계관에 대해 전복적인 여성 성욕을 그린다는 특징이 있다. 야생동물이나 천연의 늪과 같은 여성 욕망의 생생한 이미지로 주목을 받은 그녀는 여성적인 것의 미학을, 원시적 여성성 속에 본래 있는 것으로 그녀가 보고 있는 윤리적 주동성에 대한 관심과 결합하기 시작했다. 그녀의 단편 「내가 데려다줄게」는 사회의 변방에 존재하는 한 여성 가족의 미개한, 샤머니즘적 문화에서 치유와 구원의 근원을 발견한다. 편혜영은 특별히 여성문화에 초점을 맞춰 소설을 쓰고 있지 않지만 한국 여성저자들의 관심을 끌어온 괴이(the uncanny) 미학을 집요하게 추구하고 있다. 그녀의 상상력은 각종 폐물과 오물, 더럽혀진, 손상된 또는 병든 신체, 시체, 도시의 폐허, 야생지대 등에 붙잡혀 있다. 이것들은 인간과 동물, 문화와 자연 사이의 경계를 없애는 사물들이며, 크리스테바가 말한 의미에서 비체들이다. 그녀의 최근 저서 『사육장 쪽으로』(2007)에 실린 여러 단편들에서는 표면상 정연한 듯한 일상생활이 비체들의 돌연한 출현으로 그 괴이한 대혼란을 드러내는 순간 그 서사가 절정에 달한다.

2000년대 여성작가의 장편소설 중 가장 난해하면서도 흥미로운 것은 아마 강영숙의 『리나』(2006)일 것이다. 이 소설은 고국을 탈출한 여성 노동자라는, 한국소설에서는 새로운 유형의 인물을 피난민, 이주자, 여행자의 세계를 배경으로 그리고 있다. 소설을 읽다보면 리나가

북한 출신이라는 추측을 하게 되지만 이 소설은 그 궁핍한 나라로부터의 엑소더스에 관한 사실적인 묘사와 거리가 멀다. 그것은 오히려 경계 넘기의 스릴과 위험에 매혹된, 페미니즘적이고 아나키스트적인 상상력의 소산이다. 리나의 모험은 그녀의 가족이 어떤 부유한 나라를 향해 국경을 넘으면서 시작되지만 그녀는 자기해방을 향한 내면의 욕망을 의식하면서 자신이 처한 사회의 남성지배적 권력구조에 편입되기를 거부한다. 가족과 헤어져 다민족 여성 유랑노동자 집단에 합류한 그녀는 자신의 더럽혀지고 가엾어진, 그러나 유순함을 모르는 몸의 충동에 따라 노동하고 사랑하고 심지어 살인을 저지른다. 중국처럼 보이는 낯선 나라에 입국한 이후 그녀는 어느 나라에도 정착할 의도 없이 아시아대륙의 여러 국경을 넘는다. 저자는 개발도상국가에서 일반적으로 일어나는 종류의 폭력과 착취의 사건들을 그 국경 넘기의 이야기에 새겨넣는다. 그리고 자본과 국가의 목적론, 예를 들면 이주와 망명의 전 지구적 사태에 관한 신자유주의적 해석에 형식적 근거가 되는 목적론에 대립하는 방식으로 그 이야기를 제시한다. 그래서 그 소설은 한국 자본주의의 원초적 장면을 불러내는 동시에 개발주의의 논리에 저항하는 인간의 육체적 실존을 상상하고 있는 것처럼 보인다.

오늘의 한국소설은 주로 『리나』처럼 통국가적 정체성을 기술하려는 노력 속에서 그 형식과 주제의 한계를 확장하고 있다. 많은 작가들이 국민 또는 종족의 경계를 넘어서 펼쳐지는 개인들의 유대라는, 전 지구화한 한국사회의 최근 양상으로부터 이야기를 만들어냈다. 그 이야기의 한 예가 박범신의 『나마스테』(2005)이다. 이 장편은 차별과 착취를 당하는 네팔 출신의 남성 이주노동자와 1991년 엘에이폭동의 트라우마적 경험을 안고 고국으로 돌아온 왕년의 한국계 미국인 여성 사이의 사랑을 이야기한다. 그러면서 국가적, 문화적 배경을 달리하면서도 자본과 노동의 초국가적 통행에 휘말려 손상을 입은 경험을 공유하고 있는 개인들 사이에 어떻게 호혜적이고 의미 있는 관계가 만들어질 수 있는가를 묻고 있다. 고국을 떠난 노동자들의 생존투쟁은 『바리데기』(2007)에서도 핵심적이다. 저자 황석영은 바리라고 불리는 한 북한 소녀가 고국 탈출 중에 가족 이산을 겪고 런던으로 건너가 한 다민족 공동체 내에서 생활하다가 파키스탄계 영국인 남자와 결혼하여 정착하는 이야기를 반쯤은 사실적이고 반쯤은 환상적인 방식으로 들려준다. 한국의 샤먼들의 조상격인 한 여신에 따라 이름이 붙여졌고 초자연적 직관력과 예지력을 지니고 있는 바리는 그 여신이 부모의 목숨을 살릴 영약을 구하기 위해 나선 저승여행과 구조상 동일한 방식으로 난민의 삶을 산다. 그 여주인공이 제공하는 다차원적인 관점에서 저자는 제국주의와 신제국주의가 지구 전역에 가져온 비극적 결과를 비판적으로 형상화하는 동시에 신화지적으로 해석한다.

동시대 한국소설을 보면 한국 국민문학의 담론적 구성의 핵심을 이룬, 그리고 한국문학 텍스트를 쓰고 읽는 조건을 형성한 양극들의 한 조합이 해체되고 있음이 드러난다. 민족(국가)적/세계(시민)적, 리얼리즘적/모더니즘적, 고급/저급이라는 조합이 그것이다. 겉으로 보기에 대립적인 그 자질들은 내가 논의한 텍스트의 대다수에 전체적으로 아니면 부분적으로 공존한다. 예를 들어 『빛의 제국』은 충성을 요구하는 두 정치체제 또는 집단 사이에 처한 지식인이라는 주제—한국 리얼리즘 문학의 주제상 관례의 하나—를 변주하고 있지만 무정주성, 집없음, 고독에 관한 조이스적 서사와 경찰 감시와 추적의 대중적 모티프를 결합해서 그렇게 하고 있다. 『바리데기』에서 저자는 샤머니즘 구전서사를 다시 써서 자기 나름의 후식민주의적 오디세이, 즉 식민지 또는 후식민지의 신민이 제국의 중심으로 여행하는 이야기를 내놓으면서 그 결과 한편으로는 타나토스에 들린 현대세계에 관한 단테(Dante)적이고 예지적인 묘사를 성취하고, 다른 한편으로는 버려진 아이에 관한 환상소설적이고 멜로드라마적인 이야기를 산출하고 있다. 이 양극 해체, 한국어 문학 창작이 정치적, 문화적 민족주의로부터 자유로워졌음을 보여주는 이것은 확실히 전 지구화의 역학과 많은 관계가 있다. 그 역학을 롤런드 로버트슨이라는 사회학자는 "특수주의의 보편화와 보편주의의 특수화가 서로 침투된 거대한 양면적 과정"이라고 정리한 적이 있다. 황석영의 소설이 그 전 지구화의 양면적 과정 중 전자에 관여되어 있다면 김영하의 작품은 후자에 관여되어 있다고 해도 틀린 말은 아닐 것이다. 보편과 특수 양축 사이에 일어나는 일이 긴장 없는 것은 아니다. 그러나 문학의 경우 그것은 종종 창조적 가능성의 근원인 것으로 판명된다. 이것은 바로 동시대 한국소설이 명확하게 입증하는 바다.

(『문학동네』 2009년 가을호)

대지진 이후

편혜영의 「저녁의 구애」

올해 벽두 중앙아메리카 서인도제도(諸島)의 한 나라 아이티에 강도 7.0의 지진이 일어나 대참사가 발생했다는 소식이 전해지자 많은 사람이 안쓰러움을 금치 못했다. 그곳이 원래 생도맹그(Saint-Domingue)라는 이름의 프랑스 식민지였다는 사실, 노예반란으로부터 탄생해서 현재까지 존속되고 있는 역사상 최초의, 그리고 유일한 국가라는 사실을 알았던 사람이라면 아마 좀더 착잡한 심경이 되었을 것이다. C.L.R. 제임스가 저술한 아이티 혁명사의 고전 『흑인 자코뱅당원』에 따르면 프랑스혁명이 일어나던 무렵 생도맹그는 프랑스 해외무역의 삼분의 이를 차지하고 있었고 유럽인의 노예무역을 위한 개별 시장으로서 가장 규모가 컸다. 노예들이 반란을 일으킨 것은 프랑스혁명으로부터 이 년이 경과한 1791년, 그 혁명의 충격이 서인도제도에 미쳐 있었던 때다. 이후 십이 년간 투쟁을 계속하는 동안 노예들은 현지의 백인들, 프랑스 군주정하의 군대, 영국 및 스페인 원정군을 잇따라 물리쳤다. 생도맹그 전역의 봉기한 노예들은 나폴레옹이 파견한 군대에 진압을 당했으나 다시 반란을 일으켜 프랑스군 축출에 성공한 다음 1804년 1월에 독립을 선포했다. 이 노예들의 투쟁은 동시대 유럽 지식인들에게 중요하고 흥미로운 일대 사건이었다. 인간 보편의 자유를 신봉했으되 현존하는 노예제에 대해서는 침묵하다시피 했던 계몽사상가와 그 후예들에게는 불의 시련과도 같았다. 아이티혁명으로부터 급진적 사유를 위한 자원을 얻은 철학자 중엔 특히 헤겔이 있었다. 헤겔이 저 유명한 주인과 노예의 변증법을 구상할 당시 아이티혁명을 염두에 두고 있었다는 것은 수전 벅모스의 근작 『헤겔, 아이티, 보편사』에서 논증된 바 있다. 그러나 인간의 모든 사업에 대해 그렇듯이, 아프리카 흑인들의 영웅적 투쟁과 성취에 대해 자연은 무심하다. 아이티 지진 피해에 관한 한 통계에 의하면 총 인구 약 천만 명 중 사망자가 이십만 명, 실향민이 백만 명, 이재민이 삼백만 명이다. 오랜 가난과 잦은 정변에 시달리다 대재앙까지 만난 아이티의 표정은 절망적이다. 줄줄이 이어진 엑소더스의 행렬과 함께 자유를 향한 투쟁의 서사시도 아이티를 떠났는지 모른다.

안전과 번영을 위한 인간의 모든 노력을 단박에 헛되게 만드는 자연의 무심함이란 물론 조금도 새롭지 않은 이야기다. 인간에게 무력함을 절감케 하는 대지진이라면 리스본 지진이라는 전례가 있다. 1775년 11월 서유럽의 넓은 지역에서 지진이 일어나 리스본을 중심으로 막대한 피해를 냈다. 리스본 도심에서는 땅이 무섭게 갈라지고 많은 건물이 무너졌으며 이어 해일이 덮쳐오고 화재가 일어나 도시 전체가 참화에 휘말렸다. 당시 리스본 인구는 이십칠만오천 명 가량이었는데 최대 구만 명이 사망했다고 한다. 그것은 해상무역으로 한창 번영을 구가하던 그 포르투갈의 수도를 강타한, 전례 없는 대규모 지진이어서 많은 사상가와 문학자들이 그에 대해 비상한 반응을 보였고 그로부터 글의 소재나 영감을 얻었다. 유명한 예의 하나가 볼테르의 『캉디드』에 나오는 낙관주의 비판이다. 항해중에 리스본을 경유하다가 지진을 만난 캉디드는 그 항구도시가 폐허로 변하는 것을 목도한다. 그러나 그의 스승 팡글로스가 라이프니츠와 포프를 연상시키는 방식으로 주장한 바에 따르면 그 재난을 두고 슬퍼할 이유는 없다. 현재의 세계는 가능한 세계 중 최선의 세계이며 그런 만큼 현재 세계 속의 모든 것은 그것 아닌 무엇일 수 없기 때문이다. 하지만 리스본 시가의 잔해 속을 통과하며 캉디드는 "이게 바로 세상 최후의 날"이라고 절규한다. 그는 번창했던 도시의 붕괴를 목격할 뿐만 아니라 이성을 잃은 인간의 만행과도 마주친다. 캉디드의 묵시록적 해석은 팡글로스의 낙관적 세계관과 양립하기 어렵다. 그 세계관은 만물의 이치에 관한 합리적 설명처럼 보이기보다는 인간의 무력함과 인간세계의 허약함을 인정하는 기술처럼 보인다. 한 문명도시를 폐허로 만든 자연의 이변을 최선이라고 한다면 그것은 인간이 자연에 예속되어 있음을 수락하고 인간 스스로를 위무하기에 급급한 체념의 철학이 되는 셈이다.

리스본 지진에 대한 유럽 지식인의 기억은 그 발발로부터 많은 세월이 흐른 20세기에도 끊이지 않았다. 벤야민은 정기적으로 베를린 방송국에서 일하던 1931년 11월의 어느 날 그 유명한 재난에 관한 방송을 했다. 어린이용 이야기 방송이었던 만큼 그의 강연은 단순했다. 리스본 지진이 당시 사람들의 사상에 영향을 미칠 정도로 특별한 사건이었던 이유, 그리고 그 사건에 매료된 사람 중 하나였던 칸트에 의해 시작되었다는 지진학에 대한 약간의 상식을 제시한 다음 리스본 지진이 일어날 당시 현지에 있었던 한 영국인의 글을 소개하고 있다. 흥미로운 것은, 벤야민의 말로는, 지난 백오십 년간 주목된 적이 없었다는 그 영국인의 재난현장 묘사이다. 그 묘사는 하늘이 청명하고 어떤 변고의 조짐도 없던 아침에 느닷없이 격렬한 진동과 함께 지진이 일어나고 이어 저녁에는 바다로부터 쓰나미가 몰려오는 끔찍한 광경을 다루고 있다. 그것은 "세상 최후의 날"이라는 『캉디드』의 구절을 연상시키기에 그리 부족하지 않다. 그렇다면 리스본 지진에서 벤야민은 무엇을 보고 있었을까. 아마도 그의 역사철학에 들어맞는 어떤 이미지이지 않았을까. 벤야민이 이해한 바 메시아의 시간은 역사의 시간으로부터 유기적으로 연결되어 나오는 것이 아니다. 천국으로부터 역사의 폭풍이 불어온다는 그의 「역사철학테제」 중의 발언이 말해주듯이 그 둘은 방향이 서로 반대다. 메시아에 의한 구원은 역사가 끝난 시점에, 자연의 재앙과 파국을 예고로 시작된다. 벤야민에게 역사란 쇠락과 소멸을 본질로 하는 과정이며, 그가 자연사(Naturgeschichte)라고 부른 그 과정의 종료 없이 삶의 구원은 없다. 리스본 지진이 그에게 매력적이었던 것은 그것이 역사운동의 메시아적 정지를 알리는 대참사의 광경처럼 보였기 때문인지도 모른다.

내가 잘못 알고 있지 않다면 한국의 작가들에게 메시아주의는 그리 친숙한 역사철학은 아니다. 하지만 통계상으로 한국인 다섯 명 중 한 명 이상이 기독교인인 까닭일까, 묵시록적 모티프가 대중적 서사물 속에 만연된 까닭일까, 아니면 세상에 대한 절망이 극치에 달한 까닭일까, 동시대 한국 시와 소설에는 대파국이 임박한 듯한 세상의 이미지가 때때로 등장한다. 최근에 나온 좋은 단편의 하나인 편혜영의 「저녁의 구애」를 보자. 이 소설의 배경은 오래전에 지진이 일어난 남쪽 지방의 한 도시이다. 장례식장에 조화를 배달하기 위해 그곳을 찾아간 작중인물 김은 가게에 들러 비상식량용 통조림을 사려고 할 만큼 재난에 대한 우려를 많든 적든 느끼고 있다. 그런데 곧 임종하리라 예상했던 노인이 목숨을 유지하고 있는 까닭에 그는 배달과 조문을 마치지 못하고 노인의 임종을 기다리며 저녁을 보내게 된다. 그 얄궂은 기다림의 시간 동안 그의 마음속에서는 사방에 점점 짙게 내리는 어둠과 꺼져가는 노인의 목숨에 대한 상념이 일어난다. 장례식장에서 멀리 떨어진 국도변에서 그는 우연히 한 마라토너가 그의 곁을 지나 "흔들리는 흰 점"이 되어 어둠 속으로 사라지는 것에 주목하고 이어 그가 모는 것과 같은 종류의 트럭이 국도에 나타나 과속으로 달리다가 전복되어 불꽃에 삼켜지고 마는 것을 목격한다. 어둠 속에서 일어난 이 "소멸"의 사건으로 그는 불현듯 두려움에 사로잡힌다. 난데없는 재난에 대책 없이 노출되어 있다는 느낌, 죽음의 도시에 들어와 있다는 느낌에 엄습을 당한 것이다. 소설의 결미, 장례식장 간판이 "어둠에 묻힌 도시 전체를 가리키는 듯이" 보이고 뒤집힌 트럭에서 맹렬하게 타오른 화염이 "조등(弔燈)처럼 환히" 빛난다고 서술된 대목에서 그 도시는 총체적 죽음이 임박한 세상의 이미지를 순간적으로 발산한다.

「저녁의 구애」에 그려진, 재난의 역사를 가진 어둠 속의 도시는 벤야민식으로 말하면 자연사의 법칙에 따라 존립하는 인간세계의 한 축도이다. 그 중심에는 곧 죽을 듯한 상태로 목숨을 부지하고 있는 노인이 있다. 그러나 자연사의 운명은 인간의 생물학적 삶에 관한 것만은 아니다. 인간의 도덕적 삶에 관한 것이기도 하다. 화훼상(花卉商)인 김이 과거에 알고 지낸 어떤 인물로부터 문제의 장례식장으로 조화를 보내달라는 부탁을 해오는 소설 서두에서부터 도덕적 퇴화의 징후가 드러난다. 김의 친구라고 불리는 그 인물은 한때 같은 직장에 다녔으나 친분은 전혀 없는 사이이고 김이 직장을 바꾸려던 시기에 오히려 중상을 가한 적이 있는 인물이다. 작중에서 그가 친구라고 불리는 것은 아이러니가 아닐 수 없다. 그 진실성이 의문스럽기는 남자들의 우정만이 아니다. 여자라고 불리는 인물에 대한 김의 애정 역시 그러하다. 김은 그녀에게서 필요한 뭔가를 얻고 있고 그래서 관계를 지속하고 있지만 그녀를 다분히 건성으로 대하고 있다. 김의 생활에서 우정과 애정은 실질이 없는 명목처럼 보인다. 이 공허한 명목의 사회적 세계는 장례의식을 둘러싸고 더욱 혼란스럽고 흉물스러운 모습을 드러낸다. 여기서 조화 봉납은 조상(弔喪)하는 마음과 별로 관계없는, 형식화한 의례일 뿐이며, 특히 김의 친구의 경우에는, 김과의 면식을 이용하여 어떤 대가도 치르지 않고 자기 위신을 세우는 수단이 되어 있다. 문제의 죽어가는 노인은 "어른" 소리를 듣고 있는 만큼 작중인물들과 완전한 타인 사이가 아님에도 그의 죽음에 대한 진실한 애도의 감정을 그들에게 기대하기는 어렵다. 김은 그가 처한 현재의 난처한 상황 때문에 마지못한 일이라곤 해도 한때는 그에게 은인이었던 그 노인이 어서 죽기를 바라고 있는 판국이다. 형식상 조의를 표하는 화환을 가져와서 아직 죽지 않은 사람이 죽기를 바란다는 아이러니—여기에는 저자가 진정 소설적인 사고를 하고 있었기에 가능한, 동시대 도덕의 쇠락에 대한 직관이 있다.

김에 관한 이야기 중에는 조문(弔問) 외에도 보은(報恩) 등과 같이 대체로 예(禮)의 범주에 속하는 행위들이 그 이야기상 중요한 대목에 나온다. 예가 인간 문화의 결정적으로 중요한 형식에 속한다는 것은 굳이 말할 필요도 없을 것이다. 예는 사회의 안정을 목적으로 개인의 행위를 규제하는 규칙의 다발에 불과한 것이 아니라 상호 신뢰와 존중의 관계 속에 개인이 자리잡게 해주는 공통의 언어와 실천이다. 개인의 생활에 대해 예가 그렇게 결정적으로 중요하다고 보는 관점은 물론 공자가 처음 제시한 것이다. 공자는 예에 따라 행위를 규율하고 역할을 수행하는 것, 예가 구현하는 인간관계 속에 자기 자리를 잡는 것이 개인이 자신의 인간성을 발전시키는 데에 필수적이라고 믿었다. 예는 인간을 바로 인간이게 하는 도덕적 질서의 핵심이어서 자아의 욕구를 극복하고 공통의 예에 참여함으로써 개인은 비로소 인간이 된다고 공자는 생각했다. 현대사회에 공자가 말한 바와 같은 의미에서의 예, 즉 보편적 인간성의 근원이 되는 예가 성립할 수 있는가는 논란의 여지가 많은 문제이다. 종교와 문화에서 다원주의가 승리한 현대한국의 실정을 감안하면 회의적으로 응답할 사람이 적지 않을 것이다. 그러나 분명한 것은 우리가 비록 탈유교사회를 구가하고 있긴 해도 예의 타락—그리고 그 결과인 인간관계에서의 상호 신뢰와 존중의 상실—은 불안전성과 무의미함의 습격으로부터 우리의 삶을 방어할 주요 수단을 앗아간다는 사실이다. 「저녁의 구애」에서 "무례와 냉대"의 세계에 살고 있는 김이라는 인물이 노인의 임종을 기다리던 중에 불현듯 죽음의 위협을 느끼자 여자에게 구애의 메시지를 보내는 것은 전혀 이상한 일이 아니다. 트럭이 뒤집혀 불타는 어둠 속에서 공포에 질려 사랑을 갈구하는 그는 자연사의 법칙에 묶여 옴짝달싹 못하는 가련한 인간을 생각하게 한다. 예의 타락은 오래전에 일어나 널리 충격을 미치고 있으나 우리가 아직 충분히 느끼지 못하고 있는 문화의 대지진일지 모른다.

(『문학동네』 2010년 여름호)

응석쟁이의 예술

신경숙, 『엄마를 부탁해』

신경숙의 『엄마를 부탁해』에 서술된 한 노모의 이야기가 한국 어머니의 이야기로서 얼마나 전형적인 것인가는 자신 있게 말하기 어렵다. 전라도의 한 농가에서 태어나 보통교육조차 받지 못하고 자라 한국전쟁 직후 스무 살도 되지 않은 나이에 이웃 마을의 남자와 결혼해서 평생을 읍내 가정의 주부로 살아온 그 여인의 이력은 현대 한국 여성사의 주류를 이루는 여성해방의 이야기로부터 멀리 떨어져 있다. 그러나 거기에는 적어도 한 세대 이상의 한국 여성들에게서 관찰되는, 그리고 세대 차이를 넘어 한국 여성 공동의 기억으로 침전된 경험이 재현되어 있는 것으로 보인다. 가족의 생계가 불안한 가정에서 그리고 가부장제의 문화적 환경 속에서 오로지 어머니로 살아야 했던 경험이 그것이다. 그 박소녀라는 인물은 소녀라는 이름이 연상시키는, 성숙과 영화를 소망하는 인간의 청순한 본성을 부득이하게 스스로 억누르거나 거스르며 살아온 것으로 보인다. 세상의 예지와 쾌락으로부터 소외된 문맹의 상태에서 남편의 보호도 제대로 받지 못하면서도 가정 경제와 자녀 양육을 위해 어떤 고역도 마다하지 않은 여인이 그녀다. 그녀는 자신이 처한 궁벽한 세상과는 "다른 세상"을 마음속으로 열망하고 있었지만 그것을 스스로 구하는 대신 그녀의 딸이 그 세상을 찾아가도록 도왔고, 남편이 집안으로 다른 여자를 들여 결혼의 위기를 겪었는가 하면 그녀 자신 인근 지역의 한 남자와 연인으로 발전했을 법한 사이였음에도 아내와 엄마의 분수를 끝까지 지켰다. 그녀는 그야말로 가족을 위해 자기를 희생한 여성의 한 전형인 셈이다. 그러나 자식을 배불리 먹이고 자식의 성취를 돕는 데서 기쁨을 느끼는 모성에도 불구하고 그녀가 행복한 인생을 살았다고 보기는 어려울 듯하다. 자식이 모두 장성해서 곁을 떠난 이후 어느 순간 그녀 스스로 "인생이 허망"하다고 말한다. 오랜 세월 살림의 노역에 시달리며 유방암과 뇌졸중까지 겪은 그녀의 몸은 이제 끊임없는 고통으로 그 허망함을 증거하는 참이다.

인생이 허망하다는 느낌은 박소녀와 같은 불우한 여인에게만 일어나는 것은 아니다. 사람은 누구나 자신의 삶이 의미 있다는 믿음을 가지기 어렵게 되어버린 순간 허망하다고 느낀다. 의미 있는 삶이란 무엇인가는 그리 간단한 문제는 아니다. 하지만 그것이 삶의 의미를 파악하는 삶의 주체의 능력, 일종의 해석학적 능력에 달려 있다는 것은 분명하다. 그리고 그 해석학적 능력이란 개인 고유의 재능이라기보다 사회에 축적된 문화의 산물이다. 가령 결혼이 당사자 개인과 그 개인이 속한 가족의 행복을 증진시키는 계약임을 인정하는 문화가 존재하지 않는다면 결혼을 위한 모든 시도와 타협과 의례는 무의미한 것이다. 그렇다면 박소녀의 삶은 어떤 문화와 관련되어 있는가. 그녀는 어린 시절 마당에서 웃으며 놀고 있던 그녀에게 누군가가 그녀의 엉덩이를 때리며 반쯤 조롱으로, 반쯤 책망으로 던진 말을 잊지 못한다. "아비가 죽은 줄도 모르고 웃는구나, 철때기 없는 것아"라는 그 말은 아비이 [illegible] 나이가 가족과 사회 속의 인간관계에 수반되는 예의규범을 가르친 말이기도 하다. 아버지의 죽음을 계기로 그녀는 부끄러움에 대한 의식과 더불어 도덕성을 길렀을지 모르고 그러한 자기기율 덕분에 남편과 자식에게 헌신적인 여성으로 자라났을지 모른다. 그러나 그녀가 엄마의 삶을 사는 동안 재래의 유교적, 가부장적 문화는 효력을 다했다. 그녀 자신이 "자유"에의 억압된 욕망을 통해, 그 욕망을 대리로 충족시킬 딸에 대한 배려를 통해 그 문화의 종언을 알리고 있는 터이다. 하지만 그녀의 사회적, 문화적 환경에 일어난 거대한 변동—우리가 보통 근대화라고 부르는 변동은 그녀가 자신의 삶을 해석하는 데에 필요한 패턴, 모델, 자원의 소실을 뜻하는 것이기도 하다. 그녀의 딸들이 살고 있는 도덕상으로 자유로운 세계를 그녀는 비록 "좋은 세상"이라고 반기고 있을지라도 그 세계의 출현은 그녀 자신의 삶에 대해서는, 그녀에게 극히 중요한 어휘인 "집"이라는 말의 가장 심오한 의미에서, 집의 상실과 동시적인 것이다. 그녀가 늙고 병든 몸으로 서울에서 길을 잃고 홀로 헤매다 죽고 만다는 소설의 설정은 그래서 비정하고도 암시적이다.

하지만 허망한 인생이라니, 너무나 당연한 소리 아닌가. 상실과 소멸은 인생의 정해진 이치가 아닌가. 어떤 의미, 어떤 가치를 추구하든 사람의 일생은 허망하게 끝나도록 되어 있지 않은가. 삶의 의미에 대한 집착은 인간이 이성을 사용할 용기가 부족한 까닭에 아직 잔존하고 있는 한 조각의 종교적 심성에 불과한 것인지도 모른다. 창세주의 의지든 천인합일이든 만물을 지배하는 의미의 궁극적 질서에 대한 종교적 관념을 폐기하면 삶은 의미와는 전혀 무관한, 마침내 죽음으로 끝나는 덧없는 행위의 반복처럼 보인다. 그럼에도 굳이 삶의 의미가 무엇인가 따진다면 무의미야말로 삶의 의미일지 모른다. 삶은 처음부터 의미가 없다는, 따라서 살아갈 가치가 없다는 생각은 현대인의 관점에서는 전혀 기발한 것도, 불경한 것도 아니다. 쇼펜하우어는 기독교 형이상학에서 신의 의지가 차지하는 자리에 신이 탈락된, 의도하고 목적하는 초월적 주체라곤 전혀 없는 의지를 놓고 만물의 삶을 생각했다. 의지는 결여, 부족, 고통으로부터 생겨나며 맹목적 충동의 형태로 만물의 행위를 지배한다. 그 전형적인 표현이 동물의 삶에서 관찰되는 영양과 번식을 위한 투쟁이다. 동물의 모든 개체는 그 자신과 그 부류의 생을 지속시키는 것 이외에 어떤 이유도 없이 고생을 거듭한다. 인간은 만물의 영장임을 자처하지만 인간의 삶은 근본에 있어서 동물의 삶과 동일하다. 단지 살기 위해 사는 삶일 뿐이다. 거기에서 쇼펜하우어가 보는 것은 "일시적 만족, 결핍에 의해 결정된 덧없는 쾌락, 다대한 기나긴 고통, 끊임없는 분투, 만인의 만인에 대한 투쟁"이다. 그리고 "이것은 종말 없는 세계 속에서, 그렇지 않다면 천지가 다시 개벽할 때까지 지속된다." 이 페시미즘의 결론은 유명하다. "우리의 삶이 가장 행복할 때는 우리가 그것을 가장 조금 이해할 때이다. 그러므로 삶은 살지 않는 편이 나을 것이다."

박소녀가 예시하는 바와 같은 전후 한국의 억척어멈의 삶은 쇼펜하우어가 말한 의지의 폭주와 얼마나 다를까. 쇼펜하우어가 권고한 대로 인간의 자기기만을 경계하며 관찰하면 그녀의 근면과 인내는 한 인간 부족의 의지가 시키는 대로, 만인에 대한 만인의 투쟁을 배경으로, 한 개체가 무의식적으로 치른 노고가 아닌가. "하루하루 사는 게 무서웠던 것 같네. 젤 무서운 건 쌀독에 양식이 떨어졌을 때재. 니들 배를 곯릴 생각을 허믄……" 같은 박소녀의 말은 아이를 먹이고 살리려는 눈물겨운 모정과 별도로, 의미나 이유에 대한 욕구가 아니라 기아와 절멸의 공포가 생존의 동기인 인간의 비참함을 알려주지 않는가. 쇼펜하우어 유의 페시미즘이 종교의 쇠퇴 이후 창궐한 철학적 질병의 일종이라고 한다면 그것은 잘못된 생각이다. 인간의 생존에 관한 그의 묘사는 많은 부분에서 옳다. 대체적으로 인류의 역사는 궁핍과 참상의 애화이지 계몽과 교양의 우화가 아니다. 한국인으로 말하면 옛날에는 강대국들의 패권 다툼에 휘말려 형제 사이에, 이웃 사이에 살육을 벌였고, 지금은 투기족과 토건족의 탐욕 때문에 같은 국민이 생존의 터전은 물론 목숨까지 잃는 사태를 목도하고 있다. 그럼에도 한국인이 페시미즘을 별로 수긍하지 않는다면 그건 아마도 한국인의 마음이 다분히 민화풍(民畵風)이기 때문일 것이다. 호랑이를 고양이처럼 그림으로써 언제 호랑이에게 잡아먹힐지 모른다는 공포를 잊으려는 심리. 민화가 사물을 인간화한 방식에는 삶의 긍정—비참한 생존밖에 허락하지 않는 빈곤과 재난 앞에서도 죽기보다 살기를 바라는, 무의미보다 의미를 찾으려는 태도가 있다. 이것은 페시미즘의 눈으로 보면 가소로운 응석이지만 실은 여기에 인간 문화의 한 근원이 있다. 삶의 부정을 설파한 쇼펜하우어의 생각을 좇아 인류 전체가 열반에 든다면 지구를 위해서는 좋은 일이겠지만 인간은 인간의 절멸을 요구하는 진실보다는 인간의 생존을 의미 있게 하는 허구를 원하게 되어 있다. 니체가 통찰했듯이 "우리는 진실 때문에 망하지 않으려고 예술을 소유하고 있다."

『엄마를 부탁해』는 엄마의 실종을 당한 이후 가족들이 참담한 심정 속에서 행하는 자책과 회상을 큰딸, 큰아들, 남편 순으로 보여주고 이어 혼령으로 설정된 엄마의 발언을 제시한다. 이 다중관점의 서술진행은 단지 엄마라고만 생각되었던 박소녀가 그 역할이 전부가 아닌, 오히려 그 역할 때문에 스스로를 온전하게 실현하지 못한 인간이었음을 드러낸다. 자식과 남편의 회상, 그리고 혼령의 진술은 그녀의 가족에 대한 사랑이 가족 중 다른 어느 누구도 감내하기 어려운 자기통제와 자기희생을 수반하고 있었다는 것을 알려주면서 동시에 가족의 범위를 넘어서 세상의 목숨 전체에 미치는 것이었음을 암시한다. 그녀가 아이를 출산한 직후, 나중에 그녀의 "동무"가 되어준 한 남자의 어미 잃은 갓난아이에게 자기 아이에게도 모자라는 젖을 먹여준 행위, 또는 심신이 쇠약한 노년의 어느 시기에 인근 고아원에 가서 텃밭 농사를 지어주고 서울의 자식들이 보내주는 용돈까지 헌납한 행위에서 그녀의 모성은 한 가족의 특전을 훌쩍 넘어 박애주의에 이른다. 그녀가 구현한 삶에의 의지는 쇼펜하우어가 탄식한 바와 같은 고통과 투쟁의 원인이 아니라 결핍과 위협에 노출된 생명 일반에 대한 자비의 발현이다. 그녀의 일생은 의미 있는 삶의 특징 가운데 하나인 서사적 패턴이나 심원한 구조를 가지고 있지 못하다(이것은 주어진 생존 조건의 특성 때문에 수동적일 수밖에 없는 그녀와 같은 유형의 여성 이야기에서는 사실상 불가능한 자질이다). 그러나 그녀의 자비로운 마음과 그것을 상기하는 가족들의 의식 속에서 그녀의 삶은 그녀 자신과 가족의 범위를 넘어 사회적으로 확장되는 의미, 그녀의 일대를 통과하여 영속하는 불멸의 가치와 결합한다. 그래서 소설의 에필로그에 이르러 그녀가 성모 마리아와 겹쳐지는 이피퍼니는, 그녀의 역사적·지역적 경험과 가톨릭 문화 사이의 관계가 모호한 까닭에 다소 억지스러움에도 불구하고, 일리가 있다.

로마 가톨릭교를 포함한 종교로부터 권위를 박탈한 근대과학의 발전이 삶의 의미를 이해하는 방식에 얼마나 중대한 변화를 초래했는가는 잘 알려져 있다. 그 변화의 핵심은 인간생활의 외부에 존재하면서 그 의미와 가치를 결정한다고 믿어지던 어떤 근원이나 질서의 관념이 쇠락한 것이다. 그 결과 의미는 인간생활 내부로부터 찾아져야 하는 어떤 것, 인간 자신이 산출해야 하는 어떤 것이 되었다. 이제 모든 의미는 인간의 선택, 기투, 참여의 산물로 이해된다. "궁극적으로 인간은 사물 속에서 인간이 부여한 것 이외에 아무것도 발견하지 못한다. 그 발견을 학문이라 하고 그 부여를 예술, 종교, 사랑, 긍지라고 한다"고 니체는 썼다. 『엄마를 부탁해』에서 제시된 다중관점의 회상 속에서도 우리는 삶에 의미를 부여하는 예술작업을 본다. 한 인간 부족의 두서 없는 의지가 그 개체 속에 낳은 제물의 하나였을지도 모를 한 여인의 삶은 늦게나마 그녀의 덕성에 가까이 다가가고 그녀에게 감사하는 가족의 마음속에서 연민과 자비의 상징으로 나타난다. 여기서 엄마를 추억하는 다른 인물들의 도덕적 감성은 주목할 가치가 있다. 그들은 엄마의 사랑을 상기하거나 엄마의 불행을 놓고 자책하는 대목에서, 대체로 가족 유대의 테두리 내에서이긴 하나, 인간은 생존과 번영을 위해 서로 부채를 지고 있는 사이라는 생각을 공통적으로 내비친다. 박소녀가 많은 결핍과 고통에도 불구하고 의미 있는 인생을 살았다는 느낌을 준다면 그것은 한국판 성모의 이미지 때문이라기보다 그 작중인물들에 의해 공유된 도덕적인 인간 이해 때문일 것이다. 삶에 의미를 부여하는 문학의 작업은, 때때로 오해되고 있는 것처럼, 작가 개인이 의미 있다고 믿는 어떤 관념이나 환상의 내용을 채우는 경험 조작이 아니다. 그것은 행복이든 평화든 정의든 삶을 의미 있게 하는 모든 가치는 공동의, 호혜적인 노력의 산물이라는 인식을 필요로 하고, 또한 그 가치를 추구하는 인간 공동의 기억과 열망에 대한 감응을 필요로 한다. 그러한 인식과 감응은 한마디로 사랑이다. "엄마를 부탁해"라는 간청 속에 들어 있는 바로 그것.

(『문학동네』 2009년 봄호)

이미지의 유곽에서 이야기하기

이승우, 「전기수 이야기」

현재 우리가 살고 있는 사회를 일러 이미지의 왕국이라고 하는 것은 조금도 어색하지 않다. 우리가 구하는 정보, 소통, 쾌락은 회화 공구에서부터 디지털 카메라에 이르기까지, 무대 연출에서부터 인터넷 동영상에 이르기까지 다양한 시각 테크놀로지에 의해 생산되고 전파되는 이미지들에 갈수록 크게 의존하고 있다. 이미지의 생산과 소비를 떠나서는 사회적, 문화적 삶을 생각하기가 불가능할 정도로 이미지는 삶의 모든 영역을 그 속령으로 만들었다. 현대사회에서 이미지는 어떤 실재의 재현에 머물지 않는다. 오히려 실재를 압도한다. 미국 서부의 카우보이가 존 웨인이나 로버트 레드포드의 열등한 모방이라는 것, 메트로폴리스 거리의 멋쟁이 여성들이 어느 모델이나 배우로부터의 인용이라는 것, 지구상의 많은 분쟁과 동란이 선정적인 텔레비전 보도의 재현이라는 것은 누구나 알고도 모른 척하는 비밀이다. 이미지 제작과 보급에서의 기술적 발전의 결과 이미지의 세계는 실재세계보다 더욱 그럴듯하고, 더욱 매혹적이고, 더욱 설득적인 것이 되었다. 우리가 살고 있는 탈산업사회는, 대니얼 부어스틴이 말했듯이, "환상이 실재보다 더욱 실재적이고, 이미지가 그 원본보다 더욱 존엄한 곳"이다. 전통적으로 인간 문화를 지배한 말의 힘은 이미지의 힘에 밀려났다. 교통신호에서 보행과 정지라는 단어가 보행자와 정지자의 그림으로 대체되었듯이, 자기 경험의 정수를 보존하려는 개인의 행위에서 일기작성이 사진촬영으로 대체되었듯이, 말이 하던 많은 기능을 지금은 이미지가 하고 있다. 이미지는 이미 말의 도해(圖解)가 아니며 오히려 말이 이미지에 대한 주석이 되었다. 말을 재료로 하는, 말의 권위에 의지하는 작가들조차 만사를 시각화하는 대세를 의식적으로, 무의식적으로 따라가고 있다. 도상애호증의 극(極)사실주의는 상품화한 이미지를 섭취하며 성장한 한국작가들 사이에서도 엄연한 특징이다.

이미지가 그토록 맹위를 떨치고 있는 이유 중 하나는 그것이 총체적 향락을 약속하는 것처럼 보인다는 데에 있다. 말은 대상을 대신하고, 그 대상의 부재를 보충하는 반면, 이미지는 대상이 충만하게, 실재적으로 현존하고 있다는 느낌을 준다. 대상을 향한 욕망은 말에 있어서는 어떤 식으로도 채워지지 않는 결여에 직면하지만, 이미지에 있어서는 즉각적이고 남김 없는 충족의 가망을 얻는다. 이미지의 세계는 어떤 금지도 철폐된, 그래서 거세의 공포도 만족의 지연도 없는 삶의 상태가 있을 법한 것처럼 느끼게 한다. 그 세계는 라캉의 정신분석에서 상상적이라고 불리는, 주체가 이미지를 형성하고 그 이미지와 동일화함으로써 자신을 온전하다고 느끼는 그 착각과 현혹의 세계와 상통한다. 이미지의 마력에 포획된 인간은 상상계 속의 주체가 그렇듯이 나르시시스트이다. 그는 무제한의 향락을 가능케 하는 것처럼 보이는, 그 자신에게 주체성, 건재함, 전능함을 부여해주는 것처럼 보이는 이미지의 획득과 소비에 몰두한다. 그의 욕망은 애초에 그 욕망을 발생시킨 결여—라캉의 생각으로는 원천적으로 충족이 불가능한 욕망을 발생시킨 대상, 이른바 (소문자) 타자 대상, *objet (petit) a*—를 회피하고 대신에 온전함의 가상을 제공하는 이미지를 좇는다. 보드리야르가 「커뮤니케이션의 황홀경」에서 주장한 바에 따르면 “이미지는 우리의 진정한 성적 대상이 되었다. 우리의 욕망의 대표적 대상이 되었다. 우리 문화의 외설(猥褻)은 욕망과 이미지 속에 실현된 그 욕망의 등가물을 혼동하고 있다는 데에 있다.” 그렇게 이미지를 좇아 욕망하는 나르시시즘적 주체는 그가 속한 사회의 문화, 즉 금지 또는 체념을 원리로 하여 성립한 문화로부터 소외될 수밖에 없다. 총체적 향락의 환상은 그를 사회적, 문화적 세계로부터 고립시키고 제작된 이미지와 조작된 욕망에 예속되게 한다. 인터넷 중독자들 사이에 만성적인 고립감이나 예종적(隷從的) 추수주의가 현저한 것은 그들이 당초에 하자 있는 인격을 타고난 까닭은 아닌 것이다.

현대생활에서 이미지의 우세가 문화적 향상을 나타낸다고 생각한다면 그것은 멜 깁슨의 〈예수의 수난〉이 그 나사렛 출신의 종교 지도자의 재현에 있어서 「마태복음」보다 우수하다고 생각하는 것만큼이나 어리석은 일이다. 현대 시각예술의 가장 창조적인 작품은 이미지의 유혹을 강화하려는 계산이 아니라 반대로 그 유혹과 싸우려는 노력에서 나오고 있다. 현대 시각예술의 자기비판적 실험은 비(非)시각적인 삶의 자원들, 특히 이야기의 힘을 회복하려는 시도를 포함하고 있다. 그 유명한 예 중 하나가 빔 벤더스의 영화이다. 경험을 변혁하는 또는 구원하는 이미지의 힘에 대해 익히 알고 있듯이 소외시키고 물화시키는 이미지의 힘에 대해서도 익히 알고 있었던 그 독일인 영화감독은 〈파리, 텍사스〉 〈베를린의 천사〉 〈이 세상 끝까지〉 등 1980년대와 그 이후의 작품에서 이미지를 견제하고, 정리하고, 정향(定向)하는 방식을 탐구하는 가운데 이미지와 이야기의 주종관계를 전복했다. 그는 이미지보다 이야기가 우위라는 그의 믿음을 명시하여 "나는 이미지 제작자에서 이야기꾼으로 전환했다. 오직 이야기만이 이미지에 의미와 도덕을 줄 수 있다"고 말하기도 했다. 어떻게 이야기가 이미지를 향도하는가를 알아보려면 그의 80년대 작품 중 널리 알려진 〈파리, 텍사스〉를 떠올리는 것만으로 충분할 것이다. 이 영화는 벤더스가 즐겨 만든 로드 무비 장르에 속하지만 그가 초기에 만든 그 장르의 작품들, 예컨대 〈시간이 흐르면〉 등과 달리, 목적 없는 여로를 따라 점멸하는 불연속적, 상호충돌적 이미지 연쇄를 제시하는 대신에, 트래비스라는 남자의 이야기—사막으로 표상되는 영혼의 연옥으로부터 그의 고향 텍사스주 파리시로 돌아와 그의 지난 경험의 파편들을 이어맞추고 아버지이자 아들로서의 그 자신을 되살리는 이야기에 통합된 형태로 이미지들을 조직한다. 특히 흥미로운 것은 그가 핍쇼 클럽에서 일하고 있는 그의 달아난 아내 제인을 찾아가 일방투시의 유리를 사이에 두고 전화로 각자의 과거에 관한 이야기를 나누는 장면이다. 그들 사이에 전에는 가능하지 않았던 소통이 가히 기적적으로 이루어지는 순간에 트래비스는 제인이 보이는 유리로부터 등을 돌리고 오직 음성으로 의사를 전달한다. 여기에는 사람 사이의 진정한 소통이란 관음증적 욕망의 포기, 그리고 말의 회복으로부터 시작된다는 암시가 있다.

말의 회복 또는 이야기의 회복이 개인 자신과 개인간 관계의 구원에 결정적으로 중요하다는 생각은 전적으로 옳다. 개인, 가족, 사회, 민족이 바로 그 형태로 존재하는 것은 그것이 겪어온 사건들에 질서를 부여하고 의미를 투입하는 이야기의 작용 덕분이다. 자기 고유의 이야기가 없는 개인은 개인이기가 불가능하고, 자기 나름의 역사가 없는 민족은 민족이기가 불가능하다. 그러나 현대사회에서 이야기는 과연 구원적이기만 한가? 이야기는 나르시시즘이라는 탈산업사회의 풍토병에 대한 최고의 처방이기만 한가? 역사, 보도, 광고, 르포, 소설, 고백, 수기, 전기 등의 갖가지 형태로 세상에 유통되고 있는 이야기가 개인과 사회의 자기구원에 반드시 유익하지 않다는 것은 의문의 여지가 없는 사실이다. 현대사회에서 이야기는 이미지와 마찬가지로 대중소비를 목적으로 하는 상품 형식을 가지고 있으며, 수많은 저술가들이 계몽보다 오락, 각성보다 위안, 교양보다 규율, 문화보다 시장에 봉사하는 이야기를 써내고 있다. 그러나 이렇다는 것은 이야기라는 문화적 형식이 현대 시장사회에 이르러 어떤 의미 있는 역할을 하지 못하게 되었다는 뜻은 아니다. 시장은 이야기라는 형식, 이야기하기라는 행위에 아무리 많은 영향을 미친다고 해도 이야기가 생산되고 소비되는 조건을 이룰 뿐이지 이야기의 본질과 기능을 결정하지는 않는다. 이야기의 구원적 힘이 상품 형식의 지배하에 소진되었다고 보는 것은 모더니즘과 그 이후 소설의 실상과도 어긋나는 속악한 시장결정론이다. 그러나 다른 한편으로 이야기하기가 그 자체로 사회로부터 우대를 받아 마땅한 활동이라고 여기는 것도 중소상인 조합주의에 가까운 졸렬한 발상이다. 이야기는 그것을 가능하게 하는 유형무형의 조건에 대한 성찰 속에서, 그것이 작용하는 정치적·사회적 환경에 대한 의식 속에서, 그것을 인간 문화의 한 정수로 만든 역사적 선례와의 대결 속에서 창작되어야 한다. 현대의 진정한 이야기꾼은 정녕 반성적이지 않을 수 없는 것이다.

그런 점에서 올해 한 문학상의 영예를 안은 이승우의 단편 「전기수傳奇叟 이야기」는 눈길을 끈다. 저자는 현대의 한 구술 이야기꾼을 작중화자로 내세워 이야기란 무엇인가 하는 물음에 대한 응답을 제출하고 있다. 작중화자는 근래에 그에게 발생한 사연을 누군가에게 소상하게 들려주는 방식으로 직장에서 쫓겨난 이후 집안 살림을 하며 보내는 일상의 공허함, 취업에 나선 그의 아내가 시작한 '서울, 21세기 전기수'라는 사업, 그리고 그가 아내의 종용으로 '화자' 역할을 맡고 찾아가 만난 첫 고객 등에 관해 이야기한다. 그의 아내가 벌인 사업, 즉 웹사이트를 통해 모집된 회원들에게 화자를 보내 책을 읽어주거나 이야기를 해주고 이득을 올리는 사업은 이야기가 소비상품으로 존재하는 작금의 현실을 상기시킨다. 그의 아내는 오늘의 사회에서 이야기가 상품으로서 매력을 가지는 이유에 대해 사업가답게 확고한 견해를 가지고 있다. 현대인 중에는 "검고 어두운 구멍과 같은 공허 속에 스스로를 유폐시킨 불쌍한 영혼들"이 엄청나게 많으며 그들은 겉으로는 표현되지 않을 뿐이지 실은 아주 간절한 "소통에의 욕구"를 가지고 있다는 것이 그녀의 생각이다. 이 생각은 작중화자가 그에게 첫 고객이 되는 50대 후반의 노인을 상대로 구술 이야기 서비스를 시작한 이후 타당한 것으로 드러난다. 노인의 관심을 끌려고 여러 시도를 하던 끝에 자신의 경험, 특히 다른 사람이 자기에게 약속한 것을 믿었다가 당한 고통까지 이야기한 작중화자는 마치 송장과도 같았던 노인으로부터 호응을 얻을 뿐만 아니라 노인 스스로 지난 30년 동안 누구에게도 내색하지 않았던, 비참하게 기만당한 경험을 털어놓게 만든다. 이 작중화자와 노인 사이에 일어나는 공감의 기류와 이야기 응수는 이야기하기가 일종의 서비스업이라는 사정에도 불구하고 그 행위가 발휘하는 소통 창출의 특별한 힘을 지시하는 것으로 보인다.

이처럼 「전기수 이야기」는 공허감에 시달리는 고립된 개인들이 이야기를 매개로 얻게 되는 상호이해의 순간을 포착하면서 또한 개인 각자의 삶에 감춰져 있는 이야기라는 문제를 제기한다. 그 구술식 서술의 끝에 가서 작중화자는 "누군가에 의해 말해지지 않으면 도무지 알 길 없는, 길고 어둡고 놀랍고 뜨거운 이야기들이 우리의 삶의 지표면 아래로 흐르고 있다는 사실을 잊으면 안" 된다고 말한다. 이 주장을 내 나름대로 부연하면 이야기란 소설가와 같은 서사기술의 달인이 지어낸 물건이 아니다. 정연하게 배열되고 조리 있게 전개되는 사건들의 우주를 마치 기독교의 창조주처럼 창조하는 소설가상(像)은 현대 이야기꾼의 진상과 거리가 멀다. 그 고전적 근대문화의 유산은 사실 구조주의 이후 '저자의 죽음'을 비롯한 여러 이론에 의해 의심하기에 족한 것으로 판명되었다. 현대의 이야기꾼은 언제나 새로운 이야기의 창시자라기보다 이미 존재하는 이야기들의 절취편성자(截取編成者, bricoleur)이다. 그리고 이야기꾼에게 이용 가능한 그 이야기들은, 「전기수 이야기」의 화자가 주장하고 있듯이, 소설이나 영화 같은 어떤 인공적 서사물로부터 유래한다기보다 삶의 경험 그 자체 속에 존재한다. 삶은 우연히 일어나는 사건들의 혼돈이 아니라 어떤 서사적인 움직임이다. 사람은 누구나 과거를 회고하고 미래를 예상하면서 현재의 의미를 이해하고 그 회고와 예상의 이중적 활동을 통해 삶을 기획한다. 그렇다면 이야기는 삶의 형식, 그것의 다른 이름이라고 해도 좋다. 우리가 살고 있는 도시사회는 익명의 낯선 개인들 사이에 형성된 무의미한 관계의 그물이 아니라 서로 다른 이야기들이 모여들고 부딪치고 어울리는 자리이다. 현대사회에서 소설의 영광은 그 각각의 이야기들에 얼마나 주의를 기울이느냐, 그 이야기들을 얼마나 정교하게 가공하고 편성하느냐에 달려 있을지 모른다. 도시사회의 중구난방을 떠나 이야기 예술에서의 진보는 없다.

(『문학동네』 2007년 여름호)

과학과 신화 사이

김훈, 「화장」

불과 반년 전까지만 해도 생명공학의 신기원을 이룩하리라 믿어졌던 황우석 박사의 줄기세포 연구가 사기극으로 판명되었다. 황박사의 각종 의혹에 대해 수사를 진행한 검찰은 지난 5월 12일 수사 결과 발표에서 이른바 '환자맞춤형 줄기세포'는 처음부터 존재하지 않았으며 문제의 '사이언스'지 게재 논문이 각종 검사결과를 조작한 허위보고였다는 사실을 확인하면서 연구비 유용과 난자 불법매매 등의 혐의를 근거로 황박사를 불구속 기소했다고 밝혔다. 황박사의 사기사건은, 언론에서 지적했듯이, 성과주의, 졸속주의, 편법주의가 여전히 만연된 한국사회의 최신판 예화이지만 한 과학자의 우상화를 수반했다는 점에서 그렇게 낯익은 폐습의 재연이라고만 보기 어렵다. 반년 전까지만 해도 황우석 박사는 인간복제라는 이른바 꿈의 기술에 가장 가까이 근접한 학자였고 인류 세계를 바꾸는 과학의 맹위를 상징하는 학자였다. 황우석 우상화가 권위의 창출에 이익이 걸려 있는 학계, 정계, 재계가 공모한 결과라면 그것은 또한 국민 사이에 널리 퍼져 있는 과학에 대한 열광의 발현이기도 하다. 지금까지 황박사 연구팀에 공여된 난자가 무려 이천 개를 넘는다는 사실은 자기 우상에 대한 대중의 광신적 동일화를 암시하는 만큼은 인간을 자연으로부터 해방시킬 과학기술에 대한 열렬한 지지 역시 암시한다. 황우석 우상화는 과학기술 선진 한국이라는 환상과 결합하여 노골적으로 표출된 과학주의적 신념의 한 증후라고 여길 만한 것이다. 과학에 대한 그 다대한 심리적 투자는 검찰 발표에도 반영되어 있다. 검찰은 황박사 기소 방침이 그 첨단과학 연구를 위축시킬지 모른다는 우려를 의식한 듯이 "과학적 논쟁과 검증을 통한 지속적인 연구가 이어져 줄기세포 분야에 있어서의 최선진 국가 건설이라는 국민적 염원이 달성될 수 있기를 간절히 염원"한다는 말로 발표를 끝내고 있다.

사실, 한국인에게는 과학만큼 크나큰 신뢰를 얻고 있는 학문 분야도 없다. 과학은 한국인이 서양에서 발견한 우월한 힘의 핵심이었고 과학적 지식의 보급과 개발은 한국사회 발전의 기본 동력으로 간주되었다. 이광수는 조국의 동포에게 과학을 가르친다는 사명을 자임하고 유학을 떠나는 청년들을 영웅화했고 1920년대의 인텔리겐치아들은 유물변증법이라는 당대의 과학에 대한 확신에 따라 사회주의 노선을 택했다. 1930년대 후반 이후 서양의 보편성에 대한 회의가 유행하기 시작했으나 과학에 대한 배교가 일어나지는 않았다. 김기림은 근대의 종언을 승인하면서도 과학정신의 계승을 제창했고 김남천은 만주 유토피아의 가능성을 열어놓은 과학, 공학, 산업의 힘을 추인했다. 한국 근대문화에는 많은 이데올로기적 이종(異種)들이 존재하지만 그것들은 과학에 대한 신앙을 공통적으로 가지고 있다. 생각해보면 근대의 추구와 과학의 특권화는 서로 분리하기 어렵게 연결되어 있다. 근대문화의 기초를 이루는 이성의 힘에 대한 믿음, 즉 인간을 자연에 대한 노예상태로부터 해방시켜 인간 자신을 인간의 주인으로 만드는 이성의 힘에 대한 믿음을 가장 적극적으로 실천하고 있는 것이 바로 과학이다. 이성 덕분에 인간은 과거의 형이상학에서 만물의 토대에 해당하는 자리를 차지하게 되고 인간 자신에게 유리하게 인식하고 전유하는 방식으로 세계를 구성한다. 하이데거가 「세계상의 시대」에서 말하고 있듯이 만물의 토대 또는 선험적 주체의 자리를 차지한 인간은 삼라만상의 세계를 변형시켜 인간의 목적에 복무하는 객체적 표상, 형상, 경관의 세계로 만든다. 줄기세포 같은 과학적 가설이 제시하는 것은 그렇게 인간중심적으로, 에고이즘적으로 구성된 세계 표상에 속한다.

과학의 승리가 인류의 생활에 가져온 향상을 부인할 이유는 없다. 그러나 그것으로 인해 인간이 치르는 심각한 대가를 잊어서는 곤란하다. 여기서 심각한 대가란 생태환경의 파괴나 핵전쟁의 공포 같은 과학기술 개발의 결과만을 말하는 것은 아니다. 이성적 주체에 의한 세계 구성 행위 자체 내에 들어 있는 인간 실존에 대한 손상 또한 말하는 것이다. 수학 공식을 그 모델로 하는 모든 사물의 추상화와 객체화는 자연으로부터 도덕적 권위를 소거하는 동시에 인간을 그 특수한 역사와 문화로부터 분리시킨다. 이성적으로 구성된 표상들의 세계 속에서 인간은 자연과 마찬가지로 기계적인 법칙의 체계로 환원된다. 인간중심주의의 아이러니는 인간 주체성의 군주적 패권을 성립시킴으로써 인간으로부터 영장(靈長)적 위엄을 박탈한다는 것이다. 이성의 법칙에 따르는 자연처럼 순전한 물질적 사실로 화한 인간 생존의 예는 가령 이렇다. "바람에 불려가다가 멎은 듯한 뼛조각 몇 점과 재들이 소각로 바닥에 흩어져 있었다. 뼛조각들은 신체의 어느 부위인지를 알아볼 수 없이 흩어져 있었다. 대퇴부인지 두개골인지 알 수 없이, 흩뿌려진 조각들이었다. 희고, 가벼워 보였다." 김훈에 의해 묘사된 화장의 예식은 그것이 전(前)과학적, 종교적 문화 속에서 가지고 있었던 영혼의 관념,

인간 세계의 너머에 대한 관념을 전혀 동반하고 있지 않다. 그의 작품에서 죽음은, 작중의 의사가 직업적 권위를 실어 태연하게 말하고 있는 바대로, 자연적 생명의 법칙에 따라 인간 개체에게 불가항력적으로 일어나는 참사의 종결일 뿐이다.

그러나 그처럼 인간이 잔혹한 자연과 대면하는 순간은 이례적인 것이다. 이성과 과학이 군림하는 세계에서 인간생활은 "희고 가벼"운 뼛조각의 진리, 즉 가치가 탈각되고 증발된 인간생존이라는 궁극적 진리 덕분에 가능해진 자유를 구가한다. 모든 것이 자연에 불과하다면, 내재적으로 아무런 의미도 가치도 없는, 따라서 인간에게 어떤 도덕적 구속도 가하지 못하는 물질적 현상에 불과하다면 인간은 무엇이든 해도 된다. 인간 사이에 존재하는 금지는 오히려 허용의 암호가 된다. "만일 자연이 음행난교(淫行亂交), 근친상간, 분뇨오염 등을 금했다면 그것들로부터 그만큼 많은 쾌락을 얻어도 좋다는 것일까"라고 물은 것은 사드였다. 김훈의 「화장」에 나오는 중년 남자, 병고에 시달려 추악한 몰골로 변한 아내를 두고 부하 여자직원의 관능적인 매력에 현혹된 남자는 어떤가? 그는 내면적으로는 돈 후안이 아닐까. 비록 가장과 남편의 의무에 대한 감각 때문에 발목이 잡혀 있는 데다가 불운하게도 전립선염에 걸려 성적 정복의 기록을 갱신하기 힘든 처지에 놓인 돈 후안이긴 하지만. 「화장」에서 자유의 풍속은 특히 그 중년 남자가 상무로 있는 화장품 회사의 제품 광고 이미지 문안을 놓고 담당직원들이 열띤 토론을 벌이는 삽화에 암시되어 있다. 위장과 기만에 대한 부끄러움이라곤 전혀 없는 그 갑론을박은 화장에서부터 성형에 이르기까지 어떤 방법이든 불문하고 자신의 외양을 인위적으로 변경시키는 일이 지당한 생존 기술로 통하는 세태를 지시한다. 여기서 자기결정이라는 근대적 인간의 자유는 유행 화장을 좇아가는 여성들의 자기연출 행위 속에서, 주체의 목적에 이롭게 표상을 제작하는 근대적 인식은 화장품 구매자를 유혹하는 이미지 제작 행위 속에서 각각 통속화되고, 소극화(笑劇化)된 표현을 얻고 있다.

작중의 중년 남자는 모든 사물이 도구적 이성의 지배를 받고 있는 세계에서 비교적 성공적인 이력을 쌓은 인물이지만 내면적으로는 그 세계와 불화를 겪고 있다. 화장품 광고용 이미지를 결정할 최종권한을 가지고 있는 그는 자신이 "그 스모키한 헛것들의 대열 맨 앞에 있다"고 느낀다. 헛것들의 안개 속에서는 욕망한다는 것이 방황한다는 것과 같은 뜻이 된다. 그런 점에서 그의 의식에 비친 여자의 성기가 병든 아내의 말라붙은 그것, 세척제 상품이 불러내는 그것, 술집 여자들의 냄새나는 그것, 부하 직원 추은주의 "산도(産道)"로 치환된 그것 등으로 각각 다른 표상을 이루고 있는 것도 이상한 일은 아니다. 그는 추은주의 몸에 대한 시각적 기억을 바탕으로 자신과 아내의 몸에서는 쇠락하고 있는 생명이 풋풋하게 살아 있는 상태를 상상하고 있지만, 추은주라는 이름과 사람의 일치 여부를 묻는 반복되는 물음이 암시하듯이, 그 상상과 실재가 동일하다는 확신을 가지고 있지 않다. 그럼에도 같은 상상적 표상이라고 하더라도 그가 상품시장을 염두에 두고 고려하는 젊은 여성의 이미지와 쇠락하는 생명의 법칙과 마주친 계기에 상상하는 추은주의 이미지는 그 종류가 다르다. 전자가 인간의 에고이즘적, 자기주장적 이성의 법칙하에 여성을 객체화하고 있다면 후자는 생명에 대한 전(前)과학적인, 윤회설적인, 마법적인 상념을 소환하고 있다. 은주(殷周)라는 중국 고대왕조의 이름에서 촉발되는 연상에 따라, 건강하고 관능적인 육체의 유쾌한 감각적 인상에 이끌려 전개되고 있는 그 남자의 상상은 과학이 인간과 자연에서 추방한, 그러나 아득한 과거로부터 인간의 삶 속에 지속되고 있다고 믿어지는 인간 정념의 원형적 패턴을 향하고 있다. 그 원형적 패턴은 한마디로 신화이다. 그것 덕택에 인간은 한차례 덧없이 생멸하는 무의미한 육괴(肉塊)의 상태를 넘어 한 유기적인 순환과 전생(轉生)의 유구한 과정에 참여한다.

김훈의 「화장」에서 인상적인 것은 그 과학적, 합리적 사고와 신화적, 육체적 사고 각각을 언어상으로 다르게 기재하고 있는 문체이다. 전자는 회사의 사무실이나 장례식장 조문객실 등의 사회적 공간을 배경으로 일상 업무와 경험을 자세하게 드러내는 묘사, 비즈니스 지향적인 시속(時俗) 인간의 뻔뻔함을 직감하게 하는 작중인물 간의 대화 등으로 나타나는 반면, 후자는 남자가 추은주를 청자로 가정하고 펼치는, 그 화제와 화법에서 그의 사회적인 자아를 한낱 가면에 불과한 것처럼 느끼게 만드는 고백적인 서술, 아내의 몸, 추은주의 몸, 그리고 자신의 몸에 대한, 민망하게 느껴질 만큼 집요하고 거북하게 느껴질 만큼 현란한 수사적 언급 등으로 나타난다. 과학과 신화, 이성과 정념이 서로 대등한 위세를 가지고 있진 않다. 추은주에 대한 남자의 은밀한 연정은 회사 중역이자 한 집의 가장으로서의 그의 도덕적 이성에 의해 억눌려 있고, 그의 신화적인 인간이해는 주체의 인식과 의지에 따라 만들어진 표상들의 미혹과 뒤섞여 있다. 작품의 말미에서 상품광고 문안으로 "내면 여행" 대신 "가벼워진다"를 택하는 그의 행위는 그가 합리성의 사회적 세계를 그 온갖 허위에도 불구하고 수락하기로 했다는 것을 의미한다. 그렇게 체념으로 이야기가 끝나는 것은 김훈이 쓰고 있는 것이 로맨스가 아니라 소설인 까닭에 당연한 이치일 것이다. 하지만 비록 개인의 은폐된 마음 밖에는 현존하지 않는다고 하더라도, 언어적 표상의 그물로 포획하기 어려운 실재라고 하더라도 이성적 주체성의 외부, 그것을 상상하는 것은 소설의 인간학에 불가결한 요건이다. 문학은 과학과 신화 사이에서, 이성과 정념 사이에서 계속 긴장해야 한다.

(『문학동네』 2006년 여름호)

바보들의 기억

오정희, 『옛우물』

오정희의 명작 「옛우물」은 중년에 접어드는 사이 뭔가 자신의 소중한 일부를 잃어버렸음을 느끼고 있는 한 여성의 이야기를 들려준다. 지방의 작은 도시에 살고 있는 마흔다섯 살의 중산층 주부인 그녀는 관습과 제도에 적응하며 자기 나름대로 만들어낸 생활의 도덕적 질서('행주와 걸레의 질서')를 사랑하고 있지만 또한 불현듯 자기 존재의 근원적인 불안과 고독을 일깨우곤 하는 상실의 기억과 예감에 붙들려 있다. 그녀의 마음을 사로잡고 있는 상실은 간단히 말하면 여성적 성의 상실이다. 그녀의 과거 속에는 한때 혼외 관계를 맺은 남자의 갑작스런 죽음이 있고 그녀의 미래 속에는 그녀의 어머니가 겪은 바와 같은 자궁의 퇴화가 있다. 그러나 「옛우물」이 이야기하는 상실은 여성의 성적 위기의 범위를 넘어서 그 의미를 확장시킨다. 그녀의 명징한 의식에 투영된 사물과 인물들은 그녀가 기억하고 예감하는 그 상실을 인간 보편의 한 트라우마적 사건으로 느끼게 해준다. 그 인물들 중 "바보라는 두 글자 외에 어떤 느낌도 없다"고 묘사된 남자가 특히 그렇다. 바보는 그녀 소유의 별채 아파트 이웃에 있는 기와집의 울타리 나무를 혼자서 열심히 뽑고 있다. 그 바보네는 일찍이 문벌 있었던 가문이지만 권세의 몰락을 겪어왔으며 경제적으로 곤궁한 나머지 그 퇴락한 기와집을 '가든'으로 개조하는 중이다. 자기 주변에 무슨 일이 일어나고 있는지 모르는 채로 울타리를 뽑고 있던 바보는 마당에 포크레인이 들어오고 마침내 집이 철거되자 어느 어두운 밤 "무엇인가 찾으려는 몸짓으로, 안타까운 목안엣소리를 지르며" 잔해만 남은 집터를 돌아다닌다. 성적 정체성의 소실을 예감하고 있는 중년 여성과 졸지에 자기 집을 잃어버린 바보. 이들의 황망한 처지는 인간의 조건을 이루는, 인간이 속절없이 겪을 수밖에 없는 무상함을 공통적으로 가리키는 듯하다.

「옛우물」에 나오는 바보는, 알레고리적으로 읽는다면, 누대에 걸쳐 정치적, 사회적 격변을 치른 결과 자신의 삶에서 연속성을 느끼기 어렵게 돼버린 한국인 일반의 표상이 될지도 모른다. 동시대의 한국인 중에 개인적, 집단적 삶에서 단절을 체험하지 않은 세대는 없다. 현대 한국사회를 형성한 전쟁과 개발은 한 세대조차 자신들이 친숙한 삶의 세계 속에 머무는 것을 허락하지 않았다. 태어난 동네에 계속 거주하다가 일생을 마치는 한국인은 진작 희귀종이 되었다. 대다수는 낯선 도시에서 낯선 거처와 낯선 직장을 전전하며 낯선 사람들 사이에서 생활을 도모한다. 한국인 개인과 집단의 삶에서 과거와의 연계는 참으로 불확실하다. 전쟁과 개발은 사회의 모든 영역에 끊임없는 개조의 압력을 가했고 생활 전반에 걸쳐 미래파적 투기를 만연시켰다. 과거 청산은 혁명의 대의를 좇는 정치가들의 훈령일 뿐만 아니라 시장경쟁에 여념이 없는 기업가들의 표어이기도 하다. 불연속의 삶을 살고 있다는 느낌이 한국인에게 특유한 것은 물론 아니다. 그것은 현대성의 경험에 보편적인 것이다. 알프레드 드 뮈세는 『세기의 아이의 고백』에서 프랑스혁명 이후의 위기적 상황을 두고 이렇게 말한 적이 있다. "존재했던 모든 것은 더이상 존재하지 않는다. 존재할 모든 것은 아직 존재하지 않는다. 우리가 겪고 있는 고통의 비밀을 다른 데서 찾지 말라." 한국인의 고통의 원인 또한 다른 데에 있지 않다. 과거와의 연관이 교란된 삶의 상태, 바로 거기에 있다. 개인이나 집단이 자기 역사의 연속적 흐름에 대한 감각이 허약하다면 자기가 겪고 있는 변화를 이해하고 통제할 능력 또한 허약하다. 기억에 장애가 있는 개인이나 집단의 처지는 집의 폐허 앞에서 서글프게 황망한 몸짓을 하는 그 바보의 형편과 크게 다르지 않은 것이다.

기억이란 자신의 과거와 관계를 맺는 능력이다. 한 사회의 문화 속에는 개인과 집단으로 하여금 자신들의 과거와 관계를 맺도록 도와주는, 자신들의 현재 속에 과거가 보존되도록 도와주는 관행과 수단들이 존재한다. 개인의 비밀스런 기억을 환기하는 물건에서부터 국가의 지나온 역사를 상기시키는 의식(儀式)에 이르기까지. 현대인의 기억에 장애가 일어났다면 그것은 바로 그렇게 기억을 도와주는 관행과 수단에 변고가 일어났다는 뜻이다. 기억장애를 사회적 현실로 만든 비근한 원인의 하나는 사람들이 매일 쓰는 물건들 자체가 자신의 생활이나 아니면 선조와 이웃의 생활로부터 유기적으로 생겨난 재화가 아니라 그 발생과 역사가 감추어진 상품이라는 사정에서 발견된다. 「옛우물」의 바보에게 들이닥친 불행의 배경에, 백년이 넘도록 존속한 그의 고풍스런 가옥이 명문화족의 상징이기를 그치고 음식점용 부지가 되고 있다는 사실이 암시하듯, 땅을 포함한 모든 물건이 역사적 표상의 기능을 하지 못하게 하는 시장체계가 자리잡고 있다는 것은 놓치기 어려운 중요한 지시이다. 현대인이 겪고 있는 기억 부전(不全)과 상품경제 사이에는 명백한 유사성이 있다. 상품의 물신숭배 이론이 알려준 바와 같이 상품은 그것이 생겨난 과정이 베일에 가려진 채로, 그것을 발생시킨 물질적, 사회적 삶의 요소들이 소거된 채로 유통되며 그래서 어떤 인간적 목적과 유기적인 관계 없이 투자를 허용한다. 상품화의 세계는 인간이 행하는 사물과 교섭에서 역사적으로 전수된 기억을 박탈하고 대신에 어떤 의미의 소비든 허용하는 만화경적 환상의 체계를 성립시킨다. 그래서 상품화 또는 물화는 기억의 문화에 대해 치명적이다. 아도르노가 벤야민에게 보낸 편지에서 적고 있듯이 "모든 물화는 망각이다."

그러나 어떤 개인이나 집단도 철저한 망각 속에 살지는 못한다. 기억이 없다면 정체성 또한 없다. 내가 누구였는가 모른다면 내가 누구인지도 모른다. 개인이나 집단은 자신의 현재와 과거를 어떻게든 연계시키는 기억의 행위를 통해 자신의 정체성을 유지한다. 현대라는 실존적 조건은 개인적, 집단적 삶을 치유가 불가능한 기억 부전의 상태에 빠뜨리는 한편으로, 바로 그렇기 때문에 개인과 집단으로 하여금 더욱 강렬하게 기억을 욕구하게 만든다. 과거의 물품과 기록에 대한 집착, 역사적 지식에 대한 대중적 요구, 역사 해석을 둘러싼 분쟁은 현대에 들어 출현한 새로운 현상들이다. 역사학이 과학으로서 유례 없는 발전을 기록하고 집합적 기억의 전수에서 불패의 지위를 차지한 것은 바로 혁명의 시대를 보낸 19세기 유럽에서 일어난 일이다. 새로운 기억체계 수립에 열심이었던 것은 무엇보다도 현대 국민국가였다. 지배하에 있는 영토의 주민들을 동질적인 국민으로 일체화하려면 어떤 가문의 종손이나 어떤 지방의 향민이 아니라 한 국가의 신민으로 그들 자신을 인식하게 하는 기억의 조정이 필요했다. 국민적 기억을 육성하는 또는 날조하는 많은 기구들, 예컨대 박물관은 탄생에서부터 현대 국민국가의 정치적 공정에 연루되어 있다. 1793년 파리에 세워진 박물관 루브르는 예술과 유물을 활용하여 민중을 소집하고 정체성을 가르치는 역사상 최초의 사례를 만들었고 민족주의의 전파에 따라 세계 전역에서 모방을 낳았다. 애초에는 혁명에 의해 귀족계급으로부터 탈취한 문물들을 선시하려는 목적에서 세워졌지만 새롭게 개조된 프랑스 국민의 성격을 강화하는 역할을 맡기까지는 그리 시간이 걸리지 않았다. 보들레르의 이죽거리는 표현을 빌리면 그 "국립박물관은 민중에게 점잖게 영향을 미쳐 그들의 마음을 부드럽게 만드는 종교교우회"였다.

따라서 현대사회의 문화적 기억이 온전치 않다고 하는 것은 진실의 반쪽을 말한 것에 불과하다. 진실의 다른 반쪽은 개인과 집단의 기억이 권력의 조종하에 있다는 것이다. 옛날이나 지금이나 한국인들은 자신들의 역사적 경험을 국민국가의 서사 속에서 이해하도록 훈육되고 있다. 정치적 자주권을 상실한 국민적 불행 속에서 자기 자신과 가족의 고난을 이해하도록, 국민국가의 영광을 향한 분발과 투쟁의 역정 속에서 자기 자신과 사회의 발전을 이해하도록 훈육되고 있다. 역대 정권치고 자신들의 정치적 이익에 합치되는 방향으로 국민적 기억을 개편하려고 시도하지 않은 정권은 없다. 노무현 정부 수립 이후 친일파 청산을 비롯한 각종 '과거사'가 사회 현안이 되어 공론을 들끓게 하고 있는 사태는 국민의 기억을 통제하려는 강력한 의지라는 면에서 정치권력의 속성은 전혀 달라지지 않았음을 보여준다. 현재 영화와 텔레비전에서부터 소설과 평전에 이르는 '역사산업'의 모든 매체들은 자주 국민국가의 이데올로기에 따라 다시 만들어진 과거의 표상들을 무수히 쏟아내고 있다. 이른바 국민영웅과 민주투사들이 망각의 무덤에서 일어나 오욕의 먼지를 털고 돌아오는 광경은 분명히 장관이다. 하지만 민족과 민주의 영령을 기억한다고 해서 민주적인 문화가 저절로 성숙되진 않는다. 한국인의 집합적 기억에서 박정희가 차지했던 자리에 박헌영을 앉히는 것은 배역만 바꾼 같은 정치 시나리오일 뿐이다. 진정한 의미에서 민주적인 문화는 개인의 기억을 권력의 통제로부터 해방시키는 데서, 개인적, 집단적 삶의 연속성을 개인 스스로 발명하는 능력을 신장시키는 데서 시작된다. 자유로운 회상에 대한 권리 없이 민주화는 없다.

문학은 기억의 문화에서 중요한 역할을 맡고 있다. 현대문학의 기원을 이룬 루소의 「고백」과 워즈워드의 「전주곡」은 개인의 축적된 삶으로부터 정체성을 만들어내는 회상의 마술을 보여준다. 그리고 프루스트가 남긴 그 소설 중의 소설은 누구나 알고 있듯이 개인적 기억의 장려한 건축물이다. 「옛우물」에서도 중년 여성의 경험들 사이에 있을 법한 어떤 연관의 창출은 그 이야기의 주요 동기를 이루고 있다. 그녀의 회상에서 특히 중요한 것은 그녀의 가족과 마을 여자들의 여성적 정체성과 관련된 기억들이다. 그중 특출한 기억은 그녀의 어린 시절 동네에 있었던 '옛우물', 즉 "옛날 어느 각시가 옛우물에 비녀를 빠뜨렸는데 각시는 상심해서 죽고 금비녀는 금빛 잉어로 변해" 살았다는, 그리고 천년이 지나면 용이 되어 하늘로 올라간다는 전설이 얽혀 있는 우물에 대한 기억이다. 사라진 금비녀를 신령한 생명으로 둔갑시키는 옛우물에 대한 회상은 그것이 속해 있는 여성의 세계에 대한 정밀한 묘사 속에서 중년 여성이 상실의 위기에 처한 자신의 정체성을 이해하는 새로운 방법을 향한 탐색과 짝을 이룬다. 그녀가 옛우물을 중심으로 증조할머니로부터 그녀에게까지 연속되고 있는 여성적 삶의 세계를 기억함으로써 얻는 것은 여성의 성적 능력('금비녀')의 상실이 여성적 정체성의 소멸이 아니라 오히려 여성 생명의 유장한 질서에 따른 변화라는 각성이다. 「옛우물」에서 다뤄진 기억은 그 사회적 판도가 좁다. 중산층 중년 주부의 자기인식이라는 목적에 따라 정해진 판도여서 동세대 한국인들의 기억을 충분하게 표현하지는 못하고 있다. 그러나 망각이 생존의 기술이자 쾌락의 비결이 되어 있는 상품의 세계에서 보면, 정치권력에 의한 기억의 개조와 통제가 의구하게 계속되고 있는 현대사회에서 보면 그것은 교훈적인 작품이다. 기억의 능력을 보존하는 뮤즈(Mnemosyne) 또는 역사의 피륙을 짜는 직녀(織女)는 변함없이 문학의 별칭이다.

(『문학동네』 2005년 여름호)

문학동네 평론집
탕아를 위한 비평

1판 1쇄 | 2012년 2월 29일
1판 3쇄 | 2016년 8월 12일

지은이 황종연
펴낸이 염현숙
책임편집 강지혜 | 편집 김현정 | 디자인 김선미 이주영 서설미
마케팅 정민호 이연실 정현민 김도윤 양서연 | 홍보 김희숙 김상만 이천희
제작 강신은 김동욱 임현식 | 제작처 (주)상지사P&B

펴낸곳 (주)문학동네
출판등록 1993년 10월 22일 제406-2003-000045호
주소 10881 경기도 파주시 회동길 210
전자우편 editor@munhak.com | 대표전화 031) 955-8888 | 팩스 031) 955-8855
문의전화 031) 955-1933(마케팅) 031) 955-2697(편집)
문학동네카페 http://cafe.naver.com/mhdn

ISBN 978-89-546-1769-7 03810

* 이 도서의 국립중앙도서관 출판시도서목록(CIP)은 e-CIP 홈페이지(http://www.nl.go.kr/ecip)와
국가자료공동목록시스템(http://www.nl.go.kr/kolisnet)에서 이용하실 수 있습니다.
(CIP제어번호: CIP2012001085)
* 이 책은 한국도서관협회가 선정한 우수문학도서로 기획재정부복권위원회의 복권기금을 지원받아
무료로 제공합니다. (참조 : www.for-munhak.or.kr)

www.munhak.com